Ingrid Hedström
Rosenkind

PIPER

Zu diesem Buch

Astrid Sammils steiler Laufbahn droht das Aus, denn die Diplomatin mit engsten Verbindungen zum schwedischen Außenministerium ist jüngst in einen Skandal geraten. Nachdem nicht nur ihre Karriere, sondern auch ihre Ehe in Trümmern liegt, kehrt sie in ihre Heimat im ländlichen Schweden zurück. Im Haus ihres Onkels macht Astrid einen Fund, der sie auf eine ungeahnte Fährte bringt: Ob ihre Familie etwas mit dem vermissten Jungen Mikael zu tun hat, der vor zwanzig Jahren spurlos im Wald verschwand? Ihre Nachforschungen führen sie tief in die Vergangenheit, zu den dunklen Seiten schwedischer Nachkriegsgeschichte und zu einem Fall, der Machenschaften in halb Europa aufdecken wird …

Ingrid Hedström, geboren 1949 in Hälsingland und aufgewachsen in Dalerna, hat jahrelang als Auslandskorrespondentin für die schwedische Tageszeitung *Dagens Nyheter* gearbeitet, aber auch als ausgebildete Psychologin. Sie hat bereits sechs erfolgreiche Spannungsromane geschrieben, für die sie mehrere Preise erhielt.

Ingrid Hedström

ROSEN KIND

Kriminalroman

Aus dem Schwedischen
von Nina Hoyer

PIPER

Mehr über unsere Autoren und Bücher:
www.piper.de

FSC
www.fsc.org
MIX
Papier aus verantwortungsvollen Quellen
FSC® C083411

Ungekürzte Taschenbuchausgabe
Juni 2017

Titel der schwedischen Originalausgabe:
»Bortfall«, Alfabeta Bokförlag, AB, Stockholm, 2014

Umschlaggestaltung: Zero Media
Umschlagabbildung: FinePic®, München
Satz: psb Berlin
Gesetzt aus der Sabon
Druck und Bindung: CPI books GmbH, Leck
Printed in Germany ISBN 978-3-492-31114-4

PROLOG

Dalarna, Schweden

Sonntag, 26. November 1978

Noch weiß sie nicht, dass die Zeit abläuft. Sie steht am Küchentisch und summt vor sich hin, ohne zu ahnen, dass die letzten glücklichen Stunden ihres Lebens so rasch verrinnen wie Sand im Stundenglas.

Bis an ihr Lebensende wird ihr der Geruch von Safran Übelkeit verursachen. Aber erst, nachdem es passiert ist. Jetzt verspürt sie nur ein ungetrübtes Glücksgefühl, als sie das Geschirrtuch anhebt und den Duft des frisch aufgegangenen Safrangebäcks auf dem Backblech einatmet.

Es ist der Sonntag vor dem ersten Advent, Totensonntag, und sie ist froh, dass sie so rechtzeitig mit den Weihnachtsvorbereitungen begonnen hat. Sie wird das erste Mal Weihnachten in ihrem eigenen Haus feiern. Vor dem Fenster erblickt sie eine Schar Dompfaffen in der Weihnachtsgarbe, die sie aufgestellt haben, leuchtend rot zwischen den kahlen, regennassen Zweigen des Baumes. Nun war der Winter nicht mehr lange hin, er lag schon in der Luft. Als sie heute Morgen den Müllbeutel hinausgebracht hatte, hatte sie die mit Eis überzogenen Pfützen unter ihren Fußsohlen knacken gespürt.

Stella, ihr halbwüchsiger Dackel, schläft in ihrem Korb, ansonsten ist sie allein in der Küche. Sven-Erik war kurz nach fünf Uhr morgens zur Arbeit aufgebrochen, als draußen noch pechschwarze Dunkelheit geherrscht hatte. Die Frühschicht ist fast am schlimmsten, denkt sie, aber sie konnten dankbar sein, dass das Hüttenwerk trotz Stahlkrise und Grubenstilllegungen noch fünf Schichten fuhr.

Sie schiebt das erste Blech in den Ofen. Dann öffnet sie die Luke des alten gusseisernen Ofens, den auszutauschen Sven-Eriks Eltern nie in den Sinn gekommen wäre, worum sie sich aber unbedingt kümmern mussten, nachdem sie nun das Haus von ihnen übernommen hatten – sobald sie es sich leisten konnten jedenfalls. Es gab vieles, was sie erneuern mussten, aber das spielte keine Rolle. Im letzten Frühjahr, als sie auf dem Hofplatz gestanden und den Schnäppern beim Nestbau zugesehen hatte, hatte sie ein solches Freudengefühl durchströmt, wieder auf dem Lande sein zu dürfen, dass es ihr vorgekommen war, als sei sie aus einem Gefängnis befreit worden.

Die Scheite sind heruntergebrannt und die Glut auf dem Boden des Gussofens flimmert nur noch schwach, ist kurz davor, zu erlöschen. Sie seufzt, als sie sieht, dass der Holzvorrat neben dem Ofen aufgebraucht und der Korb in der Diele leer ist. Der Weg zum Holzschuppen drüben bei den Nebengebäuden auf dem alten Kuhstallhügel, wo die Scheune und der Stall schon viele Jahre leer stehen, ist weit. Sie würde nicht rechtzeitig zurück sein, um das Blech aus dem Ofen zu nehmen und ein Neues hineinzuschieben. Aber das Holz muss jetzt schnell nachgelegt werden, damit das Feuer nicht ausgeht.

Die Kinder haben den Morgen in ihren Zimmern verbracht. Jetzt sitzt Camilla im Flur auf dem Boden und spielt mit ihrer Puppenstube, tief versunken in deren Miniaturwelt. Da sieht sie auf und lächelt.

»Das riecht lecker, Mama«, sagt sie, »es riecht nach Weihnachten.«

Die Tür zu Mikaels kleiner Kammer ist angelehnt. Er hört den Soundtrack zu *Grease*.

»Micke, kannst du bitte eben Holz holen gehen, jetzt gleich, sonst geht mir der Ofen aus!«, sagt sie.

Die Musik verstummt und ihr Sohn tapst auf Stricksocken in den Flur.

»Wenn's sein muss«, sagt er mit Märtyrermiene und geht vor ihr die Treppe hinab. Sie sieht seinen Nacken zwischen seinen dunkelblonden Haaren aufblitzen, die ihm über den Kragen hängen, noch so kindlich mit Flaum überzogen, dass sie den Impuls verspürt, ihn mit der Hand zu berühren, wie früher, als er noch klein war. Aber sie hält sich zurück. Er ist dreizehn Jahre alt und sehr auf seine Würde bedacht.

In der Diele nimmt er den Korb in die Hand und schlüpft in ein paar alte Holzschuhe.

»Nein, nicht die Holzschuhe, Micke, draußen ist es glatt und kalt«, sagt sie. »Zieh dir bitte richtige Schuhe an!«

Nach einem genervten Blick zu ihr hinüber entscheidet er sich für ein paar Gummistiefel und zieht sich die Mütze über die Ohren, die rot-blaue mit dem missratenen Elch, die sie ihm letztes Jahr zu Weihnachten gestrickt hatte. Wie um zu unterstreichen, wie albern sie sich aufführt, zieht er sich auch eine Jacke an, die alte grüne muffige von Sven-Erik, wenn er zur Jagd ging.

Die Hündin wird wach und kommt mit wedelndem Schwanz und auf dem Linoleumfußboden kratzenden Pfoten in den Flur gelaufen, eifrig und erwartungsvoll.

»Dumme kleine Stella«, sagt Micke liebevoll, »ich gehe nicht raus, um zu jagen, weißt du, nur dein Herrchen zieht diese Jacke an, wenn er das tut.«

»Aber beeil dich ein bisschen«, sagt sie ungeduldig, »ich brauche jetzt ganz schnell mehr Holz für den Ofen.«

Sie hört die Haustür zuschlagen, als sie in die Küche zurückkehrt und gerade noch rechtzeitig das erste Blech aus dem Ofen nehmen kann, bevor das Gebäck verbrannt ist. Aber das nächste Blech, das nächste wird perfekt, nimmt sie sich vor, noch immer ohne zu ahnen, dass der Sand unbarmherzig durch das Stundenglas des Schicksals rinnt, dass die allerletzten Sandkörner nun dem Nullpunkt entgegenrinnen, auf den Moment zu, der den Rest ihres Lebens in ein »Davor« und ein »Danach« teilen wird.

Der warme, goldene Duft von Safran breitet sich in der Küche aus, während sie sich um ihre Backbleche kümmert und frisch gebackene Hefeteilchen auf den Rost legt. Es dauert eine Weile, bis sie bemerkt, dass Micke gar nicht zurückkommt. Zuerst ist sie ärgerlich. Wo blieb der dumme Junge nur? Er wusste doch, dass es mit dem Holz eilte!

Sie marschiert hinaus auf den Hof, die ermahnenden Worte liegen ihr schon auf der Zunge, beherrscht sich aber, als sie den gefüllten Korb an der Außentreppe stehen sieht. Also war er zumindest beim Holzschuppen gewesen.

Sie nimmt den Korb mit herein und sieht im Vorübergehen, dass Stiefel und Jagdjacke noch fehlen. Sie legt Holz nach und müht sich mit Zeitungspapier und den Holzspänen ab, damit das Feuer wieder richtig in Gang kommt.

Dann beginnt sie sich zu fragen, wo ihr Sohn nur stecken mochte. Er kann schließlich nicht zu einem Freund gegangen sein, nicht in Sven-Eriks hässlicher Jacke und in den alten Stiefeln. Wieder geht sie hinaus auf den Hof und ruft nach ihm, »Micke!«, aber ihr Ruf klingt kraftlos und gedämpft, wie erstickt von dem regenfeuchten Novembertag.

Es kommt keine Antwort. Sie geht Richtung Kuhstall und sucht nach ihm, vielleicht war ihr Sohn plötzlich auf die Idee gekommen, in den alten Nebengebäuden Verstecken zu spielen, wie er es immer in den Sommerferien bei Oma und Opa getan hatte.

Sein Fahrrad steht noch auf dem Hof.

Als sie wieder in die Küche zurückkehrt, hat sie ein ungutes Gefühl im Magen, ein faustgroßer Klumpen Angst sitzt darin, der für nichts anderes mehr Raum lässt. Auf einmal schnürt ihr der Geruch des frisch gebackenen Safrangebäcks die Luft ab, wiegt schwer wie der Gestank einer Schnapsfahne, von Schweiß und billigem Parfüm auf einer überfüllten Tanzfläche.

Sie weiß selbst nicht so ganz, was ihr solche Angst macht. Ein großer Junge von dreizehn Jahren kann doch wohl nicht einfach mitten am helllichten Tag verschwinden? Nach einer Weile ruft sie bei seinen Freunden an. Aber niemand hat ihn gesehen.

Stella, die ihr nachgekommen sein musste, ohne dass sie es bemerkt hatte, fängt vor der Tür zu kläffen an und kommt mit gesträubtem Fell wieder herein, als ob sie den Geruch von Angst wahrgenommen hätte. Aber bestimmt ist es nur ihre eigene Unruhe, die sich auf den Hund übertragen hat.

Erst als Sven-Erik kurz vor drei nach Hause kommt, melden sie sich bei der Polizei. Inzwischen ist Mikael seit fünf Stunden verschwunden und der diensthabende Beamte auf der Polizeistation in Hammarås macht nicht den Eindruck, dass er eine größere Mobilmachung für notwendig erachten würde.

Mittlerweile wird es draußen immer dunkler und die Stunden vergehen, ohne dass ihr Sohn zurückkommt, und am nächsten Tag nimmt auch die Polizei sein Verschwinden ernst.

Doch da ist es schon zu spät. Im Nachhinein, während all der langen, schlaflosen Nächte, in denen sie daliegt und sich fragt, was nur geschehen sein könnte und wann und warum sie nicht selbst hinausgegangen war, um das verdammte Holz zu holen, da kommt ihr der Gedanke, dass es vielleicht schon zu spät gewesen war, als sie ihr Backblech mit perfekten Safranteilchen aus dem Ofen gezogen hatte, in ihrem letzten Moment ungetrübten Glücks.

Aber das wird sie niemals erfahren. Denn Mikael Granberg kommt nie wieder.

KAPITEL 1

Dalarna, Schweden

Freitag, 3. September 2010

Es war immer derselbe Traum. Sie stand auf der Terrasse und blickte in den Garten, der dunkel und geheimnisvoll jenseits des Lichtscheins der hohen Fenster lag. Sie war in Rumänien, die abendliche Sommerluft streichelte ihre nackten Arme, die rote Seide des Kleides knisterte weich und kühl auf ihrer Haut, als sie in die von Blütenduft erfüllte Dunkelheit trat. Es dauerte nur einen Sekundenbruchteil, bevor sie erkannte, was genau sie da sah, als sie die beiden im Rosengarten weitab des Hauses erblickte – Agneta, deren enger Rock bis zu den Hüften hochgeschoben war, und Gabriel, dem die Smokinghosen um die Knöchel hingen. Als ihr Gehirn registriert hatte, was ihre Augen da sahen, zögerte sie keinen Augenblick. Sie zerrte den Gegenstand aus ihrem Abendtäschchen, zielte und drückte ab. Einmal, zweimal, ein drittes und viertes Mal, um auch ganz sicherzugehen …

Dann wurde sie schlagartig wach. Weit entfernt von Diplomatenempfängen, von Betrug und Kummer und Eifersucht, erwachte sie in ihrem Bett im Giebelzimmer auf dem Hof der Familie in Granåkers Hästberg mit dem Holzfußboden und der grün-schwarzen Wand des Fichtenwalds vor dem Fenster.

Sie fragte sich, weshalb sie im Traum immer ein rotes Kleid trug, wenn es doch in Wirklichkeit schwarz gewesen war. Zumal der Traum alle anderen Details, die sie am liebsten vergessen wollte, nur zu exakt wiedergab. Aber zu vergessen mochte ihr nicht gelingen, jede Nacht spielte sich in ihrem Kopf die ewige Wiederholung ab.

Sie stellte die Füße auf den Flickenteppich und hob die Arme über den Kopf, streckte sich, sodass ihre Gliedmaßen knackten. Trotz allem fühlte sie sich heute so ausgeschlafen wie schon lange nicht mehr. Vielleicht kam dem elenden Traum ja irgendeine therapeutische Funktion zu, die sich ihr noch nicht erschlossen hatte. Sie ging zur Spiegelkommode, einem Erbstück ihrer Mutter, strich sich die schulterlangen dunklen Haare hinter die Ohren und betrachtete ihr Spiegelbild in dem ovalen Rahmen – eine hochgewachsene, kräftig gebaute Frau mit markanten Zügen und großen graugrünen Augen, leicht schief geschnitten unter den dichten, kompromisslos schwarzen Augenbrauen. Sie war nie schön und schon gar nicht süß gewesen, aber in ihren besten Momenten und aus der Perspektive eines wohlwollenden Betrachters durchaus hervorstechend. *Une jolie laide*, eine hübschhässliche Frau, hatte ein französischer Kollege sie einmal genannt, als er dachte, sie würde es nicht hören. Astrid Sammils, 42 Jahre, bis vor drei Monaten eine glücklich verheiratete Diplomatin mit vielversprechender Zukunft, nun mit einer in die Brüche gegangenen Ehe und vermutlich einer ebenso in die Brüche gegangenen Karriere.

Sie holte eine alte Jeans und einen grauen Pulli hervor und ging die Treppe hinunter ins Bad, machte sich frisch, zog sich an und ging in die Küche, um sich ihr Frühstück zuzubereiten. Sie setzte Kaffee auf und konnte es wie üblich nicht lassen, den Computer anzuschalten, um ihre E-Mails abzurufen, während der Kaffee viel zu langsam durch Onkel Lars' alte Kaffeemaschine lief.

Drei Mails sahen aus, als könnten sie von Interesse sein. Die erste stammte von Maja Danielsson, der Ärztin, die ihr nach allem, was in Bukarest geschehen war und was sie mittlerweile nur noch »den Zwischenfall« nannte, geholfen hatte. Die dünne, angespannte, überarbeitete Maja, deren Mann an Krebs gestorben war und die sieben Tage die Woche für eine Hilfsorganisation tätig war, die den Roma medizinische Versorgung anbot, hatte sich trotzdem Zeit für Astrid genommen, ihr ein Beruhigungsmittel gegeben und sie mit zu sich in ihre Wohnung genommen, als diese sich geweigert hatte, nach Hause zu fahren. Jetzt wollte sie wissen, wie es ihr gehe, schrieb »ich denke oft an dich«, und Astrid formulierte schnell eine Antwort.

Die zweite Mail war mit »Stefan« unterschrieben, und zuerst war ihr nicht klar, wer der Absender war. Die kryptische Hotmailadresse gab ihr keinen Anhaltspunkt. Nach einer Weile ging ihr auf, dass sie von Stefan Hallgrimsson kommen musste, einem Isländer, dem sie in Bukarest begegnet war und der ihre Gesellschaft gesucht hatte, mit dem Hinweis auf gemeinsame Bekannte in London. Jetzt schrieb er ihr, er habe von der Botschaft erfahren, dass sie sich in Schweden aufhalte, er ebenfalls auf dem Weg dorthin sei und sie gerne wiedersehen würde. Sie hatte zu keinem Zeitpunkt den Wunsch verspürt, die Bekanntschaft zu vertiefen, und machte sich nicht die Mühe, die Mail zu beantworten.

Die dritte E-Mail brachte ihren Puls zum Rasen. Sie kam von der Personalabteilung des Ministeriums, die sie um Kontaktaufnahme für ein kurzes Gespräch bat, in dem ihre zukünftigen Arbeitsaufgaben besprochen werden sollten, nachdem ihre Krankschreibung in Teilzeit nun bald beendet wäre. Sie wusste, was das bedeutete – sie würde in irgendeiner Abstellkammer landen und mit vorgeschobenen Aufgaben betraut werden, weitab jeglicher Aussichten darauf, ihre Karriere fortzusetzen. Aber wenn sie annahmen, dass sie sich lieb und nett darein fügen würde, dann hatten sie sich geschnitten. Mit trockenem Mund und kalten Fingern griff sie nach ihrem Handy, bereit, den Kampf um ihre Zukunft aufzunehmen, erkannte aber, dass es noch zu früh am Tag für ein so beschwerliches Gespräch war. Sie legte das Telefon wieder zur Seite und versuchte, ruhig und tief zu atmen, um ihre aufgewühlten Gefühle zu beruhigen. Einen Moment spielte sie mit dem Gedanken, noch einmal ganz von vorn zu beginnen, etwas ganz anderes in ihrem Leben zu tun, aber das würde bedeuten, kampflos aufzugeben, und das lag nicht in ihrer Natur. Wenn sie sich nach fünfzehn Jahren in der schwedischen Botschaft nach einer neuen Karrierechance umschauen musste, dann nicht, weil man sie dazu genötigt hatte.

Obwohl sie früher einmal tatsächlich andere Pläne gehabt hatte. Als junges Mädchen hatte Astrid für das Theater geschwärmt und von einer Schauspielkarriere geträumt. Aber als Teenager hatte sie sich irgendwann von diesem Traum verabschiedet. Stattdessen hatte sie nach dem Abitur Friedens- und Konfliktforschung in Uppsala studiert und ihr Examen gemacht, als der Fall der Berliner Mauer Bewegung in Ost- und Mitteleuropa brachte. Als Kind hatte sie von den Nachbarn ihrer Eltern, die ungarische Wurzeln besaßen, fließend Ungarisch gelernt, und diese Kenntnisse hatte sie dazu genutzt, ihre Abschlussarbeit über ethnische Konflikte im ungarisch sprechenden Teil Rumäniens zu schreiben. Das Erlebnis, eine historische Umwälzung hautnah miterlebt zu haben und die Geschehnisse beeinflussen zu können, war wie ein Rausch gewesen, so intensiv wie das Gefühl, auf einer Bühne zu stehen und die Verbindung zum Publikum zu spüren. Nach ihrem Examen war sie auf den Balkan zurückgekehrt, hatte ein paar Jahre bei Freiwilligenorganisationen gearbeitet und dann die Möglichkeit erhalten, in das prestigeträchtige Diplomatennachwuchsprogramm des schwedischen

Außenministeriums aufgenommen zu werden. In den fünfzehn Jahren, die seitdem vergangen waren, hatte sie sich gelegentlich von der bürokratischen Verwaltung erdrückt gefühlt, aber das war wirklich ausreichend dadurch kompensiert worden, dass sie dazugehören durfte, zwar nur als ein kleines Rädchen im Getriebe, aber doch mittendrin als Akteurin bei den Reformprozessen in Ost- und Mitteleuropa. Nein, dachte sie abermals, kampflos würde sie ihre Karriere nicht aufgeben!

Der Kaffee war durchgelaufen. Sie nahm Brot, Käse und eine Tomate aus dem Kühlschrank und begann, sie in Scheiben zu schneiden. Plötzlich versetzte sie sich eine tiefe und stark blutende Kerbe, die rote Tropfen auf der Spüle hinterließ. Sie hielt ihren Finger unter kaltes Wasser, umwickelte ihn mit Haushaltspapier und sah sich nach einem Pflaster um, fand aber keines, weder in den Küchenschränken noch im Badezimmerschrank.

Aber irgendwo musste es doch welche geben. Ihr Onkel Lars, ein umsichtiger und vorsichtiger Mensch, hatte immer Heftpflaster und Schmerztabletten im Haus gehabt. Sie hatte den Hof der Familie von ihm geerbt, als er vor vier Monaten gestorben war, und der Hof war nach dem Zwischenfall zu einem rettenden Ort der Zuflucht geworden, einem Ort, an dem sie niemandem etwas vorspielen und die Fassade wahren musste und wo man sie im Dorf von Kindheit an als »Sammils Astrid«, das einzige Enkelkind auf dem Sammilshof, kannte und akzeptierte.

Sie betrat die Kammer vor der Küche, die Lars als Schlafzimmer verwendet hatte und in der auch sein Fernseher und sein Fernsehsessel mit den vor Abnutzung ganz blanken Lehnen stand. Astrid sah selten fern, sie holte sich die neuesten Nachrichten aus dem Internet; deshalb war sie nur selten in diesem Zimmer gewesen, in dem ihr Onkel die meiste Zeit des Tages zugebracht hatte. Sein Geist schwebte immer noch über diesem Raum, ein schwacher Altherrengeruch gemischt mit dem Duft des teuren Rasierwassers, das Astrid ihm jedes Jahr zu Weihnachten geschenkt hatte; so als würde er jeden Augenblick hereinkommen und im Sessel Platz nehmen, um die Nachrichten zu schauen. Es kam ihr fast vor wie Frevel, in seinen Habseligkeiten zu wühlen, nur um ein Päckchen Heftpflaster zu finden.

Sie ging hinüber zu dem schön bemalten Eckschrank, der einen Kontrast zu der Möblierung aus den 70er Jahren im übrigen Zimmer bildete, und drehte den schweren Schlüssel um. Auf dem untersten Regalboden stand in der Tat ein Verbandskasten, den sie mit ihrer unverletzten Hand herausnahm.

Auf dem Regalboden lag noch etwas, ganz tief hinten im Dunkeln, das zuvor von dem Kasten verdeckt worden war, etwas Weiches aus Stoff, eine Mütze oder ein Schal. Das sieht Onkel Lars gar nicht ähnlich, dachte sie verwundert, er, der immer so korrekt gewesen war, dass alles an seinem richtigen Platz liegen sollte. Sie zog den Gegenstand heraus.

Was sie in ihrer Hand hielt, war eine selbst gestrickte rot-blaue Mütze mit einem seltsam missratenen Elch als Verzierung.

Sie erkannte sie sofort.

Dennoch dauerte es einen Augenblick, bis es ihr klar wurde, ein flüchtiger Moment, in dem sie wie versteinert dastand, so wie bei dem Zwischenfall, ein Moment, in dem ihr Gehirn sich weigerte, zu akzeptieren, was ihre Augen sahen. Ihr Finger begann wieder zu bluten, so als ob ihr Herz schneller schlug, das Blut rascher und kräftiger durch den Körper pumpte. Der Streifen Küchenkrepp wurde ganz klebrig.

Sie starrte auf ihren Finger. Rotes Blut und schwarzdunkle Geheimnisse, ein rotes Kleid und ein schwarzes Kleid, was war Traum und was Wirklichkeit?

Denn das, was ihr Onkel, ihr sanfter, bescheidender Onkel, in einem Schrank versteckt hatte, war die Mütze, die Mikael Granberg, dreizehn Jahre alt, an einem Sonntag im Spätherbst 1978 getragen hatte, um Holz zu holen, und dann nie mehr gesehen wurde.

Sie nahm die Mütze mit in die Küche, legte sie auf den Küchentisch und starrte sie an wie Ungeziefer, das ins Haus gekrochen war. Was sollte sie tun? Zu rastlos und beunruhigt, um still zu sitzen, begann sie in der Küche umherzugehen, Runde um Runde um den Kamin durch die Küche, den Flur, das Esszimmer und die übrigen Räume. Einfach zu ignorieren, was sie da entdeckt hatte, und weiterzumachen wie bisher, war unmöglich, nein, undenkbar.

Mikael Granberg war in der Grubenstadt Hammarås, wo sie aufgewachsen war, in dieselbe Schule wie Astrid gegangen, ein paar Kilometer vom Hof der Familie in Granåkers Hästberg entfernt. Sie war damals zehn Jahre alt gewesen und wusste noch genau, was das für ein Drama gewesen war – sie erinnerte sich an das aufregende Gefühl, Polizisten auf dem Schulhof zu sehen und von Mikael in der Zeitung zu lesen, an den düsteren Anflug eisigen Schreckens, als ihre Freunde und sie sich flüsternd darüber unterhielten, was wohl geschehen sein könnte, oder wenn sie abends im Bett darüber nachgedacht hatte. Sie hörte heute noch die gedämpften Stimmen der Erwachsenen und sah die besorgten Blicke, die sie den Kindern zugeworfen hatten, und dachte daran, dass sie in jenem Winter nicht allein im Wald hatten Skifahren dürfen, als sie ihre Großeltern besucht hatte. Sie sah das Foto in der Zeitung vor sich, mit Mikaels auffälliger Mütze, die nicht zu übersehen gewesen war und an die sie sich auch noch vom Schulhof her erinnerte.

Aber keinesfalls würde sie mit ihrem Fund zur Polizei gehen! Falls Mikael ermordet worden war, wie die meisten annahmen, war das Verbrechen bereits verjährt. Aber die Mütze würde eine bequeme Erklärung liefern, um einen verstorbenen Mann zu verurteilen – einen alten Junggesellen, bekannt als lieb und nett, jedoch als etwas eigen, nicht allzu weit entfernt von der Familie Granberg wohnend, der oft im Wald herumschlenderte. Ihr Onkel Lars würde als Mörder identifiziert werden, ohne sich verteidigen zu können. Das würde sie nicht zulassen!

Doch was, wenn er Mikael tatsächlich entführt und getötet hatte? Sie wollte und konnte das einfach nicht glauben, durfte diese Möglichkeit aber auch nicht außer Acht lassen. Sie hatte auch nie geglaubt, dass Gabriel sie betrügen würde, und was war passiert? Vielleicht existierte der tiefe Sumpf des Verrats überall, selbst in Granåkers Hästberg. Als sie so an Sammils Lars Matssons Küchentisch saß, teilte sie das Blatt in ihrem Notizbuch in zwei Spalten, in eine mit Argumenten der Anklageseite und eine mit Argumenten für die Verteidigung.

Die erste Spalte war nur allzu leicht zu füllen. Onkel Lars war neununddreißig Jahre alt gewesen, als Mikael Granberg verschwand, ein Junggeselle mittleren Alters, der sein ganzes Leben bei seinen Eltern gewohnt und – soweit Astrid wusste – nie eine Frau gehabt hatte. Wenn man so wollte, das klassische Porträt eines Mannes mit verborgenen und unterdrückten Trieben, die sich eines Tages gewaltsam Bahn brechen würden. Er war schüchtern und verschlossen gewesen, hatte Angst vor allem gehabt, das von der täglichen Routine abwich, war jedoch freundlich und hilfsbereit gewesen. Kinder, vor allem kleine Kinder, hatten ihn gerne gemocht. Sie weiß noch, wie fröhlich sie selbst den Schleifstein bewegt hatte, während ihr Onkel die Äxte und Messer des Hofes geschärft hatte, und wie lustig es gewesen war, ihn auf seinen Spaziergängen durch den Wald zu begleiten. Sie schauderte, als sie sich ausmalte, wie andere es sehen könnten – ein Mann und ein kleines Mädchen im Wald, sie hält vertrauensvoll seine Hand, und er in der anderen eine frisch geschärfte Axt…

Wie hatte Onkel Lars an Mikaels Mütze gelangen können, wenn er dem Jungen nicht an jenem letzten Tag begegnet war? Und falls er sie unter harmlosen Umständen gefunden hatte, warum hatte er dann niemandem davon erzählt? In der Verteidigungsspalte schrieb sie mit so kräftiger und wütender Hand, dass das Papier beinahe zerriss: Na und? Es gibt keinerlei Beweise!

Doch um Ruhe zu finden, musste sie sich selbst davon überzeugen, dass ihr Onkel unschuldig war. Sie wusste, dass er so etwas wie ein Tagebuch geführt hatte, Eintragungen in gewöhnliche Taschenkalender gemacht hatte, die er bestimmt nie weggeworfen hatte. Vielleicht konnte sie ja etwas im Kalender aus dem Jahr von 1978 finden, eine Notiz, die zeigte, dass Lars an eben dem Tag, an dem Mikael verschwunden war, mit seinem Vater im Wald gewesen war oder zu Besuch bei Astrids Familie in Hammarås. Aber wo steckten die Kalender? Nicht im Schrank, in dem sie die Mütze gefunden hatte, dessen war sie sich sicher. Nervös ging sie ins Wohnzimmer und öffnete die Klappe des altertümlichen Sekretärs, den Lars immer als Heimbüro genutzt hatte, und zog die großen und kleinen Schubladen heraus.

Sie fand keine Kalender, aber Briefumschläge, Briefmarken und eine kleine elektronische Box, über die man im Internet Bankgeschäfte tätigen konnte, was sie daran erinnerte, dass Onkel Lars in den letzten Jahren seines Lebens erstaunlich viel Gebrauch vom Internet gemacht hatte. Das digitale Netz war genau das Richtige für ihn gewesen – so konnte er in der ganzen Welt unterwegs sein und seine unendliche Wissbegierde stillen, ohne die Geborgenheit seines Heimatdorfes verlassen zu müssen. Zum ersten Mal fragte sie sich, wo sein Computer abgeblieben sein mochte. Er hatte einen Laptop besessen, erst vor ein paar Jahren angeschafft, und einen DSL-Vertrag, den Astrid gekündigt hatte, weil sie bereits einen eigenen besaß. Aber den Rechner hatte sie nirgendwo im Haus gesehen.

Seltsam, dachte sie und sah sich im Wohnzimmer um. Neben dem Sekretär stand ein geflochtener Papierkorb, und darin blitzte etwas Weißes auf, ein einsamer Briefumschlag. Lars ließ die Dinge nie lange liegen, auch Müll nicht, er musste also von einem Schreiben stammen, das er unmittelbar vor seinem Tod erhalten hatte. Astrid griff nach dem Umschlag, der aus kräftigem elfenbeinfarbenen Papier bestand. Er trug jedoch keinen Absender. Die Adresse »Herr Lars Sammils« war mit energischen Druckbuchstaben von Hand auf das Kuvert geschrieben worden. Der Umschlag war in Falun abgestempelt, nur wenige Tage vor Lars' Tod.

Ein paar Wörter waren mit Bleistift auf die Rückseite des Umschlags gekritzelt worden. Astrid erkannte die Handschrift ihres Onkels. Die Worte, die er notiert hatte, waren ihr wohlvertraut – »Bukarest« und »Chişinău«; die Namen von zwei Städten, in denen sie gearbeitet hatte. Hinter »Chişinău« hatte er ein Fragezeichen gekritzelt und darunter zwei Worte: »Astrid fragen«.

Was hatte Onkel Lars sie fragen wollen? Das würde sie nie mehr erfahren, und was sie im Augenblick interessierte, war nicht, was er in seinen letzten Lebenstagen gedacht hatte, sondern was 1978 geschehen war. Ihr Finger pochte, und auf einmal wurde ihr bewusst, dass sie immer noch nicht gefrühstückt und sich fertig gemacht hatte. Vielleicht würde sie klarer denken können, wenn sie etwas im Magen hätte und ihre Gedanken einen Moment mit etwas anderem beschäftigte. Sie beschloss hinauszugehen und die Zeitungen zu holen.

Die Sonne wärmte ihr Gesicht, als sie in ihren abgenutzten Holzschuhen den Hofplatz betrat, um über den leicht abschüssigen Grashang, auf dem noch die Wassertropfen nach dem nächtlichen Regen glitzerten, zum Briefkasten zu gehen. Sie nahm die Zeitungen und einen Brief heraus, den sie am Tag zuvor übersehen haben musste, und war schon auf dem Rückweg, als sie plötzlich wieder dieses Gefühl wie ein Fangnetz überfiel und sie in den Maschen strampeln ließ, hilflos, ausgeliefert und zu Tode erschrocken. Sie fühlte sich verletzlich und beobachtet, ausgestellt und observiert, genau so wie in Bukarest und tatsächlich auch ein paarmal hier im Dorf, bevor sie kurzfristig zur Ruhe gefunden hatte.

Das war natürlich nur Einbildung. In Bukarest konnte man solche Wahrnehmungen vielleicht noch ernst nehmen, aber nicht in einem Dorf im Südwesten Dalarnas, weitab von Durchgangsstraßen, hier, zwischen tiefen Wäldern, Seen und stillgelegten Gruben, in einem Gebiet zwischen Touristengegend und Bergarbeiterregion, nördlich von Ludvika und südlich von Borlänge. Granåkers Hästberg lag in der sonnigen Stille des Vormittags, eine dünn besiedelte Gegend mit einer Ansammlung von falunroten und eternitgrauen Häusern, die entlang eines Kiesweges verstreut waren, der am unteren Ende des Sees vom Hauptweg abzweigte, in einem Bogen die Anhöhe hochkletterte und sich durch das Dorf schlängelte, bevor er sich in der Ferne verlor und wieder abwärtsführte. Von einem Hof unten am See waren gellende Kinderstimmen zu vernehmen, sie hallten über das Wasser, und vom Nachbarhof war das Geräusch von Metall auf Metall zu hören, als Hildur wie gewöhnlich den Eimer gegen das Geländer schlagen ließ, wenn sie draußen gewesen war und ihre Kartoffeln für das Mittagessen vom Acker gesammelt hatte.

Niemand beobachtet dich, beruhigte Astrid sich selbst, du weißt, dass du dir das alles nur einbildest. Sie wunderte sich kaum, dass diese Gedanken ausgerechnet jetzt zurückgekehrt waren, als die Personalabteilung sich gemeldet und sie Mikael Granbergs Mütze gefunden hatte. Auch damals in Bukarest hatte ihr Unterbewusstsein ihr schon den drohenden Verrat signalisiert. Sie hatte die Signale nur nicht deuten können, war sogar so dumm gewesen, anderen Botschaftsangehörigen gegenüber das Gefühl zu erwähnen, dass sie sich beobachtet fühlte, observiert, dass jemand sie ausspionierte. Doch auf der anderen Seite waren es ebendiese Gespräche gewesen, die sie gerettet hatten, als der Zwischenfall stattgefunden hatte. Sie waren der Beweis dafür, dass sie sich schon länger in einem psychischen Ungleichgewicht befunden hatte, nicht zurechnungsfähig und deshalb nicht verantwortlich für das gewesen war, das sie danach getan hatte. Einer Verrückten kann man nicht so leicht kündigen. Stattdessen schreibt man sie krank und gibt ihr starke Medikamente.

Sie ging wieder ins Haus und setzte sich mit dem Brief in die Küche.

Der Brief stammte von Gabriels Anwalt, einem Idioten mit Gelfrisur und Hugo-Boss-Anzug. Sie hatte nicht übel Lust gehabt, ihn mit einer vernichtenden Antwort zu strafen, als sie ihm das erste und einzige Mal begegnet war. Der Brief enthielt den Scheidungsantrag, sich im gegenseitigen Einvernehmen zu trennen, akkurat von Gabriel ausgefüllt und unterzeichnet mit seiner schönen, klaren Unterschrift. Sie sah, dass er den Füllfederhalter dafür benutzt hatte, den sie ihm geschenkt hatte. Oder hatte Agneta ihm einen neuen geschenkt? Ein Kreuz auf dem Formular machte kenntlich, dass die Gebühr von 450 Kronen bereits entrichtet worden war, und der Brief enthielt einen frankierten und adressierten Rückumschlag, in den man das Formular stecken konnte. Es fehlte nur noch ihre Unterschrift. Gabriel schien die Angelegenheit wirklich sehr wichtig zu sein.

In einer handgeschriebenen Notiz, nicht von Gabriel, sondern von seinem Anwalt, wurde sie gebeten, das Formular zu unterschreiben und zurückzusenden, und darüber informiert, dass die Gütertrennung mit dem Tag, an dem »der Antrag beim Scheidungsgericht eintrifft«, in Kraft treten würde. Astrid unterschrieb mit langsamen Bewegungen das Formular. Ihre immer schon unleserliche Unterschrift sah noch unleserlicher aus als sonst, zusammengequetscht, als sei sie in eine Putzkammer gezwängt worden, eine Schrift, deren Spitzen wütend wie Speere in die Höhe ragten. Sie faltete das Formular, steckte es in das Kuvert und klebte es zu. Dann brach sie den Stift, mit dem sie unterschrieben hatte, entzwei und schmiss die Einzelteile quer durch die Küche.

Immerhin hatte Gabriel keinen Anspruch auf den Hof, das erleichterte sie. Nachdem sie von Onkel Lars' Tod erfahren hatte, war Astrid überrascht gewesen, das er nach allen Regeln der Kunst ein Testament verfasst hatte. Schließlich war sie doch seine einzige Erbin und sie hätte nie angenommen, dass ihr etwas weltfremder Onkel überhaupt an solche Dinge denken würde. Doch dank Onkel Lars' Testament gehörte der Sammilshof nun ausschließlich ihr allein und konnte nicht zur Gütertrennung herangezogen werden.

Hildur vom Nachbarhof, eine der Testamentszeugen, hatte über Astrids Erstaunen gelacht.

»Dumm war er nicht, der Lars, wenn auch etwas eigen«, hatte sie gesagt, »und er hat diesen Einfaltspinsel von Mann, den du dir gesucht hast, wohl nie leiden können.«

Astrid trank ihren Kaffee aus, der viel zu lange auf der Heizplatte gestanden hatte, und kaute an einem belegten Brot, das nach gar nichts schmeckte, als ob ihre Geschmacksknospen von dem morgendlichen Gefühlswirrwarr betäubt worden wären. Aber die Wut, die sie nach dem Schreiben des Rechtsanwalts überkommen hatte, kam ihr gelegen für den nun folgenden Kraftakt. Um ihre Karriere zu retten, brauchte sie jetzt Eiseskälte und Rücksichtslosigkeit. Sie nahm das Handy und wählte eine Nummer, die nur eine Handvoll Menschen kannte und die zu einem Telefon führte, das niemals ausgeschaltet war. Die Leitung war frei, aber der Anruf wurde sofort weggedrückt. Sie wartete ab. Er würde sich melden, sobald es ihm möglich war, das wusste sie. Nach zwanzig Minuten klingelte ihr Handy.

»Astrid«, sagte Kabinettssekretär Elias Markström verbindlich, »wie schön, deine Stimme zu hören. Ich hoffe, es geht dir inzwischen etwas besser?«

Sie sah ihn vor sich, sowie sie die vertraute Stimme hörte – sein silbergraues Haar, die warmherzigen blauen Augen, die ganze Ausstrahlung eines Gentlemans aus vergangenen Tagen. Doch der Schein trog. Elias Markström war eine Kobra, ein knallharter Verhandlungspartner und Karrierist, der auf seinem Weg von einem Bauerndorf mitten in Västerbotten zum schwedischen Außenministeriumsposten an höchster Stelle über viele sprichwörtliche Leichen gegangen war. Aber denjenigen, die er mochte, konnte er ein sehr guter Freund sein, und Astrid hatte zu seinen Lieblingen gehört, seit sie gemeinsam in Brüssel gearbeitet hatten.

»Es ging mir besser«, sagte sie, »bis ich eine E-Mail von der Personalabteilung bekam, die sich mit mir über meine Zukunft unterhalten will. Ich habe so eine Ahnung, dass es darum geht, auf welches Abstellgleis sie mich am besten stellen können. Weißt du zufällig etwas darüber?«

In der Leitung wurde es still, es war eine unheilvolle Stille.

»Astrid«, sagte Elias nach einer Weile, »du hast immer noch Freunde im Haus, aber du bist dir bestimmt bewusst, dass du es ihnen nicht leicht gemacht hast … es *uns* nicht leicht gemacht hast, sollte ich vielleicht sagen. Wie du weißt, kümmert sich die Personalabteilung darum, wenn es um Personalfragen geht, und es ist völlig normal, dass deine Angelegenheit von ihnen behandelt wird.«

»Ich hatte eigentlich angenommen, dass ich meine Zukunft unter vier Augen mit Agneta besprechen kann«, sagte sie.

Wieder wurde es still in der Leitung, diesmal hielt die Stille länger an. »Ich bin überzeugt davon, dass dir klar ist«, sagte er, und wählte jedes seiner Worte mit Bedacht, »dass der bloße Gedanke daran, dass die Außenministerin dir das Privileg eines Vieraugengespräches über deine weitere Zukunft einräumen könnte, unter den herrschenden Umständen von den meisten als ein außerordentlich schlechter Scherz aufgefasst werden würde.«

»Aber Agneta und ich kennen uns schon so lange«, wandte Astrid langsam und deutlich ein, »und wenn sie sich an unsere Begegnung in den 90er Jahren erinnert, bin ich überzeugt davon, dass es ihr leidtäte, mir nicht die Möglichkeit für ein Gespräch gegeben zu haben, trotz der unerfreulichen Sachen, die später geschehen sind.«

Diesmal herrschte genauso lange Stille wie zuvor in der Leitung. Elias Markström war schon immer gut darin gewesen, Anspielungen zu verstehen.

»Ich habe dich verstanden, liebe Astrid«, sagte er, »und ich werde Agneta deinen Vorschlag zusammen mit deinem Wunsch, sie für ein persönliches Gespräch zu sehen, weitergeben. Ich melde mich wieder bei dir.«

Er legte eine dramatische Pause ein.

»Aber wenn du etwas weißt, wofür sie dir an den Hals will, dann wäre es wohl besser, du nimmst dich in Acht, selbst da oben in Dalarna, wo du dich jetzt befindest.«

Er machte natürlich nur Spaß. Aber so ganz war Astrid sich nicht sicher, dass das nur ein Scherz gewesen war.

Nach dem Telefonat mit Elias ging es ihr besser. Es tat ihr immer gut, selbst aktiv zu werden. Trotzdem fühlte sie sich zu rastlos, um sich hinzusetzen und an dem Bericht über die demokratische Lage in einem zentralasiatischen Land mit bedeutenden Energieressourcen zu arbeiten, der während ihrer reduzierten Arbeitszeit aufgrund der Krankheit ihr offizielles Projekt war. Stattdessen beschloss sie, nach Hammarås zu fahren, den Brief an Gabriels Anwalt zur Post zu bringen und zu versuchen, etwas in Bezug auf ihr Problem zu unternehmen. Konnte sie an die polizeiliche Ermittlungsakte des alten Falls gelangen, vielleicht mit einem pensionierten Kriminalpolizisten sprechen, der damals mit Mikaels Fall betraut gewesen war? Ihr Cousin Martin war Kriminalbeamter in Hammarås, sie könnte ihn mal fragen und womöglich sogar im Archiv der Lokalzeitung recherchieren. Was war aus Mikaels Familie geworden? Sie glaubte sich zu erinnern, dass die Ehe der Eltern auseinandergegangen war, ein paar Jahre nachdem ihr Sohn verschwunden war, und dass seine Mutter Kerstin den Boden unter den Füßen verloren hatte und zu einer starken Alkoholikerin geworden war. Vor ein paar Jahren erst hatte die Lokalzeitung eine große Reportage über den Fall gebracht, »Mikael – Dreißig Jahre lang vermisst / Das Rätsel, das nie gelöst wurde«, und Astrids Cousine Maria hatte ihr den Link mit dem Gruß geschickt »Du erinnerst dich doch sicherlich noch an das große Mysterium unserer Kindheit«. Aus dem Artikel war hervorgegangen, dass Kerstin Granberg mittlerweile verstorben war. Aber was war aus Camilla geworden, Mikaels jüngerer Schwester? Das würde sie, Astrid, rasch herausfinden können. Wäre die ganze Sache nicht so ernst gewesen und würde nicht so viel auf dem Spiel stehen, hätte Astrid von ihrem eigenen Auftrag fast gute Laune bekommen. Sie spielte gerne Verhandlungspoker, grub Informationen aus, fand heraus, was der Gegenpart wusste und wollte, ohne sich selbst in die Karten schauen zu lassen.

Sie ging zu ihrem Zimmer im ersten Stock hinauf und dachte wie üblich, wie unverändert hier alles noch war und wie sehr es ihr nach dem Zwischenfall geholfen hatte, dass sie das Geborgenheitsgefühl ihrer Kindheit noch mal spüren durfte. Dafür, dass er nie geheiratet hatte und in den 30er Jahren geboren wurde, hatte Sammils Lars Matsson das Haus, in dem er seit dem Tod seiner Eltern in den 80er Jahren allein gelebt hatte, erstaunlich sauber gehalten, auch wenn er seitdem nicht ein Detail im Haus verändert hatte. Die Gardinen, Teppiche, Möbel, Tischtücher, Bettwäsche – alles erinnerte Astrid an ihre Besuche bei den Großeltern in ihrer Kindheit. Und sie selbst hatte während der knapp zwei Monate, die sie mittlerweile hier wohnte, auch nichts verändert. Vielleicht würde irgendwann der Tag kommen, an dem sie den Wunsch verspüren würde, den geerbten Hof in ein Traumhaus zu verwandeln, elegant genug, um in einem Einrichtungsmagazin vorgestellt zu werden, das den Traum vom Landleben verkaufte, sie zweifelte aber stark daran. Bislang hatte sie sich damit zufriedengegeben, in einem der beiden leeren Schlafräume im Obergeschoss die Betten zu machen und ihre Kleidung dort aufzuhängen.

Vor ihrer Fahrt nach Hammarås legte sie vor der Spiegelkommode in ihrem Schlafzimmer im ersten Stock sorgfältig Make-up auf und tauschte ihre alte Jeans und den ausgebeulten

Pulli gegen ein Kleid, das sich nach Großstadtleben anfühlte. Sie musste an ihren ersten Besuch im Ärztehaus denken, als sie nach dem Zwischenfall hierhergezogen war, und die Begegnung mit einem Bezirksarzt, der kaum von seinem Computerbildschirm aufgesehen hatte, um sie anzuschauen, nach einem ersten desinteressierten Blick, als sie über die Schwelle getreten war. Im Nachhinein ahnte sie, was er gesehen hatte – eine deprimierte Frau mittleren Alters mit schlechter Haltung und einem Nachnamen, der verriet, dass sie aus der Gegend stammte, hochgewachsen und schlecht gekleidet, ein Wesen, das nicht mehr seiner Zeit wert war, die es dauerte, ein Rezept auf dem Rechner auszudrucken. Er hatte sie »Annbritt« genannt und war so überzeugt davon gewesen, dass sie eine Kettenraucherin war, dass er sie mehrere Minuten davon zu überzeugen versucht hatte, ein neues, Wunder vollbringendes Mittel gegen Nikotinabhängigkeit zu testen, das bald auf den Markt kommen würde. Nur ein weiterer Beweis dafür, wie leicht eine Frau über vierzig mit der Wand verschmolz, zu einem grauen Fleck wurde, den niemand sah, ja, zu einer Projektionsfläche für Vorurteile.

Dazu würde es diesmal nicht kommen. Sie ging hinab ins Esszimmer und musterte sich selbst in dem deckenhohen Spiegel. Es ging doch, wenn sie sich nur Mühe gab! Als sie Gabriel das letzte Mal getroffen hatte, war sie wie eine Königin in das Büro des Anwalts stolziert, bis in die Fingerspitzen die erfolgreiche Diplomatin, gekleidet in ein wahnsinnig teures Kleid von einer wahnsinnig teuren belgischen Designerin, das sie noch mit einer von Gabriels Kreditkarten bezahlt hatte. Es war eine glänzende Vorstellung gewesen – der Rechtsanwalt war beeindruckt gewesen und Gabriel erstaunt. Aber solche Auftritte verlangten eine gewisse Ausstattung und eine Haltung, die man in Granåkers Hästberg selten nötig hatte. Sie nahm ihre Burberry-Jacke vom Garderobenhaken, zog den Gürtel in der Taille straff und warf sich ihre italienische Designertasche über die Schulter. Auf dem Weg nach draußen sah sie den Brief, der das Scheidungsformular enthielt, auf der Küchenbank und steckte ihn in die Tasche. Sie durfte nicht vergessen, ihn in Hammarås einzuwerfen, dachte sie. Keine große Sache. Wenigstens redete sie sich das ein.

Nach ein paar Kilometern auf dem schmalen Kiesweg, der zur Kreisstraße nach Hammarås führte, kam sie zu einem noch schmaleren Weg, der von der Straße abging, und an dem ein Schild mit dem Hinweis »Ramsnoret 4 km« stand. Unwillkürlich bremste sie ab und blieb stehen. An dieser Abzweigung hatte Familie Granberg gewohnt, und ein unwiderstehlicher Wunsch, nachzusehen, wie ihr Haus heute aussah, überfiel sie, als würde es ihr helfen, den Geruch und Geschmack der Vergangenheit aufzunehmen. Wohnte heute noch jemand dort oder hatte die Familientragödie dazu geführt, dass die Leute den Ort mieden? Sie bog nach Ramsnoret ab.

Der Weg schlängelte sich zwischen Abschnitten von dunklem, rauschendem Fichtenwald und tiefgelegenem Moorboden dahin, von dem unter der Herbstsonne Dunst aufstieg. Das Haus lag auf einer kleinen Anhöhe und sie konnte es schon von weitem sehen, einen Fleck aus grauem Eternit, der sich von den Farben des Herbstlaubes und der dunkelgrünen Wand des Waldes abhob. Sie zögerte nur ein paar Sekunden, bevor sie den kleinen Hügel hinauffuhr, der zu dem Gebäude führte, das einst Mikael Granbergs Zuhause gewesen war.

Der Kiesweg vor dem Haus war zugewuchert und daneben lieferten sich die Überreste eines Himbeerstrauches einen ungleichen Kampf mit dem Überwuchs von gigantischen Brennnesseln, die auf dem besten Wege waren, das Grundstück in Besitz zu nehmen. Ein verrosteter Rasenmäher ragte aus den Brennnesseln hervor und vor der kleinen Garage stand ein ebenso verrostetes Schrottauto. Mehrere Dachpfannen waren kaputt oder fehlten ganz, und unterhalb der Dachtraufe hing das Regenrohr schief. Im Fenster neben der Haustür sah sie ein paar verwelkte Topfpflanzen zwischen schmutzigen hellblauen Nylongardinen, die den Eindruck machten, als hingen sie schon seit 1978 da.

Astrid stieg aus dem Wagen und sah sich auf dem Hof um, auf dem ihr silbergrauer Audi A4 Quattro wie ein Gruß aus einer anderen Welt wirkte. Die friedliche Stimmung, die auf verlassenen Grundstücken manchmal aufkam, wollte sich hier nicht einstellen. Stattdessen wurde sie an ausgestorbene Häuser erinnert, die sie auf dem Balkan gesehen hatte, Orte, die in aller Eile von Menschen in einer panikartigen Flucht vor vorrückenden Armeen oder Freischärlern verlassen worden waren. Ihre Nackenhaare stellten sich auf und sie spitzte die Ohren, als erwartete sie, das Klicken einer Waffe zu hören, die irgendwo in einem der Nebengebäude entsichert wurde.

Da überfiel sie plötzlich wieder dieses Gefühl – das brennende Gefühl, dass jemand sie beobachtete, dass sie observiert wurde. Und es gab einfach keine annehmbare Erklärung dafür. Das Schreiben an Gabriels Anwalt lag in ihrer Tasche, war aber nicht der Auslöser dafür – sie hatte es schon fast vergessen.

Langsam drehte sie sich um und erhaschte einen sekundenschnellen Blick auf eine Bewegung hinter den Nylongardinen.

Nein, diesmal war es keine Einbildung. Jemand beobachtete sie tatsächlich vom Haus aus, das einmal Mikael Granbergs Zuhause gewesen war, jemand, der nicht gesehen werden wollte.

KAPITEL 2

Bukarest, Rumänien

Donnerstag, 9. September 2010

Gabriela Dumitrus Handy piepte. Sie holte es hervor, las die SMS und konnte einen Seufzer der Enttäuschung nicht unterdrücken.

»Oh nein, Frau Ilie springt ab!«, sagte sie.

Ihre drei Kollegen sahen von ihren Computern auf.

»Das ist die Frau mit dem Leberfleck, nicht wahr?«, fragte Ana Costache. »Wie schade, du schienst dich so gut mit ihr zu verstehen. Warum will sie nicht länger mitmachen? Hat sie sich mit Schwester Constantina überworfen?«

Gabriela las die SMS noch einmal: »Sehr geehrte Frau Dr. Dumitru, ich habe beschlossen, auszuwandern und muss daher die Studie abbrechen. Vielen Dank für die freundliche Zusammenarbeit, bitte verzeihen Sie mir. Ich hoffe, Sie haben Verständnis.«

Gabriela seufzte abermals, war aber nicht sonderlich überrascht. Die wirtschaftlich angespannte Lage der letzten Jahre hatte viele ihrer Landsleute dazu veranlasst, Rumänien zu verlassen, in der Hoffnung, woanders Arbeit zu finden und ihren Lebensunterhalt bestreiten zu können. Sie erinnerte sich noch an die langen und immer anstrengenderen Debatten mit ihrem Mann Roman, bevor er sich im letzten Jahr, wie viele andere rumänische Ärzte, dazu entschlossen hatte, sein Glück in Frankreich zu suchen, obwohl Gabriela nicht bereit war, mitzugehen. Jetzt arbeitete Roman in Montpellier, verdiente gutes Geld und hatte eine Wohnung gemietet, von der sie in Bukarest nur hatten träumen können. Abends, wenn ihr gemeinsamer Sohn Alexandru eingeschlafen war, setzte Gabriela sich häufig vor den Computer und sah sich die Bilder an, die Roman ihr davon geschickt hatte. Dann träumte sie davon, wie sie selbst die Wohnung einrichten würde, wenn sie wieder vereint wären – viel persönlicher, mit Blumen in jedem Zimmer, Fotos von Alexandru und gerahmten Reproduktionen von Gemälden an den Wänden, die ihnen beiden gefielen. Roman versicherte ihr ständig, dass auch sie leicht eine Arbeit in Montpellier finden würde, aber sie wollte ihre Mutter nicht allein in Bukarest zurücklassen. Das war das Einzige, was sie daran hinderte, mit ihrem gemeinsamen Sohn Rumänien den Rücken zu kehren. Maria Savu war schon lange Witwe und ihr Herz war nicht im besten Zustand, und obwohl sie immer wieder auf ihre Tochter eingeredet hatte, die Gelegenheit zu ergreifen und ihrem Mann nach Frankreich zu folgen, hatte Gabriela die Angst in ihren Augen gesehen und sich entschieden, zu bleiben.

Ramona Ilie indes hatte beschlossen, das Land zu verlassen. Ja, dachte Gabriela, es gab zumindest niemanden mehr, der sie hier hielt. Ihr Mann hatte sich schon vor langer Zeit abgeseilt, ihre erwachsene Tochter arbeitete in Italien – niemand brauchte sie noch hier. Aber wie groß war eigentlich ihre Chance, im Ausland Arbeit zu finden? Was für einen jungen und gut ausgebildeten Menschen ein Leichtes war, musste für eine zweiundfünfzig Jahre alte Näherin weitaus schwieriger sein. Gabriela sah Ramona Ilie vor sich, ihre kurz geschnittenen und von grauen Strähnen durchsetzten Haare, die lebhaften dunklen Augen, das zerfurchte Gesicht mit dem Leberfleck, der genau dort saß, wo elegante Damen früher einmal einen Mouche getragen hätten, der jedoch viel zu groß für einen Schönheitsfleck war. Sie war als Kostümnäherin am Theater tätig gewesen und hatte mit ihrer rauchigen, heiseren Stimme die abenteuerlichsten Klatschgeschichten von bekannten Schauspielern aus mehreren Jahrzehnten zum Besten geben können. Aber im Frühjahr hatte sie ihre Stelle verloren und anschließend versucht, sich allein als Näherin durchzuschlagen. Sonderlich leicht war das nicht gewesen, aber Gabriela konnte sich trotzdem nicht daran erinnern, dass Frau Ilie jemals von Auswanderung gesprochen hatte.

Gabriela rief Ramona Ilies Patientenakte auf dem Computer auf, wie sie sie insgeheim immer noch nannte, auch wenn sie wusste, dass sie CRF, »case report form«, dazu sagen sollte. Wie sie sich schon gedacht hatte, waren zehn Tage seit dem letzten Besuch Ramonas in der Klinik vergangen, und da war alles in etwa wie immer gewesen, von den Blutwerten bis zum Kohlenstoffmonoxidgehalt in ihrer Atemluft. Aber als Gabriela die Fragen auf dem regelmäßig von den Probanden zu beantwortenden Fragebogen durchging, sah sie, dass Ramona Ilie ihren Gemütszustand beim letzten Mal als »tendenziell deprimiert« eingestuft hatte. Das hatte sie vorher noch nie getan. Vielleicht war das ein Anzeichen dafür, dass ihre Lebensumstände ihr mehr Sorgen bereiteten, als sie zugeben wollte. Vielleicht.

»Na, lag es an Schwester Constantina?«, fragte Ana nach.

Gabriela schüttelte den Kopf.

»Nein«, sagte sie, »sie tut nur das, was die halbe Bevölkerung gerade macht, ins Ausland gehen.«

Sie griff nach dem Handy und rief Ramona Ilies Nummer auf. Sie musste selbstverständlich versuchen, mit der Frau zu sprechen, alles tun, was in ihrer Macht stand, um sie dazu zu bewegen, ihre Meinung zu ändern. Die Menschen wanderten normalerweise nicht von einem Tag auf den anderen aus, und gemessen daran, wie bald die Studie abgeschlossen sein würde, würde Ramona vielleicht ja doch noch ein letztes Mal vorstellig werden können. Die Verlaufskontrolle konnten sie immerhin auch später machen, wenn sie sich nicht mehr in Rumänien aufhielt.

Doch niemand nahm ab, als Gabriela Ramona anrief. Womöglich schämte sie sich so sehr dafür, dass sie die Studie nicht beendete, dass sie es vermied, ans Telefon zu gehen. Vielleicht dachte sie auch, Gabriela würde sie schelten, was Gabriela jedoch nicht mal im Traum einfallen würde.

Aber ihr Abbruch war wirklich ungünstig, vor allem deshalb, weil er nicht der erste war. Gabriela hoffte, dass man ihr nicht die Schuld dafür geben würde. Es war erst vier Monate her, dass sie die begehrte Stelle bei GMC, Göttingen Medical Consulting, ergattert hatte – dank einer Empfehlung von Ana Costache, mit der sie seit ihrem gemeinsamen Medizinstudium befreundet war –, und Gabriela konnte ihr Glück immer noch kaum fassen. Als junge Ärztin in der Lungenabteilung in einem großen Krankenhaus in Bukarests fünftem Bezirk war sie katastrophal unterbezahlt und ständig frustriert über den Mangel an Zeit und Ressourcen gewesen, die es ihr nicht ermöglicht hatten, ihren Patienten die Pflege zukommen zu lassen, auf die diese ihrer Ansicht nach ein Recht hatten. Das Krankenhaus war alt und heruntergekommen gewesen, chronisch unterbesetzt mit Fachkräften, und die Ausstattung unmodern. Gabriela war zwar nie der Versuchung erlegen gewesen, sich von Patienten bestechen zu lassen, wusste jedoch, dass viele ihrer Kollegen das anders gehandhabt hatten. Sie deshalb zu verurteilen, fiel ihr trotzdem schwer, wusste sie doch, wie sehr sie alle unter Druck standen. Sie selbst hatte drei Abende in der Woche zusätzlich in einer Privatpraxis geschuftet, um sich finanziell über Wasser halten zu können. Wenn sie nach diesen Abenden bei ihrer Mutter ankam, um Alexandru abzuholen, war sie nicht selten so erschöpft gewesen, dass sie kaum noch die Mahlzeit essen konnte, die ihre Mutter Maria ihr wohlmeinend zubereitet hatte. Manchmal hatte Alexandru bereits geschlafen, wenn sie Feierabend gemacht hatte, sodass sie lieber bei ihrer Mutter übernachtet hatte, als ihn zu wecken, um noch mit ihm mit der U-Bahn nach Hause zu fahren.

Aber seit vier Monaten hatte sie nun eine gut bezahlte Stelle, bei der sie ihren Patienten genau so viel Zeit widmen konnte, wie sie es sich immer erträumt hatte. Auf jeder ihrer bisherigen Arbeitsstellen hatten ihre Chefs und Kollegen bemerkt, wie leicht es ihr fiel, zu den Patienten eine Beziehung herzustellen – manchmal war das als Lob, viel häufiger jedoch als Kritik gemeint gewesen. Doch Ana hatte ihr erzählt, dass eben diese Fähigkeit zu Gabrielas Vorteil gereicht hatte, als sie sich bei Göttingen Medical Consulting beworben hatte. Jeden Tag, an dem sie die von GMC im Regina-Maria-Krankenhaus angemieteten Räumlichkeiten betrat, verspürte sie Freude beim Anblick der hellen, frisch gestrichenen Wände, der bequemen Stühle in den Patientenräumen, der topmodernen medizinischen Ausstattung und den lächelnden Patienten und Angestellten.

Aber nun war sie wirklich besorgt, so besorgt, dass sie nach dem Mittagessen Mut fasste und Luciana Nastase ansprach, als diese ihr auf dem Korridor über den Weg lief. Luciana Nastase war die Frau, die vor fünf Jahren den rumänischen Zweig von GMC Consulting begründet hatte, und Gabriela bewunderte sie, ja empfand beinahe Ehrfurcht vor ihr – sie war Dozentin der Medizin und eine renommierte Wissenschaftlerin, aber zugleich eine Ärztin, die sich immer die Fähigkeit erhalten hatte, ihren Patienten gegenüber Mitgefühl zu empfinden. Als Chefin leitete sie den Unternehmenszweig mit harter Hand, war aber stets aufgeschlossen für die Ansichten ihrer Mitarbeiter.

Jetzt lächelte sie Gabriela zu und warf gleichzeitig einen Blick auf die Cartier-Uhr, die sie an ihrem schmalen Handgelenk trug.

»Ich habe noch zehn Minuten«, sagte sie. »Sollen wir uns ins Personalzimmer setzen, sodass Sie mir erzählen können, was Sie auf dem Herzen haben?«

In dem cremefarben gestrichenen Personalzimmer gab es eine Sitzgruppe mit bequemen Sesseln und Sofas und einen Esstisch, der auf eine subtile skandinavische Art exklusiv aussah, und die Stühle, die ihn umgaben, waren zweifelsohne skandinavische Designermöbel. Luciana Nastase bediente den Nespressoautomat, um ihnen zwei Tassen Kaffee zu holen.

»Also, ich höre«, sagte sie und setzte sich auf einen Stuhl. Unter ihrem blendend weißen Arztkittel, der so gestärkt worden war, dass er knisterte, als sie Platz nahm, trug sie eine goldgelbe Seidenbluse und einen Tweedrock in Herbstfarben.

Gabriela entschied sich, ohne Umschweife zur Sache zu kommen.

»Eine meiner Patientinnen ist heute abgesprungen«, sagte sie, »und das ist leider nicht die erste. Ich mache mir Sorgen, dass die Abbrecherrate zu hoch wird und womöglich eine systemische Ursache dahintersteht, sodass wir Maßnahmen ergreifen müssen. Aber das ist bislang nur ein unbestimmtes Gefühl von mir, ich habe mir noch keine Zahlen dazu angesehen.«

Luciana Nastases sorgfältig manikürte Nägel trommelten gegen die Tischplatte.

»Ein gewisser Drop-out ist natürlich immer einkalkuliert, aber Sie haben recht, dass es heißt, hellhörig zu werden, wenn die Rate zu sehr steigt, und dass wir etwas unternehmen müssen, falls es einen gemeinsamen Grund dafür gibt. Manchmal hat es zum Beispiel daran gelegen, dass eine bestimmte Krankenschwester Patienten vor den Kopf gestoßen hat, weshalb diese Patienten die Studie abgebrochen haben, und dagegen ließe sich leicht etwas unternehmen.«

»Soll ich mir die Abbruchzahlen ansehen?«, fragte Gabriela.

Luciana Nastase schüttelte den Kopf. Ihre im Nacken zu einem Knoten zusammengesteckten Haare waren platinblond, zweifelsohne gefärbt, jedoch so gekonnt, dass sie ganz natürlich aussahen.

»Das ist nicht nötig«, antwortete sie, »ich werde Stefan Hallgrimsson bitten, das zu tun, er bekommt die Zahlen innerhalb von Sekunden aus dem Rechner hervorgezaubert. Aber es ist gut, dass sie sich so engagieren, Doktor Dumitru, das weiß ich zu schätzen.«

Sie erhob sich. Die Audienz war beendet.

Am Nachmittag unternahm Gabriela abermals mehrere Versuche, Ramona Ilie anzurufen, doch es nahm nie jemand ab. Gabriela suchte sich die Adresse der Frau heraus und stellte fest, dass sie in der Nähe der U-Bahn-Station Constantin Brãncoveanu wohnte, zu der sie selbst jeden Tag nach der Arbeit fuhr, um Alexandru bei ihrer Mutter abzuholen. Ob sie vielleicht auf dem Weg zu Maria kurz bei ihr hereinschauen sollte? Oder war das ein zu übertriebener Arbeitseifer?

Als ihr Arbeitstag beendet war, hatte Gabriela diesbezüglich immer noch keine Entscheidung gefällt, speicherte aber Ramona Ilies Adresse in ihrem Handy, bevor sie ihren Computer ausschaltete und zur U-Bahn eilte. Auf dem Weg nach draußen sah sie ihr eigenes Spiegelbild in der Glastür am Empfang; eine junge Frau mit dunklen Haaren, die ihr in einem dicken geflochtenen Zopf über den Rücken hinabfielen, mit einer runden Brille und einer steilen Falte zwischen den Augenbrauen, die sich dort eingegraben zu haben schien. Roman zog sie deswegen immer auf, sagte zu ihr, sie solle sich entspannen und nicht immer alles so ernst nehmen. Sie fragte sich, ob er heute Abend wohl Zeit finden würde, mit ihr zu skypen. Zuletzt hatte er abends oft noch arbeiten müssen, und ihr Telefonat war entfallen. Sie ging in den U-Bahnhof an der Piaţa Romana hinunter, reihte sich in den Menschenstrom der Rushhour ein und ließ sich bis zu den Gleisen mitziehen. Wie immer, wenn sie dort unten wartete, war sie beunruhigt darüber, wie schmal die Bahnsteige an dieser Station waren.

Als sie am Bahnhof Constantin Brâncoveanu ausstieg, hatte sie sich entschieden. Die abgesprungene Patientin aufzusuchen, würde keinen größeren Umweg bedeuten und es würde ihr ein besseres Gefühl geben, wenn sie wüsste, alles versucht zu haben, um in Verbindung mit ihr zu treten.

Ramona Ilie wohnte in einer der kleinen Gassen westlich von Oltenitei, wo einige Viertel mit niedrigen Häusern und mit von Bretterzäunen eingefassten Höfen von dem Abbruchwahn der 60er Jahre verschont geblieben waren. Gabriela kannte sich ganz gut in der Gegend aus, weil sie direkt an den Park grenzte, zu dem ihre Mutter und sie an schönen Wochenendtagen manchmal Ausflüge mit Alexandru unternommen hatten. Sie suchte so lange, bis sie die richtige Adresse gefunden hatte, und blieb vor einer schmalen, grün gestrichenen Brettertür stehen, von der die Farbe abblätterte. Eine Klingel und einen Briefschlitz gab es nicht. Nach einem letzten pflichtschuldigen Versuch, Ramona Ilies telefonisch zu erreichen – abermals, ohne dass abgenommen wurde –, drückte sie prüfend die Türklinke herunter.

Die Tür war unverschlossen und Gabriela stieß sie vorsichtig auf. Sie öffnete sich langsam und widerstrebend, die ungeölten Scharniere quietschten, aber sie führte in einen dahinterliegenden ungepflegten Innenhof, in dem zwei Obstbäume ein weißes einstöckiges Wohngebäude beschatteten. Unten in dem Gebäude stand eine Tür offen, und gerade kam ein Mann heraus, der einen roten Samtsessel trug. Misstrauisch sah er Gabriela an.

»Ich suche Frau Ilie«, sagte sie, »wissen Sie, ob sie zu Hause ist?«

Der Mann hielt inne, setzte den Sessel jedoch nicht ab, den er mit Leichtigkeit tragen zu können schien.

»Und was wollen Sie von ihr?«, fragte er in einem Tonfall, der abweisend und grob klang.

Gabriele versuchte, sich Mut zuzusprechen, sich den Anschein ärztlicher Autorität zu geben, was ihr unangenehm war und schwerfiel, bis auf die wenigen Gelegenheiten, in denen sie in Ausübung ihres Berufs dazu gezwungen war.

»Ich bin Doktor Dumitru«, sagte sie mit so resolut klingender Stimme wie möglich, »Frau Ilies Ärztin. Ich mache mir Sorgen um sie, weil sie einen Termin bei mir versäumt hat und telefonisch nicht erreichbar ist.«

Der Mann schien amüsiert.

»Schuldet Sie Ihnen vielleicht Geld? Das ist doch wohl das Einzige, was einen Arzt in diesen Zeiten noch dazu bewegt, Hausbesuche zu unternehmen.«

Die kräftigen Muskeln an seinen Unterarmen spannten sich unter dem Gewicht des Sessels, aber er hielt ihn immer noch, als würde er nicht mehr als ein Sprossenstuhl wiegen.

Eine Frau kam aus der offen stehenden Tür.

»Was ist los, Vasile, mit wem sprichst du?«, fragte sie.

Vasile nickte zu Gabriela hinüber.

»Sie behauptet, Ramonas Ärztin zu sein«, sagte er, »und ist gekommen, um Geld einzutreiben, dass Ramona ihr schuldet.«

Die Frau, so klein und mager wie der Mann groß und kräftig, trat ein paar Schritte vor und sah Gabriela mit dunklen, stechenden Augen an.

»Ramona ist weggezogen«, sagte sie, »und wir sind dabei, ihre Wohnung leerzuräumen. Sie hat nicht viel mitgenommen und gesagt, dass wir das nehmen können, was wir haben wollen. Wir wohnen einen Stock über ihr, hier im Haus.«

Gabrielas Mund war trocken, so trocken, dass ihr die Zunge am Gaumen klebte. Etwas an der Haltung des Paares, ihr defensives Auftreten und ihre feindseligen Blicke flößten ihr Unbehagen ein. Ist ja lächerlich, rief sie sich selbst zur Vernunft, es gibt keinen Grund, sich am helllichten Tage in einer gewöhnlichen Straße in Bukarest, nur einen Steinwurf von der U-Bahn entfernt, bedroht zu fühlen.

»Wann ist sie denn ausgezogen, und wohin?«, fragte sie nach.

Die Frau zuckte die Schultern.

»Sie ist heute früh aufgebrochen, wollte nach Italien«, erzählte sie. »Ihre Tochter hat ihr anscheinend eine Fahrkarte geschickt und eine Stelle besorgt. Nicht als Näherin, aber heutzutage kann man ja nicht wählerisch sein.«

Damit musste sie sich wohl zufriedengeben, dachte Gabriela missmutig. Es schien zumindest den Anschein zu haben, als ob diese Menschen Ramona Ilie kannten, und es gab keinen Grund, ihnen zu misstrauen. Sie bedankte sich für die Auskünfte und wandte sich um, um zu gehen.

Doch an der schmalen Tür zur Straße blieb sie trotzdem noch einmal stehen und blickte über die Schulter. Eine zweite Tür in dem Haus stand offen, die in die obere Wohnung zu führen schien, und sie sah gerade noch Vasiles grobe Stiefel eine steile Treppe hinauf verschwinden.

Gabriela zögerte nur ein paar Sekunden. Dann eilte sie leise über den Hof und durch die Tür im Erdgeschoss. Ramona Ilies Wohnung war klein und dunkel und es roch nach gekochtem Kohl. Einen Blick in die beiden Zimmer und die kleine Küche zu werfen, ging schnell. Das Zimmer zum Hof, das am größten und hellsten wirkte, war beinahe leer, aber in einer Ecke befand sich noch eine Schneiderpuppe und an den Wänden hingen ein paar Bilder. In dem kleineren Zimmer stand noch ihr Bett, ohne Bettzeug zwar, aber mit der Matratze.

Ein dunkler, unregelmäßiger Fleck breitete sich wie ein groteskes Rorschachgebilde auf dem blau-gestreiften Matratzenbezug aus. Gabriele fuhr mit einem Finger darüber. Der Fleck war trocken und fühlte sich steif an. Sie ging neben dem Bett in die Hocke, schnupperte an dem Fleck und vernahm einen Geruch, der ihr als Ärztin nur allzu vertraut war.

Die Matratze der verschwundenen Ramona Ilie war überzogen mit geronnenem Blut.

KAPITEL 3

Granåkers Hästberg, Schweden

Freitag, 3. September 2010

Astrid trat zwei Schritte zurück und starrte das Haus an. Die Nylongardine bewegte sich nicht mehr, und in dem Zimmer, das dahinterlag, war es zu dunkel, um von dem sonnigen Hof aus hineinschauen zu können. Aber als sie zum Dach hochsah, fiel ihr auf, dass die Luft über dem Schornstein vor Hitze flimmerte und ein dünner Rauchfaden vom Schornstein aufstieg. Jemand hatte in dem Haus, in dem einst Mikael Granberg gelebt hatte, Feuer gemacht. Jemand hielt sich dort auf.

Getrieben von unbändiger Neugier ging sie hinüber zu der von Rissen durchzogenen Treppe aus Beton. Just als sie einen Fuß auf die erste Stufe gestellt hatte, wurde mit einem heftigen Ruck die Haustür aufgerissen und eine Frauenstimme zischte wütend in dem unverkennbaren Dialekt dieser Gegend:

»Ja, so kommen Sie doch herein, wenn Sie etwas wollen, und stehen nicht da auf dem Hof herum und spionieren! Sie sind vom Sozialamt, oder?«

Astrid betrat einen schmalen Flur, der zu düster war, um überhaupt irgendetwas darin zu erkennen, und folgte der Unbekannten durch eine Tür, die in das Zimmer mit den Nylongardinen und den verwelkten Topfpflanzen führte. Sie kam in eine Küche, die aussah, als stammte sie noch aus den 50er Jahren und sei nie renoviert worden. Die blaue Farbe der Küchenschränke blätterte ab und der hochbetagte E-Herd, der neben einem Holzofen samt Ofenhaube stand, bedurfte einer gründlichen Reinigung – wenn er denn überhaupt noch funktionierte. Der Kühlschrank war ein kompaktes altes Modell, der auf Füßen ruhte.

Die übrige Möblierung der Küche bestand nur aus einem Tisch und zwei Sprossenstühlen, alle drei in bedauernswertem Zustand. Auf einem der Stühle saß eine zweite Frau und blickte trostlos auf die Berge von Papieren, die den Tisch übersäten. Es schienen Rechnungen zu sein. Die ganze Küche strahlte eine so erbärmliche und hoffnungslose Armut aus, wie sie Astrid viele Male auf dem Balkan begegnet war, deren Existenz sie in Schweden anno 2010 jedoch niemals erwartet hätte.

Die Frau, die ihr die Haustür geöffnet hatte, ging zum Holzofen, öffnete die Luke mit dem Schüreisen und stöhnte:

»Verflucht, jetzt ist das Feuer in diesem schwachsinnigen Ofen schon wieder erloschen! Was muss man bloß tun, damit dieser alte Scheiß funktioniert?«

»Haben Sie es mit der Zugluke versucht?«, fragte Astrid. Es musste dieses Gefühl sein, sich auf dem Balkan zu befinden, dass sie dazu veranlasste, ruck, zuck in die Rolle als Helferin zu schlüpfen, dachte sie. In den Jahren, in denen sie bei verschiedenen Wohltätigkeitsverbänden tätig gewesen war, hatte sie gelernt, dass ein bisschen praktisches Geschick eine gute Möglichkeit war, verschlossene Türen zu öffnen und Misstrauen abzubauen. Sie ging zum Holzofen, öffnete eine kleine Luke im unteren Teil des Ofens und griff nach der Streichholzschachtel, die danebenlag.

»Kann ich mal ein Stück Papier haben«, sagte sie, »am besten Zeitungspapier.«

»Das Papier ist aus«, sagte die Frau am Küchentisch deprimiert, »es sei denn, wir verfeuern die Rechnungen.«

»Hatten wir nicht noch einen Prospekt vom Pizzaservice?«, fragte die andere. Ihre Freundin schüttelte den Kopf.

»Den haben wir schon benutzt.«

»Aber Zeitungen, haben Sie denn nicht irgendeine alte Zeitung?«, fragte Astrid nach. Die Frau, die ihr die Tür geöffnet hatte, schnaubte.

»Doch, gewiss, wir abonnieren schließlich die *Washington Post* und *Le Monde* und wie sie alle heißen, ja, wir lieben es, über die neuesten Kolumnen zu diskutieren, aber der Postbote hat uns letzte Woche wohl vergessen«, sagte sie sarkastisch.

Astrid ignorierte ihren Spott und kramte in ihrer Handtasche, die leider außergewöhnlich gut aufgeräumt war, sodass keine alten Quittungen und Papiertaschentücher mehr darin zu finden waren. Prüfend fuhr sie mit den Händen in ihre Taschen, stieß auf den Brief an Gabriels Anwalt, riss den Umschlag auf und nahm das Antragsformular für die Scheidung heraus, das aus zwei Bögen bestand. Das letzte Blatt, das mit Gabriels und ihrer Unterschrift, steckte sie wieder in das Kuvert, das erste aber zerriss sie in Streifen, knüllte die Hälfte davon zu einem kleinen Ball zusammen und steckte ihn zwischen die halb verbrannten Holzscheite in die Ofenluke. Dann entzündete sie die beiden übrig gebliebenen Papierstreifen und ließ sie in die Zugluke fallen, worin sie rasch verschwanden. Jetzt war es ziemlich einfach, das Feuer in Gang zu bekommen. Sie wartete ab, bis es wieder richtig aufgeflammt war, und schloss die Luke.

»So, jetzt brennt es«, sagte sie.

»Nicht übel«, bemerkte die Türöffnerin gnädig. Sie hatte sich auf den zweiten Küchenstuhl gesetzt und musterte Astrid mit ungeniertem Interesse. Astrid erwiderte den Blick. Die beiden Frauen glichen sich wie Schwestern, beide waren Mitte vierzig, beide trugen Jeans und ausgeleierte T-Shirts, die blasse und furchtbar dünne Arme enthüllten. Beide hatten schulterlange, kaputte Haare, die nicht ansatzweise nach einer Frisur aussahen und die sie wohl selbst geschnitten hatten. Die Haare der Frau mit den traurigen braunen Augen waren aschblond, die ihrer weniger auf den Mund gefallenen Freundin waren in einem eigentümlichen Schwarz gefärbt, das fast lila schimmerte, mit einem etwa zwei Zentimeter langen dunkelblonden Ansatz. »Und Sie kommen vom Sozialamt?«, wollte sie wissen, während sie Astrid weiterhin studierte. Dann schüttelte sie den Kopf.

»Nee, Sie sind keine Tante vom Sozialamt, die erkenne ich auf den ersten Blick. Dafür haben Sie die falschen Haare, die falsche Kleidung, die falsche Handtasche und die falsche Haltung. Also, was zum Teufel tun Sie hier?«

Astrid lächelte mild, während eine Idee in ihrem Kopf Gestalt annahm.

»Ihnen helfen, Feuer im Ofen zu machen, vielleicht? Ich bin zufällig vorbeigefahren und habe gemerkt, dass es nach Rauch roch. Ich wollte mich nur vergewissern, dass es hier nicht brannte, weil ich dachte, das Haus stünde leer. Haben Sie einen Stuhl, sodass ich mich einen Augenblick setzen kann, nachdem ich Ihnen mit dem Feuermachen geholfen habe?«

Die aschblonde Frau stand auf und verschwand in Richtung Flur. Ihre Freundin starrte Astrid weiterhin an.

»Aber, sagen Sie mal, irgendwoher kenne ich Sie doch«, rief sie plötzlich aus, »Augenbrauen wie Ihre vergisst man nicht. Das Kind des Rektors, oder? Långström, und dein Name war … Astrid, oder?«

»Er war Studienrektor«, sagte Astrid, »und ich habe inzwischen einen anderen Nachnamen. Aber ansonsten stimmt alles.«

Die aschblonde Frau kehrte mit einem Schemel zurück, den sie Astrid hinstellte. Obwohl draußen die Sonne schien, war es schummrig in der Küche, aber plötzlich fiel das Tageslicht so herein, dass sie sie besser erkennen konnte. Sie erinnerte sich leicht an Gesichter und musste nicht besonders lange in den Vorratskammern ihres Gedächtnisses kramen, um die der beiden Frauen mit den Gesichtern der jungen Mädchen in Verbindung zu bringen, die sie vor dreißig Jahren gekannt hatte. Camilla Granberg und Carina Svahn hatten beide vorübergehend einen gewissen Bekanntheitsstatus an der Schule gehabt, die auch Astrid besucht hatte und an der ihr Vater Torbjörn Långström Studienrektor und Lehrer für Schwedisch gewesen war – Camilla als die Schwester des verschwundenen Mikael Granberg, Carina als das Bad Girl der Schule, destruktiv und mit gestörtem Sozialverhalten.

»Aber du erinnerst dich bestimmt nicht mehr an uns«, sagte Carina und sah sie mit herausforderndem Blick unter dem schwarzlila Pony hervor an.

»Aber natürlich, wir waren doch im selben Jahrgang«, erwiderte Astrid. »Carina und Camilla, long time no see. Bekomme ich vielleicht eine Tasse Kaffee angeboten, um das Wiedersehen zu feiern?«

Camilla schien betreten, Carina aber verzog den Mund zu einem hämischen Lächeln.

»Oh, wir täten nichts lieber als dich zu einem kleinen Souper einzuladen, aber bedauerlicherweise hat uns der Stromlieferant vorgestern den Strom abgestellt. Wir konnten den Champagner und die Gänseleber also leider nicht kühl stellen, da der Kühlschrank nicht funktioniert, ganz zu schweigen vom Ofen und der Wasserpumpe und dem Kristalllüster im Salon.«

»Wir können doch das Wasser aus der Regentonne auf dem Holzofen heiß machen«, murmelte Camilla, »aber wir haben nur noch so wenig Kaffee, dass er wahrscheinlich nicht für drei reicht.«

»Kein Problem, Kaffee habe ich, wenn du dich ums heiße Wasser kümmerst«, antwortete Astrid, öffnete ihre Handtasche und zog einen kleinen Stoffbeutel mit Instantkaffee und Schokostückchen heraus, die sie für unerwartete Notlagen immer aus Hotels und von Flugreisen mitnahm. Und die Situation, in der sie nun gelandet war, ließ sich wohl als solche bezeichnen.

Der Kaffee und die Schokolade brachte Camilla dazu, ihre angespannte Haltung aufzugeben, aber in Carinas gelbgesprenkelten Augen sah Astrid immer noch Skepsis und Misstrauen. Sie ist nicht auf den Kopf gefallen und ahnt, dass ich einen Hintergedanken habe, dachte Astrid, ich muss mir etwas einfallen lassen, damit sie mir vertraut.

»Ist aus dir nicht irgendetwas Tolles geworden, eine Botschafterin oder so? Vor ein paar Jahren hattest du doch im Lokalradio so 'ne Sommersendung, in der du erzählt hast, wo du überall gearbeitet hast, in Japan und Brüssel und Rumänien und wer weiß wo noch.«

»So ähnlich«, antwortete Astrid, »keine richtige Botschafterin, aber Diplomatin.«

»Und was tust du dann hier mitten im Herbst in Dalarna, hast du etwa Urlaub im September?«

Carinas Fragen klangen nicht gerade wohlwollend. Astrid biss die Zähne zusammen. Hier wurde ihr eine Möglichkeit eröffnet, die nicht auszunutzen an Dummheit grenzte. Aber es widerstrebte ihr.

Sie zuckte die Schultern und senkte absichtlich ihren Blick, so als schämte sie sich, wie eine Verliererin, als sei sie ein Unglücksrabe wie sie.

»Nein«, sagte sie leise, »ich arbeite von zu Hause aus, schreibe

Berichte für die Botschaftsabteilung, allerdings nur in Teilzeit, die andere Hälfte der Arbeitszeit bin ich krankgeschrieben.«

»Ha!«, rief Carina triumphierend aus. »Ich hab mir schon gedacht, dass so etwas dahintersteckt! Probleme mit 'nem Kerl, oder? Das kann jeden fertigmachen. Ich hab gesehen, dass du mit Scheidungspapieren Feuer gemacht hast. Erzähl, bumst er eine andere?«

Camilla warf ihrer Freundin einen vorwurfsvollen Blick zu.

»Ja, und ich habe sie auf frischer Tat ertappt«, sagte Astrid.

Carina stützte die Ellenbogen auf den Tisch und beugte sich mit funkelnden Augen vor.

»Lass hören! Raus mit dem Scheiß, es wird dir viel besser gehen, wenn du es erzählt hast. Wer ist die Schlampe und was hast du jetzt mit ihr vor? Falls du es noch nicht weißt, kann ich ihr für dich einen Fluch senden, in so was bin ich gut, das habe ich von einer finnischen Zigeunerin gelernt, die ich im Gefängnis kennengelernt habe. Obwohl das selbstverständlich nicht umsonst wäre ...«

Astrid holte tief Luft. Sie hatte nie mit irgendjemandem über den Zwischenfall gesprochen und sich gegenüber allen, die versucht hatten, das Thema anzuschneiden, hinter eine Mauer des Schweigens zurückgezogen, als könnte Schweigen die Bilder, die sie noch immer in ihrem Kopf vor sich sah, auslöschen und die Schmerzen einfach verschwinden lassen. Jetzt zwei alten Schulkameradinnen, mit denen sie nicht das Geringste gemeinsam hatte, den quälendsten Moment ihres Lebens zu schildern, kam ihr genauso absurd vor wie ihr Leben in den letzten Wochen. Aber vielleicht konnte es in diesem Fall auch ein Vorteil sein, ihre Geschichte zu erzählen.

»Es war in Bukarest«, begann sie, »die schwedische Außenministerin war zu Besuch und es wurde ein Empfang für sie gegeben. Stellt euch einen warmen Abend Ende Juni vor, eine palastartige alte Villa mit einem großen Garten voller duftender Rosen, Steinbänke und Springbrunnen. Fein gekleidete Leute, ein Streichquartett, Ober, die Tabletts mit Drinks und Häppchen herumreichen. Ich habe mich mit einem Rumänen unterhalten, der gerne Agneta, der Außenministerin, vorgestellt werden wollte, und da es auch für sie interessant gewesen wäre, ihn kennenzulernen, wie ich dachte, begab ich mich auf die Suche nach ihr. Jemand hatte sie in den Garten gehen sehen, und dort fand ich sie tatsächlich. Agneta und meinen Mann, *in flagranti*.

»Im Ernst?«, rief Carina aus. »Dein Mann und diese scheinheilige blonde Schlampe? *In flagranti* bedeutet ›auf frischer Tat ertappt‹, oder? Was haben sie gemacht, haben sie ganz normal gevögelt oder hatten sie Oralsex oder …«

»Carina! Jetzt reiß dich aber mal zusammen!«, ermahnte Camilla sie.

»Na gut, überspringen wir die pornografischen Details. Aber was hast du dann gemacht, Astrid?«

Astrid seufzte.

»Etwas ziemlich Dummes«, bekannte sie, »obwohl es mir in dem Augenblick wie eine brillante Idee erschien. Ich habe mit dem Smartphone ein paar Bilder von ihnen geschossen, vier waren es, glaube ich, und sie bei Twitter mit dem Kommentar ›Außenministerin Agneta Myhre verbindet während ihres Besuchs in Bukarest Arbeit mit Vergnügen‹ hochgeladen.«

Carina brach in lautes Gelächter aus und hob die Hand zu einer High-Five-Geste.

»Respekt, Schwester! Das war ja noch besser als meine Flüche. Und, was ist dann passiert?«

Astrid hatte ihren Account bei Twitter erst knapp eine Woche vor dem schicksalhaften Junitag erstellt, und so hatte sie erst zweiundzwanzig Follower, von denen sich fünf – oder sieben, wenn man Agneta und Gabriel mitzählte – auf dem Empfang befanden. Sie hatten sich in versammelter Mannschaft über Astrid geworfen und dafür gesorgt, dass sie den Tweet löschte.

Das war etwa eine Viertelstunde gewesen, nachdem sie ihn gepostet hatte, und irgendwo im Cyberspace schwirrte er bestimmt immer noch wie eine tickende Zeitbombe umher. Aber die Krisenbewältigung hatte schnell und effektiv funktioniert und die signifikante Unterschrift von Elias Markström getragen – wenn nötig, konnte er wie ein Laserstrahl die oft schwerfällige Verwaltung der Botschaft durchdringen. Astrids Twitterkonto war mit sofortiger Wirkung gelöscht worden und kleine Infos von »gehacktem Konto« und »manipulierten Fotos« waren diskret an alle gestreut worden, die womöglich die Bilder hätten gesehen haben können. Astrid selbst war, energisch und nicht besonders freundlich, aufgefordert worden, sich augenblicklich beurlauben zu lassen und aus Bukarest abzureisen, während ihre Chefs über ihr weiteres Schicksal entscheiden würden. Die Ermittlungen des Zwischenfalls in der Botschaft hatten ergeben, dass Astrid bereits davor Anzeichen von Überanstrengung und psychischen Beschwerden gezeigt hätte, weshalb sie krankgeschrieben worden war, zuerst Vollzeit, dann halbtags. Sie argwöhnte, dass sie es trotz allem Elias Markström zu verdanken hatte, dass sie immer noch zum Mitarbeiterstab gehörte.

Mit ihrer Geschichte hatte Astrid genau das erreicht, was sie beabsichtigt hatte. Weil Carina und Camilla nun eine verwandte Seele in ihr sahen, der ebenso übel mitgespielt worden war wie ihnen und die sich ebenso mit der Obrigkeit im Clinch befand, waren sie bereit, sich ihr etwas mehr zu öffnen. Während sie Astrids Reservevorrat an Kaffee und Schokolade aufbrauchten, erfuhr sie, dass sich die Sozialversicherung von Camilla weigerte, weiterhin Krankengeld zu zahlen – »das ist dasselbe wie Frühpension«, erklärte Carina freundlich – und sie aufgefordert hatte, sich eine Arbeit zu suchen. Nachdem Camilla jedoch jahrelang nicht gearbeitet hatte, blieb ihr kein Anrecht auf Arbeitslosengeld, und da sie Grundstückseigentümerin war, konnte sie wiederum keine Sozialhilfe erhalten. Aber niemand wollte sie einstellen, das Haus war unverkäuflich und die Rechnungen für Strom, Müllabfuhr, Abwasser und andere Ausgaben türmten sich wie die Inkassoforderungen und Verzugszinsen immer höher auf.

»Bald wird bestimmt der Gerichtsvollzieher mit den staatlichen Einsatzkräften das Haus umzingeln«, so Carina. »Oder die Hells Angels kommen, um Knete zu erpressen.«

»Auf welche Summe belaufen sich die Stromrechnungen denn?«, fragte Astrid.

»Nun, die Klimaanlage verbraucht natürlich ihren Teil«, sagte Carina und vollführte eine ausladende Geste mit der Hand, »ganz zu schweigen vom Heimkino und dem Wellnessbereich im Keller …«

»Hör auf, Carina!«, meldete Camilla sich müde zu Wort und reichte Astrid das letzte Forderungsschreiben des Stromkonzerns. Astrid sah, dass die Summe, die für Camilla astronomisch wirken musste, für sie selbst eine Bagatelle gewesen wäre. Onkel Lars, der kaum jemals irgendwelches Geld verbraucht hatte, hatte ein erstaunlich gut gefülltes Sparkonto und darüber hinaus ein paar unangetastete sogenannte »Waldkonten« besessen, die für Waldeigentümer wie ihn eine besonders gute Steuerersparnis boten. Zudem hatte sie ihren Anteil an der Wohnung, die Gabriel und sie während der Finanzkrise in den Neunzigern günstig erworben hatten, gerade für ungefähr das Sechsfache des ursprünglichen Preises verkauft.

»Ich übernehme das, ich bezahle die Rechnung«, sagte sie. »Das kann ich übers Internet regeln, ich rufe den Stromlieferanten an, dann habt ihr morgen wieder Strom.«

»Warum solltest du das tun?«, fragte Carina, plötzlich wieder misstrauisch.

Astrid zuckte die Schultern.

»Betrachtet es als ein Darlehen, zinsfrei natürlich. Ihr könnt hier doch nicht ohne Strom hocken, wenn es kalt wird, und ich habe im Augenblick mehr Geld als ich brauche. Ihr könnt heute Nacht auch bei mir übernachten, wenn euch nach einer Dusche oder so ist.«

»Danke«, sagte Camilla leise, »das Angebot nehme ich gerne an. Mach jetzt keinen Zirkus, Carina, du kannst dir ja denken, wie es in ein paar Wochen sein wird, draußen aufs Plumpsklo zu gehen und das Eis auf der Regenwassertonne zu zerschlagen.«

Zu Astrids Erleichterung lehnte Carina Svahn das Angebot, bei ihr zu übernachten, mit der gemurmelten Erklärung ab, dass sie nach Hammarås fahren müsse, um »beim Jobcenter vorbeizuschauen«. Astrid, die beschlossen hatte, dass ihre eigene Fahrt nach Hammarås warten konnte, setzte Carina bei der Bushaltestelle an der Kreisstraße ab, nachdem diese fünfzig Kronen für das Busticket von ihr »geliehen« hatte – Geld, das Astrid niemals wiedersehen würde, das war ihr klar. Aber diese kleine Ausgabe übernahm sie nur zu gern. Es würde viel leichter sein, Camilla feinfühlig auszufragen, wenn die argwöhnische Carina mit dem scharfen Blick nicht dabei war.

»Wollte sie wirklich zum Arbeitsamt?«, fragte Astrid mit einem Seitenblick zu Camilla auf dem Beifahrersitz.

»Ich glaube schon«, erwiderte Camilla, »oder aber sie trifft sich mit einem Typen, dem eine Reinigungsfirma gehört. Manchmal übernimmt sie tatsächlich Putzjobs, meistens schwarz, aber das bringt ihr immerhin etwas Geld ein. Und falls du dich fragen solltest, ob sie ihren Dealer aufsuchen würde, so glaube ich das nicht. Sie versucht, sauber zu bleiben, deshalb wohnt sie auch hier draußen bei mir im Wald. Carina ist Großmutter geworden, weißt du, aber ihre Tochter will sie das Kind nicht sehen lassen. Bisher hat sie nur einmal einen kurzen Blick auf ihn werfen können, er ist furchtbar süß, aber sie hofft, bis zu seinem ersten Geburtstag so weit zu sein, dass sie Umgang mit ihm haben darf.«

Nach dieser langen Replik sagte Camilla während der restlichen Autofahrt kein Wort mehr, saß nur mit halb geschlossenen Augen da, döste in dem bequemen Ledersitz vor sich hin und öffnete erst wieder die Augen, als Astrid auf den Hof bog und den Wagen zum Stehen brachte.

»Sag bloß, du wohnst hier!«, rief Camilla überrascht. »Das ist doch der Sammilshof!«

Astrid spürte ihre Handflächen feucht vor Schweiß werden. Sie hatte sich schon gefragt, ob Mikael Granberg Onkel Lars jemals begegnet war, ob er eine Person gewesen sein könnte, die Mikael wiedererkannt hätte und mit der er mitgegangen wäre, und was Camilla da sagte, hörte sich so an, als ob die Antwort auf diese Frage Ja lauten könnte.

»Ja, er gehört mir«, sagte sie beiläufig, »ich habe ihn vor einiger Zeit von meinem Onkel geerbt. Wieso, bist du schon einmal hier gewesen?«

Camilla stieg aus und blickte sich auf dem Hof um.

»Ja«, sagte sie leise, »ich bin ein paarmal mit meinem Vater hier gewesen, bevor … du weißt schon, vor der Sache mit Mikael. Mein Vater hat ein paar forstwirtschaftliche Geschäfte mit Sammils Mats unterhalten, glaube ich. War er dein Onkel?«

»Er war mein Großvater«, klärte Astrid sie auf, »und Lars,

sein Sohn, war der Bruder meiner Mutter. Bist du ihm mal begegnet?«

Camilla lächelte.

»Ja, ich erinnere mich an ihn. Er war sehr schüchtern, oder? Als wir das erste Mal hier waren, hat er sich im Holzschuppen versteckt, als wir Kaffee getrunken haben, aber später, als Micke und ich auf den Hof hinausgegangen sind, ist er rausgekommen und hat sich mit uns unterhalten. Er war nett, er hat uns am Waldrand eine Stelle mit Walderdbeeren gezeigt, und als wir im Herbst wieder hier waren, hat er uns in den Wald begleitet und uns gezeigt, wo Pfifferlinge wuchsen.«

Astrid bot Camilla an, zu duschen, während sie sich um die Stromrechnung kümmerte, und Camilla nahm dankbar das Angebot an, die kleine Duschkabine zu benutzen, die irgendwann in den achtziger Jahren eingebaut worden war. Als sie wieder aus der Dusche kam, mit rosigen Wangen und nassen Haaren, war die Rechnung beglichen, der Kaffee fertig und der Tisch mit Brot, Käse und Tomaten gedeckt. Ideale Voraussetzungen für ein vertrauliches Gespräch, und genau wie Astrid angenommen hatte, erzählte Camilla gerne von ihrem Leben, nun, da sie ausnahmsweise einmal jemanden hatte, der ihr aufmerksam zuhörte.

Es war eine düstere Geschichte, die sie da wiedergab. Die Ehe der Eltern war in die Brüche gegangen, nachdem ihr Sohn verschwunden war. Camillas Vater war nach Sandviken gezogen und hatte eine neue Familie gegründet, während ihre Mutter zunehmend häufiger Trost im Alkohol gesucht und immer mehr Zeit darauf verwandt hatte, lange, verwirrte Briefe an die Lokalzeitung, den Bezirkspräsidenten und den König zu schreiben, wie inkompetent die polizeilichen Ermittlungen geführt worden seien. Camilla, einst ein wohlerzogenes kleines Mädchen, hatte nach und nach angefangen, die Schule zu schwänzen und mit den Bad Girls der Schule herumzuhängen, um wenigstens noch ein bisschen Aufmerksamkeit zu bekommen, war dadurch aber nur noch weiter abgerutscht. Sie hatte eine Ausbildung zur Kindergärtnerin begonnen und an mehreren Vorschulen gearbeitet, bis sie immer häufiger und länger wegen psychischer Probleme krankgeschrieben worden und vor sieben Jahren frühpensioniert worden war.

»Und das ist alles Mickes Schuld«, schloss sie und starrte ausdruckslos aus dem Fenster. »Ich kann mich noch an den Tag seines Verschwindens erinnern, weißt du. Es war ein Sonntag, Mama hat Safrangebäck gebacken und ich habe mich auf Weihnachten gefreut, und alles war so gemütlich. Und dann war plötzlich alles nur noch schrecklich.«

»Was glaubst du, ist passiert?«

»Keine Ahnung«, erwiderte Camilla, »aber er ist wohl gestorben, davon gehe ich aus. Und ich habe die polizeiliche Ermittlungsakte gelesen. Ein Psychologe, zu dem ich eine Zeitlang gegangen bin, hat gedacht, dass es gut für mich sei, sie zu lesen, um einen Strich unter die ganze Geschichte ziehen zu können, er hat mir also dabei geholfen, dass die Polizei die Akte rausgerückt hat.«

»Und was stand da drin?«, fragte Astrid gespannt. »Manchmal hat die Polizei ja eine Hypothese, auch wenn sie sie nicht beweisen können.«

Camilla schnaubte.

»Von wegen! Eine ihrer cleveren Theorien lautete, dass meine Mutter etwas damit zu tun gehabt haben könnte, ein Unfall oder so geschehen sei, und sie den Leichnam versteckt hat. Und ja, sie konnte manchmal furchtbar schlechter Laune sein, aber was das betraf, waren die Polizisten völlig auf dem Holzweg, und das hätte ich ihnen auch sagen können, wenn sie mich jemals richtig verhört hätten. Aber das haben ja sie nie getan, obwohl sie es damit wohl nur gut meinten. Nun ja, und dann haben sie noch alle Autos aus der Gegend überprüft, aber die Besitzer hatten alle so ihre Gründe, weshalb sie in der Nähe unterwegs gewesen waren. Dabei handelt es sich bei uns doch um eine recht einsame Gegend, wer weiß also, wen oder was sie alles nicht erfasst haben.«

»Und was glaubst du?«, fragte Astrid.

Camilla starrte erneut aus dem Fenster.

»Ich glaube, es war wegen Stella«, sagte sie langsam, »unserem Dackel. Sie war flink, schlüpfte einfach durch die Haustür hinaus, wenn man sie nicht richtig schloss, und die war etwas schwergängig. Dann ist sie immer in den Wald ausgebüxt und hat Tiere vor sich hergetrieben. Sie war ein Jagdhund, weißt du, mein Vater trainierte sie entsprechend. Vielleicht ist sie an dem Tag weggelaufen und Micke ist ihr gefolgt. Und ja, dann hat die Polizei noch ein paar Männer aufgetrieben, die sich an dem Tag, als Micke verschwunden ist, draußen im Wald aufgehalten haben. Sie waren zu dritt und haben sich angeblich die ganze Zeit über nicht getrennt, weshalb sie nie verdächtigt wurden. Aber sie haben zu Protokoll gegeben, dass jemand an dem Tag auf der Jagd war, sie hatten gehört, dass eine Treibjagd im Gange war und einen Hund mit einem schönen Fährtenlaut gehört, haben sie gesagt. Und noch eine andere Theorie der Polizei war, dass Micke versehentlich erschossen wurde, durch einen Querschläger, und der Schütze den Körper verscharrt hat. Aber der Jäger wurde nie gefunden und niemand hatte einen Schuss gehört.«

Sie sah Astrid an.

»Es war Stella«, sagte sie ernst, »sie hatte diesen verflixten Fährtenlaut, unser Vater war deshalb wahnsinnig stolz auf sie, sagte, dass eine ausgezeichnete Jagdhündin aus ihr werden würde.

Ich glaube, dass sie in den Wald gelaufen ist und Micke ihr nachgerannt ist und dann entweder jemandem begegnet oder in eine alte Grube gefallen ist. Stella war wohl die Einzige, die wusste, was wirklich passiert ist, schade nur, dass sie nicht sprechen konnte. Papa hat sie mit nach Sandviken genommen und sie hat noch bis 1989 gelebt. Er hat es mir in einem Brief geschrieben. Als hätte mich das geschert! Er hatte schließlich kaum jemals von sich hören lassen. Ich habe ihn in den letzten zehn Jahren kein einziges Mal gesehen.«

Ihre Stimme klang verdächtig zittrig und sie fuhr sich mit dem Handrücken über die Augen.

»Nun, das war meine traurige Geschichte«, sagte sie. »Sollen wir jetzt von etwas Angenehmerem reden?«

Camilla richtete sich in dem leeren Zimmer im ersten Stock ein, während Astrid überlegte, was sie zum Abendessen kochen sollte. Im Kühlschrank waren nur noch ein paar überreife Avocados, ein halber welker Salatkopf, Eier und Käse. Das reichte vielleicht noch für ein Omelett, für mehr aber auch nicht. Sie hatte in der letzten Zeit nicht so sehr darauf geachtet, was sie aß. Vielleicht konnte sie ja etwas von Hildur bekommen, deren sorgfältig gepflegter Gemüsegarten noch reichlich zu bieten hatte.

»Was hältst du von Pfifferlingen?«, fragte Camilla in einem überraschenden Anfall von Begeisterung. »Ich liebe Pfifferlinge, und ich bin mir sicher, dass ich die Stelle, die dein Onkel uns damals gezeigt hat, wiederfinden würde. Ich könnte kurz hingehen und nachsehen, ob noch welche da sind, während du die Frau vom Nachbarhof um Gemüse bittest. Hast du ein Fahrrad? Damit geht's schneller.«

»Natürlich«, antwortete Astrid und ging zum Holzschuppen, um das alte Rad ihrer Großmutter zu holen, das sie selbst manchmal nahm. Als sie den Hof überquerte, überkam sie wieder dieses Gefühl, dieses unbehagliche Gefühl von Gefahr, als beobachtete sie jemand mit bösem Blick.

Diesmal musste die harmlose Camilla der Auslöser dafür sein, dachte sie müde; ihrem nervigen Unterbewusstsein gefiel es nicht, dass sie eine Zeugin in das Haus aufgenommen hatte, jemanden, der wusste, dass Mikael Granberg ihren Onkel gekannt hatte und glaubte, dass Mikael in den Wäldern verschwunden war, in denen Onkel Lars so gerne umhergestreift war.

Der Himmel hatte sich zugezogen und die Luft war kühl. Skeptisch musterte Astrid Camillas taillenkurze Jeansjacke und fragte sie, ob sie etwas Wärmeres von ihr leihen wollte. Camilla nahm das Angebot sofort an und zog erfreut die leuchtend rote Cabanjacke an, die Astrid meistens überwarf, wenn sie ins Dorf ging.

»Wenn es okay ist, leihe ich mir auch diese Mütze aus«, sagte sie, nahm Astrids schwarze Schirmmütze von der Hutablage, stopfte ihre Haare darunter und ging mit einer Plastiktüte hinaus zum Fahrrad.

Hildur hatte natürlich schon gesehen, dass Astrid Besuch hatte, und war die Neugier in Person.

»Aha, die Tochter der Granbergs«, sagte sie, »ja, sie kann einem leidtun. Sie war ja noch ein Kind, als Kerstin so dem Alkohol verfiel, dass sich die Rollen vertauschten und Camilla sich um ihre Mutter kümmern musste. Und ihr Vater Sven-Erik hat bestimmt vergessen, dass er noch eine Tochter hat, obwohl er doch ab und zu seinen alten Freunden in Hammarås einen Besuch abstattet.«

Sie schüttelte den Kopf und ging hinaus zu ihrem Gemüsegarten. Durch das Küchenfenster sah Astrid, wie Hildur in Gummistiefeln und Arbeitskittel geschwind Wurzelgemüse und Zwiebeln aus der Erde zupfte und einen Salatkopf schnitt. Man konnte von hier aus wirklich gut den Sammilshof und die Dorfstraße überblicken, dachte Astrid. Kein Wunder, dass Hildur immer so gut darüber informiert war, was sich zutrug. Auf der Fensterbank stand sogar ein Feldstecher, »zur Vogelbeobachtung«, wie Hildur augenzwinkernd gesagt hatte.

Astrid fragte sich, was Hildur eigentlich von Onkel Lars gehalten hatte. »Etwas eigen war er«, hatte sie einmal gesagt. Lars musste fast im selben Alter wie Hildur gewesen sein, und es wäre seltsam gewesen, wenn sie sich da keine Gedanken über den Nachbarsjungen gemacht hätte, der nie eine Freundin gehabt und nie geheiratet hatte.

Mit leichter Beklommenheit fragte Astrid ihre Nachbarin danach, als sie wieder hereinkam.

»Weißt du eigentlich, ob Onkel Lars jemals eine Frau hatte oder überhaupt an Frauen interessiert war, Hildur?«

Hildur stand an der Spüle und wusch den Salat, sodass Astrid ihr Gesicht nicht sehen konnte, als diese nach langer Bedenkzeit antwortete.

»Nein, soweit ich weiß, ist da nie jemand gewesen. Ich bin mir nicht sicher, woran das lag, ob er einfach nur schüchtern war oder weniger Bedürfnisse als andere Männer hatte. Er hat schließlich gut ausgesehen, als er jung war, sehr gut sogar, genau wie deine Mutter. Ich habe sogar ein paarmal versucht, ihn mit zum Tanzen zu nehmen, als wir noch jung waren, aber das hat ihm Angst gemacht.«

Sie verstummte und widmete sich wieder den Salatblättern. Aber so übertrieben energisch, wie sie das Gemüse putzte, schien ihr etwas keine Ruhe zu lassen.

»Ich habe natürlich immer gedacht, dass es an der Idiotenanstalt lag und dass ihn die Zeit dort kaputtgemacht hat«, bemerkte Hildur nach einer Weile. »Als er wieder nach Hause kam, war er ziemlich seltsam, und er ist nie wieder geworden wie die anderen. Aber er war ein kluger, netter Mann, in seiner Gesellschaft hat man sich wohlgefühlt. Ich bin mir ganz sicher, dass diese Anstalt ihn kaputtgemacht hat.«

Sie drehte den Wasserhahn zu und wandte sich um, trocknete sich die Hände am Kittel ab und sah Astrid forschend an, deren Gesichtsausdruck ihr alles sagte. Sie setzte sich an den Küchentisch.

»Ach so, das wusstest du nicht. Ich habe mich das manchmal gefragt, wollte es aber nicht ansprechen.«

Astrid stand der Mund offen, sie schnappte wie ein Fisch auf dem Trockenen nach Luft. Ihr war, als hätte sie ein heftiger Schlag getroffen, der ihr jede Luft zum Atmen geraubt hätte. »Idiotenanstalt?«, fragte sie entsetzt. »Aber Onkel Lars war doch kein Schwachkopf, ich meine, er war doch nicht blödsinnig! Ich verstehe nicht, wovon du redest, davon hat mir niemand etwas gesagt.«

Hildurs blasse Augen wirkten nachdenklich.

»Soll ich dir davon erzählen?«, fragte sie. »Vielleicht möchtest du ja auch eine Tasse Kaffee, um dich wieder etwas zu fassen? Sicher nicht?«

Da Astrid vehement den Kopf schüttelte, schenkte sich Hildur selbst eine Tasse aus der Thermoskanne ein und ließ drei Zuckerwürfel in die pechschwarze Flüssigkeit fallen.

»Nun, dein Großvater hat doch in Stockholm gearbeitet, bevor er nach dem Krieg – es muss um 1947 gewesen sein – zurückkam, um den Hof zu übernehmen. Seine Frau kam aus Stockholm, das war nicht zu übersehen, diese Ingeborg hatte nicht viel von einer Bäuerin an sich, wenn du entschuldigst, und hat sich hier nie wohlgefühlt. Sie kamen mit nur einem Kind, deiner

Mutter Inga, hierher, aber nach und nach stellte sich irgendwie heraus, dass sie auch einen Jungen hatten, der in der Nähe von Stockholm in einer Idiotenanstalt war. ›Anstalt für Geistesschwache‹ hieß es ja eigentlich, aber alle sagten nur Idiotenanstalt dazu.«

Sie hob die Tasse an, ihre runzlige Hand war von Altersflecken übersät, und nippte bedächtig an dem starken, süßen Gebräu.

»Schließlich wurde er jedoch hierher, nach Ramsnoret, verlegt«, fuhr sie fort. »Du weißt, wo das liegt, oder? Beim Ramsjön, dem See da oben im Wald. Sehr abgeschieden, und da hat es bis in die 50er Jahre hinein so ein Heim für Geistesschwache gegeben. Und da lebte Lars bis 1952 oder 1953, glaube ich, als die Anstalt schloss.«

»Aber warum? Warum ist er in eine Anstalt gekommen?«, fragte Astrid.

»Keine Ahnung. Hier bei uns kümmern wir uns um unsere Leute, selbst wenn sie ein bisschen anders sind, aber das war in Stockholm sicherlich nicht so, nehme ich an. Mats hat meinem Sigge mal erzählt, dass irgendetwas passiert sei, als er während des Krieges eingezogen worden war, es habe irgendein Problem mit Ingeborg gegeben, weshalb beide Kinder eine Zeitlang in ein Kinderheim kamen, und von dort gelangte Lars in das Irrenhaus.«

Im Krieg, dachte Astrid und erschauerte, da war Lars nicht älter als vier, fünf Jahre und ihre Mutter erst zwei oder drei gewesen. Wie traumatisch, in ein Kinderheim zu müssen, vor allem für Lars, der immer so sensibel gewesen war.

Sie dachte darüber nach, als sie mit dem Gemüse nach Hause ging, dachte an die beiden Kinder, die völlig verängstigt gewesen sein mussten, als sie, ohne zu wissen, wie ihnen geschah, aus ihrem gewohnten, geborgenen Alltag gerissen und in so eine Einrichtung gesteckt wurden. Sie war so tief in Gedanken versunken, dass sie den Gemüsekorb nur geistesabwesend in der Küche abstellte und sich grübelnd an den Tisch setzte. Ihre Mutter Inga war psychisch immer labil und in Astrids Kindheit ein paarmal in der Psychiatrischen Klinik Säter gewesen. Vielleicht war das die Erklärung dafür.

Und Onkel Lars, wie hatte er reagiert? War das das Aus für ihn gewesen, hatte er sich so in sich selbst zurückgezogen, dass man ihn für einen »Schwachkopf« gehalten hatte? Erst die Mütze und jetzt das – ausgerechnet jetzt, während sie sich so einsam und verletzlich wie noch nie fühlte, kamen dunkle Familiengeheimnisse ans Tageslicht.

Erst nach einer halben Stunde fiel ihr auf, dass die Schatten auf dem Hof immer länger wurden. Sie sah auf ihre Armbanduhr und war überrascht, wie spät es schon war. Wo blieb Camilla nur? Sie war schon über eine Stunde weg.

Astrid wusste, dass es Onkel Lars' Pfifferlingsstelle immer noch gab. Mit dem Fahrrad war man in zehn Minuten da. Zehn Minuten hin und zehn zurück, und bestimmt nicht länger als eine halbe Stunde, um die Pfifferlinge zu sammeln, wenn überhaupt noch welche da waren – Camilla war schon entschieden zu lange weg. Allerdings auch nicht so lange, dass man sich ernsthaft Sorgen machen musste.

Astrids Handy piepte. Eine SMS von Camilla, die sich im Wald verirrt hatte und Hilfe brauchte? Besaß Camilla überhaupt ein Mobiltelefon?

Aber die Nachricht kam nicht von Camilla, sondern von Elias Markström, der sie kurz und kryptisch darüber informierte, dass er ein Treffen mit Agneta Myhre arrangiert hätte. »Dein Rendezvous findet am Montag um 11.30 Uhr statt. Komm pünktlich. Du hast es selbst in der Hand.« Heute war Freitag, sie würde sich also noch auf das Gespräch vorbereiten können, dachte Astrid, während sie »O.k.« tippte und sich immer noch fragte, wo Camilla nur blieb.

Nachdem eine weitere Viertelstunde ohne ein Lebenszeichen von Camilla verstrichen war, entschied Astrid, das Auto zu nehmen und nach ihr zu suchen. Es wurde allmählich viel zu dunkel, um sich im Wald aufzuhalten.

Sie fuhr den kleinen Waldweg hoch und schaute beim Fahren immer wieder nach links und rechts. Ein großer Stein markierte die Stelle, an der man auf einen Forstweg abbiegen musste – kaum mehr als ein, zwei buckelige Reifenspuren –, um zu der flachen Böschung mit lichtem Mischwald zu kommen. Astrid war froh darüber, sich für einen Wagen mit Vierradantrieb und hoher Bodenfreiheit unter den Achsen entschieden zu haben, als sie abbog. Camilla musste das Fahrrad irgendwo am Forstweg abgestellt haben, und falls sie sich tatsächlich im Wald verlaufen hatte, müsste Astrid dort mit der Suche nach ihr beginnen.

Doch bis zu den Pfifferlingen war sie nie gekommen.

Im Licht der Scheinwerfer, die die zunehmende Dämmerung durchschnitten, sah Astrid ihr Fahrrad mit verdrehtem Vorderrad auf dem Weg liegen.

Dann sah sie Camilla. Sie musste hoch in die Luft katapultiert worden sein, so weit wie sie vom Rad entfernt lag. Noch hatte die Dämmerung nicht alle Farben geschluckt, ihre rote Jacke schimmerte in der Dunkelheit, rot wie die Walderdbeeren, die Camilla in jenem letzten unbeschwerten Sommer am Sammilshof gepflückt hatte, bevor ihr Bruder verschwunden war.

Astrid stieg aus dem Wagen und eilte zu ihr, während ihr ganzer Organismus auf Krisenmanagement umschaltete – nicht denken, nicht fühlen, nur handeln. Als sie näher kam, sah sie, wie schlimm es stand, und wählte den Notruf, während sie über den unebenen, steinigen Boden lief.

Camilla lag reglos da, mit dem Gesicht zum Boden. Sie musste mit dem Kopf auf einen Stein aufgeschlagen sein, denn dort klaffte eine Wunde, die ganz klebrig von dunklem Blut war, so klebrig wie das Moos darunter. Vorsichtig fasste Astrid nach Camillas Handgelenk und tastete nach der Stelle, wo die Venen dicht unter der Haut lagen, während sie mit der Notfallzentrale sprach.

Sie spürte keinen Puls.

KAPITEL 4

Bukarest

Montag, 13. September 2010

Die Blutflecken auf Ramona Ilies Matratze hatten Gabriela schockiert, aber sie war ratlos, welche Schlüsse sie daraus ziehen oder ob sie überhaupt welche ziehen sollte. Ramona Ilie hatte ihr schließlich mitgeteilt, dass sie nicht länger an der Studie teilnehmen und nach Italien gehen wollte, und ihre Nachbarn hatten das bestätigt. Daran war also nichts Ungewöhnliches.

Trotzdem konnte Gabriela wie üblich nicht aufhören, sich Sorgen zu machen. Wenn sie sich morgens im Spiegel sah, fand sie, dass die Sorgenfalte auf ihrer Stirn noch tiefer geworden war. Gestern hatte sie noch bis spät abends in Nachthemd und Morgenmantel mit Roman geskypt: »Ich dachte, du würdest dich endlich einmal entspannen, nachdem du jetzt ein anständiges Gehalt beziehst, aber meine Kleine findet wohl immer etwas Neues, über das sie sich Gedanken machen kann, was?«, kommentierte er ihren besorgten Blick mit einem Lachen, das liebevoll klingen sollte, es aber nicht war.

Ana Costache war auch der Meinung, dass es keinen Grund zur Beunruhigung gab.

»Ich verstehe wirklich nicht, was mit dir los ist«, sagte sie freundlich. »Frau Ilie ist ausgeschieden, gut, das ist bedauerlich, aber dergleichen passiert ständig. Sie hat erklärt, warum, und ihre Nachbarn haben das bestätigt, und du ereiferst dich über einen Blutfleck. Entspann dich ein bisschen, Gabriela, dafür kann es zig Gründe geben!«

»Nenn mir einen«, sagte Gabriela.

»Menstruationsblutung«, erwiderte Ana, »daran denkt man doch wohl zuerst, und weil sie sowieso wegziehen wollte, hat sie sich nicht erst die Mühe gemacht, die Matratze zu säubern. Oder war sie schon in der Menopause? Sie hat ja ziemlich gepafft.«

»Nein, sie bekam ihre Periode noch«, sagte Gabriela widerstrebend. Das wusste sie, weil die Frage danach in dem Fragenkatalog enthalten war, den alle Probanden zu Beginn der Studie beantworten mussten.

»Na also, da hast du deine Erklärung! Es gäbe verschiedene Möglichkeiten, aber auf diesem Hühnerhof sind Frauenleiden zweifellos das Erste, was einem spontan in den Sinn kommt.«

Sie saßen im Personalraum, und als Gabriela sich umsah, konnte sie nur zustimmen, hier waren weit und breit nur Frauen. Die Krankenschwestern und die beiden Sekretärinnen, die Prüfärzte und Ärzte, sie eingeschlossen, und nicht zuletzt auch ihre Chefin Luciana Nastase und die Qualitätsbeauftragte, die der Pharmakonzern, der die Studie sponserte, geschickt hatte, um zu kontrollieren, dass alles seine Richtigkeit hatte. Der Generaldirektor von GMC dagegen war ein Mann, Professor Traian Ardeleanu, und daneben gab es noch ein paar junge Labortechniker männlichen Geschlechts.

»Nein«, sagte Gabriela und bemühte sich, einen ungezwungenen Ton anzuschlagen, »hier bei der Arbeit wirst du wohl kaum den Mann deines Lebens finden.«

Ana lehnte sich über den Couchtisch, sodass ihre rotbraunen, zu einem Pagenkopf geschnittenen Haare ihr wie ein dichter Vorhang ins Gesicht fielen. Sie zwinkerte Gabriela verschwörerisch zu.

»Da wäre natürlich noch Stefan Hallgrimsson, der Isländer«, sagte sie mit gedämpfter Stimme. »Ich überlege, es mal bei ihm zu probieren.«

»Ich dachte, er wäre an Irina interessiert, sind die beiden nicht mal zusammen ausgegangen?«, wandte Gabriela ein.

Stefan Hallgrimsson hatte kürzlich seine Software für eine Wahnsinnssumme an GMC Consulting verkauft. Gabriela und ihre Kollegen hatten sich an den Kopf gefasst, als sie den Ausschnitt aus einer Wirtschaftszeitung am Schwarzen Brett im Personalraum gelesen hatten. Er hatte eine Software für Prozessmanagement entwickelt, die angeblich sowohl dazu diente, dass man sich nicht mehr mit sogenannten »Flaschenhälsen« in klinischen Arzneimittelstudien herumschlagen musste – hauptsächlich, um die Patientenrekrutierung zu beschleunigen –, als auch dazu, den Warenfluss und die Bevorratung von Fischkonserven und anderen Waren in großen Einzelhandelsketten zu verbessern. Dass er das Programm auf die Bedürfnisse von GMC Consulting zuschneiden sollte, war Teil des Deals, weshalb er jetzt von Tochterfirma zu Tochterfirma fuhr, um die Arbeiten vor Ort zu studieren und sich ein Bild vom Ablauf einer Studie zu machen. Als er das erste Mal den Konferenzraum betreten hatte, um zu erläutern, was seine Aufgabe in der Klinik war, war ein Stromstoß durch die versammelte Frauenschar gegangen, was nicht nur daran lag, dass sie wussten, wie viel Geld er für den Verkauf seiner Software bekommen hatte.

Besonders Irina Georgescu hatte seine Aufmerksamkeit erregt und er hatte sie zum Essen ausgeführt, Irina mit dem langen, grazilen Schwanenhals, der elfenbeinfarbenen Haut und dem Sinn für spöttischen Humor.

»Doch, sie sind zusammen aus gewesen«, flüsterte Ana, »aber es war nicht so berauschend, hat Irina gesagt. Natürlich sei es amüsant gewesen, mit ihm zu reden, und er hätte sie im großen Stil eingeladen und so, sie waren im Casa di David und Irina hat die Gelegenheit wahrgenommen, das Teuerste vom Teuren zu wählen, aber seine Art... Tür aufhalten und Stühle hervorziehen ist wohl nicht so sein Ding. Irina sagte, dass er ihr praktisch die Tür ins Gesicht hat fallen lassen. Da hätte der alte Cosma weitaus bessere Manieren.«

Der alte Cosma war einer ihrer Probanden, ein einbeiniger, ehemaliger Landarbeiter, der einen kleinen Zeitungskiosk betrieb. Er hatte schlechte Zähne und eingewachsenen Schmutz unter den Nägeln, aber wenn er in die Klinik kam, gab er den Krankenschwestern und den Ärztinnen immer einen graziösen Handkuss.

»Er hat Irina also abgeschreckt?«, fragte Gabriela neugierig, bereit, sich für einen Moment dem harmlosen Vergnügen hinzugeben, ein bisschen dem Klatsch zu lauschen.

»Ja, aber was mich betrifft, so hätte ich nichts dagegen, ihm ein paar Manieren beizubringen«, sagte Ana. »So macht man das doch bei Männern, oder?«

Am Nachmittag versuchte Gabriela einige Male Ramona Ilie anzurufen, erreichte aber nur ihre Mobilbox. Selbst das fand Ana vollkommen normal.

»Denk doch mal nach, Gabi«, sagte sie, »es ist teuer für sie, wenn jemand sie aus dem Ausland auf einem rumänischen Handy anruft, deshalb hat sie es ausgeschaltet. Sie wird sich eine italienische Prepaidkarte besorgen, und diese Nummer wirst du nie herausfinden können, weil Ramona Ilie ein schlechtes Gewissen hat und nicht mit dir reden will. Mach dir jetzt einfach keine Gedanken mehr darüber.«

Zwei Patientenbesuche – für Gabriela waren sie immer Patienten, nicht Probanden – ließen Gabriela den restlichen Tag an etwas anderes denken. Beide gaben zufrieden an, dass sie kaum noch ein Verlangen nach Zigaretten hätten, und es freute Gabriela zu sehen, wie sich ihr Leben in den letzten Monaten, seitdem die Studie lief, zum Besseren gewandt hatte. Als Ärztin an einer Lungenklinik hatte sie gesehen, was das Rauchen anrichten konnte, und sie war stolz und glücklich, Teil einer Projektgruppe zu sein, die ein Arzneimittel gegen diese Geißel entwickelte.

Insgeheim fragte sie sich ständig, in welcher der drei Interventionsgruppen eben diese Patienten waren, und sie konnte sich die Annahme nicht verkneifen, dass sie zu einer der beiden Gruppen gehören mussten, die verschiedene Dosen des Arzneimittels bekamen, nicht zu der Kontrollgruppe, die ein wirkungsloses Placebo erhielt. Natürlich gab es den Placeboeffekt, aber so stark konnte er doch wohl nicht sein?

Wie üblich scherzte und lachte sie mit den Patienten, fragte sie nach ihren Familien und ihrem täglichen Leben, was für sie nur natürlich war und wozu GMC Consulting seine Angestellten auch ermunterte, weil es zwischen Arzt und Patient eine Verbindung schuf. Eine Verbindung, die dazu beitrug, dass die Probanden sich pflichtbewusst zu den vereinbarten Terminen einfanden, um die zahlreichen ermüdenden Probenentnahmen und Messungen durchzuführen, die die Studie vorschrieb.

Nach der ärztlichen Untersuchung stellte sie ihren Patienten Fragen zu ihrer Gemütsverfassung und möglichen Nebenwirkungen.

Ihr letzter Patient für heute, ein leise auftretender und schmächtiger Gymnasiallehrer mit zwei Kindern im Teenageralter, zögerte ein bisschen bei einer Frage.

»Ach, es ist sicher nichts«, sagte er gedehnt.

»Doch, erzählen Sie es mir!«, forderte Gabriela ihn auf. »Ich will alles wissen, auch wenn Sie glauben, dass es unwichtig zu sein scheint.«

»Aber das hat bestimmt nichts mit dem Medikament zu tun.«

»Das spielt keine Rolle, ich will es trotzdem wissen. Wenn Sie von einer Wespe gestochen werden und eine allergische Reaktion zeigen, muss ich das in Ihre Akte aufnehmen, und wenn Sie sich den Arm brechen, wenn Sie zum Bus laufen, muss ich das auch notieren, selbst wenn es nicht das Geringste mit der Arznei zu tun hat.«

»Na ja, ich habe in der letzten Woche sehr schlecht geschlafen, im Grunde so gut wie gar nicht. Aber bei dieser Wirtschaftskrise liegen nachts sicher noch andere Leute wach. Als Staatsbediensteter ist mir das Gehalt schließlich um ein Viertel gekürzt worden, und meine Frau fürchtet, ihre Arbeit zu verlieren …«

Sein Sakko war an den Ellenbogen ganz blank gescheuert und die Manschetten seines hellblauen Hemdes so abgetragen, dass sie fast ausfransten.

»Hm«, sagte Gabriela, nickte verständnisvoll und ließ es zu, dass das Schweigen sich zwischen ihnen in die Länge zog.

»Und wenn es mir doch einmal gelingt, einzuschlafen, habe ich Albträume«, fügte er schnell und wie entschuldigend hinzu, »richtig unangenehme Albträume. So etwas habe ich noch nie erlebt, fast wie Halluzinationen, und wenn meine Frau mich weckt, bin ich schweißgebadet.«

Mehr wollte er nicht sagen, aber Gabriele ermunterte ihn, sie anzurufen, falls die Albträume nicht aufhörten oder schlimmer wurden.

»Zögern Sie nicht, rufen Sie uns an, wenn Sie etwas beunruhigt, selbst wenn es mitten in der Nacht sein sollte! Die Nummer haben Sie doch noch?«

Er wirkte verlegen.

»Nein, ich weiß zwar, dass ich einen Brief mit einer Telefonnummer bekommen habe, aber ich bin mir nicht mehr sicher, was ich damit gemacht habe.«

Gabriela holte eine ihrer persönlichen Visitenkarten heraus, kreiste ihre Handynummer ein und gab sie ihm beim Abschied. Sie hoffte, dass er sie nicht anrufen musste, aber »Halluzinationen« klang nicht gut. Hätte sie noch mehr für ihn tun sollen? Sie nahm den Studienleitfaden zur Hand, den dicken Wälzer des Pharmaunternehmens, das die Studie sponserte, und sah, dass sie sich richtig erinnert hatte – nichts sprach dafür, dass Albträume und Halluzinationen eine Folge des Mittels, das sie testeten, sein könnten. Trotzdem beschloss sie, den Fall bei der morgendlichen Teambesprechung am nächsten Tag zur Sprache zu bringen.

Später saß Gabriela vor dem Computer und pflegte die neuen Daten in den CRF-Erhebungsbogen ein, in dem alles dokumentiert wurde, was die Patienten berichteten, als der Mann, über den Ana und sie geklatscht hatten, das Zimmer mit einem Blatt Papier in der Hand betrat. Neugierig sahen die vier Prüfärzte von ihren Bildschirmen auf.

»Ich möchte mit Frau Doktor Dumitru sprechen«, sagte Stefan Hallgrimsson auf Englisch und sah auf sein Blatt, »ist sie da?«

»Ja, das bin ich«, sagte Gabriela.

»Haben Sie einen Augenblick Zeit?«, fragte er.

»Natürlich«, erwiderte Gabriela und deutete auf einen Stuhl.

»Nun ja, vielleicht können wir in den Konferenzraum gehen? Es könnte einen Moment dauern.«

Sie speicherte ihre Datei und stand auf, um ihm auf den Flur zu folgen, während die neugierigen Blicke der anderen Ärzte ihren Rücken durchbohrten.

Stefan Hallgrimsson war groß – so groß, dass Gabrielas Kopf ihm nur bis zu den Schultern reichte – und sah ganz und gar nicht so aus, wie man sich einen Computerfreak vorstellte. In dem Zeitungsausschnitt am Schwarzen Brett hatte sie gelesen, dass er mit den »Viking Raiders«, ein paar isländischen Geschäftsmännern, zusammengearbeitet hatte, die zuerst schwerreich geworden waren, um dann beim Zusammenbruch ihres Imperiums die gesamte isländische Wirtschaft mit in den Abgrund zu ziehen. Aber Stefan Hallgrimsson hatte sich augenscheinlich wacker geschlagen.

Er sank auf einen gepolsterten Sessel im Konferenzraum, lehnte sich zurück und sah Gabriela in die Augen.

»Doktor Nastase sagte, Sie würden befürchten, dass die Abbrecherrate der Studie in der letzten Zeit zu hoch geworden sei und dass Sie glauben, dass es eine systemische Ursache dafür geben könnte«, bemerkte er.

»Ja«, sagte Gabriela, »und sie hat mir gesagt, dass sie Sie darum bitten wollte, die Zahlen zusammenzustellen, um zu überprüfen, ob das stimmt.«

Er nickte langsam, ohne den Blick von ihr zu lösen, seinen kühl forschenden Blick aus hellblauen Augen.

»Und, haben Sie das getan?«, fragte Gabriela, irritiert von seinem Schweigen.

»Ja«, antwortete er und streckte seine langen Beine aus.

»Und?«

»Es hat in den letzten Monaten tatsächlich eine gewisse Zunahme an Drop-outs gegeben, nicht ungewöhnlich, wenn man es im Verhältnis zur gesamten Studie betrachtet, aber es gibt da ein paar Dinge, die Fragen aufwerfen …«

Jetzt schwieg Gabriela. Wenn er etwas erfahren wollte, musste er sie danach fragen, und falls er den starken, schweigsamen Isländer markieren wollte, hatte sie nicht vor, ihm auf die Sprünge zu helfen.

»Mir ist zum Beispiel nicht klar, ob Sie als Prüfärztin wissen, welche Probanden welche Therapie bekommen und welchen ein Placebo verabreicht wird?«

»Nein, natürlich wissen wir das nicht«, sagte Gabriela erstaunt, »es ist eine Doppelblindstudie, weder die Prüfärzte noch die Patienten wissen, wer was bekommt.«

»Aber Sie können es vielleicht erahnen?«

»Das lässt sich manchmal vielleicht nicht vermeiden, aber nichts sagt mir, ob ich falsch- oder richtigliege.«

»Und die Krankenschwestern«, hakte er nach, »gibt es ein System, das entscheidet, welche Krankenschwester auf welchen Patienten trifft?«

»Nein, das hängt ganz davon ab, wer zufällig gerade Dienst hat.«

Er senkte den Blick und starrte für einen Moment nachdenklich auf seine Füße. Gabriela hatte seine schwarzen Sneakers in einer Modezeitschrift gesehen, die sie las, wenn sie sich einmal in Tagträume flüchten wollte – ein exklusiver Markenschuh in limitierter Auflage, der ein Vermögen kostete.

»Und Sie«, setzte er an und wandte ihr wieder seinen kalten blauen Blick zu, »haben Sie schon einmal mit dem Gedanken gespielt, nachzuverfolgen, ob Sie ein Muster hinter den Abbrüchen erkennen können? Etwas, das sich nicht zeigt, wenn man sich nur die Zahlen anschaut?«

Plötzlich hatte Gabriela das Gefühl, dass er die ganze Zeit nur diese eine Frage hatte stellen wollen. Die anderen hätte er ebenso gut Luciana Nastase fragen können, und Gabriela wollte nicht einleuchten, warum er stattdessen damit zu ihr gekommen war. Es sei denn, es ging ihm nur darum, herauszufinden, ob sie vorhatte, den Ursachen für die Abbrüche auf den Grund zu gehen. Ein Gedanke, der sie schaudern ließ, ohne dass sie sagen konnte, warum, als hätte die Furcht in Person einen eiskalten Finger in ihren Nacken gelegt.

»Nein«, sagte sie nachdrücklich, »dafür fehlt mir die Zeit. Ich dachte, das sei gerade der Clou an Ihrer Software, dass es Anomalien in der Menge der Probanden besser signalisiert als unsere Ahnungen und Intuitionen.«

Er lächelte, ein überraschend charmantes Lächeln, das seinem Gesicht für einen Moment einen wärmeren Ausdruck verlieh.

»Selbstverständlich, aber Menschen sind um vieles unberechenbarer als Fischkonserven oder Limoflaschen, und ich muss versuchen, Spielraum für das Irrationale und Unvorhersehbare in das Programm einfließen zu lassen. Deshalb interessieren mich Ahnungen und Intuitionen. Falls Ihnen welche kommen, können Sie es mir ja vielleicht sagen?«, schloss er und verabschiedete sich.

Falls es Stefan Hallgrimssons Absicht gewesen war, Gabriela mit dieser Unterredung so einzuschüchtern, dass sie nicht weiter über die Ursachen für die Abbrüche nachdachte – aber warum sollte er? –, hatte es den gegenteiligen Effekt. Von Kindheit an hatte sie gegen ihre Verzagtheit angekämpft und sich selbst versprochen, Leuten die Stirn zu bieten, die größer und stärker als sie waren, bis sie es so verinnerlicht hatte, als sei es ein Reflex. Deshalb rief sie noch einmal die Akten der beiden Probanden auf, die die Studie letzte Woche abgebrochen hatten, um herauszufinden, was mit ihnen passiert war.

Der erste war überhaupt nicht zu finden. Und Nummer zwei, ein achtundzwanzigjähriger Doktorand der Politikwissenschaften, meldete sich nicht unter seiner Handynummer. Aber auf seinem Festnetz nahm eine Frau ab, die angab, seine Ehefrau zu sein.

»Petre fand, dass die Studie zu viel Zeit beanspruchte, die er eigentlich für sein Studium brauchte«, sagte sie. »Diese ganzen Probenentnahmen, und dann der Weg zur Klinik mit der U-Bahn, ihm ist jedes Mal ist ein ganzer Tag verloren gegangen, und dafür fehlt ihm die Zeit. Nein, ich glaube nicht, dass er mit Ihnen sprechen möchte. Können Sie nicht einfach aufhören, ihn unter Druck zu setzen? Er muss sich auf seine Doktorarbeit konzentrieren!«

Ihre Stimme wurde immer höher, dann knallte sie den Hörer auf die Gabel.

Die Gründe, die die Frau angegeben hatte, klangen plausibel, trotzdem wurde Gabriela das Gefühl nicht los, dass ihre Stimme unnatürlich geklungen hatte. Wie bei einer Amateurschauspielerin, die einen fremden Text aufsagte. Allerdings bestand das Risiko, dass sie sich alles nur einbildete, ja, sie konnte sich geradezu vorstellen, wie Ana über sie und ihre Hirngespinste lachen würde. Der Gedanke, wie ihre Freundin gelassen und vernünftig ihre unkonkreten Befürchtungen zerstreuen würde, war beinahe angenehm, und Gabriela bekam Lust, in den Personalraum zu gehen, um mit ihr zu reden. Aber Ana hatte schon Feierabend gemacht.

Maria Savu hatte *Sarmale*, Sauerkrautrollen, gekocht, ein Leibgericht von Alexandru und Gabriela. Sie aßen zusammen zu Abend, und Gabriela genoss den Luxus, sich verwöhnen zu lassen, während ihr Sohn eifrig erzählte, wie toll es auf dem Spielplatz gewesen war, den er mit seiner Oma besucht hatte. Bevor Gabriela zur U-Bahn aufbrach, maß sie ihrer Mutter den Blutdruck und freute sich, als sie sah, dass er so niedrig war wie schon lange nicht mehr.

Alexandru, während des Abendessens noch so munter, wurde

schläfrig, sobald sie ihn in den Buggy gesetzt hatte. Ihm fielen auf der Fahrt in der U-Bahn immer wieder die Augen zu, während er seine geliebte Anakin-Skywalker-Figur umklammerte. Gabriela überkam bei dem Anblick eine leichte Wehmut. Lang würde es nicht mehr dauern, bis seine Hände ihren Babyspeck verlieren würden, so schnell, wie er in die Höhe schoss. Roman hatte seinen Sohn, abgesehen von den Sitzungen am Bildschirm, schon monatelang nicht mehr gesehen, und Alexandru fragte kaum noch, wann sein Vater wieder nach Hause kommen würde.

Als Gabriela an der Station Nicolae Grigorescu ausstieg, dachte sie wie so häufig, wie praktisch es doch wäre, zentraler zu wohnen. Aber es hatte keinen Zweck, an Umzug zu denken, solange Roman in Frankreich war. Sie wohnten seit ihrer Heirat vor sieben Jahren in Titan, und die Gegend mit ihren endlosen Reihen monströser Mietskasernen war ihr Zuhause.

Alexandru wurde wieder munter, nachdem sie Badewasser für ihn eingelassen hatte, und planschte mit seinen Spielsachen in der Wanne herum, sodass die Hälfte des Wassers in dem beengten Badezimmer auf dem Boden landete. Aber das war sein letzter Ausbruch an Energie, bevor ihm für diesen Tag die Augen zufielen. Bereitwillig zog er seinen Pyjama an und schlief beinahe sofort ein, nachdem Gabriela die Decke um ihn festgesteckt und er ihr und Anakin Skywalker einen feuchten Gutenachtkuss gegeben hatte.

Sie nahm sich eine Kanne Tee und ein Stück Pflaumenkuchen, das Maria gebacken hatte, mit ins Wohnzimmer, nahm ihren Laptop auf den Schoß und setzte sich auf die Couch. Sie las ihre Mails und begann, sich ein paar Designerkleider auf Modeseiten anzuschauen, die für sie inzwischen weniger unerschwinglich waren als noch vor einem Jahr, aber immer noch viel zu teuer. Manchmal hing sie Tagträumen von einem Leben im Luxus nach, einem Leben, auf das sie einen Blick erhascht hatte, als der Sponsor der Studie die Angestellten von GMC auf eine Tagungsreise nach Kopenhagen eingeladen hatte: zwei Nächte in einem Luxushotel, Abendessen in einem der besten Restaurants Europas, und – als kleines Andenken daran – eine wunderschöne Handtasche, von Hand in derselben italienischen Fabrik genäht, in der auch die Designertaschen hergestellt wurden, die alle Prominenten trugen. Sie guckte sich zufrieden den Preis einer solchen Markentasche auf einer Modeseite an, die bis auf die Initialen des Sponsors CBS für CalmedBelabSteiner in diskreten Goldlettern auf dem Schloss exakt wie ihre aussah. Danach – der Stimme in ihrem Inneren zum Trotz, die ihr sagte, dass sie versuchen sollte, von der Arbeit abzuschalten – googelte sie Stefan Hallgrimsson.

Was sie fand, sorgte weder für Beruhigung noch für Beunruhigung. Er war für die isländischen Brüder Gunnar und Arni Thorvaldsson tätig gewesen, die vor dem Staatsbankrott Islands 2008 eine Bank und ein internationales Einzelhandelskettenimperium besessen hatten, denen jetzt aber in Belgien und auf Island die Anklage drohte. Stefan Hallgrimsson hatte ihnen ein EDV-Programm verkauft und sie hatten ihm einen Posten im Vorstand eines Konzerns verschafft, in dem sie ihre diversen Unternehmen in der Lebensmittelbranche zusammenfassten, um ihre geschäftlichen Aktivitäten zu verschlanken. Stefan Hallgrimssons Name war im Zusammenhang mit der Pleite in einer Ermittlung aufgetaucht, in der es um den Verdacht von Insidergeschäften ging, er selbst war aber nicht angeklagt worden. Aus einem Artikel, der Parallelen zwischen der Risikobereitschaft isländischer Finanzherren und isländischer Atlantikfischer zog, ging hervor, dass Stefan Hallgrimsson Sohn eines Trawlerkapitäns aus dem Norden Islands war. Nach dem Konkurs der Thorvaldssongruppe hatte er seine Software rasch und für einen erstaunlich niedrigen Betrag aus der Konkursmasse herausgekauft und eine eigene Firma gegründet, über die er die Software jetzt zusammen mit einem Dienstleistungspaket an GMC Consulting weiterverkauft hatte.

Gabriela gähnte. Stefan Hallgrimsson war also ein cleverer, zielstrebiger und ziemlich skrupelloser Typ – doch was brachte ihr dieses Wissen? Sie schenkte sich eine letzte Tasse Tee ein, leckte die Krümel des Pflaumenkuchens vom Teller und sah auf die Uhr. Jetzt müsste Roman zu Hause sein. Sie loggte sich in ihr Skypekonto ein und war enttäuschter als sie sich eingestehen wollte, als sie sah, dass er nicht online war. Nun ja, dann hieß es eben warten. Sie stellte den Laptop auf den Couchtisch, streckte sich auf dem Sofa aus und schloss die Augen.

Sie wurde von dem beharrlichen Klingeln ihres Handys wach und setzte sich mit einem Ruck auf. Woher kam es? Schlaftrunken tastete sie das Sofa und den Couchtisch ab, bis ihr einfiel, dass ihr Telefon noch in der Handtasche lag, die sie auf dem Flurtisch stehen gelassen hatte. Sie stolperte hinaus, um schnell ranzugehen, damit Alexandru nicht aufwachte.

»Gabriela hier«, antwortete sie außer Atem, während sie auf ihre Armbanduhr sah und feststellte, dass es schon nach elf Uhr war.

Falls sie etwas erwartet hatte, dann, Romans Stimme oder im schlimmsten Fall Marias zu hören, die strenge Order von ihr erhalten hatte, sofort anzurufen, sobald etwas mit ihrem Herzen war.

Stattdessen aber vernahm sie schwere Schluchzer und keuchende Atemzüge.

»Sind Sie das, die Ärztin?«, fragte eine Mädchenstimme, schrill vor Entsetzen und halb erstickt von Tränen. »Sie müssen sofort herkommen, bitte! Er hat ein Messer, und ich glaube, dass Mama tot ist, bitte, kommen Sie und helfen Sie uns, er will uns alle töten!«

Gabriela umklammerte den Hörer, während sie versuchte, ihre Stimme ruhig und beherrscht klingen zu lassen.

»Ich komme, aber du musst mir die Adresse geben. Wo bist du, und wie heißt du?«, fragte sie.

Das Mädchen brachte schluchzend eine Straße und einen Namen heraus. Dann schrie sie »Nein!« – ein Schrei voll abgrundtiefem Entsetzen, sodass Gabriela ihr Grauen geradezu durch den Hörer wahrnahm und sich ihre Eingeweide vor Entsetzen zusammenzogen. Dann war die Leitung tot.

Was sollte sie jetzt tun? Das Mädchen hatte sie um Hilfe angefleht und sie hatte versprochen zu kommen, und das musste sie tun. Aber sie kannte die Straße nicht, wusste nicht, wo sie lag und konnte nicht einfach so in die Nacht hinausstürzen und Alexandru allein lassen.

Sie lief zum Fenster und sah, dass sie Glück hatte – ein gelber Wagen stand unten auf der Straße, ihr junger Nachbar Mihai fuhr abends Taxi, um sein Jurastudium zu finanzieren. Sie riss die Wohnungstür auf und lief ins Treppenhaus, um auf ihn zu warten, während sie den Notruf wählte. Es klang so, als seien bei der Zentrale schon Meldungen von einer Auseinandersetzung an der Adresse, die ihr das Mädchen gegeben hatte, eingegangen.

Der Fahrstuhl hielt auf ihrer Etage und Mihai kam heraus. Er wirkte müde. Seine braunen Locken hingen ihm in die Stirn und er hatte dunkle Ringe unter den Augen.

»Kannst du noch eine Fahrt übernehmen, bitte, Mihai, ich muss sofort zu einem Patienten und ich kenne den Weg nicht und ich muss Alexandru mitnehmen, bitte, hilf mir!«, stieß sie hervor.

Sie hörte selbst, dass sie hysterisch klang. Mihai betrachtete sie erstaunt, sah ihren gehetzten Blick, ihre geröteten Wangen und die dunklen Haare, die sich feucht an ihren Schläfen lockten. Er lächelte ihr beruhigend zu.

»Natürlich, kein Problem, für dich tue ich doch alles. Komm, wir holen den Kleinen, dann fahren wir.«

Gemeinsam hoben sie Alexandru aus dem Bett, trugen ihn in eine Decke gewickelt zum Taxi und legten ihn auf die Rückbank. Er wimmerte im Schlaf, wurde aber nicht wach. Gabriela quetschte den Arztkoffer neben ihre Füße und nannte Mihai die Adresse.

»Gut, ich weiß, wo das ist. Es ist in Colentina, eine ziemlich kleine Straße, es dauert nicht lange.«

Zielsicher steuerte er den Wagen über erleuchtete Boulevards und durch dunkle Nebenstraßen des östlichen Bukarest, bis sie in einer Straße hielten, die von Laubbäumen und halbhohen Mietshäusern gesäumt war. Es bestand kein Zweifel daran, dass dies die richtige Adresse war, der Hauseingang eines der Gebäude wurde schon vom aufleuchtenden Blaulicht der Polizei und des Notarztwagens erhellt. Neugierige Passanten standen in Grüppchen bei den Einsatzfahrzeugen, andere lehnten sich weit aus den Fenstern, um zu sehen, was vor sich ging.

Gabriela ließ Mihai und Alexandru im Wagen zurück, nahm ihren Arztkoffer und ging zu einem Polizisten.

»Was ist passiert?«, fragte sie mit ihrer Respekt einflößendsten Stimme. »Ich bin Doktor Dumitru und wurde von einer meiner Patientinnen gerufen, die sagte, ein Mann hätte sie an dieser Adresse mit einem Messer angegriffen.«

»Ärztin«, sagte der Polizist nachdenklich, »dann können Sie vielleicht den Sanitätern helfen, falls es noch jemanden zu retten gibt. Erster Stock rechts, sie können die Wohnung nicht verfehlen.«

Mit klopfendem Herzen lief sie zur Wohnung hoch. Die Tür stand offen, mittendrin klaffte ein großes Loch und Gabriela sah die zerfetzten Schichten aus Pressholz und Furnier, als wäre sie aufgesprengt worden, um sie von innen zu öffnen.

Aus dem Inneren der Wohnung kam eine Stimme, halb erstickt vor Ekel.

»Was für ein Schlachthof, hier liegen eine tote Frau und ein Junge!«

Gabriela ging hinein und durch einen Flur mit blutigen Handabdrücken an der Tapete ins Wohnzimmer. Zwei Rettungssanitäter beugten sich über eine Gestalt am Boden, ein junges Mädchen in einem weißen Brokatnachthemd mit einem unregelmäßigen roten Muster, das Gabrielas adrenalindurchflutetes Gehirn erst Sekundenbruchteile später als Blut identifizierte.

Die blutigen Fußspuren auf dem hellen Teppich führten vom Flur zu der Stelle, an der das Mädchen zusammengebrochen war.

Um in das Zimmer zu kommen, musste Gabriela über einen Körper steigen, der halb die Türöffnung versperrte. Es war der eines Mannes, zweifellos tot, dem mit so vielen Schüssen der Rumpf durchlöchert worden war, dass es aussah, als wären auf seiner hellblauen Hemdbrust lauter Mohnblumen aufgeblüht.

Sein Gesicht aber war verschont worden. Gabriela erkannte es wieder, so wie auch die zerschlissenen Manschetten des hellblauen Hemds.

Es war der Patient, der erst vor ein paar Stunden bei ihr gewesen war, der bescheidene Gymnasiallehrer, der so ungern über seine Albträume und Halluzinationen gesprochen hatte. Jetzt lag er tot in einer Wohnung, die einem blutigen Schlachtfeld glich.

KAPITEL 5

Stockholm

Montag, 6. September 2010

Außenministerin Agneta Myhre hatte zwei Jahre in Folge bei der jährlichen Leserumfrage einer großen Wochenzeitung nach den beliebtesten Schweden den Spitzenplatz belegt. Seit über zwei Jahrzehnten war sie für ihre internationalen humanitären Einsätze bekannt, für ihren Einsatz für Frauenrechte und ihr Talent, ihren Worten Taten folgen zu lassen. Dass sie darüber hinaus eine klassische skandinavische Schönheit war, kühl und blond, die von klein auf damit vertraut war, sich entspannt vor der Kamera zu bewegen, war auch nicht unbedingt von Nachteil. Der berühmte Dokumentarfilm ihrer Eltern über ein Jahr auf einer griechischen Insel war Weihnachten 1967 zum ersten Mal im Fernsehen gezeigt worden, und Millionen Fernsehzuschauer waren zu Tränen gerührt gewesen, als der bezaubernde Blondschopf Agneta Tränen über den Tod einer Meeresschildkröte vergossen hatte, die an den Strand gespült worden war. Agneta war drei Jahre alt gewesen, als sie mit ihren Eltern nach einem Militärputsch im April desselben Jahres Hals über Kopf aus Griechenland fliehen musste, und sie pflegte immer zu sagen, dass diese Flucht eine prägende Kindheitserinnerung gewesen sei, die ihr Weltbild geformt hätte und die auch der Grund für ihr Engagement wäre.

Leichtfertig ließ man sich also nicht auf eine Auseinandersetzung mit der beliebtesten Frau Schwedens ein. Deshalb war Astrid auch so hochkonzentriert, als sie hocherhobenen Hauptes den Gustav Adolfs Torg überquerte und auf den Palast des Erbfürsten zusteuerte.

Erst vor einem halben Jahr war sie zuletzt hier gewesen, auch wenn es ihr wie Jahre vorkam. Aber der Torwächter erkannte sie und ließ sie mit einem Kopfnicken passieren. Sie ging über den abgetretenen Steinfußboden und nahm die linke Treppe. Im Palast war es still, es war Mittagspause. Astrid ahnte, dass Agneta dieses Treffen nicht in ihrem Kalender vermerkt hatte, dass sie es ihrer Assistentin gegenüber nicht erwähnt hatte, dass vermutlich sogar außer Elias Markström, Agneta und ihr niemand wusste, dass es überhaupt stattfand.

Ohne anzuklopfen öffnete Astrid die Tür zum Amtszimmer der Außenministerin und trat ein.

Agneta Myhre saß hinter ihrem Schreibtisch, einem ausgesuchten Stück schwedischer Möbelkunst aus dem 18. Jahrhundert, und unternahm keinerlei Anstalten sich zu erheben, als sie Astrid erblickte. Ihr schulterlanges blondes Haar war perfekt frisiert und ihre rote Yves-Saint-Laurent-Kostümjacke saß tadellos. Aber ihre Finger umklammerten die Armlehnen des Bürostuhls so fest, dass Astrid sogar von der Tür aus sehen konnte, wie weiß ihre Knöchel waren. Als Astrid die Strecke über das Parkett zum Schreibtisch zurücklegte, sagte sie immer noch nichts.

Sie öffnete erst den Mund, als Astrid unaufgefordert einen Stuhl hervorzog und vor ihrer obersten Chefin Platz nahm.

»Worauf bist du eigentlich aus, du Miststück?«, fragte die beliebteste Frau Schwedens.

Guter Auftakt, dachte Astrid. Der Raum war zu einer imaginären Bühne geworden und jetzt spielte sie ihre Rolle: »Auftritt Astrid.

Geht langsam vorwärts, aufrecht. Undeutbarer Gesichtsausdruck, sucht keine Konfrontation, weicht aber auch nicht mit ihrem Blick aus.«

Um ausgeruht zu dem Termin zu erscheinen, war sie schon am Sonntag von Granåkers Hästberg nach Stockholm gefahren. Sie hatte bei Sophie Lind übernachtet, der schwedisch-belgischen Regisseurin, die sie vor vielen Jahren in Hammarås kennengelernt hatte und die seit einem Jahr Leiterin des Königlich Dramatischen Theaters war. Ohne allzu viel preiszugeben, hatte Astrid Sophie von dem bevorstehenden Treffen mit Agneta erzählt, und Sophie hatte ihr mit Vergnügen dabei geholfen, sich darauf vorzubereiten, war in Agnetas Rolle geschlüpft und hatte Astrid erfundene Repliken geliefert. So hatte Astrid ihren Auftritt immer wieder geübt, bis ihre Haltung und ihr Mienenspiel stimmig waren.

»Manchmal frage ich mich, ob du denkst, ich hätte dein Leben zerstört«, sagte Sophie und drehte ihr Weinglas in den Händen, als sie nach den Proben an Sophies Esstisch saßen und über die Dächer der Altstadt blickten.

»Ich habe dir nicht nur davon abgeraten, Schauspielerin zu werden, ich habe dich auch noch Gabriel vorgestellt. Zumindest hast du ihn auf einem meiner Mittsommerfeste kennengelernt.«

Astrid erinnerte sich an diese Mittsommernacht. Sie wusste noch sehr gut, wie ihr Freund Daniel, Sophies Sohn, mit einem jungen Mann mit tief liegenden braunen Augen auf sie zugekommen war – »Darf ich vorstellen, das ist Gabriel, er ist der Cousin meiner Halbschwestern und übersetzt europäische Lyrik, ihr müsst euch also über vieles unterhalten können« – und sie war wie ein albernes Schulmädchen in seinem Blick ertrunken. Ja, sie erinnerte sich noch daran, wie magisch diese Nacht gewesen war, an das elektrisierende Gefühl, als sich ihre Fingerspitzen beim Spaziergang am Seeufer gestreift hatten, daran, wie die Lerche vor dem Fenster geträllert hatte, als er in der Morgendämmerung mit auf ihr Zimmer gekommen war.

»Das macht nichts, ich bereue die Zeit mit Gabriel nicht, obwohl ich im Augenblick nichts als Hass für ihn übrighabe und mein Blutdruck steigt, sobald ich seinen Namen höre«, erwiderte Astrid ruhig. »Und es ist nur gut, dass keine Schauspielerin aus mir geworden ist. Es macht mir Spaß, zu schauspielern und eine Illusion zu kreieren, aber auf Dauer würde mir das nicht genügen, es soll auch zu etwas Realem führen.«

»Ahhh«, bemerkte Sophie und zeigte das Lächeln, das Ende der 60er Jahre das Kinopublikum verzaubert hatte, »du siehst die Welt und nicht die Bretter, die die Welt bedeuten, als deine Bühne an.«

»Für mich knarren sie zu stark«, erwiderte Astrid.

Sie dachte daran, wie oft sie Theater gespielt hatte, um schwierige und gefährliche Situationen zu meistern – Krawalle in Târgu Mureş, Straßenblockaden in Bosnien, Verhandlungen in Brüssel –, und wie oft die ungeschminkte Realität ihr so unter die Haut gegangen war, dass dieser Schauspieltrick nicht gereicht hatte: Agneta und Gabriel im Garten, das Blut an ihren Fingern, als sie den zertrümmerten Schädel der toten Camilla Granberg abgetastet hatte.

Vor der Fahrt nach Stockholm hatte sie beschlossen, jegliche Gedanken an Camilla für eine Weile zu ignorieren, weil sie ihr die Kraft raubten, auf die sie nicht verzichten konnte, aber jetzt kam alles wieder hoch. Wie sie mit dem Notarztwagen nach Falun gefahren war, wie sie mit der Polizei gesprochen und nach der Telefonnummer von Camillas Vater in Sandviken gesucht hatte, um ihm mitzuteilen, dass er nun beide Kinder aus seiner ersten Ehe verloren hatte. Am nächsten Tag hatte sie Sven-Erik

Granberg persönlich kennengelernt, als dieser nach Falun gekommen war, um Abschied von seiner Tochter zu nehmen, und mehr Sympathie für ihn empfunden als erwartet, weil er am Boden zerstört schien. Mit Tränen in den Augen hatte er Bilder von der kleinen Camilla aus seiner Brieftasche genommen und sie Astrid gezeigt – auf einem Foto war sie mit dem Dackel Stella als Welpen zu sehen gewesen – und hatte unbeschwerte Erinnerungen aus den Jahren vor Mikaels Verschwinden mit ihr geteilt.

»Was ist?«, fragte Sophie, die gesehen hatte, dass sich Astrids Blick verdunkelt hatte, »denkst du an Gabriel? Oder an die tote Frau? Das musst du verdrängen. Schenk dir noch ein Glas Wein ein, dann gebe ich ein paar saftige Klatschgeschichten von meiner Arbeit zum Besten, und danach gehen wir vor dem Schlafengehen noch einmal alles durch.«

»Was ich will?«, sagte Astrid zu Agneta Myhre. »Ich dachte, das hätte Elias schon erwähnt, oder nicht? Ich möchte nur über meine künftige Karriere sprechen. Wie ich zu Elias sagte, kann ich mir vorstellen, dass du bereit bist, die Unannehmlichkeiten der letzten Zeit ad acta zu legen, wenn du ein klein wenig nachdenkst und dir in Erinnerung rufst, wie lange wir uns schon kennen und wo wir uns zuerst begegnet sind.«

Unerschrocken guckte sie in Agnetas hyazinthfarbene Augen und konnte beinahe sehen, wie in ihrem Kopf die Gedanken kreisten, wie sich Agnetas Blick nach innen kehrte, als sie an den Bosnienkrieg im April 1993 zurückdachte. Sicher erinnerte sie sich auch an das ausgekühlte, durchlöcherte Hotel, in dem sie sich das erste Mal gesehen hatten, zwei junge schwedische Frauen, die für das UN-Flüchtlingshilfswerk UNHCR arbeiteten.

»Ich könnte natürlich auch die Gelegenheit wahrnehmen und dir gratulieren, dass sich dein Geschmack in puncto Männer verbessert hat«, gab Astrid herausfordernd von sich. »Es lässt sich viel über Gabriel sagen, aber er war zumindest nie ein gesuchter Kriegsverbrecher.«

Agnetas Hände lösten sich von den Armlehnen und begannen nervös mit den Papieren auf dem Schreibtisch zu spielen.

»Ich möchte dir entschieden davon abraten, solche lächerlichen, unbegründeten Andeutungen zu machen«, sagte sie nach einer Weile. »Wenn du behauptest, ich hätte mal eine Beziehung zu einem gesuchten Kriegsverbrecher gehabt, ist das eine pure Lüge, und falls Den Haag später nach jemandem, den ich einmal gekannt habe, gefahndet hat, lag das an Umständen, die mir zum Zeitpunkt unseres Umgangs nicht bekannt waren.«

Sie sprach schnell, ihr Ton war ausdruckslos, als müsse sie sich zwingen, sich zu beherrschen. Was ihr nicht ganz gelang.

»Ich weiß, deshalb habe ich auch nichts gesagt«, sagte Astrid. »Ich habe ihn erst vor ein paar Jahren zufällig auf der Liste der Gesuchten des Tribunals wiedererkannt. Aber das ist es nicht allein. Ich habe auch gesehen, was du damals, als du nach Genf geflogen bist, in den Rucksack gepackt hast, weißt du.«

Mit einem Mal war es totenstill unter den Kristalllüstern. Aus Agnetas Gesicht wich die Farbe, als hätte jemand sie mit einem Tafelschwamm weggewischt, und mit einem Mal sah sie um einiges älter aus als neunundvierzig. Aus ihren kaum geschminkten Lippen wich das Blut.

»Was hast du zu Elias gesagt?«, fragte sie angespannt.

Astrid zuckte die Schultern.

»Nichts, das bleibt zwischen uns. Du kennst ja Elias, es würde mich wundern, wenn er dir gegenüber beim Arrangieren dieses Treffens nicht wortwörtlich wiederholt hat, was ich zu ihm gesagt habe. Was meinst du, wollen wir jetzt über meine Zukunft sprechen?«

»Und was hast du dir vorgestellt?«, fragte Agneta nach einem Moment.

»Einen Botschafterposten«, sagte Astrid. »Ich finde, es ist an der Zeit dafür, und du weißt, dass ich die nötigen Kompetenzen habe. Von mir aus ruhig hier in Schweden, dagegen hätte ich nichts einzuwenden.«

Agneta hatte den silbernen Füllfederhalter aus dem eleganten Stifthalter gezogen und drehte ihn nervös zwischen den Fingern.

»Ich habe eine Verantwortung«, setzte sie an, »und eine Person, die wie du so schlechte Urteilskraft unter Beweis gestellt hat, eignet sich nicht dafür, unser Land zu repräsentieren.«

»Wenn ich du wäre, würde ich mich davor hüten, dieses Argument zu gebrauchen«, bemerkte Astrid. »Wie ist es denn um das Urteilsvermögen einer Ministerin bestellt, die während eines offiziellen Empfangs Sex im Unterholz hatte? Ich habe in einer Krisensituation emotional reagiert, die sich hoffentlich nie wiederholen wird, aber du bist schon immer viel zu gerne große Risiken eingegangen.«

Wieder Schweigen.

»Ich habe deine Argumente zur Kenntnis genommen«, sagte Agneta. »Ich werde darüber nachdenken und von mir hören lassen und der Personalabteilung mitteilen, dass ich die Angelegenheit persönlich regeln werde.«

Astrid erhob sich.

»Ach, übrigens …«, fügte Agneta hinzu und entblößte ihr makelloses Gebiss zu einem aufgesetzten Lächeln, »du kannst Gabriel ruhig wiederhaben. Ich glaube, er ist nichts für mich. Er jammert bloß immer darüber, dass du viel zu dominant gewesen bist und dass er jetzt etwas anderes sucht.«

Astrid lächelte. »Armer Gabriel, dann kennt er dich wohl schlecht.«

Damit wandte sie der Außenministerin den Rücken zu und verließ den Raum.

Astrid war auf dem Weg zur Treppe, als sie eine SMS von Elias Markström bekam. »Zu mir, sofort!« Sie drehte um. Auf dem Weg zum Allerheiligsten, dem Amtszimmer des Kabinettssekretärs, begegnete sie niemandem, als hätte Elias sich die Mühe gemacht, alle Mitarbeiter vor diesem Treffen wegzuschicken. Sie fragte sich, woher er so genau wissen konnte, wann ihr Treffen mit Agneta vorbei war. Hatte er vielleicht draußen auf dem Flur gestanden und gelauscht?

Die Tür war nur angelehnt. Sein Sakko hing über der Stuhllehne, und er saß leicht zurückgelehnt mit hochgekrempelten Ärmeln hinter dem edlen Schreibtisch. Er war bekannt für sein Pokerface, und diejenigen, die ihn Kobra nannten, behaupteten, dass er wie eine Schlange niemals blinzelte. Jetzt saß er im Gegenlicht, was seine Miene besonders schwer lesbar machte, selbst für Astrid, die in den Jahren in Brüssel recht gut darin geworden war, sich auf Elias Markström zu verstehen.

»Und?«, fragte er und machte eine beiläufige Geste in Richtung Besucherstuhl. Astrid setzte sich.

»Na ja, Agneta und ich haben ein nettes Gespräch über alte Erinnerungen geführt, das damit endete, dass sie versprochen hat, sich persönlich um meine Angelegenheit zu kümmern. Das heißt wohl, dass du dich darum kümmern darfst.«

»Wie schön für dich, liebe Astrid«, sagte er, »aber aus diesem Grund habe ich dich nicht zu mir gebeten, sondern wegen deiner Andeutungen über die Chefin unseres Ministeriums, die mich – wie ich sagen muss – betrübt, ja sogar sehr betrübt haben.«

Herausfordernd sah er Astrid an, die den Blick unbeugsam

erwiderte. Sie hatte schon beschlossen, dass sie das, was sie über Agneta Myhre wusste, für sich behalten musste. Die Stille zog sich in die Länge, es kam ihr vor, als würde sie mehrere Minuten anhalten, während sie Elias Markströms Blick standhielt und ihr auffiel, dass es tatsächlich stimmte – er blinzelte nie. Sie fragte sich, wie er das machte.

Er brach das Schweigen zuerst.

»Dir ist sicherlich klar, dass es hier um mehr als deine persönliche Karriere geht«, sagte er. »Die Interessen des Landes stehen auf dem Spiel, und du weißt etwas, das zu einem Skandal führen könnte, der Agneta dazu zwingen könnte, das Amt niederzulegen.«

Astrid machte es sich in dem Stuhl bequem und versuchte, entspannt auszusehen. Elias fuhr fort, während sein Blick weiterhin forschend über ihr Gesicht schweifte, wie ein hochsensibles Instrument, das bereit war, jede noch so kleine Regung ihres Gesichtsausdrucks aufzuzeichnen. Sie spürte seinen Blick nahezu auf ihrer Haut brennen.

»Ich war schon immer der Ansicht, dass es riskant war, sie zur Außenministerin zu machen«, sagte er nachdenklich. »Eine parteilose Außenministerin, eine Vorkämpferin für Humanität und Menschenrechte, die weit über die Parteipolitik hinaus all das repräsentiert, wofür Schweden in der Welt steht – ja, das klingt gut. Aber bei Parteipolitikern weiß man immerhin, woran man ist, ihr Leben ist wie ein offenes Buch. Wenn man dagegen einen parteiunabhängigen Außenminister wählt, sollte das zumindest jemand sein, der unseren eigenen außenpolitischen Dienst durchlaufen hat.«

»Aber das hat Agneta doch sicher getan«, wandte Astrid beinahe widerstrebend ein.

»Nicht direkt. Kaum hatte sie die Diplomatenausbildung abgeschlossen, hat sie sich den Staub des Landes von den Füßen geschüttelt und sich eine Stelle bei der UN in Genf besorgt. Aus den edelsten Motiven heraus, gewiss, aber im Nachhinein habe ich mich gefragt, ob sie sich hier nicht einfach gelangweilt hat.«

Eine Erinnerung tauchte in Astrids Gedächtnis auf, an einen Abend in dem ausgekühlten Hotelzimmer, das sie mit Agneta geteilt hatte. Vor den Fenstern hatten sie Sackleinen drapiert und sich selbst in Decken gehüllt. Astrid hatte Agneta erzählt, dass sie vorhatte, sich für die Diplomatenausbildung beim Außenministerium zu bewerben. Agneta hatte das Gesicht verzogen und gesagt, »Bitte sehr, aber das kann ziemlich dröge sein. Aber, warum nicht, wenn du unbedingt als dritter Botschaftssekretär in irgendeinem gottverlassenen Winkel der Welt verbringen willst, in der Hoffnung, irgendwann einmal Botschafter in Bamako zu werden, ist das natürlich der richtige Weg.«

Astrid sah, dass Elias das Wechselspiel auf ihrem Gesicht richtig deutete. Er verzog die Lippen zu einem schwachen Lächeln.

»Eben, und vor Menschen, die sich leicht langweiligen, sollte man sich in Acht nehmen«, bemerkte er. »Menschen, die immer auf der Suche nach dem nächsten Kick sind, sind ein Risiko, und ich glaube allmählich, dass sie so jemand ist – der bedauerliche Zwischenfall in Bukarest war da nur ein Warnsignal. Und sie hat ihre gesamte Karriere im Ausland gemacht, sodass wir nicht jeden einzelnen Schritt davon nachvollziehen können. Ihr habt doch zusammen für das UNHCR in Bosnien gearbeitet, oder?«

Die Antwort auf diese Frage kannte er längst, weshalb er sie offenbar nur stellte, um Astrids Reaktion darauf zu testen. Sie merkte, dass es ihr nicht gelang, ganz so ungerührt zu wirken, wie sie wollte.

»Tja, keine einfache Zeit«, fügte er sinnend hinzu, »und wir alle wissen, dass man, wenn man für die UN tätig ist, manchmal gezwungen ist, in Grauzonen zu agieren, mit Kriegsparteien zu verhandeln, um humanitäre Hilfen zu gewährleisten und vor den Dingen, die verschwinden und auf dem Schwarzmarkt wieder auftauchen, die Augen verschließen muss. Ja, da kann sich vieles verbergen.«

Er setzte sich auf und lächelte herzlich, das Lächeln, das er aufsetzte, wenn sich jemand in Sicherheit wiegen sollte, ein Lächeln, vor dem man sich hüten sollte.

»Nun denn, es ist immer nett, dich zu sehen, liebe Astrid, und es ist schön, zu wissen, dass es dir besser geht. Du weißt ja, dass ich mir darüber im Klaren bin, was du kannst. Wir werden sehen, was ich für dich tun kann, nun, da du die Unterstützung der Ministerin genießt.«

KAPITEL 6

Dalarna

Montag, 6. September 2010

Sowie Astrid über die Schwelle trat, hatte sie das Gefühl, dass etwas nicht stimmte. Zuerst war da nur eine Ahnung, ein kurzer Stich in der Magengrube, wie eine Warnung vor drohender Gefahr, erst dann realisierte sie es. Jemand war im Haus gewesen, sie wusste es.

Sie machte Licht und sah sich in der Diele um. Alles sah aus wie immer. Onkel Lars' dunkelblauer Fleecepulli hing am Haken und seine Gummistiefel standen noch immer neben ihren. Astrids Blick fiel auf die Stelle, an der ihre rote Jacke gehangen hatte, bevor sie sie Camilla geliehen hatte, und auf die Hutablage, wo neben Lars' Forsthelm mit Visier ihre Schirmmütze gelegen hatte.

Es war zu dunkel in der Diele, dachte sie. Zu dieser Tageszeit hätte sie eigentlich nicht das Licht anknipsen müssen. Aber die Tür zum Wohnzimmer war angelehnt, sodass kein Licht in den Flur dringen konnte. Hatte sie die Tür nicht weit offen stehen lassen, damit die Wärme im Haus zirkulieren konnte? Doch, da war sie sich ziemlich sicher.

Und die Zwischentür war nicht geschlossen gewesen, wurde ihr plötzlich bewusst. Sie war nicht so einfach zu handhaben, man musste sie mit einem ganz speziellen Ruck zuziehen, damit sie beim Öffnen der Haustür nicht wieder vom Luftzug aufgestoßen wurde, etwas, das sie mittlerweile schon automatisch tat. Anders als die Person, die zuletzt die Haustür geschlossen hatte.

Es musste also jemand während ihrer Abwesenheit hier gewesen sein.

Reglos stand sie auf dem verschlissenen Flickenteppich und versuchte, ruhig und tief zu atmen, damit sich ihr Herzrasen legte, ermahnte sich, keine Gespenster zu sehen und sich nicht aufzuregen. Sie trug ihren Koffer in den ersten Stock, schlüpfte in Jeans und Pulli und hing das dunkelrote Leinenkleid wieder zurück in den Schrank.

Die Tür zur anderen Dachkammer stand offen. Astrids Blick fiel auf das Bett, das Camilla bezogen, in dem sie jedoch keine Nacht geschlafen hatte, und da erinnerte sie sich wieder an den Anruf, den sie auf der Rückfahrt von Stockholm bekommen hatte.

Nach dem Treffen mit Agneta war sie so gut gelaunt wie schon lange nicht mehr gewesen, beinahe euphorisch, und eindeutig dabei, sich von den finsteren Wolken, die sich über ihr zusammengezogen hatten, zu befreien. Sie hatte sich ein leckeres Mittagessen in einem Restaurant am Gustaf Adolfs Torg gegönnt, bevor sie ihr Auto aus Sophies Garage geholt und heim nach Granåkers Hästberg gefahren war.

Als sie Stockholm verlassen hatte, war noch schönes Wetter gewesen, aber kurz vor Säter hatte sich der Himmel verdunkelt und es hatte zu regnen begonnen. Zuerst war es nur ein stiller Nieselregen gewesen, der dann immer mehr in kräftige Schauer übergegangen war, mit denen die Scheibenwischer ihres Wagens zu kämpfen hatten. Als ihr Handy geklingelt hatte, war sie auf einen Rastplatz gefahren, um das Gespräch anzunehmen.

Der Anrufer war ihr Cousin Martin – Kriminalkommissar Martin Långström – gewesen, der fragte, wo sie sei, und sagte, dass er mit ihr über Camilla Granberg sprechen müsse, und zwar »je früher, desto besser«.

»Warum das?«, hatte Astrid gefragt und Martin hatte einen Moment lang gezögert.

»Weil einiges darauf hindeutet, dass ihr Tod kein Unfall war«, hatte er schließlich geantwortet. »Mehr kann ich jetzt nicht sagen, und nein, du musst nicht auf die Polizeistation kommen. Ich komme morgen Vormittag mit einer Kollegin zu dir raus. Um zehn Uhr, passt das? Und gegen einen Kaffee hätten wir nichts einzuwenden!«

Auf dem restlichen Weg nach Hause hatte Astrid über Martins Worte nachgedacht, während sie durch den strömenden Regen gefahren war. Camillas kurzes Leben hatte nur wenige Kilometer von dem Ort entfernt, an dem ihr Bruder vor zweiunddreißig Jahren verschwunden war, geendet. Und Martin hatte mehr als nur angedeutet, dass sie praktisch ermordet worden war. Was konnte das heißen? Dass Camilla am selben Tag gestorben war, an dem Astrid Mikaels Mütze gefunden hatte, konnte doch wohl nur ein Zufall sein, oder? Sie war sich ganz sicher, dass niemand anderes von ihrer Entdeckung wusste.

Als sie schließlich nach Granåkers Hästberg abbog und die dunkle Straße vorwärtskroch, über die Hügel die kurvige Straße entlang, kam ihr plötzlich ein beunruhigender Gedanke. Camilla hatte Astrids rote Jacke getragen und ihre blonden Haare unter Astrids dunkle Schirmmütze gestopft. In der Dämmerung hätte man sie leicht verwechseln können. Falls Camilla ermordet worden wäre – konnte es da sein, dass sie selbst das eigentliche Opfer hätte sein sollen?

Nach Gedanken wie diesen war sie schon nervös gewesen, als sie auf den Hof gefahren war, und das Gefühl, dass jemand im Haus gewesen war, machte es nicht besser. Astrid ging in die Küche, um Kaffee aufzusetzen, während sie sich bemühte, ruhig und vernünftig ihre Gedanken zu ordnen. Sie war sich sicher, dass sie die Wohnzimmertür offen gelassen und die Zwischentür fest zugezogen hatte. Es konnte vielleicht sein, dass sie sich in einem Punkt irrte, aber kaum in beiden.

Auch wenn man paranoid ist, schließt das nicht aus, dass man tatsächlich verfolgt wird, dachte sie, und Camilla Granbergs Tod war schließlich wirklich passiert. Aber das Türschloss war nicht aufgebrochen worden, und nach einem Rundgang durch das Erdgeschoss stand auch fest, dass alle Fenster von innen geschlossen waren, so wie sie sie zurückgelassen hatte.

Aber das hatte nicht viel zu bedeuten. Seit sie klein war, hing der Ersatzschlüssel für das Haus an einem Nagel im Holzschuppen, das wusste bestimmt das halbe Dorf, und umherstreunende Fremde konnten leicht darauf kommen. Ins Haus zu gelangen, ohne das Schloss aufzubrechen, war kein Ding der Unmöglichkeit.

Wenn jemand hier gewesen war, dann entweder um etwas zu stehlen oder um nach etwas zu suchen. Aber für einen Einbrecher gab es auf dem Sammilshof nicht viel zu holen. Ihren Laptop hatte Astrid mit nach Stockholm genommen, und im Haus war kein Bargeld. Sie ging noch einmal hoch ins Schlafzimmer und vergewisserte sich, dass ihr Schmuck noch in seiner Schatulle lag, offen sichtbar auf der Kommode, bevor sie im Esszimmer feststellte, dass das Tafelsilber ihrer Großeltern nach wie vor in der Anrichte aus Mahagoniefurnier lag.

Und der Sekretär? Darin befanden sich keine Wertgegenstände, trotzdem zog sie alle Schubladen heraus. Ein kalter Schauer überlief sie, als sie sah, dass etwas fehlte – der Umschlag, den sie aus dem Papierkorb genommen hatte. Der Umschlag, auf den

Lars' etwas gekritzelt und den sie in die Schublade mit den Kuverts und Briefmarken gelegt hatte, weil sie sich Gedanken darüber machen wollte, was er sie hatte fragen wollen.

Und jetzt war er weg.

Mit langsamen Schritten, so als hätte sie Angst, was sie als Nächstes entdecken würde, ging sie in Onkel Lars' Zimmer zum Eckschrank. Sie schloss ihn auf, schob die Hand hinein und tastete nach der Mütze, die sie wieder dort hineingestopft hatte, weil sie ihren Anblick nicht ertragen konnte. Aber sie suchte vergebens. Mikaels Mütze war nicht mehr da.

Hatte sie sich alles nur eingebildet? Hatten die Mütze und der Umschlag nur in ihrer Fantasie existiert? Wurde sie jetzt ernstlich verrückt, von fiebrigen Wahnvorstellungen geplagt, dass imaginäre Einbrecher in ihr Haus eindrangen, um imaginäre Gegenstände zu stehlen?

Nein, sie war nicht verrückt, dachte Astrid und setzte sich mit einer Tasse frisch aufgebrühten Kaffees an den Küchentisch. In Stockholm hatte sie sich doch noch ausgeglichen und besonnen gefühlt. Sie hatte ihre Rolle perfekt gespielt, war völlig klar im Kopf gewesen und hatte gewusst, was sie tat. Ihrem Kopf fehlte nichts. Die Mütze hatte hier auf dem Küchentisch gelegen, so wirklich, dass sie jetzt noch die Acrylwolle mit dem missratenen Elch in den Fingern zu spüren glaubte. Es war wirklich passiert: Jemand war ins Haus eingebrochen und hatte den Umschlag und die Mütze mitgenommen.

Und die unglückliche, unschuldige Camilla Granberg war wirklich tot, womöglich sogar ermordet.

Was ging hier eigentlich vor? Sie sah durch das Küchenfenster hinaus, das rotkarierte Gardinen zierten, die ihre Großmutter im Jahr vor ihrem Tod genäht hatte. Nur einmal im Jahr wurden sie für eine gründliche Wäsche abgenommen. Der Regen prasselte gegen das Fenster, und der Hof lag in tiefer Dunkelheit. Sie sollte besser die Außenbeleuchtung anschalten und die Haustür abschließen, obwohl sie das sonst nie vor dem Zubettgehen tat, weil sie sich hier im Dorf sicher fühlte.

Gefühlt hatte.

Da sah sie draußen etwas aufblitzen, ein umherirrendes Licht. Ein Auto, das durch das Dorf fuhr? Nein, es war nur ein Licht, schwach und flackernd, auf der Straße. Es verschwand kurz, um dann wieder aufzutauchen, näher diesmal. Jemand kam auf den Hof zu, den kleinen Hügel herauf, jemand mit einer Taschenlampe, der vielleicht nicht wusste, dass sie wieder nach Hause gekommen war.

Astrid sah sich nach einem Gegenstand um, den sie zur Verteidigung benutzen konnte. In der Küche fand sie nichts, aber neben dem Kachelofen im Wohnzimmer stand ein schwerer gusseiserner Schürhaken. Den nahm sie mit, als sie in die Diele ging, während sie zur Sicherheit schon einmal das Handy griffbereit hielt, um Hilfe zu rufen, falls nötig. Sie öffnete die Haustür.

Das Licht befand sich jetzt kurz vorm Haus, schwach aufleuchtend, als würde gleich eine Batterie leer sein, aber noch stark genug, dass Astrid die Person erkennen konnte, die ein Fahrrad schob und sich triefend nass ihrer Tür näherte. Sie machte die Lampe über der Haustür an und trat ins Licht.

»Aha, da bist du ja. Worauf bist du eigentlich aus, du Miststück?«, zischte Carina Svahn.

»Schön, dass du das so witzig findest«, brummte Carina eine halbe Stunde später, als sie mit einer Tasse Kaffee am Küchentisch saß. Sie hatte sich warme Kleidung von Astrid geliehen, die Haare mit einem Handtuch trocken gerubbelt und die Mascara abgewischt, die ihr übers Gesicht gelaufen war. Ihre patschnassen Schuhe standen zum Trocknen mit Zeitungspapier gefüllt in der Diele, und ihre Füße steckten nun in ein paar dicken grauen Wollsocken, die früher einmal Sammils Lars gehört hatten.

»Entschuldige«, sagte Astrid, die in hysterisches Kichern ausgebrochen war, als sie Agneta Myhres Worte aus dem Mund einer Frau hörte, die so gar nichts mit Agneta gemein hatte, »aber ich konnte einfach nicht anders. Es klang so komisch, weil jemand anderes heute schon einmal genau dasselbe zu mir gesagt hat.«

»Wer denn?«, fragte Carina misstrauisch und nippte an dem heißen Kaffee.

»Meine oberste Chefin, Agneta Myhre«, erwiderte Astrid.

»Ach, die bumsfidele Schlampe, die beliebteste Frau Schwedens, hm?«, höhnte Carina. »Schade, dass es keine Umfrage gibt, wer die unbeliebteste Frau Schwedens ist, da hätte ich mir ja vielleicht mal Chancen ausrechnen können. Jetzt verstehe ich auch, weshalb du lachen musstest. Aber ich bin hier, weil Camilla tot ist, und das ist überhaupt nicht witzig.«

Sie sah Astrid scharf an.

»Du musst doch verstehen, dass einem das verdächtig vorkommt – du tauchst einfach aus heiterem Himmel bei Camilla auf und bietest ihr an, bei dir zu duschen und zu übernachten und begleichst gleich auch noch ihre Stromrechnung, wie so 'n verfluchter Samariter. Ich habe mir gleich gedacht, dass du auf etwas aus warst, konnte mir bloß keinen Reim darauf machen, was es war. Und dann geht Camilla mit dir, und ein paar Stunden später ist sie tot. Du musst doch zugeben, dass du eine Menge zu erklären hast!«

Ihr Ton klang wütend und vorwurfsvoll, aber ihre Unterlippe zitterte und sie fuhr sich mit den Händen über die Augen, wie um Tränen wegzuwischen, die sie nicht zeigen wollte. Sie war im Dunkeln und bei strömendem Regen nach Granåkers Hästberg geradelt, um Astrid für den Tod ihrer Freundin zur Rede zu stellen. Das ist jemand, der wirklich um Camilla trauert, dachte Astrid. Sie nahm Brot und Käse aus der Tüte, von den Einkäufen, die sie auf der Rückfahrt in Avesta gemacht hatte, und deckte den Tisch.

»Habt ihr schon lange Kontakt, Camilla und du?«, fragte Astrid und versuchte, Carinas Wut mit Mitgefühl und einer Mahlzeit zu besänftigen.

»An und für sich schon seit Ewigkeiten«, sagte Carina, »aber so richtig eng miteinander sind wir erst seit ein paar Jahren. Wir hatten beide so einen blöden Kurs für Arbeitssuchende besucht, zu dem uns das Arbeitsamt verdonnert hat. Unser ›Jobcoach‹ war eine echte Null, über die man sich hätte kaputtlachen können, wenn es nicht so ernst gewesen wäre. Der Kurs war so dämlich, dass ich Camilla überredet habe, ihn sausen zu lassen, und seitdem haben wir kaum noch etwas ohne einander getan. Camilla ist so süß …«

Sie merkte, dass sie sich im Tempus vertan hatte, hielt inne und atmete mit einem Geräusch ein, das verdächtig nach einem unterdrückten Schluchzen klang, bevor sie weitersprach.

»Camilla war so süß, meinte ich, aber sie war auch schwach, weshalb andere immer versucht haben, sie auszunutzen. Sie brauchte jemanden, der sie beschützte.«

»Und das warst du«, stellte Astrid fest.

»Ja, das war ich«, bestätigte Carina. »Aber jetzt ist sie tot, also hat der Beschützer wohl versagt. Du kannst dir sicher vorstellen, wie ich mich fühle.«

Mit leerem Blick starrte sie vor sich hin, offensichtlich voller Schuldgefühle. Astrid konnte das verstehen. Sie verspürte selbst ein unbestimmtes Schuldgefühl, als ob sie irgendwelche Kräfte in Bewegung gesetzt hätte, die zu Camillas Tod geführt hatten.

»Warum bist du eigentlich nicht mitgekommen?«, fragte sie.

»Weil ich mich zuerst über dich informieren wollte«, sagte Carina ungeduldig, »ich hab gleich bemerkt, dass du zu gerissen bist, als dass ich etwas aus dir herausbekommen hätte.«

Carina hatte in der Bibliothek gegoogelt. Die Suchmaschine hatte eine kurze Übersicht über Astrids Karriere und ein paar englische Artikel ausgespuckt sowie erklärt, dass Astrid den Nachnamen »Sammils« nach dem Hof der Familie mütterlicherseits angenommen hatte und seit 1997 mit dem Lyriker und Übersetzer Gabriel Wrede verheiratet war.

»Du solltest deinen Wikipediaartikel aktualisieren«, sagte Carina spitz, »anscheinend bist du nicht interessant genug, als dass sich jemand die Mühe gemacht hätte, eure Trennung zu ergänzen. Ich hatte schon angenommen, du hättest dir die ganze Geschichte von dem Gartenfick nur ausgedacht. Aber als ich Agnetas und Gabriels Namen gegoogelt habe, wurden ein paar Ausschnitte aus der Klatschpresse und ein paar Fotos von den Gästen auf dem Empfang angezeigt – ›Die wie immer perfekt gekleidete Außenministerin Agneta Myhre mit ihrem Verehrer Gabriel Wrede‹.« Damit war Carina überzeugt davon gewesen, dass Astrid zumindest über ihre Trennung die Wahrheit gesagt hatte. Danach hatte sie in der Zeitschriftenabteilung alte Ausgaben der Lokalzeitung durchgeblättert, bis sie die Todesanzeige von Lars Matsson gefunden hatte, und festgestellt, dass »mein geliebter Onkel« neben Freunden und Nachbarn eine »Astrid« als einzige trauernde Angehörige angab. »Und da wusste ich, dass du den Hof geerbt hast und hier wohnst.« Am nächsten Tag habe sie dann einen gewissen Hamid aufgesucht, »einen Typen, den ich kenne, er hat eine Reinigungsfirma«, der ihr angeboten habe, schwarz für eine erkrankte Angestellte einen Putzjob, eine komplette Hausreinigung nach einem Umzug, zu übernehmen. Anschließend sei sie mit dem Bus zurück zu Camilla gefahren und habe enttäuscht festgestellt, dass ihre Freundin nicht zu Hause war. Als Camilla auch abends nicht zurückgekommen war, habe sie versucht, sie über das Handy zu erreichen, aber es habe sich niemand gemeldet. Da sei sie noch nicht beunruhigt gewesen, war einfach nur davon ausgegangen, dass ihre Freundin noch bei Astrid geblieben sei. Die Lokalnachrichten habe sie nicht gehört, weil im Haus weder das Radio noch der Fernseher funktionierten. Erst am Montag sei schließlich jemand an Camillas Handy gegangen.

»Und das war irgend so 'n verfluchter Bulle«, sagte Carina mit einer Stimme, die sie nur mit Mühe beherrschen konnte, »und er teilte mir mit, dass Camilla tot sei. Und bevor ich aus ihm herausbringen konnte, was passiert war, wurde die Verbindung unterbrochen, weil meine verdammte Prepaidkarte leer war. Da habe ich beschlossen, hierher zu radeln und dich zur Rede zu stellen.«

Diese Geschichte ließ viele Fragen offen, aber Astrid sprach das an, was sie am meisten erstaunte.

»Wie bist du bloß darauf gekommen, nach der Todesanzeige zu suchen, und woher wusstest du, wo der Sammilshof liegt? Kanntest du meinen Onkel?«

»Natürlich«, sagte Carina, plötzlich mit weicher Stimme. »Er war der feinste Mensch, den ich jemals kennengelernt habe, und ich war richtig deprimiert, als ich von seinem Tod erfuhr. Deshalb wusste ich auch noch ungefähr, wann die Todesanzeige in der Zeitung gestanden haben musste.«

Astrid hatte Mühe, sich ihren sanften, menschenscheuen Onkel zusammen mit Bad Girl Carina vorzustellen. Das Bild erschien ihr so surreal wie ein Kanister Schnaps auf der Nobelpreisgala. Carina schien ihre Verwunderung zu bemerken. »Seit ich vierzehn, fünfzehn war, bin ich hier im Dorf ein Pflegekind gewesen. Ich war bei den Björs, du weißt schon, unten am See auf der anderen Straßenseite. Nicht der beste Ort, an dem ich gewesen bin, aber definitiv auch nicht der schlechteste. Eigentlich war es ganz okay dort, mal abgesehen davon, dass ich auf alles und jeden wütend war und die Schnauze voll von den Ermahnungen und dem Genörgel von wildfremden Leuten hatte, denen ich im Grunde vollkommen gleichgültig war. Deshalb habe ich auch ziemlich oft die Schule geschwänzt, bin zwar zur Haltestelle gegangen, aber nicht mitgefahren. Manchmal bin ich zur großen Straße gegangen und bis nach Hammarås getrampt, manchmal aber auch nur in den Wald gegangen, um meine Ruhe zu haben.«

Und im Wald sei sie mehrmals Sammils Lars begegnet, der auch gerne kleine Forstwege nahm. Schließlich hatten sie angefangen, sich zu grüßen, dann ein paar Worte miteinander zu wechseln, und eines Tages habe er sie gefragt, ob sie auf einen Kaffee mit zum Sammilshof kommen wolle. Sie war mitgegangen, obwohl sie seinen Absichten gegenüber misstrauisch gewesen sei, »mittlerweile hatte ich schon ziemlich viele lüsterne alte Männer getroffen, weshalb ich dachte, dass er sicherlich jeden Augenblick seinen Hosenstall aufmachen und seinen Schwanz rausholen würde«, aber er hat nur Saft und Hefebrötchen auf den Tisch gestellt.

»Später wurde mir klar, dass er wusste, wer ich war, und er aus irgendeinem Grund mit mir mitfühlte«, fuhr Carina fort. »Er wusste schließlich selbst genau, was es hieß, in Fürsorge zu sein, weil er es auch einmal gewesen war, wusste, wie schön es war, sich an einem Ort zu befinden, wo einen nicht ständig jemand herumkommandierte. Also verbrachte ich immer mehr Zeit bei ihm. Meistens habe ich in seinem Wohnzimmer Bücher gelesen, und manchmal ist er reingekommen und hat mich gefragt, ob ich ein Glas Saft haben wollte, und dann haben wir ein bisschen über dies und das geredet.«

Astrid fiel es schwer, ihre Gesichtszüge nicht entgleisen zu lassen. Sie hatte nicht gewusst, dass ihr Onkel ein Heimkind gewesen war, obwohl sie sich eingebildet hatte, dass sie sich sehr nahegestanden hatten, aber Bad Girl Carina hatte er es erzählt. Sie war auf kindische Art verletzt und enttäuscht, was sie aber auf keinen Fall zeigen wollte.

»Aha, dir hat er also verraten, dass er in der Beklopptenanstalt gesessen hat«, sagte sie beiläufig.

»Damals noch nicht, aber ein paar Jahre später«, erwiderte Carina. »Ich wurde ja mit neunzehn schwanger und die alte Schachtel vom Sozialamt meinte, ich würde als Mutter nichts taugen, vor allem, weil ich obdachlos war. Da durften wir, das Baby und ich, eine Zeitlang bei Lars bleiben. Wir haben ein Zimmer im ersten Stock bewohnt. Da hat er mir erzählt, dass seine kleine Schwester und er irgendwann in den vierziger Jahren ins Kinderheim gesteckt worden waren, als ihr Vater einberufen wurde und ihre Mutter eine Art Nervenzusammenbruch hatte. Und im Kinderheim hatte sich irgend so ein Schlaukopf eingebildet, dass Lars ein Schwachkopf wäre, weshalb sie ihn in die Anstalt gesteckt hatten. Deshalb hatte er fast genauso viel Schiss wie ich, dass das Sozialamt mir Tina wegnehmen könnte. Auch wenn das nichts gebracht hat.«

Sie zuckte mit den Schultern.

Neunzehn Jahre, dachte Astrid, Carina und sie waren gleich alt. Carina musste ihr Kind ungefähr zur selben Zeit bekommen haben, als sie selbst zum Studium der Friedens- und Konfliktforschung nach Uppsala gezogen war. Aber wie hatte es ihr entgehen können, dass Onkel Lars sich um eine alleinerziehende Teenager-Mutter gekümmert hatte? Ob Astrids Eltern das gewusst hatten?

Erneut schien Carina ihre Gedanken zu erraten.

»Ich bin nicht lang geblieben, nur zwei, drei Monate, und du warst gerade auf die Uni gegangen. Lars hat oft von dir geredet – ich wusste natürlich nicht genau, wer du warst, wenn du weißt, was ich meine, aber er hat mir immer von seiner tollen Nichte vorgeschwärmt, als wäre sie das achte Weltwunder. Ich war manchmal richtig eifersüchtig auf dich.«

Sie musterte Astrid kritisch.

»Aber Schluss mit den alten Geschichten. Jetzt will ich deine Erklärungen hören. Weil du mit Lars verwandt bist und er dich mochte, will ich mal nicht davon ausgehen, dass du Dreck am Stecken hast, aber wir werden sehen. Erzähl doch mal!«

Astrid betrachtete ihren Gast über den Tisch hinweg. Im Grunde sehnte sie sich geradezu danach, mit jemandem über alles zu sprechen. Jemandem, der ihr zuhören würde, mit dem sie sich austauschen konnte und der mit intelligenten Einwänden kam, ohne ihre Befürchtungen kleinzureden und ihr zu sagen, dass sie zur Polizei gehen und von der Mütze erzählen solle. Manchmal war sie schon versucht, Gabriels Handynummer zu wählen, nur um seine Stimme zu hören und mit ihm zu reden, so wie sie es immer getan hatten, als zwischen ihnen noch alles in Ordnung gewesen war, aber diesen Impuls hatte sie bislang unterdrücken können. Ihre besten Freundinnen lebten in anderen Zeitzonen – Saskia in Buenos Aires, Josefine in New York und Kati in Hongkong – und man konnte sie selten spontan anrufen. Mit Maja, der Ärztin, die sie in Bukarest kennengelernt hatte, würde sie auch reden können, sagte ihr ein Gefühl, aber selbst sie war nicht leicht erreichbar.

Erreichbar war nur Carina. In Astrids Jeans und Pulli, mit dem ungeschminkten Gesicht und dem Handtuch um den Kopf, das ihre schwarzlila Haare verbarg, hätte sie glatt als eine ihrer Kolleginnen oder Freundinnen durchgehen können, sah nur etwas abgezehrter aus. Und sie hatte eine schnelle Auffassungsgabe, das merkte man. Astrid fiel wieder der Besuch der damaligen Schulpsychologin Annika Gren bei ihren Eltern ein, als sie das Gespräch zwischen ihrem Vater und der Psychologin belauscht hatte, die bei einer Tasse Tee mit gedämpfter Stimme über die Problemschülerin Carina Svahn gesprochen hatten. Annika Gren hatte bei Carina einen Intelligenztest gemacht, der zu ihrem Erstaunen einen sehr hohen IQ ergeben hatte.

Außerdem hatte Carina Onkel Lars gekannt und ihn gemocht.

Was soll's, dachte Astrid, stützte die Ellenbogen auf den Tisch und erzählte Carina alles – von dem Mützenfund, ihrem Versuch, Camilla auszuhorchen, dem Verdacht der Polizei, dass Camilla absichtlich überfahren worden war, von dem Einbruch, den sie entdeckt hatte, als sie von Stockholm zurückgekommen war, und von der verschwundenen Mütze und dem Briefumschlag.

Carina winkelte auf der Küchenbank die Beine an und hörte, das Kinn in die Hand gestützt, konzentriert zu.

»Das ist ja unglaublich«, sagte sie langsam, als Astrid geendet hatte. »Jetzt verstehe ich auch, warum du um Camilla herumscharwenzelt bist. Aber von dem Rest schwirrt mir der Kopf. Gibt es da einen Zusammenhang oder sind das unterschiedliche Puzzleteile? Und woher, um Himmels willen, hatte Lars Micke Granbergs Mütze?«

Sie klang aufrichtig erstaunt. Astrid sagte nichts, saß still da, während Carina nachdachte und zu einer Schlussfolgerung kam, die sie dazu bewegte, sich über den Tisch zu lehnen und ihr einen flammenden Blick aus ihren gelbgrünen Augen zuzuwerfen.

»Jetzt sag nicht, du glaubst, dass Lars irgendein Perversling war, der Camillas Bruder ermordet hat! Lars? Das denkst du doch nicht wirklich, oder? Immerhin warst du seine Lieblingsnichte.«

Sie sagte das so voller Empörung, dass Astrid lächeln musste.

Wenn sie eine Verbündete brauchte, hatte sie wirklich die richtige Person gefunden.

»Natürlich glaube ich das nicht«, sagte sie, »aber dir ist schon klar, dass wir beide vermutlich die einzigen Menschen auf der Welt sind, die Lars nicht sofort für den Schuldigen halten würden, wenn das mit der Mütze herauskäme.«

»Warum? Er ist doch ständig durch den Wald gestreift, und wenn du dir die Zeit genommen hättest, Camilla auszufragen, wüsstest du, dass sie glaubte, dass Micke ihrem Hund in den Wald nachgelaufen war, als er verschwand. Da ist es doch nicht weiter verwunderlich, dass Lars zufällig seine Mütze draußen in der Wildnis gefunden hat.«

»Aber warum hielt er sie dann versteckt?«, fragte Astrid.

Carina lächelte spöttisch.

»Ja, warum wohl, hm? Vielleicht hat er ja geahnt, was die Leute glauben würden, dass sogar seine kleine Lieblingsnichte, auf die er so stolz war, die eine so tolle Karriere hingelegt hat und im Dalaradio eine eigene Sommersendung hatte, vermuten würde, dass er Micke Granberg umgebracht hat. Ich finde, es war sehr schlau von ihm, die scheiß Mütze zu verstecken. Schade nur, dass er sie nicht verbrannt hat.«

»Ist angekommen, aber das spielt jetzt keine Rolle mehr. Denn Camilla ist tot und die Mütze gestohlen. Es scheint, als ob es hier nicht nur um Vergangenes geht. Jemand interessiert sich immer noch dafür, ist sogar bereit, einen Einbruch dafür zu verüben und vielleicht sogar zu töten.«

»Du glaubst, dass Lars etwas gewusst hat«, sagte Carina langsam, »dass er bei Mickes Verschwinden etwas beobachtet hat, etwas, auf das er sich vielleicht damals keinen Reim hatte machen können und das ihm später wieder eingefallen ist? Zum Beispiel, dass er jemandem in der Nähe des Ortes, an dem er die Mütze gefunden hat, begegnet ist, den er niemals verdächtigt hätte, einem Bezirkspräsidenten oder Pfarrer, und ein paar Jahre später erst begonnen hat, sich Fragen zu stellen. Aber weshalb Camilla? Sie wusste nichts, was nicht auch die Polizei wusste.«

Astrid war zugegebenermaßen beeindruckt – Carina war wirklich auf Zack und begriff schnell.

»Aber das mit dem Dackel hat sie der Polizei nicht erzählt«, wandte Astrid ein. »Ihr hätte noch mehr einfallen können. Obwohl – es gibt noch eine andere Möglichkeit. Sie hatte meine Kleidung getragen, hatte mein Fahrrad geliehen und es wurde bereits dunkel ...«

»... also solltest du jetzt vielleicht an ihrer Stelle tot sein, weil jemand angenommen hat, dass Lars dir etwas erzählt hat!«, sagte Carina entsetzt. »Arme Camilla, sie war wirklich das ewige Opferlamm. Typisch!«

Hastig stand sie auf, ihre Augen glänzten, und verschwand auf die Toilette. Nach zehn Minuten kam sie mit verweinten Augen wieder, sah aber entschlossen aus.

»Also gut, lass uns hier nicht länger faul herumsitzen, wir müssen uns einen Plan zurechtlegen«, sagte sie. »Hast du etwas zu Essen im Haus? Nach dieser Fahrradtour brauche ich was in den Magen, um denken zu können. Warme Sandwiches kriegst du doch bestimmt hin, und schenk uns ein Glas Wein ein. Du hast doch bestimmt irgendwo 'nen Vorrat? Oder bist du ein Alki?

Nicht? Gut, ich auch nicht, also, her mit dem Wein, und schmeiß den Ofen an!«

Zwei Stunden später hatte Carina sich in dem Dachzimmer eingerichtet, wo sie vor dreiundzwanzig Jahren mit ihrem Neugeborenen schon einmal gewohnt hatte, das Zimmer, in dem Camilla Granberg ordentlich das Bett bezogen hatte, aber nie hatte schlafen dürfen.

Astrid hatte den Zweitschlüssel aus dem Holzschuppen geholt und die Haustür zweimal abgeschlossen. Der Schürhaken lag griffbereit, um ihn mit ins Schlafzimmer zu nehmen. Nicht, weil sie davon ausging, dass sie ihn brauchen würde, aber sie war jetzt lieber auf alles gefasst.

Für den nächsten Tag hatten sie Pläne geschmiedet. Während Astrid vormittags mit der Polizei sprechen würde, würde Carina auf dem Dachboden nach Lars' Tagebüchern suchen, um herauszufinden, ob es Aufzeichnungen gab, die Aufschluss darüber gaben, was er an dem Tag von Mikaels Verschwinden und in den Wochen unmittelbar danach gemacht hatte. Astrid würde versuchen, Einblick in die alten Ermittlungsakten zu erhalten und sich alle Personen und Autokennzeichen zu notieren, die darin aufgeführt waren.

Doch bevor sie sich schlafen legten, hatte Carina noch eine Idee, weshalb Astrid jetzt eine E-Mail an das Bezirksarchiv in Håksberg schrieb. Sie bat um einen Termin, um das Archivmaterial über Ramsnoret, die »Anstalt für Geistesschwache«, aus den späten 40er und frühen 50er Jahren einsehen zu können. Carina war Lars nur eine Woche vor seinem Tod in Hammarås über den Weg gelaufen. Sie hatten zusammen einen Kaffee getrunken – »natürlich hat er mich eingeladen« – und er hatte berichtet, dass er angefangen hätte, seine Memoiren zu schreiben.

»Er hat sich gefreut wie ein Kind«, erzählte Carina, »sagte, dass er schon lange mit dem Gedanken gespielt und sich entschieden hätte, jetzt damit Ernst zu machen, als er ein Interview mit einem anderen Mann gesehen hat, der etwa zur selben Zeit wie er in so einem Heim gewesen ist. Und heutzutage würde es einem schließlich so einfach gemacht, zu schreiben, wo es Computer gab, man könne wieder alles ändern, wenn man sich verschrieben hätte, hat er gesagt.«

Plötzlich atmete sie scharf ein und sah Astrid an.

»Mensch, das könnte wichtig sein!«, sagte sie aufgeregt. »Er sagte, dass damals viel passiert sei, was er nicht verstanden hatte, und dass er jetzt Licht ins Dunkel bringen wollte. Deshalb war er auch in die Stadt gefahren. Es verlangte ihm schließlich viel ab, sich in seine alte Karre zu setzen und irgendwo hinzufahren. Er wollte einen Brief aufgeben und hatte keine Briefmarken zu Hause. Er hatte an jemanden von früher geschrieben und ein paar Fragen gestellt, sagte er. Und er war sehr gespannt auf die Antwort.«

KAPITEL 7

Bukarest

Dienstag, 14. September 2010

Mihai trug Alexandru in Gabrielas Wohnung, wo er ihn vorsichtig auf das Bett legte. Der Junge war nur einmal im Taxi aufgewacht, als Gabriela nicht da gewesen war, hatte sich aber sofort wieder beruhigt, als er sah, dass er bei seinem Freund Mihai war, seinem großen Idol.

»Willst du jetzt schlafen gehen oder möchtest du noch ein bisschen reden? Es muss schlimm für dich gewesen sein, das da eben mit anzusehen.«

Gabriela freute sich, dass er noch ein bisschen bleiben und sich mit ihr unterhalten wollte, weil sie wusste, dass sie kein Auge zutun würde, wenn sie jetzt sofort zu Bett gehen würde. Sie setzte eine neue Kanne Tee auf und holte eine Flasche *Ţuicâ* aus dem Kühlschrank, den starken selbst gebrannten Pflaumenschnaps ihres Onkels. Um zu verhindern, dass die Bilder von der blutgetränkten Wohnung in Colentina völlig ihre Gedanken beherrschten, verwandte sie besonders viel Aufmerksamkeit darauf, Tassen und Gläser auszusuchen und sie sorgfältig auf ihr schönstes lackiertes Tablett zu stellen, bevor sie damit ins Wohnzimmer zurückging.

Viel half das nicht. Die Bilder liefen immer wieder vor ihrem inneren Auge ab wie ein Horrorfilm, der sich nicht anhalten ließ.

Zusammen mit dem Polizeiarzt, der nur wenig später am Tatort eingetroffen war, hatte sie sofort feststellen müssen, dass die gesamte Familie tot war – das Mädchen in dem blutigen Brokatnachthemd, der Junge, der in T-Shirt und Unterhosen auf der Schwelle des Schlafzimmers lag, die Frau auf dem Bett und der Mann, den sie sofort als ihren Patienten Virgil Stanescu identifiziert hatte. Es schien, als hätte seine Frau geschlafen und gar nicht reagieren können, als ihr die Kehle durchgeschnitten worden war. Die beiden Teenager dagegen waren wach gewesen. Der Junge war am schlimmsten zugerichtet. Er hatte vermutlich versucht, seinem Vater das Messer zu entwenden, während das Mädchen vom Wohnzimmer aus angerufen hatte, weil Gabrielas Visitenkarte auf dem Telefontisch daneben lag. Virgil Stanescu, noch immer mit dem blutigen Messer in der Hand, war von den Polizisten erschossen worden, die die Wohnung gestürmt hatten, nachdem mehrere Personen, darunter offenbar auch jemand aus der Familie, einen Notruf abgesetzt hatten.

Gabriela hatte mit einem der Polizisten in Zivil gesprochen, die nach und nach am Tatort eingetroffen waren, hatte erklärt, wer sie war und dass sie am selben Tag noch mit Virgil Stanescu gesprochen hatte, der von seiner Schlaflosigkeit und von Halluzinationen berichtet hatte. Der Polizist versprach, dass seine Ermittler sich melden würden, und sagte, dass sie nach Hause fahren könne.

»Ich habe in der Ambulanz gearbeitet und schon früher schlimme Dinge gesehen, eigentlich dürfte mir so etwas nichts mehr ausmachen«, sagte sie entschuldigend zu Mihai, als sie mit angewinkelten Beinen und mit einem Tuch umwickelt frierend auf dem Sofa saß.

»Ich meine, Verkehrsunfälle mit zig Verletzten und Toten, Knochenbrüche, Stich- und Brandwunden, all so was. Aber da hatte ich meine Arbeit zu erledigen. Jetzt konnte ich gar nichts tun, obwohl das arme Mädchen ausgerechnet mich angerufen und um Hilfe gebeten hat.«

Sie nahm einen Schluck heißen, süßen Tee. Mihai hatte einen Schuss Hochprozentiges in ihre Tasse gekippt, »Das brauchst du jetzt, um dich zu entspannen«, und sie hatte nicht protestiert.

»Du bist so warmherzig«, sagte Mihai liebevoll, »du setzt dich immer für andere ein. Dafür bewundere ich dich.«

Er saß am anderen Ende der Couch, doch obwohl fast die ganze Länge des Sofas zwischen ihnen lag, schien die Luft plötzlich zu knistern.

Gabriela hatte schon vorher manchmal das Gefühl gehabt, Mihai würde sich für sie interessieren, und bei einer peinlichen Gelegenheit hatte Alexandru sogar vorgeschlagen, dass sie ja Mihai heiraten könne, »falls Papa nicht wieder nach Hause kommt«. Alexandru hatte sie erwartungsvoll angesehen, als rechnete er damit, für seine geniale Idee gelobt zu werden. Zum Glück war niemand dabei gewesen. Sie hatte ihrem Sohn eindringlich erklärt, dass Papa selbstverständlich wiederkommen würde. Dass er nur in Frankreich sei, weil er Alexandru und seine Mama so sehr liebte, dass er mehr Geld verdienen wollte, damit sie alles hatten, was sie brauchten, und dass sie vielleicht später irgendwann nach Frankreich ziehen würden, um wieder mit Papa zusammenzuleben. Sie hoffte wirklich, dass der Junge solche Dummheiten nicht zu anderen Menschen sagte, und vor allem nicht zu Mihai.

Trotzdem war sie viel zu erleichtert, um abzulehnen, als Mihai ihr anbot, Alexandru am nächsten Morgen zu ihrer Mutter zu fahren, damit sie nach dem anstrengenden Abend etwas länger im Bett bleiben konnte. Alexandru würde es toll finden, mit dem Taxi zu seiner Oma kutschiert zu werden.

Dass Mihai sich für sie interessierte, bildete sie sich bestimmt nur ein. Sie war zweiunddreißig Jahre alt, er knapp fünfundzwanzig. Auf ihn musste sie wie eine alte Tante wirken, eine Tante mit Brille und einer Sorgenfalte auf der Stirn. Vielleicht erinnerte sie ihn ja an eine große Schwester, die er gern hatte. Es war wirklich nett von ihm, dass er anbot, Alexandru zu fahren.

Weil sie sich den Umweg zu ihrer Mutter sparen konnte, war Gabriela am Dienstagmorgen schon früh in der Klinik. Sie fuhr ihren Computer hoch und rief Virgil Stanescus CRF auf und scrollte in dem Dokument bis zu dem Kapitel »Unerwünschte Ereignisse« beziehungsweise *serious adverse events* herunter, wo sie unmittelbar nach Stanescus Besuch seine Schlafprobleme und Albträume als Beginn eines Ereignisses notiert hatte. Gefasst gab sie den Code in das Feld ein, der »Patient verstorben« bedeutete.

Im nächsten Feld wurde gefragt, ob es einen möglichen Zusammenhang zwischen dem schwerwiegenden Ereignis und dem getesteten Medikament geben könnte. Sie setzte ein Kreuz für Ja – zwar konnte es auch andere Erklärungen dafür geben, dass der Gymnasiallehrer zum Berserker geworden war und seine gesamte Familie getötet hatte, aber sie konnte definitiv nicht ausschließen, dass ein Zusammenhang mit dem Medikament bestand. Heute Nacht hatte sie sich voller Selbstzweifel gefragt, ob sie Virgil Stanescu sofort aus der Studie hätte nehmen müssen, statt diese Frage erst bei der Morgenkonferenz zu erörtern, wie sie entschieden hatte. Der Gedanke plagte sie, obwohl sie wusste, dass es keinen Unterschied mehr gemacht hätte: Als sie Virgil Stanescu getroffen hatte, hatte er schon seine tägliche Medikamentendosis eingenommen, und falls sie es gewesen war, die ihn zu dieser Wahnsinnstat getrieben hatte, wäre es sowieso schon zu spät gewesen, etwas dagegen zu unternehmen.

Trotzdem fühlte sich Gabriela schlecht, als sie bei der Morgenrunde zuerst von Stanescus Beschwerden und dann von den schrecklichen Ereignissen der Nacht berichtete. Aller Augen waren auf sie gerichtet – Luciana Nastases dunkel und unergründlich, Stefan Hallgrimssons eisblau und neugierig, die der übrigen Kollegen voller Sympathie angesichts dessen, was sie mitgemacht hatte. Gabriela beendete ihre Ausführungen damit, dass sie die Sitzungsteilnehmer fragte, welche Maßnahmen hätten ergriffen werden müssen, falls der Patient noch am Leben gewesen wäre. Hätte er sofort aus der Studie ausgeschlossen werden müssen, hätte man versuchen sollen, die Dosis zu senken, oder eventuell vorübergehend die Gabe des Medikaments aussetzen sollen? Oder hätte man sich damit begnügen sollen, abzuwarten, ob die Albträume und die Schlaflosigkeit sich verschlimmert hätten?

Es wurde lebhaft diskutiert. Keiner der anderen Prüfärzte war bei ihren Patienten auf vergleichbare Probleme gestoßen, das wurde bestätigt, als Luciana Nastase Stefan Hallgrimsson, der seinen Laptop vor sich auf dem Tisch stehen hatte, bat, die Daten über alle bisherigen Ereignisse zusammenzustellen.

»Na ja«, sagte Luciana Nastase dann, »nach diesem tragischen Ausgang ist es rückblickend selbstverständlich leicht zu sagen, der Patient hätte sofort von der Studie ausgeschlossen werden müssen. Aber wie Doktor Dumitru schon bemerkte, gab es andere Faktoren, die seine Schlaflosigkeit und seine Albträume erklären konnten. Da kein anderer Proband vergleichbare Reaktionen gezeigt hat, denke ich, dass wir abgewartet und eine engmaschigere Beobachtung des Patienten eingeleitet hätten, um zu überprüfen, ob sich die Beschwerden verschlimmert hätten. Und ich muss Sie alle selbstverständlich nicht erst darauf hinweisen, dass wir in Zukunft aufmerksam, außerordentlich aufmerksam sein müssen, was diese Art von Symptomen betrifft!«

Obwohl Gabriela erleichtert war, dass niemand sie einer Fehlentscheidung bezichtigt hatte, verließ sie die Morgenkonferenz trotzdem mit einem mulmigen Gefühl. Aber sie hatte gleich nach der Sitzung zwei Termine mit Patienten, und es gelang ihr, die düsteren Gedanken insofern zur Seite zu schieben, als dass sie ihnen die Aufmerksamkeit widmen konnte, die sie verdienten. Einer der Patienten kämpfte immer noch mit der Nikotinsucht und sagte niedergeschlagen zu Gabriela, er müsse »eines der armen Würstchen sein, die Zuckerpillen statt richtiger Medizin bekommen haben«. Der andere dagegen strahlte nur so und gab an, sich dank der Pillen zehn Jahre jünger zu fühlen. Sie hätten ihm geholfen, mit dem Kettenrauchen, ja sogar fast ganz mit dem Rauchen aufzuhören. Er sah Gabriela verständnislos an, als sie ihn nachdrücklicher als sonst nach seinem psychischen Befinden fragte.

»Seit ich klein war, ist es mir nicht mehr so gut gegangen, Frau Doktor. Ich schlafe wie ein Baby, und meine Frau ist überglücklich, dass ich endlich aufgehört habe, im Bett zu rauchen und das halbe Haushaltsgeld für Zigaretten zu verschwenden, es geht uns so gut wie seit Jahren nicht. Diese Studie ist das Beste, was mir passieren konnte!«

Seine Begeisterung hob Gabrielas Laune so, dass sie sogar lächelte, als sie aus dem Untersuchungsraum zum Büro der Prüfärzte ging. Auf dem Flur lief sie dem Postboten in die Arme, und der junge Mann drückte ihr gleich einen kleinen Stoß Briefe in die Hand.

Im Büro stand die Qualitätsbeauftragte von CalmedBelab-Steiner, die die Studie überwachte, an Gabrielas Schreibtisch und schien auf jemanden zu warten.

»Frau Doktor Dumitru«, sagte sie in beinahe fehlerfreiem Rumänisch, »ich würde mit Ihnen gerne ein ausführlicheres

Gespräch über Ihr SAE, Ihr *serious adverse event*, führen, das CalmedBelabSteiner selbstverständlich sehr ernst nehmen muss. Im Augenblick habe ich keine Zeit, aber vielleicht können wir im Laufe des Tages einen kleinen Moment finden?«

Sie einigten sich auf einen Termin am Nachmittag. Gabriela setzte sich an den Schreibtisch, um die Post durchzusehen, aber noch bevor sie den ersten Umschlag geöffnet hatte, kam Stefan Hallgrimsson herein und stellte sich neben ihren Arbeitsplatz, ragte hoch über ihr auf, sodass sie den Kopf in den Nacken legen musste, um sein Gesicht zu sehen.

»Wollen Sie etwa auch über mein SAE mit mir sprechen?«, fragte sie ihn.

Unaufgefordert zog er Ana Costaches Bürostuhl heran und setzte sich.

»Ja, das ist ja eine entsetzliche Geschichte, wie furchtbar für Sie.«

Gabriela nickte stumm.

»Na ja, der Mann hat ja zumindest mit dem Rauchen aufgehört, so gesehen, kann man es vielleicht als Erfolg verbuchen ...«, sagte Stefan Hallgrimsson fast munter.

Sie warf ihm einen angewiderten Blick zu.

»Ja, ja«, schob er schnell hinterher, »eigentlich wollte ich auch etwas ganz anderes fragen. Was ist eigentlich mit den Patienten, die von der Studie abgesprungen sind? Wissen wir, ob sie nach Einnahme der Tabletten unter Schlaflosigkeit und Albträumen gelitten haben könnten? Ob das vielleicht sogar der Grund dafür gewesen sein könnte, dass sie aus der Studie ausgestiegen sind, ohne uns davon in Kenntnis zu setzen?«

»Wir versuchen natürlich, die Abbrecher einer Nachbeobachtung zu unterziehen«, sagte Gabriela bedächtig, »das ist Teil des Prüfplans, jedenfalls sofern sie noch erreichbar sind. Manchmal gelingt uns das leider nicht. Aber weshalb fragen Sie mich das? Dafür ist doch Frau Doktor Nastase zuständig, sie hat den besten Überblick darüber.«

»Ich werde natürlich auch mit ihr sprechen. Aber ich habe den Eindruck gewonnen, dass es Sie sehr interessiert, den Abbrüchen nachzugehen. Wie ist es Ihnen damit ergangen, sind Sie auf etwas gestoßen?«

Er blickte sie forschend an, aber in seinen hellen Augen lag mehr als gewöhnliche Neugierde. Gabriela musste an die unergründliche, kalte, sturmgepeitschte See vor Island denken, und erneut lief ihr ein unerklärlicher Schauer den Rücken hinunter.

Sie schüttelte den Kopf und sah ihren Briefstapel durch, um ihm zu signalisieren, dass das Gespräch für sie beendet war. Stefan Hallgrimsson erhob sich von dem für ihn viel zu kleinen Stuhl und streckte seine Glieder. »Ich wollte Sie übrigens fragen, ob Sie Lust hätten, einmal mit mir Essen zu gehen. Vielleicht am kommenden Samstag, was meinen Sie?«

Gabriela war überrascht, aber vor allem beunruhigt. Sie konnte sich nicht vorstellen, dass der hochgewachsene Isländer aufrichtiges Interesse an ihr hatte. Wenn er sie ausführen wollte, dann kaum, um ihr süße Worte ins Ohr zu flüstern, sondern vielmehr, um sie auszuhorchen, obwohl sie sich nicht ganz vorstellen konnte, was sie seiner Ansicht nach wissen könnte.

»Vielen Dank, aber das ist leider unmöglich«, antwortete sie kühl. »Ich arbeite tagsüber so viel, dass die Abende und Wochenenden meinem kleinen Sohn gehören. Er braucht das, weil sein Vater im Ausland arbeitet.«

Damit hatte sie auf geschickte Art zum Ausdruck gebracht, dass sie verheiratet war. Stefan Hallgrimsson grinste.

»Ich glaube, die liebe Frau Doktor Georgescu hat mir schlechte Noten erteilt. Keine der Damen will noch mit mir ausgehen.«

Mit ausgreifenden Schritten verließ er das Büro, und Gabriela konnte endlich ihre Post durchsehen. Das meiste war Werbung, aber ein Brief stach hervor – ein billiger Umschlag, auf den in kräftigen vierkantigen Druckbuchstaben die Adresse geschrieben worden war. Sie schlitzte ihn auf und nahm einen zusammengefalteten Bogen heraus, der Text schien auf einem Computer getippt worden zu sein.

Als sie den kurzen Brief überflog, begann der Raum um sie herum sich plötzlich zu drehen, seine Umrisse lösten sich auf und vor die hellen Wände des Büros schoben sich erneut die Bilder von der blutgetränkten Wohnung in Colentina.

Sie las den Brief noch einmal, aber der Text war immer noch derselbe, eine unerklärliche Nachricht aus dem Jenseits: »Sehr geehrte Frau Doktor Dumitru! Ich muss Ihnen leider mitteilen, dass ich aus der Arzneimittelstudie ausscheide. Meine Ehefrau und ich sind uns darin einig, dass ich mir einen Zweitjob suchen muss, um mein gekürztes Gehalt auszugleichen, weshalb ich keine Zeit mehr habe, einmal pro Woche in die Klinik zu kommen. Ich hoffe, dass dies keine größeren Umstände macht. Meine Entscheidung ist unwiderruflich, ich bitte Sie daher, keine Verbindung mehr zu mir aufzunehmen. Mit vorzüglicher Hochachtung, Virgil Stanescu.«

Während ihre Kollegen fröhlich plaudernd hereinkamen und sich an ihre Arbeitsplätze setzten, starrte Gabriela schweigend auf den Brief. Etwas damit stimmte nicht, da war sie sich sicher. Sie hatte Virgil Stanescu gestern am späten Nachmittag getroffen, und da hatte er noch vorgehabt, weiter an der Studie teilzunehmen. War er nach Hause gegangen, hatte ein ernstes Gespräch mit seiner Frau geführt und sich plötzlich entschieden, die Studie abzubrechen, und danach noch einen Brief an sie aufgegeben, der sie tags darauf frühmorgens erreichte? In dem Fall musste er einen Briefkasten gefunden haben, der noch sehr spät geleert wurde. Theoretisch denkbar, aber praktisch gesehen höchst unwahrscheinlich.

Und warum hatte er den Brief nicht unterschrieben? Noch einmal musterte Gabriela den kurzen Text. Er trug keine Unterschrift, da war nur der Name in Druckbuchstaben. Sie fischte den Umschlag wieder aus dem Papierkorb, um nachzusehen, ob sich etwas aus dem Poststempel herauslesen ließ. Aber es gab keinen. Nur eine Briefmarke.

Der Brief musste von jemand anderem als dem Briefträger zur Klinik gebracht worden sein, dachte Gabriela. Aber warum eine Sendung frankieren, wenn sie nicht über die Post laufen sollte? Die Antwort lag auf der Hand: Der Brief war heute morgen abgegeben worden, um sie hinters Licht zu führen und sie glauben zu machen, dass ein Patient, bei dem ein SAE der schlimmsten Sorte aufgetreten war, einfach heimlich, still und leise ausgeschieden war. Die Briefmarke sollte den Eindruck erwecken, dass er auf gewöhnliche Art zugestellt worden war.

Sie ging zum Empfang, um sich zu erkundigen, ob der Brief morgens von einem Postboten abgegeben worden war, wurde aber nicht schlauer daraus. Der Klinikpostbote holte die Post dreimal täglich von der großen Poststelle des Krankenhauses ab und leerte gleichzeitig den Briefkasten vor dem Haupteingang. Jeder konnte im Laufe des Vormittags einen Brief in den Kasten gesteckt haben, und jeder hätte beiläufig einen Brief in den Drahtkorb des Postboten legen können, bevor dieser die Post sortiert hatte.

Tief beunruhigt kehrte Gabriela in das Büro zurück. Auf dem Flur lief sie Ana und Irina über den Weg.

»Mittagszeit, Gabi, kommst du mit in die Cafeteria?«, fragte Ana. Gabriela schüttelte den Kopf.

»Ich schaffe es nicht, ich bin mit den Papieren im Rückstand, außerdem fehlt mir heute der Appetit.«

Sie sah, dass Ana und Irina Blicke wechselten, als hätten sie bereits über sie gesprochen, dass sie alles zu ernst nähme und sich zu viele Gedanken machte.

»Okay, aber beschäftige dich nicht zu viel damit, das ist nicht gut. Wir können stattdessen ja nach der Arbeit ein Glas Wein zusammen trinken. Dann kannst du uns erzählen, was genau passiert ist, wenn du möchtest, oder wir reden über etwas anderes, falls du Ablenkung brauchst.«

Sie gingen auf den Flur. Gabriela setzte sich in das leere Büro und holte ein Notizbuch heraus, um ihre wirren Gedanken zu ordnen. Mit einem Stift in der Hand hatte sie immer am besten nachdenken können. Und jetzt dachte sie, dass das, was in den letzten Tagen geschehen war, ein Muster aufwies, ein Muster, das – wie in einem Malbuch, in dem man Ziffern miteinander verbinden musste – hervortreten würde, wenn sie die Geschehnisse nur richtig in Bezug zueinander setzte. Blutlachen und Studienabbrüche – Ramona Ilies von Blutflecken übersäte Matratze und ihre SMS, in der sie von ihrem Umzug erzählte, Virgil Stanescus von Blutspritzern besprenkelte Wohnung und ein Brief, dass er ausscheiden würde, ein Brief, den er kaum selbst geschrieben haben konnte.

Angenommen, bei Ramona Ilie war auch ein *serious adverse event* mit Halluzinationen und Gewaltausbrüchen aufgetreten. Sie wohnte allein, niemand wäre in Mitleidenschaft gezogen worden, wenn sie plötzlich psychotisch geworden wäre. Hatte sie die Gewalt gegen sich selbst gerichtet? Selbstmord?

Aber wer hatte, wenn dem so war, eine SMS von Ramona Ilies Handy an Gabriela geschickt, und warum hatten die Nachbarn behauptet, sie wäre nach Italien gegangen? Wer, wie und warum, dachte Gabriela, diese Fragen musste man sich immer stellen.

»Warum« war leicht zu beantworten, jedenfalls prinzipiell. Viel Geld stand auf dem Spiel, wenn sich herausstellte, dass das vielversprechende Mittel gegen Nikotinsucht Nebenwirkungen hatte, die so gefährlich und so gängig waren, dass sie die Prüfung der Arzneimittelaufsicht verzögerten, vielleicht sogar dazu führten, dass das Medikament gar nicht erst für den Markt zugelassen wurde.

Schwindelerregend hohe Summen, mehr als Gabriela sich vorstellen konnte, waren schon in die Forschung investiert worden, und riesige Marketingkampagnen fertiggestellt, vielleicht sogar schon platziert worden, damit CalmedBelabSteiner mit ihrem Produkt so viel wie möglich zwischen der Zulassung und dem Zeitpunkt, an dem das Patent auslaufen würde, verdienen konnte.

Gabriela spürte, wie ihr der Schweiß ausbrach. Sie wollte nicht glauben, dass jemand nachts in Bukarest umherstreifte, um Beweise für gefährliche Nebenwirkungen des Arzneimittels zu vernichten, von dessen Wirkung sie selbst so überzeugt war. Denn wenn es so war, musste jemand dahinterstecken, den sie kannte, jemand, der sich mit der Studie auskannte, jemand, der Zugang zum Studienprotokoll, zu den Daten der Studienteilnehmer, zu ihren CRF hatte.

Luciana Nastase nicht, dachte Gabriela, und auch nicht Ana, Irina oder einer der anderen Studienkoordinatoren. Ihnen vertraute sie. Sie würden sich nicht kaufen lassen. Aber da gab es auch noch einen Stefan Hallgrimsson mit seinem kalten Blick, dem übertriebenen Interesse für Gabrielas Arbeit und dem fragwürdigen Hintergrund als Mitarbeiter der »Viking Raiders« – also nicht gerade der vertrauenswürdigste Typ.

Oder aber sie irrte sich nur. Vielleicht hatte sie sich einfach noch nicht von dem Blutbad erholt, dessen Zeuge sie geworden war. Durch zwei Punkte ließ sich immer eine Gerade ziehen, und zwei Vorfälle waren zu wenig, um daraus Schlussfolgerungen zu ziehen. Sie brauchte mindestens drei, um sich ein Bild zu machen. Was war mit dem Mann, den sie angerufen hatte, dem achtundwzanzigjährigen Doktoranden, der abgesprungen war? Seine Frau hatte das Gespräch entgegengenommen, und Gabriela hatte den Eindruck gehabt, dass sie log. Sie würde zu ihm fahren, beschloss Gabriela, ja, sie würde zu Petre Epureanu und seiner Frau nach Hause fahren und nicht lockerlassen, bis sie Antworten auf ihre Fragen bekommen hatte. Und wenn sie dort ebenfalls auf etwas stoßen sollte, das auf einen weiteren SAE deutete, würde sie mit dem Material zu Luciana Nastase gehen.

Ihr war mulmig und mittlerweile war sie so schweißgebadet, dass sich ihr Pulli und selbst ihr Arztkittel klamm anfühlten. Sie verspürte ein Stechen im Magen und hatte einen metallischen Geschmack im Mund, die vertrauten Anzeichen einer drohenden Gefahr, die zu ignorieren sie sich in ihrer Kindheit so bemüht hatte.

Gabrielas Vater war Polizist gewesen, ein ergebenes Mitglied der Kommunistischen Partei mit einer vielversprechenden Zukunft – bis zu dem Tag, an dem er zu einem Streit in einer Wirtschaft gerufen worden war und in einem Hinterzimmer zwei hohe Parteifunktionäre mit einer vergewaltigten und erdrosselten Frau vorgefunden hatte. Alexandru Savu hatte sich trotz Drohungen geweigert, den Vorfall zu vertuschen. Gabriela erinnerte sich noch an die Wochen, in denen nachts das Telefon geläutet hatte, erinnerte sich noch an das Mal, als zwei maskierte Männer in die Wohnung eingedrungen und ihre Eltern misshandelt hatten. Schließlich war Alexandru Savu wegen eines vorgeschobenen Verbrechens angeklagt und zu fünf Jahren Straflager verurteilt worden. Drei Jahre später war er im Gefängnis gestorben.

Seiner Frau wurde befohlen, Bukarest zu verlassen. Gabriela und ihre Mutter mussten in ein entlegenes Dorf ziehen, wo niemand es gewagt hatte, ein nettes Wort zu ihnen zu sagen, und in dem die Kinder in der Schule fürchterlich herablassend zu Gabriela gewesen waren. Damals hatte sie gelernt, ihre Angst zu besiegen und möglichen Widersachern die Stirn zu bieten, weil sie rasch erkannt hatte, dass die Alternative bedeutet hätte, von ihnen vernichtet zu werden. Erst 1990, nach der Revolution, als Gabriela zwölf Jahre alt gewesen war, hatten sie nach Bukarest zurückkehren dürfen.

Maria Savu hatte ihrem Mann für die Konsequenzen, die seine Unbeugsamkeit nach sich gezogen hatte, nie Vorwürfe gemacht, sondern war immer stolz auf ihn gewesen. Und Gabriela kam es so vor, als würde ihr Vater jetzt hinter ihr stehen, als sie beschloss, ihren Verdacht nicht zu verschweigen, sondern ihm nachzugehen, wohin es sie auch führen mochte.

Obwohl sie seit ihrer Kindheit nur zu gut wusste, was demjenigen zustoßen konnte, der sich gegen die Mächtigen auflehnte.

KAPITEL 8

Dalarna

Dienstag, 7. September 2010

Astrid erwachte aus einem Albtraum und setzte sich im Bett auf, noch immer in den Tentakeln des Traumes gefangen, aber alle Sinne hellwach. Etwas hatte sie geweckt. Ja, sie hörte Geräusche aus dem Erdgeschoss, jemand ging dort unten umher. Sie griff nach dem Schürhaken, der am Nachttisch lehnte. Das Gefühl des schweren Gusseisens in ihrer Hand beruhigte sie.

Erst dann fiel ihr ein, dass sie einen Gast hatte, und tastete nach dem Handy auf dem Nachttisch, um nachzusehen, wie spät es war. Noch nicht einmal sieben. Carina Svahn war offenbar eine Frühaufsteherin.

Astrid stellte die Füße auf die ausgetretenen Bodenbretter, schlich zum Giebelfenster und zog die Gardinen zur Seite, ihr tägliches Ritual nach dem Aufstehen. Das andere Dachzimmer hatte Morgensonne und dort aus konnte man den See unterhalb des Dorfes sehen, aber dieses Zimmer mit Blick auf den dunklen Fichtenwald war schon immer ihr Zimmer gewesen, und sie wollte nicht mehr tauschen.

Manchmal sah sie Rehe aus dem Wald kommen, und einmal hatte sie einen großen Elch entdeckt, reglos am Waldrand stehend, den Kopf erhoben, bis ein Geräusch aus dem Dorf oder eine Bewegung am Fenster ihn dazu verleitet hatten, wieder mit langen Sätzen zwischen den Bäumen zu verschwinden.

Sie zog ihren Morgenmantel an und griff nach einer Jeans und einem ihrer »hübschhässlichen« Pullis. Als sie die Treppe herunterging, hörte sie die Dusche laufen. Sie setzte Kaffee in der Küche auf, während sie darauf wartete, dass das Badezimmer frei wurde. Nach einer Weile ging die Badtür auf und Carinas Schritte verloren sich auf der Treppe.

Zuerst war das Duschwasser nur lauwarm, dann eiskalt. Carina hatte so lange geduscht, dass sie das ganze warme Wasser aus dem Boiler aufgebraucht hatte. Gereizt stieg Astrid aus der engen Kabine, trocknete den beschlagenen Spiegel mit einem Handtuchzipfel ab und öffnete den Badezimmerschrank.

In ihm herrschte ein totales Durcheinander. Es schien, als hätte Carina sich ungeniert an allem bedient, selbst an Astrids teurer Bodylotion und ihrem Lieblingsparfüm, *Narcisse Noir*, das sie nur zu besonderen Gelegenheiten auflegte, wenn sie sich stark und weiblich fühlen musste, wie bei dem Treffen mit Agneta.

Vielleicht war es doch keine so gute Idee gewesen, dieser Frau ein Übernachtungsquartier angeboten zu haben und sie als potentielle Gehilfin zu sehen, dachte Astrid finster. Auch wenn es nach dem Einbruch und Camillas Tod schön gewesen war, die Nacht nicht allein im Haus verbringen zu müssen.

In dem Moment kam Carina die Treppe herunter, jetzt in ihren eigenen Jeans, aber immer noch in dem Pulli, den sie von Astrid geliehen hatte. Sie hielt eine Zigarettenschachtel in der Hand, schüttelte eine Zigarette heraus und fischte ein Feuerzeug aus der Gesäßtasche.

»Nicht hier drinnen, bitte, rauch draußen auf dem Hof«, sagte Astrid schnell.

Carina zog die Augenbrauen hoch.

»Ist das hier etwa so 'ne Art Erziehungsanstalt, oder was?«

»Das ist mein Zuhause, und ich kann Zigarettenrauch nicht

leiden«, erwiderte Astrid. »Außerdem hättest du ruhig vorher fragen können, bevor du meine Sachen im Badezimmer benutzt.«

Sie hörte, dass sie ziemlich schnippisch klang, aber einem Gast gegenüber Schwäche zu zeigen, der vermutlich alles in Beschlag nehmen würde, wenn er die Gelegenheit dazu bekäme, war keine gute Taktik.

Carina lächelte spöttisch.

»Oh, sorry, entschuldige vielmals, dass ich einen kleinen Klecks deiner feinen Creme benutzt habe. Sie kostet bestimmt mehr, als ich im Monat zum Leben habe. Aber du kannst dein verfluchtes ekliges Parfüm behalten, das würde ich nicht einmal nehmen, wenn du es mir hinterherwerfen würdest.«

»Wie gut, Parfüm ist ja sowieso an dich verschwendet, weil dich ein so durchdringender Zigarettenrauch umgibt«, fauchte Astrid zurück. »Aber ich würde es wirklich begrüßen, wenn du das nächste Mal fragen würdest, bevor du dir wieder ›etwas leihst‹! Das ist doch wohl nicht zu viel verlangt.«

Sie starrten sich an wie zwei wütende Katzen, und Astrid sah, dass Carina über eine vernichtende Antwort nachdachte. Aber sie waren zu alt, um sich wie zwei Teenager zu zanken, und ihr gemeinsames Vorhaben bedeutete ihnen zu viel, um es einer Bagatelle wegen aufs Spiel zu setzen. Astrid sah, dass Carina mit dem Impuls kämpfte, es ihr heimzuzahlen, dann aber die Schultern zuckte, spöttisch den Mund verzog und sagte »Na gut, Boss«. Damit ging sie hinaus. Astrid sah durch das Fenster, dass sie an einer Zigarette zog und zum See sah, bevor sie gemächlich zum Briefkasten schlenderte und die Zeitungen herausholte.

Das Frühstück war überraschend friedlich. Astrid klappte den Laptop auf, um ihre Mails abzurufen und die internationalen Schlagzeilen zu lesen, während sich Carina gierig auf die Morgenzeitungen stürzte. Sie studierte sie eingehend und meldete sich ab und zu mit einem meist scharfsinnigen Kommentar zu den Artikeln zu Wort. Bevor Astrid wusste, wie ihr geschah, war es Viertel vor zehn, und sie musste sich beeilen, eine frische Kanne Kaffee für die Polizisten aufzusetzen, die gerade fertig war, als der Wagen von Kriminalkommissar Martin Långström pünktlich auf den Hof bog.

»Ich glaube, die Bullen sind da«, sagte Carina und schnitt ein Gesicht, »das erspare ich mir lieber.«

Schnell verschwand sie auf den Dachboden, während Astrid beobachtete, wie ihr Cousin aus dem Wagen stieg, dunkelhaarig und mit kräftigem Körperbau wie sie. Er hat in den letzten Jahren ein paar Kilo zugenommen, dachte sie, aber er war groß genug, dass es nicht unvorteilhaft an ihm aussah. Er wurde von einer blonden Frau Mitte dreißig in schwarzer Jeans und Lederjacke begleitet.

Martin begrüßte sie mit einer schnellen, flüchtigen Umarmung, die verriet, dass er sich nicht ganz wohlfühlte zwischen der Rolle des wohlwollenden Cousins und des distanzierten Kriminalpolizisten, bevor er ihr seine Kollegin, Kriminalinspektorin Lena Markovic, vorstellte. Astrid bat die beiden in die Küche, und kaum hatte sie den Kaffee eingeschenkt, legte Lena Markovic auch schon los.

»Was hatte Camilla Granberg eigentlich bei Ihnen zu suchen? Das würde ich wirklich gerne wissen.«

Freundlich klang sie nicht. Astrid fuhr erschrocken zusammen, erkannte zu spät, dass sie ausnahmsweise die Todsünde begangen hatte, unvorbereitet in ein Gespräch zu gehen. Sie hatte sich eine gemütliche Plauderstunde mit ihrem Cousin vorgestellt und nicht damit gerechnet, dass er im Dienst kommen und ihr somit durchaus kritisch begegnen würde. Auf die Frage, was die Gegenseite wusste oder nicht und worauf sie aus sein könnte, hatte sie keinen Gedanken verschwendet.

Es war nicht so, dass sie etwas zu verbergen hatte – bis auf den Grund natürlich, weshalb sie Camilla zu sich eingeladen hatte: die Mütze in Onkel Lars' Schreibtisch und ihr Interesse an Mikael Granbergs Verschwinden. Mit anderen Worten bis auf das, worauf die Frage abzielte.

Sie verschaffte sich Zeit, indem sie Lena Markovic liebenswürdig mit einer Geste zum Kühlschrank fragte, ob sie Milch zum Kaffee haben wolle. »Oh, ich habe ja ganz vergessen zu fragen, ob Sie Milch nehmen. Ich habe normale fettarme Milch, aber ich glaube, ein Spritzer Sahne müsste auch noch da sein, falls Ihnen das lieber ist.«

Sie war sich ziemlich sicher, dass die Kriminalinspektorin ihren Kaffee schwarz trank, da sie so aussah, als würde sie Kampfsport ausüben und Nägel zum Frühstück verspeisen, aber die Frage schenkte ihr wertvolle Sekunden Bedenkzeit. Carina Svahn war ihren Motiven gegenüber, Camilla zu sich einzuladen, mit Recht misstrauisch gewesen, und es war nur logisch, dass die Polizei es ebenfalls war.

»Schwarz ist prima«, antwortete Lena Markovic kurz, »und versuchen Sie nicht abzulenken, beantworten Sie lieber meine Frage.«

Astrid setzte eine leicht betrübte Miene auf, die sie mit einer hilflosen Handbewegung unterstrich.

»Ach, das weiß ich selbst nicht so genau«, sagte sie gedehnt. »Ich meine, ich habe sie hierher eingeladen, aber ich erinnere mich kaum noch, wie es dazu kam. Wir haben uns durch einen Zufall wiedergetroffen, wir sind ja alte Schulkameradinnen, und, na ja, es hat sich einfach so ergeben …«

»Wir wissen, dass Sie ihre Stromrechnung bezahlt haben«, entgegnete Lena Markovic scharf, »das war einer alten Schulkameradin gegenüber, der Sie zufällig wiederbegegnet sind, außerordentlich großzügig. Sie müssen uns unbedingt mehr über diesen Zufall erzählen. Wo haben Sie sich denn zum Beispiel getroffen?«

Astrid seufzte tief und wandte sich absichtlich an Martin, als sie antwortete.

»Ich hatte an dem Tag die Scheidungspapiere vom Anwalt meines Mannes zugeschickt bekommen und war ziemlich deprimiert. Du weißt ja, Martin, was für eine mühsame Trennung das war …«

Sie fing den Blick ihres Cousins auf und er nickte widerstrebend. Martin durchschaute ihr Theaterspiel eigentlich besser als andere, aber er stand ihr auch so nahe, dass er wusste, wie schmerzhaft die Trennung von Gabriel tatsächlich gewesen war. Jetzt schlüpfte sie vollends mit Leib und Seele in die Rolle der erschütterten und verzweifelten verlassenen Frau. Einer Frau, die ziellos Forstwege entlanggefahren war, um den Moment aufzuschieben, die Scheidungspapiere zur Post zu bringen, und die genauso ziellos eine alte Schulkameradin aufgelesen hatte, die zufällig draußen auf dem Grundstück gewesen war, als sie dort vorbeigekommen war – eine unglückliche Frau auf der Suche nach einer Seelenverwandten.

Es war eine relativ glaubwürdige Vorstellung, schließlich war sie auch nur hauchdünn von der Wahrheit entfernt. Astrid sah, dass Lena Markovics harte Miene etwas weicher wurde.

Nachdem sie das kleine Problem umschifft hatte, aus welchen Motiven heraus sie Camilla mit zu sich genommen hatte, konnte sie dazu übergehen, die Wahrheit über ihre wenigen gemeinsamen Stunden zu erzählen. Sie erklärte, worüber sie sich unterhalten hatten, was Camilla über das Verschwinden ihres Bruders und über die Polizeiermittlungen gesagt hatte. Den unangenehmen Gedanken, dass sie selbst des Mordes an Camilla verdächtigt werden könnte, verdrängte sie erfolgreich. Hildur und vermutlich auch andere Nachbarn würden bezeugen können, dass Astrids Wagen zu dem Zeitpunkt, als Camilla überfahren worden war, auf dem Hof gestanden hatte.

Obwohl Astrid nicht bereit war, die ganze Wahrheit zu sagen, war ihr unangenehm bewusst, dass sie selbst in Gefahr schweben könnte, und wollte, dass die Polizei das erfuhr. Sie wies darauf hin, dass Camilla ihre Jacke und Mütze getragen hatte, als sie umgekommen war.

Mit gewissem Zögern erzählte sie auch, dass sie glaubte, dass jemand während ihres Stockholmaufenthaltes in ihrem Haus gewesen war.

Lena Markovic wirkte skeptisch.

»Ist etwas entwendet worden?«, fragte sie.

»Eine einzige Sache, ein Briefumschlag, auf den mein Onkel ein paar Worte notiert und den ich in eine Schublade gelegt hatte. Ich weiß, das klingt etwas unwahrscheinlich, weshalb ich auch keine Anzeige erstattet habe, aber ich bin mir sicher, dass das Kuvert in der Schublade lag, bevor ich nach Stockholm gefahren bin.«

Sie zuckte die Schultern.

»Weshalb glaubt ihr eigentlich nicht mehr, dass Camilla das Opfer eines gewöhnlichen Fahrerflüchtigen war?«

Die beiden Polizisten tauschten einen langen Blick, bevor Martin das Wort ergriff.

»Tja, das kann ich dir sagen. Wir sind damit bisher nicht an die Öffentlichkeit gegangen, offiziell behandeln wir es als einen Unfall mit Todesfolge. Aber es gefällt mir nicht, dass Camilla Granberg deine Kleidung trug, als sie starb. Hast du Feinde, von denen wir wissen sollten?«

Sie war kurz davor, in Gelächter auszubrechen, bis sie an Elias Markströms vor ein paar Tagen ausgesprochene Warnung dachte.

Sie fragte sich, was Martin sagen würde, wenn sie antwortete: »Ja, die Außenministerin.« Aber als sie das hitzige Treffen mit Agneta hatte, war Camilla bereits tot gewesen.

Sie schüttelte den Kopf.

»Nein, nicht, dass ich wüsste.«

»Na gut, aber du solltest in Zukunft trotzdem ein bisschen vorsichtig sein. Gibt es vielleicht jemanden, der eine Weile bei dir wohnen könnte? Obwohl Camilla Granberg bei der Kollision vom Fahrrad geschleudert wurde, war der Aufprall nicht die Todesursache. Da war sich der Gerichtsmediziner sehr sicher. Jemand ist aus dem Auto gestiegen, ihr in den Wald gefolgt und hat ihren Schädel mit einem großen Stein zertrümmert.«

Carina kam erst wieder herunter, als Martin Långströms Wagen vom Hof gefahren war. Aber es war offenkundig, dass sie zumindest den letzten Teil des Gesprächs mit angehört hatte.

»Oh nein!«, sagte sie und ließ sich, ganz grau im Gesicht, auf die Küchenbank sinken. »Die arme Camilla, die arme, liebe Camilla, die nie einer Fliege etwas zuleide tun konnte!«

Astrid teilte ihre Gefühle. Seit Martin erzählt hatte, wie Camilla ums Leben gekommen war, sah sie die Szene immer wieder vor sich, aus ihrer eigenen Perspektive. Die Bilder waren gestochen scharf, einschließlich Farben, Geruch und Geräuschen: Der Schock, angefahren worden zu sein, der Luftzug beim Flug durch die Luft, dann das Gefühl von feuchtem, weichem Moos unter dem Gesicht und Gerüche nach Pilzen und Nadelwald. Ein Automotor, der erstirbt, der Boden, ein Gefühl der Erleichterung, als jemand näher kommt, ihr jemand zu Hilfe kommt, jemand, der sich zu ihr herunterbeugt, um zu sehen, wie schwer die Verletzungen sind. Dann das Entsetzen, als der vermeintliche Retter einen Stein aufhebt, ausholt, bereit, ihn auf sie herabsausen zu lassen …

Nein, sie wollte nicht daran denken!

Carina, das Gesicht in den Händen vergraben, murmelte zwischen den Fingern hindurch etwas Halbersticktes von Kaffee, und Astrid schenkte ihr eine Tasse ein. Nach einem Augenblick sah Carina wieder auf, blass, aber gefasst.

»Trug Camilla deine Mütze, als du sie gefunden hast?«, fragte sie.

»Nein, sie muss sie verloren haben, als sie vom Fahrrad geflogen ist.«

Sie hatte selbst schon darüber nachgedacht. Der Mörder musste doch den Unterschied zwischen Camillas blonden und ihren dunklen Haaren bemerkt haben, als sie nicht mehr von der schwarzen Schirmmütze verdeckt gewesen waren? Aber es war bereits dunkel geworden, und Camilla hatte mit dem Gesicht zum Boden gelegen. Wenn der Mörder Astrid von Beginn an mit Camilla verwechselt hatte, war es nicht sicher, dass er seinen Irrtum erkannt hatte.

Carina schnaubte.

»Du solltest also vielleicht ›ein bisschen vorsichtig‹ sein, wie Martin Långström es formuliert hat. ›Ein bisschen vorsichtig‹, was? Mehr hatte er nicht dazu zu sagen? Er ist doch ein Verwandter von dir, oder? Aber ich muss sagen, du hast der Polizei gut etwas vorgemacht, wie ein Profi. Du hast es wirklich geschafft, diese Jugo-Schlampe hinters Licht zu führen.«

Erstaunlicherweise klang sie anerkennend, fast bewundernd.

»Und du, hast du etwas auf dem Dachboden gefunden?«, fragte Astrid.

»Vielleicht, aber das können wir uns ja zusammen ansehen«, sagte Carina.

Sie legte zwei kleine Taschenkalender mit Plastikeinband auf den Tisch. Schon Anfang der 60er Jahre hatte Sammils Lars angefangen, in seiner gestochen klaren Handschrift Tagebuch zu führen – hatte Notizen zu Wind und Wetter gemacht und lose Gedanken und Kommentare zu Dingen, die am jeweiligen Tag passiert waren, aufgeschrieben. Carina hatte sie in einem ungeöffneten Papierkarton gefunden, der in der Ecke stand, beschriftet mit der Angabe »1962 bis 2009«. Rasch hatte sie die älteren Taschenkalender durchgeblättert, sich dann aber auf das Jahr 1978 konzentriert, in dem Mikael verschwunden war.

»Ramsnoret« war eine Notiz, die seit Anfang der 60er häufig in den Tagebuchaufzeichnungen auftauchte, als hätte Lars den Drang verspürt, jeden Monat wieder zu der verlassenen Anstalt zurückzukehren, vielleicht, um alte Erinnerungen zu verarbeiten, vielleicht, um zu spüren und sich darüber zu freuen, dass er jetzt endlich frei war.

Im Spätherbst 1978 bis in den November hinein hatte er den Ort jedoch immer öfter aufgesucht. Die Notiz »Ramsnoret« tauchte mehrmals pro Woche auf.

»Ich habe mich gefragt, woran das liegen könnte«, sagte Carina, »und da ist mir etwas eingefallen. Haben in Ramsnoret nicht eine Zeitlang solche durchgeknallten Ziegenhirten gewohnt, so eine Art Hippiekommune?«

Astrid hatte das vergessen, aber Carinas Frage rief ihr die Erinnerung wieder ins Gedächtnis – eine Kommune von Idealisten mit peruanischen Schellenmützen hatte in Ramsnoret ihre Zelte aufgeschlagen, um im Einklang mit der Natur zu leben, Gemüse anzubauen und Ziegen zu melken. Sie waren zur denkbar ungünstigsten Zeit des Jahres gekommen, mitten im Winter, als hoher Schnee auf den ungeräumten Straßen lag, und hatten sich mit ihrem kunterbunt bemalten VW-Bus in den Schneewehen festgefahren. Ihr Großvater, der in der Nähe im Wald gearbeitet hatte, hatte sie mit seinem Traktor freigeschleppt und nur den

Kopf geschüttelt, als er nach Hause gekommen war. Dann, kurz vor Weihnachten, war eine Abordnung der Kommune zum Sammilshof gekommen, um Holz und Kartoffeln zu kaufen.

Wann war das gewesen? Aufgeregt stellte sie fest, dass es im Dezember 1978, nur wenige Wochen nach Mikaels Verschwinden, gewesen sein musste. Ein Mädchen in Astrids Alter hatte in dem VW-Bus gesessen, ein blondes Mädchen mit Schnabelstiefeln und Indianerponcho, das Astrid geärgert hatte, indem sie mit der schönen Villa ihrer Großeltern in Stockholm angegeben hatte. Um es ihr heimzuzahlen, hatte Astrid versucht, ihr mit schrecklichen Geschichten über Mikael Granbergs Mörder Angst einzujagen, der hier durch die Wälder streifte. Ja, das war definitiv 1978 gewesen.

»Ausgezeichnet, das stimmt genau«, sagtc Carina eifrig. »Weißt du, ob die Leute aus dieser Gegend im Voraus davon erfahren hatten? In dem Fall wollte Lars vielleicht die Gelegenheit wahrnehmen, so oft wie möglich dort zu sein, bevor die Hippiegang einzog. Es war sozusagen die letzte Gelegenheit, um den Gespenstern der Vergangenheit den Stinkefinger zu zeigen.«

»Das klingt einleuchtend«, antwortete Astrid. »Ich nehme an, dass Ramsnoret damals immer noch im Besitz des Bezirks war und die Kommune es für eine kleine Summe mieten konnte. Vielleicht hat ja in der Zeitung etwas darüber gestanden. Aber gibt es auch eine Notiz am Tag von Mikaels Verschwinden?«

Carinas gelbgesprenkelte Augen funkelten wie die einer Katze, als sie zu dem Eintrag vom 26. November 1978 vorblätterte. Mit trockenem Mund las Astrid: »Ramsnoret. Die Mauer ist eingestürzt. Aufforstung.« Astrid blätterte um und las, was ihr Onkel Lars am nächsten Tag, einem Montag, geschrieben hatte. »Sven Granbergs Junge verschwunden.« Und am Dienstag: »Durchkämmung des Geländes nach Granbergs Jungen.«

Aber kein Wort von der Mütze.

Zwei Tage nach der groß angelegten Suche hatte er notiert, dass der erste Schnee gefallen war.

»Na, und welche Schlüsse können wir daraus ziehen?«, sagte Carina herausfordernd. Sie klang fast wie ein Dozent aus Astrids Studienzeit.

»Er hat die Mütze bei Ramsnoret oder auf dem Weg dorthin gefunden«, sagte Astrid bedächtig, »wahrscheinlich am selben Tag von Mikaels Verschwinden. Das war doch früh am Morgen, oder? Gehen wir mal davon aus, dass Camilla recht hatte und Micke dem Dackel nachgelaufen ist. Lars war auch im Wald unterwegs, das beweist sein Eintrag, vermutlich erst ein paar Stunden später, aber vor dem Dunkelwerden, und irgendwo hat er Mikaels Spur gekreuzt. Er sah die Mütze und hat sie aufgesammelt, ohne genauer darüber nachzudenken, hat sie vielleicht in die Hosentasche gesteckt. Aber ab Dienstag und danach war die verflixte Mütze in jeder Zeitung abgebildet, und da bekam er Angst. Er hätte der Polizei und den Eltern von seinem Fund berichten müssen, fürchtete sich aber davor, was die Leute denken würden, und hatte eine Heidenangst davor …«

»… wieder eingesperrt zu werden«, vervollständigte Carina den Satz und nickte beifällig, »ja, das dürfen wir nicht vergessen. Er wusste genau, wie schrecklich es war, eingesperrt zu sein. Aber hätte er sie nicht auch später in der Woche gefunden haben können, als er im Suchtrupp mitgegangen war, oder sogar erst irgendwann im Winter?«

Astrid lächelte.

»Nein, das passt nicht, darauf bist du bestimmt auch schon gekommen. Wenn er die Mütze gefunden hätte, als sie das Gelände durchkämmten, hätte er das natürlich sofort gesagt, da wäre niemand misstrauisch geworden. Und danach begann es zu schneien, wie er in seinem Tagebuch schreibt. Und da muss es stark geschneit haben, denn das Wochenende nach Mikaels Verschwinden war ich hier, bei meinen Großeltern, und wollte draußen Skifahren, was ich wegen der Sache mit Mikael aber nicht durfte. Aber da lag viel Schnee, genügend, um mögliche verloren gegangene Mützen unter sich zu begraben.«

Erneut nickte Carina beifällig.

»Gut, das ist schon mal klar. Falls Lars etwas aufgefallen ist, muss es also an demselben Tag gewesen sein, an dem Micke verschwand. Aber das hilft uns nicht viel dabei, wenn wir herausfinden wollen, wer hier ums Haus streicht, einbricht, Mützen und Umschläge stiehlt und ...«

Ihre Stimme verlor sich in einem Murmeln, als wollte sie das Wort »mordet« vermeiden und die Vorstellung von Camillas zerschmettertem Schädel, und Astrid ging es durchaus ähnlich.

»Gibt es denn im letzten Kalender keinen Hinweis?«, fragte sie nach.

»Dieser Taschenkalender ist von 2009«, sagte Carina und zeigte auf den anderen Kalender, den sie vom Dachboden mit heruntergebracht hatte, »nein, der ist völlig wertlos für uns. Aber er muss doch auch einen Kalender von diesem Jahr gehabt haben. Wo ist der? Vielleicht hat er hier irgendwo rumgelegen, ohne dass du ihn bemerkt hast, und der Einbrecher hat ihn mitgenommen.«

In ihrer Stimme schwang ein leiser Vorwurf mit. Astrid schloss die Augen, um sich besser erinnern zu können. Sie war sich ziemlich sicher, dass Lars' Kalender nirgends im Haus gewesen war, nicht im Sekretär oder in der Kommode und auch nicht auf irgendeinem Küchenregal. Aber wo konnte er sein?

Lars war mit seinen Taschenkalendern immer sehr sorgfältig umgegangen, das wusste sie. Sie gaben seinem Leben Ordnung und Struktur, einem Leben, in dem ihn Dinge, die jenseits der Routine lagen, leicht stressten und unruhig machten. In seinem Kalender hatte er Arztbesuche, TÜV-Termine, Gespräche mit dem pensionierten Steuerberater, der sich um die Buchführung des Hofes kümmerte, notiert. Wenn er das Haus verließ, hatte er den Kalender immer bei sich gehabt.

Aber Sammils Lars war auf dem heimischen Hof gestorben, war nach einem tödlichen Herzinfarkt draußen auf dem Hof zu Boden gesunken. Hildur hatte ihn zusammenbrechen sehen und den Notarzt gerufen, während sie mit dem Handy in der Hand zu ihrem Nachbarn geeilt war. Aber es war schon zu spät gewesen.

Hildur hatte Astrid auch spätabends angerufen und ihr erzählt, was passiert war, und Astrid hatte sich sofort vor den Computer gesetzt und verzweifelt nach Flügen von Bukarest nach Schweden gesucht. Am nächsten Tag war sie in der Abenddämmerung mit einem Mietwagen vom Stockholmer Flughafen Arlanda in Granåkers Hästberg angekommen. Bei ihrer Ankunft auf dem Hof war sie von der Ruhe und der Stille überwältigt worden, vom Duft des Flieders und dem frischen Grün dieses Maiabends, aber zugleich von der traurigen Gewissheit, dass ihr Onkel sie nicht im Haus erwartete und das auch nie mehr tun würde. Am nächsten Tag war sie zum Krankenhaus nach Falun gefahren und hatte von Lars Abschied genommen. Dann hatte sie ein Gespräch mit seiner Bank geführt, wo sie zu ihrem Erstaunen erfuhr, dass ihr Onkel ein Testament verfasst hatte, und anschließend ein Beerdigungsinstitut mit den Beerdigungsformalitäten beauftragt.

Aus dem Krankenhaus hatte sie Lars' persönliche Gegenstände geholt, einen Stapel sorgfältig zusammengelegte Kleidung und eine Plastiktüte mit allem, was sich in seinen Hosen- und Jackentaschen befunden hatte.

Jetzt wurde ihr plötzlich bewusst, dass er für einen Stadtbesuch gekleidet gewesen war. Er hatte das schöne Sommerjackett getragen, das sie ihm vor fünf Jahren zu Weihnachten geschenkt hatte und das er sorgfältig hegte und pflegte. Und wenn er es getragen hatte, hatte er den Taschenkalender immer in der Brusttasche bei sich gehabt, er musste unter den Sachen aus der Plastiktüte sein …

»Bist du eingepennt oder in Trance gefallen, oder was?«, fragte Carina mürrisch. »Ich gehe raus, um eine zu rauchen, sag Bescheid, wenn dir etwas eingefallen ist.«

Astrid nickte geistesabwesend und dachte mit geschlossenen Augen weiter nach. Was hatte sie damals mit der Plastiktüte gemacht? Lars' Brieftasche war darin gewesen, sein Handy, seine Brille und, ja genau, ein Taschenkalender mit grünem Plastikeinband. Sie hatte das Geld, seine EC-Karte und seinen Führerschein aus der Brieftasche genommen, sie zurück in die Tüte gesteckt und dann …

Dann hatte sie die Tüte ganz einfach auf den Beifahrersitz des Mietwagens gelegt. Aber danach?

Gabriel hatte sich geweigert, sie nach Dalarna zu begleiten, er war wegen eines Übersetzerseminars für rumänische Literatur, das er um nichts in der Welt verpassen wollte, in Bukarest geblieben. Im Nachhinein war ihr klar, dass sie das als ein Zeichen dafür hätte interpretieren sollen, dass etwas mit ihrer Beziehung nicht stimmte. Aber sie hatte abends mit ihm telefoniert. Seine ersten Worte waren gewesen: »Du wirst doch wohl Kontakt zu einem Makler aufnehmen, um den Hof zum Verkauf anzubieten.« Das hatte sie wahnsinnig aufgeregt, weil sie gar nicht daran dachte, zu verkaufen. Sie hatten sich darüber gestritten, und am nächsten Tag war sie aus purem Trotz in die Stadt gefahren und hatte aus einem Impuls heraus den Audi gekauft. Wie um zu unterstreichen, dass sie den Hof behalten wollte und man auf dem Land einen eigenen Wagen brauchte. Danach hatte sie ihre Koffer in den Mietwagen geworfen und war nach Arlanda gefahren.

Und da, das fiel ihr jetzt ein, hatte sie die Plastiktüte auf dem Beifahrersitz gesehen und sie rasch in das Handschuhfach ihres schönen neuen Wagens gestopft, den sie neben Lars' VW Polo von 1986 in die alte Remise gestellt hatte.

Und dort müsste der Kalender immer noch liegen! Sie stürzte hinaus und hätte beinahe Carina über den Haufen gerannt, die rauchend auf den Stufen saß.

»Brennt's irgendwo?«, fragte Carina.

Astrid schloss den Wagen auf, öffnete das Handschuhfach, und da lag, wie erwartet, die Tüte. Triumphierend hielt sie sie hoch, um sie Carina zu zeigen.

»Da ist er, Lars' Kalender aus diesem Jahr!«

Sie gingen in die Küche, um die Tagebuchnotizen durchzugehen, und sahen schnell, dass Lars im Frühjahr immer häufiger in Ramsnoret gewesen war, fast so häufig wie in den 60er Jahren. Anfang Mai hatte er an einem Tag notiert: »Mit meinen Memoiren angefangen.«

Und später im selben Monat, acht Tage vor seinem Tod, hatte er in akkurater Handschrift und mikroskopisch kleinen Buchstaben festgehalten: »Habe jetzt an Dr. K. geschrieben.«

»Doktor K.«, brummte Carina, »das klingt ja wie Kafka: *»Jemand musste Josef K. verleumdet haben, denn ohne dass er etwas Böses getan hätte, wurde er eines Morgens verhaftet.«*

Astrid konnte sie nur anstarren.

»Kafka?«, fragte sie.

Carinas Gesicht wurde zu einer Maske, dann zeigte sie das spöttische Lächeln, ihre Verteidigung.

»Ach, verzeih, dass ich dein Weltbild ins Wanken gebracht

habe«, sagte sie sarkastisch, »aber es kommt tatsächlich vor, dass ich ab und zu mal ein Buch lese, wenn im Fernsehen keine Dokusoap läuft. Lars hatte den *Prozess* im Bücherregal«, fuhr sie in etwas milderem Ton fort, »das Buch ist echt gut. Ich habe es zum ersten Mal gelesen, als ich damals hier gewohnt und darauf gewartet habe, dass die vom Sozialamt mir mein Kind wegnehmen, und Lars und ich, haben uns darüber unterhalten. Die Behörden hatten uns als Kindern schließlich beiden das Leben schwer gemacht, und das, ohne dass wir etwas Böses getan hätten, und in dem Buch konnte man sich wiederfinden.«

Sie zuckte die Schultern.

Astrid murmelte eine halbherzige Entschuldigung. Sie war sich bewusst, dass sie Carina vollkommen unnötig verletzt hatte, aber auch sie hatte alle Mühe, eine gleichgültige Miene aufzusetzen und zu verbergen, wie sie sich fühlte: auf eine kindische Art verletzt und im Stich gelassen von den beiden Männern, für die sie das Wichtigste auf der Welt gewesen war, wie sie immer gedacht hatte. Zuerst hatte Gabriel sie mit Agneta Myhre betrogen, und jetzt erfuhr sie, dass ihr Onkel im Stillen tiefgründige literarische Gespräche mit ihrer Mitschülerin Carina geführt und mit ihr über sein Trauma gesprochen hatte. Etwas, das er mit Astrid nie getan hatte.

Trotzdem, den Hof und seinen gesamten Besitz hatte er Astrid vermacht.

Und wer verbarg sich hinter »Dr. K.«? Das war im Augenblick wichtiger für Carina und sie, als sich in verletzten Gefühlen zu suhlen. Sie waren sich einig darin, dass es sich dabei um jemanden aus Lars' Vergangenheit handeln musste. Und mit größter Wahrscheinlichkeit war es die Person aus der Zeit in der Irrenanstalt, an die er geschrieben hatte, um »ein paar Fragen zu stellen«, wie er Carina erzählt hatte.

»Vielleicht hat ihm ›Dr. K.‹ ja geantwortet«, sagte Astrid nachdenklich, »vielleicht hat der Antwortbrief in dem Umschlag gesteckt, den ich gefunden habe. Es war ein kräftiges, edles Kuvert, wie es zum Beispiel ältere Ärzte verwenden würden ...«

Aber wo war der Inhalt? Nicht zwischen seinen Papieren, das wusste sie. Und wo der Laptop, auf dem er an seinen Memoiren geschrieben hatte? Seltsamerweise hatte sie ihn nirgends im Haus gesehen.

»Dieses Archiv, von dem du gesprochen hast«, meldete Carina sich zu Wort, »und an das du gestern Abend eine Mail geschickt hast ... – falls Dr. K. also jemand war, der in Ramsnoret gearbeitet hat, können wir den vollständigen Namen ja vielleicht dort finden?«

»Gute Idee«, erwiderte Astrid und wählte die Nummer des Bezirksarchivs in Håksberg. Sie wurde mit einem hilfsbereiten Archivar verbunden, der bereits ihre Mail gelesen und gerade eine Antwort an sie geschickt hatte, samt einer eingescannten Liste, was sich über Ramsnoret im Archiv befand. Schnell öffnete Astrid ihr Mailprogramm, studierte die Liste und entschied sich umgehend, was sie sich davon ansehen wollte. Sie bot ihre ganze Überredungskunst auf, umschmeichelte ihn mit Worten des Lobes, warf immer mal wieder einen autoritär klingenden Kommentar ein und bewegte den Archivar so dazu, die einfache Sicherheitsüberprüfung rasch durchzuführen und schon am nächsten Tag das Material bereitzustellen.

»Gut gemacht«, sagte Carina mit widerwilliger Anerkennung, »klappt besser, als zu schreien und zu schimpfen, so wie ich es tue, wenn ich etwas will. Du musst mir irgendwann mal beibringen, wie man das macht.«

Bevor Astrid antworten konnte, sah sie einen Wagen auf den Hof fahren, einen ziemlich verdreckten roten Saab 9-3 Kombi.

Ein Mann in Jeans und Lederjacke stieg aus und steuerte auf das Haus zu.

Als Astrid die Tür öffnete, stand er schon auf den Stufen.

»Hallo, Ulf Ersgård von der Lokalzeitung Dalarna«, stellte er sich lächelnd vor und reichte ihr die Hand. »Darf ich einen Augenblick hereinkommen?«

Er hatte schon einen Fuß über der Schwelle und war halb in der Diele, bevor Astrid wusste, was sie antworten sollte, durchaus eine beeindruckende Leistung.

»Ich habe Sie nicht gebeten, hereinzukommen, und möchte gerne zuerst wissen, worum es geht«, sagte sie kühl.

Er lächelte immer noch, jetzt aber mit einem leichten Ausdruck von Bedauern, als hätte er ein Trauerhaus betreten und wollte über den Verstorbenen sprechen.

»Es geht um Camilla Granberg. Aus den Informationen, die wir von der Polizei bekommen haben, lässt sich schließen, dass sie bei Ihnen war, als sie starb, und dass Sie sie gefunden haben.«

»Ja, und? Ich habe nicht vor, ihnen von meinen Befindlichkeiten zu erzählen«, sagte Astrid. »Und mir ist nicht klar, worüber Sie schreiben wollen, ein Unfall durch Fahrerflucht ist doch wohl keine große Nachricht?«

Er war schon in der Küche, als er die Hand ausstreckte und Carina mit einem herzlichen »Ulf« begrüßte, woraufhin sie überrumpelt ihren Namen murmelte.

Astrid überlegte schnell. Selbst wenn die Polizei nicht bekannt gegeben hatte, dass Camilla ermordet worden war, war sie Opfer eines Verbrechens geworden, und weil sie die Schwester des Jungen war, der verschwunden war – bis heute ein großes ungelöstes Rätsel in der Gegend –, war es nur logisch, dass die Lokalzeitung sich dafür interessierte. Deshalb konnte sie vermutlich ebenso gut mit Ulf Ersgård sprechen.

Er hatte sich schon auf einen Stuhl gesetzt und musterte interessiert die Kaffeemaschine, in der noch ein Rest Kaffee war.

Astrid stellte ihm eine Tasse hin, nahm neben Carina Platz und betrachtete den Reporter, der den bitteren Kaffee trank, ohne eine Miene zu verziehen, und dasaß, als würde ihm die Küche gehören. Er war älter, als sie zuerst angenommen hatte, bestimmt an die fünfzig, hatte braune Augen, lockige dunkelbraune Haare und leicht ergraute Schläfen. Aber er wirkte noch gut in Schuss. Er hatte keinen Bauch, wie so viele andere Männer in seinem Alter, und obwohl die Falten in seinem Gesicht verrieten, dass er nicht mehr der Jüngste war, sah er auf eine attraktive Weise gealtert aus, so wie es nur Männern vergönnt war, dachte sie.

»Also, Camilla Granberg«, fing er an. »Ein tragischer Unfall, ich spreche Ihnen mein aufrichtiges Beileid aus, falls Sie eine enge Freundin von Ihnen war. Aber Sie verstehen sicher, dass wir darüber schreiben wollen, schließlich war sie die Schwester von Mikael, der vor, wie lang ist das jetzt her, ach ja, vor zweiunddreißig Jahren spurlos verschwand. Das war das Spektakulärste, das jemals in dieser Gegend passiert ist, und jetzt ist seine Schwester tot, einfach überfahren. Schon wieder so eine furchtbare Tragödie für die Familie. Ich wollte Sie daher ganz einfach nach Camillas letzten Stunden fragen, nach etwas Persönlichem, Sie wissen schon. Was hat sie hier bei Ihnen gemacht, wollten Sie zusammen zu Abend essen? Und weshalb war sie im Wald?«

»Sie wollte Pilze sammeln«, sagte Astrid ernst. »Ja, wir wollten zusammen essen, und Camilla war unterwegs zu einer Stelle, an der sie Pfifferlinge vermutete. Mein Onkel hatte ihr die Stelle vor vielen Jahren einmal gezeigt, und sie wollte nachsehen, ob noch welche dort wären, die wir als Beilage zubereiten könnten.«

Fast wahrheitsgetreu zeichnete sie das Bild von zwei alten

Schulkameradinnen, die wieder Kontakt zueinander gefunden und sich für einen gemütlichen Frauenabend verabredet hatten. Die Pfifferlinge würden sich in der Zeitung gut machen, das wusste sie.

Von der Stromrechnung oder von Camillas armseligem Leben in den letzten Jahren erwähnte sie nichts.

»Und wie steht es mit Ihnen?«, fragte Ulf Ersgård. »Wie kommt es, dass Sie hier in Granåkers Hästberg sind? Ich weiß natürlich, wer Sie sind, ich habe dieses Jahr ihre Sommersendung bei Radio Dalarna verfolgt. Aber was machen Sie jetzt hier?«

Jetzt bloß nichts von der Scheidung erzählen, schärfte Astrid sich ein, nichts von ihrem seelischen Zusammenbruch und der Krankschreibung. Indem sie die Wahrheit noch ein bisschen mehr frisierte – ohne im eigentlichen Sinne zu lügen – vermittelte sie ihm den Eindruck, dass sie für ein paar Monate nur halbtags arbeitete, um sich um das Erbe und die Geschäfte ihres Onkels zu kümmern.

»Sie haben also vor, den Hof zu behalten?«, fragte der Reporter.

»Auf jeden Fall, hier sind meine Wurzeln, und die werde ich nie aufgeben. Selbst als ich in Tokio, Brüssel oder Bukarest gelebt habe, hatte ich immer das Gefühl, dass hier mein Zuhause ist.«

Ulf Ersgård notierte alles schwungvoll auf seinem Notizblock, dann sah er mit einem Lächeln auf.

»Prima, das reicht mir. Dann würde ich nur noch gerne eine Aufnahme von Ihnen machen, und dann lasse ich Sie wieder in Frieden.«

»Ein Foto«, sagte Astrid überrumpelt, »nein, ich will nicht fotografiert werden!«

Ulf Ersgård machte eine bedauernde Geste.

»Schade, dann müssen wir das Foto aus dem Archiv nehmen, und das ist kein Spitzenbild, nur ein Passfoto, glaube ich. In natura sehen Sie viel besser aus.«

Zum ersten Mal während des ganzen Interviews machte Carina den Mund auf.

»Mensch, Astrid, natürlich braucht er ein Foto von dir«, sagte sie. Ihre Mundwinkel zuckten, als würde sie die Situation maßlos amüsieren.

»Genau, Mensch, Astrid«, wiederholte Ulf Ersgård mit einem Funkeln in den Augen, »natürlich brauche ich ein Foto von Ihnen. Sie können sich bei mir sicher aufgehoben fühlen, ich bin ursprünglich Fotograf, meine Bilder sind noch besser als meine Texte.«

Ehe Astrid richtig begriff, wie ihr geschah, stand sie schon auf dem Hof und posierte vor Ulf Ersgårds Kamera. Er zeigte ihr die Aufnahmen, und sie sah erleichtert, dass sie wirklich gelungen, ja sogar schmeichelhaft waren.

Er steckte Kamera und Notizblock in seine verschlissene Schultertasche und ging zum Auto, dann zögerte er einen Moment, während seine Hand schon auf dem Türgriff lag, als hätte er noch etwas auf dem Herzen, wüsste aber nicht, ob oder wie er es zur Sprache bringen sollte.

»Ich dachte mir …, also, Sie haben sicherlich viel zu tun, aber …«, sagte er mit einer Stimme zu Astrid, in der erstmalig seit seinem Auftauchen eine Spur Unsicherheit mitschwang, »ob Sie vielleicht einmal mit mir ausgehen würden, wenn Sie nach Hammarås kommen? Ein Glas im Pub zusammen trinken oder eine Pizza essen gehen oder so?«

Zu ihrer Verwunderung merkte Astrid, dass sie sich tatsächlich vorstellen konnte, sich mit Ulf Ersgård auf ein Glas Wein zu treffen.

»Ja, warum nicht. Aber ich weiß noch nicht, wann ich dort wieder etwas zu erledigen habe.«

»Keine Sorge, ich melde mich!«, sagte er und stieg in den Wagen.

Er bog auf den Kiesweg, verschwand und zog auf dem Weg durch das Dorf eine Staubwolke hinter sich her.

»Was sagt man dazu«, gab Carina fröhlich von sich, »ein neuer Fisch an der Angel. Er war wahnsinnig attraktiv und ist auch noch dein Typ, ich hab ein paar Bilder von deinem Ex im Internet gesehen. Wär doch mal wieder Zeit, oder? Du hattest doch bestimmt keinen Sex mehr, seit du deinen Kerl mit der bumsfidelen Agneta im Unterholz erwischt hast, oder?«

Astrid hatte überhaupt nicht mehr an Sex gedacht, seit sie Gabriel und Agneta im Garten ertappt hatte. Daran waren wohl vor allem die Medikamente schuld, die sie seitdem nahm.

Da fiel ihr plötzlich ein, dass sie ganz vergessen hatte, heute Morgen ihre Tabletten zu nehmen, und dass es ihr trotzdem ausgezeichnet ging. Mal davon abgesehen, dass sie um ihr Leben bangte. Aber um sein Leben zu bangen war immer noch besser, als sich halbtot zu fühlen.

Nachdem sie das Geschirr abgewaschen hatten, beschloss Astrid, ihrem Bericht, den sie schon mehrere Tage vernachlässigt hatte, ein paar Stunden Zeit zu widmen. Carina nahm sich ein Buch aus dem Regal im Wohnzimmer – die *Njáls saga*, wie Astrid bemerkte – und machte es sich auf dem alten Gartensofa an der Südwand bequem, um ungestört in der Septembersonne zu lesen.

Die Arbeit mit dem Bericht ging flüssig voran, sodass Astrid fast ganz die Zeit vergaß. Sie fühlte sich so energiegeladen wie schon lange nicht mehr, und beinahe mühelos fielen ihr genau die richtigen spitzen, eleganten Formulierungen ein, um das, was sie sagen wollte, zu transportieren. Ehe sie sich versah, war sie mit dem Hauptteil fertig und beschäftigte sich mit dem Anhang und den Referenzen. Sie suchte gerade nach den Kontaktinformationen des Menschenrechtsaktivisten, der ihr beim Übersetzen einiger Zeitungsartikel aus dem Land geholfen hatte, um das es in dem Bericht ging, als ihr Handy piepte und sie sah, dass Hildur ihr eine SMS geschickt hatte.

»Kaffee?«, schrieb sie. »Frisch gebackener Apfelkuchen auf dem Tisch. Bring deinen Gast mit.«

»Gut, wir kommen«, antwortete Astrid.

Mit Erstaunen hatte sie bemerkt, dass das Handy den herkömmlichen Dorfklatsch und die »Klatschzentrale« – den seit langem geschlossenen Dorfladen – abgelöst hatte. Vermutlich waren die Drähte schon vor Spekulationen über ihre beiden morgendlichen Besucher heißgelaufen, ganz zu schweigen von dem fremden Übernachtungsgast, der sich heute Morgen am Briefkasten gezeigt hatte. Schnell überflog Astrid ihren Bericht, speicherte ihn, fuhr sich mit einer Bürste durch die Haare und ging zu Carina.

»Wir sollen zu meiner Nachbarin Hildur zum Kaffee kommen, und sie hat ausdrücklich darum gebeten, dass du mitkommst.«

Carina erhob sich mit einem bitteren Grinsen.

»Ja, ja, die Tratschtanten fragen sich natürlich, wer da bei dir zu Besuch ist«, sagte sie. »Ich weiß noch, wie das war, als ich bei Björs gewohnt habe. Wenn ich absichtlich den Schulbus verpasst oder zu spät nach Hause gekommen bin, hat sich das wie ein Lauffeuer im ganzen Dorf verbreitet. Gar nicht erst zu reden davon, als ich mit dem Kind bei Lars eingezogen bin, da fuhr eine ganze Karawane von Klatschbasen auf dem Fahrrad am Hof vorbei, um zu schnüffeln.«

»Mag sein, aber das hier kann uns nützen«, gab Astrid zu bedenken. »Hildur hat Lars von allen im Dorf am besten gekannt…«

Carina grinste erneut.

»Ruhig Blut, ich verspreche auch, mich ordentlich zu benehmen. Will nur erst das Buch wegstellen, ich habe gerade den Part gelesen, in dem Hallgerds zweiter Mann erschlagen wird. Mit dem Weib sollte man es sich lieber nicht verderben!«

Hildur hatte den Kaffeetisch in der Küche gedeckt, hatte aber ihre Schürze abgelegt, Tortenpapier unter den Apfelkuchen getan und ihre besten Kaffeetassen auf den Tisch gestellt, aber als sie Carina zu Gesicht bekam, zog sie die Augenbrauen mit einer Miene hoch, die besagte, dass sie sich fragte, ob sie sich die Mühe hätte sparen können.

»Ach nein, Carina Svahn«, sagte sie schroff und reichte ihr die Hand, »das ist aber lange her. Aber ich erinnere mich noch gut daran, dass du mit deinem kleinen Mädchen bei Lars gewohnt hast, auch wenn das mehr als zwanzig Jahre her sein muss.«

Carina schüttelte Hildurs Hand und machte dazu eine Bewegung, die verdächtig an einen Knicks erinnerte.

»Ja, ich weiß noch, dass du mir beigebracht hast, wie man Windeln wechselt, ich hatte ja keine Ahnung, wie man das machte«, sagte sie.

»Ach ja. Aber kommt doch herein, Mädels, und setzt euch, bevor der Kaffee kalt wird«, sagte Hildur. »Ich habe gesehen, dass Ersgård von der Lokalzeitung bei dir gewesen ist, Astrid. Er war bestimmt wegen der armen Camilla Granberg da, oder? Aber was wollte Martin von dir, er war doch im Dienst hier?«

Innerhalb kürzester Zeit hatte Hildur Astrid alles Wissenswerte über den Besuch der Polizisten und der Lokalzeitung entlockt, während sie Kaffee einschenkte und den Apfelkuchen herumreichte.

»Kaum zu glauben, wie sehr die Polizei sich für den Unfall interessiert«, bemerkte sie bedeutungsvoll, nachdem sie Astrid fertig ausgequetscht hatte. »Im Wald hat es nur so vor Streifenwagen gewimmelt, und gestern, bevor du nach Hause gekommen bist, sind sie im Dorf von Tür zu Tür gegangen und haben alle gefragt, ob sie etwas beobachtet haben. Man könnte fast meinen, dass das nicht nur ein Unfall gewesen ist …«

Sie starrte Astrid unerbittlich an. Astrid zögerte. Sie hatte Martin nicht versprochen, Stillschweigen darüber zu bewahren, dass Camilla ermordet worden war, aber wenn sie Hildur die Wahrheit sagte, würde es in null Komma nichts das ganze Dorf wissen und ganz unnötig Panik schüren, weil Camillas Mörder wohl kaum ein Wahnsinniger gewesen war, der blindlings zugeschlagen hatte.

»Ich weiß nicht, aber jemanden anzufahren und dann Fahrerflucht zu begehen, ist ja auch ein ernstes Verbrechen«, sagte sie ausweichend. »Sie wollen denjenigen bestimmt finden, bevor er noch mehr Unfälle mit tödlichem Ausgang verursacht.«

Doch Hildur blieb skeptisch und ging nun dazu über, Carina auszuhorchen, die leicht vereinfacht behauptete, dass sie mit Camilla zusammengewohnt hätte und zum Sammilshof gekommen sei, »um ihre Sachen« zu holen.

»Ach so, du hast bei der armen Camilla gewohnt. Na ja, Pechvögel ziehen sich wohl gegenseitig an. Aber wann bist du überhaupt gekommen? Ich habe Astrid gestern Abend nach Hause kommen sehen, und da war sie allein im Wagen.«

»Ich bin mit dem Fahrrad gefahren, aber es war wohl schon zu dunkel und regnerisch, als dass du das hättest sehen können«, antwortete Carina.

Ihrer Stimme haftete ein kaum wahrnehmbarer Unterton von Triumph über die Heldentat an, nicht vom Radar des Klatschnetzwerks erfasst worden zu sein.

»Ach so, na ja, man verpasst vieles, wenn es so früh dunkel

wird«, sagte Hildur darauf nachdenklich. »Wisst ihr, Mädels, manchmal überlege ich, ob ich mir nicht so ein Nachtsichtgerät anschaffen soll, wie Jäger es haben. Im Internet sind sie ziemlich preiswert.«

Taktvoll erwiderte Astrid, dass das sicher eine gute Idee wäre, und fragte Hildur dann, ob sie jemanden Fremdes auf dem Sammilshof herumlungern gesehen hatte, als Astrid nach Stockholm gefahren war. Das hatte Hildur ihres Wissens nach nicht, aber sie könne sich im Dorf umhören, ob jemand anderes etwas bemerkt hätte.

»Außerdem frage ich mich, wo Onkel Lars' Laptop abgeblieben sein könnte«, sagte Astrid. »Im Haus ist er nirgends zu finden. Er hat dir nicht zufällig gesagt, dass er ihn zur Reparatur bringen wollte, oder?«

Hildur verneinte.

»Nein, und das hätte er bestimmt erwähnt, weil er in den letzten Jahren so vernarrt in dieses Gerät war, dass er keinen Schritt ohne es tun wollte. Er hat manchmal sogar die Nachrichten verpasst, weil er so darin vertieft war. Und manchmal hat er ihn mit in die Bibliothek genommen, damit er ein bisschen schneller lief, weil er fand, dass das Ding, mit dem er hier im Internet surfte, zu langsam war.«

Carina räusperte sich.

»Ich bin Lars kurz vor seinem Tod in Hammarås über den Weg gelaufen, und da wollte er einen wichtigen Brief aufgeben«, sagte sie. »Könnte er den Laptop vielleicht mit in die Bibliothek genommen haben, falls er etwas ausdrucken wollte, einen Brief oder dergleichen?«

»Ja, das kam durchaus vor«, sagte Hildur, »aber wenn er einen Brief verfasst hat, befand er sich nicht auf dem Rechner. Lars hat Briefe immer von Hand geschrieben.«

»Tatsächlich?«, fragte Astrid skeptisch.

»Ja, und weißt du, warum ich das weiß?«, sagte Hildur mit Nachdruck. »Na gut, in den ersten Jahren, nachdem er aus der Klapse entlassen worden war, war er etwas menschenscheu, weil er nicht wusste, wie man sich richtig verhielt. Er sagte mir einmal, er wünschte, es würde ein Buch geben, in dem stünde, wie man sich unter Menschen benehmen sollte, das könnte er gut gebrauchen. Daraufhin habe ich ihm so ein Benimmbuch zum Geburtstag gekauft, und das ist dann fast so etwas wie seine Bibel geworden. Und darin stand, dass es am höflichsten sei, seine Briefe handschriftlich zu verfassen, weshalb er das auch immer tat.«

»Wir nehmen an, dass er Antwort auf einen wichtigen Brief erhalten hat«, sagte Astrid. »Hat er das irgendwie erwähnt?«

»Kann sein«, sagte Hildur nachdenklich, »wenn es sich um den Brief handelt, der einen Tag vor seinem Tod ankam. Wir waren gleichzeitig bei den Briefkästen, und da hat er mit einem Kuvert gewunken und gesagt, dass er jetzt endlich Antwort auf ein paar wichtige Fragen bekommen würde, über die er lange nachgegrübelt hätte. Er freute sich wie ein Schneekönig. Doch dann kam er ganz durcheinander zu mir. Er verlor ja schnell die Fassung, wenn Dinge nicht so kamen wie erwartet.«

Sie schüttelte den Kopf.

»Er sagte, dass mit dem Brief etwas nicht stimmte, dass er glaubte, dass er nicht für ihn gedacht sei, obwohl seine Adresse auf dem Umschlag stand. Er nahm an, dass derjenige, der ihn aufgegeben hatte, ihn womöglich in das falsche Kuvert gesteckt hatte.«

KAPITEL 9

Dalarna

Mittwoch, 8. September 2010

Von weitem waren die Gebäude, die einst Ramsnoret, die »Anstalt für Geistesschwache«, beherbergt hatten, ein schöner Anblick. Wenn man näher kam, bemerkte man jedoch den Verfall; Buschwerk, das um die Häuser wucherte, zerbrochene Fensterscheiben, fehlende Dachpfannen.

Astrid stieg aus dem Wagen und machte mit ihren hochhackigen Stiefeln einen vorsichtigen Schritt in das hohe, feuchte Gras, das auf dem letzten Kilometer die Seiten und den Unterboden des Audis gestreift hatte. Sie waren unterwegs zum Bezirksarchiv in Håksberg, aber Astrid hatte beschlossen, einen Umweg über Ramsnoret zu machen, bevor sie die Anstaltsakten las. Nüchterne Papiere sagten einem immer mehr, wenn man den Ort selbst gesehen hatte, um den es ging, zu dieser Erkenntnis war sie über die Jahre gekommen. Worten wurde Leben eingehaucht, wenn man mit eigenen Augen die Lichtverhältnisse gesehen hatte, den Geruch der Räume in sich aufgenommen und die Schritte auf dem Kies knirschen gehört hatte.

Außerdem war es für sie auch eine Art von Mission, den Ort aufzusuchen, an dem ihr Onkel mehrere Jahre seiner Kindheit und Jugend verbracht hatte, ohne dass sie davon gewusst hatte.

»Pfui Teufel, was für ein gespenstischer Ort!«, rief Carina aus und kletterte vom Beifahrersitz. »Hier möchte ich abends im

Dunkeln aber nicht allein sein. Man kann ja geradezu spüren, wie die unseligen Geister der armen Kinder, die sie hier eingesperrt haben, um diesen Knast herumflattern.«

Sie zündete sich eine Zigarette an und blickte über den schwarzen See. Der Ramsjön lag in einer flachen Schlucht, ein tiefer und geheimnisvoller See, der durch Verwerfungen unterhalb eines unwirtlichen, von Fichten gekrönten Berghangs entstanden war. Der Ort besaß eine wilde Schönheit, die um 1890 herum Lovisa Bedier, die Schwester eines Grubenbesitzers aus der Gegend, dazu verleitet hatte, hier ihr Haus zu erbauen, nachdem sie nach dem Studium in Paris wieder nach Schweden zurückgekehrt war. Sie war exzentrisch, ziemlich menschenscheu und steinreich gewesen; die beste Voraussetzung dafür, mitten im Wald eine Villa im italienischen Stil – samt Rosengarten, Gemüsebeeten und zwei Nebengebäuden, um Gärtner, Dienstmägde und Stallburschen unterzubringen – zu errichten. Lovisa hatte ihr Château im Wald »Lovisenruh« getauft, aber die Leute aus der Gegend sagten trotzdem weiterhin Ramsnoret dazu. Das war seit langem ihr Name für den Ort, an dem sich der Ramsjön am Ende der Schlucht verjüngte, um sich anschließend zu einem neuen, seichteren See zu öffnen, dessen Wasserlauf sich seinen Weg durch den Wald abwärts suchte. Für Lovisa Bedier war es im Laufe der Jahre immer schwieriger geworden, Personal für ihr unzugängliches Haus zu finden. Und schließlich hatte ihre Exzentrizität solche Formen angenommen, dass ihre Familie sie in eine Anstalt einweisen ließ. Später hatte eine sozial engagierte Nichte ein privates Heim für »Geistesschwache« in Lovisenruh eröffnet. Es war in den 30er Jahren vom Bezirk übernommen worden und hatte fortan offiziell den Namen »Ramsnoret« getragen.

»Ein prima Ort – frische Luft und Abgeschiedenheit –, um unerwünschte Mitbürger vorm Rest der Welt zu verstecken«, sagte Astrid und ging auf das weiße Haupthaus zu. Sie konnte noch dessen alte Schönheit erkennen. Aber Onkel Lars und seine Leidensgenossen waren bestimmt in den beiden Nebengebäuden untergebracht gewesen.

»Und nicht zu vergessen die Hippie-Ziegenhirten«, bemerkte Carina, »die müssen sich ja wirklich unheimlich zurück zur Natur gesehnt haben. Der reinste Zauberwald«, bemerkte Carina, »man könnte glauben, dass es bis zur Zivilisation mindestens hundert Kilometer wäre!«

Sie sah sich um. Ein spärlicher Kiefernwald oben auf dem Berghang ging in dichten, dunklen Fichtenwald über, nur die Nehrung zwischen den beiden Teilen des Sees war nicht von Nadelwald umgeben, hier rahmten Birken die alten Anstaltsgebäude ein.

»Du hast doch erzählt, dass dein Großvater hier in der Nähe mit Waldarbeiten beschäftigt gewesen war, als er die Ziegenhirten aus den Schneewehen gezogen hat. Warum arbeitete er eigentlich hier, ich meine, gehört der Wald euch? Oder dir, jetzt nach dem Erbe?«

»Das meiste ist im Besitz von Gesellschaften, die Waldwirtschaft betreiben, aber uns gehört da drüben auf der anderen Seite noch ein schmaler Streifen, der sich bis zum Ramsjö herunterzieht. Ich glaube, er wurde dem Hof im 18. Jahrhundert nach einer Erbteilung zugeschlagen. Ich weiß, dass die Gesellschaft, der der umgebende Wald gehört, Onkel Lars zum Verkauf überreden wollte, aber das lehnte er ab, er wollte ihn auch nicht abholzen lassen. Er ist dort gerne herumgewandert.«

Auf der anderen Seeseite konnte sie den großen Felsblock an der Wasserkante ausmachen, der die Parzellengrenze markierte. Wenn man dort saß, sah man die Anstaltsgebäude unmittelbar vor sich.

»Er ist sicherlich dorthin gegangen, um an die Zeit in der Anstalt zu denken und das Gefühl von Freiheit auszukosten«, sagte Astrid leise.

Ein nahezu völlig zugewucherter Kiesweg führte zu den Gebäuden. Die Türen waren unverschlossen, seitdem die Kommune Ramsnoret verlassen hatte. Astrid wusste noch, dass sie im VW-Bus umhergefahren und vor dem Atomkraft-Referendum 1980 dazu aufgerufen hatten, für Nein zu stimmen, aber kurz danach aus der Gegend verschwunden waren.

Im Inneren des Hauptgebäudes roch es nach Moder und Verfall, aber immer wieder fanden sich auch Zeugnisse verblichener Eleganz längst vergangener Tage, überlagert von den Spuren der späteren Bewohner. Über der Wandvertäfelung in der Eingangshalle, die romantische Italienansichten zeigte, die Lovisa Bedier vor über hundert Jahren selbst gemalt hatte, klebten verblichene Plakate mit Parolen wie »Atomkraft, nein danke« oder »Solidariät mit Nicaragua!«. Im Vorraum hing eingerahmt und mit Schreibmaschine geschrieben die Hausordnung der Anstalt: »Denken Sie immer daran, dass Warmwasser und elektrisches Licht Kosten verursachen und dass der Großteil davon in Form von Steuern erhoben wird, die selbst von Ihnen erwirtschaftet werden müssen.« Der große Holzofen in der Küche hatte Rost angesetzt, und als Astrid den Wasserhahn aufdrehte, kam nicht ein Tropfen.

Der linke Gebäudeflügel hatte offenbar als Unterkunft für die Insassen gedient – düstere Flure mit dunkel gestrichenen Wänden, kleinen Schlafsälen, in denen die Betten immer noch so dicht nebeneinander standen, dass kaum für einen Stuhl zwischen ihnen Platz war.

Im rechten Flügel, dem früheren Stall, befanden sich ein Depot und zwei Räume, die als Unterrichtssäle genutzt worden sein mussten – hier standen eng aufgereiht altmodische Schulbänke, auch sie auf viel zu kleinem Raum. Ein weiterer Raum dahinter war vollkommen leer, als wäre er mit Absicht gründlich gesäubert worden. Nur noch ein paar Glasscherben lagen in einer Ecke. Astrid hob eine von ihnen auf. Sie war dünn und geschwungen. Wie der Rest eines Laborkolbens aus dem Chemieunterricht, dachte Astrid geistesabwesend.

»Wollen wir jetzt nicht los?«, drängte Carina mit einem nervösen Blick über die Schulter. »Ich krieg hier das große Flattern, als würde mich gleich jemand an ein Bett fesseln und mir irgendein Zeug spritzen wollen. Du weißt ja, dass ich ein paar Jahre in so 'ner Art Kinderheim gewesen bin, als mein Vater gestorben war und die Tanten vom Amt niemanden fanden, der mich nehmen wollte. Das war mit das Schlimmste, was ich je mitgemacht habe. Hier muss es allerdings noch schlimmer gewesen sein.«

Sie machten noch einen zweiten Rundgang durch die Gebäude, bevor sie die Richtung zum Wagen einschlugen. Ein Stück neben dem linken Flügel des Hauptgebäudes waren noch Reste des alten Küchengartens zu erkennen – von Kieswegen durchzogene Gemüsebeete, die einst fein säuberlich angelegt gewesen sein mussten, jetzt aber von Gras und Wildblumen überwuchert waren.

Hinter dem Gebäude hatte Lovisa Bediers Rosengarten gelegen, von einer weiß gekalkten Mauer umgeben, die nun teilweise eingestürzt war. Durch ein grünes Tor, an dem die Farbe abblätterte, gelangte man hinein. Im Schloss saß ein rostiger Schlüssel. Der Anblick rief die Erinnerung an eines der Lieblingsbücher aus ihrer Kindheit in Astrid wach, an Frances Hodgson Burnetts *Der geheime Garten*, das sie auf dem Sammilshof gelesen hatte. Es hatte früher ihrer Großmutter gehört und war in alter Schrift gedruckt, aber Astrid hatte das Buch trotzdem geliebt.

»Guck dir die Tür an«, sagte Carina da eifrig, »sie sieht genauso aus wie die in einem alten Buch, das ich bei Lars gelesen habe. Es handelte von einem Waisenkind, einem unausstehlichen Gör, das alle hassten, weshalb ich mich irgendwie in ihm wiedergefunden habe. Es hieß *Der geheime Garten*, hast du das mal gelesen?«

»Ja, das war eines meiner Lieblingsbücher«, sagte Astrid.

Sie tauschten einen einvernehmlichen Blick – was Astrid nicht mehr ganz so überraschte wie zu Anfang – und betraten den Rosengarten. Trotz der teilweise eingestürzten Mauer war es warm darin, die Ziegelwände speicherten die Sonnenwärme. Das Gras war hoch und dicht, aber es wuchsen tatsächlich noch immer ein paar Rosensträucher zwischen dem Unkraut.

Seltsam, dachte Astrid. Ob man sie ausgegraben hat? Oder war es hier zu kalt für sie, nachdem die Mauer in sich zusammengefallen war? Ob Onkel Lars nicht etwas über eine Mauer in seinem Tagebuch geschrieben hätte?, fragte Astrid Carina. »Ja, an dem Tag von Mikaels Verschwinden«, bestätigte diese.

Astrid tastete sich an der Mauer zu der eingefallenen Rückwand vor. Obwohl der weiße Putz hier und da abgeblättert war, schien die Ziegelsteinmauer immer noch kräftig und stabil, überhaupt nicht bröckelig.

»Komisch«, sagte Carina, die ihr nachgegangen war, »die rückseitige Mauer ist eingestürzt, aber nirgends sind Spuren davon zu sehen, keine kaputten Ziegelsteine oder so.«

»Ich glaube, sie ist gar nicht in sich zusammengefallen«, murmelte Astrid und starrte auf das Loch in der Wand, »es sieht eher so aus, als hätte jemand sie mit einem Bagger eingerissen und anschließend den Schutt weggefahren. Aber weshalb?«

Hinter der Mauer wuchs eine spärliche Fichtenpopulation; die Bäume waren alle gleich groß und standen in regelmäßigen

Abständen, als wären sie dort gepflanzt worden. Astrid sah zu den Baumkronen hoch und versuchte, das Alter der Bäume zu schätzen. Nicht besonders alt, dachte sie, dreißig Jahre vielleicht. Sie trat einen Schritt zurück, spürte etwas Hartes an ihrer Wade und drehte sich um. Zu ihren Füßen, halb verborgen von dem hohen Gras, stand ein ungestrichenes, schiefes Holzkreuz. In der Mitte saß eine schlichte ovale Plakette mit einer eingravierten, vor Schmutz und Ablagerungen fast unlesbaren Inschrift. Astrid ging in die Hocke und kratzte mit den Nägeln die Buchstaben frei, bis sie die Inschrift lesen konnte: »Maja-Lill Ers, 1939–1943«.

Aus dem Rosengarten war ein Friedhof, der »Friedhof der Anstalt für Geistesschwache« geworden.

Als sie Ramsnoret verließen, um nach Håksberg weiterzufahren, waren Astrid und Carina erschüttert. Sie hatten neununddreißig Kreuze gezählt; neununddreißig Gräber für Kinder und Jugendliche, deren Angehörige selbst nach ihrem Tod kein Interesse daran gehabt hatten oder es sich nicht hatten leisten können, sich um sie zu kümmern. Carina und Astrid hatten die Inschriften auf den Plaketten studiert. Sie gaben Zeugnis von den Abgeschobenen und Vergessenen, die häufig, bevor sie laufen konnten, in die Anstalt verfrachtet worden waren, in dunkle Flure und überfüllte Schlafsäle, und manchmal nach ein, zwei Jahren aufgegeben hatten: »Nils Holmström, 1936–1938«, »Maj-Britt Bjurwall, 1936–1944«, »Erik Österberg, 1936–1937«. Das älteste Grab war von 1930, das jüngste von 1950. Die älteren Grabstätten lagen in der Nähe des Hauses, die jüngeren in der Nähe der beschädigten Mauer.

Das Archiv befand sich auf dem Gelände der stillgelegten Grube in Håksberg. Der Förderturm ragte immer noch, hoch und weiß, neben dem Gebäude aus Ziegelstein auf, das früher einmal das Bergwerksbüro gewesen war, heute jedoch Heimat mehrerer Tausend Regalmeter alter Dokumente.

Irgendwo dort drinnen befanden sich Sammils Lars Matssons Patientenakten. Doch Astrid hatte den Archivar weder mit Zuckerbrot noch mit Peitsche dazu bewegen können, die Geheimhaltungspflicht zu brechen, die für Patientenakten galt, die noch keine siebzig Jahre alt waren. Da half es auch nichts, dass sie Lars' nächste Angehörige war. Solange Lars ihr keine Vollmacht erteilt hätte, könne sie seine Akten nicht einsehen. Ach so, er war verstorben? Nun, da sei leider nichts zu machen.

Aber mit etwas Glück waren zwischen die Anstaltsakten, die auf den beiden turmhoch mit Dokumenten beladenen Rollwagen im kleinen Lesesaal des Archivs auf sie warteten, ja vielleicht doch noch ein paar persönliche Informationen gerutscht, dachte Astrid. Dort stapelten sich Geschäftsberichte, Direktionsprotokolle, Inspektionsberichte, Entlassungsregister und ein paar Kartons mit gemischtem Inhalt, die sie angefordert hatte, ohne zu wissen, was darin enthalten sein könnte. Die Sicherheitsprüfung hatte zwar ergeben, dass sie keinen Zugang zu Patientenakten haben durfte, aber man war bei der Auswahl der Akten wohl recht schnell und oberflächlich vorgegangen.

»Oh weh, was für ein Misthaufen!«, stöhnte Carina. »Wo sollen wir bloß anfangen? Weißt du was, wir hätten Hildur mitnehmen sollen. Die ist doch eine Meisterin darin, wertlose Informationen auf das Wichtigste hin zu durchforsten.«

Carina klang jedoch nicht so, als wäre sie abgeschreckt, sondern vielmehr erwartungsfroh, als würde sie darauf brennen, sich auf das Material zu stürzen.

Astrid lächelte.

»Aber ich bin auch ein As darin, Informationen zusammenzutragen und die Goldkörner herauszuwaschen, das gehört zu meiner Arbeit.«

»Ach, das tun Diplomaten also«, erwiderte Carina. »Ich dachte, ihr geht nur auf Empfänge und schlürft Champagner. Tja, da hat Hildur wohl ihre Berufung verfehlt. Na gut, entscheide du, wie wir vorgehen.«

Astrid teilte Carina die Aufgabe zu, die jährlichen Geschäftsberichte durchzugehen, beginnend mit dem letzten von 1952, das Jahr, in dem die Anstalt vermutlich geschlossen wurde. Schon aus der ersten Seite des Berichts ging hervor, dass Ramsnoret etwa sechzig Insassen gehabt hatte und eine Mischung aus Pflegeheim für »geistesschwache Kleinkinder«, einer Lehranstalt für »bildungsfähige Geistesschwache« im Schulalter und – in geringerem Umfang – ein Arbeitsheim für nicht mehr schulpflichtige Insassen über zwölf Jahren gewesen war.

Astrid widmete sich einem alten Schreibheft mit dem Titel »Schülerverzeichnis«, das handgeschriebene Notizen zu einzelnen Schülern zu enthalten schien – Tag der Aufnahme, Gesundheitszustand, Familienverhältnisse – und ein Feld, das die Kopfzeile »Kommentare« trug.

Interessant, aber auch eine bunte Mischung, die beklemmend zu lesen war – von »sittenlosen« Müttern, alkoholsüchtigen Vätern und »ungehorsamen« Kindern, Eltern, die als »entartet« oder »von Zigeunern abstammend« charakterisiert wurden.

»Was sagst du dazu, hier steht etwas über Linnea«, sagte Astrid an Carina gewandt. »Tochter eines Melkmaschinenmeisters. Das arme Kind wurde 1942 im Alter von sieben Jahren eingewiesen, und sie schreiben über sie: ›Besitzt ein sehr lebhaftes Temperament, ist ungehorsam, ein Schreihals, stur, schwierig. Vermutlich verwöhnt.‹«

Carina sah mit einem finsteren Augenausdruck auf.

»Tja, ich tippe darauf, dass sie in diesem verfluchten Kinderheim, in dem ich war, in etwa dasselbe über mich geschrieben haben. Und es würde mich auch nicht wundern, wenn du ähnlich geworden wärst, wenn jemand dich mit sieben Jahren in so eine Anstalt gesteckt hätte.«

Astrid blätterte weiter vor, bebend vor Erwartung oder Furcht dessen, was sie noch lesen würde, was genau es war, konnte sie nicht sagen.

Über Lars' Eltern – ihre eigenen Großeltern – stand geschrieben: »Vater Kleinbauer. Eltern nicht miteinander verwandt. Die sittlichen Verhältnisse scheinen gut zu sein. Die Mutter ist jedoch von einem stark neurasthenischen Typus und hat sich wiederholt in der Nervenheilanstalt Beckomberga aufgehalten.«

Beckomberga also, aha, dachte Astrid. Hildur hatte von »irgendeinem Problem mit Ingeborg« gesprochen, Carina von einem »psychischen Zusammenbruch« und sie selbst hatte nichts gewusst, aber hier traten jetzt die alten, dunklen Familiengeheimnisse zutage – ihre Großmutter in Beckomberga, ihre Mutter in Säter und sie selbst schluckte Tabletten.

Lars war im November 1948 in Ramsnoret eingewiesen worden, über ihn stand im Verzeichnis: »Von der Anstalt in Upplands Väsby, Stockholm, überwiesen. Psychisch seltsam, nervös, negativistisch, ungehorsam. Der Intelligenzquotient bei Einweisung liegt bei 72.« Später, mit anderer Handschrift und anderer Tinte, hatte jemand ergänzt: »Ravens Matrizentest durch Psychologiestudentin Fräulein Inger Söderberg, Februar 1950, ergibt einen IQ von 116. Wahrscheinlich Fehlmessung.«

Die beiden letzten Worte waren kräftig unterstrichen worden.

Da stieß Carina einen Jubelschrei aus.

»Ich hab ihn, Doktor K., ich hab ihn gefunden! Das muss er

doch sein, oder? Hier, im Geschäftsbericht von 1951 steht, dass er der Anstaltsarzt war: ›Doktor Olof Krämer, Falun‹.«

Dann verstummte sie.

»Er scheint eine Art Prominenter gewesen zu sein, was meinst du?«, sagte sie dann in einem anderen Tonfall. »Ein hohes Tier bei ›Bergslagets Laboratorien‹. Aber wenn er überhaupt noch lebt, muss er inzwischen uralt sein.«

Erstaunt sah Astrid sie an. »Ja, er lebt und ist noch in höchstem Maße aktiv«, sagte sie gedehnt, »ich bin ihm nämlich vor nicht allzu langer Zeit auf einem Empfang in Bukarest begegnet. Er war wegen irgendeines wissenschaftlichen Symposiums dort, um welches Thema es ging, weiß ich aber nicht mehr.«

Sie stand auf und las über Carinas Schulter, was unter der Überschrift »Präsidium und Vorstand« stand. Dort waren sowohl die Namen der Präsidiumsmitglieder aufgeführt – Leiter war ein Direktor Johannes Wedin gewesen – als auch die Namen der Vorsteherin, der Lehrer und der Oberschwester.

Astrid musste an den Mann denken, dessen Hand sie kurz geschüttelt hatte. Olof Krämer mit der hochgewachsenen, schlaksigen Statur, seinen durchdringenden blauen Augen und dem etwas zu festen Händedruck; der Händedruck eines Mannes, der von Anfang an klarstellen wollte, wer das Sagen hatte. Sie hatte seinen Händedruck so fest wie möglich erwidert und ihm ohne zu lächeln in die Augen gesehen, aber er hatte ihrem Blick standgehalten, als wollte er sich aus irgendeinem unerklärlichen Grund ihr Gesicht einprägen.

Astrid nahm ihr Smartphone, googelte Olof Krämer und rief den Wikipediaartikel auf, der erschien. Mit Carina las sie:

»Olof William Krämer, geboren am 12. August 1923 in Falun, ist ein schwedischer Wissenschaftler, Professor emeritus am Karolinska-Institut, Sohn des Direktors Wilhelm Krämer und seiner

Frau Emelie Krämer, geborene Wedin. Er hat 1948 das medizinische Staatsexamen an der Universität Uppsala abgelegt und 1953 den Doktor der Medizin an derselben Hochschule erworben. Von 1958–1965 war er Forschungsleiter des Arzneimittelunternehmens *Bergslagets Laboratorien AB (Belab)*. 1966 wurde er als Professor der Medizin an das Karolinska Institutet berufen.«

Anschließend folgte eine Zusammenfassung des Skandals um die Verleihung des Nobelpreises der Medizin. Olof Krämer hatte Anfang der 70er Jahre moniert, um den Preis gebracht worden zu sein, weil er ihn seiner Ansicht nach gemeinsam mit den drei Wissenschaftlern, die ihn bekommen hatten, verdient gehabt hätte.

Heute war er, trotz seines hohen Alters, Vorstandsvorsitzender mehrerer Unternehmen, hauptsächlich denen des Pharmariesen CalmedBelabSteiner.

»Ist dir übrigens aufgefallen, dass Krämers Mutter denselben Nachnamen wie der Typ trägt, der Leiter von Ramsnoret war? Johannes Wedin«, bemerkte Carina.

Die Suche nach »Johannes Wedin« führte sie rasch weiter zu Bergslagets Laboratorien AB, dem Arzneimittelunternehmen, in dem Olof Krämer 1958 Forschungsleiter geworden war. Es war 1920 von Johannes Wedin, einem Chemiker in der Forstwirtschaft, und seinem Bruder Erik, ursprünglich Mediziner, in Falun gegründet worden. 1987 hatte Belab mit einem Asthmamedikament einen internationalen Verkaufsschlager entwickelt, das schnell zum weltweiten Marktführer aufgestiegen war. Vier Jahre später hatte das Unternehmen mit dem Schweizer Unternehmen Laboratoires Steiner fusioniert und war zu Belab-Steiner geworden, und 2002 war Belab-Steiner mit der amerikanischen California Medical, dem weltweit viertgrößten Pharmaunternehmen, zu dem Konzern CalmedBelabSteiner mit Sitz in Los Angeles verschmolzen. Aber der europäische Hauptsitz des Pharmariesens befand sich immer noch in Falun und war ein wichtiger Arbeitgeber, Steuerzahler und Aushängeschild Dalarnas.

Eine neue Suche nach Emelie Krämer, geborene Wedin, endete in ein paar alten Artikeln aus Wirtschaftszeitungen, aus denen hervorging, dass Olof Krämers Mutter tatsächlich die Schwester von den Belab-Gründern, Erik und Johannes Wedin, gewesen war, und dass sie gemeinsam mit ihrem Ehemann einer der ursprünglichen Geldgeber und Aktienbesitzer gewesen war.

»Was heißt, dass Olof Krämer schon als Anstaltsarzt in Ramsnoret mit Belab verbandelt war«, sagte Astrid nachdenklich. »Seine Onkel leiteten das Unternehmen und seine Eltern waren stolze Aktienbesitzer. Das sollten wir nicht vergessen, das könnte wichtig sein. Was das bedeutet, müssen wir uns fragen, wenn wir hier fertig sind.«

Sie wandten sich wieder den archivierten Akten zu. Aus den Geschäftsberichten ging hervor, dass es Ramsnoret in der Nachkriegszeit immer schwerergefallen war, Personal zu finden, und dass sie eine hohe Personalfluktuation gehabt hatten, vermutlich, weil eine »Anstalt für Geistesschwache« draußen in den ewigen Wäldern wenig reizvoll war, zu einer Zeit, als die Industrie boomte und ein moderner öffentlicher Sektor geschaffen und in den Städten ausgebaut wurde.

Onkel Lars' Name tauchte noch einmal in dem Karton »Antragsunterlagen« auf. Sie bestätigten das, was Astrid schon von Hildur und Carina erfahren hatte: Lars und seine kleine Schwester Inga waren ins Kinderheim gekommen, als ihre Mutter im Dezember 1943 in Beckomberga eingewiesen wurde, während ihr Vater an der norwegischen Grenze stationiert war. Die Angestellten des Kinderheimes waren der Ansicht gewesen, dass der viereinhalbjährige Lars »eigenartig, womöglich geistesschwach« war, weil er nie ein Wort sagte, die Tage am liebsten in

Fötusstellung unter dem Bett verbrachte und nicht eigenständig auf die Toilette gehen zu können schien. Ein Arzt hatte versucht, einen Intelligenztest bei ihm durchzuführen, und als der Vierjährige sich komplett verweigerte, hatte der Arzt die Schlussfolgerung gezogen, dass der Junge »zweifelsohne ein Schwachkopf war« und in eine Anstalt gehörte, was kurz darauf auch tatsächlich geschah. Als Lars nach dem Umzug seiner Eltern 1948 von Stockholm nach Dalarna nach Ramsnoret verlegt werden sollte, hatte ein wohlwollend eingestellter Beobachter notiert, dass Lars während seines Aufenthaltes in der Anstalt große Fortschritte gemacht und sich an die Abläufe gewöhnt habe. Er käme im Schulunterricht meistens gut mit.

Astrid guckte sich die Präsidiumsprotokolle an und erfuhr, dass 1949 die Stelle der Oberschwester frei geworden war und Schwester Gerda Larsson, die erst 1948 als frisch ausgebildete Krankenschwester nach Ramsnoret gekommen war, die einzige Bewerberin dafür gewesen war. Olof Krämer hatte die Stelle als Anstaltsarzt 1950 bekommen, da sein Vorgänger, der Bezirksarzt Edvin Fogelmark, in Rente gegangen war. Mit großer Begeisterung stellte das Präsidium fest, dass der junge Doktor Krämer bereit war, zwei Tage pro Woche in Ramsnoret zu verbringen, während seine Vorgänger nur einen pro Woche hatten erübrigen können.

In den Inspektionsberichten schnitt Ramsnoret mit einem »Ausgezeichnet« ab, doch war in ihnen festgehalten, dass die Schlafsäle zu klein waren und die Betten zu dicht nebeneinanderstanden, dass der einzige Raum mit Tageslicht ein »ziemlich düsterer« Flur war und dass der einzige Waschraum des Unterkunftsflügels mit seinen beiden Waschbecken und seinem rissigen Zementfußboden in hohem Grade unzulänglich war. Es gebe keine Dusche, aber das Personal habe bekundet, dass es die Kinder »gegebenenfalls« mit einem Schlauch abspritzte.

Selbstverständlich mit kaltem Wasser, dachte Astrid und schauderte, als halb verdrängte Schreckensbilder von einem rumänischen Kinderheim vor ihrem inneren Auge aufblitzten. Sie hatte zu Beginn der 90er Jahre in Rumänien gearbeitet, und obwohl die Organisation, für die sie tätig gewesen war, nicht mit Waisenkindern gearbeitet hatte, war sie ein paarmal in eines der unbekannteren Kinderheime gekommen. Sie erinnerte sich an ausgemergelte Kinder mit leeren, ängstlichen Augen, den Gestank von Urin und Kot. Aber Ramsnoret muss besser gewesen sein, oder? Sich etwas anderes vorzustellen, war unerträglich.

»Komm, sieh dir das an«, sagte Carina in einem ungewöhnlich zögernden Ton, »ich bin jetzt die Jahresberichte bis 1937 durchgegangen. Ich finde, dass es dort pro Jahr ungewöhnlich viele Sterbefälle gegeben hat. Kommt mir fast vor wie eine scheiß Todesfabrik.«

Astrid rutschte mit ihrem Stuhl näher an Carinas heran. Carina hatte aufgelistet, wie viele Sterbefälle es im Jahr gegeben hatte, einschließlich der Todesursache, falls diese angegeben war. Von den etwa sechzig Insassen der Anstalt waren pro Jahr höchstens acht, aber mindestens zwei verstorben. Unter den Todesursachen fanden sich Krankheiten wie Lungenentzündung, Meningitis, Tbc, Epilepsie, Diphterie und Spätfolgen von Scharlach.

Bei manchen war »Idiotie« als Todesursache angegeben – »Idiotie und Tbc«, »Idiotie und Lungenentzündung«.

»Ich wusste gar nicht, dass man daran sterben kann, ein Idiot zu sein«, brummte Carina und zeigte auf ihre Notizen, »die meisten Idioten, die ich kennengelernt habe, leben ganz im Gegenteil viel zu lange.«

»Aber offenbar nicht diese Art von Idioten«, wandte Astrid ein. »Ich glaube, du hast recht, die Sterblichkeitsrate scheint viel zu hoch. Das waren doch junge Menschen, da dürften nicht jedes Jahr zehn Prozent und mehr sterben, vor allem nicht mehr in den 50er Jahren. Davor und während des Krieges war es vielleicht weniger verwunderlich – damals lebte man in beengten Verhältnissen und man hat sich leicht gegenseitig angesteckt, die hygienischen Verhältnisse waren schlecht und man hatte noch keinen Zugang zu Antibiotika. Aber hier nehmen die Todesfälle ja auch nach dem Krieg nicht ab.«

Sie studierte Carinas Liste. 1951, das vorletzte Jahr des Anstaltsbetriebs, in dem ganze acht Insassen gestorben waren.

»Warum hast du hier eigentlich keine Todesursache notiert?«, fragte Astrid.

»Weil keine angegeben waren.«

Sie sahen sich an.

»Vielleicht war dieser wundervolle Doktor Krämer ja nichts anderes als ein Kurpfuscher und sie wollten das unter den Teppich kehren«, sagte Carina »Ich meine, ein junger Mann aus guter Familie, der sich für Gott höchstpersönlich hält und erwartet, dass alle seine Stiefel lecken … so einer glaubt doch, dass die Knilche in Ramsnoret so weit unter ihm stehen, dass sie keines Blickes wert sind. Aber es ist natürlich peinlich, wenn die armen Knechte an einer Erkältung oder an einer Nagelbettentzündung sterben …«

»Vielleicht, aber ich frage mich trotzdem, was Olof Krämer überhaupt in Ramsnoret zu suchen hatte. Für einen jungen, frisch examinierten Arzt mit guten Verbindungen konnte es 1949 nicht allzu schwer gewesen sein, eine prestigeträchtigere Teilzeitstelle zu finden, als sich um »Geistesschwache« in einem Heim in der Wildnis zu kümmern. Sein Onkel, der Geschäftsführer des Arzneimittelunternehmens, wäre ihm bestimmt behilflich gewesen. Und er hat 1953 in Uppsala promoviert, da hätte er in den

Jahren doch vollauf mit Forschungen für seine Doktorarbeit beschäftigt sein müssen.«

»Das Leben hat mich gelehrt, dass man Lunte riechen und vorsichtig sein sollte, wenn solche Typen wie der wundervolle Doktor Krämer sich für Leute wie mich interessieren. In drei von vier Fällen wollen sie dich irgendwie ausnutzen, und hier war es bestimmt nicht anders. Noch dazu war es bestimmt äußerst praktisch, mit Menschen zu arbeiten, die sich nicht beschweren konnten.«

Erneut sahen sie sich an.

»Etwas ist passiert«, begann Astrid, »etwas ist schrecklich schiefgelaufen, so schief, dass die Anstalt schließen musste …«

Ein ungeheurer Gedanke dämmerte herauf und drang unaufhaltsam in ihr Bewusstsein. Ihr kamen wieder der penibel geleerte Raum im Nebengebäude und die geschwungene Glasscherbe in den Sinn, die ausgesehen hatte, als stammte sie von einem Laborkolben. Sie dachte an Olof Krämer, der in den Jahren, als er Anstaltsarzt in Ramsnoret gewesen war, für seine Doktorarbeit hätte forschen müssen.

»Könnte es …«, setzte sie zögernd an, »könnte es sich um einen medizinischen Versuch gehandelt haben, der aus dem Ruder gelaufen ist?«

»So wie bei den Nazis? Doktor Mengele und so?«, sagte Carina. »Na ja, ich hege ja kaum große Illusionen, was schwedische Heime und dergleichen betrifft, aber das klingt doch ziemlich übertrieben.«

Sie streckte sich und gähnte.

»Meine Güte, wie müde das macht, auf diese alten Papiere zu glotzen. Zeit für eine Zigarette und einen Kaffee, was meinst du?«

Sie gingen zum Wagen, wo sie eine Thermoskanne verstaut hatten. Carina zündete sich eine Zigarette an und schlenderte zum Förderturm hinüber. Astrid schenkte sich Kaffee ein und trank langsam, während sie den ungeheuren Gedanken, der ihr gekommen war, wälzte. Er hatte schnell Raum eingenommen, so viel Raum, dass sie ihn nicht verjagen konnte, ohne ihm genauer nachzugehen.

Carina kam wieder und machte eine ausholende Geste mit ihrer halb gerauchten Zigarette.

»Ich hab darüber nachgedacht. Lass uns einfach mal annehmen, dass Dr. K. draußen im Wald bei Ramsnoret zwielichtige Versuche durchgeführt hat. Meine Erfahrung sagt mir, dass man immer vom Schlimmsten ausgehen muss. Wir gehen jetzt wieder ins Archiv und graben uns durch die Akten, dann stoßen wir auch auf die Ungereimtheiten.«

Das Problem lag auf der Hand. Wenn Ramsnoret geschlossen worden war, weil medizinische Experimente schiefgegangen und vertuscht worden waren, dann hatten die Verantwortlichen sicherlich auch ihr Bestes getan, jegliche Spuren aus dem Archiv zu tilgen. Aber Astrid hegte trotzdem Hoffnung. Es gab immer einzelne Dinge, die übersehen wurden, das hatte sie schon früher, in Archiven anderer Länder, erlebt.

»Was denn? Zeiterfassungsberichte über den zeitlichen Ablauf für das Ausheben von Massengräbern, samt Ort und Datum, oder was?«, fragte Carina.

»So in etwa.«

Eine Akte mit dem Etikett »Verstorbene und entlassene Schüler 1933–1952« sah vielversprechend aus. Sie enthielt ein von Hand geschriebenes Register, das in chronologischer Reihenfolge registriert hatte, wer tot oder lebendig die Anstalt verlassen hatte.

Bei mehreren Verstorbenen stand die Notiz »nach Hause überführt«.

»Sieh mal, hier«, meldete sich Astrid zu Wort, »sie müssen nach Hause gebracht worden sein, um in ihrem Heimatort begraben zu werden. Und das bedeutet wohl, dass die anderen, die nicht ›nach Hause überführt‹ worden sind, im Rosengarten von Ramsnoret bestattet worden sind.«

»Hm, das könnte stimmen«, sagte Carina und zeigte auf eine Zeile des Registers. »Denn schau mal, hier steht ein Name, an den ich mich von diesem schrecklichen Ort erinnere, Maja-Lill Ers. Und sie wurde nicht nach Hause überführt.«

Maja-Lill Ers war einer Notiz zufolge am 26. Februar 1943 an einer Lungenentzündung gestorben. Im Alter von vier Jahren, daran erinnerten sie sich noch, das hatte auf dem armseligen kleinen Kreuz auf dem Friedhof gestanden.

Aber nach 1950 gab es plötzlich keine Notizen mehr.

»Verflixt!«, rief Astrid aus und drehte das Journal um. Doch, dort stand eindeutig, dass sich das Register bis 1952 erstreckte.

Sie schlug es wieder auf, studierte den letzten Eintrag, und da fiel ihr etwas auf, das sie beim ersten Mal nicht bemerkt hatte. Es schien, als wären Seiten mit einem Messer herausgetrennt worden, damit die Bindung nicht in Mitleidenschaft gezogen wurde und sich weitere Seiten lösten.

»Jetzt sieh dir das an«, wandte sie sich an Carina und fuhr mit dem Finger über die hauchdünnen Reste der herausgetrennten Blätter, »jemand hat hier mit einem Messer hantiert.«

Instinktiv senkte sie die Stimme und blickte sich über die Schulter, als erwartete sie, dass jemand auf dem Flur stehen und sie belauschen würde.

»Verdammt«, erwiderte Carina ebenso leise, »dann hatten wir recht. In Ramsnoret ist etwas Dubioses vor sich gegangen. Aber wie sollen wir herausfinden, was das war?«

Ein Karton lag noch auf dem Rollwagen, ein Karton mit der

Aufschrift »Sonstige Akten«, die Astrid im Abschnitt »Akten über Fürsorgepflichtige« des Archivverzeichnisses zur Bestellung angekreuzt hatte.

»Lass uns mal sehen, was wir hier haben«, sagte Astrid und leerte den Inhalt des Kartons auf dem Arbeitstisch aus, einen dicken braunen Umschlag und drei Schreibhefte mit blauem Einband. Zwei Schreibhefte erwiesen sich als harmlos, in dem einen war eine Aufstellung der handwerklichen Arbeiten, die zwischen 1945 und 1948 von den Schülern des Arbeitsheimes hergestellt worden waren – Wollsocken, Schürzen, Bettvorleger, Kerzenständer, Vogelhäuschen, Nähkissen –, und in dem anderen schien die Küchenvorsteherin Notizen über Mädchen gemacht zu haben, die in Zeiten des Personalmangels in der Küche hatten helfen müssen (Elsa Lundén hatte folgsam und tüchtig Anweisungen befolgt, aber Ragnhild Larsson und Stina Jobs hatten Essen anbrennen lassen und Porzellan zerschlagen).

Das dritte Heft aber schien unter der Bezeichnung »Bericht der Nachtwache« Aufzeichnungen des Pflegepersonals zu enthalten, die auf der Krankenstation Nachtdienst gehabt hatten. Jahreszahlen waren nicht angegeben, aber die erste Kolumne »Nacht auf den 16.09.« listete die Namen von acht Patienten auf.

In dem braunen Umschlag wiederum lag ein Stapel Karteikarten aus kräftigem weißen Karton mit vorgedruckten Kästchen und Ziffern, um Fieberkurven einzutragen; sie waren von Hand mit Namen und Daten versehen. Astrid blätterte den Stapel durch und sah sofort, dass Fieberkurven aus dem Jahr 1951 darunter waren.

Carina vertiefte sich in die Berichte der Nachtwachen, während Astrid die Fieberkurven durchsah. Es war ziemlich schwer, sich eine klare Vorstellung von dem Geschehen zu machen, weil die Karten nicht chronologisch, sondern alphabetisch nach den

Nachnamen der kranken Kinder sortiert waren. Astrid legte die Karten auf den Tisch und versuchte, welche aus dem Jahr 1951 zu finden.

»Komm doch mal her und schau dir das an, Astrid«, sagte Carina aufgeregt, »das sieht ziemlich schaurig aus.«

Die Nachtwache hatte in dem Schreibheft kurze Notizen über den Zustand der acht Patienten gemacht. Sie jetzt, ein halbes Jahrhundert später, zu lesen, war so, als hätte man einen flüchtigen Blick in ein düsteres Zimmer geworfen, in dem es nach Tod und Krankheit roch: »Ist noch am Leben«, »Geht es heute Abend sehr schlecht, kann nicht schlucken«, »Hohes Fieber, übergibt sich häufig«, »Lebt noch«.

»Und was sagst du dazu«, sagte Carina. Sie blätterte zur letzten Seite vor und zeigte auf den letzten Eintrag, der mit kräftigen schwarzen Strichen hervorgehoben worden war: »Falls Anna-Lena Nygårds stirbt, muss Dr. Krämer den Totenschein ausstellen.«

Die Fieberkurven waren glücklicherweise noch nach Buchstaben sortiert. Astrid suchte zwischen den Fieberkurven nach »N« und fand Anna-Lena Nygårds. Sie war am 15. September 1951 mit hohem Fieber auf die Krankenstation eingeliefert worden und zehn Tage später verstorben.

Mit zittrigen Fingern suchte Astrid auf der Liste der Nachtwachen die Fieberkurven der übrigen sieben Patienten heraus. Sechs von ihnen waren im Laufe von drei Wochen gestorben, während ein dreizehnjähriges Mädchen fast noch zwei Monate gegen die Krankheit gekämpft hatte, bevor am Ende der Fieberkurve der knappe Vermerk »verstorben« stand.

»Und das waren alle acht. Aber woran sind sie gestorben?«, überlegte Carina düster.

»An einer Epidemie«, sagte Astrid. »An etwas mit Fieber, Erbrechen und Atemproblemen. Aber welche, und warum musste das verschleiert werden? Weißt du was, ich glaube, wir sind hier fertig, wir haben alles gefunden, was wir hier finden konnten. Lass uns nach Hause fahren und dort überlegen, wie wir weiter vorgehen.«

Auf der Rückfahrt nach Granåkers Hästberg dachte Astrid über ihre Begegnung mit Olof Krämer nach. Das musste vor dem Zwischenfall in der Botschaft gewesen sein, aber nicht lange davor. Sie war mit Gabriel zu einem Gartenempfang eingeladen gewesen. Sie hatten sich gerade mit den Gastgebern unterhalten – einer rumänischen Verlegerin, die Gabriel gut kannte, und ihrem weit älteren schwedischen Ehemann, einem grauhaarigen, durchtrainierten Mann, der wie ein Akademiker aussah, aber für ein internationales Sicherheitsunternehmen arbeitete –, als der Ehrengast Olof Krämer erschienen war. Die Gastgeberin hatte ihn mit entzückten Wangenküssen begrüßt, bevor sie dem distinguierten Gast Astrid und Gabriel vorgestellt hatte. Der unnötig harte Händedruck und der scharfe, forschende Blick des Mannes hatten sich Astrid tief eingeprägt. Hatte er auf ihren ungewöhnlichen Nachnahmen reagiert? Lars hatte im selben Zug wie Astrid offiziell den Hofnamen als Nachnamen angenommen, obwohl die Dorfbewohner immer noch den traditionellen Namensgebrauch benutzten, bei dem der Hofname vor dem Vornamen genannt wurde. Hatte Olof Krämer damals, als er Astrid kennenlernte, schon einen Brief mit unangenehmen Fragen von Lars Sammils erhalten? Hatte er sie vielleicht deshalb so angestarrt?

KAPITEL 10

Bukarest

Mittwoch, 15. September bis
Donnerstag, 16. September 2010

Gabriela hatte sich weisgemacht, dass es ihr nach einem Gespräch mit Roman über ihre Befürchtungen bessergehen würde, aber als sie ihren Mann endlich erreichte, war von ihm überhaupt nicht die Unterstützung gekommen, die sie sich erhofft hatte. Sie hatte ziemlich früh Feierabend gemacht und beschlossen, mit Alexandru direkt nach Hause zu fahren, statt noch bei Maria zu essen. Ihre Mutter hatte es ihr nicht übel genommen, sondern gesagt, dass sie dann bei einer Freundin aus dem Viertel reinschauen würde, die sich immer über Besuch freute.

Während Gabriela das Abendessen für Alexandru zubereitete, ließ sie ihn *Playhouse Disney* im Fernsehen sehen. Mit einem zufriedenen Laut kroch er auf das Sofa, stellte Anakin Skywalker neben sich und umfasste fest die grün-weiße Baumwolldecke, die von klein auf sein Kuscheltuch gewesen war und die er immer noch mit ins Bett nahm, wenn er schlafen ging.

»Wie schön wir es haben, Mama«, sagte er, und Gabriela spürte, wie Freude sie durchströmte, als sie sah, wie ihr Sohn sie mit roten Pausbäckchen anlächelte. Er war ein glücklicher kleiner Junge, der sich geborgen fühlte, obwohl ihr Leben bei weitem nicht problemlos war. Sie musste an ihre eigene Kindheit denken, an die unsicheren Jahre in Armut, und war bereit, alles, aber auch alles dafür zu tun, dass Alexandru nichts Böses zustieß.

Zum Abendessen holte sie aus dem kleinen Gefrierfach ihres Kühlschranks eine Packung gefüllte Paprika, die Maria ihr einmal mitgegeben hatte. Sie musste sie nur aufwärmen.

Während der Backofen vorheizte, schaltete sie den Computer ein, um nachzusehen, ob sie eine Mail von Roman bekommen hatte. Das hatte sie nicht, aber das Skypefenster war noch geöffnet und sie sah, dass er online war. Sofort rief sie ihn an.

»Hallo, Liebling, bist du schon zu Hause?«

Er klang überrascht und nicht sonderlich erfreut. Gabriela sah nur seine untere Gesichtshälfte, was ziemlich lustig aussah. Er musste den Laptop auf dem Schoß halten. Dafür sah sie sein Hemd, eines, das sie noch nie an ihm gesehen hatte, es wirkte frisch und hatte schmale hellblau-weiße Streifen. Nun, da er sich das leisten konnte, kaufte er sich natürlich viel neue Kleidung.

»Hallo, Liebling«, antwortete sie, »ich habe heute früher Schluss gemacht und Mama ist bei einer Freundin, deshalb sind wir heute früher als sonst daheim.«

Roman schwieg. Gabriela wusste nicht, was sie sagen sollte. Sie sehnte sich nach einem langen, ernsten Gespräch mit ihm, aber seine Haltung und der Zug um seinen Mund zeugten von Ungeduld.

»Bist du auf dem Sprung?«, fragte sie. »Wenn du jetzt keine Zeit hast, können wir auch später am Abend reden.«

»Nein, nein. Ein paar Kollegen wollten vorbeischauen, aber das macht nichts. Ist Alexandru noch wach? Falls ja, würde ich gerne einen Moment mit ihm sprechen, ich suche mir nur kurz einen bequemeren Sitzplatz.«

Gabriela trug den Laptop ins Wohnzimmer und stellte ihn in genau dem Moment vor Alexandru auf den Couchtisch, als

Romans Gesicht wieder auf dem Bildschirm erschien. Als Gabriela wieder in die Küche ging, um die Paprika in den Ofen zu schieben, hörte sie, dass ihr Sohn seinen Vater fragte, wann er endlich wieder nach Hause käme, treuherzig und direkt, während sie Kraft dafür sammelte, mit ihrem Mann über das zu sprechen, was ihr keine Ruhe ließ.

Aber als Alexandru sich winkend von Roman verabschiedet hatte und auch Anakin Skywalker umständlich zum Abschied hatte winken lassen, tat Gabriela es trotzdem.

Sie nahm den Laptop mit in die Küche, holte tief Luft und erzählte Roman alles, was in den letzten Tagen bei der Arbeit passiert war.

Roman hörte ihr aufmerksam zu, da konnte sie sich nicht beschweren, aber seine Miene wurde zunehmend skeptischer und missbilligender.

»Auf was für Ideen kommst du eigentlich, bist du denn völlig übergeschnappt?«, griff er sie an, als sie zu Ende erzählt hatte. »Da hast du endlich eine gute Stelle gefunden, und jetzt versuchst du, Detektiv zu spielen, und steckst deine Nase in Dinge, die dich überhaupt nichts angehen!«

»Und ob sie mich etwas angehen!«, erwiderte sie verärgert. »Es geht hier um meine Patienten, und es ist Teil meiner Stellenbeschreibung, für sie da zu sein, wenn sie Beschwerden haben. Ich wurde immerhin mitten in der Nacht angerufen, sonst wäre ich ja überhaupt nicht am Tatort gewesen.«

Tränen brannten hinter ihren Lidern und die Stimme blieb ihr im Hals stecken. Warum musste er sie kritisieren? Warum konnte er sie nicht einfach unterstützen, wenn sie versuchte, das Richtige zu tun?

»Gabriela«, sagte er in ruhigerem Tonfall, »entweder du hast recht, und da geht etwas nicht mit rechten Dingen zu, und dann ist das die Sache der Polizei, oder du irrst dich, und dann setzt zu dich nur in die Nesseln. Klar, ist es seltsam, dass du Post von einem Verstorbenen bekommen hast, aber hast du den Brief deiner Chefin gezeigt? Oder der Polizei?«

Sie biss sich auf die Lippe. Sie würde Luciana Nastase den Brief selbstverständlich noch zeigen, sie wollte nur zuerst noch einen weiteren Abbruch überprüfen, aber sie glaubte nicht, dass die Polizei sich dafür interessierte. Virgil Stanescu hatte seine Familie ermordet und war von der Polizei erschossen worden, darüber gab es keinen Zweifel, weshalb also die Ermittlungen verkomplizieren?

»Ihr solltet herkommen, du und Alexandru«, sagte Roman. »Hier am Krankenhaus gibt es mehrere freie Stellen, die genau auf dich zugeschnitten wären.«

Seine Stimme klang eigenartig bemüht, als hätte er die Worte gegen seinen Willen herausgebracht. Gabriela seufzte.

»Mama kann aber nicht mitkommen, sie würde in Frankreich von ihrer Rente nicht leben können, und dadurch bekäme sie keine Aufenthaltserlaubnis. Das hast du selbst unzählige Male gesagt. Und ich kann sie hier nicht einfach so zurücklassen.«

»Ja, diese Unterhaltung haben wir schon unzählige Male geführt, und du bist immer noch genauso stur. Aber nimm dich in Acht, Gabi! Dein Vater hat sich schon in Dinge eingemischt, die andere verheimlichen wollten, und du weißt, was aus ihm wurde. Denk doch mal an Alexandru! Bist du bereit, seine Sicherheit für deinen verdammten Gerechtigkeitssinn zu opfern?«

In Montpellier klingelte es an der Wohnungstür, und Roman drehte den Kopf.

»Da sind meine Kollegen«, sagte er schnell. »Tschüss, Gabriela. Wir reden später weiter darüber.«

Er hatte es so eilig, die Tür zu öffnen, dass er vergaß, die Kamera auszuschalten, bevor er aufstand, sodass Gabriela den Couchtisch sehen konnte, der vorher von Roman verdeckt gewesen war. Darauf standen eine Flasche, ein paar Schalen und Weingläser – aber nur zwei, soweit sie erkennen konnte. Doch bevor sie sehen konnte, wer der Gast war, kam Roman wieder und ging offline.

An diesem Abend fiel es ihr schwer, einzuschlafen. Sie grübelte darüber nach, ob an Romans Vorwurf, sie sei stur und würde nur an sich selber denken, etwas dran war. Aber ihr wollte nicht einleuchten, wie sie mit gutem Gewissen anders hätte handeln können. Doch – sie hätte mit Virgil Stanescus Brief sofort zu Luciana Nastase gehen können, aber was war falsch daran, erst einmal ein paar Fakten zu sammeln, die nicht einfach abgetan werden konnten?

Die Arbeit am nächsten Tag munterte sie wieder auf. Den beiden ersten Patienten, die am Vormittag zu ihr kamen, ging es hervorragend, sie hatten sogar weitestgehend mit dem Rauchen aufgehört und waren überglücklich, dass sie an der Studie hatten teilnehmen dürfen. Dem Dritten war es gar nicht gelungen, das Rauchen zu reduzieren, aber er hatte eine neue, besser bezahlte Stelle erhalten und sah das Leben deshalb rosarot.

In der Mittagspause ging Gabriela mit Ana und Irina etwas essen, statt sich mit einem belegten Brot aus der Cafeteria an ihren Schreibtisch zu hocken. Sie aßen in einem kleinen Restaurant in der Nähe der Piaţa Romana Fleischbällchensuppe, würzig und preiswert, und kreischten vor Lachen, als Irina Einzelheiten von ihrem misslungenen Date mit Stefan Hallgrimsson zum Besten gab.

»Stellt euch vor, ich stand da blöd herum und wartete darauf, dass er mir in den Mantel helfen würde, und als ich mich umdrehte, war er plötzlich weg«, kicherte sie, »und als ich aus dem Restaurant kam, saß er schon im Taxi und sagte: ›Ach so, da bist du, ich habe mich schon gefragt, wo du bleibst.‹«

Danach habe ich mich im Internet über isländische Männer informiert, und wie es scheint, sind die so. Also, passt auf, Mädels – Geld ist nicht alles!«

»Natürlich ist sein Aussehen auch nicht zu verachten«, warf Ana ein, »aber wie auch immer, das spielt ja jetzt keine Rolle mehr. Er ist nicht mehr da.«

Gabriela und Irina sahen sie erstaunt an.

»Als ich vorgestern Feierabend machte, ging er auch gerade den Flur entlang«, erklärte Anna. »Er hat telefoniert und ich habe gehört, dass er sich ein Taxi bestellt hat, das ihn erst zu seinem Hotel, dann zum Flughafen bringen sollte. Neugierig wie ich bin, fragte ich ihn, ob er verreisen wolle, und er erwiderte Ja. ›Nach Hause?‹, fragte ich, und er antwortete, ›Nein, aber in den Norden, nach Schweden.‹ Da sagte ich, dass ich gar nicht wusste, dass es abends Flüge nach Schweden gäbe, und daraufhin erzählte er mir, dass er eine Verbindung über Wien gefunden hätte, die er mit ein bisschen Glück erwischen würde.«

»Schweden«, sagte Gabriela langsam, »das muss sich kurzfristig ergeben haben. Vorgestern Morgen hat er nämlich noch versucht, mich einzuladen, am Samstag mit ihm zum Abendessen zu gehen. Aber ich habe natürlich abgelehnt.«

Anas und Irinas Köpfe drehten sich gleichzeitig zu ihr, als hätte ein Puppenspieler an ein- und derselben Schnur gezogen. Gabriela spürte, wie sich ihre Wangen unter ihren beredten Blicken röteten, und bereute, dass sie es überhaupt erwähnt hatte. Sie fragten sich wohl, was Stefan Hallgrimsson an ihr fand, an ihr, der ernsten und pflichtbewussten Gabriela.

»Du hast natürlich abgelehnt?«, fragte Ana. »Liebe Gabi,

du solltest nicht solche Angst davor haben, manchmal etwas Spaß zu haben. Du glaubst doch wohl nicht, dass Roman jeden Abend in Montpellier damit verbringt, sich Fotos von dir und Alexandru anzuschauen? Na ja, diese Gelegenheit hast du jedenfalls versäumt.«

Irina kicherte erneut.

»Er hat sich bestimmt ausgemalt, wie er dir die Brille abnehmen und deinen Zopf lösen würde, sodass du dich mit offener, über die Schultern fallender Mähne als die Schönheit zeigen würdest, die du bist, hat sich dann aber sicherlich gedacht, dass das zu viel der Mühe wäre.«

»Aber Schweden, und das so plötzlich?«, dachte Gabriela laut.

»Korrigiere mich, falls ich mich irre, aber liegt dort nicht der europäische Hauptsitz unseres großzügigen Sponsors, Calmed-BelabSteiner?«, sagte Ana. »Vielleicht muss er dort jemanden treffen.«

Petre Epureanu, der Doktorand, der abgesprungen war, wohnte in der Nähe der Piaţa Sudului, nur eine U-Bahn-Station weiter als die Constantin Brâncoveanu, wohin Gabriela immer fuhr, um Alexandru abzuholen. Dieser kleine Umweg würde sie nicht viel Zeit kosten, dachte sie zuversichtlich, als sie sich an der Piaţa Romana dem Menschenstrom des Feierabendverkehrs in die Unterwelt anschloss.

Als sie den U-Bahn-Schacht erreichte, fuhr gerade ein Zug ein. Statt im Wartesaal zu warten, betrat sie direkt den Bahnsteig, sich wie immer unbehaglich der Tatsache bewusst, wie schmal er war und wie eng es dort im Feierabendverkehr zuging, wenn sich die Menschen vorwärtsschoben, um zu den Türen zu kommen.

Sie stand in der ersten Reihe, die Augen auf den Zug geheftet, der langsam abbremste, als sie einen Stoß im Rücken verspürte.

Sie verlor das Gleichgewicht, taumelte und verlor just in dem Moment, als die silberglänzenden Triebwagen einfuhren, den Halt. Einen kurzen, fürchterlichen Moment registrierte sie, dass sie auf die Gleise zu fallen und unter die Räder zu kommen drohte, um bis zur blutigen Unkenntlichkeit zermalmt zu werden …

Doch in letzter Sekunde spürte sie einen festen Griff um ihren Oberarm und sie wurde zurückgerissen.

»Das hätte übel ausgehen können, junges Fräulein«, sagte ihr Retter, ein älterer Mann in einem grünen Arbeitsoverall, und legte ihr beruhigend einen Arm um die Schultern.

Sie dankte ihm überschwänglich, während sie sich nach allen Seiten umsah. Aber sie sah kein vertrautes Gesicht auf dem Bahnsteig. Es musste ein Unglücksfall gewesen sein, wie sie ihn an der Piaţa Romana immer befürchtet hatte. Auf zittrigen Beinen stieg sie in den Waggon und war zutiefst dankbar, als sie bereits nach einer Station einen Sitzplatz fand.

An der Piaţa Sudului nahm sie zunächst den falschen Ausgang und landete direkt in dem neuen, riesigen Shoppingcenter, das erst vor ein paar Monaten eröffnet worden war. In den ersten Jahren nach der Revolution, als Maria und Gabriela gerade wieder nach Bukarest zurückgekehrt waren, hatten sie oft auf dem Markt, den es hier gab, eingekauft. Sie erinnerte sich noch an die Marktstände, an das bunte Angebot, von Fahrrädern und Bällen und Kinderkleidung bis hin zu mehr oder weniger gelungenen Produktimitaten aller vorstellbaren Marken. Ein enormer Kontrast zu dem blanken Marmorfußboden des Shoppingcenters, seinem Glasdach und den glitzernden Modeboutiquen. Gabriela lächelte vor sich hin, als sie sich an ein Werbeplakat erinnerte, das in der U-Bahn gehangen hatte, als die Shoppingmeile gerade frisch eröffnet worden war: »'nen schlechten Tag bei der Arbeit gehabt? Probieren Sie ein neues Kleid! Sun Plaza.« Wenn es nur so leicht wäre, dachte sie.

Sie kehrte um, kam auf der anderen Seite des Verkehrsknotenpunkts wieder hoch und suchte nach Anton Bacalbaşa, der Straße, in der Petre Epureanu wohnte, während sie die Luft der Stadt einatmete – den Geruch nach würzigen *Mici* von den Ständen der Straßenhändler und der Äpfel der schwer beladenen Tische auf dem Markt, überlagert vom beißenden Kohlegeruch des ein paar Kilometer entfernt liegenden Kraftwerkes und den Abgasen.

Petre Epureanus Wohnung lag in einem typischen Viertel aus den 60er Jahren, in dem die achtstöckigen Häuser genauso aussahen wie in ihrem Wohngebiet Titan, sie mussten nach denselben Entwürfen gebaut worden sein. Und so wie bei ihr roch es auch hier im Treppenhaus nach gekochtem Kohl.

Sie kam in den dritten Stock und klingelte an der Tür mit dem Schild »Epureanu«. Niemand öffnete. Sie wartete einen Moment und versuchte es noch einmal. Immer noch keine Reaktion.

Da hörte sie Schritte auf der Treppe, und als sie herunterschaute, sah sie eine ältere Frau die Treppe hochkommen, schwer keuchend und zwei volle Tüten schleppend, übergewichtig und mit einer ungesunden Gesichtsfarbe, die Gabriela sofort an Herzprobleme denken ließ.

»Kann ich Ihnen beim Tragen behilflich sein?«, fragte sie, und das Gesicht der Frau erhellte sich.

»Danke, das wäre nett. Weder die Beine noch der Atem sind noch das, was sie einmal waren, und der Aufzug muss steckengeblieben sein.«

Gabriela nahm ihr die Tüten ab und trug sie die letzten Treppenstufen hinauf. Während die Frau ihren Schlüsselbund in einer großen braunen Handtasche suchte, die sie in eine der Tüten gesteckt hatte, klingelte Gabriela erneut an Petre Epureanus Tür.

»Sie ist nicht da«, bemerkte die Frau hilfsbereit, »sie wird wohl erst in einer halben Stunde da sein. Sie macht einen Kurs an der Uni und hat abends noch Vorlesungen.«

»Eigentlich suche ich nach Petre Epureanu, er wohnt doch hier?«, fragte Gabriela.

»Ach so, Petre«, antwortete die Frau unheilvoll, »tja, da werden Sie wohl warten müssen. Ich weiß nicht, wann sie ihn wieder entlassen, aber es wird wohl noch nicht so bald sein.«

Sie hatte ihre Tür aufgeschlossen, blieb aber noch im Türrahmen stehen und sah Gabriela auffordernd an. Der Blick eines Menschen, der ein ereignisloses Leben führte und es genoss, wenigstens ein paar schlechte Nachrichten weiterzutratschen.

»Vielleicht möchten Sie ja hereinkommen und bei mir auf Simona warten?«, schlug sie vor. »Hier draußen im Treppenhaus zu stehen ist ja nicht sonderlich amüsant. Ich heiße übrigens Ana Popa. Kommen Sie herein, kommen Sie herein. Ach so, Sie wussten gar nicht, dass sie Petre abgeholt haben? Doch, eine schreckliche Geschichte ist das.«

Gabriela stellte sich vor und folgte Ana Popa in ihre kleine überfüllte Wohnung, wo ihre Gastgeberin sie bat, auf dem fest gepolsterten Sofa Platz zu nehmen, und selbst in die Küche ging.

Kurz darauf kam sie mit einem Tablett, auf dem zwei kleine Spitzgläser und eine Karaffe mit *Țuică* standen, wieder. Sie schenkte die Gläser so voll, dass sie fast überliefen.

»Ja, der arme Petre«, begann sie, bevor Gabriela überhaupt dazu kam, etwas zu fragen, »ein so netter, angenehmer junger Mann. Er hat mir wie Sie auch immer mit den Tüten geholfen. Aber in der letzten Woche hat in seinem Kopf etwas ausgesetzt, wissen Sie. Es war abends, ungefähr zur selben Zeit wie jetzt, denn Simona war noch nicht zu Hause, was wohl ihr gutes Glück gewesen ist.«

Erwartungsvoll sah sie Gabriela an, die bekräftigend nickte und augenscheinlich an dem Pflaumenschnaps nippte, es aber zu vermeiden versuchte, mehr als ihre Zunge damit zu benetzten.

»Ich hörte jemanden im Treppenhaus brüllen und schreien, ja, er schrie wirklich wie ein Irrer«, sagte Ana Popa. »Ich öffnete vorsichtig die Tür und spähte hinaus, und da stand Petre mit zu allen Seiten abstehenden Haaren und einem großen Vorlegemesser in nichts als Unterhosen da.«

»Haben Sie gehört, was er geschrien hat?«, wollte Gabriela wissen.

»Irgendetwas, dass er verfolgt werden würde«, gab die Frau Auskunft, »und an den Wänden des Hausflurs würde Blut herunterrinnen. Als er mich hinter der Tür sah, trat ein solch böser Blick in seine Augen, dass ich sofort die Tür zugeknallt und die Polizei gerufen habe. So konnte es ja nicht weitergehen. Dann hörte ich lautes Gepolter im Treppenhaus, und als ich wieder hinaussah, hatten zwei Nachbarn, zwei starke Männer, Petre überwältigt und ihm das Messer abgenommen. Und dann kam die Polizei und der Notarzt und seitdem habe ich ihn nicht mehr gesehen.«

Mit einer Mischung aus Triumph und Entsetzen dachte Gabriela, dass sie recht behalten hatte. Hier hatte sie nun einen dritten Fall, bei dem ein Patient, der in der Studie als Abbrecher registriert war, praktisch ein *serious adverse event* der schlimmsten Sorte erlitten hatte. Aber wie hatte das passieren können? Wer hatte Petre Epureanu als Abbrecher registriert, und warum hatte Simona Epureanu sie angelogen, was ihren Mann betraf?

Sie musste Simona Epureanu dringend zur Rede stellen, sie fragen, weshalb sie nicht die Wahrheit gesagt hatte.

In dem Moment hörte sie jemanden die Treppe heraufkommen. Sie dankte Ana Popa schnell für ihre Gastfreundschaft und die Informationen und eilte hinaus ins Treppenhaus, wo eine magere junge Frau mit langen schwarzen Haaren gerade die Tür des Paares Epureanu aufschloss.

»Frau Epureanu?«, fragte Gabriela. »Ich bin Doktor Dumitru von GMC Consulting und würde Ihnen gerne ein paar Fragen über Ihren Ehemann stellen.«

Der Blick, den Simona Epureanu ihr zuwarf, war offen feindselig.

»Sie haben mich doch schon einmal angerufen, oder?«, sagte sie.

»Ja. Wir müssen nachverfolgen, wie es den Abbrechern ergeht, wir sind für sie verantwortlich«, sagte Gabriela. »Ich habe gerade von Ihrer Nachbarin erfahren, dass Ihr Mann anscheinend eine schwere Psychose hatte. So etwas müssen wir für die Auswertung der Studie wissen. Ich frage mich, warum Sie mir nicht die Wahrheit über die psychischen Probleme Ihres Mannes erzählt haben, als ich Sie angerufen habe.«

»Ihre Studie ist mir scheißegal!«, fauchte die Frau. »Wichtig ist nur, dass Petre jetzt in Behandlung ist und wieder gesund wird. Ich habe keine Lust, jedem Dahergelaufenen zu erzählen, was passiert ist, oder darüber in einem wissenschaftlichen Aufsatz zu lesen. Je weniger davon wissen, umso besser, damit es ihm später nicht schadet.«

Sie stand mit in die Seiten gestützten Ellenbogen im Türrahmen, wie um Gabriela daran zu hindern, sich mit Gewalt Zutritt zur Wohnung zu verschaffen.

»Er hat uns in einer E-Mail mitgeteilt, dass er aus der Studie ausscheiden wollte. Hat er das getan, bevor oder nachdem er psychische Probleme bei sich bemerkt hat?«, fragte Gabriela.

Simona Epureanus dunkle Augen flackerten, einen flüchtigen Moment schwieg sie. Als würde ihr in ihrem Drehbuch eine Antwort fehlen, dachte Gabriela, als hätte ich ihr eine Frage gestellt, auf die sie nicht vorbereitet gewesen war.

»Es muss ganz am Anfang gewesen sein, als er Schlafprobleme bekam und ihm so seltsame Gedanken im Kopf herumgingen«, sagte sie nach einer Weile.

»Aber warum hat er sich da nicht gemeldet?«, fragte Gabriela flehend. »Meine Patienten haben doch alle eine Telefonnummer bekommen, unter der sie sich beim kleinsten Anzeichen körperlicher oder psychischer Beschwerden melden konnten.«

Simona Epureanus Blick wich ihr erneut aus.

»Vielleicht hat er ja sogar angerufen. Ich will nicht mehr mit Ihnen reden«, sagte sie. »Petre geht Sie nichts mehr an. Auf Wiedersehen!«

Sie knallte Gabriela die Tür direkt vor der Nase zu.

Während der kurzen U-Bahn-Fahrt bis Constantin Brâncoveanu grübelte Gabriela darüber nach, was Simona Epureanu damit gemeint haben könnte, dass ihr Mann »vielleicht angerufen habe«. Alle Probanden, für die sie seit Beginn der Studie die Verantwortung trug, hatten anfangs ihre Telefonnummer mit der Aufforderung ausgehändigt bekommen, sich zu melden, falls sie irgendwelche Beschwerden bekämen. Petre Epureanu hatte Beschwerden gehabt, aber nicht angerufen, zumindest nicht sie. Ramona Ilie hatte sich, bevor sie überraschend abgesprungen war, auch nicht bei ihr gemeldet, aber hatte sie Beschwerden gehabt? Gabriela musste sich eingestehen, dass sie es nicht genau wusste; das Einzige, was dafür sprach, war der Blutfleck auf Ramona Ilies Matratze und das eigenartige Verhalten ihrer Nachbarn.

Aber Virgil Stanescu hatte zweifellos Probleme gehabt. Und seine Tochter hatte Gabriela angerufen, hatte mitten in der

Nacht in Panik ihre Handynummer gewählt, die Gabriela ihrem Vater am Tag des Amoklaufs in der Klinik gegeben hatte. Und zwar nicht die Nummer aus der Informationsmappe, die alle Studienteilnehmer bekamen, denn Gabrielas Visitenkarte hatte im Wohnzimmer neben dem Telefon gelegen.

Irgendetwas stimmte hier nicht, aber bevor Gabriela dazu kam, das eigentliche Problem zu erfassen, war sie am Constantin Brâncoveanu, und als wäre ein Schalter in ihrem Kopf umgelegt worden, dachte sie nicht mehr an die Arbeit, sondern nur noch an ihre Familie. Aus der Ärztin wurde wieder eine Mutter, die sich für die nächsten Stunden ganz auf ihren Sohn konzentrierte.

Alexandru hatte einen wundervollen Tag im Park gehabt. Eifrig und unzusammenhängend erzählte er, dass er gerutscht und Karussell gefahren sei, mit anderen Kindern gespielt und mit Oma draußen gegessen hätte.

»Ich habe *Mici* auf einem der öffentlichen Grills im Park gemacht«, sagte Maria fröhlich. »Das Wetter war so schön, es wäre ein Jammer gewesen, drinnen zu bleiben.«

Ein kleines Drama hatte sich trotzdem ereignet. Die große Schwester eines der Kinder, mit denen Alexandru gespielt hatte, hatte einen Blick auf seinen Anakin Skywalker geworfen, geschnaubt und gesagt, dass das ein doofes Spielzeug sei. Alle wüssten schließlich, dass aus Anakin später ein Bösewicht werden würde. Alexandru hatte seinen geliebten Anakin empört in Schutz genommen, war davon aber so verunsichert gewesen, dass er seine Oma danach gefragt hatte, die ihm ruhig versichert hatte, dass Anakin Skywalker natürlich immer ein Held bleiben und nie böse werden würde. Das hatte sie guten Gewissens behaupten können, da sie nie einen *Star-Wars*-Film gesehen hatte und nichts von Darth Vader wusste.

Vielleicht ahnte Alexandru aber, dass seine Oma keine besondere Koryphäe auf dem Gebiet war, denn er stellte Gabriela dieselbe Frage.

»Anakin ist doch bestimmt lieb, oder, Mama?«, fragte er ängstlich und streckte ihr die Plastikfigur hin. »Er ist doch bestimmt immer lieb, oder?«

Gabriela betrachtete den wilden braunen Haarschopf des Plastik-Anakins und seinen offenen Blick und dachte, dass man seine Kinder nicht anlügen sollte, es aber erlaubt sein müsse, dass sie sich, wenigstens bis sie fünf waren, noch ein paar Illusionen bewahrten, wenn es sich dabei um fiktive Figuren handelte.

»Natürlich ist Anakin lieb, aber es könnte schon sein, dass er später ein paar dumme Dinge tut, weil er Vater wird und sich Sorgen um seine Frau und seine Kinder macht. Du weißt ja, Eltern können böse werden, wenn jemand gemein zu ihren Kindern ist.«

Alexandru wirkte nachdenklich.

»Vielleicht sind alle Menschen eine Mischung aus lieb und gemein?«, sagte er. »Und das Gemeine kommt raus, wenn sich jemand anderes ihnen gegenüber gemein verhält.«

»Ich habe Ionut nämlich hart geschubst, und das nur, weil seine Schwester etwas Gemeines zu Anakin gesagt hat«, sagte er nach einer kleinen Pause schuldbewusst.

Gabriela beugte sich hinunter und schloss ihren Sohn in die Arme, überwältigt von einem liebevollen Gefühl, das gerade eher schmerzvoll als unbeschwert war. Ihr kluger, herzensguter, naiver kleiner Junge würde im Leben unweigerlich Fehlschläge und Enttäuschungen von größerer Tragweite und weitaus bitterer Art verkraften müssen als die Wahrheit über Anakins Sinneswandel.

Sie hatte den Film gesehen, als sie mit Alexandru schwanger gewesen war. Sie wusste noch, dass es sie stärker berührt hatte als erwartet, dass sie sich mit dem künftigen Vater identifiziert hatte, der aus Angst, dass seinem neugeborenen Kind etwas zustoßen könnte, beschloss, ein Monster aus ihm zu machen, und dass sie sich gefragt hatte, ob sie auch jemals schwierige Entscheidungen würde treffen müssen, weil ihr Kind in Gefahr wäre.

Es dämmerte schon, als sie aufbrachen, um nach Hause zu fahren, und Alexandru befand sich auf dem Rest des Weges in seinem Buggy schon fast im Halbschlaf. Er hing schwer über ihrer Schulter, als sie ihn in die Wohnung trug. Vorsichtig legte sie ihn auf das Bett, bevor sie in den Flur zurückging, um die Karre zur Seite zu stellen.

Auf der Fußmatte lagen ein paar Briefe. Einer trug weder eine Adresse noch einen Absender und war nicht zugeklebt. Verwundert öffnete sie den Umschlag, starrte den Inhalt verständnislos an, bis sie begriff. Da gaben die Beine unter ihr nach und sie lehnte sich haltsuchend an die Wand, während ihr der Schweiß ausbrach, als hätte sie gerade einen Marathonlauf hinter sich.

In dem Umschlag lag ein Foto, das Bild eines kleinen Jungen mit braunen Locken und dunklen Augen in roter Hose und dunkelblauer Kapuzenjacke, deren Futter mit Märchenfiguren bedruckt war. Der Junge saß auf dem Rand einer Sandkiste, vollauf damit beschäftigt, mit ernster und konzentrierter Miene im Sand zu buddeln. Neben ihm lag sein Anakin Skywalker mit gezogenem Laserschwert. Die Aufnahme war gestochen scharf. Entweder muss der Fotograf ganz in der Nähe seines Motivs gewesen sein oder ein starkes Teleobjektiv benutzt haben.

Die Jacke war brandneu, noch ein bisschen zu groß, damit der Junge noch hineinwachsen konnte, und Alexandru hatte sie heute zum ersten Mal getragen. Er sah wirklich furchtbar süß darin aus, dachte Gabriela. Einer von mehreren sinnlosen Gedanken, die auftauchten, wie um sie von der Erkenntnis abzulenken, die tiefer in den kalten, dunklen Tiefen ihres Bewusstseins lauerte.

Denn es war ein Foto von ihrem Sohn, das erst heute gemacht worden war. Im Umschlag lag kein Schreiben, aber das war auch nicht nötig. Die Botschaft war unmissverständlich.

»Hör auf, herumzuschnüffeln, sonst wird deinem Sohn etwas zustoßen.«

KAPITEL 11

Dalarna

Donnerstag, 9. September bis
Montag, 13. September 2010

Carina wohnte weiterhin in Astrids Dachzimmer. Sie war jetzt praktisch obdachlos, weil Sven-Erik Granberg wohl kaum einen Grund dafür hatte, sie in dem Haus wohnen zu lassen, das er von seiner Tochter geerbt hatte. Astrid vermied es, daran zu denken, wie lange Carina auf dem Sammilshof bleiben würde. Sie konnte sie sich keinesfalls als permanente Mitbewohnerin vorstellen.

Bis auf weiteres kam ihr das Arrangement jedoch gelegen. Abends wurde es zunehmend früher dunkel, und obwohl um das Haus herum alles ruhig war, fand Astrid es schön, nach der Dämmerung und wenn der Wald düster und drohend hinter dem Hof stand, nicht allein zu sein. Sie hatten ein gemeinsames Projekt, über das sie redeten, und zwischen ihnen knirschte es immer weniger, je besser sie sich kennen und respektieren lernten.

Camillas Beerdigung sollte am kommenden Montag stattfinden. Astrid hatte Carina angeboten, sich passende Kleidung von ihr zu leihen, aber Carina hatte das mit dem barschen Kommentar abgelehnt, dass Astrids Kleidung ihr viel zu groß und weit sei. Doch eigentlich war sie nur zu stolz – sie wollte nicht in geborgter Kleidung auf die Beerdigung ihrer Freundin gehen. Stattdessen hatte Astrid sie zu Camillas Haus gefahren, wo Carina ihre wenigen Habseligkeiten und ihre dürftige Garderobe geholt hatte.

Astrid rief ihren Cousin Martin an, um zu hören, wie die Mordermittlungen vorankamen, aber er war nicht besonders mitteilsam. Zumindest erfuhr sie klipp und klar, dass seine Kollegin Lena Markovic sie – wie Astrid es schon geahnt hatte – verdächtigt hatte, sie jetzt aber nicht mehr unter Verdacht stand. Leider klang es nicht so, als wären inzwischen andere potentielle Täter aufgetaucht. An seiner Kleidung und seinem Wagen musste Blut zu finden sein, das Auto musste darüber hinaus eine Beule abbekommen haben, es hatte Farbspuren an Camillas Fahrrad gegeben. Es ging nun darum, einen entsprechenden Verdächtigen zu identifizieren, und hier kam man offenbar nur langsam voran.

»Du weißt ja, was das für ein dichtes, verzweigtes Wegenetz da oben im Wald ist«, sagte Martin deprimiert, »wer sich da gut auskennt, kann überall rausgekommen sein – in Hammarås, Hanaberget, Granåker, Ludvika und so weiter. Und auf diesen Straßen ist das Verkehrsaufkommen, gelinde gesagt, eher dünn, weshalb es auch so schwer ist, Zeugen zu finden, die etwas gesehen haben. Aber wir arbeiten auch mit anderen Hypothesen. Unter uns gesagt, schauen wir uns auch ein bisschen die alten Ermittlungsakten zu Mikael Granbergs Verschwinden an. Lena kümmert sich darum.«

Das waren keine guten Neuigkeiten. Astrid wollte nach wie vor gerne die Ermittlungsakten über Mikael einsehen, aber sie ahnte, dass es schwer sein würde, Lena Markovic dazu zu bewegen, sie ihr auszuhändigen. Ihre erste Begegnung deutete nicht gerade auf eine Seelenverwandtschaft hin, und die Kriminalinspektorin war jetzt wohl kaum wohlwollender ihr gegenüber eingestellt, da sie wusste, dass Carina bei Astrid wohnte.

Martin bestätigte, dass zwischen Carina Svahn und Lena Markovic eine alte Feindschaft bestand.

»Ja, sie hatten so manches Mal miteinander zu tun. Vor sechs, sieben Jahren ermittelte Lena in einer Serie von Ladendiebstählen – Damenbekleidung, die aus Geschäften in Hammarås verschwand und danach in Secondhandboutiquen in Borlänge und Ludvika wieder auftauchte. Lena war fest davon überzeugt, dass Carina Svahn dahinter steckte, konnte die Sache jedoch nie zur Anklage bringen. Ein paar Jahre danach hatte sie da mehr Glück, als Tommy Larsso – ein Typ, mit dem deine Freundin zusammengewohnt hat – wegen schwerer Drogendelikte eingebuchtet wurde und Carina wegen Beihilfe mit dran war. Wenn ich mich richtig erinnere, bekam sie zwei Jahre. Sie selbst hat zwar immer beteuert, dass sie nichts mit den Drogengeschäften zu tun gehabt hätte. Aber Tommy wohnte in ihrer Wohnung und führte von ihrem Telefon seine Geschäfte, weshalb sie von Anfang an in der Tinte saß.«

Abends besprachen Astrid und Carina, wie sie – ausgehend von ihren Entdeckungen im Archiv in Håksberg – weitermachen sollten. Falls Olof Krämer als junger Arzt in Ramsnoret medizinische Experimente durchgeführt hatte, sprach vieles dafür, dass er das in Zusammenarbeit mit Belab, der Arzneimittelfirma, bei der sein Onkel Hauptanteilseigner gewesen war, getan hatte. Vor allem, da dieser Onkel auch Leiter von Ramsnoret gewesen war. Zu Belabs Archiv hatten sie keinen Zugang, aber es gab eine kleine Chance, dass in der Lokalpresse etwas darüber stand, an welchen Forschungsvorhaben Bergslagets Laboratorien gearbeitet hatte. Deshalb stand ein Besuch im Zeitungsarchiv der Stadtbibliothek auf ihrem Programm.

Eine weitere Spur war der Brief, den Onkel Lars bekommen hatte. Er hatte an Olof Krämer alias »Dr. K.« geschrieben, dessen konnten sie ziemlich sicher sein, und eine Antwort erhalten, die ihn so verwirrt hatte, dass er Hildur erzählt hatte, dass sie für jemand anderen bestimmt gewesen sein musste. Auf den Umschlag hatte er die Worte »Chişinău« und »Bukarest« gekritzelt – die Namen der Hauptstädte Moldawiens und Rumäniens – und eine Notiz, dass er »Astrid fragen« wollte. Aber bevor er dazu gekommen war, hatte ihn ein tödlicher Herzinfarkt überrascht. Und danach war der Umschlag verschwunden, was dafür sprach, dass der Brief wichtige Informationen enthalten hatte.

Wenn Lars einen Brief von Olof Krämer bekommen hatte, der eigentlich für jemand anderen bestimmt gewesen war, lag es nahe, dass darin etwas von CalmedBelabSteiner stand, und seine Kritzeleien auf dem Umschlag sprachen dafür, dass Bukarest und Chişinău im Brief erwähnt worden waren. Und deshalb hatte Astrid jetzt ihr dickes Adressbuch auf ihr umfassendes Netzwerk an Verbindungen durchforstet und eine durchdacht formulierte E-Mail an alle geschickt, die vielleicht etwas über die möglichen Aktivitäten des Pharmariesen in Rumänien und Moldawien wissen konnten.

Oder an fast alle. Ihr Finger hatte schon über der Tastatur geschwebt, um »Senden« zu drücken, als sie innehielt, bevor sie die Mail an Björn Halvarsson schickte – den Mann, der mit Gabriels rumänischer Verlegerfreundin verheiratet war und Gastgeber des Abendessens gewesen war, auf dem Astrid Olof Krämer kennengelernt hatte. Sie kannte Björn Halvarsson nicht gut, aber sie hatte seinen vertraut klingenden Dalarna-Dialekt gemocht, und er arbeitete in der Sicherheitsbranche, weshalb er Einblick in viele Großunternehmen haben musste. Aber er schien Olof Krämer doch von früher zu kennen, oder? Es war sicher besser, ihn nicht zu fragen.

Fast ohne darüber nachzudenken, hatte Astrid aufgehört, ihre Antidepressiva einzunehmen. Trotzdem fühlte sie sich so stark und energiegeladen wie lange nicht mehr und sehnte sich wieder danach, richtig aktiv zu werden, aktiver zumindest, als nur Archive zu durchforsten und Berichte zu verfassen.

»Lass und versuchen, Leute aufzutreiben, die Anfang der 50er Jahre in Ramsnoret waren, Personal oder warum nicht auch Insassen, um sie zu befragen«, schlug sie vor. »Diejenigen, die heute noch leben, müssten mittlerweile Rentner sein, sie sind tagsüber sicherlich zu Hause.«

Es war der Abend nach ihrer Fahrt nach Håksberg, und die Weinflasche, die sie sich zur Pizza geteilt hatten, war so gut wie leer.

»Okay, aber dann musst du dich ums Ausfragen kümmern, mein Ruf ist zu schlecht«, sagte Carina wenig begeistert. »Wenn mich ein Rentner aus der Gegend an die Tür klopfen sieht, schließt er sich im Bad ein und ruft die Polizei.«

Astrid hatte den Laptop schon eingeschaltet und ihre Notizen von Håksberg herausgeholt, um nach Namen zu suchen. Sie hatte doch bestimmt die Namen der Mädchen notiert, die in Ramsnoret in der Küche geholfen hatten? Doch, da waren sie – Elsa Lundén, Ragnhild Larsson und Stina Jobs. Elsa, die den Notizen der Hauswirtschafterin zufolge Anweisungen gut befolgt hatte, war vermutlich am vielversprechendsten. Astrid rief eine Internetseite auf, auf der man mit Namen und Geburtsjahr nach Personen suchen konnte, tippte »Elsa Lundén« ein und hoffte, dass sie wie Lars in den dreißiger Jahren geboren worden war.

Zu ihrem Erstaunen gab es nur einen Treffer: Elsa Margareta Lundén, geboren im April 1939 – wohnhaft in Hammarås.

Das musste einfach die richtige Person sein.

Astrid sah auf die Uhr. Viertel vor neun abends war doch wohl noch nicht zu spät, um eine einundsiebzig Jahre alte Dame anzurufen? Ohne allzu lange darüber nachzudenken, wählte sie eine der Telefonnummern.

Sofort meldete sich eine Frau, »Elsa Lundén«, mit einer ängstlich und zögernd klingenden Stimme, als würde ein abendlicher Anruf automatisch schlechte Nachrichten bedeuten.

Astrid stellte sich vor und erklärte, dass sie die Papiere ihres verstorbenen Onkels durchgehen würde.

»Ich habe gerade entdeckt, dass er in seiner Jugend in einer Anstalt mit Namen Ramsnoret gewesen ist, und würde gerne …«

Elsa Lundén fiel ihr ins Wort.

»Sie sind doch nicht von der Zeitung, oder?«, fragte sie nervös.

»Nein, nein«, antwortete Astrid beschwichtigend, »ich hatte meinen Onkel nur sehr gern und würde gerne jemanden treffen, der sich noch daran erinnert, wie er zu der Zeit war und wie es dort zuging.«

»Und von wem haben Sie meinen Namen?«, fragte Elsa Lundén.

Man hörte ihr an, dass sie allen Mut zusammennehmen musste, um eine Gegenfrage zu stellen.

»Von niemandem«, erwiderte Astrid wahrheitsgemäß, »ich bin auf Sie gestoßen, als ich alte Unterlagen im Bezirksarchiv von Håksberg studiert habe. Sie hatten in der Küche geholfen, und die Hauswirtschafterin fand, Sie seien tüchtig.«

Absichtlich sprach sie ausgeprägteren Dialekt als sonst, versuchte ihren selbstsicheren, autoritären Ton zurückzunehmen und harmlos und zugänglich zu klingen.

»Wie, sagten Sie, hieß Ihr Onkel?«, fragte Elsa Lundén nach und fuhr nach Astrids Antwort fort: »Ach so, Sammils Lars, ja, an ihn erinnere ich mich. Und er hat Ihnen nicht erzählt, dass er an diesem Ort gewesen ist? Vielleicht hatte er dafür seine Gründe, ist Ihnen der Gedanke schon einmal gekommen?«

»Die hatte er sicher, aber jetzt habe ich es trotzdem erfahren und kann es nicht ungeschehen machen. Bitte, können wir uns nicht treffen?«

Elsa Lundén seufzte.

»Na gut, es ist ja schon so lange her, dass es wohl keine Rolle mehr spielt. Kommen Sie doch morgen Vormittag zu mir, dann dürfen Sie mir Ihre Fragen stellen.«

Elsa Lundén erklärte, wo sie wohnte, und sie verabredeten eine Uhrzeit.

»Eine harte Nuss, die Alte, hm?«, fragte Carina, nachdem Astrid aufgelegt hatte.

»Nein, das nicht, aber ... unwillig. Ängstlich.«

»Überrascht mich nicht. Wenn man eine Zeitlang in einem Heim für Bekloppte gewesen ist, hält man sich lieber bedeckt«, sagte Carina.

Astrid drehte sich wieder zu ihrem Laptop und fand schnell eines der anderen Küchenmädchen, Stina Jobs, geboren 1940, die ebenfalls in Hammarås wohnhaft war. Aber inzwischen war es nach neun, zu spät für einen Anruf. Astrid blätterte in ihren Notizen, um nachzusehen, ob sie Namen von Angestellten aufgeschrieben hatte, und stieß auf die »Psychologiestudentin Fräul. Inger Söderberg«, die Lars 1951 einem Intelligenztest unterzogen hatte. Leider gab es mehrere Inger Söderbergs im passenden Alter. Astrid suchte weiter und fand ein Interview, das mit der pensionierten Psychologieprofessorin Inger Söderberg anlässlich ihres achtzigsten Geburtstages geführt worden war. Ihre bahnbrechende Forschung über das Verhalten in Krisensituationen war offenbar nach wie vor noch hochaktuell für alle, die sich mit Krisenmanagement beschäftigten – die Dame hatte erst kürzlich auf einer internationalen Konferenz über terroristische Bedrohungen in London einen Vortrag gehalten.

Das musste sie sein. Astrid fand eine Mailadresse und schon war eine E-Mail an Frau Professor Söderberg unterwegs.

Am nächsten Tag fuhr Astrid gleich nach dem Frühstück nach Hammarås, um sich mit Elsa Lundén zu treffen, nachdem sie vergeblich nachgesehen hatte, ob Inger Söderberg ihr schon geantwortet hatte. Carina wollte währenddessen lesen und »Wache halten«.

Elsa Lundén wohnte am Rand von Nybyn, einem Gebiet mit einfachen Sommer- und Einfamilienhäusern. Sie öffnete sofort die Tür, als Astrid auf ihre Einfahrt fuhr, eine ziemlich kleine Frau mit grauen Haaren und Dauerwelle und sanften graublauen Augen, schlicht in einen graumelierten Pulli und dunkelblauer Hose mit Gummizug gekleidet.

»Kommen Sie herein, kommen Sie herein, ich habe gerade Kaffee aufgesetzt«, sagte sie und reichte Astrid die Hand. »Wie ich sehe, haben Sie gut hierhergefunden.«

Trotz der üblichen Floskeln, die Gastfreundschaft suggerieren sollten, ahnte Astrid, dass sie ganz und gar nicht willkommen war. Sie sah es Elsa Lundéns Miene und Haltung an, dass sie diesen Besuch am liebsten vermieden hätte, aber unbeholfen darin war, sich anderen gegenüber zu behaupten. Schnell überreichte Astrid ihr das Gastgeschenk, das sie bei einem Halt in der Bergslagetsgaleria gekauft hatte, um ihre freundlichen Absichten zu unterstreichen. Zuerst hatte sie einen frisch gebackenen Bürgermeisterkringel mitnehmen wollen, dann aber gedacht, dass Elsa Lundén bestimmt selbst gebacken hatte, und sich stattdessen für eine Topfpflanze, ein Alpenveilchen mit blassrosa Knospen, entschieden. Sie bemerkte, dass die Entscheidung richtig gewesen war, als sie ihrer zaudernden Gastgeberin in die Küche folgte und den überbordenden Kuchenteller auf dem Tisch vor der Küchenbank stehen sah.

»Oh, was für eine schöne Blume!«, rief Elsa Lundén aus, als sie die Pflanze aus den Schichten von Papier ausgewickelt hatte. »Und so ein hübscher Topf! Vielen Dank, das wäre nicht nötig gewesen …«

Das Haus wirkte wie eine typische Kate mit Küche und Wohnzimmer im Erdgeschoss und vermutlich einer Dachkammer im ersten Stock. So wie auf dem Sammilshof stand hier ein alter, unökonomischer E-Herd neben einem schwarzglänzenden Holzofen. Aber die Kühl- und Gefrierkombination sah neu und modern aus, alles war sauber und blitzblank, und in den Küchenfenstern standen üppige, gepflegte Topfblumen.

»Mal sehen, wo wir sie hinstellen, sie darf ja keine pralle Sonne haben«, sagte Elsa Lundén, »ich stelle sie am besten ins Wohnzimmer.«

Astrid, die sich nicht damit auskannte, welchen Lichtbedarf Topfpflanzen hatten, folgte ihrer Gastgeberin ungebeten in die kleine, aber adrette gute Stube mit Sofa, Sessel und Flickenteppichen auf dem Fußboden. Vorsichtig stellte Elsa Lundén den Topf zwischen zwei gerahmte Bilder auf eine mahagonifarbene Anrichte. Neugierig betrachtete Astrid die Aufnahmen. Fotos von Kindern oder Enkeln gab es nicht, nur diese beiden. Das eine zeigte eine strenge Frau mittleren Alters mit Scheitel, blendend weißem Kragen und einer entstellenden Bartwarze am Kinn; das andere eine kleine Schar Konfirmanden, drei weißgekleidete Mädchen und zwei Jungen im Anzug. Sie sah sich den einen Jungen näher an, einen feschen Jüngling mit dichten blonden Haaren, der ängstlich und befangen wirkte.

»Aber das ist ja Onkel Lars!«, rief sie aus.

»Aha, Sie erkennen ihn also wieder«, sagte Elsa Lundén. »Ja, und ob das Lars ist. Das war im letzten Jahr, kurz bevor die Anstalt geschlossen wurde. Damals war ein neuer Leiter da, der dafür sorgte, dass diejenigen, die dazu in der Lage waren, dem Pfarrer vorgestellt wurden. Das da bin übrigens ich.«

Sie zeigte auf das in der Mitte stehende der drei Mädchen, eine schüchtern lächelnde kleine Blonde, deren Haare stramm hinter die Ohren gekämmt waren.

»Wie süß Sie waren«, bemerkte Astrid aufrichtig. Sie sah, dass das Elsa Lundén freute, auch wenn sie so tat, als hätte sie es nicht gehört.

Aber als sie sich an den Küchentisch gesetzt und Elsa Lundén Astrid aufgefordert hatte, sich von den selbstgebackenen Hefebrötchen, der Biskuitrolle und den Keksen zu nehmen, wirkte sie wieder nervös.

»So, und was wollten Sie nun von mir wissen?«, fragte sie, während sie mit einer Hand mit den Fransen des Tischtuches spielte.

»Vielleicht als Erstes, wie Sie nach Ramsnoret gekommen sind«, sagte Astrid. »Als ich im Archiv war, habe ich gelesen, dass mein Onkel mit vier Jahren in eine Anstalt für Geisteskranke eingewiesen wurde, weil sich irgendein hochnäsiger Arzt einbildete, dass er ›schwachköpfig‹ sei. Ging das damals wirklich so zu?«

»Ja, darauf können Sie Gift nehmen!«, antwortete Elsa Lundén verbittert. »Jedenfalls, wenn man von armen Leuten abstammte und sich nicht recht wehren konnte, und so war das auch bei mir.«

Mit bemüht teilnahmsloser Stimme erläuterte sie, dass sie als uneheliches Kind eines siebzehnjährigen Küchenmädchens geboren worden war, das seine Stellung verloren hatte, als die Schwangerschaft offensichtlich wurde. Die junge Frau hatte es schwer gehabt, ihre Tochter und sich zu versorgen, hatte einen halbherzigen Versuch unternommen, sich im Dalälven zu ertränken, und war schließlich in der Psychiatrie in Säter gelandet. Ihre damals dreijährige Tochter war in ein Kinderheim gekommen, das versucht hatte, sie auf dem Land in verschiedenen Pflegefamilien unterzubringen.

»Aber das endete immer böse, sie fanden nie Gefallen an mir«, sagte Elsa Lundén. »Ich war häufig krank, wissen Sie, bekam Atemnot und war quengelig und habe geweint, weshalb ich immer wieder ins Kinderheim zurückgeschickt wurde. Als ich erwachsen war, hat man herausgefunden, dass ich gegen nahezu alle Tiere allergisch bin, ein Bauernhof war also nichts für mich. Aber damals wusste man das noch nicht. Und dann, als ich in die Schule kam, konnte ich nicht Lesen und Schreiben lernen, und da kamen sie zu dem Schluss, dass ich schwachsinnig war, und schickten mich in die Anstalt.«

Sie sah auf und begegnete Astrids Blick.

»Ich war Legasthenikerin. Ich weiß noch, wie die Buchstaben vor mir tanzten und wie schwer es mir fiel, sie zu Wörtern zusammenzusetzen. Heute weiß man ja, dass das nicht bedeutet, dumm zu sein, aber damals nicht. Und wenn man ein anstrengendes, krankes Kind war, ein uneheliches Balg, mit einer Mutter, die in einer Nervenheilanstalt steckte, wurde man als Schwachkopf abgestempelt. Und so kam ich nach Ramsnoret.«

Sie spuckte den Namen aus, mit abgrundtiefer Bitterkeit.

Nur widerstrebend beantwortete sie anschließend Astrids Fragen über das Leben in Ramsnoret, erzählte von engen Schlafsälen, eiskalten Duschen, gemeinen Pflegern, von Jahr und Tag ohne Gefühlswärme und Stimulanz.

»Sie haben uns als minderwertig betrachtet«, sagte sie und sah leer vor sich hin. »Viele von ihnen waren wohl der Ansicht, dass wir ebenso gut tot sein könnten. Wenn man einmal so gedemütigt wurde, erholt man sich nie mehr davon.«

Sie verstummte und richtete ihren Blick auf den Kuchenteller, wie um das Gesprächsthema zu wechseln.

»Aber Sie essen ja gar nichts«, sagte sie vorwurfsvoll, »möchten Sie nicht noch ein bisschen von der Biskuitrolle?«

Astrid beeilte sich, eine weitere Scheibe der luftigen, mit Erdbeermarmelade gefüllten Rolle zu nehmen.

»Aber wie sind Sie da rausgekommen, und wie ist es Ihnen danach ergangen?«, hakte Astrid nach.

»Die Anstalt wurde ja im Herbst 1952 geschlossen«, fuhr Elsa Lundén fort. »Manche wurden in andere Heime geschickt, aber ein paar von uns wurden entlassen. Dein Onkel durfte zu seiner Familie nach Hause, und ich hatte auch Glück. Nun, Sie haben ja gelesen, was Signe über mich geschrieben hatte, Signe Johansson war die Hauswirtschafterin. Sie mochte mich und nahm mich zu sich. Sie war ledig, wir waren also nur zu zweit, und sie sorgte dafür, dass ich eine Ausbildung zur Kaltmamsell machte. Nach ihrem Tod habe ich dieses Haus von ihr geerbt.«

»Sie haben also als Kaltmamsell gearbeitet«, sagte Astrid, um sie zum Weitersprechen zu ermuntern, und sah, wie Elsa Lundén sich aufrichtete.

»Ja, und zwar in richtig feinen Stellungen. Und das tue ich heute noch ein wenig, ich bereite schwedische Buttertorten für Hochzeiten und Beerdigungen und dergleichen zu.«

»Aber Familie haben Sie nicht?«, fragte Astrid, sich durchaus bewusst, dass die Frage taktlos war, aber in der Hoffnung, zu erfahren, weshalb Lars sein ganzes Leben lang allein verbracht hatte.

»Nein, keine Familie, nur Topfblumen«, erwiderte Elsa Lundén, »sie sind meine Kinder, sage ich immer. Ich kann mir ja wegen meiner Allergie noch nicht einmal eine Katze halten. Ein paar Männer hatte ich natürlich, als ich jung war, aber vor allem solche, die es praktisch fanden, wenn ein Mädchen sie nicht ›ins Unglück‹ stürzte. Ein paar haben es vielleicht ernst mit mir gemeint, waren aber abgeschreckt, als ihnen klar wurde, dass ich in einem ›Heim für Geistesschwache‹ gewesen war und keine Kinder bekommen konnte.«

»Verzeihung, aber weshalb konnten Sie keine Kinder bekommen?«, sagte Astrid geradeheraus, da sie ihre Neugier nicht im Zaum halten konnte. Elsa Lundén schenkte ihr einen müden, nachsichtigen Blick. »Weil wir sterilisiert worden sind, natürlich. Bevor wir Ramsnoret verließen, wurde dafür gesorgt, dass wir uns nicht fortpflanzen konnten.«

»Mein Onkel auch?«

»Er auch, da bin ich mir sicher«, sagte Elsa Lundén.

Astrid schluckte schockiert angesichts dieser Antwort und verspürte einen Anflug von Übelkeit. Das erklärte eine Menge über Lars, wenn auch nicht alles. Sie entschied sich, weiterzufragen, und zwar nach dem, was sie eigentlich hierhergeführt hatte.

»Erinnern Sie sich noch an den letzten Anstaltsarzt?«

»Selbstverständlich, das war doch dieser Olof Krämer, der inzwischen so berühmt ist«, sagte sie. »Damals kam er frisch von der Uni, war natürlich noch jung und ziemlich bösartig. Er hat auf uns alle herabgeschaut. Das kam mir ab und zu wieder in den Sinn, wenn ich gesehen habe, wie er sich am kalten Büfett im Stadshotell in Falun bedient hat, als ich dort Kaltmamsell war. Wenn der wüsste, wer das zubereitet hat, dachte ich.«

»Inwiefern war er bösartig?«

»Er hatte etwas Grobes und Ungeduldiges an sich. Die meisten, die in Ramsnoret lebten, waren ja ziemlich schwer von Begriff, und er hatte auch keine Geduld mit denen, die widerspenstig oder ängstlich waren, wenn er sie untersuchen musste, oder sich wehrten, wenn sie eine Spritze bekommen oder Medizin schlucken sollten. Ich kann mich noch daran erinnern, dass manche von uns unbedingt eine Arznei einnehmen sollten, die ganz furchtbar schmeckte. Als ich sie nehmen sollte und einen Tropfen davon in den Mund bekam, war sie so bitter, dass ich den Mund zusammengekniffen habe und der Rest vom Löffel auf den Fußboden gelaufen ist.«

Mit nach innen gerichtetem Blick schüttelte sie den Kopf.

»Er ist so ausgerastet, dass es mich heute noch kalt überläuft, wenn ich nur daran denke«, bemerkte sie. »Er hat mich an den Schultern gepackt und geschüttelt und geschrien, dass ich alles kaputt gemacht hätte. Ich bekam fürchterliche Angst, bin aus dem Zimmer gerannt und habe mich in einem Schuppen versteckt. Dort saß ich, bis man mich mehrere Stunden später gefunden hat. Danach kam ich zur Strafe zwei Tage auf die Isolierstation.«

»Wissen Sie noch, was für eine Arznei das war und wann das war?«, fragte Astrid gespannt.

»Um was für ein Medikament es sich gehandelt hat, weiß ich nicht, aber es war wohl etwas zur Vorbeugung, weil wir nicht krank wurden, wenn wir es nahmen. 1951 war das, irgendwann im Sommer. Ich weiß noch, dass ich nur ein dünnes Kleid getragen habe, als ich draußen im Schuppen saß, es war kalt da drinnen und ich habe gefroren.«

Sommer 1951, das kam nicht ganz hin, dachte Astrid. Die mysteriösen Todesfälle hatten sich Ende September '51 ereignet.

»Und alle, die die Medizin bekamen, haben sie im Sommer eingenommen?«, fragte sie nach.

»Nein, es gab zwei Gruppen. Ich weiß nicht, nach welchem Prinzip wir ausgewählt wurden, aber manche von uns mussten sie am Herbstanfang nehmen statt im Sommer. Aber da hatte Doktor Krämer etwas mit der Arznei gemacht, sodass sie nicht mehr so bitter schmeckte. Ein Mädchen namens Anna-Lena hat mir erzählt, dass sie fast so süß war wie Hustenbonbons.«

»Anna-Lena Nygårds?«, fragte Astrid nach.

»Ja, genau. Die Arme, sie starb nur ein paar Wochen später an dieser Epidemie. Es muss sich um eine sehr schwere Variante gehandelt haben, denn beinahe alle, die sie bekamen, starben.«

»Eine schwere Variante von was?«, wollte Astrid gespannt wissen.

»Von Kinderlähmung«, sagte Elsa Lundén, als sei das eine Selbstverständlichkeit. »Im Herbst 1951 grassierte in Ramsnoret eine schlimme Polioepidemie.«

»Kinderlähmung«, sagte Carina, als Astrid ihr von dem Gespräch mit Elsa Lundén berichtete, »glaubst du, dass die Kinder in Ramsnoret infolge eines Versuchs unter Leitung von dem Widerling Dr. K. Kinderlähmung bekamen? Was für ein Mittel soll das denn gewesen sein?«

»Irgendein Impfstoff vielleicht«, sagte Astrid zögernd, »kam die Impfung gegen Kinderlähmung nicht in den 50er Jahren? Aber doch als Spritzen, nichts, das man oral eingenommen hat.«

»Apropos oral, das hätte ich beinahe vergessen«, sagte Carina grinsend, »– Ulf Ersgård, dieser fesche Typ von der Lokalzeitung, kam vorbei und wollte sich mit dir verabreden. Er wollte deine Handynummer haben, aber ich wusste nicht, ob du sie herausgeben willst. Aber ich habe seine Nummer, sodass du ihn anrufen kannst. Wenn du Lust dazu hast.«

»In Ordnung«, erwiderte Astrid geistesabwesend, machte den Laptop an und loggte sich in ihr E-Mail-Konto ein. Sofort sah sie, dass sie Antwort von Inger Söderström bekommen hatte. Die emeritierte Professorin schrieb, dass sie sich noch sehr gut an die Intelligenztests, die sie in Ramsnoret durchgeführt hatte, erinnerte und auch an den Jungen, der einen so überraschend hohen IQ gehabt hatte, und dass sie Astrid gerne treffen würde. »Aber wenn es eilt, muss das spätestens Anfang nächster Woche sein, weil ich am Mittwoch in die USA fliege und mindestens einen Monat dort sein werde.«

Sie hatte eine Telefonnummer angegeben. Astrid rief sie an. Inger Söderberg meldete sich umgehend. Ihre Stimme war klar und gebieterisch, mit einer Spur von Dalamål, des in Dalarna gesprochenen Dialekts.

»Dann bis Dienstag, ich bin gespannt«, sagte sie. »Was halten Sie von einem Treffen im Café Sturekatten um vierzehn Uhr?«

»Das passt mir gut«, versicherte Astrid ihr.

Zu ihrem Erstaunen merkte sie, dass sie sich tatsächlich auf die Fahrt nach Stockholm freute.

»Planänderung, ich fahre am Tag nach der Beerdigung nach Stockholm«, sagte Astrid zu Carina. Carina zog die Augenbrauen hoch.

»Das kommt aber plötzlich«, sagte sie überrascht, und Astrid erklärte es ihr.

»Aha. Soll ich mir dann eine andere Unterkunft suchen?«, fragte Carina deprimiert. »Es ist ja immer noch ziemlich warm, ich finde bestimmt irgendwo einen Platz unter einer Eisenbahnbrücke, falls mich kein anderer Kumpel unterbringen kann.«

Carina konnte wirklich erstaunlich manipulativ sein, dachte Astrid gereizt.

»Sei nicht albern, natürlich kannst du hierbleiben. Du musst die Stellung halten und aufpassen, dass hier nicht wieder eingebrochen wird.«

Astrid widmete sich wieder ihren E-Mails und sah, dass sich drei Leute, die sie wegen ihrer Kontakte nach Rumänien und

Moldawien angeschrieben hatte, gemeldet hatten. Ein freiberuflicher rumänischer Journalist, auf Korruption und Wirtschaftsverbrechen spezialisiert, schrieb, dass er sich umhören und wieder melden würde, ein Dozent der Pharmakologie, dessen Ehefrau Astrid kennengelernt hatte, weil sie schwedische Kinderbücher ins Rumänische übersetzte, schrieb in ziemlich frostigem Ton zurück, dass CalmedBelabSteiner seines Wissens nach Arzneimittelstudien in Rumänien und Moldawien finanzierte – gleichsam unantastbare legitime wie nötige Aktivitäten – und dass sie bestimmt Informationen darüber im Internet fände. Und Maja Danielsson schließlich, die Ärztin, die sich nach dem Zwischenfall um Astrid gekümmert hatte, gab an, dass sie über Calmed-BelabSteiner nichts Nachteiliges gehört habe. Sie sei gerade auf dem Weg nach Stockholm und würde Astrid gerne treffen: »Ich habe an dich gedacht, gehofft, dass es dir wieder besser geht und dass die Allmächtigen bei deiner Arbeitsstelle dich nicht fertiggemacht haben (Mensch, was für ein Haufen das war ...). Aber deiner Mail nach zu urteilen, klingt es so, als wärst du wieder auf dem Damm, oder? Es wäre schön, dich zu sehen, und wenn auch nur auf einen Kaffee.«

Warum nicht, dachte Astrid. Sie gestand sich ein, dass sie sich allmählich wieder danach sehnte, Großstadtluft zu schnuppern und Menschen zu treffen, die in ganz Europa zu Hause waren und intelligente Gespräche über Weltpolitik führen konnten. An Carina und Hildur war zwar nichts falsch, dachte sie und sah sich halb schuldbewusst nach Carina um, die gerade Kaffee aufsetzte, aber sie spürte, wie sie endlich aus ihrer Apathie erwachte und sich der Hunger nach der kosmopolitischen Welt da draußen in ihr breitmachte. Und Maja, die ein großes Kontaktnetz in Krankenhäusern und medizinischen Fakultäten in Bukarest hatte, konnte durchaus mehr wissen, als sie glaubte. Außerdem sollte sie sich langsam mal wieder nach Wohnungen in Stockholm umsehen. Wenn sie wieder richtig arbeiten würde, konnte sie nicht in Granåkers Hästberg wohnen bleiben. Schnell schickte sie eine Antwort an Maja, »Treffe dich gern, wann kommst du?«, und schlug die Morgenzeitung auf, um die Wohnungsanzeigen zu studieren.

Maja musste auch gerade vor dem Computer gesessen haben, denn sie antwortete sofort: »Ich lande am Sonntagabend. Bist du zufällig nächste Woche in Stockholm?«, und sie verabredeten sich ebenfalls für Dienstag.

Jetzt hatte sie zwei Verabredungen in Stockholm, und Astrid hatte das Gefühl, wieder auf dem aufsteigenden Ast zu sein. Weniger erfreut war sie darüber, dass das Ministerium nachgefragt hatte, wo ihr Bericht bliebe. Einerseits war es gut, dass ihr Arbeitseinsatz gefragt war, andererseits hieß das, dass sie heute Nachmittag den Bericht fertig schreiben musste, statt wie geplant mit Carina zur Bibliothek zu fahren und im Zeitungsarchiv nach Spuren von Belabs geschäftlichen Aktivitäten in den 50er Jahren zu suchen.

Zumindest musste sie keine Zeit mehr dafür aufwenden, Stina Jobs aufzusuchen. Elsa Lundén hatte ihr erzählt, dass Stina in einer Wohngruppe in Hammarås wohne, aber nicht mehr besonders klar sei und deshalb »keine große Hilfe, wenn man etwas herausfinden will«.

»Wir können heute nicht zur Bibliothek fahren, ich muss leider arbeiten und am Samstag hat sie momentan geschlossen. Wir müssen das am Montag machen«, sagte Astrid zu Carina.

»Nach der Beerdigung«, sagte Carina düster, »ja, da brauchen wir bestimmt etwas, um uns aufzuheitern. Aber was ist mit Ulf Ersgård? Bleib dran und schmiede das Eisen, solange es heiß ist, sage ich dir!«

Astrid zögerte ein wenig, wählte dann aber Ulf Ersgårds Nummer. Er war erfreut, als er hörte, dass sie es war, und schlug vor, am Montag gemeinsam zum Essen auszugehen. Sie nahm die Einladung an. Das wird ein hektischer Tag, aber eine angenehme Abwechslung nach den langen Wochen mit nichts als Kummer und Grübeleien, dachte sie.

Am Montag, dem Tag von Camillas Beerdigung, stand Astrid in einem ihrer diversen schwarzen Kleider vor dem Spiegel im Wohnzimmer und erprobte die Wirkung verschiedener Ohrringe.

»Schick«, sagte Carina anerkennend, »so könntest du jedermann das Fürchten lehren.«

Das war als Kompliment gemeint, und Astrid fasste es auch so auf. Carina trug einen sehr kurzen asymmetrisch geschnittenen schwarzen Rock und einen Pulli mit V-Ausschnitt aus einem glänzenden Material, das wie schwarzes Lurex aussah.

Astrid hatte gerade ein Paar Ohrringe mit schwarzen Perlen angelegt, Perlen, die schmerzhafte Erinnerungen in ihr weckten, weil Gabriel sie ihr an ihrem ersten gemeinsamen Weihnachtsfest nach ihrer Hochzeit geschenkt hatte. Damals hatten sie eine gute Zeit zusammen gehabt. Ein rumänischer Autor, den Gabriel übersetzte, hatte überraschend den Nobelpreis bekommen, was sowohl Gabriels Einkünfte als auch seinen Bekanntheitsgrad als Schriftsteller und als gefragten Gesprächspartner auf kulturellen Veranstaltungen enorm befördert hatte. Er und Astrid hatten die Nobelpreisverleihung besucht und der rumänische Preisträger hatte Astrid die Hand geküsst und ihr ausgesuchte Komplimente gemacht, als er sie elegant im Walzertakt herumgeschwenkt hatte, obwohl sie ihn in ihren hochhackigen Schuhen überragt hatte.

Später war Gabriels Karriere ins Stocken geraten, und seine letzte Lyrikanthologie hatte schlechte Rezensionen bekommen.

Vielleicht war ihre Beziehung da schon nicht mehr ganz in Ordnung gewesen? Auch wenn sie das da noch nicht bemerkt hatte, weil sie so sehr mit ihrer eigenen Arbeit beschäftigt gewesen war. Aber die Perlen gehörten immer noch ihr, und sie sah keinen Grund, sie nicht zu tragen. Und heute Abend würde sie zum ersten Mal seit ihrer Trennung von Gabriel mit einem Mann ausgehen.

Albinonis Adagio erklang gedämpft von der Orgelempore, als sie in Granåkers Kirche zum Chor schritten, wo Camillas Sarg stand – unschuldig weiß, mit einem Bukett aus Rosen in blassrosa und kräftigem Korallenrot. Hübsch, aber unpersönlich, als wäre jemand dafür verantwortlich gewesen, der nicht mehr über Camilla wusste, als dass sie eine Frau und viel zu jung gestorben war. Astrid verneigte sich vor dem Sarg und richtete ihren Blick dann auf die Heiligenfigur aus Holz aus dem Mittelalter auf dem Flügelaltar, üppig rot, grün und gold bemalt, die sie mit leeren Holzaugen ansah.

Camillas Vater Sven-Erik Granberg saß mit einem jungen Mann und einer jungen Frau in der ersten Reihe auf den Plätzen der nächsten Angehörigen, bei denen es sich um seine Kinder aus seiner zweiten Ehe – Camillas Halbgeschwister – handeln musste. Carina warf ihnen einen finsteren Blick zu, bevor Astrid und sie auf der anderen Seite des Altargangs Platz nahmen.

Nur wenige waren in die Kirche gekommen, um Camilla Granberg zu ihrer letzten Ruhe zu begleiten. Hinter Astrid und Carina saßen ein paar ältere Frauen, ein Mann mit Bart und graumelierten Haaren in einem dunkelblauen Cordblazer sowie ein Paar Frauen in ihrem Alter. Bekannte der Familie, alte Freunde und Arbeitskollege von Camilla, dachte Astrid, aber wer war der Mann? Er sah aus wie ein Sozialarbeiter.

Carina hatte sich ein Papiertaschentuch in die Brusttasche ihrer Jeansjacke gesteckt und gebrauchte es während der Begräbniszeremonie mehrmals. Astrid beobachtete trockenen Auges, dass sich auch Sven-Erik Granberg mehrmals die Augen abtupfte. Aber er hielt keine Rede, als er mit seinen beiden überlebenden Kindern an der Seite vor den Sarg seiner Tochter trat, murmelte nur etwas Unhörbares und legte eine weitere Rose auf den Sargdeckel.

Carina hatte darauf bestanden, dass sie für die anschließende Gedenkfeier im Gemeindeheim zusagten. Nicht, weil sie Anschluss an die übrige Trauergesellschaft suchte, sondern um trotzig zu unterstreichen, dass sie von allen am meisten um Camilla trauerte. Das konnte Astrid aus ganzem Herzen nachempfinden, weshalb sie sie als moralische Unterstützung begleitete. Die Leute starrten sie an, als sie aus der Kirche kamen, zum einen vermutlich, weil sie ein so ungleiches Paar abgaben, zum anderen, weil sie aus den anderen herausstachen – Carina in Jeansjacke, Lurexpulli und dem viel zu kurzen Rock, sie selbst mit ihren Perlen und einem schwarzen Kleid in einer Aufmachung, die einem Staatsbegräbnis angemessen gewesen wäre.

Auf dem Weg zum Gemeindehaus ging Carina in ihren abgelaufenen Vinylboots zu dem unbekannten Mann im Cordblazer, um ein paar Worte mit ihm zu wechseln. Astrid wartete ein Stück abseits, bis Carina zurückkam und erklärte, dass das Camillas früherer Psychologe Björn Hammar gewesen sei, »eigentlich ein ganz netter Typ«.

Im Gemeindehaus empfingen Sven-Erik Granberg und seine Kinder die wenigen Leute, die sich zur Gedenkfeier mit anschließender Kaffeetafel angemeldet hatten. Er zuckte zusammen, als sie sich vorstellten.

»Aha, Sie sind also Carina Svahn, ich würde gerne mit Ihnen

sprechen. Setzen Sie sich doch zu uns an den Tisch, ich glaube, wir sind jetzt vollzählig.«

Die Kaffeetafel war in dem hellen, kiefernholzgetäfelten Gemeindesaal gedeckt worden, ein Ort, der Erinnerungen bei Astrid weckte. Hier hatte in ihrer Kindheit die freie Theatergruppe »Bergslagsteatern« geprobt, und hier hatte sie auch ihre erste richtige Rolle als Macduffs Sohn in Sophie Linds Inszenierung von *Macbeth* eingeübt. Da war sie erst elf Jahre alt gewesen, aber wie berauscht von den Worten, süchtig nach dem Lampenfieber und dem Geruch nach Theaterschminke und davon überzeugt, dass sie ihr Leben dem Theater widmen würde. Noch immer konnte sie jedes Wort ihres Monologs über Betrug und Verrat auswendig, in ihrem entscheidenden Auftritt, bevor sie auf der Bühne den Tod fand.

Jetzt aber saß sie am Tisch mit den nächsten Angehörigen und versuchte mühevoll, eine Unterhaltung in Gang zu bringen, während sie darauf warteten, dass der Kaffee serviert wurde. Astrid mobilisierte ihre Gesprächsroutine, die sie beim Smalltalk auf Cocktailpartys gesammelt hatte, und wurde von Camillas Halbbruder Mattias unterstützt, einem jungen Mann im modischen schwarzen Anzug, der so gut saß, dass er ihn sicher auch zu anderen Gelegenheiten gerne trug. Er erzählte, dass er Fernsehproduzent war und für eine unabhängige Produktionsfirma arbeitete, während seine Schwester Pernilla – die mit ihren aschblonden Haaren und ihren braunen Augen ihrer toten Halbschwester erschreckend ähnlich sah – als Vorschullehrerin tätig war.

Schließlich war ihnen allen Kaffee eingeschenkt worden und Sven-Erik Granberg räusperte sich. Er wirkte befangen in seinem etwas zu eng sitzenden dunkelblauen Anzug mit dem leicht angegilbten Schlips, ein Mann, der es nicht gewöhnt war, sich fein anzuziehen und große Worte zu schwingen.

»Ja, also, ich wollte sagen, dass Camilla ein Testament verfasst hat, in dem Sie Ihnen, Carina Svahn, alles hinterlassen hat«, sagte er. »Sie besaß natürlich nicht viel, aber zumindest das Haus. Es gehört jetzt also Ihnen, Carina, so wie es aussieht. Das wollte ich nur sagen.«

Carina wirkte bestürzt, beinahe schockiert.

»Aber wie, ich meine, wann hat sie das gemacht, ich hatte ja keine Ahnung …«, stammelte sie.

Sven-Erik Granberg schwieg, aber sein Sohn erklärte freundlich, dass eine ehemalige Arbeitskollegin von Camilla das Testament im Bestattungsinstitut abgegeben hätte. Offenbar hatte sie es an einem feuchtfröhlichen Abend aufgesetzt, als ein paar alte Freunde sie in ein Restaurant eingeladen hatten, um ihren vierzigsten Geburtstag zu feiern.

»Und keiner von Ihnen hatte sich bei ihr gemeldet, ich weiß noch, wie deprimiert sie deshalb war«, sagte Carina finster.

Sven-Erik sah gequält hinab auf den Tisch, aber Mattias Granberg nickte.

»Ja, so war das wohl«, sagte er mit ruhiger Stimme, »und da beschloss sie, dass nicht wir, sondern Sie ihr Erbe antreten sollten, falls sie etwas zu vererben hätte. Also brachte sie ein paar Zeilen zu Papier und die anderen Frauen fungierten als Zeugen, und eine hat sich darum gekümmert und es zum Beerdigungsinstitut gebracht, als sie die Todesanzeige gelesen hatte. Völlig gesetzeskonform, wir haben nicht vor, das anzufechten.«

An den anderen Tischen im Raum nahm das Gemurmel zu, während die Kuchenteller mit Zimtschnecken, Predigerkeksen und Prinzessinnentorte geplündert wurden, aber am Tisch, an dem die engste Familie saß, herrschte unangenehme Stille. Carina wirkte gedankenverloren, Sven-Erik Granberg schien sich weit weg an einen anderen Ort zu wünschen und seine beiden

Kinder fragten sich schon, ob es nicht an der Zeit wäre, aufzubrechen.

»Moment mal, erbe ich auch Camillas Schulden, wenn ich das Haus erbe?«, fragte Carina plötzlich.

Die drei Mitglieder der Familie Granberg wechselten einen verunsicherten Blick, als ob sie die Antwort auf die Frage nicht kennen würden. Astrid erinnerte sich an die Stapel unbezahlter Rechnungen auf Camillas Küchentisch und entschied sich, einzugreifen.

»Nein, du erbst nicht die Schulden, aber die Schulden aus dem Nachlass müssen aus den existierenden Guthaben getilgt werden, bevor du das Erbe antreten kannst.«

»Die Bude muss also verkauft werden, um Camillas Müllrechnungen zu begleichen«, sagte Carina mutlos, »typisch, und gerade dachte ich, ich hätte endlich ein Zuhause.«

»Es wäre natürlich denkbar, dass Camillas Familie die Rechnungen begleicht, damit du dein Erbe ihrem Wunsch entsprechend antreten kannst«, begann Astrid und wandte sich dann direkt an Sven-Erik Granberg. »Ich fände das nur angemessen. Camilla hatte im letzten Jahr kaum genügend Geld, um sich zu ernähren, und Sie haben sie nie unterstützt. Das Wenigste, das Sie tun können, um ihr die letzte Ehre zu erweisen, wäre doch wohl, dafür zu sorgen, dass ihr letzter Wille erfüllt wird und Carina ihr Erbe antreten kann.«

Gespannt wartete sie auf die Reaktion auf ihren durch und durch ungeheuren Vorschlag. Wenn Camillas Angehörige nichts unternommen hatten, um ihr zu helfen, als sie noch lebte, hatten sie wohl kaum einen Grund, Camillas ominöser Freundin nach Camillas Tod zu helfen. Aber Astrid befand, es war die ideale Situation für einen Überraschungsangriff. Wenn sie Sven-Erik Granberg richtig einschätzte, war er ein typischer Vertreter der alten Schule, der Typ Schwede, der um jeden Preis Auseinandersetzungen und Gefühlsausbrüche scheute. Er würde es an dem Tag, an dem seine Tochter zu Grabe getragen worden war, nicht zu einem Streit kommen lassen. Und sein Sohn schien viel Geld zu haben.

Wie erwartet sah Sven-Erik Granberg hilfesuchend seinen Sohn Mattias an, der schnell sagte:

»Ja, das können wir vielleicht tun, zumindest, wenn es sich nicht um Unsummen handelt. Gut, wir schauen uns das an.«

Auf dem Heimweg nach Granåkers Hästberg schwieg Carina zunächst. Sie hatte eine träumerische Miene aufgesetzt, die Astrid noch nie an ihr gesehen hatte.

»Nicht zu fassen«, sagte sie nach einer Weile. »Ich habe in meinem ganzen Leben noch nie etwas besessen, weißt du, und jetzt bin ich auf einmal Immobilienbesitzerin. Unglaublich! Ich kann dort alles hübsch herrichten, und wenn es mir gelingt, mich wieder mit Tina zu vertragen, kann sie mich mit ihrem kleinen Sohn besuchen und er kann draußen auf dem Hof spielen und …«

Tina war Carinas Tochter, die Tochter, die keinen Kontakt zu ihr haben wollte und bestimmt gute Gründe dafür hatte, aber Carinas Wangen waren gerötet und sie war voller Hoffnung. Astrid unterließ es taktvoll, zu bemerken, dass es Carina immer noch an Einkommen fehlte und unvermeidlich neue Rechnungen zu begleichen sein würden. Im Unterschied zu Onkel Lars' Konten würden Camillas bei Ausstellung des Erbscheins kaum gut gefüllt sein.

»Du brauchst einen Nachlassverwalter, oder besser gesagt zwei«, sagte sie. »Wenn du möchtest, könnte ich einer davon sein. Weißt du, bei welcher Bank Camilla war?«

Wie Astrid erfuhr, war sie bei derselben wie Onkel Lars gewesen – »Ich glaube, sie hatte zuletzt dreiundsiebzig Kronen auf dem Konto«, so Carina – und Astrid beschloss rasch, dass ihr dortiger Ansprechpartner, den sie von Lars geerbt hatte, sich um die Formalitäten des Nachlasses kümmern sollte, diesen kleinen Dienst würde er ihr wohl kaum verweigern.

Astrid fuhr auf den Sammilshof und Carina stieg mit einem Seufzer der Erleichterung aus dem Wagen und zündete sich eine Zigarette an. Astrid beobachtete, wie sie in ihren ausgetretenen Stiefeln hin und her ging, offenbar tief in Gedanken versunken.

»Was glaubst du, wann könnte ich wohl in das Haus einziehen?«, fragte sie, als sie nach ihrer Raucherpause wieder hereinkam. »Muss ich erst den Erbschein und allen möglichen bürokratischen Mist abwarten? Ich meine nur, es wäre sicher auch schön für dich, wenn ich hier endlich ausziehen könnte ...«

Sie machte eine vage Geste, sodass die Lurexfäden ihres Pullis glitzerten.

»Ich glaube nicht, dass sich jemand darüber beschweren würde, wenn du jetzt schon dort einziehst, du bist schließlich die einzige Erbin, niemand sollte sich daran stören«, sagte Astrid. »Aber, wie gesagt, du könntest auch noch hierbleiben und während meiner Abwesenheit hier die Stellung halten. Ich werde höchstens ein paar Tage fort sein.«

Sie sah auf die Uhr. Sie hatten noch ein paar Stunden Zeit, bevor Astrid mit Ulf Ersgård zum Abendessen verabredet war, noch reichlich Zeit für ihre Archivforschungen in der Bibliothek. Aber sie musste sich unbedingt vorher umziehen. Auch wenn sie Ulf Ersgård erst ein Mal und nur eine halbe Stunde getroffen hatte, war sie sich ziemlich sicher, dass es einen falschen Eindruck erwecken würde, wenn sie wie eine Botschafterin bei einem Staatsbegräbnis gekleidet zum Essen erscheinen würde. In ihrem Zimmer durchforstete sie die Kleidungsstücke, die sie schon ewig nicht mehr getragen hatte, und zog schließlich einen Pulli mit V-Ausschnitt aus knallrotem Kaschmir hervor. Die schwarzen Perlohrringe konnten bleiben – roter Lippenstift und schwarze Perlen, ein roter Pulli und schmale schwarze Designerjeans mit hochhackigen Stiefeln, die ihre langen und wirklich schönen Beine noch länger wirken ließen. Yes!, dachte sie und musterte sich im Spiegel, sie war definitiv wieder im Spiel.

Carina sah überrascht auf, als sie die Küche betrat.

»Nicht zu glauben, was in dir steckt. Na dann los, Astrid!«

Astrid war erstaunlich gut gelaunt.

Carina fragte, ob sie sie mit dem Audi nach Hammarås bringen dürfte, »ich habe noch nie einen so schicken Wagen gefahren«, und Astrid überließ ihr mit leichtem Zögern das Steuer. Aber Carina fuhr gewandt und sicher und nur minimal schneller als erlaubt und steuerte das Auto elegant und zielsicher auf einen leeren Parkplatz hinter dem staatlichen Spirituosengeschäft.

Die Stadtbibliothek von Hammarås war Mitte der 60er Jahre erbaut worden, als der Stadtrat noch an eine strahlende Zukunft mit ständigem Wirtschaftswachstum für den Stahl- und Bergbau in der Region geglaubt hatte. Die Bibliothek war in einem von Optimismus und Gründergeist geprägten Stil erbaut worden. In hellen, luftigen Räumen waren die Ausleihe und die Zeitschriftenleseecke untergebracht, und es war Platz, um Lesestunden mit Kindern abzuhalten.

Heute schaute man durch die verglaste Fassade der Bibliothek auf den Malmtorget und ein Stadtzentrum, das in den letzten Todeszuckungen lag und dringend einer gründlichen Sanierung bedurfte, wozu es jedoch keine Bereitschaft gab, nachdem alle Ladenketten und Boutiquen in die neue Bergslagsgaleria außerhalb des Zentrums von Hammarås gezogen waren. Die Bibliothek war auf dic Hälfte ihrer ursprünglichen Größe geschrumpft, während die andere Hälfte an einen Beautysalon mit angegliedertem Brautmodengeschäft »Josefine's Bride and Beauty Center« vermietet worden war.

Leider stellte sich heraus, dass die Bibliothek Tageszeitungen höchstens bis zu einem halben Jahr aufbewahrte. Astrid sah der Bibliothekarin tief in die Augen und seufzte, einen sorgfältig einstudierten betrübten Seufzer, den sie gebrauchte, um Bestürzung über einen unakzeptablen Vorschlag der Gegenseite auszudrücken.

»Aber wir suchen doch nur nach der Lokalzeitung, Sie haben nicht zufällig noch alte Ausgaben auf Mikrofiche?«

»Leider nein«, sagte die Bibliothekarin geknickt, »obwohl, an und für sich …«

»Ja?«, fragte Astrid. »An und für sich …?«

»… bewahren wir die alten Zeitungsausgaben unten im Magazin auf«, sagte die Bibliothekarin schnell, »aber ich weiß nicht, ob sie für die Öffentlichkeit zugänglich sind. Sie werden hier sozusagen zwischengelagert, bis die Zeitungsredaktion in neue Räume umgezogen ist.«

Ohne größere Mühe gelang es Astrid, sie zu überreden, Carina und ihr die Jahrgänge 1950 und 1951 herauszusuchen und sie ihnen in den Lesesaal zu bringen. Astrid widmete sich den beiden gebundenen Bänden aus dem ersten Halbjahr 1950, während Carina mit dem zweiten Halbjahr begann.

Die alten Zeitungen durchzuackern war zeitraubend, aber kein bisschen langweilig. Polizeiliche Meldungen und Sitzungsberichte des Gemeinderats wechselten sich ab mit Kurznachrichten aus aller Welt – in den USA begann Senator McCarthy seine Jagd auf Kommunisten, die Sowjetunion entwickelte eine Atombombe und der französische Außenminister Robert Schuman legte einen Plan für eine europäische Zusammenarbeit mit Kontrolle der Stahl- und Kohleproduktion vor. Das schwedische Parlament beschloss die neunjährige Einheitsschule und die letzten Lebensmittelkarten wurden einkassiert. In Hammarås wurde der Gelegenheitsarbeiter Valentin »Valle« Svahn, zweiundzwanzig, auf frischer Tat dabei ertappt, wie er selbstgebrannten Schnaps aus eigener Herstellung verkaufte. Astrid wusste, dass es sich bei ihn um Carinas Vater handelte, erwähnte aber nichts, auch nicht, als er sich später in einem Fall von Misshandlung vor dem Amtsgericht verantworten musste. Aber Valle Svahn war noch in anderer Mission unterwegs gewesen. Auf einem Foto vom Mittsommerabend 1950 sah man ihn scheinbar unbekümmert lächelnd mit dem Akkordeon als strahlenden Mittelpunkt eines Trios, das im Grubenort Hanaberg zum Tanz aufspielte.

Von Bergslagets Laboratorien, Belab, gab es hingegen nur wenige Spuren. Aber im Februar des Jahres 1950 stand in einem kurzen Artikel auf den Regionalseiten, dass das Arzneimittelunternehmen – bis dato in Räumen ansässig, die dem Bergbauunternehmen Stora Kopparberg gehörten – einen eigenen Firmensitz an dem Fluss Faluån bauen lassen würde und dass ein berühmter finnischer Stararchitekt damit beauftragt worden war, ein würdiges Gebäude für ein Unternehmen mit großen Zukunftsaussichten zu entwerfen. Astrid starrte auf das verschwommene Bild, das zwei Zeitungsspalten einnahm und das Belabs Hauptaktionär und den Architekten zeigte, als Carina plötzlich aufschrie, nur um sich im nächsten Moment die Hand vor den Mund zu schlagen, als ihr bewusst wurde, wo sie sich befand.

»Ich glaube, ich hab da was!«, sagte sie mit gedämpfter Stimme. Sie drehte die Zeitung zu Astrid und zeigte auf einen Artikel, der oben auf den ersten beiden Regionalseiten stand. Er war vom

Oktober 1950 und handelte von der Einweihung des neuen Firmensitzes – zwei im Winkel elegant zueinander ausgerichtete weiße Quader mit Holz und Kupfer, die auf Säulen über dem Boden zu schweben schienen. Im Anschluss an die Einweihung hatte Belabs Geschäftsführer Erik Wedin eines seiner seltenen Interviews gegeben, in dem er davon sprach, welche Möglichkeiten sich nun nach Kriegsende für die Wissenschaft eröffneten, um schwere Krankheiten auszurotten: »Hier in unseren neuen, modernen Labors in Falun können wir begabten jungen Wissenschaftlern die allerbesten Arbeitsmöglichkeiten bieten, und wir rechnen damit, dass das zur erfolgreichen Entwicklung neuer Arzneien führen wird, die der Menschheit dienen. Zurzeit wird beispielsweise weltweit an einem Impfstoff gegen die Geißel Kinderlähmung geforscht, und ich kann Ihnen versichern, dass wir bei Bergslagets Laboratorien diese Entwicklung mit ebenso großem wie aktivem Interesse begleiten, auch wenn ich selbstverständlich in dieser Phase noch keine Forschungsergebnisse preisgeben kann.«

»Kinderlähmung«, sagte Astrid nachdenklich, »und sie begleiten ›aktiv‹ die Entwicklung, um einen Impfstoff gegen Polio zu finden – und ein Jahr später gibt es in Ramsnoret einen tödlichen Ausbruch eben dieser Krankheit ... Na ja, das sind Mutmaßungen. Reine Mutmaßungen.«

»Sind es nicht, sei nicht so verdammt zurückhaltend, Astrid«, sagte Carina ungeduldig. »Er macht sich doch fast in die Hosen vor Eifer, um zu sagen, dass sie selbst an einem entsprechenden Impfstoff forschen.«

Eine kurze Recherche auf Astrids Smartphone ergab, dass in Schweden seit 1957 flächendeckend gegen Polio geimpft wurde und dass Anfang der 50er Jahre zwei verschiedene Impfstoffe in den USA entwickelt worden waren.

»Sieh dir das mal an«, sagte Astrid sichtlich aufgeregt, »einer wurde oral verabreicht, so wie die Arznei, die Olof Krämer den Kindern in Ramsnoret gegeben hat. Im Februar 1950 wurde er zum ersten Mal in den USA am Menschen getestet, von einem Wissenschaftler, der für ein Pharmaunternehmen arbeitete. Und rate mal, wer der glückliche Proband war? Genau, ein achtjähriger Junge, Patient einer Anstalt für geistig Behinderte!«

»Verdammt, jetzt fängt es doch allmählich an, zum Himmel zu stinken. Glaubst du, der Junge oder seine Eltern wussten, was sie da in ihn reingestopft haben? Ob Dr. Krämer vielleicht in den USA war und sich mit der Studie vertraut gemacht hat, bevor er die Stelle in Ramsnoret antrat?«

Astrid rief erneut den Wikipediaartikel über Olof Krämer auf und sah, dass die Rahmendaten stimmten. Man sollte zwar keine vorschnellen Schlüsse ziehen, aber dennoch …

1948 hatte er das medizinische Staatsexamen abgelegt und begann 1950 in Ramsnoret zu arbeiten – in der Anstalt, an der sein Onkel, der Geschäftsführer der Arzneimittelfabrik, der Leiter war.

»Nun nimm mal an, er reiste nach seinem Examen in die USA, um sich über die Suche nach dem Polioimpfstoff zu informieren, und dann kehrte er zurück nach Falun, wo er Zugang zu den neuen, schönen Belab-Laboratorien und einer ›Anstalt für Geistesschwache‹ mit gefügigen Versuchspersonen hatte. Eine gute Gelegenheit, um persönlich zu Ehre und Ansehen zu gelangen und gleichzeitig ein Vermögen für das Familienunternehmen zu erwirtschaften …«

Sie sahen sich an.

»Aber was ist falsch gelaufen? Ich meine, der Impfstoff gegen Polio wirkt doch«, sagte Carina. »Wir haben Spritzen bekommen, und soweit ich weiß, ist das nicht gefährlich.«

Noch einmal nahm Astrid ihr Smartphone zur Hand, als ihr auf einmal auffiel, wie spät es war.

»Verflixt, ich muss mich beeilen, bin schon spät dran für meine Verabredung. Gerade als es anfängt, spannend zu werden! Und morgen muss ich nach Stockholm.«

»Ich kann doch noch bleiben und weiterlesen, ich habe ja noch die Zeitungen von November und Dezember und aus dem Jahr 1951 hier liegen«, sagte Carina. »Und ich schaffe es sicherlich auch noch, ein bisschen am PC zu recherchieren, bevor die Bibliothek schließt. Du, ich hab eine Idee – du gibst mir die Autoschlüssel, dann hole ich dich später ab. Du hast ja gesehen, dass ich fahren kann. Dann kannst du so viel Wein trinken wie du willst. Und wenn du nicht abgeholt werden möchtest, ist das auch okay …«

Sie machte eine vielsagende Geste mit den Fingern und sah Astrid auffordernd an, die die Schultern zuckte und ihr die Schlüssel des Audis reichte. Carina griff begierig danach. Astrid zog ihren Mantel an und eilte zu ihrer Verabredung mit Ulf Ersgård.

Sie wollten sich in einem Restaurant im Handwerkerdorf von Hammarås treffen, einem Stadtteil, der in den 50er Jahren als ein beschämendes Überbleibsel des alten armen Schweden galt – schiefe, zugige Holzhütten mit Wanzen in den Tapeten, Plumpsklo und Wasserpumpe auf dem Hof. In den 60er Jahren hatte man damit begonnen, die Hütten abzureißen, um Platz für neue moderne Mietshäuser zu schaffen. Aber ein paar der alten Katen hatten stehenbleiben dürfen, als die Bauwirtschaft in den 70er Jahren schwächelte. In den 80ern waren die Häuser dann zu pittoresken Lokalen für vielversprechende Künstler und andere Kleinunternehmer renoviert worden. In einer dieser Katen befand sich heute »Bella Venezia«, Ulf Ersgård zufolge das beste italienische Restaurant in Hammarås.

Was vermutlich nicht so viel hieß, dachte Astrid voller Ironie, als sie auf ihren hohen Absätzen durch die ausgestorbene Fußgängerzone hetzte und versuchte, sich auf die Verabredung zu freuen. Aber ihre Gedanken kreisten hartnäckig um Belab und Olof Krämer. Falls er missglückte Impfexperimente in Ramsnoret unternommen hatte, wie sollte sie das herausfinden? Wissenschaftliche Studien wurden sorgfältig dokumentiert, dachte sie, aber was tut man, wenn sie scheitern? Vielleicht war die Dokumentation darüber ja in dem alten Archiv von Belab in Falun vergraben. Aber dazu würde ihr wohl kaum Zutritt gewährt werden.

Ulf Ersgård saß mit ziemlich mürrischer Miene allein an einem Tisch für zwei, als Astrid das Restaurant mit einer Viertelstunde Verspätung betrat.

»Verzeihen Sie meine Unhöflichkeit, normalerweise bin ich pünktlich«, sagte sie atemlos.

Er lächelte, als er sich erhob, um ihr den Mantel abzunehmen und ihn an die Garderobe zu hängen, aber das Lächeln erreichte seine braunen Augen nicht. Er war verärgert, auch wenn er es nicht zeigen wollte. Kein guter Start.

»Darf man fragen, weshalb Sie sich verspätet haben, wenn Sie ansonsten doch pünktlich sind?«, fragte er mit bemüht leichtem Ton.

Die Wahrheit – dass sie sechzig Jahre alte Ausgaben der Lokalzeitung in der Bibliothek gesichtet hatte – würde ihm vermutlich nicht gefallen, darüber hinaus hatte die Bibliothekarin nicht gewusst, ob sie sie überhaupt herausgeben durfte. Es war wohl besser, zu einer Notlüge zu greifen, die nicht allzu weit von der Wahrheit entfernt war.

»Ich war auf Camilla Granbergs Beerdigung und das hat mich etwas runtergezogen«, sagte sie mit schuldbewusster Miene, »und als ich mich endlich dazu aufraffen konnte, mich umzuziehen, war ich schon spät dran, und dann wusste ich nicht, wo ich am besten parken sollte, weshalb ich etwas umhergeirrt bin. Sorry!«

Jetzt erhellte ein richtiges Lächeln seine Züge.

»Aber es war es wert, auf Sie zu warten«, sagte er und sah ihr tief in die Augen. »Mir ist beinahe die Luft weggeblieben, als ich Sie zum ersten Mal gesehen habe, als Sie da in der Tür standen ... wie eine exotische orientalische Fürstin, mitten in den Wäldern Dalarnas.«

Das war ein Kompliment, das Balsam für ihr verletztes weibliches Selbstwertgefühl gewesen wäre, wenn es sie nicht unweigerlich an ihre erste Begegnung mit Gabriel erinnert hätte, als er sie angesehen und mit gedämpfter, eindringlicher Stimme »Titania!« gesagt hatte. Sie hatte gelacht und gesagt, dass sie sich ganz gewiss nicht als eine zarte und grazile Elfenkönigin sah, und er hatte mit seiner warmen Hand ihr Handgelenk umschlossen und geflüstert: »Nein, Titania ist nicht schwach und zart, sie ist die Königin des Zauberwaldes, dunkel, mächtig und gefährlich.« Eine gute Erwiderung, dachte sie jetzt verbittert, aber er war ja auch Dichter. Sie fragte sich, wie er Agneta genannt hatte.

Doch jetzt saß ihr ein anderer braunäugiger Mann am Tisch gegenüber, machte ihr ehrlich gemeinte Komplimente und sah sie mit einem Blick an, bei dem ihr warm wurde. Sie lächelte ihm zu und willigte ein, als er vorschlug, das Spezialgetränk des Restaurants als Aperitif zu bestellen, während sie die Speisekarte studierten.

Sie ließ ihn für sie beide das Essen und den Wein wählen, weil er hier Stammgast zu sein schien, wenn man mal davon ausging, wie sich die Kellnerin um ihn bemühte. Astrid sah sich um. Die Einrichtung mit einer Tapete im Stil des 19. Jahrhunderts und die in Blei gefassten Fensterscheiben bildeten einen bizarren Kontrast zu den karierten Tischtüchern und den Kerzen in bastumwickelten Chiantiflaschen. So ein Interieur wäre in Stockholm subtil ironisch gewesen, hier jedoch war es womöglich ganz ernst gemeint. Vielleicht aber auch nicht.

Der Drink schmeckte jedenfalls gut, und sie spürte, wie sie sich entspannte, während sie eine dieser vorsichtigen und gleichzeitig neugierigen Unterhaltung begannen, die man führt, wenn man sich näher kennenlernen will. Er animierte sie dazu, von ihrem Leben und ihrer Karriere zu erzählen, und hörte ihr mit offensichtlichem Interesse zu, auch wenn ihn ihre Erinnerungen an die ethnischen Krawalle in Transsylvanien und den Bürgerkrieg in Bosnien weitaus mehr interessierten als ihre Beteiligung an den Verhandlungen zur EU-Erweiterung, wofür man ihm allerdings kaum einen Vorwurf machen konnte.

Ulf Ersgård selbst hatte schon mit sechzehn Jahren angefangen, für die Lokalzeitung zu fotografieren, in einem Alter, als er noch keinen Führerschein gehabt hatte und mit dem Moped zu seinen Fotoaufträgen gefahren war.

»Im Winter war das ganz schön kalt«, sagte er mit einem Lächeln, »aber ich konnte umsonst alle Sportveranstaltungen besuchen. Das hatte mich ursprünglich auch auf die Idee gebracht.«

»Also nicht das Fotografieren an sich?«, fragte sie und wickelte eine dünne Scheibe Carpaccio um ihre Gabel.

»Doch, die Fotografie natürlich auch, ich habe immer Fotos geschossen, seit ich mit zwölf meine erste Kamera bekommen habe. Es gefällt mir, Momentaufnahmen zu machen, Sie wissen schon, den Gesichtsausdruck des Torwarts festzuhalten, wenn er den Elfmeter nicht hält, oder die Miene des Gemeinderatsvorsitzenden, als ihm klar wird, dass er die Abstimmung verloren hat, auch die Natur fotografiere ich gerne. Mein erstes richtig gutes Bild ist mir gelungen, als ich dreizehn war, es zeigte, wie ein Eichhörnchen seine Jungen im Nest gegen eine Schar Krähen verteidigte. Ohne anzugeben kann man wohl behaupten, dass ich Dalarnas bester Pressefotograf bin.«

»Aber Sie haben nie von etwas Größerem geträumt? Wie für die überregionalen Zeitungen in der großen weiten Welt zu arbeiten?«

Seine Augen verdunkelten sich, als ob das ein heikles Thema wäre, aber dann lächelte er wieder.

»Doch, ich hab's sogar probiert, habe für eine Abendzeitung in Stockholm gearbeitet. Als ich meine Arbeiten gezeigt hatte, war es keine Kunst, eine Stelle zu bekommen, aber ich habe den Job dort gehasst. Kleine Wichtigtuer von Chefs, die sich für sonst wen hielten und über mich bestimmen wollten, Termine, die nicht versäumt werden durften, Stress, Hetze, Lärm und Verkehr, keinerlei Handlungsspielraum und keine Natur. Ich bin ein freiheitsliebender Mensch, ich möchte über mich selbst bestimmen und nicht gemaßregelt werden, weshalb ich es nur ein halbes Jahr dort ausgehalten habe. Und die Lokalzeitung war heilfroh, dass sie mich wiederhatte.«

»Sie schreiben ja auch, wie kam es dazu?«, fragte sie neugierig.

Das habe an Einsparungen in der Redaktion gelegen, die dazu geführt hätten, dass Reporter fotografieren und Fotografen hätten schreiben müssen, erklärte er, und dagegen habe er nichts, solange er sein eigener Herr sei.

»Aber wird der Druck nicht noch größer, wenn Stellen gestrichen werden, sodass man erst recht auf den kleinsten Wink der Chefs hin gehorchen muss?«, fragte sie. »Das scheint mir heute fast überall so zu sein.«

Mit einem Lächeln und einem Augenzwinkern erwiderte er, dass das vielleicht für die meisten gelten würde, jedoch nicht für ihn.

»Ich weiß, wie man mit den Chefs umgeht, mit dem Chefredakteur und mit den Redaktionsleitern. Sie mögen mich, sodass sie es nur zu gerne hinnehmen, dass ich nicht jeden Morgen Gewehr bei Fuß stehe und einen Kratzfuß mache.«

Bei Jakobsmuscheln mit Linguine und Zitronensoße erforschten sie weiterhin tastend das Leben des anderen. Astrid ging mit leichter Hand über ihre laufende Scheidung hinweg, und er erwähnte beiläufig zwei längere Beziehungen, »aber Frau und Kinder hatte ich nie«. Er fuhr gerne Ski, betrieb Höhlentauchen und guckte Filme »in denen etwas passiert«, während sie über ihr Interesse für Literatur und Mode sprach, bevor sich das Gespräch wieder ihrer Arbeit zuwandte.

»Die Grube Hamra Bruk ist der Wahnsinn, riesige Walzwerke und Öfen, Feuer, Rauch und Dramatik. Ich habe dort ein paar richtig tolle Bildreportagen gemacht. Obwohl es schwer ist, eine Erlaubnis zu bekommen, im Werk selbst zu fotografieren. Sie sind dort sehr penibel mit Genehmigungen und so.«

Eine Idee keimte in Astrid auf, und sie probierte sie einfach aus.

»Dann haben Sie doch bestimmt auch bei anderen Großunternehmen aus unserer Region Bilder gemacht, bei Stora Enso oder Belab zum Beispiel, oder?«

Er lachte auf.

»Ach, wissen Sie, bei Belab gibt's nicht viel zu knipsen, Menschen in Labors und im Büro sind nicht sonderlich fotogen. Aber ich war natürlich da, bei Hauptversammlungen und dergleichen. Und ich habe freiberuflich für sie gearbeitet, habe Fotos für den Jahresgeschäftsbericht gemacht, als sie noch Belab hießen, und auch für Belab-Steiner. Eine Zeitlang war Belab fast so etwas wie mein zweites Zuhause.«

»Und heute nicht mehr?«

Er zuckte die Schultern.

»Nein, inzwischen werden die Geschäftsberichte in Kalifornien zusammengestellt. Obwohl meistens noch ein paar alte Aufnahmen von mir aus Falun darin enthalten sind. Belabs Hauptsitz mit der Holzfassade in Herbstfarben, die Bude ist ja ziemlich bekannt, und ein Foto von Krämer.«

»Gibt es hier in Falun eigentlich noch geschäftliche Aktivitäten oder geht es eher um die Außenwirkung, dass der europäische Hauptsitz hier liegt?«

Er zuckte erneut die Schultern.

»Ein bisschen wird hier wohl noch geforscht, aber ich weiß nicht, wie bedeutend diese Forschung ist. Krämer hat ja sein Büro hier, und ich glaube, dass da auch das europäische Marketing sitzt, und dann ist da natürlich noch Belabs Archiv. Da ist jetzt bestimmt ordentlich was los. Im Oktober findet eine Jubiläumsfeier statt – neunzigjähriges Bestehen und fünfzig Jahre seit Einweihung des Hauptsitzes –, was mit einem Jubiläumskonzert und einem Galadinner im Saal gefeiert wird, in dem sonst die Aktionärsversammlungen stattfinden. Dort wird es auch eine Jubiläumsausstellung zur Geschichte von Belab geben.«

»Haben Sie etwas mit der Ausstellung zu tun, ich meine, haben Sie viel für Belab beigesteuert?«

Er sah sie neugierig an. »Wieso?«

»Ach, ich frage mich nur, ob ich eine Chance hätte, zu den Feierlichkeiten eingeladen zu werden. Ich habe schon lange keine Gelegenheit mehr gehabt, mich richtig schick zu machen, ich hätte Lust zu so einem Galadinner.«

Seine braunen Augen funkelten.

»Als meine Begleitung, meinen Sie? Ich werde sehen, was sich machen lässt«, versprach er. Er legte seine Hand auf ihre, warm und verführerisch, während sie das Dessert bestellten. Astrid ließ es geschehen. Aber ihr war trotzdem danach, den Abend hier zu beenden, sie konnte spüren, dass die Wunden nach Gabriels Untreue noch nicht genügend verheilt waren, um etwas Neues anzufangen. Sie entschuldigte sich, ging auf die Damentoilette und rief Carina an.

Als sie zurückkam, griff er erneut nach ihrer Hand.

»Sie wollen doch wohl nicht mehr nach Hause fahren, oder? Ich wohne ganz in der Nähe«, sagte er und bohrte seinen Blick in ihren; seine Pupillen in dem gedämpften Licht sahen schwarz und tiefgründig aus.

Behutsam zog sie ihre Hand weg.

»Ich glaube nicht, nicht heute Abend …«

Sein Gesichtsausdruck wurde plötzlich düster und er schnaubte, aber es fiel ihr schwer, die Geste zu deuten. Waren es Unmut und verletzte männliche Eitelkeit oder nur Enttäuschung? Was immer es auch war, es gelang ihm, sich zu beherrschen.

»Wie kommst du denn jetzt nach Hause, nach dem vielen Wein? Ich kann dich fahren, wenn du willst, ich vertrage einiges.«

»Eine Freundin holt mich ab«, sagte sie, und in dem Moment kam zu ihrer Erleichterung die Bedienung mit dem Nachttisch und dem Kaffee.

Vor dem Restaurant küsste er sie auf den Mund, warm, fest und verlangend.

»Bis bald, Astrid«, sagte er und ging die Einkaufsstraße herunter, gerade als Carina auf den Platz hinter dem Restaurant fuhr.

»Na, wie war's?«, fragte Carina neugierig, nachdem Astrid den Sicherheitsgurt angelegt hatte.

»Vielleicht könnte etwas daraus werden, er hat einen gewissen Charme, ziemlich viel sogar«, antwortete Astrid diplomatisch. »Und darüber hinaus könnte er uns vielleicht nützlich sein.«

Sie erzählte Carina von dem Jubiläum und Ulf Ersgårds Kontakten zu Belab.

»Wie hast du dir das denn vorgestellt?«, fragte Carina skeptisch. »Er nimmt dich mit zum Jubiläumsdinner und du schleichst in voller Montur zum Archiv, öffnest das Schloss mit dem Fischmesser und findest in null Komma nichts alle Unterlagen über Dr. K. und sein perfides Experiment? Na schön, bitte sehr, alle Methoden sind erlaubt, solange sie gut sind. Mir ist da eine andere Idee gekommen, aber das kann warten.«

Sie habe die restlichen Zeitungen von 1950 und 1951 durchgesehen, ohne noch etwas über Belab zu finden. Danach habe sie am PC nach »Polio« und »Impfstoff« gesucht, aber viele Suchergebnisse seien auf Englisch gewesen, das zu lesen ihr schwerfiele. Zumindest habe sie aber herausgefunden, dass der Polioimpfstoff, der in Schweden eingesetzt werde, ein inaktivierter Impfstoff sei – »die Erreger, oder was immer es sind, werden mit Formalin abgetötet« –, während attenuierter Lebendimpfstoff, der als Schluckimpfung verabreicht werde, in weiten Teilen der Welt zum Einsatz käme.

»Klingt gefährlich, so ’n bisschen nach Frankensteins Monster, oder?«, sagte Carina. »Ich glaube, in einem der englischsprachigen Artikel stand auch, dass Menschen manchmal nach Einnahme dieses Lebendimpfstoffs Polio bekommen hätten. Aber das kannst du ja noch einmal checken, du kannst besser Englisch.«

Sie bremste ab und bog rechts ab auf die Straße, die nach Granåkers Hästberg führte. Links und rechts der Straße ragte dunkel der Wald auf. Jetzt war das Fernlicht die einzige Lichtquelle.

»Erinnerst du dich eigentlich noch an den Namen dieser Krankenschwester in Ramsnoret?«, fragte Carina da.

»Sie hieß Gerda irgendwas, Larsson oder Persson, glaube ich, wieso?«

»Ach, ich habe ein Hochzeitsfoto von einer Gerda Larsson vom Dezember 1951 gesehen und mich gefragt, ob sie das gewesen sein könnte. Sie sah aus wie diese machtbesessene und sadistische Oberschwester aus *Einer flog über das Kuckucksnest*, wie ein richtiger Satansbraten. Die hätte bestimmt gut nach Ramsnoret gepasst.«

Sie verstummte. »Tja, das war alles«, sagte sie zögerlich nach einem kurzen Moment des Nachdenkens, aber ihr Ton klang nicht wirklich überzeugend.

KAPITEL 12

Stockholm

Dienstag, 14. September
bis Mittwoch, 15. September 2010

Inger Söderberg war vor ihr im Café Sturekatten und thronte mit einer Tasse Kaffee und einem sahnigen Backwerk vor sich auf einem roten Neurokoko-Samtsofa. Als sie einen der kleinen Räume des Cafés mit seinem überladenen Interieur aus Porzellankatzen und gehäkelten Tischtüchern betrat, erkannte Astrid sie sofort von dem Zeitungsfoto.

Sie steuerte auf die Professorin der Psychologie zu, die ihr lächelnd die Hand reichte.

»Inger Söderberg«, stellte sie sich vor. »Und Sie müssen Astrid Sammils sein.«

Sie war eine kleine Frau mit grauen Haaren und Kurzhaarschnitt, scharfen blauen Augen und einer molligen Figur, die sie geschickt mit einem Kleidungsstück aus Jerseystoff in gedeckten Farben überspielte. Sie sah aus wie ein gedrungener Troll aus Keramik. Ihr Dalarna-Dialekt war deutlich ausgeprägter als am Telefon, und Astrid merkte, dass sie selbst während des anfänglichen Geplänkels über Wind und Wetter und die Atmosphäre des Cafés immer mehr in die lokale Sprechweise verfiel.

Lange hielten sie sich jedoch nicht mit Smalltalk auf.

»Nun denn, lassen Sie uns zur Sache kommen«, sagte Inger Söderberg und leckte kühn einen Rest Schlagsahne von ihrem

Löffel. »Ihr Anruf, in dem Sie sagten, dass Sie sich für die IQ-Tests interessierten, die ich vor sechzig Jahren in Ramsnoret durchgeführt habe, hat mich wirklich überrascht. So sehr, dass ich noch einmal meine damaligen Notizen durchgesehen habe.«

»Die haben Sie noch?«, fragte Astrid erstaunt.

Ein Lächeln flog über Inger Söderbergs Gesicht.

»Ja. Ich habe alles, was ich in den ersten Jahren notiert habe, in ein paar Kartons in meinem Arbeitszimmer aufbewahrt, wohl vor allem aus einem Anflug von Nostalgie heraus und um mir selbst in Erinnerung zu rufen, wie jung und naiv ich einmal war. Aber erzählen Sie, weshalb interessieren Sie sich für meine alten Untersuchungsergebnisse? Sie schrieben, dass ein Angehöriger von Ihnen damals in Ramsnoret war?«

»Mein Onkel, und ich würde sehr gerne erfahren, ob Sie noch etwas über ihn wissen«, sagte Astrid. »Haben Sie die Tests auf Veranlassung der Anstalt durchgeführt?«

Inger Söderberg schüttelte den Kopf.

»Nicht direkt, die Idee kam von mir.«

Sie erzählte, dass sie 1949 das Psychologiestudium an der damaligen Universität Stockholm aufgenommen habe, um Psychologin zu werden, und dass sie in der Ausbildung gelernt habe, verschiedene psychologische Tests durchzuführen. Die ehrgeizige Studentin Inger hatte die Tests daraufhin bei Freunden, Nachbarn und Verwandten angewendet, sich aber eine größere Bandbreite an Testpersonen gewünscht. Ihre Tante sei Empfangsschwester des Bezirksarztes Edvin Fogelmark gewesen, der Anfang der 50er Jahre noch der verantwortliche Arzt in Ramsnoret gewesen sei, und dadurch sei es ihr erlaubt worden, die Insassen der Anstalt IQ-Tests zu unterziehen.

»Man hatte wohl angenommen, dass sich meine Tests als nützlich erweisen könnten, und ich war Feuer und Flamme dafür, meine Kenntnisse an Menschen zu erproben, die – wie es hieß – von der Norm abwichen«, sagte sie. »Onkel Edvin – so nannte ich ihn – fuhr mich also nach Ramsnoret und ich stolzierte mit hochroten Wangen und voller Tatendrang mit meinen Instruktionen und Arbeitsblättern hinein.«

Sie verzog den Mund zu einem nachsichtigen Lächeln bei dem Gedanken daran, was für eine blauäugige junge Person sie damals gewesen war, bevor sie Astrid ernst ansah.

»Sie können sich nicht vorstellen, was für einen Schock ich bekam. Dieser Ort da draußen im Wald glich einem Gefängnis oder einem Konzentrationslager. Kinder und Jugendliche mit leeren Augen, der Gestank von Urin auf den Fluren, Schlafsäle mit Betten, die aneinander gereiht waren wie Sardinen in einer Konservenbüchse. So wie das Personal von den Insassen sprach, sah es sie kaum als menschliche Wesen an. Es war fünf Jahre nach Ende des Zweiten Weltkrieges, und immer noch lebte in den Heimen dasselbe verstaubte Gedankengut fort, das für die Gründung solcher Einrichtungen verantwortlich gewesen war. Das ließ sich wohl nicht abschütteln.«

»Welches Gedankengut?«, hakte Astrid nach.

»Rassenbiologisches Gedankengut, das um die letzte Jahrhundertwende herum aufkam«, sagte Inger Söderberg ruhig. »Und das längst nicht nur in Deutschland. Es führte dazu, dass ›minderwertige Elemente‹ wie die sogenannten ›Schwachsinnigen‹ vom Rest der Bevölkerung ferngehalten wurden, damit sie den gesunden Volksstamm nicht mit ihrer Minderwertigkeit ansteckten. So der Grundgedanke. Das stieß in Schweden auf großes Interesse, Sie sollten sich mal die Untersuchungen anschauen, die in den 20er Jahren über Schwachsinnige gemacht wurden – und dieser Grundgedanke lebte noch bis in die 50er Jahre hinein fort. Wer entwicklungsgestörte Kinder bekam, wurde dazu gedrängt, sie in ein Heim zu geben, das sei zum Besten aller, wie man zu hören bekam, und da durften die Kinder dann den Rest ihres Lebens zubringen. Und wenn sie doch irgendwann einmal entlassen wurden, wurden sie vorher sterilisiert.«

Astrid musste an Elsa Lundén denken, die allein mit ihren Topfblumen in ihrem Häuschen lebte, an die Männer, die sie verlassen hatten, als sie erfuhren, dass sie keine Kinder bekommen konnte, und an Lars, der sein ganzes Leben allein verbracht hatte. Inger Söderberg beobachtete sie mit einer Miene, die verriet, dass sie ahnte, was Astrid durch den Kopf ging.

»Nun ja, soweit der Hintergrund des Ganzen«, sagte sie nach einer Weile. »Soll ich Ihnen jetzt erzählen, was ich noch über die Begegnung mit Ihrem Onkel weiß?«

Astrid nickte stumm.

Inger Söderberg hatte die Hypothese vertreten, dass sprachliche Intelligenztests Personen benachteiligen könnten, die lange in einem Heim gelebt hatten, weil sich viele der darin gestellten Fragen auf Faktenwissen gründeten und Kenntnisse über die Gesellschaft verlangten, die sich die Heimbewohner nicht so leicht hatten aneignen können wie andere. Deshalb hatte die junge Forscherin beschlossen, in Ramsnoret einen sprachfreien Intelligenztest – Ravens Matrizentest – zu verwenden. In den meisten Fällen habe sich das Ergebnis mit dem früherer Tests gedeckt. Bei manchen Patienten habe der Test jedoch zu ganz neuen Resultaten geführt, und Lars war einer davon gewesen.

»Ich durfte meine Tests in einer kleinen Kemenate im Schulflügel machen, und ich erinnere mich noch daran, wie er hereinkam, ein richtig fescher Junge«, sagte sie. »Aber er war scheu und hatte eine extrem ausdrucksarme Mimik, sah zu Boden, sagte nur kaum hörbar ›Ja‹ und ›Nein‹, als ich ihn etwas fragte. Aber ich ließ nicht locker – warum, weiß ich nicht – und versuchte ihn dazu zu bewegen, sich zu entspannen. Ich fragte ihn, ob er sich für irgendetwas besonders interessierte, und er sah zu Boden und murmelte ›Vögel‹. Und das war ein Glückstreffer, weil ich als junges Mädchen begeistert Vögel beobachtet hatte. Ich fragte ihn, welche Vögel er ringsum im Wald gesehen hätte und erzählte ihm von meinen eigenen Beobachtungen, und nach einer Weile taute er auf und wurde geradezu mitteilsam. Und da brachte ich meinen Test ins Spiel – und stellte zu meinem Erstaunen fest, dass er nicht nur normalbegabt, sondern sogar hochbegabt war. Aber das wollte ja niemand wahrhaben. Wie ist es ihm in seinem Leben ergangen?«

»Er wurde entlassen, als die Anstalt ein paar Jahre darauf geschlossen wurde und wohnte den Rest seines Lebens auf dem Hof seiner Eltern«, sagte Astrid. »Als sie starben, übernahm er ihn. Er war ein guter Mensch, beliebt bei den Nachbarn, kinderlieb, belesen und ein interessanter Gesprächspartner. Ich vermisse ihn. Was hatte er wohl für eine psychische Störung, eine leichte Form von Autismus? Asperger?«

»Das halte ich für wahrscheinlich«, sagte Ingrid Söderberg ruhig. »Aber das klingt so, als hätte Ihr Onkel später noch ein gutes Leben geführt. Das freut mich zu hören. Haben Sie jetzt alles erfahren, was Sie wissen wollten?«

Astrid holte tief Luft.

»Nein, ich habe noch ein paar weitere Fragen an Sie. Sind Sie eventuell einmal dem Anstaltsarzt von Ramsnoret begegnet, dem Mann, der auf Ihren Onkel Edvin folgte?«

Inger Söderberg grinste, es war ein diebisches Grinsen, das sie um Jahre jünger machte.

»Na, und ob! Gottes Geschenk an die Menschheit, und vor allem an die Frauen, der schicke Doktor Krämer, doch, an ihn erinnere ich mich.«

»Inwiefern? Hat er Sie angebaggert?«, fragte Astrid neugierig.

»Ja, das hat er wohl«, sagte die Professorin. »Ich war damals recht anziehend, blond und hübsch und so, und er versuchte, mich zu beeindrucken, indem er sich großkotzig und herablassend aufführte. Er ließ mich wissen, dass Psychologie in seinen Augen unwissenschaftlicher Hokuspokus sei. Nicht besonders schlau von ihm, muss ich sagen. Aber er konnte sich wohl nicht beherrschen. ›Die Wissenschaft wird die Welt voranbringen, Fräulein Söderberg!‹«

Ihre Imitation eines arroganten männlichen Akademikers war so überzeugend, dass Astrid für einen Augenblick Olof Krämer in Bukarest vor sich zu sehen glaubte, seine blauen Augen mit dem dominanten Ausdruck, und seinen etwas zu festen Händedruck zu spüren meinte.

»Aber mich interessiert natürlich, weshalb Sie nach ihm fragen«, sagte Inger Söderberg.

»Weil ich mich frage, ob er in Ramsnoret womöglich irgendwelche Experimente durchgeführt haben könnte. Mein Onkel hatte gerade angefangen, seine Memoiren zu schreiben, als er starb, und das, was er schrieb, lässt darauf schließen, wenn auch nur vage«, improvisierte Astrid.

Inger Söderberg stützte die Ellenbogen auf den Tisch, schloss die Augen und schien in Gedanken zu versinken. Astrid sah verstohlen auf ihre Uhr. Der Sekundenzeiger machte eine Umdrehung nach der anderen, bis die Stille an ihrem Tisch vor den Hintergrundgeräuschen des Cafés ohrenbetäubend klang.

»Ja, er könnte Versuche gemacht haben«, sagte sie nach einer langen Pause, »ja, möglich ist das. Er hatte im Schulgebäude ein Labor – im selben Flügel, in dem ich meine Kammer hatte – und das war erstaunlich modern und gut ausgestattet. Er lud mich ein paarmal ein, vorbeizuschauen, die Umgebung sollte wohl

Eindruck schinden, als er versuchte, mich mit seinen Predigten von der Überlegenheit der Medizin zu beeindrucken. Haben Sie irgendeine Ahnung, welche Art von Experimenten das gewesen sein könnten?«

»Welche zur Erforschung eines Impfstoffs gegen Polio«, sagte Astrid mit gespielter Überzeugung. »Er war immerhin mit den Eigentümern von Bergslagets Laboratorien, Belab, verwandt, und in einem Zeitungsartikel aus der Zeit deutete der Vorstandsvorsitzende von Belab an, dass man an einem Polioimpfstoff forsche.«

»Und welcher Art? Totimpfstoff oder attenuierter Lebendimpfstoff?«, fragte Inger Söderberg nach. »Per Spritze oder oral verabreicht?«

»Ich weiß es nicht genau. Ich weiß nur, dass er gesunden Kindern eine Arznei verabreicht hat, die zweimal oral gegeben wurde, im Sommer und im Herbst 1951, und dass es unmittelbar nach dem zweiten Mal in Ramsnoret zu einer Polioepidemie kam, an der acht Kinder starben.«

»In dem Fall also attenuierter Lebendimpfstoff«, sagte Inger Söderberg und nickte vor sich hin, »ja, das könnte passen.« Sie wandte sich wieder Astrid zu.

»Sie wissen es vielleicht nicht, aber zu jener Zeit, zu Beginn der 50er Jahre, fand ein Wettrennen der Wissenschaftler statt, einen Impfstoff gegen Polio zu entwickeln. Manche arbeiteten mit attenuiertem Lebendimpfstoff, andere mit inaktiviertem, und beiden Gruppen war Erfolg beschieden. Einer der Wissenschaftler, die mit Lebendimpfstoff arbeiteten, machte seine ersten großen Studien ausgerechnet an Kindern aus Heimen für geistig Behinderte, im Letchworth Village in New York und im Sonoma State Hospital in Kalifornien. Glücklicherweise ging alles gut, die Kinder wurden immun und keines von ihnen bekam Polio, aber ethisch gesehen war das gelinde gesagt bedenklich.«

»Wie muss man sich den Geschmack des Impfstoffs vorstellen?«, fragte Astrid. Sie erzählte Inger Söderberg, was Elsa Lundén ihr berichtet hatte, dass die Arznei so bitter geschmeckt habe, dass sie sie nicht habe hinunterschlucken können, und von dem Mädchen, das später gesagt habe, dass die Arznei »süß wie Hustenbonbons« gewesen sei.

Inger Söderberg nickte mehrmals, während sie zuhörte.

»Das passt, das passt«, sagte sie eifrig. »Lebendimpfstoff schmeckt bitter, deshalb wird auch empfohlen, die Arznei auf ein Stück Würfelzucker zu tropfen oder in einen Löffel Sirup, sodass sie leichter zu schlucken ist. Vielleicht kam Doktor Krämer also von selbst darauf, dass es besser war, den Impfstoff zu zuckern, als ihn den Versuchspersonen mit Gewalt einzuflößen.«

»Ich erinnere mich noch an meine Polioimpfung in der Schule, aber wir bekamen eine Spritze, keine Schluckimpfung.«

»Ja, in Schweden verwenden wir inaktivierte Polio-Vakzine, wie sie heute auch in weiten Teilen der westlichen Welt eingesetzt werden. Der große Vorteil ist, dass sie völlig risikolos sind, allerdings nicht so leicht zu handhaben, weil sie gespritzt werden müssen und außerdem nach ein paar Jahren eine Auffrischung erfordern. In den Ländern der Dritten Welt verwendet man häufig Lebendimpfstoff, weil er billiger und leichter zu verabreichen ist und einen langen Schutz bietet.«

»Aber ist er gefährlich?«, fragte Astrid, sich nicht ganz sicher, ob sie richtig verstanden hatte.

Inger Söderberg antwortete zögerlich. »Es ist vorgekommen, aber es ist äußerst selten, dass ein Lebendimpfstoff zu Lähmungserscheinungen bei den Geimpften und den Personen, die damit in Berührung gekommen sind, geführt hat. Dieses Risiko ist eindeutig vernachlässigbar. Es ist viel gefährlicher, sich nicht impfen zu lassen und zu riskieren, Polio zu bekommen. Aber …«, sie hob den Zeigefinger, jetzt ganz die Professorin, die eine wichtige Tatsache unterstreichen wollte, »… aber manche der attenuierten Polioviren, an denen zu Beginn der 50er Jahre von konkurrierenden Wissenschaftlern geforscht wurde, stellten sich als bedeutend gefährlicher als das heraus, lösten große Polioepidemien aus und waren nicht einsetzbar. Falls Olof Krämer also weitab in den Wäldern Dalarnas mit einem Polioimpfstoff experimentierte – obwohl nie darüber berichtet wurde –, wäre es denkbar, dass er ebenfalls zufällig an einem attenuierten Virus gearbeitet hat, der sich als zu gefährlich in der Anwendung herausgestellt hat.«

Sie tauschten einen Blick. Astrid musste an die unzähligen Kreuze auf dem Friedhof von Ramsnoret denken und an die acht Kinder, von denen sie in dem blauen Schreibheft gelesen hatte, die Kinder, die im Herbst 1951 vergebens auf der Krankenstation der Anstalt um ihr Leben gekämpft hatten. Hatte Olof Krämer sie als Versuchskaninchen missbraucht? Kinder, die von den Blicken der Öffentlichkeit verborgen ins Heim gesteckt worden waren, Kinder, die als minderwertig und als eine Bedrohung des Volksstamms betrachtet wurden?

»Sie scheinen sich sehr gut mit der Materie auszukennen, obwohl das nicht Ihr Gebiet ist«, sagte Astrid schließlich zu Inger Söderberg.

»Ach, ich gehörte vor zwanzig Jahren oder mehr einer staatlichen Ermittlungskommission zur Forschungsethik an, weshalb ich mich mit solchen Fragestellungen beschäftigt habe. Und seitdem habe ich die Diskussion weiterverfolgt. Wussten Sie, dass wir erst seit sechs Jahren ein schwedisches Gesetz zur Ethikprüfung bei wissenschaftlichen Forschungen haben? In den 50er Jahren hat man völlig zwanglos an Insassen von Heimen für geistig Behinderte, ganz zu schweigen von Gefängnissen, herumexperimentiert.«

»Aber doch wohl nicht in Schweden«, sagte Astrid ungläubig.

»Haben Sie als Kind, wie üblich bei uns in Schweden, nur samstags naschen dürfen?«, fragte Inger Söderberg. »Ja, das habe ich mir gedacht, so war das bei den meisten Ihres Alters. Aber in meiner Kindheit hatten die Menschen schlechte Zähne und man wusste noch nicht, dass es ratsamer war, nur einmal pro Woche viel Süßes zu essen statt mehrmals ein wenig. Das wissen wir inzwischen, weil sechshundert entwicklungsgestörte Patienten der Anstalt für Geistesschwache Vipeholm im Auftrag der Gesundheitsbehörde mehrere Jahre lang mit enormen Mengen Süßigkeiten vollgestopft wurden, um zu erfahren, welche Auswirkungen das auf die Zahngesundheit hat. Ihre Zähne verfaulten natürlich, und nach dem Ende der Studie war kein Geld mehr übrig, um etwas dagegen zu unternehmen. Diese Menschen mussten ihr Leben lang mit kaputten Zähnen herumlaufen. Aber dank der Vipeholm-Studien wurde der wöchentliche Naschtag eingeführt und unsere Zähne blieben gesund. Aus wissenschaftlicher Sicht war diese Studie hervorragend, ethisch gesehen jedoch absolut verwerflich. Menschen einer sozial benachteiligten Gruppe, Schutzbefohlene, wurden Experimenten unterzogen, die ihre Gesundheit schädigten und die für sie persönlich von keinerlei Nutzen waren. Moralisch betrachtet war das nicht viel besser als die medizinischen Versuche der Nazis an den Gefangenen der Konzentrationslager. Und das gründete sich wohl auch auf dasselbe Gedankengut: Menschen, die für wertlos erachtet werden, können ja zumindest als Laborratten für die wertvollen Menschen von Nutzen sein.«

Ihre blauen Augen schossen Blitze. Obwohl sie schon oft von den Vipeholm-Experimenten gesprochen haben musste, klang sie so aufgebracht, als hätte sie gerade zum ersten Mal davon gehört.

»Ich rede mich gerade ein wenig in Rage«, sagte Inger Söderberg und verzog den Mund, »ich hoffe, ich habe Sie nicht zu sehr gelangweilt. Und verstehen Sie mich nicht falsch – es ist absolut notwendig, Studien am Menschen zu machen, um neue Medikamente zu entwickeln. Aber es gibt ethische Richtlinien, die befolgt werden müssen. Dass die Teilnehmer der Studien über die Risiken aufgeklärt werden müssen und sich freiwillig darauf einlassen, daran teilzunehmen zum Beispiel, und dass Mediziner unter allen Umständen die Gesundheit und das Wohlbefinden der Patienten über die Interessen der Wissenschaft stellen.«

»Ach tatsächlich? Und die ethischen Richtlinien werden natürlich auch immer befolgt, oder?«, sagte Astrid trocken.

»Ich wünschte, ich könnte das bejahen, aber das kann ich nicht«, erwiderte Inger Söderberg ebenso trocken. »In der medizinischen Forschung geht es um viel Geld, und viel Geld vermag es bedauerlicherweise immer wieder, die Moral zu schwächen. Die Richtlinien wurden nach dem Contergan-Skandal in den 60er Jahren verschärft, aber daraufhin sind mehrere westeuropäische Arzneimittelunternehmen in den 80er Jahren dazu übergegangen, Medikamente in Ostdeutschland zu testen, wo die ethischen Regeln ihnen nicht im gleichen Maße das Leben schwer machten. Und heute sind alle Pharmaunternehmen auf der Jagd nach Blockbuster-Pharmazeutika, die Verkaufsrenner sind und mehr als eine Milliarde Dollar im Jahr einbringen. Wenn es ihnen gelingt, so eine Arznei zu entwickeln, gilt es, so viel wie möglich daran zu verdienen, bevor das Patent ausläuft und andere Unternehmen ihnen mit preiswerten Nachahmerprodukten Konkurrenz machen können. Aber meistens vergehen ja mehrere Jahre Patentschutz, bis das Medikament ausreichend getestet ist, um die Marktzulassung zu erhalten. Deshalb wird versucht, die klinischen Studien zu beschleunigen. Die Marketingkampagne für den Verkauf der Medizin ist nicht selten schon in vollem Gang, bevor die Studien abgeschlossen sind und die Arznei von den Behörden zugelassen wird. Demnach ist es ärgerlich, wenn sich während der laufenden Versuchsreihe herausstellt, dass das Medikament gefährlicher ist als angenommen. Zu Beginn der Jahrtausendwende gab es mehrere Pharmaskandale. Die Medikamentenzulassungen wurden wieder einkassiert und die Mittel wieder vom Markt genommen, als sich zeigte, dass die Hersteller Risiken vertuscht hatten.«

Ingrid Söderberg verstummte, wie um Atem zu schöpfen, und fuhr dann in gemäßigterem Tonfall fort:

»Dass Arzneimittelunternehmen immer häufiger klinische Studien an spezialisierte Unternehmen, sogenannte Contract Research Organizations, ausgliedern, ist eine andere interessante Entwicklung. Und dass die Experimente immer häufiger nicht in Westeuropa durchgeführt werden, sondern in Ländern, in denen das Personal billiger ist und Patienten leichter anzuwerben und sich ihrer Rechte weniger bewusst sind als wir. Will man richtig zynisch sein, könnte man auch sagen, dass es billiger ist, einen Spezialisten in der Ukraine oder in Indien zu bestechen, wenn man etwas verschleiern will, als für viel Geld einen schwedischen Professor einzustellen, der etwas sagt, das man nicht hören will.«

Astrid kam der Umschlag in den Sinn, den sie in Lars' Papierkorb gefunden hatte. Der Umschlag, auf dem er die Namen der rumänischen und moldawischen Hauptstädte notiert hatte. Der Umschlag, der einen verwirrenden Brief enthalten hatte und der Lars zufolge für jemand anderen bestimmt gewesen sein musste.

»Die Ukraine, aha. Und wie ist das mit Ländern wie Rumänien und Moldawien? Können Sie sich vorstellen, dass ein Unternehmen wie CalmedBelabSteiner dort Arzneimittelstudien durchführt?«

»Zweifellos. Das ist doch das Unternehmen von Olof Krämer, oder? Also, eines kann ich Ihnen sagen: Auf seinen moralischen Kompass würde ich nicht allzu viele Kronen verwetten.«

Tief in Gedanken versunken kehrte Astrid nach dem Gespräch mit Inger Söderberg wieder in ihr Hotel zurück. Vieles sprach dafür, dass Olof Krämer in Ramsnoret mit einem Polioimpfstoff experimentiert hatte. Aber hatte das etwas mit Camillas Tod und Mikaels Verschwinden zu tun, oder führten die möglichen Experimente auf eine falsche Fährte? Es sind zu viele Bälle in der Luft, und sie bewegen sich zu schnell, dachte sie. Während sie ihren Blick auf einen heftete, fiel ein anderer schon mit einem Plumps zu Boden. Onkel Lars hatte an »Dr. K.« geschrieben, und es war durchaus denkbar, dass seine Fragen sich um das Experiment gedreht hatten. Vielleicht war es um etwas gegangen, das er miterlebt oder beobachtet, aber damals nicht verstanden hatte. Dass Olof Krämer das beunruhigt hatte, war durchaus denkbar. Aber der Brief, den Lars aus Versehen bekommen hatte, konnte auch eine Gefahr für den Absender dargestellt haben. Oder erst eine Kombination aus beidem – eine Frage von Lars nach alten Vergehen und eine Antwort, in der es um neue Vertuschungsmethoden gegangen war. Und wenn jemand Camilla getötet hatte, weil derjenige sie für Astrid gehalten hatte, dann weil Lars seiner Nichte etwas hätte enthüllen können …

Nein, dachte sie wieder. Zu viele Bälle in der Luft.

Sie war diesmal ins Hotel gezogen, obwohl sie bestimmt auch wieder bei Sophie Lind hätte wohnen können. Aber Sophie war äußerst scharfsichtig und neugierig und interessierte sich überraschend stark für Verbrechen und rätselhafte Morde. Im Moment wollte Astrid nicht von Sophie ausgefragt werden.

Astrid sah auf die Armbanduhr. Noch drei Stunden bis zu ihrer Verabredung mit Maja Danielsson, der Ärztin aus Bukarest. Aber zuerst würde sie noch zu einer Wohnungsbesichtigung gehen. Sie hatte die Wohnung im Internet gefunden, eine große Zweizimmerwohnung in der Nähe des Vitabergsparks, die wie für sie gemacht zu sein schien.

Leider war sie nicht die Einzige. Aus der offenen Wohnungstür kam ein Gemurmel wie von einer gut besuchten Cocktailparty. Astrid stieg vorsichtig über das Durcheinander von Schuhen vor der Wohnungstür – modische Turnschuhe, noch modischere Boots, Retro-Stoffschuhe und ein paar fröhlich geblümte Gummistiefel. Ihre Schuhe behielt sie an. Sie wollte nicht auf Strümpfen in einer fremden Wohnung herumlaufen, vor allem nicht, als sie sah, dass zum Schutz des Parketts Papier auf dem gebohnerten Eichenparkett ausgelegt war.

»Vielleicht könnten Sie Ihre Schuhe ausziehen«, forderte der junge Makler sie auf, der im Flur Informationsmappen verteilte. Er sah aus, als wäre er geradewegs aus einer Geschenkverpackung ausgewickelt worden, hatte rosig glatte Wangen, tadellos frisierte Haaren und einen ebenso tadellos sitzenden Anzug.

»Das werde ich nicht tun, aber ich verspreche, vorsichtig zu sein«, sagte Astrid hochmütig.

Auf ihren hohen Absätzen überragte sie den Makler um ein paar Zentimeter. Sie bleckte die Zähne zu einem Lächeln, das ihn zurückweichen ließ, während er die Mappen wie ein Schutzschild an die Brust drückte.

Die Wohnung besaß zwei große, helle Räume, die so strahlend weiß waren, dass Astrid einen flüchtigen Moment erwog, ihre

Sonnenbrille aufzusetzen. Die Möbel waren aus weiß gestrichenem Holz, Chrom und schwarzem Leder, und hier und da waren strategisch ein paar Farbtupfer platziert worden. Es gab einen riesigen Flachbildschirm, aber keine Bücher oder persönliche Dinge. Konnte jemand wirklich so leben, oder hatte die Maklerfirma für die Einrichtung gesorgt?

Sie schlenderte in die Küche, die frisch renoviert zu sein schien – ein Tempel der Esskultur mit Arbeitsplatten aus Granit, Kühl- und Gefrierschränken aus gebürstetem Stahl, Induktionsherd und eingebautem Herd auf Brusthöhe. Alles in einem so strahlend unbefleckten Zustand, dass man sich fragen konnte, ob überhaupt schon einmal ein Mensch diese Perfektion mit etwas so Chaotischem wie Essenszubereitung besudelt hatte. »Keine Hand hat je berührt …«, ging Astrid durch den Kopf. Vielleicht hatte der Wohnungseigentümer ja die Küche renoviert und sich dann aus Verzweiflung über die hohen Zinsraten scheiden lassen, sich das Leben genommen oder war ins Ausland gegangen.

Als wäre der Gedanke an Scheidung eine Zauberformel, die Gestalten aus der Vergangenheit hervorzaubern konnte, vernahm sie plötzlich einen vertrauten Geruch und hörte jemanden mit so leiser Stimme sprechen, dass nur sie es aufschnappen konnte.

»Titania!«

Dass sie seinen Geruch schon vorher wahrgenommen hatte, schenkte ihr einen gesegneten Vorsprung, um sich zu fassen, sodass die Beine nicht unter ihr nachgaben, als sie zum ersten Mal seit ihrer Begegnung in der Anwaltskanzlei wieder Gabriels Stimme hörte. Er stand da, an die Arbeitsplatte gelehnt, und musterte die Fingerabdrücke, die sie auf der spiegelblanken Oberfläche hinterlassen hatte.

»Ich glaube, dass du mich mit jemandem verwechselst. Wenn

es eine Titania in deinem Leben gibt, muss das Agneta sein«, sagte sie kalt. »Sie hatte etwas für Esel übrig, oder? Genau wie Titania. Oder hat sie dich inzwischen rausgeschmissen?«

»Es gibt keine gemeinsame Zukunft mit Agneta, die Sache mit ihr war ein Irrtum«, sagte er gedämpft. »Schau mich doch mal an, Astrid, ich will nicht mit deinem Rücken sprechen!«

»Und was macht dich glauben, dass ich mit deiner Vorderseite oder Rückseite oder überhaupt mit irgendeinem Teil von dir etwas zu tun haben möchte?«, fauchte sie. Es gelang ihr jedoch, ihre Züge nicht entgleisen zu lassen, und so wagte sie es auch, sich umzudrehen und seinem Blick zu begegnen, der sie an jenem Mittsommerabend vor so vielen Jahren so verzaubert hatte.

Gabriel stand so nah, dass sie die Wärme seiner Haut spüren und den Puls sehen konnte, der an seinem Hals flatterte, flatterte, als wäre er aufgeregt. Er besaß immer noch eine gleichmäßig tiefe, goldene Sonnenbräune, die darauf schließen ließ, dass er weite Teile des Sommers an Bord von Agnetas Segelboot verbracht hatte.

»Wir sind auf dem besten Weg, einen großen Fehler zu machen, Astrid, merkst du das nicht? Merkst du denn nicht, dass diese Scheidung ein Fehler ist?«

Seine Stimme klang flehend, seine dunklen Augen blickten traurig. Aber sie widerstand.

»*Du* hast einen Fehler gemacht«, sagte sie langsam und deutlich. »Du. Hast. Einen. Fehler. Gemacht. Ende der Geschichte, was mich betrifft.«

Er seufzte.

»Ich verstehe nicht, wie du dich so zum Richter aufschwingen kannst. Du warst sonst nie der Moralapostel. Ich habe einen Fehltritt, einen einzigen Fehltritt, begangen, und du bist so uneinnehmbar wie Fort Knox.«

Sie starrte ihn an.

»Spinnst du? Einen kleinen Seitensprung hätte ich ja vielleicht noch verkraftet, mit irgendeiner beeindruckten Schriftstellerin auf einem Seminar oder einer beseelten Kulturredakteurin. Aber meine oberste Chefin in aller Öffentlichkeit zu bumsen, wie du es getan hast, ist etwas ganz anderes, das ist verflucht noch mal die billigste Seifenoper, von der ich je gehört habe, Untreue auf Nobelpreisniveau!«

Sie merkte zu spät, dass sie die Stimme erhoben hatte und die Küche voller Wohnungsinteressenten war, die jetzt fasziniert und verstohlen zu ihnen hinübersahen. Aber sie war zu wütend, um sich abzuregen, war gefühlt wieder an dem Ort, an dem ihre Welt in einem einzigen bebenden Moment in sich zusammengestürzt war. Als alles, an das sie geglaubt hatte, von dem kalten, schwarzen Strom des Betrugs davongeschwemmt worden war.

»Genau genommen war es kein öffentlicher Ort, jedenfalls nicht, bevor eine gewisse Person ein Bild davon ins Internet gestellt hat«, sagte er, wie um sich zu verteidigen.

»Im Gegenteil«, zischte sie, »es war ein Glück, dass ich und nicht irgendein umherstreifender Paparazzo das Bild gemacht hat, der es an die Klatschblätter hätte verkaufen können. Da wäre aus Elias' Krisenmanagement ein Schneeball in der Hölle geworden. Und davon abgesehen hat dich im Sommer doch jedes Klatschblatt abgebildet, mit Agneta an deiner Seite. Die alten Damen in Hammarås zerreißen sich das Maul darüber, wenn sie beim Friseur sitzen: ›Ist das auf dem Foto nicht der, der mit Astrid Långström, der Tochter des Rektors, verheiratet ist? Ach, du meine Güte!‹«

Sie war darauf gefasst, dass er sich erneut verteidigen würde, aber stattdessen tat er das Vernichtendste, was er hätte tun können, er sah sie traurig mit seinen dunklen Augen an. »Ich weiß, dass ich dich verletzt habe, Astrid, auch wenn es das Letzte war, was ich wollte. Verzeih mir!«, bat er leise.

Sie biss die Zähne zusammen und kämpfte darum, ihre Stimme wieder unter Kontrolle zu bekommen, bevor sie sich der Situationskomik bewusst wurde – da stand sie, eine studierte Expertin für Krisen- und Konfliktmanagement, ganz darauf bedacht, stur abzulehnen, während ein reumütiger Gegenpart die Friedensfahne schwenkte.

Nicht dass sie sich sicher war, dass seine Reue aufrichtig war. Trotzdem sagte sie in leichtem, ausdruckslosem Ton:

»Nach einem schweren Konflikt braucht es häufig eine Zeit der Waffenruhe und der Distanz, bevor ein reeller Versöhnungsprozess eingeleitet werden kann.«

Er musste das so aufgefasst haben, als ob die Tür nicht völlig zu wäre, denn er verzog eine Spur den Mund und erwiderte in eben demselben leichten, ausdruckslosen Ton:

»Aha. Und nun willst du ein Angebot für diese Wohnung abgeben?«

»Ich glaube, ich wage es nicht«, sagte Astrid und sah sich um, »ich hätte Angst, etwas schmutzig zu machen.«

»Bin ganz deiner Meinung«, sagte Gabriel. Er zog ein Taschentuch aus dem Anzug und wischte sorgfältig Astrids Fingerabdrücke von der glänzenden Granitplatte.

»Keine Hand hat je berührt …«, sagte er feierlich und sah sie erwartungsvoll an. Das war ihr altes Spiel, und sie erwiderte automatisch »Karlfeldt, *Das höchste Gericht*«, während sie widerstrebend feststellte, welche gedankliche Übereinstimmung immer noch zwischen ihnen herrschte.

Aber das würde sie nicht beeinflussen.

Sie schlug den Weg zur Wohnungstür ein, Gabriel folgte ihr.

Sie bemerkte, dass er sich im Unterschied zu ihr die Schuhe ausgezogen hatte.

»Es ist doch aber nicht so, dass du etwas mit einem anderen hast?«, fragte er plötzlich, als sie durch die Diele gingen.

»Einem anderen Mann, meinst du?«, sagte sie und dachte an Ulf Ersgård. »Tja, vielleicht, vielleicht auch nicht.«

Diese Antwort hatte er offenbar nicht erwartet. Sein Gesicht verfinsterte sich. »Ist es dieser Isländer?«, presste er zwischen zusammengebissenen Zähnen hervor.

»Isländer?«, wiederholte sie ehrlich erstaunt.

»Ja, dieser hochgewachsene IT-Typ, dem wir in Bukarest ein paarmal begegnet sind«, sagte er missmutig. »Stefan Soundso, er hat in Island einen Haufen Geld bei irgendwelchen betrügerischen Geschäften gemacht. Er hat mich vor einer Weile angerufen – ich habe keine Ahnung, woher er meine Nummer hatte – und mich gefragt, ob ich ihm deine Kontaktdaten geben könnte. Er schien sehr erpicht darauf zu sein, dich zu treffen.«

Maja Danielsson hatte vorgeschlagen, sich in der Bar des Grand Hotels zu treffen, eine Wahl, die Astrid überrascht hatte. Der Maja, an die sie sich aus Bukarest erinnerte, wäre ein Fast-Food-Imbiss lieber gewesen.

Astrid hatte Maja vor etwa einem Jahr kennengelernt. Eine Abordnung schwedischer Kommunalpolitiker war in Bukarest gewesen, um sich über die Teilhabe von Minderheiten und sozial benachteiligten Gruppen zu informieren, und die Botschaft hatte ein Treffen mit Wohltätigkeitsorganisationen für sie organisiert. Maja arbeitete für eine internationale Organisation, die der Roma-Minderheit einen besseren Zugang zu Gesundheitsvorsorge und besseren sanitären Verhältnissen ermöglichen wollte, und war unter den Gästen gewesen. Sie hatte Astrid mit ihrem flammenden Engagement und ihrem Idealismus beeindruckt, zugleich aber den Eindruck erweckt, kurz vor dem Zusammenbruch zu stehen, mit weit aufgerissenen Augen vor sich hin starrend, rastlos auf der Stelle tretend, ständig mit einem Auge auf das Handy und die Uhr schielend. Beim gemeinsamen Büfett nach dem Treffen hatte sie sich gierig wie ein ausgehungertes Straßenkind auf das Essen gestürzt, bevor sie mit einer gemurmelten Entschuldigung davongeeilt war. Kurz darauf hatte Astrid erfahren, dass Majas rumänischer Ehemann schwer an Krebs erkrankt war.

Ein halbes Jahr später war Astrid zu Ohren gekommen, dass er verstorben war und dass Maja sich noch tiefer in der Arbeit vergraben hatte, um ihren Schmerz zu betäuben. Gleichzeitig hatte sie um den Tod ihres Mannes einen Gerichtsprozess angestrengt.

Aber während des Zwischenfalls in der Botschaft hatte sie sich um Astrid gekümmert und die aufgebrachten Männer weggescheucht, die ihr die Meinung geigen wollten, nachdem sie das Foto auf Twitter gesehen hatten. Sie hatte ihr ein Beruhigungsmittel verabreicht, dafür gesorgt, dass sie etwas Warmes zu sich nahm, und sie schließlich mit zu sich nach Hause in ihre große Wohnung genommen, die von Büchern überfüllt war, in der die Möbel jedoch vom Flohmarkt und vom Sperrmüll zu stammen schienen.

Und jetzt saß Maja hier in Stockholm und wartete an einem Tisch auf sie, der Ausblick auf den Strömmen und das königliche Schloss bot. Sie hatte sich nicht verändert, trug eine schlichte Jeans, darüber eine Bluse, die aschblonden Haare waren zu einem einfachen Pferdeschwanz im Nacken zusammengefasst. Aber als Astrid näher kam, sah sie doch, dass etwas an Maja anders war – ihre Wangen waren nicht mehr ganz so schmal und die dunklen Augenringe nicht mehr so markant. Ihre Haare schienen frisch gewaschen zu sein und wurden von einer hübschen Spange gehalten, nicht wie vorher von einem ausgefransten Gummihaarband.

»Was ist passiert, du siehst ja aus wie ein anderer Mensch! Warst du in irgendeiner Wellnessoase oder hast du einen ausgedehnten Urlaub hinter dir?«, fragte Astrid, nachdem sie sich begrüßt und Astrid sich gesetzt hatte.

Maja lächelte, ein ehrliches Lächeln, dem jedoch ein Hauch von Bitterkeit anhaftete.

»Ich habe ganz einfach beschlossen, ein neues Leben anzufangen. Obwohl ›einfach‹ natürlich nicht ganz das richtige Wort ist. Als Cristian starb, dachte ich, dass ich weiterarbeiten müsste wie bisher, nur noch härter, um sein Andenken in Ehren zu halten, weißt du. Aber dann habe ich meine Meinung geändert. Ich musste an all das denken, was wir nie zusammen gemacht hatten und hätten unternehmen können, wenn wir nicht vier Jahre damit verbracht hätten, uns Tag und Nacht zu Tode zu schuften, um etwas gegen hoffnungslose Missstände zu unternehmen und Menschen Ratschläge zu erteilen, die sie doch niemals befolgen. Außerdem …« Sie atmete hastig ein und hielt die Augen krampfhaft auf, um nicht weinen zu müssen, bevor sie fortfuhr, »… und außerdem habe ich mich gefragt, ob die Arbeit nicht auch ein Grund dafür gewesen sein könnte, dass Cris krank geworden ist. Immer in diese Wohngebiete zu fahren, in denen die Luft von Umweltgiften verschmutzt ist und alle rauchen, ständig schlecht zu essen und kurz vor einem Burnout zu stehen, kann nicht gut gewesen sein. Mir ging durch den Kopf, dass wir besser aufeinander hätten achtgeben sollen.«

Sie schnitt eine Grimasse.

»Außerdem bemerkte ich, dass ich anfing, andere Leute anzufauchen. Dass es mich ärgerte, wie sie alle über ihre kleinen Problemchen jammerten, während mein Mann tot war. Also beschloss ich, dass es an der Zeit war, besser für mich zu sorgen und damit aufzuhören, immer die Probleme anderer lösen zu wollen. Ich habe meine Wehrpflicht gegenüber dem Elend der Welt erfüllt. Jetzt arbeite ich weniger, esse ordentlich, habe die Wohnung geputzt und mir ein richtiges Bett gekauft. Ich habe sogar Urlaub gemacht und versuche, Zeit mit Menschen zu verbringen, an denen mir etwas liegt. Wie mit dir, Astrid. Apropos essen, sollen wir bestellen?«

Sie schlug die Speisekarte auf. Astrids Blick fiel auf ihre Nägel, die früher bis auf das Nagelbett heruntergekaut und jetzt gepflegt kurzgeschnitten und farblos lackiert waren. Sie trug ausgesucht schöne Ringe.

Maja bestellte ein Krabbenbrot, »die sind furchtbar lecker hier«. Astrid entschied sich für ein Clubsandwich.

»Wohnst du hier im Hotel?«, fragte Astrid neugierig. Maja schüttelte den Kopf.

»Du lieber Gott, nein, das könnte ich mir nie leisten, ich wohne bei Verwandten. Aber ich mag die Bar hier. Als ich klein war, haben meine Großeltern immer hier gewohnt, wenn sie zu Besuch in Stockholm waren, und haben uns Kindern hier Kakao mit Sahne spendiert. Und wie geht es dir? Du siehst wieder richtig gut aus.«

Astrid hatte immer schon geahnt, dass Maja trotz ihrer Möbel vom Flohmarkt und ihrer Gummihaarbänder einen gediegenen bürgerlichen Hintergrund hatte. Die wenigen Male, bei denen sie bei Botschaftsempfängen erschienen war, hatte sie sich mit völliger Selbstsicherheit bewegt, obwohl sie meistens ein zwei Nummern zu großes schwarzes Cocktailkleid unbestimmten

Alters mit Schweißflecken unter den Armen und starkem Geruch nach Mottenkugeln getragen hatte. Großeltern, die wie selbstverständlich im Grand Hotel abstiegen, passten gut in das Bild, das Astrid von ihr gewonnen hatte. Jetzt schilderte Astrid Maja schnell und beinahe wahrheitsgetreu ihr Leben seit dem Tag, an dem sie Gabriel mit Agneta erwischt hatte, und endete damit, dass sie ihm gerade über den Weg gelaufen war.

In jener Nacht in Bukarest, der Nacht nach dem Zwischenfall, hatten sie sich in dem geteilten Kummer über ihren schmerzhaften Verlust gefunden, Maja durch den Tod ihres Mannes und Astrid durch Gabriels Betrug. Sie hatten eine absurde Unterhaltung darüber geführt, was schlimmer sei, jemanden durch Untreue zu verlieren oder durch den Tod. Astrid hatte dazu geneigt, dass der Tod besser sei, weil er schöne Erinnerungen wenigstens unangetastet ließ, sie nicht beschmutzte und zunichtemachte, wie Untreue es tat.

Sie erzählte Maja, dass die heutige Begegnung mit Gabriel sie aus dem Gleichgewicht gebracht hatte.

»Ich hatte gedacht, dass ich damit abgeschlossen habe, und da steht er plötzlich wie von den Toten wieder auferstanden vor mir …«

»Das liegt bestimmt daran, dass ihr so lange in Rumänien gelebt habt«, sagte Maja mit ernster Miene, »du weißt ja, wie viele Vampire es dort gibt.« Sie brachen in ein befreiendes Gelächter aus.

»Aber jetzt erzähl mal«, forderte Maja sie auf, »du wolltest wissen, was CalmedBelabSteiner so in Rumänien treibt. Worum geht es da? Brauchst du das für irgendeinen Bericht?«

An dem Abend, als Carina Svahn tropfnass und wütend auf dem Sammilshof aufgetaucht war, hatte Astrid sich verzweifelt nach jemandem zum Reden gesehnt, und Maja Danielsson wäre die Gesprächspartnerin ihrer Wahl gewesen. Aber weil Carina da gewesen war, hatte Astrid sich vertraut an sie gewandt, sodass sie jetzt eigentlich nicht mehr dasselbe Bedürfnis verspürte, Maja alles zu erzählen. Gleichzeitig aber musste sie etwas sagen – Maja konnte ihr nicht helfen, wenn sie nicht wusste, wonach Astrid suchte.

Astrid entschloss sich zu einem Kompromiss und sagte, dass einige der Papiere, die ihr Onkel ihr hinterlassen habe, aus seinem Haus verschwunden seien und sie annehme, dass sie Teil eines Schriftwechsels mit Olof Krämer zu Arzneimittelstudien in Rumänien wären.

Das schien Maja zu verwirren.

»War dein Onkel auch Wissenschaftler? Aber wenn er mit Olof Krämer im Austausch stand, musst du ihn doch nur fragen?«

Astrid biss sich auf die Lippe. Sie fing an, sich so in Halbwahrheiten zu verheddern, anderen Fakten vorzuenthalten und mit Notlügen um sich zu werfen, dass sie kaum noch wusste, wem sie was erzählt hatte. Aber wenn sie Majas Hilfe wollte, musste sie wohl mehr preisgeben. Nach kurzem Zögern erzählte sie ihr nahezu alles. Nur den Mord an Camilla und die Sache mit Mikaels Mütze erwähnte sie nicht, die Mütze, weil sie Carinas und ihr Geheimnis war, und den Mord, weil sie Maja nicht beunruhigen wollte.

Maja schien immer noch durcheinander zu sein.

»Gut, mal sehen, ob ich das richtig verstanden habe«, sagte sie. »Du nimmst an, dass dein Onkel an Olof Krämer geschrieben hat, und du vermutest, es ging darin um Arzneimittelstudien, die Krämer Anfang der 50er Jahre in einer psychiatrischen Anstalt für Kinder gemacht hat. Du nimmst an, dass dein Onkel eine Antwort erhielt, und zwar aus Versehen einen Brief, der für jemand anderen bestimmt war und in dem etwas über Arzneimittelstudien im heutigen Rumänien und Moldawien stand?«

Sie betonte die Worte »nimmst an« und »vermutest«, was Astrids Annahmen unangenehm spekulativ klingen ließ.

Mal davon abgesehen, dass Maja noch nichts über den Mord an Camilla wusste.

»Aber was tatsächlich in dem Brief gestanden hat, weißt du nicht«, fuhr Maja unnachgiebig fort, »weder in dem, den dein Onkel geschickt hat, noch in dem, den er bekam?«

Astrid schüttelte den Kopf. Sie sah aus dem Fenster auf den Strömmen, wo weiße Schärengartendampfer am Kai vor sich hin dümpelten. Es war ein schöner Septemberabend in Stockholm. Die Grabkreuze in Ramsnoret erschienen ihr auf einmal sehr weit entfernt. Schon wieder zweifelte sie für einen Moment, ob wirklich alles so passiert war.

Nein, sie hatte sich den Mord an Camilla nicht eingebildet. Sie hatte sich nicht eingebildet, dass Mikaels Mütze aus ihrem Versteck verschwunden war.

»Ich behaupte nicht, dass du dich irrst«, sagte Maja beschwichtigend, »ich will mir nur klar darüber werden, was du tatsächlich weißt. Und jetzt möchtest du, dass ich die Augen offen halte und mich nach fragwürdigen Arzneimittelstudien umhöre, wenn ich nach Rumänien zurückfahre?«

»Ja, genau, könntest du das tun?«, bat Astrid sie. »Du hast doch überall Verbindungen.«

»Klar, ich kann meine Fühler ausstrecken. Aber Rumänien ist sozusagen nicht das Land erster Wahl, um Arzneimittelstudien durchzuführen, weil es dort verboten ist, in den Medien um Probanden zu werben. Man muss über Krankenhäuser und Arztpraxen gehen. Es ist schon mehrmals vorgekommen, dass mich irgendeine CRO kontaktiert hat, die auf der Suche nach Teilnehmern für eine klinische Studie war.«

»CRO?«, fragte Astrid.

»Eine *Contact Research Organization*«, erläuterte Maja, »sie führen die Studien im Auftrag der Pharmaunternehmen durch. Obwohl meine Patienten nur selten ihren Anforderungen entsprechen. Sie führen häufig ein viel zu unstetes Leben, um an einer Studie teilzunehmen, die über Monate hinweg regelmäßige Arztbesuche erfordert.«

Akribisch spießte sie den letzten mayonnaisetriefenden Shrimp mit der Gabel auf und steckte ihn in den Mund.

»Du kennst doch selbst einen Mann, der für eine CRO arbeitet, jedenfalls habe ich gesehen, wie du dich mit ihm auf dem Botschafterempfang unterhalten hast.«

»Tue ich das?«, fragte Astrid erstaunt.

»Diesen großen Isländer, Stefan Hallgrimsson«, sagte Maja. »Er arbeitet für eine große internationale CRO, Göttingen Medical Consulting, GMC. Wusstest du das nicht?«

Am nächsten Tag machte Astrid sich nach einem späten Frühstück, ein bisschen Shopping und einem Termin bei einem Immobilienmakler, wo sie Gabriel glücklicherweise nicht noch einmal begegnete, wieder nach Dalarna auf. Gestern Abend war es später geworden als gedacht, weil Maja und sie in der Bar gesessen und über das Leben, die Arbeit und die Liebe philosophiert hatten, bis der Himmel über dem Strömmen dunkel geworden war und sich die Lichter des Schlosses wie eine Kette funkelnder Perlen im Wasser gespiegelt hatten. Maja hatte ihr versprochen, sich nach allem umzuhören, was mit CalmedBelabSteiner zu tun hatte, und Astrid angeboten, bei ihr in Bukarest zu wohnen, falls sie nach Rumänien kommen wollte, um selbst Nachforschungen anzustellen.

Astrid war stark versucht, sie beim Wort zu nehmen. Aber zuerst musste sie sich etwas überlegen, um Zutritt zu Belabs Archiv in Falun zu bekommen, entweder mithilfe von Ulf Ersgård oder mithilfe von Carinas »kleiner Idee«, auch wenn sie noch nicht wusste, worum es da ging.

Und was war eigentlich mit Stefan Hallgrimsson, der für ein Unternehmen arbeitete, das klinische Arzneimittelstudien durchführte? Stefan Hallgrimsson, der so erpicht darauf war, sie wiederzusehen? Ihr kam in den Sinn, wie er auf gemeinsame Bekannte verwiesen hatte, als sie sich das erste Mal begegnet waren, aber das war alles andere als eine angenehme Bekanntschaft. Jevgenija, Astrids russische Brieffreundin aus den 80er Jahren, und ihr isländischer Mann waren die skrupellosesten Menschen, die sie kannte. Sie konnten charmant sein, wenn sie wollten, aber so opportunistisch wie Katzen. Als Stefan Hallgrimsson ihre Namen erwähnt hatte, waren bei Astrid sofort alle Alarmleuchten angegangen.

Wieder in Stockholm gewesen zu sein, hatte ihr zwar gefallen, doch machte ihr Herz jetzt einen Sprung, als sie sich wieder ihrem Zuhause näherte, als sie Avesta, Hedemora und Säter hinter sich ließ und in der Ferne im Norden die Berge bläulich schimmern sah. Bestimmt lag es daran, dass Stockholm nicht mehr ihr Zuhause war. Der Sammilshof war mittlerweile ihre einzige Zuflucht.

Sie hoffte, dass Carina daheim sein würde, was sie erstaunte. Aber sie freute sich tatsächlich darauf, auf dem Sammilshof in der Küche zu sitzen und mit Carina die ganzen Neuigkeiten genau zu beleuchten. Sie hatte sich darauf gefreut, mit Maja zu reden, aber Maja hatte ihre Theorien angezweifelt, und auch wenn Astrid es nicht zugeben wollte, hatte das schwer an ihr genagt. Sie konnte schlecht damit umgehen, infrage gestellt zu werden. Als sie das ausgestorbene Zentrum von Hammarås und Hamra Bruk passierte, wo gerade die Halogenlampen aufflammten und schlagende Walzwerke und Hochöfen erhellten, begann es schon zu dämmern. Sie summte vor sich hin, als sie auf die Straße nach Granåkers Hästberg abbog. Etwas zu essen wäre jetzt nicht schlecht. Sie hatte ein paar Leckereien aus Stockholm mitgebracht. Carina hatte wohl kaum Gelegenheit gehabt, einzukaufen.

Jetzt erreichte sie den Kiesweg, der zum Dorf hochführte. In den meisten Häusern brannte einladend das Licht. Sie sah schon von weitem, dass auch ihre Küche hell erleuchtet war, und freute sich.

Aber auf dem Hof stand ein fremder Wagen. Ob Carina Besuch hatte?

Astrid stellte den Wagen ab und nahm ihr Gepäck aus dem Kofferraum. Durch das Küchenfenster sah sie Carinas Gesicht, lächelnd und quicklebendig im flackernden Schein der kleinen Schusterlampe über dem Tisch.

Auf der Küchenbank, mit dem Rücken zum Fenster, sah sie die Umrisse einer männlichen Gestalt.

Mit zögernden Schritten überquerte Astrid den Hof und ging zur Haustür, die unverschlossen war. Sie trat ein, zog die Tür mit einem Knall hinter sich zu und hing ihren Mantel auf.

Carina sah hinaus in die Diele.

»Hallo, bist du schon zurück?«, sagte sie erfreut. »Wir haben Besuch, komm doch rein und begrüß unseren Gast!«

Als sie die Küche betrat, erhob sich der Mann von der Küchenbank. Er war so groß, dass sein Kopf der niedrigen Küchendecke gefährlich nahe kam, und auf seinen Lippen lag dasselbe ironische Lächeln, das Astrid schon bei ihrer ersten Begegnung gestört hatte.

»Hallo, Astrid, es war wirklich nicht einfach, dich zu finden, aber jetzt habe ich es geschafft«, sagte Stefan Hallgrimsson.

KAPITEL 13

Bukarest
Freitag, 17. September
bis Freitag, 24. September 2010

Die Drohungen gegen ihren Sohn hatten Gabriela eine quälend schlaflose Nacht bereitet. Sie hatte versucht, die Gedanken daran beiseitezuschieben, als sie Alexandru half, sich zu waschen, seinen Schlafanzug anzuziehen und ins Bett zu schlüpfen. Trotzdem hatte er gemerkt, dass irgendetwas nicht in Ordnung war. Wie ein empfindsames Barometer reagierte er auf jede noch so kleine Änderung ihres Gemütszustands und hatte sie gefragt, ob sie traurig wäre. Als sie ihm versicherte, dass es ihr wie immer gehe und sie nur ein bisschen müde sei, war er nicht überzeugt.

»Du kannst Anakin haben, wenn du willst«, sagte er, als sie die Decke um ihn festgesteckt hatte; eine großherzige Geste, die ihr vor Augen führte, wie leicht sie doch zu durchschauen war, wie sehr ihre Angst durch die mühsam errichtete Fassade der Gelassenheit hindurchschien. Sie blieb neben Alexandru sitzen, bis sich sein kleiner Körper unter der Decke entspannte und sie seine ruhigen, gleichmäßigen Atemzüge hörte und er eingeschlafen war. Dann beugte sie sich zu ihm hinunter, küsste ihn leicht auf die Wange und sog ihn ein, diesen Kleinkindduft, der noch zu erahnen war, wenn seine Haare an den Schläfen und im Nacken feuchtwarm vom Schlaf wurden.

Danach brühte sie sich eine Kanne Tee auf und setzte sich im

Wohnzimmer auf die Couch, um über ihren moralischen Zwiespalt nachzudenken.

Alexandru durfte keiner Gefahr ausgesetzt werden. Ihr Kind zu schützen stand über allem, da gab es für Gabriela keinen Zweifel. Aber sollte sie deshalb jetzt von ihren ethischen Prinzipien abrücken, ihre Verantwortung gegenüber ihren Patienten aufgeben, obwohl sie ernstlich befürchtete, dass die von ihnen getestete Arznei schwere Nebenwirkungen hatte?

Sie hatte die Deklaration von Helsinki des Weltärztebundes über die ethischen Grundsätze für die medizinische Forschung am Menschen aus dem Bücherregal gezogen – unnötig eigentlich, da sie sie fast auswendig kannte – und neben Alexandrus Foto auf den Couchtisch gelegt. Jenes Foto, das ihr geschickt worden war, um ihr Angst zu machen. Da lagen sie nun vor ihr – die beiden Waagschalen ihres Dilemmas. Noch einmal las sie den zentralen Satz des Artikels 18: »Ärzte sollten den Versuch gegebenenfalls abbrechen, wenn sich herausstellt, dass die Gefahren den möglichen Nutzen übersteigen.«

Am liebsten wäre sie die ganze Verantwortung für die Sache losgeworden. Nach dem Gespräch mit seiner Frau wusste sie, dass Petre Epureanu eine Psychose entwickelt hatte, und damit hatte sie nun Hinweise auf zwei schwerwiegende Ereignisse bei den Probanden. Sie spielte mit dem Gedanken, ihre wenigen Informationen Luciana Nastase zu übergeben, ihre Hände in Unschuld zu waschen und das Problem ihrer Chefin zu überlassen. Aber wenn sie genauer darüber nachdachte, wagte sie es nicht. Sie hatte zuerst Stefan Hallgrimsson in Verdacht gehabt, aber das Foto war entstanden und an sie geschickt worden, als er in Schweden war.

Mit anderen Worten hielt sich der Feind – nach der Drohung bezeichnete sie ihren unbekannten Widersacher als »Feind« –

noch in Bukarest auf und besaß nicht nur Zugang zur Studie, sondern war auch über jeden ihrer Schritte informiert. Ein jeder von GMC Consulting konnte dahinterstecken. Wem konnte sie also noch vertrauen?

Vielleicht der nationalen Ethikkommission, die klinische Studien beaufsichtigte. Voller Hoffnung dachte sie an den alternden Pharmakologieprofessor, der dem Komitee vorstand. Ihm würde sie vertrauen können, aber um sich an ihn wenden zu können, brauchte sie mehr Informationen.

Ihr blieb einfach nichts anderes übrig, als ihre Recherchen fortzuführen. Aber zuerst musste sie Alexandru in Sicherheit bringen.

Was das hieß, lag so ziemlich auf der Hand. Also stand sie nach ein paar Stunden unruhigen Schlafs früher als sonst auf, um Roman anzurufen, ausnahmsweise dazu bereit, die hohen Kosten für ein normales Gespräch zu tragen.

Er meldete sich mit schlaftrunkener Stimme nach ein paar Freizeichen. Zu spät fiel ihr ein, dass es in Frankreich eine Stunde früher war als in Rumänien und sie ihn vermutlich gerade geweckt hatte. Aber das war jetzt nicht weiter wichtig. Mit bemüht heiterer Stimme brachte sie den Vorschlag vor, dass Alexandru seinen Vater für ein paar Wochen in Montpellier besuchen sollte.

Romans Reaktion war verhalten. Er schwieg lange, so lange, dass sie schon befürchtete, die Verbindung sei unterbrochen worden, aber er war offenbar nur sprachlos vor Erstaunen.

»Verzeihung, aber hast du jetzt völlig den Verstand verloren?«, brummte er schließlich.

»Weil ich dir vorschlage, dass dein Sohn dich besucht?«, erwiderte Gabriela wütend. »Nein, das will ich nicht behaupten.«

»Aber warum ausgerechnet jetzt?«, sagte Roman mit einem lauten Gähnen.

»Weil du ihn monatelang nicht gesehen hast. Weil er jetzt so schnell wächst, dass du ihn kaum wiedererkennen wirst, wenn ihr euch wiederseht. Weil er dich so vermisst, dass ich mir allmählich Sorgen um ihn mache. Ist dir nicht aufgefallen, dass er den Computerbildschirm geküsst hat, als ihr gestern geskypt habt?«

»Und wie, denkst du, soll das rein praktisch funktionieren?«, wandte Roman nüchtern ein. »Vielleicht hast du es ja vergessen, aber ich arbeite zehn Stunden am Tag und habe kaum Zeit, ihn zu sehen, selbst wenn er hier in Montpellier wäre. Und soll er allein herfliegen oder begleitest du ihn?«

»Stell doch ein Kindermädchen ein, das tagsüber auf ihn aufpasst, das ist doch finanziell kein Problem für dich«, schlug Gabriela ungeduldig vor. »Oder du nimmst dir frei, du arbeitest jetzt schon so lange ohne Urlaub, dass dir doch welcher zustehen müsste. Die Einzelheiten können wir dann immer noch klären, wenn du dich entschieden hast.«

Wieder war es still in der Leitung, eine Stille, die ihr irgendwie berechnend vorkam, als versuchte Roman irgendwie, sich aus der Sache herauszuwinden.

»Natürlich möchte ich meinen Kleinen gerne sehen, das versteht sich ja wohl von selbst«, sagte er schließlich. »Aber ich kann doch nicht einfach alles stehen und liegen lassen und ihn einfach so nehmen. Ich muss zuerst im Krankenhaus nachfragen, ob ich für ein paar Wochen meine Arbeitszeit reduzieren kann, und sehen, ob ich ein Kindermädchen finde, das Rumänisch spricht. Wir können doch noch ein bisschen über die Angelegenheit nachdenken, oder, Gabi? Schauen, ob das geht?«

»Na gut, wir denken darüber nach«, sagte sie niedergeschlagen. »Wir können ja heute Abend noch einmal darüber sprechen.«

»Das hat doch wohl nichts mit der Sache zu tun, über die wir gestern gesprochen haben, oder, Gabriela?«, fragte Roman plötzlich misstrauisch mit scharfer Stimme. »Du hast doch nicht etwa weiter herumgeschnüffelt und willst Alexandru jetzt aus der Schusslinie bringen?«

»Was unterstellst du mir da!«, rief sie aus und beendete rasch das Gespräch. Schachmatt, dachte sie resigniert, oder zumindest Schach. Es war offensichtlich, dass sie Alexandru in nächster Zeit nicht in Frankreich unterbringen konnte, was bedeutete, dass sie ihre Ermittlungen vorübergehend einstellen musste.

Noch immer tief in Gedanken, weckte sie Alexandru und suchte Kleidung für ihn heraus. Beim Frühstück war er übertrieben aufgekratzt und machte den Kasper, als hätte er das Gefühl, sie aufmuntern zu müssen, und als sie zur U-Bahn gingen, protestierte er nicht dagegen, im Buggy zu sitzen, obwohl er morgens sonst immer selbst gehen wollte.

In den nächsten Tagen versuchte Gabriela sich darauf zu konzentrieren, einfach nur ihre Arbeit zu machen. Sie empfing ihre Patienten, nahm Proben und ging den Fragebogen mit ihnen durch. Wie immer gelang es ihr dabei, ihre eigenen Sorgen zu vergessen, und war die liebenswerte, engagierte und aufmerksame Ärztin, die ihre Patienten so schätzten.

Besonders nachdrücklich erkundigte sie sich nach dem seelischen Wohlbefinden ihrer Probanden. Luciana Nastase war es, die die Ärzte nach dem tragischen Ereignis mit Virgil Stanescu dazu angehalten hatte, wie um sich zu entschuldigen, dachte Gabriela. Ihr unbekannter Gegenspieler konnte das wohl kaum als Grund dafür nehmen, aus seinen Drohungen Ernst zu machen.

Dagegen quälte Gabriela die Frage, wie sie mit den Informationen zu Petre Epureanus Psychose verfahren sollte. Sie in seinen Erhebungsbogen aufnehmen, sodass sie in die Ergebnisse der Studie einflossen, wäre etwas, das den Feind zum Handeln treiben könnte, aber sie zu verschweigen wäre ein unverzeihlicher Verstoß gegen ihre ethischen Grundsätze. Nach ein paar Tagen, an denen sie mit ihrem Gewissen gerungen hatte, gab sie in Petre Epureanus CRF-Formular schließlich ein *serious adverse event* ein und erwähnte es Luciana Nastase gegenüber, jedoch ohne in der Morgenrunde die Sprache darauf zu bringen.

»Hatten Sie diesen Probanden nicht ursprünglich als Abbrecher registriert?«, fragte Luciana Nastase und runzelte die Stirn.

»Ja, aber ich habe inzwischen den Abbruch nachverfolgt und mit seiner Frau sprechen können …«, sagte Gabriela und sah ihrer Chefin direkt in die Augen, »und da erzählte sie mir, dass er praktisch eine Psychose hatte und in einer psychiatrischen Klinik ist. Zuerst hatte sie es mir nicht sagen wollen, aber dann hat sie ihre Meinung geändert.«

»Hm«, sagte Luciana Nastase halb zu sich selbst, »zwei schwerwiegende Ereignisse und beide in Ihrer Versuchsgruppe, Doktor Dumitru. Ein seltsamer Zufall, nicht?«

Einer von Gabrielas Patienten berichtete von Albträumen, abscheulich realistischen Albträumen.

»Ich bin aufgewacht – jedenfalls glaube ich, dass ich wach war –, und es war ein Gefühl, als ob die Wände auf mich zukämen, und dann hörte ich Stimmen aus dem Nichts.«

»Und was sagten diese Stimmen?«

»Das habe ich vergessen«, sagte der Patient rasch, aber er sah bedrückt aus, als hätten »die Stimmen« etwas gesagt, das er am liebsten nicht wiederholen wollte.

»Dann sollten wir Sie, zumindest über Nacht, zur Beobachtung hierbehalten«, sagte Gabriela entschieden. »Ich hoffe, das macht Ihnen keine größeren Umstände? Sie können jemanden bitten, Ihnen Ihre nötigsten Dinge von zu Hause zu bringen.«

Ihr Patient reagierte erstaunt, sagte aber nach kurzem Nachdenken, dass das kein Problem wäre, er wäre sowieso auf Kurzarbeit und müsse erst am nächsten Tag wieder arbeiten. Er rief seine Frau an, die versprach, ihm seinen Pyjama, eine Zahnbürste und etwas zu lesen zu bringen, und Gabriela begleitete ihn zu einem der stationären Plätze, die GMC Consulting im Krankenhaus für solche Fälle vorhielt. Sie hatte noch einmal im Studienleitfaden des Sponsors nachgelesen, dass eine beruhigende Spritze keine nachteiligen Nebenwirkungen hatte, und den Arzt und die Schwester auf der Überwachungsstation vorgewarnt, dass ihr Patient übermäßig erregt sein könnte und welche Maßnahmen in dem Fall ergriffen werden müssten.

Roman war nach ihrem Gespräch nur schwer zu erreichen gewesen, und als sie ihn schließlich erwischte, brachte er zig Gründe vor, weshalb ein Besuch von Alexandru zurzeit ausgeschlossen war. Gabrielas Argument, wie sehr ihr gemeinsamer Sohn ihn vermisste, schien dennoch Eindruck auf ihn gemacht zu haben, sodass er davon sprach, für ein verlängertes Wochenende nach Bukarest zu kommen. Eine Tatsache, die Gabriela normalerweise gefreut hätte, allerdings konnte sie das im Moment überhaupt nicht gebrauchen.

Es kostete sie ihre ganze Kraft, ihre geheimen Ängste vor ihren Schutzbefohlenen, Alexandru und ihren Patienten, zu verbergen und die gut gelaunte, fürsorgliche Mutter und warmherzige Ärztin zu spielen. Aber Maria Savu entging nicht, dass ihre Tochter etwas bedrückte. Eines Abends, nachdem Gabriela und Alexandru die *Sarmale*, den Sauerkrautwickel, gegessen hatten, den sie für sie zum Abendessen zubereitet hatte, setzte sie

Alexandru im Wohnzimmer vor den Fernseher und schenkte Gabriela ein Glas Wein ein.

»Wie geht es dir wirklich, mein Schatz? Ich merke doch, dass du dir über etwas Gedanken machst. Hat es mit Roman zu tun?«

Gabriela nippte am Glas und erwiderte den Blick ihrer Mutter, die sie forschend aus braunen Augen ansah. Maria Savus Gesicht war von Falten durchzogen, war durch die schwere körperliche Arbeit in den Jahren frühzeitig gealtert, als die Familie nach der Gefängnisstrafe von Alexandru Savu ausgestoßen und verbannt gewesen war. Ihre Knie waren kaputt, ihre Haare schon weitestgehend ergraut, die Hände vor Schmerzen gekrümmt und ihr Herz machte Probleme. Aber sie besaß eine innere Stärke, die sie beide durch die schweren Jahre getragen hatte, die dafür gesorgt hatte, dass Gabriela immer das Gefühl gehabt hatte, jemanden zu haben, auf den sie sich stützen konnte.

Sie spürte, wie unter Marias liebevoll fragendem Blick die Tränen hinter den Lidern brannten. Aber sie durfte ihre Mutter jetzt nicht mit ihren Sorgen belasten, ermahnte sie sich streng. Jetzt war sie selbst an der Reihe, sich um Maria zu kümmern. Ihre Mutter war müde und verbraucht, sie selbst jung und erfolgreich und stand mitten im Leben.

»Also, ist es wegen Roman?«, fragte Maria, die sich ebenfalls ein Glas einschenkte, weil »es gut für das Herz« war. »Nein, nicht Roman«, sagte Gabriela.

Sie presste die Lippen aufeinander, konnte aber nicht verhindern, dass ihre Stimme zitterte, sodass es Maria schließlich doch gelang, ihr alles zu entlocken – so wie sie es früher immer getan hatte, wenn die Kinder in der Schule gemein zu Gabriela gewesen waren und sie es ihrer Mutter nicht hatte sagen wollen, um ihr nicht noch mehr Sorgen zu bereiten. Jetzt brachen die ganze Geschichte und ihre Ängste in einem einzigen Wortschwall aus Gabriela heraus, so als wäre ein Damm gebrochen, und nachdem sie alles erzählt hatte, ging es ihr tatsächlich besser, obwohl sie ein schlechtes Gewissen hatte.

»Aha«, sagte Maria, nachdem Gabriela geendet hatte. »Das mit deiner Arbeit geht ein bisschen über meine Vorstellungskraft, fürchte ich. Aber wenn ich richtig verstanden habe, nimmst du an, dass jemand trickst, damit das Unternehmen die Marktzulassung für eine Arznei erhält, die gefährlich für die Gesundheit sein könnte? Und sie drohen dir damit, Alexandru etwas zu anzutun, wenn du versuchst herauszufinden, was vor sich geht?«

Ihre Augen hatten sich vor Sorge verdunkelt, und Gabriela quälte erneut ihr Gewissen. »Und zu deinen Chefs kannst du nicht gehen und alles erzählen«, sagte Maria langsam. Das war eine Feststellung, keine Frage, aber Gabriela antwortete trotzdem darauf.

»Nein, denn es muss jemand aus dem Unternehmen selbst sein, der daran beteiligt ist, und wer das ist, weiß ich nicht. Es könnte jeder sein.«

»Ach ja, es scheint so, als ob sich in diesem Land nicht viel geändert hat«, sagte Maria mit einem Anflug von Bitterkeit in der Stimme. »Dein Vater berichtete seinen Befehlshabern, was geschehen war, aber was hat ihm das eingebracht. Sie standen auf derselben Seite wie die Parteibonzen, die dieses arme Mädchen vergewaltigt und erdrosselt haben.«

Sie nahm ein paar Schluck Wein, bevor sie das Glas entschlossen absetzte.

»Du musst sie stoppen, du musst etwas tun! Das meinst du doch auch, Schätzchen? Wenn das Medikament gefährlich ist, darf es nicht verkauft werden, sodass noch mehr mit dem Leben dafür bezahlen müssen, wie die Kinder dieser armen Familie, von der du erzählt hast!«

Gabriela war nicht sonderlich überrascht von der Reaktion ihrer Mutter. Ihre Eltern waren nach außen hin ein ungleiches Paar gewesen, weil Alexandru Savu ein überzeugtes Mitglied der Jugendorganisation der kommunistischen Partei und Maria eine ebenso glühende Katholikin gewesen war. Aber beide waren nicht korrumpierbar und ihren Idealen treu ergeben – weshalb Alexandru Savus Leben auch im Gefängnis geendet und seine Ehefrau ihm nie Vorwürfe deswegen gemacht hatte, dass er seinem Gewissen gefolgt war. Trotz der Folgen, die das für ihre Tochter und sie gehabt hatte.

»Aber was mache ich mit Alexandru«, wandte Gabriela verzweifelt ein.

»Ich fahre mit ihm weg«, sagte Maria resolut. »Wir besuchen für ein paar Wochen Gheorghe, er freut sich, wenn wir ihn besuchen.«

»Wie willst du es denn schaffen, so weit mit einem kleinen Kind zu reisen, liebe Mama. Du mit deinem Herzen?«

Gabrielas Onkel Gheorghe wohnte in der Nähe von Sibiu in Transsylvanien, fast sechs Stunden mit dem Zug von Bukarest entfernt.

»Ach, im Zug stillsitzen werde ich ja wohl noch schaffen, und Alexandru ist so lieb, er weiß, dass er seiner alten Oma keine Scherereien machen darf. Ich rufe heute Abend Gheorghe an und du kannst die Fahrkarten besorgen, dann erspare ich mir diesen Umstand. Vielleicht könnte uns ja dieser nette junge Mann, der Alexandru vor ein paar Tagen im Taxi hergebracht hat, zum Bahnhof fahren und uns in den Zug helfen? Ich hatte ihn eingeladen, auf eine Tasse Kaffee hereinzukommen, und er hat von dir gesprochen, als wäre er bereit, alles für dich zu tun. Wir versuchen übermorgen aufzubrechen!«

Gabriela stand auf und ging um den Tisch, um ihre Mutter zu

umarmen. Ihr war ganz schwach vor Erleichterung. »Danke, Mama«, sagte sie und nahm Marias von der Arbeit gezeichneten Hände in ihre feingliedrigen Arzthände.

»Mein kleines Mädchen, ich bin so stolz auf dich!«, sagte Maria und erwiderte zärtlich Gabrielas Händedruck.

Erst als sie wieder zu Hause waren, erzählte Gabriela ihrem Sohn, dass Oma und er eine weite Zugreise unternehmen würden, um Omas Bruder auf seinem Bauernhof zu besuchen. Zu ihrer Enttäuschung freute Alexandru sich überhaupt nicht darüber. Er starrte sie misstrauisch an, als würde ihm seine Intuition sagen, dass irgendetwas mit dieser so rasch arrangierten Reise nicht ganz stimmte, und verkroch sich, ihr den Rücken zudrehend, in seinem Zimmer in die Spielzeugecke, wo er wütend seine Legosteine durcheinanderwarf.

»Aber es ist doch toll, aufs Land zu fahren, mein kleiner Schatz«, sagte Gabriela. »Du kannst überall herumlaufen und Äpfel und Pflaumen vom Baum pflücken und neue Spielkameraden finden …«

»Hat Omas Bruder Kühe?«, fragte Alexandru verdrießlich. »Ich will nämlich keine doofen Kühe sehen. Die haben Hörner, mit denen sie einem wehtun können.«

Gabriela setzte sich neben ihn auf sein Bett und hob ihn hoch. Er schlang die Arme um sie. »Ich will bei dir bleiben, Mama, ich will nicht ohne dich fahren. Und ich möchte, dass Papa wieder zu uns nach Hause kommt«, murmelte er, das Gesicht an ihre Brust gedrückt.

Gabriela tat das Herz weh. Sie streichelte seine Haare und versicherte ihm, dass Oma und er nicht lange fort sein würden.

»Und dann kommst du wieder und hast jede Menge zu erzählen«, sagte sie, »und vielleicht kommt Papa dann auch nach

Hause und kann hören, was du alles erlebt hast. Wir haben gestern Abend darüber geredet, Papa und ich, dass er bald versuchen will, für ein paar Tage nach Hause zu kommen.«

»Darf Anakin mit Oma und mir mitfahren?«, fragte Alexandru, und als Gabriela ihm versprach, dass Anakin natürlich ebenfalls herzlich willkommen bei Omas Bruder sei, schien er sich mit der Reise abzufinden.

Nachdem Alexandru später eingeschlafen war, gelang es Gabriela nach einigem Hin und Her, im Internet die Fahrkarten zu buchen, und war froh, dafür nicht erst zum Gara de Nord fahren zu müssen. Sie hielt nach Mihais Taxi Ausschau und lud ihn zu einer Tasse Tee ein, was er so begeistert annahm, dass sie beinahe ein schlechtes Gewissen bekam. Mit ebenso großer Begeisterung erklärte er sich bereit, Maria und Alexandru zum Bahnhof zu bringen und sie bis zum Zug zu begleiten.

Am nächsten Tag kam sie so gelöst wie lange nicht mehr zur Arbeit. Zuerst ging sie zur Überwachungsstation. Die Nachtschwester schrieb gerade ihren Bericht, und Gabriela erfuhr, dass ihr Patient nachts extrem unruhig und beinahe aggressiv gewesen sei.

»Aber wir waren ja vorgewarnt«, sagte die Schwester.

Aus ihrer Schilderung ging hervor, dass das Befinden des Patienten so schlecht war, dass es als weiteres schwerwiegendes Ereignis zu werten war. Als Gabriela sich an ihren Computer setzte, rief sie sofort den CRF des Patienten auf, um die entsprechenden Angaben einzugeben. Aber dann zögerte sie. Noch wusste niemand, dass sie einen Probanden zur Beobachtung eingewiesen hatte. Ihr Feind musste jedoch Zugang zu allen Informationen im System haben, weshalb es sicher besser wäre, diese heikle Information so lange zurückzuhalten, bis Alexandru und Maria sicher im Zug saßen. Sie notierte die neuen Erkenntnisse also nur auf einem Papierformular und schloss das Blatt bis auf weiteres in eine Schreibtischschublade ein.

Unter der Woche hatte sie ihre Visitenkarte an die Patienten ausgeteilt, die einen Termin bei ihr hatten, und ihnen eingeschärft, dass sie ihre Handynummer wählen sollten, falls sie auch nur die geringsten Beschwerden feststellten. Bislang hatten alle die Karte kommentarlos eingesteckt.

Heute nahm ihre erste Patientin, eine fünfundvierzig Jahre alte Universitätslektorin für Französisch, die Visitenkarte jedoch genauer in Augenschein.

»Wir sollen also wieder diese Nummer statt der anderen benutzen, die uns vor einiger Zeit zugeschickt wurde, ja?«, fragte sie.

Gabrielas Herz machte einen Satz.

»Welche andere Nummer?«, fragte sie.

Ihre Patientin, ein Juliette-Gréco-Typ mit langem, dichtem schwarzem Pony, kräftigem schwarzem Eyeliner und eng sitzendem schwarzem Polohemd griff nach ihrer Handtasche und holte einen handgeschriebenen Zettel hervor, den sie Gabriela reichte.

»Diese. Es kam doch ein Brief von GMC, in dem stand, dass wir in Zukunft diese Nummer wählen sollten. Ich habe sie auf einen Zettel geschrieben, weil ich dachte, dass es gut wäre, sie greifbar zu haben.«

»Wissen Sie noch, wer den Brief unterzeichnet hatte?«, fragte Gabriela gespannt.

Die Frau überlegte.

»Nein. Ich bin mir nicht einmal mehr sicher, ob er überhaupt persönlich unterschrieben war. Aber ich habe den Briefkopf, das Logo und die Adresse wiedererkannt.«

»Na gut, in Zukunft wählen Sie bitte wieder meine Nummer. Diesen Zettel behalte ich«, sagte Gabriela.

Sobald die Patientin die Tür hinter sich zugezogen hatte, rief

Gabriela die fremde Nummer an. Es war eine Handynummer, die sie vorher noch nie gesehen hatte, da war sie sich sicher.

Eine unbekannte Männerstimme meldete sich.

»GMC Consulting, Meldestelle für unerwünschte Arzneimittelnebenwirkungen.«

Eine derartige Abteilung gab es ihres Wissens nicht.

»Mit wem spreche ich?«, fragte Gabriela.

»Der Meldestelle für unerwünschte Arzneimittelnebenwirkungen«, wiederholte der Mann. »Möchten Sie ein Problem melden?«

Gabriela zögerte, zögerte etwas zu lange, sodass der Mann misstrauisch wurde.

»He, sind Sie noch da? Wer sind Sie?«, fragte er schroff.

Sie legte auf.

Vielleicht ein Fehler, dachte sie, nachdem sie einen Moment nachgedacht hatte. Sie hätte sagen sollen, dass sie Albträume und Kopfschmerzen habe, nur um festzustellen, was dann passierte. Aber dafür war es jetzt zu spät.

Ein beunruhigender Gedanke beschlich sie. Sie hatte ihren Namen nicht genannt, aber ihre Nummer war nicht unterdrückt gewesen, und wenn der Mann, der sich gemeldet hatte, für den Feind arbeitete, würde es ihm ein Leichtes sein, ihre Identität zu enthüllen.

Sie versuchte, den Gedanken daran zu verdrängen, aber so recht gelang ihr das nicht.

Der restliche Arbeitstag lief wie gewohnt. Sie beschloss, früher Feierabend zu machen, weil sie noch Alexandrus Sachen für die morgige Fahrt packen musste. Als sie aus der U-Bahn ans Tageslicht kam, fiel ihr ein, dass sie ihrer Mutter hätte Bescheid geben sollen. Jetzt waren Maria und Alexandru vielleicht noch im Park.

Sie nahm das Handy heraus, um Maria anzurufen, aber im selben Moment klingelte es und sie sah die Handynummer ihrer Mutter auf dem Display.

Zwei Seelen, ein Gedanke, ging ihr durch den Kopf, und sie meldete sich erfreut.

»Hallo, Mama!«

Aber da war nicht Marias Stimme in der Leitung, nur ein Röcheln – ein bedrohliches Geräusch. Ihrer Mutter musste etwas passiert sein. »Sag mir, wo du bist, Mama, ich bin unterwegs«, sagte sie und versuchte, ruhig zu klingen, obwohl sie am liebsten geschrien hätte, wo bist du? Wieder dieses schreckliche Röcheln, dann eine Stimme, die nur entfernt an die ihrer Mutter erinnerte, als diese schwach hervorpresste:

»Im Park …«

Gabriela fing an zu rennen. Während sie zum Tineretuluipark lief, verständigte sie den Notarzt und fragte sich voller Angst, wie sie Maria und Alexandru nur in dem großen Park finden sollte.

Doch als sie den Eingang erreichte, sah sie schon eine kleine Menschentraube, die sich um eine am Boden liegende Gestalt geschart hatte. Sie verschaffte sich Platz und fiel neben ihrer Mutter auf die Knie, die regungslos ohne zu atmen mit blauen Lippen dalag. Sie beugte sich über den schmalen Körper und begann eine Herz-Lungen-Massage, drückte mit aller Kraft auf Marias Brustkorb, blies ihr Luft in den Mund.

Doch es war zu spät. Eigentlich hatte sie das sofort gewusst, und als der Notarztwagen mit heulenden Sirenen in den Park fuhr, ließ sie von ihr ab, während ihr die Tränen über die Wangen liefen.

Ihre Mutter war tot.

Ihre liebe, kluge, starke Mutter war tot. Auch wenn sie das jetzt noch nicht begreifen konnte.

Aber sie war selbst Mutter. Wie ein Schlag in den Nacken kam ihr die Erkenntnis, dass ihr Sohn nirgends zu sehen war.

Er musste einen Heidenschreck bekommen haben, als Maria ihren Herzanfall erlitt, dachte sie. Vielleicht ist er weggelaufen und versteckt sich jetzt irgendwo im Park.

»Alexandru!«, rief sie und sah sich nach allen Seiten um, als könnten ihre angsterfüllten Augen Laub und Büsche durchdringen.

Nach der anstrengenden Herz-Lungen-Massage hatte sie geschwitzt, aber jetzt war ihr ganzer Körper so schweißgebadet, als wollte er sich um jeden Preis seiner Flüssigkeit entleeren.

»Alexandru!«, rief sie erneut, aber niemand antwortete.

Ihr umherirrender, suchender Blick blieb an einem Gegenstand auf dem Boden hängen – Anakin Skywalker. Alexandrus geliebter Anakin, ohne den er keinen Schritt tun würde.

Eine alte Frau trat zu ihr. Mit ihrem langen schwarzen Mantel, den Schal fest unter dem Kinn verknotet, sah sie wie ein Schicksalsbote aus, eine Überbringerin schlechter Nachrichten.

»Suchen Sie nach einem kleinen Jungen? Einem kleinen Jungen mit blauer Jacke und roter Hose?«, fragte sie mit heiserer Stimme.

»Ja«, sagte Gabriela atemlos, »haben Sie ihn gesehen?«

»Man hat ihn mitgenommen«, krächzte die Alte, »ich habe es gesehen. Da war ein Auto, eine alte Schrottkarre, die anhielt. Jemand ist herausgesprungen und hat den kleinen Jungen an sich gerissen, und die Frau, mit der er hier war, hat sich an die Brust gefasst und ist umgefallen.«

Gabriela sank zu Boden und begrub den Kopf in den Händen, während ihr Brustkorb sich vor Angst und Entsetzen so unnachgiebig wie ein Eisenkorsett zusammenschnürte. Sie hatte nicht genug Vorsicht walten lassen. Sie hatte Unglück über die beiden Menschen gebracht, die sie mehr als alles auf der Welt liebte.

Ihre Mutter war tot.

Und ihr Sohn vom Feind gekidnappt.

KAPITEL 14

Dalarna

Donnerstag, 16. September
bis Donnerstag, 23. September 2010

Carina rief an, um Astrid zu ihrer Einweihungsparty in ihr neues Haus einzuladen. Sie sagte »Einweihungsparty« in einem Ton, der offenbarte, dass sie nie damit gerechnet hätte, dieses Wort jemals in den Mund zu nehmen.

»Klingt wie ein Witz, oder? Aber ich verspreche dir, das ist mein voller Ernst. Bitte komm, du bewegst dich auf Partys doch wie ein Fisch im Wasser! Tina kommt auch, es wird also eine gesittete Feier, keiner meiner alten Gangsterfreunde darf auch nur einen Fuß über die Schwelle setzen.«

»Deine Tochter«, sagte Astrid überrascht, »du hast also wieder Kontakt zu ihr? Ja, ich komme gerne. Wer wird denn noch da sein?«

»Das steht noch nicht ganz fest, aber ich verspreche dir, es werden nur respektable Leute sein«, antwortete Carina vage. »Wenn du möchtest, kannst du ruhig Ulf mitbringen.«

Carina war am Wochenende zurück in das alte Haus der Familie Granberg gezogen. Astrid hatte sie mit samt ihren Habseligkeiten hingefahren. Dabei hatten sie einen Umweg über Hammarås gemacht, um Lebensmittel für sie zu besorgen.

Sie hatten große Tüten mit Knäckebrot, Nudeln, Hafergrütze, Gemüsekonserven, Zwiebeln und Wurzelgemüse in die verwohnte Küche getragen – einen eisernen Vorrat an schwer verderblichen Lebensmitteln, mit dem Carina eine kürzere Belagerungszeit überstehen könnte, die aber auch für eine Festmahlzeit taugten, wenn man sich mit Zwiebelsuppe und Spaghetti mit Tomatensoße zufriedengab.

»Soll ich dich noch irgendwohin fahren, um die Partyeinkäufe zu erledigen?«, fragte Astrid sie trotzdem.

Carina kicherte.

»Nein, ich dachte, ich halte mich ans Bewährte – ein Kanister Terpentin und ein paar Lappen. Hammarås spezial, weißt du. Nein, brauchst du nicht, ist alles bereits geregelt, du wirst staunen!«

Astrid setzte sich wieder an ihren Laptop. Sie sollte für das Ministerium einen Bericht über die Lage in Rumänien vor dem geplanten Beitritt zum Schengen-Raum verfassen. Wie weit war Rumänien diesbezüglich, wie ernst war die Drohung des französischen Europaministers zu verstehen, dann das Schengener Abkommen aufzukündigen, und welche Haltung sollte Schweden einnehmen, wenn es in dieser Frage zum Streit käme?

Astrid war zufrieden. An einem aktuellen politischen Thema arbeiten zu dürfen, mit dem sie sich auskannte, bewies ihr, dass sie allmählich wieder in ihr altes Leben zurückfand.

Daneben suchte sie im Internet nach Informationen über CalmedBelabSteiners mögliche geschäftliche Aktivitäten in Rumänien und Moldawien. Auf einer Website, die laufende Arzneimittelstudien auf der ganzen Welt auflistete, fand sie schließlich nach beharrlichem Suchen Informationen darüber, dass der Pharmariese in den beiden Ländern mehrere Präparate testen ließ, unter anderem ein neues Mittel gegen Nikotinsucht. Es handelte sich um eine »Phase-III-Studie«, offenbar die letzte Stufe, die durchlaufen werden musste, bevor der Hersteller die Marktzulassung beantragen konnte. Sie wurde hellhörig, als sie sah, dass die Tests von GMC Consulting durchgeführt wurden, dem Unternehmen, für das Stefan Hallgrimsson angeblich arbeitete.

Carina fehlte Astrid stärker als gedacht, vor allem abends, wenn sie den Schlüssel in der Haustür zweimal herumdrehte und aus ihrem Zimmer auf eine dunkle, undurchdringliche Wand aus Fichtenwald schaute. Sie wagte es nicht, das Fenster wie sonst ständig einen Spalt offenstehen zu lassen, öffnete es aber vor dem Schlafengehen weit. Jeden Abend überlief sie ein Schauer, wenn sie die nächtlichen Geräusche des Waldes wahrnahm, die jetzt – ganz anders als früher – bedrohlich und furchterregend klangen. Eine Eule, die rief, ein heulender Fuchs auf nächtlichem Beutezug. Geräusche aus einer Welt, in der ein schonungsloser Kampf ums Überleben tobte und der Tod durch messerscharfe Schnäbel und Zähne stets gegenwärtig war, und das unmittelbar vor ihrer Haustür.

Der Schürhaken stand immer noch griffbereit neben ihrem Bett, und sie hatte neue Batterien in Lars' Rauchmelder eingesetzt, obwohl sie schon lange nicht mehr das unangenehme Gefühl gehabt hatte, jemand beobachte sie.

Sie musste nicht allein sein, wenn sie es nicht wollte. Ulf Ersgård und Stefan Hallgrimsson wetteiferten geradezu darum, sie auszuführen oder ihr anderweitig Gesellschaft zu leisten, ganz gleich, ob es sich um einen Kinobesuch oder einen lauschigen Abend daheim handelte. Worauf Ulf aus war, war ziemlich offensichtlich. Aus Stefan Hallgrimsson hingegen wurde sie nicht schlau, auch wenn sie das Schlimmste befürchtete.

Zuerst hatte sie einen Schreck bekommen, als sie ihn am Abend ihrer Rückkehr aus Stockholm in ihrer Küche vorgefunden hatte, aber danach sah sie es als glückliche Fügung an – der Mann, den sie gerade genauer unter die Lupe nehmen wollte, fand freiwillig den Weg zu ihr. Sie hatte sofort damit begonnen, ihre Fragen zu stellen.

Carina, die er gekonnt um den kleinen Finger gewickelt hatte, indem er sich mit ihr über Figuren aus der *Njals Saga* unterhalten hatte, als gehörten sie zu seinem engsten Bekanntenkreis, war zuerst sauer gewesen, dass Astrid ihre kleine literarische Konversation beendete, hatte aber bald begriffen, was es damit auf sich hatte.

Stefan Hallgrimsson hatte sämtliche Fragen lächelnd und offensichtlich ungezwungen pariert. Er sei nach Schweden gekommen, weil ein großes Unternehmen der Forstindustrie erwöge, seine Software zu erwerben, um ihr Prozessmanagement zu verbessern, wie er sagte, und er sei gebeten worden, sich vor Ort ein Bild von ihren Prozessen zu machen. Deshalb residiere er zurzeit auf Firmenkosten im besten Hotel Faluns und sei damit beschäftigt, zu Studienzwecken Papier- und Kartonagefabriken anzuschauen. Nein, er habe in Bukarest nicht für GMC Consulting gearbeitet, sie hätten aber seine Software gekauft und er habe sich dort aufgehalten, um sie an ihre Prozessabläufe anzupassen. Aber diese Arbeit habe er nun beendet.

Astrid fragte ihn weiter aus, als er sie ein paar Tage später bat, mit ihm im Gasthaus Dala-Floda essen zu gehen.

»Was willst du eigentlich von mir?«, fragte sie ihn geradeheraus, als sie am Flosjön spazieren gingen, bevor sie sich zu Tisch setzten.

»Was für eine Frage, Astrid!«, sagte er mit einem Grinsen. »Du hast bei unserer Begegnung in Bukarest großen Eindruck auf mich gemacht, und als ich erfuhr, dass du in Scheidung lebst, dachte ich, dass ich mir die Gelegenheit nicht entgehen lassen dürfte, wenn ich nach Schweden fahren muss. Ich habe eine Schwäche für große Frauen.«

Sein ironisches Lächeln zeugte eher vom Gegenteil. Als er auf dem Sammilshof war, hatte er um Carinas willen Dänisch gesprochen, ein klares, deutliches Dänisch, das gut zu verstehen gewesen war, aber jetzt war er ins Englische gewechselt. Die fremde Sprache sorgte während ihrer Unterhaltung für eine gefühlte Distanz, sodass ihr jede Replik wie ein Zug in einer Schachpartie erschien, in der beide Spieler herauszufinden versuchten, welche Strategie und Absichten der Gegner verfolgte.

Astrid nahm einen Bissen von der Polenta mit Schwarzwurzeln und Parmesan. »Trotzdem verstehe ich nicht, was du in Bukarest zu suchen hattest. Was wolltest du in einem Unternehmen, das deine Software gekauft hat, nachdem es dich bereits dafür bezahlt hatte?«

Er grinste erneut.

»Na ja, du weißt doch, was vor zwei Jahren mit Gunnars und Arnis kleinem Imperium passiert ist! Nach dieser Erfahrung bin ich hübsch vorsichtig bei Unternehmen, über die ich nicht hundertprozentig im Bilde bin.«

»Aber du hast bei der Pleite in Island doch kein Geld verloren, du hattest doch dein Honorar bekommen«, sagte Astrid erstaunt.

»In Form von Aktien, Astrid, die praktisch über Nacht wertlos waren«, sagte er und nippte an seinem italienischen Bio-Wein.

»Dann bist du, was das angeht, ja geheilt«, sagte sie leicht dahin.

»Na ja, nicht ganz. Ich will dir ein kleines Geheimnis anvertrauen, Astrid. GMC wird an die Börse gehen, und mir ist angeboten worden, die Hälfte meines Honorars in Aktien ausbezahlt zu bekommen, was äußerst rentabel wäre, wenn der Börsenkurs sich so entwickelt wie angenommen.«

Er lächelte, suchte ihren Blick, seine Augen waren so blau wie das Meer an einem sonnigen, windstillen Tag vor Island. Aber sie konnte erahnen, welche unbekannten kalten Tiefen sich unter dieser stillen Oberfläche verbargen.

»Spricht da die Gier aus dir, Stefan?«, fragte sie und griff nach ihrem Glas.

»Nein, aber die Bereitschaft, Risiken einzugehen, wie bei so vielen Isländern«, erwiderte er. »Ein großer Fang ist ein großes Risiko wert, das hat mich mein Vater gelehrt. Er ist Fischer, Kapitän eines Fischtrawlers, und als ich Teenager war, bin ich oft mit ihm draußen auf See gewesen. Und wenn du bei einem Sturm im Nordatlantik gefischt hast, weißt du, was es heißt, Risiken einzugehen. Also – Risiken ja, wenn die Rendite stimmt, aber unüberschaubare Risiken, nein. In diesem Sinne: Prost, Astrid!«

Bei einem erfolgreichen Börsengang von GMC winkte ihm also ein hoher Gewinn, aber er könnte ebenso gut viel Geld verlieren, wenn etwas ans Tageslicht käme, das dem Ruf des Unternehmens schaden würde, dachte sie. Aber weshalb erzählte er ihr das?

»Du hast also untersucht, wie GMC Consulting arbeitet«, sagte sie bedächtig und sah ihn prüfend an. »Und, hast du etwas entdeckt, das den Erfolg des Unternehmens beeinträchtigen könnte?«

»Wie man es nimmt«, erwiderte er ebenso bedächtig. »Es geht nicht nur darum, dass etwas dem Unternehmen schaden könnte, es müsste erst mal herauskommen. Glaubst du, jemand könnte auf die Idee kommen, bei GMC irgendwelche dunklen Machenschaften aufzudecken, Astrid?«

Sie starrte ihn an. Versuchte er ihr Angst einzujagen, oder was sollte das? Wer war hier eigentlich der Jäger und wer der Gejagte?

Als Astrid am Mittwochabend auf das Haus zufuhr, das für sie immer noch das Haus der Familie Granberg war, standen schon mehrere Autos auf dem Hof. Sie erkannte sofort Stefan Hallgrimssons Leihwagen, einen Audi, und stellte insgeheim fest, dass Stefan Carina gegenüber wohl weiterhin seinen Charme hatte spielen lassen, weil sie ihn zu ihrer Einweihungsparty eingeladen hatte. Wem die anderen Wagen gehören konnten, wusste sie nicht, aber es schien sich bei allen um kostspielige Neuwagen zu handeln – ein kleiner silberner Mercedes mit Kindersitz auf dem Beifahrersitz, ein schwarzer BMW und ein beiger Renault Trafik mit einem Schriftzug auf der Seite. In der zunehmenden Dunkelheit fiel es ihr schwer, den Text zu entziffern, aber es schien etwas mit »Reinigungs- und Putzleistungen« zu sein.

Ulf Ersgård verfolgte ein Hockeymatch im Fernsehen und würde deshalb nicht mitkommen können, aber er hatte Astrid gefragt, ob sie ihn am nächsten Tag nach Falun begleiten wollte, wenn er Material für CalmedBelabSteiners Jubiläumsausstellung zusammenstellen würde. Sie hatte erwartungsfroh eingewilligt, angesichts der Aussicht darauf, einen Blick in die Höhle des Löwen werfen zu können.

Neben der rissigen Betontreppe flackerten fröhliche Windlichter. Jemand musste Carina bei den Partyvorbereitungen geholfen haben.

Wie damals, als sie zum ersten Mal zum Haus gekommen war, wurde die Tür geöffnet, als sie ihren Fuß auf die erste Stufe stellte, und eine Frau kam heraus. Aber diesmal war es keine wütend fauchende Carina, sondern eine junge Frau mit langen dunklen Haaren, die sie lächelnd begrüßte.

»Hallo, Sie müssen Astrid sein, wie schön, dass Sie kommen konnten!«, sagte sie bemüht artikuliert. »Ich bin Tina, Carinas Tochter. Ich habe schon so viel von Ihnen gehört!«

Als sie ihr jetzt gegenüberstand, erkannte Astrid die Ähnlichkeit zwischen Carina und Tina. Sie hatten dieselben scharfen, wachen Augen, grün mit einem Spritzer gelb, dasselbe spitze Kinn und dieselben energischen Linien um den Mund. Aber Tina war die gelungene gesellschaftstaugliche Ausgabe, hatte sich im Leben behauptet und besaß gepflegte Manieren. So wie sie da im Türrahmen stand, strahlte sie eine geschäftige Selbstsicherheit aus wie die Moderatorin einer Kochshow.

Als Carina noch bei Astrid gewohnt hatte, war die Geschichte über Carinas Tochter Stück für Stück ans Tageslicht gekommen. Tina war fünfzehn Monate alt gewesen, als die Behörden Carina die Fürsorge entzogen hatten und das Kind ins Heim gekommen war. Doch bevor eine dauerhafte Unterbringung für Tina organisiert worden war, hatten Jonas, Tinas Vater, und seine neue Freundin Anspruch auf das Kind erhoben. Jonas war ein netter, aber leicht zu beeinflussender junger Mann aus guter Familie gewesen, der in schlechte Gesellschaft geraten war und eine kurze Gefängnisstrafe hatte verbüßen müssen, nachdem er in eine lokale Drogengeschichte verstrickt gewesen war. Als er aus dem Gefängnis kam, hatte ihn eine Frau, die Carina immer die »herrische Jessica« nannte, aufgegabelt beziehungsweise – mit Carinas Worten – »ihre Klauen in ihn geschlagen« und ihn anschließend erfolgreich an der kurzen Leine gehalten.

»Er traut sich noch nicht mal, alleine aufs Klo zu gehen, ohne die herrische Jessica um Erlaubnis zu bitten«, hatte Carina in giftigem Ton gesagt, »aber ich verstehe schon, dass es gut für Tina war, in einem Haus mit Hund und diesem ganzen Drum und Dran aufzuwachsen statt bei mir, bei meinem Scheißleben, oder gar in einem Haufen Kinderheimen wie ich.«

Die Eltern der herrischen Jessica besaßen in Falun ein exklusives Käsegeschäft, ein Laden, dessen guter Ruf sich nach und nach in ganz Dalarna herumgesprochen hatte. Jonas und Jessica hatten ihn vor ein paar Jahren übernommen und das Sortiment um allerlei Feinkostartikel erweitert. Vor kurzem war das Geschäft Teil der belgischen Kette »Demeesters Delikatessen« geworden, und Tina trug über ihrer bestickten, karierten Bluse auch eine weiße Schürze mit dem grünen Schriftzug der Feinkostkette.

Astrid betrat den Flur, hing ihren Mantel auf und schlug den Weg zur Küche ein, aber Tina trat ihr in den Weg.

»Kann ich Ihnen vielleicht ein Paar Hausschuhe anbieten? Wir haben gerade erst sauber gemacht«, sagte sie liebenswürdig, aber mit unmissverständlichem Unterton.

»Nein danke, ich habe welche dabei«, erwiderte Astrid rasch und tauschte ihre Stiefel gegen ein Paar Pantoffeln, die sie vorsichtshalber mitgebracht hatte.

Die Küche hatte sich nicht verändert, aber irgendwie doch. Als Astrid zum ersten Mal hier gewesen war, war sie ihr schäbig vorgekommen und hatte von Armut gezeugt. Es war eine Küche gewesen, die seit den 50er Jahren nicht mehr renoviert worden war, womöglich aus Geldmangel. Jetzt, im sanften Kerzenschein, sah sie aus wie ein Foto aus einer Einrichtungszeitschrift im 50er-Jahre-Retrolook. Der Herd war gesäubert, die Spüle blitzte, die schmutzigen Nylongardinen waren gegen neue aus rotkarierter Baumwolle mit Troddelsaum ausgewechselt worden und frische Topfblumen zierten die Fensterbank.

Carina stand an der Spüle und sah aus, als würde sie sich nach einer Zigarette sehnen.

»Aha, sie hat dich also gezwungen, die Schuhe auszuziehen«, sagte sie und schielte auf Astrids Füße. »Ja, mit ihr ist nicht gut Kirschen essen. Sie ist genauso unnachgiebig wie die herrische Jessica. Ich traue mich noch nicht einmal, in meinem eigenen Haus zu rauchen, nachdem sie sich endlich damit einverstanden erklärt hat, dass ich Klein Valle sehen darf.«

»Valle?«, fragte Astrid, und Carina zeigte auf einen Kinderwagenaufsatz, der zwischen der Wand und einer Küchenbank auf dem Boden stand. Ein Baby von vielleicht einem halben Jahr schlief dort mit rosigen runden Wangen und dünnem blondem Flaum unter einer hellblauen Lämmchen-Decke.

»Mein Enkelkind. Süß, oder?«

Carinas Stimme klang ungewöhnlich sanft. Astrid beugte sich mit gemischten Gefühlen zu dem schlafenden Valle hinunter, um ihn zu bewundern. Gabriel und sie hatten sich frühzeitig gegen Kinder entschieden, ein Entschluss, an dem sie lange nicht gezweifelt hatte – auch ohne Kinder war ihr gemeinsames Leben reich gewesen –, und es war nicht angenehm für ein Kind, von einem Auslandsdienst zum nächsten mitgeschleppt zu werden, immer wieder die Schule wechseln und neue Freunde finden zu müssen. Jetzt fragte sie sich manchmal, ob die Entscheidung richtig gewesen war, und wie alles gekommen wäre, wenn Gabriel und sie ein Kind gehabt hätten.

»Heißt Valle nach seinem Vater?«, fragte Astrid.

Carina schnaubte.

»Schön wär's! Der Papa hieß Valentin, und dieser Kleine heißt Valter. Ein schrecklicher Name, oder? Klingt nach so 'nem alten Mann, der Ziehharmonika spielt, aber Tina fand ihn ›so niedlich‹. Aber steh hier nicht so rum, geh rüber und unterhalte dich mit den anderen Gästen. Ich habe versprochen hierzubleiben, bis Valle eingeschlafen ist.«

Im Wohnzimmer war Tina gerade damit beschäftigt, das kalte Büfett aufzubauen. Astrid schielte zum Tisch hinüber, er war so appetitlich gedeckt, dass der Imbiss von Demeesters Delikatessen aus Falun stammen musste. Auf einer braungestreiften Sitzgruppe im typischen 70er-Jahre-Stil saßen drei Männer und waren in eine lebhafte Unterhaltung vertieft, an der das Flaschenarsenal auf dem Couchtisch vielleicht nicht ganz unschuldig war.

Einer der Männer war tatsächlich Stefan Hallgrimsson, den zweiten kannte sie nicht, den dritten allerdings schon. Seine Anwesenheit war jedoch so überraschend, dass sie zuerst stutzte – tatsächlich, es war Mattias Granberg, Camillas Halbbruder, zurückkehrt in das Haus, in dem sein Vater einst mit seiner ersten Familie gewohnt hatte.

Stefan winkte ihr lässig zu. Der ihr fremde Mann erhob sich höflich. Er war klein und kräftig gebaut und stellte sich in ausgeprägtem Borlänge-Dialekt als Hamid Demirovic vor. Das musste der Mann sein, dem die Reinigungsfirma gehörte, dachte Astrid, während sie seinen festen Händedruck erwiderte – Carinas Bekannter, der ihr gelegentlich einen Job gab. Mattias Granberg, in dessen Augen schon ein verdächtiger Schimmer lag, erhob sich halb von der Couch und streckte ihr die Hand entgegen, bevor er damit fortfuhr, Drinks zu mixen.

»So, jetzt sind wir vollzählig, dann können wir das Büfett eröffnen«, sagte Tina kess und drehte sich zu den Gästen um. »Bitte sehr, greifen Sie zu!«

Dann lief sie zur Tür. »Jetzt schläft er bestimmt tief und fest, Carina, komm jetzt essen!«, sagte sie mit leiser Stimme. »Aber denk dran, vorher die Kerzen auszupusten.«

Während die Männer sich die Teller auffüllten, gesellte Carina sich zu Astrid.

»'ne piekfeine Gesellschaft, oder? Eine Diplomatin, ein TV-Produzent und zwei Unternehmer. Tina war richtig beeindruckt. Auf diese Weise ist es mir auch gelungen, sie dazu zu bewegen, mit Valle herzukommen«, murmelte Carina.

»Aber was tut Mattias Granberg hier?«, fragte Astrid ebenso gedämpft.

»Frag ihn, er erzählt es dir sicher gerne, es wird dich interessieren«, flüsterte Carina.

Also setzte Astrid sich neben Mattias, nachdem sie sich von Aufschnitt, Käse und mariniertem Gemüse genommen hatte.

»Was möchten Sie trinken?«, fragte er sie mit einer ausladenden Handbewegung in Richtung der Flaschen. »Hier fehlt es an nichts, ich habe für alles gesorgt!«

In seinen dunklen Jeans, dem schwarzen Jackett und ebenso schwarzem T-Shirt hätte er besser in eine trendige Bar in Stockholm gepasst als in ein schäbiges Wohnzimmer in einem heruntergekommenen Haus in den Wäldern Dalarnas. Aber das Haus hatte früher ja mal seinen Großeltern gehört, erinnerte sich Astrid. Er hatte seine Wurzeln hier, so wie sie ihre auf dem Sammilshof hatte. Sie nippte an dem Rotwein, den er ihr eingeschenkt hatte, und fragte ihn geradeheraus danach, was er hier tat.

Aus dem Augenwinkel sah sie, dass Tina und Hamid sich in einer vereinten Klage über die Mühsal des Kleinunternehmerdaseins gefunden zu haben schienen, während Carina und Stefan ihre Unterhaltung über die *Njals Saga* wieder aufgenommen hatten.

»Warum ich hier bin? Nun ja, es gibt mir die Chance, das Projekt meines Lebens zu verwirklichen«, sagte Mattias.

Er war aufgedreht, sein Glas schien etwas weitaus Stärkeres als Wein zu enthalten.

»Ach, wirklich?«, erwiderte Astrid, um ihn dazu zu animieren, mehr zu erzählen.

»Ich werde einen Dokumentarfilm über meinen verschwundenen Bruder Mikael drehen. Über eines der größten ungelösten Rätsel der schwedischen Kriminalgeschichte, in dessen Zentrum mein eigener Bruder steht. Und jetzt bin ich hier, genau an dem Ort, von dem er verschwand …«

Er sah sich im Zimmer um, ließ seinen Blick über die braunen Möbel schweifen, über die drei Porzellanenten an der Wand und den altmodischen Fernsehapparat, auf dem eine Häkeldecke lag.

»Ich glaube, hier ist nach Mikaels Verschwinden kein bisschen verändert worden. Das ist perfekt, wenn man das in einem Fernsehfilm nachstellen will, *on the very spot*, sozusagen. Und Carina ist ungemein entgegenkommend gewesen, sie hat mir versprochen, nichts zu verändern. Ich gebe ihr ein bisschen was dafür, eine Art Miete, um Zugang zum Haus zu haben, während ich mich noch in der Planungsphase befinde, und später für den Dreh.«

Ein Glück, dachte Astrid, endlich ein Einkommen für Carina. Mattias war anscheinend gar nicht aufgefallen, dass sie aus Geldmangel sowieso nichts hätte ändern können, selbst wenn sie es gewollt hätte.

Mattias senkte seine Stimme.

»Ich wohne hier für ein paar Tage, um die Atmosphäre in mich aufzunehmen. Ich schlafe sogar in Mikaels altem Zimmer. Als ich es das erste Mal betrat, war das richtig *creepy*, als wäre gerade erst der Sonntag gewesen, an dem er das Holz aus dem Schuppen geholt hatte. Sein Bett war ungemacht, und auf einem dieser alten Koffer-Plattenspieler mit Lautsprecher im Deckel lag eine Single, ein Stück aus *Grease*. Ich habe sie aufgelegt und das Zimmer mit meiner Handykamera gefilmt, bevor ich das Bett frisch bezogen und meine eigenen Sachen reingestellt habe.«

Ein Schauer lief Astrid über den Rücken. *Creepy*, das war wirklich das richtige Wort dafür, dachte sie.

»Habt ihr in eurer Familie viel über Mikael gesprochen?«, fragte sie.

Mattias schüttelte den Kopf.

»Nein, überhaupt nicht. Unser Vater ist nicht der Typ, der über Probleme redet. Ich war fünf, sechs Jahre alt, als meine Mutter mir zum ersten Mal erzählte, dass mein Vater früher einen anderen kleinen Sohn hatte, einen Sohn, der verschwand. Aber Pernilla und ich spürten als Kinder beide, dass wir bloß der zweite Versuch unseres Vaters waren und dass die alte Familie viel perfekter gewesen war. Manchmal nannte er mich versehentlich Micke, meistens, wenn ich etwas gut gemacht hatte. Da wurde mir klar, dass Mikael in seinen Augen viel mehr wert gewesen sein muss.«

»Camilla hatte sicherlich nicht das Gefühl, dass Sven-Erik seine erste Familie bevorzugte«, bemerkte Astrid trocken.

»Ich weiß, sie kam uns ein paarmal in Sandviken besuchen, als ich klein war«, sagte Mattias. »Das war immer anstrengend, sie war mürrisch und nervig. Heute verstehe ich natürlich, dass sie sich von Papa im Stich gelassen gefühlt hat. Aber Leute seiner Generation, weißt du ... die sind mit so etwas nicht fertiggeworden. Er hat nur vor sich hin geschwiegen, statt mit Camilla zu reden. Aber du hättest sehen sollen, wie sehr er Stella, den Dackel, geliebt hat. Manchmal hatte ich den Eindruck, er machte sich mehr aus dem Hund als aus Pernilla und mir. Und als Camilla starb, war er vollkommen am Boden zerstört, restlos.«

Astrid dämmerte eine unangenehme Gewissheit. Vielleicht war Mattias sich dessen nicht bewusst, aber der tatsächliche Grund für sein Filmprojekt lag in dem Wunsch begründet, die Liebe seines Vaters zu gewinnen, indem er herausfand, was dem perfekten ältesten Sohn zugestoßen war.

»Und jetzt hast du vor, aufzudecken, was tatsächlich mit Mikael passiert ist«, sagte sie.

Mattias wirkte nur eine Spur verlegen.

»Ich kann es zumindest versuchen«, erwiderte er so, als müsse er sich verteidigen. »Es wäre nicht das erste Mal, dass ein Fernsehfilm ein Verbrechen löst. Und ich habe einen richtigen Kracher, mit dem ich anfangen kann. Camillas Psychologe war doch auf der Beerdigung, wenn du dich noch daran erinnerst, und als Carina mit ihm sprach, erfuhr sie, dass er Camilla eine Kopie der polizeilichen Ermittlungsakte hatte zukommen lassen. Wir haben das ganze Haus durchsucht, und gestern Abend haben wir sie gefunden. Ich habe die halbe Nacht nur gelesen, lag in Mikaels Bett und habe von seinem Verschwinden gelesen. Unheimlich, oder? Aber jetzt kann ich wirklich loslegen. Ich habe natürlich auch vor, über die sozialen Medien Leute aufzutreiben, die sich noch an etwas von damals erinnern. Vielleicht richte ich für den Film auch eine eigene Facebookseite ein.«

Er gab einen ordentlichen Schuss Tequila in sein Glas und leerte es in einem Zug. Dann wandte er sich wieder Astrid zu.

»Du stammst aus Hammarås, oder? Du hast Mikael nicht zufälligerweise gekannt?«

Astrid verneinte.

»Nein, er war ein paar Jahre älter als ich. Aber ich wusste, wer er war. Er war ein Junge, den jeder kannte, sehr beliebt. Meine Cousine Maria hatte mit ihm zu tun, sie spielten in der Musikschule Blockflöte zusammen.«

Mattias sah sie mit einem Blick an, als hätte sie gerade gesagt, dass sie jemanden kannte, der einmal mit John Lennon oder Prinzessin Diana befreundet war.

»Cool!«, sagte er andächtig. »Glaubst du, sie würde in meinem Film etwas darüber erzählen?«

»Vielleicht, ich kann versuchen, sie zu überreden. Ich würde übrigens auch gerne die Ermittlungsakte lesen, dürfte ich sie mir von dir ausleihen?«

»Na klar, ich will sie nur erst durchlesen. Oder aber ich mache dir eine Kopie.«

Astrid sah sich um. Was für eine illustre Gesellschaft, dachte sie. Mattias und ich, die in der Vergangenheit unserer Familien graben, um unsere eigenen Probleme zu lösen, Carina, die im Gefängnis gesessen hatte und Stefan, der für seine Insidergeschäfte vermutlich im Gefängnis hätte sitzen sollen. Über Hamid wusste sie nichts, aber er hatte, Carina zumindest schwarz bezahlt. Und obendrein noch die makellose Tina.

Aber diese seltsame Mischung kam erstaunlich gut miteinander aus. Das Gespräch am Tisch wandte sich allgemeinen Dingen zu, und die Stimmung hob sich immer mehr. Mattias trank viel, sein Blick wurde immer glasiger. Stefan schien genauso viel in sich hineinzukippen, es aber besser zu vertragen. Da Astrid selbst noch die kurze Strecke nach Granåkers Hästberg fahren musste, versuchte sie sich mit zwei Gläsern Wein über den Abend zu retten, und Carina hielt sich zurück unter den scharfen Blicken ihrer Tochter, die immer wieder an ihrem Glas hängenblieben. Tina selbst, die sich im Laufe des Abends ein paarmal zum Stillen in die Küche zurückgezogen hatte, hielt sich an Apfelmost. Genau wie auch Hamid, sein Blick war daher immer noch klar, als er und Astrid später beieinanderstanden, um sich vom Büfett zu bedienen.

»Jemand hat gesagt, Sie seien während des Bosnienkriegs da unten gewesen, stimmt das?«

»Ja, ich habe für das UNHCR gearbeitet.«

»Dann haben wir etwas gemeinsam. Ich war ebenfalls da, allerdings erst später, mit der schwedischen Truppe nach dem Dayton-Vertrag.«

Astrid fiel wieder ein, dass die schwedischen Streitkräfte, die im Herbst 1995 nach Bosnien gekommen waren, vom Dalarna-Regiment aufgestellt worden waren, das damals noch existiert hatte. Sie unterhielten sich einen Augenblick über Orte, die sie beide kannten, und Hamid erzählte, dass seine Eltern Ende der 60er Jahre als Gastarbeiter aus Mostar im damaligen Jugoslawien nach Borlänge gekommen seien, wo er selbst geboren war.

»Woher kennst du eigentlich Carina?«, fragte Astrid. »Ich weiß nur, dass sie manchmal für dich arbeitet.«

Er wirkte peinlich berührt.

»Sie kannte meinen Bruder, der inzwischen verstorben ist, er war leider ein ziemlich übler Typ. Aber Carina ist eigentlich ganz okay. Ich beschäftige sie manchmal als Aushilfe, wenn sie Geld braucht.«

»Ohne Anmeldung, wenn ich richtig informiert bin«, sagte Astrid, und er wirkte noch verlegener.

»Ja, obwohl ich so etwas sonst eigentlich nicht mache, da kannst du jeden fragen, ich bin sauber. Aber Carina will es nun mal so.«

Genau die kam just in dem Moment zu ihnen und legte die Arme um sie.

»Da steht ihr ins Gespräch vertieft, wie gut, ich hatte mir schon gedacht, dass wir drei uns mal unterhalten sollten. Hamid ist in Dalarna der Großmeister der Reinigungsfirmen, Astrid, er arbeitet nahezu für alle großen Unternehmen.«

Sie zwinkerte Astrid bedeutungsvoll zu.

»Ja, er sorgt sogar bei CalmedBelabSteiner für die Gebäudereinigung.«

Hamids Miene gab nichts preis. Ein kurzer, lauter Musikschwall bewahrte ihn davor, antworten zu müssen. Astrid sah, dass Tina einen Laptop und zwei kleine Lautsprecher auf den Büfetttisch gestellt hatte und am Regler drehte.

»Na los, wir wollen doch wohl nicht den ganzen Abend nur rumsitzen und reden, sonst wär's ja keine Party«, sagte sie und klatschte in die Hände. »Jetzt lasst uns tanzen!«

Sie stellte die Musik wieder an, rhythmisch schwingende Beats mit vielen Bässen und Schlagzeug, zog Mattias vom Sofa hoch und fing an wie selbstverständlich mit geschmeidig schwingenden Hüften zu tanzen, die dunklen Haare umschmeichelten ihr Gesicht wie eine Wolke.

»Ich werd nicht mehr«, murmelte Carina, »sie ist also doch nicht ganz aus der Art geschlagen. So zumindest kann die herrische Jessica nicht tanzen! Aber mein Vater spielte Ziehharmonika und konnte Tango tanzen wie ein Gott, wenn er nicht gerade im Gefängnis oder in irgendeiner Ausnüchterungszelle saß.«

Sie wandte sich an Hamid.

»Was meinst du, wollen wir auch eine Sohle aufs Parkett legen?«

Hamid wirkte nur mäßig begeistert, stellte aber seinen Teller beiseite, als Carina ihn resolut am Arm packte und zu dem kleinen Streifen Holzfußboden zwischen Sofa und Esstisch zog, der als Tanzfläche diente.

Astrid sah, wie Stefan sich am anderen Ende des Zimmers vom Sofa erhob und auf sie zusteuerte.

»Da waren's nur noch zwei. Sollen wir, Astrid?«, forderte er sie auf.

Er wartete ihre Antwort nicht ab, sondern lotste sie, einen Arm in einer Haltung wie bei einem Foxtrott um ihre Taille gelegt, in die Mitte des Zimmers.

Astrid tanzte gern, sie hatte als Teenager mehrere Tanzkurse besucht, als sie immer noch von einer Zukunft am Theater geträumt hatte, aber es fiel ihr schwer, sich führen zu lassen. Da brauchte es schon einen sehr guten Tänzer oder einen sehr entschiedenen Kavalier, damit sie loslassen und sich der Musik hingeben konnte.

Doch schon nach wenigen Schritten spürte sie, dass Stefan Hallgrimsson einer der wenigen Männer war, die sofort wussten, wie sie sie führen mussten. Mit geschlossenen Augen nahm sie Stefans Körperwärme und einen schwachen Duft nach teurem Aftershave wahr, und ihr ging durch den Kopf, dass sie ihn attraktiv hätte finden können, wenn sie gewusst hätte, woran sie mit ihm war. Und dass er etwas Geheimnisvolles und Unzugängliches an sich hatte, das sie gleichermaßen störte und anzog.

»Woran denkst du?«, fragte er.

»An dich«, antwortete sie wahrheitsgemäß, »und ich frage mich, was du hier wirklich tust. Solltest du mit deinen Studien nicht längst fertig sein? Das Unternehmen, das dich hergebeten hat, hat doch gar nicht mehr so viele Fabriken in Dalarna.«

Sie öffnete die Augen und sah ihn lächeln.

»Aber ich habe gerade nichts Besseres vor. Außerdem erwäge ich, eventuell ein paar Investitionen zu tätigen, die noch eine Zeitlang meine Anwesenheit erfordern. Und ganz abgesehen davon liegt mir an deiner Gesellschaft.«

Er umschlang ihre Taille fester und führte sie gekonnt zwischen den beiden anderen Paaren hindurch. Sie beschloss, das Nachdenken sein zu lassen und den restlichen Abend einfach nur zu tanzen.

Kurz vor Mitternacht machte sich Aufbruchstimmung breit. Tina sorgte rasch dafür, dass die Essensreste in den Kühlschrank kamen, und bat die Gäste, die noch am nüchternsten waren, den Abwasch zu besorgen, während sie ihren schlafenden Sohn zum Auto trug. Sie reagierte als Erste, als Stefan Anstalten machte, sich in seinen Mietwagen zu setzen.

»He, du hast doch wohl nicht vor, jetzt noch zu fahren, so viel, wie du intus hast?«

Stefan sah sie an, als wäre er eine Deutsche Dogge, die von einem giftigen kleinen Terrier angegriffen wurde.

»So viel war das doch gar nicht, die paar Kilometer bis Falun kann ich schon noch fahren.«

»Ja, bist du denn noch ganz bei Trost, was ist, wenn du einen Unfall baust!«, sagte Tina aufgebracht. »Das kann ich nicht verantworten. Du kannst stattdessen mit mir fahren, ich muss auch nach Falun.«

Astrid entschied sich, einzugreifen und zog die Schlüssel aus dem Zündschloss des Audis. »Tina hat leider recht, Stefan, du kannst nicht mehr fahren. Du musst deinen Wagen morgen abholen. Nimm dir ein Taxi, das ist sicher noch drin.«

Sie warf Carina die Autoschlüssel zu, die in einer für sie ungewohnten Rolle die Gastgeberin mimte, die ihre Gäste nach einem gelungenen Abend auf der Treppe verabschiedete.

»Unbeugsame Frauenzimmer habt ihr in Dalarna«, brummte Stefan, setzte sich dann aber widerstrebend auf die Rückbank von Tinas Mercedes und versuchte mit gewissen Schwierigkeiten, seine langen Beine zu verstauen.

Am nächsten Tag um kurz vor halb zwölf fuhr Ulf Ersgårds lädierter Saab auf den Sammilshof.

»Ich dachte mir, wir könnten vielleicht zusammen in Falun zu Mittag essen, bevor wir zu Belab fahren«, sagte er, nachdem er Astrid zur Begrüßung einen Kuss gegeben hatte, der eindeutig zu intim war für den Stand ihrer Beziehung. »Ich habe versprochen, um halb zwei da zu sein. Wie war die Party gestern?«

»Recht gelungen, aber vor allem ... interessant«, erwiderte Astrid. Sie erzählte von der aparten Gästemischung und von Mattias Granbergs Plänen, einen Dokumentarfilm über seinen Bruder zu drehen. Ulf schien amüsiert zu sein.

»Hält er sich etwa für diesen investigativen Journalisten aus der Stieg-Larsson-Trilogie, für den Schnüffler, der das Rätsel löst, an dem die Polizei gescheitert ist?«

Weil Ulf am Spätnachmittag noch arbeiten musste, fuhr Astrid mit ihrem eigenen Wagen nach Falun. Nach einem mäßig guten Salat zum Mittagessen in einem Café in der Innenstadt folgte sie Ulf zu CalmedBelabSteiner und stellte den Wagen auf dem Gästeparkplatz hinter Belabs Unternehmenssitz am Faluån ab.

Die berühmte Kreation des finnischen Architekten machte dem Unternehmen auch nach sechzig Jahren noch alle Ehre, dachte sie, als sie auf den Eingang zugingen. Die beiden weißen Quader schienen auf ihrem kupfer- und holzverkleideten Sockel über dem Wasser zu schweben und hinterließen immer noch einen modernen, fast avantgardistischen Eindruck.

Der Empfang, ein luftiger Raum, dessen Wände mit Kiefernholz verkleidet waren, lag im unteren Bereich des einen Quaders. Von dort führte eine schön geschwungene Treppe zu einem Zwischengeschoss auf halber Höhe hinauf.

»Dort wird ein Teil der Ausstellung hängen«, sagte Ulf und deutete auf eine Wand. »Aber der größte Teil wird in dem anderen Gebäude zu sehen sein, in dem sich das Labor und die Forschungsabteilung befinden. In dem Teil ganz unten, der diesem Raum entspricht, weißt du. Dort befindet sich ein Konferenzsaal, in dem früher die Generalversammlungen, Feiern und dergleichen stattfanden.«

Die Empfangsdame, eine Frau mittleren Alters, begrüßte Ulf mit einem Lächeln, das deutlich machte, dass er nicht übertrieben hatte, als er behauptet hatte, Belab sei sein zweites Zuhause. Astrid stellte er mit einem Zwinkern als »eine Freundin« vor. Die Empfangsdame musterte sie eingehend, entschied nach einem kurzen Gewissenskonflikt aber, dass sie nicht wie eine

Industriespionin aussah, und händigte ihr im Austausch gegen ihren Führerschein einen Besucherausweis aus.

Aber auf die Rolle als Ulfs Freundin beschränkt zu sein, würde es ihr nicht erlauben, genügend Fragen zu stellen, dachte Astrid, als sie den Besucherausweis an ihrer Kostümjacke befestigte und Ulf die Treppe hinauf folgte. Sie musste sich etwas Besseres überlegen.

In der ersten Etage wurden sie von zwei Personen in Empfang genommen. Einer blonden, lächelnden jungen Frau aus der PR-Abteilung, deren Name Astrid gleich wieder vergaß, nachdem sie ihn gehört hatte. Der Mann, der neben ihr stand, musste ihr nicht erst vorgestellt werden. Frode Asplund war nicht nur seit zwei Jahrzehnten Chef der Kommunikationsabteilung, sondern auch sonst eine bekannte Persönlichkeit, vor allem innerhalb Dalarnas bodenständiger Künstlerszene – ein begeisterter Amateurschauspieler, der sich mit seiner dröhnenden Stimme sehr gut gemacht hatte, als er ein paarmal im *Himmelsspiel* aushilfsweise den Herrgott gemimt hatte. Er war ein Kunst- und Musikliebhaber, dessen exzentrisches Image Belab einen Anstrich von Kreativität und Extravaganz verliehen hatte. Astrid hatte gedacht, dass er schon lange tot wäre. Aber jetzt stand er leibhaftig vor ihr, in einem grüngesprenkelten Tweedanzug mit Weste, seiner charakteristischen Fliege, einer Pfeife im Mund und mit zurückgekämmten, mittlerweile weißen Haaren.

»Ulf, mein Junge, welch eine Freude, dich zu sehen!«, sagte er mit einer Stimme, die im ganzen Gebäude widerhallte. »Und um wen handelt es sich bei deiner charmanten Begleitung? Astrid, aaah, ein schöner alter nordischer Name …«

Er beugte sich vor, musterte sie durch einen Kneifer, der an einem Band um seinen Hals hing. Seine Augen hinter den dicken Gläsern schienen hellwach.

»Aber ist denn das die Möglichkeit!«, rief er da aus. »Wir haben uns doch schon einmal gesehen, nicht wahr, junge Dame? Sie haben die Bertha in *Der Vater* gespielt, in einer Inszenierung einer freien Theatergruppe, eine unglaublich vielversprechende Rolleninterpretation war das. Es ist lange her, aber ich hatte wirklich angenommen, Ihre Zukunft läge auf einer unserer großen Bühnen. In welchem Jahr war das noch gleich, lassen Sie mich überlegen, es muss …«

»Es war 1986«, sagte Astrid, widerwillig geschmeichelt. Sie war achtzehn gewesen, als das Bergslagsteatern *Der Vater* inszeniert hatte, achtzehn und fest davon überzeugt, eine Schauspielkarriere vor sich zu haben.

»1986, ganz genau«, sagte Frode Asplund und nickte, »und Sie waren damals erst ein junges Mädchen. Was machen Sie heute?«

»Ich habe mich für eine andere Bühne entschieden, aus mir ist eine Diplomatin geworden«, sagte Astrid mit einem Lächeln. »Wenn ich nicht in Dalarna bin, arbeite ich in der schwedischen Botschaft in Bukarest. Und da es zu meiner Arbeit gehört, die schwedische Wirtschaft zu fördern, bin ich gleich hellhörig geworden, als Ulf von der Ausstellung erzählte, und ich habe ihn gefragt, ob ich ihn begleiten dürfte.«

Frode Asplund musste sich enorm gut mit der Unternehmensgeschichte auskennen. Wenn ich ihn nur dazu bewegen könnte, aus dem Nähkästchen zu plaudern, dachte sie. Für einen Flirt wäre er wohl kaum empfänglich, aber dafür schien er ihr der Typ Mann zu sein, der auf theatralische Wesen flog. Stolz warf sie den Kopf zurück, setzte die passende Miene auf und gab sich eine Haltung, die eigentlich nach einer Tiara und einem Fächer verlangt hätte. Ulf schien erstaunt zu sein und Frode Asplund angetan.

»Dann wollen uns mal aufmachen in Richtung Archiv, um

Material für unsere Ausstellung zu suchen, liebe Freunde«, sagte Frode Asplund voller Tatendrang. »Ulf, mein Junge, du hast in den 90er Jahren ein paar ganz ausgesuchte Porträtbilder von Olof und einigen unserer Wissenschaftler gemacht. Ich habe mir gedacht, dass du vielleicht die besten davon aus dem Archiv heraussuchen könntest.«

Zuvorkommend bot er Astrid den Arm – von nahem roch er nach Pfeifentabak und strömte einen Altherrenduft aus – und geleitete sie zu einer kupferbeschlagenen Tür, die aussah, als würde sie zu den Büroräumen führen.

»Ich bin Olof Krämer übrigens im Frühjahr in Bukarest begegnet«, warf Astrid im Plauderton ein. »Er schien mir noch ungemein vital für sein Alter zu sein. Arbeitet er immer noch hier in Falun?«

Frode Asplund ließ ein Glucksen hören.

»Ja, der gute Olof ist ein Phänomen. Acht Jahre älter als ich und immer noch auf Zack. Ja, er hat immer noch sein Zimmer auf der Direktionsetage und arbeitet sogar manchmal noch hier. Sein Zimmer ist das schönste von allen, aber kein anderer wagt es, Anspruch darauf zu erheben. Allerdings ist der Standort Falun nun, da wir von den Amerikanern übernommen wurden, ein wenig ins Hintertreffen geraten.«

Er erschauerte übertrieben dramatisch, sodass sein grüngetupfter Tweedanzug erzitterte.

»Ich bin ein paar von diesen Leuten begegnet, Astrid, und konnte ihnen nichts abgewinnen«, sagte er in vertraulichem Ton. »Nein, sie waren nicht nach meinem Geschmack. Laut, vulgär, und alles drehte sich nur um Zahlen. Langfristig gesehen würde es mich nicht überraschen, wenn sie das Ziel hätten, die Forschungsabteilung in Falun zu schließen, und was das für Konsequenzen hätte – für die Region, die Universität, das Krankenhaus –, kannst du dir sicher vorstellen. Doch das Medikament, das der neue Megaseller werden wird, ist von unserer schwedischen Forschungsabteilung entwickelt worden, was dafür spricht, sie weiter bestehen zu lassen.«

In Astrids Kopf machte es Klick. Das Mittel gegen Nikotinabhängigkeit, das in Bukarest und Chişinău getestet wurde – falls es CalmedBelabSteiners neuer Blockbuster, made in Falun, war, musste es Olof Krämer ungemein wichtig sein.

»Das neue Medikament gegen Nikotinsucht?«, sagte sie leicht dahin.

Frode Asplund strahlte sie an.

»Ach, davon haben Sie schon gehört? Ja, die Vermarktung für Ärzte und Krankenhäuser ist natürlich schon in vollem Gange. Es fehlt nur noch die Zulassung der Behörden.«

Sie gingen einen Flur entlang, der mit seiner weichen, moosgrünen Auslegeware und den Gemälden an den Wänden ebenso gut zu einem Luxushotel hätte gehören können.

»Möchten Sie Olofs Büro sehen?«, fragte Frode Asplund. »Ich glaube nicht, dass er jetzt da ist, und es ist eine kleine Sehenswürdigkeit für sich. Noch im Stil der 50er Jahre möbliert, mit einem maßangefertigten Teppich von einer Namensvetterin von Ihnen …«

Er sah Astrid erwartungsvoll an, ob sie ihr einfallen würde, und sie ergänzte lächelnd:

»Astrid Sampe, natürlich. Wie interessant, ich werfe gerne einen Blick hinein.«

Hinter ihr unterhielt Ulf sich mit der PR-Assistentin und Astrid ahnte, dass er sich fragte, was sie da bloß machte. Aber jetzt öffnete der alte Chef der Kommunikationsabteilung die Tür zu Olof Krämers Büro mit einer Geste, als würde er sie zu einer privaten Besichtigung der Kronjuwelen einladen, und sie betrat das Zimmer mit einem nur unwesentlich übertriebenen Ausruf der Begeisterung.

Denn das Zimmer war wirklich sehenswert – es war ein Eckraum, eingerichtet mit Schreibtisch, Sitzgruppe und Bücherregalen in ausgeprägt schwedischem 50er-Jahre-Design und geometrisch gemusterten Textilien in Grün und Blau. Durch zwei breite Fenster fiel von verschiedenen Seiten Licht herein, eines zeigte Richtung Fluss, der von gelben Birken gesäumt war, das andere bot Ausblick auf die Stadt.

»Wie schön«, seufzte Astrid und trat an den Schreibtisch aus einer langen Platte Jacarandaholz, der bis auf eine Schreibtischunterlage, einen silbernen Stifthalter und einen Briefkorb in elegant-modernistischem Design leer war. Sie musterte den silbern glänzenden Füllfederhalter. Hatte Olof Krämer ihn verwendet, als er an Lars geschrieben hatte?

Zuoberst im Briefkorb lagen ein paar ungeöffnete Briefe. Einer trug rumänische Briefmarken, und es juckte ihr in den Fingern, ihn mit dem schmalen Brieföffner zu öffnen, der neben der Schreibtischunterlage lag.

Sie umrundete den Schreibtisch und fuhr über die glatte Holzoberfläche, während sie versuchte, in den unteren Briefkorb zu schielen. Dort lagen elfenbeinfarbenes kräftiges Briefpapier und Umschläge, die eine auffällige Ähnlichkeit mit dem Kuvert aufwiesen, das sie in Lars' Papierkorb gefunden hatte.

»Lassen Sie mich raten, Arne Jacobsen?«, fragte sie spielerisch.

Frode Asplund lächelte.

»Ganz richtig geraten, junge Dame. Wie ich feststelle, kennen Sie sich bei Design gut aus.«

In einer Schreibtischschublade steckte ein Messingschlüssel, jetzt juckten ihr die Finger noch mehr. Wenn sie nur allein hier wäre …

Aber das war sie nicht. Nicht im Moment. Sie sah zu den Wänden, an denen Gemälde hingen, konventionelle Porträts und Landschaftsmalereien, die von einem bedeutend traditionelleren Geschmack zeugten, als es der Rest des Raumes vermittelte.

Hinter dem Schreibtisch hing ein Gemälde, das das Zimmer mit seiner Größe und Präsenz fast dominierte. Es zeigte eine Frau in Kleidung der 30er Jahre und einen kleinen dunkelhaarigen, blauäugigen Jungen in einem weißen Matrosenanzug. Die Hände der Frau ruhten schwer auf den Schultern des Jungen, ihre Finger waren lang, zahlreiche Ringe schmückten sie. Ihre Finger krallten sich so fest in die Schulter des Jungen, dass sie ins Fleisch geschnitten und ihm wehgetan haben mussten.

»Erkennen Sie ihn wieder? Das ist Olof als kleiner Junge mit seiner Mutter Emelie Wedin«, bemerkte Frode Asplund. »Sie war die Schwester des Belab-Gründers, wie Sie bestimmt wissen.«

»Vielleicht können wir jetzt ja endlich ins Archiv gehen«, meldete sich Ulf ungeduldig von der Tür. »Ich habe nicht den ganzen Tag Zeit, ich muss noch zu einem Fotoauftrag.«

Der alte Chef der Kommunikationsabteilung entschuldigte sich rasch, und sie gingen weiter den Flur hinunter, bis sie zu einer grau gestrichenen Tür kamen, die er mit einem ganz gewöhnlichen Schlüssel öffnete. Hinter der Tür verbarg sich ein fensterloser Raum, der vom Boden bis zur Decke von Regalen durchzogen war. Es roch nach staubigem Papier, trotzdem war die Luft im Raum frisch, als ob ein kräftiges Lüftungssystem irgendwo für einen Luftaustausch sorgte.

»Seht her, meine Freunde, hier liegt euch die ganze Geschichte von Bergslagets Laboratorien AB zu Füßen. Von Erik und Johannes Wedins ersten zaghaften Anfängen in den Räumlichkeiten von Bergslagets, bis Belab ein weltweit führender Name in der

Arzneimittelbranche wurde«, sagte Frode Asplund stolz. »Wir haben schon einmal damit angefangen, Material für die Ausstellung herauszusuchen.«

Er deutete auf einen langen Tisch, der halb von Fotos und Papieren begraben war, die kreuz und quer übereinanderlagen. Ulf steuerte auf ein paar Archivschränke aus Metall an der rückseitigen Wand zu, »da liegen die alten Negative und Kontaktabzüge«, während Astrid anfing, das Ausstellungsmaterial auf dem Tisch zu sichten. Sie sah Fotos von Männern mit Schnauzbärten in weißen Kitteln, die stolz einen Laborkolben hochhielten, sah eingerahmte Zeitungsartikel, einen jungen Olof Krämer im Labor, einen etwas älteren Olof Krämer in einem Krankensaal mit jungen Patienten. Das meiste schien ziemlich uninteressant zu sein.

»Befindet sich auch das Material über die Forschung der Anfangszeit hier im Archiv oder ist dergleichen streng geheim?«, fragte Astrid beiläufig.

»Nun ja, sämtliche Unterlagen zu Medikamenten, die nach wie vor Patentschutz genießen, sind natürlich Unternehmensgeheimnisse, und das Labor hat ein eigenes Archiv. Aber Dokumente über die Forschungen, die Belab betrieb, bevor das Unternehmen hierherzog, sind vermutlich hier im Archiv gelandet, einschließlich der gescheiterten und der Fehlentscheidungen. So hat Belab in den 40er Jahren zwei Wissenschaftler aus Stockholm nicht eingestellt, die später ein weltweit führendes Schlafmittel entwickelt haben. Die entsprechende Korrespondenz sollten wir vielleicht in der Ausstellung zeigen, um deutlich zu machen, dass es nicht immer nur schnurgerade aufwärtsging!«

Begeistert von seiner eigenen Idee, ging er weiter ins Archiv hinein. Astrid folgte ihm auf dem Fuße. Frode Asplund blieb vor einer Reihe von Regalen stehen, auf denen »Korrespondenz u.a.,

1939–1950« stand. Bevor er jedoch in den Aktenmappen nachsehen konnte, rief Ulf nach ihm.

»Frode, ich hab hier ein paar Fotos rausgesucht. Kannst du sie dir mal anschauen, bevor ich losmuss?«

Astrid war beeindruckt, als sie die Bilder sah, die Ulf ausgesucht hatte, vor allem von dem Porträt von Olof Krämer. Einige Aufnahmen waren Studiobilder, andere mussten bei Aktionärsversammlungen und anderen offiziellen Veranstaltungen aufgenommen worden sein, als Olof Krämer sich nicht bewusst gewesen war, dass er fotografiert wurde. Hauptsächlich auf diesen Bildern sah er wie ein Machtmensch aus, wie ein Mann, der es gewöhnt war, dass andere sich seinem Willen beugten. Sein Blick war dominant, seine Haltung selbstgefällig, egal, ob im Sitzen oder Stehen. Auf einigen Aufnahmen waren seine Hände deutlich zu erkennen, er hatte dieselben schmalen Finger wie seine Mutter auf dem Porträt im Arbeitszimmer, und wie ihre schienen auch sie sich darauf zu verstehen, nach etwas zu greifen und es festzuhalten. Diese Hände hatten die zwölfjährige Elsa Lundén an den Schultern gepackt und sie so grob geschüttelt, dass sie vor Angst davongelaufen war und sich versteckt hatte.

»Sagenhafte Bilder«, sagte sie. Ulf strahlte.

»Ja, so sieht er aus, der werte Olof, es ist dir wirklich gelungen, sein Wesen einzufangen«, sagte Frode Asplund nachdenklich. »Aber irgendetwas daran ist nicht ganz …«

Er runzelte die Stirn, etwas störte ihn an den Bildern, aber was es war, konnte er nicht genau sagen.

»Du hast den alten Asplund ja wirklich um den Finger gewickelt«, sagte Ulf halb amüsiert, halb erstaunt, als Astrid und er kurz darauf zum Parkplatz gingen.

Astrid spielte flüchtig mit dem Gedanken, ihm alles zu erzählen. Aber die Gelegenheit war nicht passend, nicht jetzt, da er unterwegs zu einem Auftrag war und sie sich auf dem Parkplatz verabschieden mussten.

»Ich fand ihn entzückend«, sagte sie, »und ich war geschmeichelt, dass er sich noch an meine kurze Schauspielkarriere erinnerte. Wie auch immer, vielleicht erhöht das ja meine Chancen, zur Jubiläumsgala eingeladen zu werden.«

Sie sah zum Parkplatz und stutzte. Zwei Männer gingen gerade in Richtung des anderen weißen Quaders, dem Labor- und Forschungsgebäude. Einen erkannte sie sofort – Stefan Hallgrimsson, hochgewachsen, mit breiten Schultern in grauem Anzug, den Mantel über dem Arm. Was tat er hier?

»Sieh mal da, kennst du einen von denen?«, fragte sie Ulf.

Er folgte ihrem Blick und musterte sie danach neugierig.

»Den großen blonden Typen nicht, den habe ich noch nie gesehen. Aber der andere, Joakim Soundso, ist einer der Kommunikationschefs, er kümmert sich um die Investor Relations. Wieso?«

Astrid zuckte die Schultern und sah, wie Stefan und sein Begleiter im Gebäude verschwanden.

»Weil ich den anderen Mann kenne«, sagte sie. »Das ist der Isländer, von dem ich dir erzählt habe, der Mann, der auf Carinas Party war. Ich frage mich, was er bei Belab sucht.«

Sie hatte Hammarås hinter sich gelassen und befand sich kurz vor der Abzweigung nach Granåkers Hästberg, als sie eine SMS von Carina bekam: »Ruf mich an!«

Astrid wählte, Carina meldete sich sofort.

»Mattias ist verschwunden«, sagte sie mit unnatürlich ruhig klingender Stimme, als würde sie versuchen, schwer kontrollierbare Gefühle in Schach zu halten.

»Verschwunden?«, wiederholte Astrid.

Carina verlor die mühsam aufrechterhaltene Beherrschung, ihre Stimme klang schrill.

»Ja, kapierst du denn nicht, was ich sage, verdammt, Mattias Granberg ist verschwunden!«, schrie sie. »Sein Auto steht noch auf dem Hof, aber von ihm fehlt jede Spur!«

»Ich sitze im Wagen und bin schon ganz in der Nähe«, sagte Astrid schnell. »Beruhige dich, ich bin in fünf Minuten bei dir.«

Carina stand auf dem Hof mit einer Miene, als stünde der Tag des Jüngsten Gerichts bevor, und rauchte hektisch. Der Haufen Kippen zu ihren Füßen zeugte davon, dass sie schon eine ganze Weile dort gestanden haben musste. Astrid hatte sie erst einmal so aus der Fassung erlebt, und zwar, als sie im Platzregen zum Sammilshof geradelt war, um Astrid wegen Camillas Tod zur Rede zu stellen.

»Erzähl, was ist denn so dramatisch?«, forderte Astrid sie auf. »Es ist doch nicht weiter seltsam, dass Mattias nicht im Haus ist. Vielleicht macht er einfach nur einen Waldspaziergang?«

»Wie seine Geschwister, hm?«, sagte Carina finster. »Ich hab überhaupt kein gutes Gefühl dabei, ehrlich. Sein Laptop ist auch nicht mehr da.«

Sie drückte die Zigarette auf dem Treppengeländer aus und versuchte sich zusammenzureißen, um Astrid alles zu erzählen, aber ihre Stimme bebte immer noch. Der Tag habe damit begonnen, dass sie frühmorgens eine SMS von Hamid bekommen hatte, der sie fragte, ob sie in aller Eile einspringen und ein Haus reinigen könnte. Sie hatte eingewilligt und Mattias gefragt, ob er sie nach Hammarås fahren könnte.

»Aber er saß vor seinem Laptop und war ganz aus dem Häuschen, er hatte etwas auf Facebook gepostet und stand in Verbindung mit jemandem, auf dessen Antwort er wartete, weshalb er meinte, keine Zeit zu haben, mich die ganze Strecke zu fahren. Aber er brachte mich zur Hauptstraße, damit ich den Bus nehmen konnte, und versprach mir, mich wieder von dort abzuholen, wenn ich ihm eine SMS schicken würde.«

Carina hatte ihren Teil der Arbeit erledigt und das Geld von Hamid erhalten, war mit dem Bus zurückgefahren und hatte versucht, Mattias zu erreichen, aber er hatte sich nicht gemeldet, weder per SMS noch telefonisch, sodass sie schließlich zu Fuß von der Bushaltestelle nach Hause gegangen sei.

»Als ich endlich hier war, war ich stinkwütend und hatte vor, ihm gehörig die Meinung zu geigen, aber er war nirgends zu finden. Er hatte mit dem Laptop am Wohnzimmertisch gesessen, das Gerät war weg, nur das Kabel war noch da. Zuerst dachte ich, dass er, ohne es mir zu sagen, nach Hammarås gefahren ist, aber dann sah ich, dass sein Wagen noch da war und sein Handy auch, und da wurde ich ernstlich nervös. Mattias ist doch kein Typ, der sein Handy zurücklässt, es scheint eher ein verlängerter Körperteil von ihm zu sein.«

»Und seine Jacke?«, fragte Astrid.

»Die ist weg, danach habe ich als Erstes geschaut. Aber das Auto steht wie gesagt noch da.«

Astrid sah sich auf dem Hof um. Mattias' schwarzer BMW stand in der Tat noch auf genau demselben Fleck wie am Abend zuvor. Aber Stefan Hallgrimssons Mietwagen fehlte, wie ihr plötzlich bewusst wurde.

»Stefan hat seinen Wagen abgeholt«, sagte sie. »Was ist, wenn er Mattias irgendwohin mitgenommen hat?«

Carina fasste sich an die Stirn.

»Aber natürlich, Gott, bin ich blöd!«, rief sie erleichtert aus. »Das Handy hat er wahrscheinlich vergessen, er musste es aufladen, vielleicht hat er vergessen, dass er es nicht dabeihatte.«

Sie schielte zu Astrid hinüber.

»Kannst du nicht mal Stefan anrufen und ihn fragen? Er hat eine ausländische Handynummer, das wird teuer, weißt du, und ich habe nicht mehr viel Guthaben auf meiner Prepaidkarte.«

Astrid rief Stefan an, der jedoch beteuerte, Mattias Granberg leider nicht gesehen zu haben. Er sei kurz nach zwölf mit dem Taxi zu Carinas Haus gekommen und habe geklopft, um sich noch einmal für den Abend zu bedanken. Als niemand aufgemacht hatte, habe er die Klinke heruntergedrückt, und die Tür sei offen gewesen. Er sei ins Haus gegangen und habe einen Moment gewartet, aber als niemand kam, habe er seine Autoschlüssel von der Küchenbank genommen, sich in sein Auto gesetzt und sei nach Falun zu einer Verabredung zum Mittagessen gefahren.

Carina zündete sich eine neue Zigarette an, während sie Astrids Telefonat mit Stefan mit einem Gesichtsausdruck lauschte, der von Hoffnung zu Besorgnis wechselte.

Selbst Astrid wurde jetzt von einer unbestimmten Angst ergriffen. Sie sah sich erneut um, ließ ihren Blick über den Hof und zu den verfallenen Nebengebäuden und der dunklen Wand aus Fichtenwald schweifen, und wie Carina musste sie daran denken, dass Mattias' Bruder vor vielen Jahren spurlos aus eben diesem Haus verschwunden war.

»Wir gehen rein und checken sein Handy«, sagte sie energisch, »vielleicht hat ihn jemand angerufen oder er hat eine SMS bekommen, die alles erklärt.«

Mattias' Handy lag auf der Fensterbank im Wohnzimmer, mittlerweile aufgeladen. Astrid wollte danach greifen, hielt dann aber inne, ein unbestimmtes Gefühl saß ihr wie ein Klumpen in der Magengrube. Vielleicht wäre es besser, das Handy nicht allzu viel anzufassen. Mit dem Zeigefinger rief sie die Gesprächsliste auf und sah, dass jemand Mattias um 10.37 Uhr aus Hammarås angerufen hatte. Mit einem weiteren Druck ihres Zeigefingers wählte sie die angezeigte Nummer und stellte auf Lautsprecher.

Eine fremde Frauenstimme meldete sich mit unverkennbarem Stockholmer Dialekt.

»Wo bleibst du denn, Mattias? Ich warte jetzt schon seit knapp vier Stunden auf dich!«

»Verzeihung, mit wem spreche ich?«, fragte Astrid nach. »Ich rufe von Mattias Granbergs Telefon aus an, aber Mattias ist nicht hier.«

»Ich heiße Jonna Lund und hatte ein Treffen mit Mattias vereinbart, aber er ist nicht gekommen …«, sagte die Frau.

Jonna Lund war Reporterin bei der Lokalzeitung, kannte Mattias noch vom Journalistikstudium her und war mit ihm auf Facebook befreundet. Heute Morgen hatte sie Mattias' Statusaktualisierung der letzten Nacht gesehen, »Endlich geht's los, mein Traumprojekt, einen Film über das Verschwinden meines Bruders Mikael im Jahr 1978 zu drehen. Habe die halbe Nacht wach gelegen und den polizeilichen Ermittlungsbericht gelesen.« Jonna Lund war neugierig geworden, nachdem sie festgestellt hatte, dass Mattias sich zurzeit in Hammarås aufhielt.

»Ich hatte noch nie von Mattias' Bruder gehört, aber ich brachte das Thema in der Redaktionssitzung zur Sprache und ein paar der älteren Kollegen waren ganz aus dem Häuschen«, sagte sie. »Die Sache mit Mikael ist offenbar das große ungelöste Rätsel dieser Gegend schlechthin, und nun kommt sein Bruder und will einen Film darüber machen. Eine tolle Story, vor allem, da auch noch seine Schwester vor kurzem unter ungeklärten Umständen ums Leben gekommen ist. Ich rief also Mattias an, und wir einigten uns darauf, dass er um ein Uhr für ein Interview in die Redaktion kommen würde. Es wäre ja auch für ihn von Nutzen, sein Vorhaben in der Lokalzeitung publik zu machen, die älteren Leute, die sich noch an etwas von 1978 erinnern können, sind, was Social Media betrifft, wohl kaum auf dem Laufenden. Aber wie gesagt, er kam nicht.«

Astrid beendete das Gespräch, jetzt ernstlich beunruhigt.

»Komm, wir suchen jetzt erst mal gründlich auf dem Hof nach ihm«, sagte sie zu Carina. Sie nahmen Kurs auf den Kuhstall und die baufälligen grauen Gebäude, die links und rechts des überwucherten Weges, den Mikael am Tag seines Verschwindens eingeschlagen hatte, standen. An einigen Stellen war das hohe Gras heruntergetreten, als wäre dort erst vor kurzem jemand entlanggegangen. Die Luft war warm und schwül, und unter den gelben Birken war kein Laut zu hören. Keine Vögel, die zwitscherten, keine Insekten, die summten.

»Camilla und ich waren einmal im Holzschuppen, um Holz zu holen, als uns der Strom abgeschaltet worden war, allerdings nur ein Mal, es war ja nur für ein paar Tage«, sagte Carina.

Sie klang nervös, als ob sie nur drauflosplapperte, um die Stille zu brechen.

Der Holzschuppen war das erste Gebäude links neben dem Kuhstall, ein niedriger Schuppen, an dessen spärlicher Bretterwand Reste roter Farbe abblätterten. Die Tür stand offen.

»Komisch, ich bin mir sicher, dass wir sie geschlossen und den Riegel vorgelegt haben«, flüsterte Carina.

Astrid betrat den Schuppen zuerst. Drinnen war es schummrig, weil hoch aufgestapelte Holzscheite die Wände bedeckten, sodass nur auf Dachhöhe Licht durch die Ritzen in den Wänden drang. Es roch nach trockenem Holz, aber auch nach etwas anderem, Merkwürdigerem. Ein paar Fliegen surrten tiefer im Inneren des Schuppens, ein hohes Geräusch, das die Stille unnatürlich durchdrang, wie das Geräusch von unzähligen Miniatur-Hubschraubern. Mitten im Schuppen stand ein Haublock. Aber wo war die Axt?

Widerstrebend senkte Astrid den Blick. Sie wusste schon, welcher Anblick sich ihr bieten würde, wollte aber nicht hinschauen.

Mattias Granberg lag bäuchlings auf dem erdigen Boden jenes Holzschuppens, in dem sein Bruder am Tag seines Verschwindens einen letzten Korb Holz geholt hatte. Aus seinem Schädel ragte grotesk die Axt. Jemand hatte sie mit so viel Kraft geschwungen, dass die halbe Schneide in Mattias' Schädel steckte.

Um den Kopf des Leichnams vermehrten sich die Fliegen und stiegen immer höher.

KAPITEL 15

Dalarna

Donnerstag, 23. September 2010

Abermals hatte Carina ihre Habseligkeiten ins Giebelzimmer des Sammilshofs gestellt. Sie würde mindestens eine Nacht bei Astrid bleiben, weil ihr Haus von Kriminaltechnikern, Ermittlern und Spürhunden okkupiert wurde. Sie hatten den Hof abgeriegelt und Scheinwerfer aufgestellt, die das Grundstück bis hinunter zum Holzschuppen erhellten.

Astrid hatte Tee aufgebrüht, nach Alkohol war beiden gerade nicht zumute, und Carina hielt mit beiden Händen den Becher umfasst. Mit den dunklen Augenringen und dem gehetzten Blick sah sie aus wie ein Kriegsflüchtling aus einem vergessenen Winkel Europas und hatte so gar nichts mehr von ihrem kecken Wesen. Mattias' Tod hatte ihr schwer zugesetzt, viel schwerer als Astrid. In den Tagen, in denen er bei ihr gewohnt hatte, habe sie ihn näher kennengelernt, und irgendwie sei er für sie eine Verbindung zu Camilla gewesen, sagte sie, als sie mit heftigen Bewegungen in ihrer Tasse rührte, in die sie so viel Zucker getan hatte, dass er sich kaum auflöste.

»Eigentlich waren sie sich gar nicht so ähnlich, nicht so sehr wie Camilla und ihre Schwester, diese Pernilla, jedenfalls. Trotzdem habe ich manchmal Camilla in ihm gesehen, wenn er irgendetwas tat. Wenn er einen Mundwinkel verzogen hat oder gelacht oder den Kopf gedreht hat. Und Camilla war die beste

Freundin, die ich je hatte, sie war fast wie eine Schwester für mich.«

»Weshalb du für Mattias wie für einen kleinen Bruder empfunden hast«, ergänzte Astrid.

Carina nahm einen Schluck Tee und verzog das Gesicht, als sie sich die Zunge verbrannte.

»Ja, und wir haben auch viel von Camilla gesprochen. Er wollte mehr über sie erfahren, wollte wissen, wer sie war, wie ihr Leben ausgesehen hat. Schade, dass sie sich nie richtig kennengelernt haben, ich glaube, sie wären gut miteinander ausgekommen.«

Astrid musste an den stillen Sven-Erik Granberg denken, der mittlerweile drei von vier Kindern verloren hatte. Sie war froh, ihm diesmal nicht die Todesnachricht überbringen zu müssen.

Nachdem sie Mattias' Leiche gefunden hatten, hatte sie sofort die Polizei verständigt und sich um Carina gekümmert, die aschfahl zusammengebrochen war. Diesmal konnte kein Zweifel daran bestehen, dass es Mord war, und Astrid wendete sich direkt an Martin Långström, der auch Camillas Todesfall untersuchte.

Martin war mit Lena Markovic und der ganzen Kriminaltechnik angerückt. Sie hatten Astrid und Carina befragt – zuerst getrennt, dann gemeinsam – und interessierten sich besonders für Carinas Einweihungsparty am Vorabend und die Gästeliste. Astrid hatte erwähnt, dass Mattias einen Dokumentarfilm über Mikaels Verschwinden hatte drehen wollen und das im Internet publik gemacht habe. Es hätten also mehr als nur seine Bekannten und die Reporterin der Lokalzeitung davon wissen können.

Mattias' Laptop war verschwunden, genauso wie seine – oder besser gesagt Camillas – Kopie der Ermittlungsakte zum Fall Mikael.

Der starke, süße Tee hatte wieder ein bisschen Farbe in Carinas Wangen zurückgebracht, sodass Astrid annahm, dass sie jetzt in der Lage war, mit ihr über den Mord zu sprechen. Ähnlich wie sie selbst schaffte es Carina, eine Distanz zu emotional aufwühlenden Ereignissen einzunehmen, indem sie sich sachlich damit auseinandersetzte.

»Sollen wir ein paar Vermutungen anstellen, wer Mattias ermordet haben könnte und weshalb?«, fragte sie. »Eigentlich wissen wir doch ziemlich viel, genug zumindest, um eine Theorie aufzustellen.«

Carina nickte, ihr Blick war düster.

»Wir finden heraus, wer dahintersteckt, und dann werde ich ihn skalpieren. Ich glaube nämlich, dass es derselbe Teufel ist, der auch hinter Camillas Ermordung steckt.«

Sie schenkte sich noch eine Tasse Tee ein und rührte heftig darin herum.

»Es muss etwas mit Mikael zu tun haben, oder?«, sagte sie. »Schließlich sind Mattias' Laptop und die Ermittlungsakte verschwunden, und was sonst außer Mattias verfluchtem Filmprojekt über Mikael könnte jemanden in Hammarås interessieren?«

Es war offensichtlich, dass der Mörder nicht viel Zeit gehabt hatte. Von Jonna Lund von der Lokalzeitung wussten sie, dass Mattias noch kurz nach halb elf am Leben gewesen war. Eine Stunde später war er verschwunden und vermutlich schon tot, als Stefan Hallgrimsson seinen Wagen abgeholt hatte.

»Sofern nicht Stefan der Mörder war, natürlich«, sagte Astrid bedächtig.

»Ja«, gab Carina finster zurück, »ich mag Stefan, aber diese Geschichte mit der Axt hat doch etwas typisch Isländisches. Deren Sagenwelt wimmelt doch nur so von Axtmördern. Aber Stefan hat doch kein Motiv, oder? Als Mikael verschwand, war er doch noch ein kleiner Junge.«

»Aber wenn wir das Motiv mal beiseitelassen und uns nur an die Fakten halten, dann steckt er ganz schön in der Klemme. Und Hamid? Er hat dich angerufen, um dir einen Job anzubieten, und wusste daher, dass du nicht da und Mattias allein sein würde. Er hätte es ebenfalls getan haben können, hätte dir sogar extra dafür den Job anbieten können.«

»Obwohl das lächerlich ist, was sollte er für einen Grund haben, Mattias umzubringen?«, wandte Carina ein. »Er ist doch jünger als wir beide, er war ungefähr fünf Jahre alt und lebte in Borlänge, als Mikael verschwand. Aber aus diesem Grund waren dein Cousin und seine Jugo-Kollegin natürlich auch so interessiert an meinen Gästen, sie waren die Einzigen, die genau wussten, wo Mattias sich aufhielt.«

Dass der Mörder Mattias' Handy zurückgelassen hatte, deutete darauf hin, dass ihn das Telefon nicht hätte entlarven können, dass er nicht mit Mattias telefoniert oder per SMS, E-Mail oder über soziale Medien mit ihm in Verbindung getreten war. »Aber hätte er nicht trotzdem Mattias' nächtliche Nachricht auf Facebook sehen oder über jemand Dritten davon hören können?«

Das brachte sie zurück zum Motiv, Mikaels Verschwinden.

»Gehen wir mal davon aus, dass der Mörder jemanden von Mattias' Facebookfreunden kennt«, sagte Astrid. »Er fürchtet, dass Mattias etwas herausgefunden hat, fährt auf gut Glück zu dir, um sicherzugehen, und hat Erfolg – Mattias ist allein. Er klingelt und sagt ›Hallo, ich habe Mikael gekannt und weiß etwas Interessantes über ihn‹, und Mattias ist natürlich begeistert und lässt ihn herein.«

»Und weshalb gehen sie zum Holzschuppen?«, fragte Carina. »Mattias weiß davon, hat aber nie einen Fuß hineingesetzt.«

»Damit sind wir wieder bei Mikael, oder?«, fragte Astrid. »Sie folgen Mikaels Spur, nur das kann der Grund dafür gewesen sein, dass sie zum Holzschuppen gegangen sind. Aber warum Mattias umbringen? Bist du sicher, dass er im Ermittlungsbericht nicht auf irgendetwas gestoßen ist, Carina?«

Carina zuckte die Schultern.

»Mir gegenüber hat er jedenfalls nichts erwähnt. Und ich glaube nicht, dass er schon den ganzen Bericht gelesen hatte, er war ja so lang wie die sieben Jahre, die die Ermittlungen gedauert haben. Er war übrigens gerade dabei, ihn in den Laptop zu übertragen, mit so ’nem kleinen Apparat.«

»Einem tragbaren Scanner, vielleicht?«, fragte Astrid.

»Jepp. Ich glaube nicht, dass er schon so furchtbar weit gekommen war, er sagte, dass es mehrere Stunden dauern würde, den ganzen Scheiß einzuscannen. Aber vielleicht hat der Mörder ja deshalb den Laptop mitgenommen, obwohl das ziemlich idiotisch wäre – die Polizei hat ja sowieso die ganze Akte, Camilla hatte nur eine Kopie.«

»Vielleicht hatte sich Mattias ja auf der Kopie Notizen gemacht«, schlug Astrid vor. »Und es dann eingescannt.«

Sie versuchte, sich den Mörder vorzustellen. Was war das für ein Mensch, der durch seine Taten zum Vorschein kam, durch seine Morde an Camilla und Mattias? Jemand, der sich hier in der Gegend auskannte, dachte sie, jemand, der Auto fuhr und mit den Schleichwegen rund um Granåkers Hästberg vertraut war. Eher ein agiler Opportunist als jemand, der planmäßig vorging. Jemand, der die Gelegenheit beim Schopf packte, wenn sie sich ihm bot und dann ohne Rücksicht auf Verluste improvisierte. Es musste ein Zufall gewesen sein, dass er Camilla auf dem Waldweg gesehen hatte, ein Zufall, dass er Mattias allein angetroffen hatte, aber er hatte umgehend gehandelt.

Die Wahrheit dämmerte ihr ganz langsam am Rande ihres

Bewusstseins, wie ein reifer Apfel, der nur darauf wartete, in ihre Hand zu fallen …

Der Lichtkegel eines kräftigen Scheinwerfers fiel durch ihr Küchenfenster und unterbrach sie in ihren Gedanken.

Carina drehte sich um und sah hinaus.

»Das ist Hamid, und soweit ich sehen kann, hält er keine Axt in der Hand. Sollen wir ihn reinlassen?«

Astrid, die Hamid Demirovic keinen Augenblick für Mattias' Mörder gehalten hatte, ging in die Diele und schloss die Tür auf. Der Reinigungsunternehmer trat ein. Die dunkelbraunen Haare standen ihm vom Kopf ab, sein Blick wirkte gehetzt.

»Ich möchte mit Carina sprechen. Die Polizei sagte mir, dass sie hier sei«, sagte er nervös, als er seine Jacke aufhing.

Er trug eine Art Uniform, dunkelblaue Hosen und ein Arbeitshemd mit dem Schriftzug »Dala Reinigungs- & Putzleistungen«. An seinem Revers hing ein Ausweis samt Foto. Astrid brachte ihn in die Küche und bot ihm Tee an. Er nahm Platz und sah Carina scharf an.

»Mensch, Carina, warum musstest du mich nur auf diese Party einladen«, beklagte er sich. »Hätte ich gewusst, dass Gäste ermordet werden, wäre ich nie dort aufgetaucht. Den halben Tag bin ich von der Polizei ins Kreuzverhör genommen worden. Diese serbische Kriminalkommissarin brennt nur so darauf, mich dranzukriegen.«

Astrid schenkte ihm Tee ein und er bedankte sich höflich bei ihr, bevor er mit finsterem Blick fortfuhr, sich zu beschweren.

»Jetzt ist auch noch herausgekommen, dass ich dich schwarz beschäftigt habe, und ich werde Probleme mit den Finanzbehörden bekommen. Genau das, was ich nicht brauchen kann!«

Carina tätschelte ihm beschwichtigend die Schulter.

»Ach, das wird schon nicht so schlimm, du hast doch noch

nie Ärger mit den Bullen gehabt, sie werden dich nicht drankriegen, denn du hast gar nichts getan. Obwohl dieser Markovic alles zuzutrauen ist.«

Gedankenverloren, so als ob sie etwas aushecken würde, ließ sie ihren Blick über Hamids Arbeitskleidung schweifen.

»Bist du ganz allein unterwegs zur Arbeit?«, fragte sie.

Hamid legte drei dicke Käsescheiben auf eine Scheibe Brot und schlang es mit zwei Bissen herunter.

»Ja, ein Unglück kommt selten allein«, sagte er niedergeschlagen. »In den Kindergärten grassiert irgendeine Infektion, die Hälfte meines Personals ist zu Hause und betreut ein krankes Kind. Deshalb musste ich dich auch heute Vormittag anfragen. Und heute Nachmittag rief auch noch Samira an, meine beste Kraft. Ihre Kinder hat es jetzt auch erwischt und ihr Partner ist auf Reisen. Sie fällt für Belab aus. Mir bleibt nichts anderes übrig, als selbst hinzufahren, es gibt niemanden, dem ich die Arbeit sonst zutrauen würde.«

»Ach so, du bist unterwegs, zu Belab«, flötete Carina und warf Astrid einen vielsagenden Blick zu.

Hamid hielt mit einer abwehrenden Geste die Hände hoch.

»Nein, nein, du hast schon einmal die Sprache darauf gebracht, aber nur über meine Leiche wirst du bei meinen besten Kunden schnüffeln!«

Astrid rutschte mit ihrem Stuhl dichter an Hamid heran, so dicht, dass ihre Knie sich fast berührten, und sah ihn direkt an.

»Aber Hamid, wir möchten dir doch nur helfen«, sagte sie mit einer Stimme, zu der sie bei Verhandlungen griff, wenn sie den Gegenpart davon überzeugen wollte, dass sie schon mehr als genug Entgegenkommen gezeigt hatte. »Du möchtest doch sicher, dass die Polizei Mattias' Mörder findet und aufhört, dich zu verdächtigen, oder? Und Carina will denjenigen finden, der ihre Freundin ermordet hat, und dabei handelt es sich höchstwahrscheinlich um dieselbe Person. Wir glauben, dass die Antwort darauf teilweise bei Belab zu finden ist.«

Hamid wirkte skeptisch, aber nachdem sie ihn eine halbe Stunde lang bearbeitet hatten, ließ er sich widerstrebend breitschlagen.

»Okay, okay. Aber ich werde euch die ganze Zeit über im Auge behalten, und ihr werdet nichts mitgehen lassen, dass das klar ist!«

Eine halbe Stunde später saßen sie in Hamids Renault Trafic und waren unterwegs nach Falun. Hamid hatte aus dem Laderaum zwei Arbeitsuniformen für Astrid und Carina geholt. Astrids Hose und Arbeitshemd war Größe L und spannte über der Brust, saß dafür aber umso loser um die Taille.

»Ich behaupte, dass ihr Vertretungskräfte seid«, sagte Hamid nervös, »aber ihr müsst der Wache eure Namen nennen. Carina kann Carina bleiben, sie arbeitet ja gelegentlich für mich, aber du musst dir einen anderen Namen ausdenken, Astrid.«

»Hm, ich heiße ... Raduta Stancu und komme aus Rumänien«, sagte Astrid schließlich.

Ihr begann die Situation Spaß zu machen. Sie freute sich darauf, eine Rolle in diesem Drama zu spielen. Am Ende bekäme sie zwar keinen Applaus, aber womöglich die für sie so wichtigen Informationen.

Was eine misslungene Rolleninterpretation für Konsequenzen haben könnte, wollte sie sich lieber nicht ausmalen, aber dieser Anflug von Gefahr und Risiko verursachte ihr ein angenehmes Kribbeln.

Sie dachte sich in ihre Figur hinein. Raduta Stancu war eine Grundschullehrerin aus Cluj, die wegen der Wirtschaftskrise ihre Stelle verloren hatte und im Ausland auf Arbeitssuche war, entschied sie. Sie hatte einen Sohn im Teenageralter, einen stillen und mürrischen Vierzehnjährigen, um den sie sich ständig Sorgen machte und der bei ihrer Schwester war, während sie in Schweden lebte.

»Weißt du eigentlich, wie man putzt, Astrid?«, fragte Carina da plötzlich.

Astrid musste sich eingestehen, dass putzen auf der Liste ihrer Fähigkeiten nicht unbedingt weit oben rangierte. Von klein auf hatte die Familie es hingenommen, dass sie weniger praktisch veranlagt war, unbegabt, was traditionelle Frauentätigkeiten betraf. Selbst ihre Großmutter hatte das akzeptiert, aber sie war ja auch selbst keine richtige Bauersfrau gewesen.

»Na ja, besonders gut bin ich nicht darin, aber so schwer kann das doch nicht sein?«, erwiderte sie.

Carina schnaubte.

»So schwer kann das doch nicht sein«, äffte sie sie sarkastisch nach, »das hättest du mal den alten Schachteln, bei denen ich in Pflege war, sagen sollen, dann hättest du aber was zu hören bekommen! Margit Björs und Stina Simonsson waren Weibsstücke, die das Putzen ernst nahmen, und wenn du eine Frau warst und bei ihnen lebtest, hattest du es zu lernen. Na ja, dann musst du es mir wohl einfach nachmachen, falls uns jemand beobachtet.«

Sie bogen auf die Hauptstraße nach Borlänge, dann ging's weiter nach Falun. Gerade in dem Moment, als sie auf Belabs Parkplatz fuhren, ging die Sonne am Horizont unter und ein blasser, silbrig schimmernder Vollmond stieg auf.

»Ihr bleibt im Hintergrund«, wies Hamid sie an, während er einen Wagen mit Putzutensilien aus dem Auto hob. »Benehmt euch zurückhaltend und haltet die Klappe, wenn ihr das hinkriegt.«

Sie steuerten auf die Büros von Belab zu. Die beiden Quader

strahlten weiß im Dunkeln, von Scheinwerfern beleuchtet, die auf dem dunklen Wasser des Flusses glänzende Reflexe warfen. Astrid hatte keine Jacke mitgenommen und fröstelte ein wenig in ihrem kurzärmeligen Hemd. Erst vor wenigen Stunden war sie mit Ulf hier gewesen und hatte für Frode Asplund die Primadonna gegeben. Jetzt kam es ihr so vor, als wäre das ein halbes Leben her, ein weit entferntes »Damals« im Unterschied zu dem »Jetzt«, das ganz unter dem Eindruck des Axthiebes stand, der Mattias Granbergs Schädel zerschmettert hatte.

Am Empfang saß ein Wachmann in beiger Uniform. Er begrüßte Hamid, als würde er ihn kennen, und hakte etwas auf einem Formular ab.

»Heute nicht Samira und die üblichen Damen?«

»Nein, Samira und die Hälfte meines Personals sind zu Hause, um sich um ihre kranken Kinder zu kümmern, ich muss heute selbst mithilfe von zwei Aushilfen ran«, erwiderte Hamid.

Astrid stand hinter Carina und versuchte, sich unsichtbar zu machen, sah zu Boden und krümmte die Schultern. Sie hätte sich die Mühe nicht machen müssen. Der Blick des Wachmanns glitt desinteressiert und ohne sie richtig wahrzunehmen über sie hinweg.

»Gut. Du übernimmst aber die Verantwortung für sie, und ich brauche ihre Namen«, sagte er.

Er schob das Formular über den Empfangstresen und Hamid signalisierte Astrid und Carina, zu unterschreiben. Sein Name und der seiner Reinigungsfirma waren bereits notiert, samt dem Zeitpunkt ihres Eintreffens. Astrid unterschrieb mit ihrem ausgedachten Namen, versuchte, so klein und unleserlich wie möglich zu schreiben.

Während der Autofahrt hatte Hamid ihnen erklärt, dass sie nur den Bürotrakt säubern würden. Das Laborgebäude wurde jeden Tag gesondert gereinigt – die sterile Reinigung erforderte ein Spezialpersonal –, während das Bürogebäude zweimal wöchentlich abends dran war.

Sie fuhren mit dem Aufzug nach oben und betraten einen Flur, den Astrid an dem grünen Teppich und den Porträts an den Wänden wiedererkannte. Es war die Direktionsetage, auf der Olof Krämer sein Büro hatte. Das Büro, in dem sie den Brief mit den rumänischen Briefmarken und die verschlossenen Schubladen mitsamt dem dazugehörigen Messingschlüssel entdeckt hatte.

»Sieh mal, hier ist das Zimmer von Olof Krämer«, sagte Carina, ihre Augen funkelten. »Damit fangen wir an, oder? Streif dir die Gummihandschuhe über, Astrid, die brauchst du beim Putzen und um keine Fingerabdrücke zu hinterlassen.«

Carina zog sich ebenfalls ein Paar an, griff sich einen Eimer und ging Richtung Waschraum.

Hamid stöhnte.

»Ich weiß nicht, wie ihr mich dazu bringen konntet, mich auf diese idiotische Idee einzulassen«, brummte er und schaltete den Staubsauger ein, »ich will mir lieber nicht angucken, was ihr da macht. Und nehmt ja nichts mit!«

Er schloss ihnen die Tür zu Olof Krämers Zimmer auf und fing an, tatkräftig den Fußboden und den Astrid-Sampe-Teppich zu saugen. Carina kam mit einem gefüllten Putzeimer wieder und drückte Astrid einen Lappen in die Hand.

»Du kannst Staub wischen, während ich hier durchmoppe. Leisten, Stühle, Lichtschalter, Bilderrahmen«, zählte sie auf. »Und natürlich den Schreibtisch.«

Sie zwinkerte Astrid zu und begann vor sich hin summend mit der Arbeit, gespannt bis in die Fingerspitzen. Carina hatte einen anarchischen Zug an sich, den Astrid noch nie so deutlich wie jetzt gesehen hatte; eine lustvolle Neigung, die Grenzen des Erlaubten zu übertreten.

Mit zögernden Bewegungen staubte sie einen dänischen Designerstuhl ab, bis Hamid mit Leidensmiene auf sie zukam und ihr zeigte, wie sie es richtig machte. Etwas weniger unsicher arbeitete sie sich mit dem Lappen durch das Zimmer vor, verharrte einen Moment beim Porträt von Olof Krämers Mutter mit den kräftigen, beringten Händen und war schließlich so weit, es mit dem Schreibtisch aufzunehmen. Sie war sich seiner Existenz die ganze Zeit über so bewusst gewesen, als wäre er von einem Kraftfeld umgeben. Der Schreibtisch mit seinen Schubladen, die sich vor dunklen Geheimnissen geradezu bogen. Hoffte sie zumindest.

Schnell wischte sie über die glatte Jacarandaholzoberfläche und blätterte anschließend den Stapel Briefsendungen im Briefkorb durch. Enttäuscht stellte sie fest, dass der Brief mit den rumänischen Briefmarken nicht mehr da war. Olof Krämer musste tagsüber ins Büro gekommen sein und ihn mitgenommen haben. Astrid drehte den Messingschlüssel in der obersten Schreibtischschublade um und zog sie heraus, nur um auf das übliche Durcheinander aus Bleistiftstummeln, Gummibändern, Briefumschlägen und -marken zu blicken.

Die nächste Schublade war größer und sah vielversprechender aus, der Schlüssel ließ sich geschmeidig herumdrehen. Darin befand sich ein einziger Gegenstand, ein elegantes, mit Intarsien versehenes Holzkästchen, das jedoch mit einem Schloss versehen war.

Astrid hob das Kästchen heraus, stellte es auf den Schreibtisch und fuhr tastend mit den Händen in die Schublade, als hoffte sie, einen passenden Schlüssel zu finden. Aber da war keiner, auch nicht in der obersten oder untersten Schublade. Das Schloss war nicht massiv, es handelte sich um ein typisches Tagebuchschloss, aber Olof Krämer würde es wohl kaum entgehen, wenn jemand es mit Gewalt aufbrach.

»Kannst du mal eben herkommen?«, bat Astrid Carina leise. Sie waren jetzt allein im Raum. Hamid war hinausgegangen, das Geräusch seines Staubsaugers entfernte sich auf dem Flur.

»Gibt's ein Problem?«, fragte Carina. Astrid zeigte ihr das Schloss.

»Ach, das ist doch ein Kinderspiel«, sagte sie, nachdem sie es kurz gemustert hatte. Sie nahm zwei Büroklammern vom Tisch, bog sie auseinander und steckte sie in das Schloss. Nach einer halben Minute hatte sie es geöffnet.

Im Kästchen lag ein Stoß handgeschriebener Briefe, manche auf hellblauem Briefpapier, andere auf dicken, elfenbeinfarbenen Karten. Astrid verteilte sie auf dem Schreibtisch, wusste nicht, womit sie anfangen sollte, bis ihr plötzlich in einem längeren Brief ihr eigener Name ins Auge stach.

»Was macht ihr denn da?«, fragte Hamid beunruhigt und steckte den Kopf durch die Türöffnung, als sie gerade versuchte, die schwer lesbare Handschrift zu entziffern. »Ihr könnt doch nicht ewig hierbleiben, das muss euch doch klar sein!«

»Wir wollen das hier nur kurz lesen, es dauert nicht lange«, sagte Carina beruhigend.

In dem Moment hörten sie den Aufzug brummen, Hamid wurde blass.

»Verflucht! Das ist der Sicherheitsdienst, der jetzt seine Runde dreht. Wenn sie euch dabei erwischen, wie ihr hier in den Firmenpapieren herumschnüffelt, könnt ihr was erleben. Belab hat eine Heidenangst vor Industriespionage, also los jetzt, packt alles zusammen, aber sofort, verdammt!«

Astrid zögerte, aber dann kam ihr ein Geistesblitz – sie konnte die Briefe fotografieren. Sie nahm das Handy heraus und machte schnell die nötigen Bilder, bevor sie die Briefe zurück in das Kästchen legte und das Schloss zuschnappen ließ, das glücklicherweise unversehrt geblieben war. Gerade als die schweren Schritte der Nachtwache auf dem Flur zu hören waren, schloss sie die Schublade.

»Weiter seid ihr noch nicht?«, fragte der Wachmann erstaunt, als er zu ihnen hineinsah.

»Ach, diese neue Kraft ist so eine Oberniete, die kommt einfach nicht zu Potte«, sagte Carina. »Und Schwedisch spricht sie auch nicht. Wo hast du sie nur aufgetrieben, Hamid?«

»Fac tot ce pot«, verteidigte sich Astrid auf Rumänisch, und danach auf Englisch, *»I am doing my best.«*

Vor Aufregung hatte sie ganz rote Wangen bekommen, was der Wachmann hoffentlich als Verlegenheitsröte interpretierte. Er musterte sie einen Augenblick, dann zuckte er die Schultern und ging weiter. Sie hoffte nur, dass er sich nicht ihr Gesicht gemerkt hatte.

»Jetzt krempeln wir aber mal die Ärmel hoch und legen los«, forderte Hamid sie leise, aber unmissverständlich auf, »und zwar ein bisschen dalli, um die verlorene Zeit aufzuholen.«

Schweigend arbeiteten sie sich durch den Flur und die restlichen Büroräume. Hamid und Carina waren schnell und effektiv, während Astrid vor allem den Eindruck erweckte, den Putzlappen zu halten.

Die Büroräume gruppierten sich quadratisch um den Lichthof in der Mitte des Gebäudes. Weil sie sich gegen den Uhrzeigersinn, anders als bei ihrem Rundgang mit Frode Asplund und Ulf, durch die Etage gearbeitet hatten, war ihre letzte Station auf der Etage das Archiv.

»Hier drinnen müssen wir nur staubsaugen und den Fußboden wischen, diese Archivregale abzustauben macht eh keinen Sinn«, erklärte Hamid. »Und rührt ja nicht den Tisch mit den Fotos dahinten an, die sind bestimmt für diese Ausstellung vorgesehen. Aber du kannst mit dem Staubtuch die Archivschränke abwischen, Astrid!«

Während Hamid und Carina sich routiniert um den Boden kümmerten, schlenderte Astrid zu den Archivschränken und erledigte rasch ihren Auftrag. Dann sah sie sich um und versuchte, sich ins Gedächtnis zu rufen, wo noch gleich das Regal mit dem alten Material gestanden hatte. Irgendwo weiter hinten im Raum. Und Frode Asplund war hingegangen, um den Schriftwechsel über die Patente zu suchen, die Belab in den 40er Jahren abgelehnt hatte …

Sie ging an der fensterlosen Wand entlang die Regale ab und fand bald das Regal, das die Aufschrift »Korrespondenz u. a. 1939–1950« trug. Falls Olof Krämer über seine Experimente in Ramsnoret überhaupt Prüfberichte angefertigt hatte, befanden sie sich vermutlich im anderen Gebäude im Archiv des Labors. Als 1951 acht Insassen starben, hatte es das moderne Labor bereits gegeben. An diese Unterlagen kam sie nicht heran.

Aber Olof Krämers Experiment musste von langer Hand vorbereitet worden sein. Wenn er beispielsweise nach seinem Forschungssemester 1948 in die USA gereist war, um die Impfstoffsuche näher zu verfolgen, konnte er an seine Onkel bei Belab geschrieben und ihnen vorgeschlagen haben, selbst eine Studie durchzuführen. Es musste einen Schriftwechsel oder eine persönliche Mitteilung dazu geben, Materialbestellungen etc. – und sie mussten hier sein.

Aber was immer existierte, würde nicht so leicht zu finden sein. Astrid ließ ihren Blick über die Regale schweifen, über Aktenordner und Archivboxen, die aussahen, als seien sie wahllos, ohne jegliches System, in die Regale gestellt worden. Als hätte man sie einfach hier fallen gelassen, als Belab seinen neuen Firmensitz bezogen hatte. Willkürlich zog Astrid eine Box hervor, die die nichtssagende Beschriftung »Planvorhaben« trug. Außer Kopien von diversen Beschlüssen des Bauamtes und Planskizzen fanden sich ein Briefwechsel mit dem finnischen Stararchitekten und Angebote verschiedener Bauunternehmen sowie ein paar Zeitungsausschnitte aus dem *Falun-Kurier* darin.

Immer ungeduldiger, fiebriger durchsuchte sie Aktenordner und Kästen, während sich das Geräusch von Hamids Staubsauger näherte. Zuoberst auf dem Regal stand eine Box, die die Aufschrift »Neue Projekte 1946 –« trug, und sogar sie musste sich auf die Zehenspitzen stellen, um an sie heranzukommen. Sie nahm sie herunter und stellte fest, dass sie ebenfalls eine wilde Mischung unsortierter Unterlagen enthielt. Maschinengeschriebene Berichte und individuelle Korrespondenz von Belabs hauseigenen Wissenschaftlern, ordentlich zusammengeheftet, Durchschläge von Korrespondenzen mit Wissenschaftlern an Krankenhäusern und Universitäten. Und ein brauner DIN-A4-Umschlag, auf dem mit Bleistift nachlässig »Projekt P« notiert war. Sie zog das erste Blatt heraus und konnte kaum ihren Triumphschrei unterdrücken, als sie sah, dass sie das gefunden hatte, wonach sie gesucht hatte.

Es war ein handschriftlich verfasster Brief, datiert auf New York, November 1949.

Sehr geehrter Onkel Erik! Wie du siehst, befinde ich mich jetzt in New York, aber sorge dich nicht, mein Auftrag wird darunter nicht leiden. Ich war bereits in Pearl River, wo Dr. Komprowski und seine Mitarbeiter von Lederle Laboratories mich mit größter Freundlichkeit empfangen und sehr bereitwillig ihre Forschungsergebnisse und Erfahrungen mit mir geteilt haben …

»Wir müssen jetzt weiter in die nächste Etage, Astrid, sonst wird der Sicherheitsdienst misstrauisch«, sagte da Hamid mit angespannter Stimme. »Sie machen mehrere Inspektionsrunden, und falls sie auf die Idee kommen, dich zu überprüfen, wird das kein Spaß.«

Sie wusste, dass er recht hatte. Aber sie brauchte diesen Umschlag, der viel zu dick war, als dass sie den Inhalt hätte fotografieren können. Sie legte ihn zurück in die Box, stellte sie auf einen Regalboden in Bodennähe und folgte Hamid und Carina in die nächste Etage, wo sie pflichtschuldigst ihren Teil der Arbeit erledigte, bis nur noch zwei Büroräume übrig waren. Da fasste sie sich an ihr linkes Ohrläppchen.

»Oh nein, ich habe einen Ohrring verloren!«, rief sie.

Hamid sah sie misstrauisch an, Carina aber begriff sofort.

»Nicht schon wieder!«, seufzte sie. »Ich hab dir doch gesagt, dass du damit aufpassen sollst. Wo hast du ihn denn wohl verloren?«

»Ich weiß, dass ich ihn noch hatte, als wir in der letzten Etage die Waschräume geputzt haben, denn als ich in den Spiegel gesehen habe, trug ich noch beide Ohrringe.«

»Okay. Und als wir mit dem Aufzug in diese Etage gefahren sind, habe ich bemerkt, dass links ein Ohrring fehlte. Ich habe gedacht, du hättest ihn vielleicht abgenommen«, sagte Carina. »Dann hast du ihn ja wohl eine Etage tiefer verloren.«

Aus ihr wäre definitiv nie eine Schauspielerin geworden, und ihr Dialogwechsel war kläglich. Hamid wirkte immer noch misstrauisch.

»Gibst du mir deinen Schlüssel, damit ich danach suchen kann?«, bat Astrid ihn flehentlich. »Diese Ohrringe waren ein Geschenk, sie bedeuten mir ungeheuer viel. Außerdem sind sie viel zu edel für eine rumänische Reinigungskraft, falls sie morgen gefunden werden, wird das erst recht ihr Misstrauen wecken.«

Das letzte Argument entschied die Sache. Hamid reichte ihr resigniert den Schlüsselbund und Astrid lief schnell die Treppe zur jetzt im Dunkeln liegenden Direktionsetage hinab. Sie ging geradewegs zum Archiv und schloss die graue Tür auf, immer noch in Putzhandschuhen, knipste eine Leuchtstoffröhre an, zog die Tür heran, ohne sie ganz zu schließen, und eilte zu dem Regal, in das sie die Box mit dem Umschlag zu »Projekt P« gestellt hatte. Die Zeit reichte einfach nicht, die Akten zu fotografieren, sie musste sie mitnehmen, auch wenn es ihr Bauchschmerzen bereitete. Schließlich hatte sie Hamid versprochen, nichts zu entwenden; sie wollte ihm auf keinen Fall Schwierigkeiten machen. Sie beruhigte ihr Gewissen, indem sie sich einredete, dass niemand den Umschlag vermissen würde, weil wohl kaum jemand wusste, dass es ihn gab, geschweige denn, wo er sich befand, so schlecht sortiert wie diese Archivabteilung war.

Aber wo sollte sie ihn verstecken? Sie ließ das Kuvert in den Hosenbund gleiten und rückte das weiße Arbeitshemd zurecht, das ihr bis zu den Hüften reichte und effektiv den Bund verdeckte. Dass die Papiere rascheln könnten, war das einzige Risiko.

Sie war auf dem Weg zur Tür, als sie auf dem Flur Schritte hörte. Schnell sank sie auf die Knie und kroch mit gesenktem Blick über den Boden, als würde sie nach etwas suchen. In dieser Haltung befand sie sich, als die Tür weit aufgerissen wurde und der Schein einer starken Taschenlampe den Raum erleuchtete.

»Das darf doch nicht wahr sein!«, rief der Wachmann und machte einen Schritt ins Archiv. Astrid sah auf und wurde vom Schein der Lampe geblendet.

»I look for earring«, sagte sie ängstlich.

Insgeheim verfluchte sie den Impuls, der sie dazu bewogen hatte, ihrem Alter Ego eine rumänische Identität zu geben. Sie hätte lieber eine Frau aus der Gegend sein sollen. Wenn der

Wachmann Angst vor Industriespionage hatte, wäre er einer Ausländerin gegenüber misstrauischer als gegenüber jemandem, der den Dialekt der Gegend sprach. Aber jetzt war es zu spät für eine andere Rolle.

Sie rappelte sich auf und versuchte, klein und harmlos zu wirken, als der Wachmann langsam mit bedrohlicher Miene auf sie zukam. Er war sehr groß, bestimmt fast eins neunzig, seine schwellenden Muskeln an Schultern und Armen zeichneten sich unter dem eng anliegenden Hemd ab.

Er musterte sie aus zusammengekniffenen Augen und blieb erst stehen, als er so dicht vor ihr stand, dass sie seinen leichten Schweißgeruch wahrnehmen konnte. An seinen Schläfen pochte der Puls.

Nicht gut.

Sie lächelte entschuldigend und unterwürfig und strich sich das Haar hinter die Ohren, damit er den Ohrring in ihrem rechten Ohrläppchen – den schwarzen Perlohrring, den sie heute für ihre Verabredung mit Ulf angelegt hatte – und den fehlenden an ihrem linken Ohr sehen konnte.

»*See, it's gone*«, sagte sie.

»Wie war noch gleich Ihr Name, ich meine, *what is your name?*«, fragte er.

»*I am Raduta*«, sagte sie ängstlich. Den richtigen Tonfall zu treffen, fiel ihr nicht schwer, denn sie hatte allen Grund, Angst zu haben. Wenn er sie nach ihrem Ausweis fragen würde, säße sie wirklich in der Patsche, und nicht nur sie, auch der hilfsbereite Hamid.

Er senkte die Taschenlampe und ließ den Lichtkegel über die Regale und Schränke schweifen, als suchte er nach Anzeichen dafür, dass sie geschnüffelt hatte. Ihr Blick folgte dem Lichtschein.

»*Look, there it is!*«, rief sie plötzlich aus.

Sie zeigte auf die Reihen mit Archivschränken, wo der Lichtschein soeben auf eine schwarze Perle fiel, die in einer glitzernden Einfassung kleiner Brillanten saß – genau an der Stelle, an der sie ihn fallen gelassen hatte, als sie den Umschlag an sich genommen hatte. Als sie sich sicher war, dass der Wachmann den Ohrring gesehen hatte, lief sie hinüber, sammelte ihn auf und befestigte ihn wieder an ihrem Ohrläppchen. Dann nahm sie seine Hände in ihre, schüttelte sie eifrig und dankte ihm überschwänglich in einer Mischung aus Englisch und Rumänisch.

Es gelang ihr sogar, ein paar Tränen der Erleichterung hervorzupressen, indem sie einen flüchtigen Moment intensiv an den Augenblick dachte, an dem sie die schwarzen Perlen von Gabriel geschenkt bekommen hatte, und es erstaunte sie, dass die Erinnerung daran selbst in einem Moment wie diesem noch so schmerzen konnte.

Sie hörte, wie sich die Fahrstuhltüren öffneten, dann das Klappern des Putzwagens.

»*Well, Raduta, did you find it?*«, rief Hamid.

Der Wachmann drehte sich zu ihm um.

»Das geht so nicht, Hamid!«, sagte er vorwurfsvoll. »Wenn du Aushilfen herbringst, musst du sie beaufsichtigen, besonders wenn es Ausländer sind. Ich glaube, mir bleibt nichts anderes übrig, als einen Bericht zu schreiben.«

Astrid hielt die Luft an. Gleichzeitig spürte sie, wie der Umschlag, der sich verschoben hatte, als sie sich vorgebeugt hatte, um den Ohrring aufzusammeln, in ihrem Hosenbein herunterrutschen wollte. Die Hose war weit, aber war sie so weit, dass der Umschlag das ganze Bein heruntergleiten würde? Sie traute sich nicht, nach ihm zu greifen.

Hamid schien nicht so beunruhigt zu sein, wie sie befürchtet hatte. Seine Miene erinnerte sie vielmehr an eine Katze, die gerade ein verlockendes Mauseloch entdeckt hatte. Er klopfte dem Wachmann freundschaftlich auf den Rücken.

»Ach, weißt du, Jens, wir machen alle mal Fehler, aber es ist ja nichts passiert, da muss man doch jetzt kein großes Ding draus machen. Samira hat mir von der Sache damals erzählt, du weißt schon, und ich hielt es auch für nicht so wichtig, mich darüber zu beschweren. Aber vielleicht sollte ich meine Entscheidung noch einmal überdenken …«

Jens wurde puterrot und erwiderte hastig: »Nein, nein, es ist ja nichts passiert. Ich schreibe diesmal noch keinen Bericht. Aber das darf sich nicht wiederholen!«

Grimmig vor sich hin schweigend, ließ Hamid die Stadtgrenzen von Falun hinter sich, während Astrid und Carina auf der Rückbank in einen Kicheranfall ausbrachen, eine Mischung aus Erleichterung und Übermut. Im Schutz der Dunkelheit fischte Astrid den Umschlag aus ihrem Hosenbein, er hatte sich über ihrem Knie verkeilt, aber sie wagte es nicht, ihn ganz herauszuholen, bevor Carina und sie allein waren.

»Nun sag schon, Hamid, was hat dieser Macho Jens für dunkle Geheimnisse?«, fragte Carina, als die Lichter der Stadt hinter ihnen nicht mehr zu sehen waren.

Hamid verzog den Mund.

»Er hat mal ein Mädchen mitgebracht, wollte sie wohl beeindrucken. Sie saßen Bier trinkend und Chips essend in einem der Direktorenzimmer. Samira sagte, dass sie jede Menge Chipskrümel wegsaugen musste. Was für ein Glück, dass mir das gerade wieder eingefallen ist. Aber euch zwei werde ich nie mehr zu einem Reinigungsauftrag mitnehmen, darauf könnt ihr Gift nehmen!«

Er hatte es so eilig, sie in Granåkers Hästberg abzusetzen und nach Hammarås zu fahren, dass er ganz vergaß, seine Arbeitskleidung von ihnen zurückzufordern.

Keine Lampen erhellten den Sammilshof, nur der silberweiße Vollmond hoch über dem Wald tauchte alles in ein helles Licht. Vereinzelt waren dunkle Stellen zu sehen, da wo der Schatten der Häuser das Licht verschluckte wie dicke Tinte.

Auch bei Hildur war jetzt alles dunkel. Sie hatte sich am Nachmittag auf den Weg zu ihrer Tochter nach Stockholm gemacht.

Astrid mühte sich mit dem Haustürschlüssel ab. Nun, da der Adrenalinspiegel sank, zitterte sie am ganzen Körper. Die Temperaturen waren gefallen und die Abendluft strich wie ein kühler Vorbote des Winters über ihre Haut.

Wieder fror sie in ihrem kurzärmeligen Hemd. Vollmond machte sie immer nervös, er ließ sie schlecht schlafen und seltsam träumen. Wie aus dem Nichts, und zum ersten Mal seit langem, überfiel sie plötzlich wieder dieses Gefühl, die dumpfe Ahnung, von jemandem beobachtet zu werden.

Endlich bekam sie das Schloss auf, sodass sie beide ins Warme treten konnten. Sie schaltete alle Lampen an, verriegelte die Haustür zweimal und fühlte sich erst danach sicher in ihrem Haus.

»Du meine Güte, ich bin völlig ausgelaugt«, sagte Carina und gähnte. »Ich weiß nicht, ob ich noch die Kraft habe, mir jetzt die Fotos anzuschauen, die du gemacht hast. Was genau hast du eigentlich im Archiv gesucht?«

Astrid zog den Umschlag aus dem Hosenbund.

»Das ist hoffentlich der Beweis dafür, dass Olof Krämer in Ramsnoret mit Impfstoffen experimentiert hat. Darin ist jedenfalls ein Brief, in dem er seinem Onkel von einem Besuch bei amerikanischen Wissenschaftlern schreibt, die an einem Polioimpfstoff forschten.« Carinas Augen weiteten sich.

»Ehrlich? Na, das kann man Bingo nennen! Trotzdem bin ich jetzt zu müde dafür.«

Astrid hatte ihre Ausbeute eigentlich noch durchgehen wollen, aber auch sie verspürte eine bleierne Müdigkeit in den Gliedern und merkte, dass es ihr schwerfiel, sich zu konzentrieren. Sie musste die Handyfotos, die sie von den Briefen in Olof Krämers Schreibtischschublade gemacht hatte, auf den Computer überspielen, um sie lesen zu können, aber allein der Gedanke daran, den Laptop einzuschalten, kam ihr schon unerträglich vor, genauso anstrengend wie der Gedanke daran, Handschriften in über sechzig Jahre alten Dokumenten zu entziffern.

»Ja, ich glaube, wir können genauso gut zu Bett gehen«, sagte sie mit einem Gähnen. »Wenn du möchtest, kannst du zuerst duschen.«

Während Carina im Bad war, setzte sie sich an den Küchentisch und verschaffte sich einen flüchtigen Überblick über den Inhalt des Umschlags. Darin befanden sich tatsächlich Schriftwechsel zwischen Olof Krämer und seinen Onkeln, sowohl die zwischen dem Geschäftsführer von Belab, Erik Wedin, und dem zweiten Onkel Johannes, Leiter von Ramsnoret. Außerdem enthielt das Kuvert einen maschinengeschriebenen Bericht, eine Notiz über ein Experiment mit einem Polioimpfstoff.

Es schien sich um spannenden Lesestoff zu handeln, wenn sie erst einmal wieder die Kraft aufbrächte, sich damit zu befassen. Sie gähnte erneut.

»Ich bin fertig«, sagte Carina, in das größte, weichste Frotteehandtuch des Badezimmers gehüllt, und stieg die Treppe hoch. Na ja, immerhin hatte sie sich nicht den Bademantel »geliehen«, der darin hing. Astrid legte die Putzkleidung in den Wäschekorb, stieg in die Duschkabine und ließ das heiße Wasser die schlimmsten Verspannungen in Muskeln und Gliedern lindern, bevor sie sich einseifte.

Nach der Dusche fühlte sie sich bedeutend munterer, so munter, dass sie nicht ganz abgeneigt war, vor dem Schlafengehen doch noch ein bisschen das Material von Belab zu studieren. Sie brühte sich eine Tasse Instantkaffee auf und nahm sie samt Laptop, Handy und dem Umschlag mit ins Schlafzimmer. Statt ihr Nachthemd anzuziehen, schlüpfte sie in Jeans und Pulli, um ihrem Körper zu suggerieren, dass es noch keine Schlafenszeit war. So spät war es eigentlich auch noch gar nicht.

Sie wollte sich vorher nur einen kleinen Moment auf das Bett legen. Nur eine winzig kleine Ruhepause. Sie legte sich auf die Tagesdecke, schloss die Augen und ließ ihren Gedanken freien Lauf. Sofort sah sie in rascher Folge die Bilder des Tages vor sich – Mattias' zerschmetterten Schädel und die Fliegen, die um ihn kreisten, Ulfs fordernden Kuss, Frode Asplunds gelbe Zähne, Olof Krämers verschlossenen Schreibtisch. Die Bilder kreisten in ihrem Kopf, drehten sich in einem langsamen Reigen und formten neue fantastische Muster, wie die Bilder in einem Kaleidoskop. Schläfrig dachte sie, dass die Wahrheit zum Greifen nahe war, wenn sie nur ihr Unterbewusstsein mit dem, was sie bereits wusste, arbeiten ließ …

Das Geräusch einer kreischenden Sirene weckte sie, ein schriller, pulsierender Lärm, der sie aus einem Traum riss, in dem Krieg und Luftangriffe eine Rolle gespielt hatten, und schlaftrunken dachte sie zuerst, dass Fliegeralarm ausgelöst worden war und sie schnell in den Schutzraum laufen musste.

Dann war sie mit einem Mal hellwach und begriff, dass es der Rauchmelder war, der da lärmte, dass es irgendwo auf dem Sammilshof brannte. Sie riss ihr Handy an sich, wählte die 112 und gab dem Diensthabenden die Adresse durch, während der Rauchmelder weiter heulte. Ihr Gehirn arbeitete auf Hochtouren. Sie könnte aus dem Fenster klettern, tief fallen würde sie nicht, sie würde auf weichem Rasen landen, aber das Feuer könnte um sich greifen, bevor die Feuerwehr kam, und sie würde ihr Zuhause verlieren, das einzige Zuhause, das ihr noch geblieben war.

Den Gedanken konnte sie nicht ertragen. Sie hatte schon so viel verloren, ihren Mann, ihre Karriere, ihr Zuhause in Stockholm, und dazu noch das sichere Gefühl, zu wissen, wer sie war und was sie mit ihrem Leben anfangen sollte.

Den Sammilshof würde sie nicht auch noch verlieren, nicht wenn sie das verhindern konnte! Der Feuerlöscher war unten im Flur, noch konnte das Feuer nicht besonders groß sein. Durch die offenstehende Schlafzimmertür konnte sie weder Rauch noch Flammen sehen.

Sie wusste, dass die größte Gefahr von giftigen Brandgasen ausging. Sie stiegen aufwärts und waren tödlich, deshalb musste sie sich möglichst am Boden halten. Sie wickelte sich das Nachthemd über Nase und Mund und kroch zur Treppe.

Ein roter, flackernder Schein erhellte den dunklen Flur. Es musste in der Küche brennen. Aber wie war das möglich? Sie hatten kein Feuer gemacht, kein Essen gekocht, keine Kerzen angezündet. Mit den Füßen voran schlidderte sie auf dem Bauch liegend die Treppe hinab, robbte zum Feuerlöscher und nahm ihn vom Haken. Zog den Sicherungsstift heraus und kroch zur Küche. Durch die geöffnete Küchentür konnte sie das Feuer tosen hören und sah, wie die Flammen ihre heißen, hungrigen Finger zur Decke streckten.

Kapitel 16

Bukarest

Freitag, 24. September 2010

Irgendwie hatte Gabriela es geschafft, den restlichen Tag zu überstehen, ohne zusammenzubrechen. Sie hatte mit dem Notarzt und der Polizei gesprochen, war nach außen hin gefasst und ruhig geblieben, während in ihrem Inneren ein gewaltiger Tumult, eine Mischung aus Schmerz, Schock und Gewissensqualen tobte. Gelassen, beinahe teilnahmslos hatte sie registriert, wohin der Krankenwagen den Leichnam ihrer Mutter brachte, und war dann mit der Polizei zur Wache am Sergent Stoian Militaru gefahren, um Fragen zu Alexandrus Verschwinden zu beantworten. Ja, sie lebte allein mit ihrem Sohn, weil ihr Ehemann in Frankreich arbeitete. Nein, es gab keinerlei Streitigkeiten die Vormundschaft betreffend.

Sie hatte der Polizei von der anonymen Drohung erzählt, die sie auf ihrer Fußmatte vorgefunden hatte, das Foto von Alexandru, und gesagt, dass sie der Ansicht sei, seine Entführung hätte etwas damit zu tun, dass sie Unregelmäßigkeiten bei ihrer Arbeitsstelle nachgegangen sei. Was die Polizei davon hielt und damit anzufangen gedachte, wusste sie nicht, und es war ihr auch egal. Im Moment war ihr alles egal.

Ein Streifenwagen hatte sie zurück nach Titan gebracht. Erst als sie die Wohnungstür hinter sich zugemacht hatte, fiel ihr ein, dass sie Roman anrufen musste. Mit dem Teil ihres Bewusstseins, der von ihrem Gefühlsleben abgekoppelt zu sein schien und sie wie ein Fremder von außen betrachtete, registrierte sie, dass das viel darüber aussagte, wie weit sie sich voneinander entfernt hatten. Sie hatte versucht sich einzureden, dass sie immer noch ein glückliches Paar seien, das bald wieder zusammen sein würde, aber als ihr gemeinsamer Sohn gekidnappt worden war, hätte sie beinahe vergessen, ihn darüber zu informieren. Das sagte viel über die Hilfe aus, die sie von ihrem Mann erwartete.

Als sie ihn erreichte, klang er zuerst leicht gereizt, wie allzu oft in letzter Zeit, aber als sie ihm erzählte, was passiert war, schien der Schock in null Komma nichts die Eisschicht schmelzen zu lassen, die zwischen ihnen gewachsen war. Er klang wieder wie ihr Mann, wie ihr Geliebter, wie der Roman, der mit vor Liebe strahlenden Augen an der Wiege ihres neugeborenen Sohnes gestanden hatte.

»Ich komme, ich komme mit dem erstbesten Flugzeug, Gabi, koste es, was es wolle!«, sagte er.

»Gut«, erwiderte sie mit einer für sie ungewohnt ausdruckslosen Stimme, »sag mir, wann du landest, sobald du es weißt.«

Die Eisschicht zwischen Roman und ihr mochte geschmolzen sein, nicht jedoch die Eisschicht, die sich wie ein Schutzpanzer um ihr Herz gelegt hatte, sie funktionieren ließ und den Tumult in ihrem Inneren in Schach hielt. Wäre sie nicht gewesen, hätte sie sich heulend und schreiend und von ihren Gefühlen überwältigt auf den Fußboden geworfen und am liebsten nach ihrer Mutter gerufen. Aber sie machte sich keine Illusionen, ihre Mutter würde nie mehr kommen.

Es klingelte an der Tür. Zuerst wollte sie nicht aufmachen, aber dann dachte sie, dass es vielleicht die Polizei wäre, die Alexandru wohlbehalten gefunden hatte, oder schlimmer, ihn nicht wohlbehalten gefunden hatte …

Sie klammerte sich an den Gedanken, dass der Feind Alexandru nichts Böses antun würde, weil es seiner Absicht, ihr Angst einzujagen, nicht dienen würde. Das würde sie nur zu einer rücksichtslos auf Rache sinnenden Furie machen, die nur noch ein Ziel im Leben kannte – den Feind zu vernichten.

Aber es war nicht die Polizei, die vor der Tür stand, sondern Mihai, der eine Tüte von der Bäckerei in der Hand hielt und sie anlächelte.

»Ich dachte mir, wir könnten schon mal für morgen Pläne schmieden und besprechen, wann ich kommen und wen ich zuerst abholen soll, Alexandru oder deine Mutter«, sagte er fröhlich.

Dann sah er ihr Gesicht, ihre blutleeren Lippen und ihre tränenlosen, traurigen Augen.

»Was ist los, was ist passiert, Gabriela?«, rief er aus.

Er kam mit ausgebreiteten Armen auf sie zu, und seine Anteilnahme ließ all ihre Dämme brechen. Vielleicht, weil er hier war, sie liebevoll unterstützte, während Roman nur eine weit entfernte Stimme am Telefon gewesen war. Den Kopf an seine Schulter gelehnt, fing sie hemmungslos an zu weinen.

Mihai kümmerte sich sofort wie ein einfühlsamer kleiner Bruder um sie, der er für sie inzwischen beinahe war. Er brachte aus ihr heraus, was geschehen war, während er sie, einen Arm um ihre Schultern gelegt, ins Wohnzimmer geleitete, sie sanft auf das Sofa hinunterdrückte und ihr sagte, dass sie sich ausruhen sollte, er würde Tee für sie aufbrühen.

Vor innerer Kälte fröstelnd und mit sich unzufrieden, rollte sie sich unter ihrem großen Tuch zusammen. Sie hatte keine Zeit, sich hier umsorgen zu lassen, sie musste etwas tun, um ihren Sohn zu retten, und sich darüber hinaus um die Beerdigung ihrer Mutter kümmern.

Aber was konnte sie allein schon ausrichten, um Alexandru zu finden?

Ihr Handy klingelte. Es war Roman, der ihr mit angespannter Stimme mitteilte, dass er erst am nächsten Tag gegen zwei Uhr in Bukarest sein würde.

»Es gab keine Möglichkeit mehr, noch heute Abend von hier wegzukommen. Ich muss ja zuerst nach Paris, deshalb nehme ich den ersten Flug morgen früh«, sagte er mit einer Stimme, die sie anflehte, ihm zu verzeihen, dass er nicht früher an ihrer Seite sein konnte.

»Ja, ist gut«, erwiderte sie mit tonloser Stimme. Ihr war auf rationaler Ebene durchaus bewusst, dass er, so schnell er konnte, hier sein würde, aber eine kindische, irrationale Stimme in ihrem Inneren wollte sich nicht damit zufriedengeben, war der Ansicht, dass er ein Wunder hätte vollbringen müssen, wenn er Alexandru und sie wirklich lieben würde.

»Ich fahre heute Abend nach Paris und übernachte in einem Hotel in Flughafennähe«, sagte er eifrig, »ich sitze jetzt im Taxi.«

Im Hintergrund konnte sie ein Autoradio hören und wie einem schnell sprechenden französischen Moderator plötzlich von einer eingeblendeten Werbemelodie das Wort abgeschnitten wurde.

»Ja, prima«, sagte sie erneut mit unpersönlicher Stimme. »Gute Reise.«

»Aber du solltest nicht allein bleiben, Gabriela«, sagte er eindringlich. »Verständige eine Freundin und bitte sie, zu kommen und dir beizustehen.«

»Das ist nicht nötig, ein Nachbar ist schon so nett und kümmert sich um mich«, sagte sie kühl. »Bis morgen.«

Sie legte auf.

Mihai kam mit Tee und einem großen Teller puderzuckerbestäubten *Gogosi* herein.

»Ich glaube, ich kann jetzt nichts essen«, sagte Gabriela lustlos.

»Doch, du musst etwas zu dir nehmen, du musst für Alexandru bei Kräften bleiben«, sagte Mihai entschieden.

Er hatte recht, und so biss sie kleine Häppchen von den süßen, fettigen Krapfen ab, während Mihai ihr die ganze Geschichte entlockte – von dem Verdacht, den sie auf ihrer Arbeit gewonnen hatte, wie sie versucht hatte, die Wahrheit herauszufinden, von der gegen Alexandru gerichteten Drohung, dem Telefongespräch mit einer Abteilung, die es überhaupt nicht gab, und schließlich von der Entführung und Marias Tod.

»Gab es Zeugen?«, fragte Mihai.

»Ja, eine zumindest«, antwortete Gabriela. »Eine Frau hat gesehen, wie Alexandru ins Auto gezerrt wurde. Ich habe mit ihr gesprochen und dafür gesorgt, dass sie auch alles der Polizei sagte. Aber ich hätte sie um ihren Namen und ihre Adresse bitten sollen, ich weiß nicht, warum ich nicht daran gedacht habe! Dann könnte ich sie jetzt alles fragen, was mir in dem Moment gar nicht in den Sinn gekommen ist.«

Stille Tränen rannen aus ihren Augen. Ungerührt verfolgte sie, wie sie auf den Puderzucker fielen und verschiedene Muster bildeten.

»Wieso denn das? Zeugen zu vernehmen gehört doch wohl zu den Aufgaben der Polizei?«, fragte Mihai erstaunt.

»Aber ich vertraue der Polizei nicht. Wenn ich mich nicht täusche, stecken Menschen mit viel Geld hinter dieser Sache, und unsere Polizisten zu bestechen kostet nicht viel. Das könnten sie nur zu leicht tun.«

Mihau wirkte skeptisch.

»Selbst wenn du recht hast, würden diese Leute doch ein unnötig hohes Risiko eingehen, wenn sie Kontakt zur Polizei suchten«, sagte er. »Dann hätten sie sich doch verraten, und das vermutlich ganz unnötig. Diejenigen, die Alexandru jetzt versteckt halten, werden ihn wohl kaum für immer festhalten oder ihm ernstlich schaden wollen. Sie haben dir ganz schön Angst eingejagt, oder? Aber wenn Alexandru etwas zustoßen sollte, würdest du doch nie mehr lockerlassen, wenn ich dich richtig kenne.«

Sie nickte widerstrebend. Was er da sagte, stimmte, das war ihr schließlich schon selbst durch den Kopf gegangen. Das zumindest war ein kleiner Trost.

»Diese Geschichte wird bestimmt groß in den Zeitungen stehen, ein kleiner Junge, auf offener Straße gekidnappt, so etwas passiert in Bukarest selten«, sagte Mihai. »Hast du schon mit Journalisten gesprochen? Der Polizei ein Foto von Alexandru gegeben? Du musst sein Bild an die Presse geben, Gabriela, damit sich Zeugen melden können.«

Sie schüttelte den Kopf – nein, sie hatte weder mit der Presse gesprochen noch der Polizei ein Foto von Alexandru gegeben.

Mihai war aufgestanden und lief ruhelos und Finger schnippend im Zimmer umher.

»Lass uns mal überlegen … inzwischen müsste ein Staatsanwalt benannt worden sein, der die Ermittlungen leitet, und vermutlich wurde der Fall an die zentrale Kriminalabteilung übergeben. Ich denke, wir sollten mit dem verantwortlichen Ermittler sprechen. Du hast doch bestimmt eine Telefonnummer bekommen, unter der du dich melden kannst?«

Der Polizist, der sie nach Hause gefahren hatte, hatte ihr tatsächlich einen Zettel mit einer Telefonnummer gegeben. Gabriela zeigte ihn Mihai, der plötzlich voller Energie und Tatkraft zu sein schien. Er rief dort an und stellte sich resolut als »Dr. Dumitrus Anwalt« vor. Gabriela hatte fast vergessen, dass er Jurist war, aber wenn sie einen juristischen Beistand bräuchte, könnte sie sich keinen besseren als Mihai denken.

Es klang so, als würde er an einen anderen Ansprechpartner verwiesen. Er wählte erneut, sprach einen Moment, legte auf und wandte sich anschließend an Gabriela.

»Es ist so, wie ich angenommen hatte. Der Fall liegt jetzt bei der zentralen Kriminalabteilung der Bukarester Polizei, bei einem Inspektor Capreanu. Er will dich sehen und bittet um ein Foto von Alexandru. Er sitzt im Polizeihauptquartier am Calea Victoriei, ich fahre dich hin.«

»Aber musst du jetzt nicht arbeiten, Taxi fahren …«, wandte sie halbherzig ein.

»Natürlich nicht! Ich werde wohl kaum Betrunkene von Restaurants heimkutschieren, wenn ich stattdessen meinem kleinen Freund Alexandru helfen kann. Ich laufe nur schnell rüber in meine Wohnung und ziehe mir ein Jackett an, damit ich einen etwas respektableren Eindruck mache.«

Sobald die Tür hinter Mihai ins Schloss gefallen war, fing Gabriela wieder an zu frösteln, als ob nur seine Nähe ihr Wärme und Energie gegeben hatte. Sie trank ihren mittlerweile kalten Tee aus und aß noch einen Krapfen, während sie sich fragte, wo Alexandru jetzt sein mochte. Ob er sich wohl sehr ängstigte? Ob er glaubte, dass sie ihn im Stich gelassen hatte?

Anakin Skywalker lag neben ihr auf dem Sofa, sie griff danach. Sie musste gut auf Alexandrus geliebten Anakin achtgeben, bis er wieder da war. Mit der Plastikfigur in der Hand ging sie in Alexandrus Zimmer und setzte Anakin auf das Regal über dem Bett. Dann legte sie sich in Alexandrus schmales Bett, begrub ihr Gesicht in seinem Kissen und inhalierte den Duft ihres Sohnes.

Mihai kehrte zurück. So wie jetzt hatte sie ihn noch nie gesehen, in einen gepflegten dunkelblauen Cordblazer gekleidet und mit Schlips. Er hatte sich sogar seine wilden braunen Haare gekämmt und sie mit Haarwachs zu einer properen Frisur mit Seitenscheitel in Form gebracht. Gabriela wurde beinahe verlegen, als sie ihn so sah. Ihr Nachbar, der immer nur ein netter Junge für sie gewesen war, sah plötzlich aus wie ein richtiger Mann.

Während der Fahrt in die Innenstadt redeten sie kaum. Mihai gelang es, in einer Seitenstraße in unmittelbarer Nähe des Polizeihauptquartiers zu parken. Arm in Arm passierten sie den Eisenzaun, der das Gebäude mit der strengen goldbraunen Art-déco-Fassade umgab.

Inspektor Capreanu hatte breite Schultern, die sich unter seinem Jackett abzeichneten, aber mit den dünnen Haaren und dem runden, stählernen Brillengestell, das einen roten Abdruck auf seinem Nasenrücken hinterlassen hatte, sah er wie ein Buchhalter aus. Die hellgrünen Augen hinter seinen Brillengläsern wirkten hart, als er Alexandrus Foto musterte.

»Ein hübscher kleiner Junge«, sagte er ernst. »Ich werde dafür sorgen, dass das Bild an sämtliche Polizeistreifen und an die Medien gegeben wird. Und machen Sie sich keine Sorgen, Dr. Dumitru, wir werden Ihren Sohn finden. Wir haben schon eine recht gute Vorstellung davon, was sich zugetragen hat und wohin er gebracht wurde.«

»Wohin denn?«, fragte Gabriela begierig darauf, mehr zu erfahren. »Wissen Sie, ob er unverletzt ist? Gibt es Zeugen …?«

»Ja, die Kidnapper sind wie die Irren in ihrer Rostlaube davongebraust, es hat viele Hinweise gegeben«, sagte Inspektor Capreanu. »Es gibt mehrere Zeugen – bis zu einer gewissen Gegend. Dann aber …«

Er zögerte und verstummte.

»Ja? Dann aber?«, wiederholte Gabriela ungeduldig.

»Dann gibt es nicht mehr so viele«, sagte Inspektor Capreanu langsam. »Aber wir werden ihn finden. Und sobald wir genauer eingekreist haben, wo sich ihr Sohn aufhält, werden wir ihn mit unseren Spezialeinsatzkräften befreien.«

»Aber so sagen Sie mir doch, wo er zuletzt gesehen wurde!«, schrie Gabriela beinahe. »Ich bin seine Mutter, ich habe ein Recht darauf, das zu erfahren!«

»Ja, das ist Dr. Dumitrus gutes Recht«, pflichtete Mihai ihr bei.

Der Kriminalinspektor zögerte erneut, aber seine harten Augen schienen ein wenig weicher zu werden, als er Gabriela ansah.

»Dass der Wagen der Kidnapper auf die Calea Ferentilor abbog, war die letzte Meldung, die uns erreichte. Und die Zeugenaussagen vom Ort der Entführung stimmen in der Beschreibung mit der der Kidnapper überein – es waren zwei junge Zigeuner.«

Er legte sich eine Hand auf die Brust, lehnte sich über den Tisch und sah Gabriela tief in die Augen.

»Seien Sie nicht allzu besorgt, Dr. Dumitru. Ich verspreche Ihnen, dass wir Ihren Sohn finden und ihn retten werden. Aber im Augenblick wissen wir nur so viel: Ihr Sohn wurde von Zigeunern gekidnappt, und sie haben ihn nach Ferentari gebracht.«

Ferentari, ein Name, der gleichbedeutend mit Gefahr war. Ferentari, das Ghetto im Südwesten Bukarests, war ein Bezirk, in den Taxifahrer sich zu fahren weigerten, ein Zentrum für Drogenhandel und Prostitution, eine Gegend, in der arme, verzweifelte Menschen ihr Leben in verfallenen Betonkasernen ohne Wasser, Strom oder öffentliche Entsorgung zu führen versuchten – und dort war jetzt ihr Alexandru, ihr treuherziger, gutmütiger kleiner Sohn, der an Helden glaubte und daran, dass die Guten am Ende gewannen! Gabriela wünschte, sie hätte Anakin Skywalkers

Laserschwert, ja, sie wäre sogar bereit, sich Darth Vaders schwarzen Anzug überzuwerfen, wenn es ihr helfen würde, Alexandru zu retten.

Trotzdem glaubte sie, dass sich die Polizei irrte. Inspektor Capreanu hatte sie nur nachsichtig angesehen, als sie ihn fragte, was sie unternahmen, um die Drahtzieher hinter der Entführung zu finden, und hatte gemeint, dass nichts dafür spräche, dass jemand sie in Auftrag gegeben hätte, sondern dass es sich dabei um eine impulsive Handlung zweier junger Männer handelte.

»Sie haben einen gut gekleideten kleinen Jungen mit einer Frau zusammen gesehen, die zu alt und schwach war, um Widerstand zu leisten, und haben die Chance gewittert, durch seine Entführung Geld zu erpressen.«

»Aber weshalb hat sich dann niemand bei mir gemeldet und Forderungen gestellt?«, sagte Gabriela wütend zu Mihai, als sie in Mihais Taxi nach Hause fuhren. »Es ist doch völlig unwahrscheinlich, dass sie Alexandru aus persönlichen Beweggründen entführen, das macht doch keinen Sinn. Jemand muss sie dafür bezahlt haben! Die Polizei glaubt noch an alte Ammenmärchen von Zigeunern, die Kinder stehlen, und damit ist für sie die Sache klar – ›von Zigeunern gekidnappt‹.«

Gabriela wusste, dass viele – vielleicht die meisten in ihrem Umfeld – Roma als von Geburt an für faul, unzuverlässig und diebisch hielten, aber sie teilte diese Auffassung nicht. In den Jahren ihrer Verbannung hatten sie in der Nähe einer Romasiedlung gelebt und Gabriela hatte oft mit den Romakindern gespielt, weil sie nicht so gemein zu ihr waren wie die anderen Kinder aus dem Dorf. Sie hatte immer noch Kontakt zu Crina, einer Freundin von damals, die immer dafür gekämpft hatte, sich trotz der Vorurteile, denen sie ausgesetzt war, weiterzubilden, und die heute für eine Hilfsorganisation arbeitete. Sie wusste, dass Crinas Vater und viele andere Romamänner ihre Arbeit verloren hatten, als die Fabrik im Dorf geschlossen wurde, und danach mehrere Jahre arbeitslos gewesen waren. Sie wusste, dass Crinas Brüder und andere Verwandte als Saisonarbeiter in der Landwirtschaft in Spanien und Italien gearbeitet hatten und dass die Wirtschaftskrise in den letzten beiden Jahren ihnen diese Möglichkeit inzwischen auch genommen hatte.

»Du hast bestimmt recht«, sagte Mihai beschwichtigend, »aber in diesem Fall muss es jemand sein, der schon Verbindungen nach Ferentari hat, oder? Man fährt da schließlich nicht einfach so mit einem Packen Geld hin und fragt rum, wer einen kleinen Jungen kidnappen will. Als ich anfing, Taxi zu fahren, bekam ich als Erstes von den Kollegen zu hören, dass ich mich davor hüten sollte, Touren nach Ferentari zu übernehmen, und falls ich doch so dumm wäre, das zu tun, die Türen verriegeln und den Passagier auf der Rückbank im Blick behalten sollte. Das ist keine Gegend, in die man fährt, wenn man nicht weiß, wohin man will. Also, weißt du, ob jemand von deiner Arbeit jemanden in Ferentari kennt? Habt ihr beispielsweise Patienten von dort?«

Gabriela schüttelte den Kopf. Soweit sie wusste, nahm niemand aus Ferentari an der Studie teil. Früher, als sie noch in der Lungenklinik im fünften Bezirk gearbeitet hatte, hatte sie durchaus Patienten von dort gehabt. Viele Menschen in Ferentari hatten Lungenprobleme, Tuberkulose war dort erschreckend verbreitet. Und obwohl die meisten es vermieden, Krankenhäuser oder Ärzte aufzusuchen, weil sie es sich nicht leisten konnten, hatte die Kampagne des Gesundheitsministeriums wenigstens einen Teil der Betroffenen dazu gebracht, ärztliche Hilfe zu suchen. Die Behandlung von Tuberkulose war kostenlos, auch wenn nur wenige das wussten.

Sie musste an Cosmin Nicolae denken, einen jungen Mann, den sie ziemlich gut kennengelernt hatte, als dieser sich während seiner langen Antibiotika-Kur im Krankenhaus erholt hatte. Bevor er krank geworden war, hatte er Sozialpädagogik studiert und parallel dazu in einer Taxizentrale gejobbt.

Er hatte ihr erzählt, dass sein Vater bei einem Unfall auf einer Baustelle ums Leben gekommen war und er selbst mit seiner Mutter und seiner Schwester in einem einzigen Zimmer ohne Strom und Wasser in Ferentari wohnte. Trotzdem hatte er sich nicht selbst leidgetan. Es war amüsant gewesen, sich mit ihm zu unterhalten, er hatte Ironie und viel schwarzen Humor besessen.

Der Gedanke an Cosmin brachte sie auf zwei neue Ideen. Zum einen musste die Person bei GMC Consulting, die hinter der Entführung steckte, jemand wie sie selbst sein, jemand, der im fünften Bezirk gearbeitet hatte.

Zum anderen war Cosmin ihr Schlüssel zu Ferentari. Wenn sie nur seine Handynummer finden oder sich daran erinnern könnte, in welcher Straße er wohnte.

»Mir gefällt diese Sache mit den Spezialeinsatzkräften überhaupt nicht«, bemerkte sie, als Mihai sich in den Kreisverkehr am Piaţa Alba Iulia einfädelte und sie die Tausenden Lichter der Mietskasernen in Titan sah, wo die Menschen jetzt beim Abendbrot saßen, sich darüber austauschten, wie ihr Tag gewesen war, und ihre Kinder zu Bett brachten, ohne sich ihres grenzenlosen Glücks überhaupt bewusst zu sein. Sie würde alles dafür geben, jetzt so einen Abend mit Alexandru zu verbringen.

»Warum nicht? Es ist doch gut, dass sie alle Ressourcen einsetzen?«, wandte Mihai ein.

Sie schüttelte den Kopf.

»Schwarz gekleidete Männer mit Sturmhauben und Maschinengewehren, was glaubst du, wird passieren, wenn sie Ferentari stürmen? Die Kidnapper kriegen Panik, die Drogendealer kriegen Panik, und es besteht das Risiko, dass es zu Handgreiflichkeiten und Schüssen kommt, sodass die Polizei das Feuer eröffnet. Du erinnerst dich doch bestimmt noch an den Aufstand in Ferentari vor etwa einem Jahr? Als die Stromgesellschaft mehreren Häusern den Strom abgestellt hat und die Bewohner sich Schlachten mit der Polizei geliefert haben? Ich möchte nicht, dass mein Sohn in so etwas hineingerät.«

Mihai bog auf den Parkplatz vor ihrem Haus.

»Und was stellst du dir stattdessen vor?«

Sie hörte seiner Stimme an, dass er schon wusste, wie die Antwort lauten würde.

»Ich werde selbst nach Ferentari fahren und Alexandru suchen, am besten vor der Polizei.«

»Das habe ich mir beinahe schon gedacht«, sagte er, als sie in den Fahrstuhl stiegen. »Ich weiß nicht, ob das klug ist, Gabriela, aber ich begleite dich.«

»Das musst du nicht tun«, sagte sie und holte den Schlüsselbund heraus.

»Doch, das muss ich. Wie willst du denn sonst dorthin kommen? Aber nicht mehr heute Abend, dafür ist es schon zu spät, wir sollten uns nicht einbilden, Alexandru im Dunkeln dort zu finden.«

Unaufgefordert folgte er ihr in die Wohnung. Es war für sie beide wie eine Selbstverständlichkeit.

»Zuerst muss ich nach einer Telefonnummer suchen. Ich kenne einen jungen Mann von dort«, sagte sie. »Vielleicht kann er mir helfen oder kennt jemanden, der das tun könnte.«

Sie ging geradewegs zum Schlafzimmer und öffnete den Schrank, in dem ein Karton mit diversen Gegenständen lag, den sie aus der Lungenklinik mitgenommen, aber nie ausgepackt hatte. Sie hatte ein Notizbuch besessen, in das sie Angaben zu ihren Patienten notiert hatte, Dinge, die nicht in die Patientenakten gehörten, aber trotzdem wissenswert waren, wenn sie mit den Patienten zu tun hatte. In dieses Buch hatte sie auch Telefonnummern notiert.

Sie hörte Mihai in der Küche mit einem Topf klappern und den Wasserhahn aufdrehen. Wahrscheinlich wollte er Tee oder vielleicht auch Kaffee kochen, das wäre noch besser. Sie hatte nicht vor, heute Nacht ein Auge zuzutun.

Tief im Schrank wühlte sie sich durch Berge von Fotos, Kinderzeichnungen, Berichten und medizinischer Fachliteratur, fand schnell das schwarze Notizbuch, blätterte mit Feuereifer darin und fand tatsächlich Cosmin Nicolaes Handynummer.

Halt durch, Alexandru, dachte sie. Sobald es hell wird, komme ich nach Ferentari, um dich zu retten.

KAPITEL 17

Dalarna

Freitag, 24. September 2010

Astrid entsicherte den Feuerlöscher und richtete ihn auf den Fuß der Flammen. Ihr Herz klopfte wie verrückt, und das schrille Piepen des Rauchmelders stach wie Nadelstiche auf ihr Trommelfell ein. Jetzt aber!, dachte sie und drückte den Abzug herunter.

Ein zischendes Geräusch war zu hören und eine Wolke weißen Pulvers breitete sich in der Küche aus. Sie hielt den Atem an.

Der schrille Alarm kam weiter aus dem Rauchmelder, aber durch den weißen Nebel in der Küche sah sie keine Flammen mehr. Sie rappelte sich auf, noch immer das Nachthemd als improvisierte Atemmaske gegen Mund und Nase gepresst, und ging gebückt in die Küche. Nein, es brannte nicht mehr. Der Brandherd hatte sich auf dem Fußboden befunden, da war sie sich sicher. Sie ging in die Knie, um nachzusehen, was Feuer gefangen haben könnte. In dem Moment hörte sie das Geräusch von Sirenen und sah Blaulicht blinken, als zwei Feuerwehrwagen auf den Hof fuhren. Schnell erhob sie sich und ging in die Diele, um die Haustür aufzuschließen.

Der Schlüssel steckte nicht im Schloss. Sie tastete im Dunkeln den Fußboden ab, fand ihn auf der Schwelle liegend und öffnete die Tür, als die ersten Feuerwehrmänner mit Helmen und in dicker Schutzkleidung auf das Haus zugelaufen kamen.

»Ich glaube, es ist mir gelungen, das Feuer zu löschen«, sagte sie atemlos und zog das Nachthemd weg, »ich habe den Feuerlöscher benutzt.«

»Gut«, rief ihr ein Feuerwehrmann im Vorbeilaufen zu.

Astrid fror unangenehm in ihrem dünnen Pulli, aber ihr Pulsschlag und ihre Atmung normalisierten sich allmählich wieder. Sie trat ein paar Schritte zur Seite, bis sie vor dem Küchenfenster stand. Es waren keine Flammen mehr zu sehen.

Sie hatte ihr Zuhause gerettet, sie hatte den Sammilshof vor einem Unglück bewahrt! Sie holte tief Luft, inhalierte die kühle, frische Nachtluft, die Gerüche nach Herbst und Wald.

Ein Feuerwehrmann aus dem zweiten Löschfahrzeug kam zu ihr.

»Können Sie bitte Ihren Wagen umsetzen, falls der Audi da drüben Ihnen gehört? Dann können wir unser Fahrzeug besser heranfahren.«

Rasch holte sie die Autoschlüssel aus dem Schlüsselschrank im Flur und fuhr das Auto zur alten Remise, öffnete die Flügeltüren und parkte ihren Wagen einmal mehr neben Lars' altem VW Polo.

»Hier kommt aber auch keine Sekunde Langweile auf«, sagte eine dünne Stimme aus der Dunkelheit, als Astrid zurück über den Hof ging.

Es war Carina, nur im T-Shirt, barfuß und in eine Decke gewickelt. Betreten wurde Astrid klar, dass sie überhaupt nicht mehr an sie gedacht hatte.

»Ich bin aus dem Fenster gesprungen, oder besser gesagt, ich habe mich an einem Laken abgeseilt«, sagte Carina. »Sorry, aber das ist ja nicht meine Hütte, deshalb habe ich vor allem daran gedacht, mich selbst zu retten. Aber ich habe vorher nachgesehen, ob du noch in deinem Schlafzimmer warst.«

»Mach dir keine Gedanken, ich glaube, ich konnte das Feuer löschen, und wir sind ja beide mit heiler Haut davongekommen«, erwiderte Astrid.

»Aber weshalb hat es gebrannt? Wir hatten doch gar kein Feuer gemacht.«

»Der Brandherd war auf dem Boden, da bin ich mir sicher, auch wenn es seltsam ist«, sagte Astrid langsam.

Sie machte ein paar Schritte zum Küchenfenster und atmete scharf ein. Erst jetzt sah sie, dass eines der sechs Sprossenfenster eingeschlagen war und das Fenster weit offen stand, als hätte jemand die Hand hineingesteckt und es von innen geöffnet. In der Küche sah sie die Feuerwehrleute umhergehen.

Einer kam heraus und ging zügig auf Astrid und Carina zu. Mit der Stupsnase und den Sommersprossen im Gesicht sah er erstaunlich jung aus.

»Alles scheint gut gegangen zu sein, ein Paradebeispiel dafür, wie man selbst einen Brand löscht«, sagte er. »Sie werden natürlich die Küche und das Erdgeschoss durch eine Spezialfirma sanieren lassen müssen. Eines der Löschfahrzeuge bleibt sicherheitshalber für den Rest der Nacht hier stehen. Aber, sagen Sie …«

Er zögerte etwas.

»Ja?«, fragte Astrid.

»Nun ja, es sieht ganz so aus, als wäre das Feuer gelegt worden. Mit einer Brandbombe, einem klassischen Molotowcocktail, er lag auf dem Küchenfußboden. Aber Sie haben Glück gehabt, die Flasche ist nicht kaputtgegangen und es kam zu keiner Explosion, nur der Lappen brannte weiter und hat den Läufer angesengt. Wir werden die Polizei informieren. Wissen Sie, wer das getan haben könnte? Ein Verflossener oder jemand anderes, der es auf Sie abgesehen hat, vielleicht?«

Astrid schüttelte den Kopf und musste innerlich lächeln, als sie sich vorstellte, wie Gabriel mit einem Molotowcocktail in der Hand um den Sammilshof herumstrich.

»Können wir hier übernachten?«, fragte sie.

»Nein, dass sollten Sie besser bleiben lassen, am besten finden sie für eine Weile einen anderen Unterschlupf«, sagte der Feuerwehrmann. »Aber Sie können reingehen, um ein paar Sachen zusammenzusuchen, die sie mitnehmen möchten.«

»Na, immerhin«, brummte Carina, nachdem er sich von ihnen verabschiedet hatte, »ich habe oben nämlich meine Zigaretten vergessen und fühle mich etwas underdressed, um es mal so zu sagen. Und Schuhe wären auch nicht zu verachten.«

Sie gingen ins Haus und warfen einen Blick in die Küche.

Obwohl das Feuer so rasch gelöscht worden war, sah es erbärmlich darin aus – Decken, Wände und Küchenschränke waren vor Rauch und Ruß schwarz, und überall lag Löschpulver herum.

»Ich glaube, die Küche musst du renovieren«, sagte Carina und verzog den Mund. Astrid sah flüchtig die perfekte, unberührte Küche aus Stockholm vor sich und spürte, wie ihr ein Lachen in der Kehle aufstieg, als sie darüber nachdachte, dass sie jetzt die Gelegenheit hätte, sich etwas Ähnliches anzuschaffen. Sobald es hell wurde, musste sie die Versicherung informieren. Hoffentlich war der alte Holzofen von Husqvarna unbeschädigt, den wollte sie gerne behalten.

Carina wandte den Blick von der Verwüstung ab und ging zur Treppe. Dann blieb sie stehen und schlug sich die Hand vor den Mund.

»Oh nein, die Unterlagen aus Falun! Ob sie jetzt verloren sind?«, sagte sie entsetzt.

»Nein, da hatten wir Glück. Ich hab sie vor dem Schlafengehen mit ins Schlafzimmer genommen«, beruhigte Astrid sie.

Sie packte eine Tasche mit Kleidung und tat den Umschlag aus Belabs Archiv samt Laptop, Handy und dem Material, das sie für ihren Bericht über Rumänien zusammengetragen hatte, in die Laptoptasche.

Carina kam angezogen herein, die wenigen Besitztümer, die sie mitgenommen hatte, steckten in einer Plastiktüte. Sie hatte dunkle Ringe unter den Augen, die so markant waren, dass sie fast wie die Ränder einer Brille aussahen.

»Und wo sollen wir jetzt hin?«, fragte sie müde. »Sollen wir zu mir fahren? Du darfst auch in meinem vornehmen Gästezimmer schlafen, Mikaels altem Zimmer, weißt du. Die letzten beiden Bewohner wurden zwar ermordet, aber das soll nicht deine Sorge sein.«

»Na, vielen Dank!«, rief Astrid aus. »Ich nehme mir in Hammarås ein Hotelzimmer, das soll die Versicherung bezahlen. Du kannst mitkommen, wir müssen doch das Material aus Falun durchgehen. Bestimmt können wir uns eine Suite oder dergleichen teilen.«

»Danke, nach diesem Vorfall ist mir wirklich nicht nach einer Nacht allein im Mordhaus«, seufzte Carina. »Vor allem, weil ich weder einen Feuerlöscher noch einen Rauchmelder oder eine Feuerversicherung habe.«

Astrid nahm die Versicherungsunterlagen und andere Dokumente, die sie möglicherweise benötigen würde, vom Sekretär im Wohnzimmer. Dann informierte sie den Einsatzleiter der Feuerwehr, wo sie zu finden seien, und er versicherte ihnen noch einmal, dass das Haus bis zum Morgen bewacht werden würde.

»Sieh mal, da steht ja Lars' Wagen!«, rief Carina, als Astrid die Beleuchtung im Wageninneren des Audis angeknipst hatte, um ihr Gepäck verstauen zu können. »Ich hatte beinahe vergessen, dass es ihn noch gibt.«

Carina musterte das kleine Auto mit einer verklärten Miene, die nur wenige für einen vierundzwanzig Jahre alten VW Polo übriggehabt hätten.

»Ja, dass er so lange fuhr, ist ein Wunder«, bemerkte Astrid geistesabwesend. »Aber er hat ihn ja auch nicht so oft bewegt.«

Carina sah sie aus dem Augenwinkel an.

»Würdest du ihn mir vielleicht…, na ja…, eine Zeitlang ausleihen? Du weißt doch, dass ich ohne Auto da draußen im Wald, wo ich wohne, ziemlich aufgeschmissen bin.«

»Das könnte ich wohl, aber ich wollte dich längst etwas gefragt haben, hatte es aber vergessen«, sagte Astrid, »– hast du eigentlich einen Führerschein?«

Carina antwortete ausweichend.

»Äh, du hast doch gesehen, dass ich fahren kann. Und irgendein hohes Tier von der Zeitung hier aus der Gegend ist doch erst neulich dabei ertappt worden, mehrere Jahre ohne Führerschein gefahren zu sein, ohne dass es jemandem aufgefallen wäre. Ich würde auch nur superkurze Strecken fahren, von meinem Haus hierher oder nach Hammarås.«

Sie ging zu dem alten Wagen, strich zärtlich mit den Fingerspitzen über den roten Lack und spähte auf den Vordersitz.

»Er ist von innen noch unglaublich gut erhalten, Lars hatte wirklich ein Händchen dafür«, sagte sie.

Carina prüfte, ob die Vordertür abgeschlossen war. Sie war offen. Als sie sie aufzog, ging im Wagen das Licht an.

»Astrid, sieh mal her, hier liegt etwas!«, sagte sie da aufgeregt. »Auf dem Boden vor dem Beifahrersitz! So 'ne alte Aktentasche, und ich glaube nicht, dass da nur ein Flachmann drin ist.«

Astrid fasste sich an die Stirn. Was war sie doch für ein Trottel! Sie hatte sich doch schon ausgerechnet, dass Lars für einen Besuch in der Stadt gekleidet gewesen war, als er auf dem Hof zusammenbrach und starb. Er hatte sein bestes Jackett getragen, hatte sein Handy, seine Brieftasche und seinen Führerschein dabeigehabt. Sie sah vor sich, wie er sich sorgfältig für die Abfahrt zurechtmachte – eine Autofahrt nach Hammarås war eine große Unternehmung für ihn gewesen –, sah vor sich, wie er die Tasche auf den Vordersitz legte. Dann war ihm vielleicht eingefallen, dass er etwas vergessen hatte, oder er war zum Haus zurückgegangen, um sich zu vergewissern, dass er wirklich die Haustür abgeschlossen hatte, und als er zum Auto zurückging, war er plötzlich zusammengebrochen.

»Darin muss sein Laptop sein, den wir nicht finden konnten, und vielleicht der rätselhafte Brief, den er bekam!«, sagte Astrid jetzt ebenso aufgeregt wie Carina. »Nimm die Aktentasche mit, wir schauen sie uns im Hotel an.«

Sie ließ die Zündung an und Carina stieg neben ihr ein, die Aktentasche wie einen Säugling an die Brust gedrückt. Während Astrid aus der Remise zurücksetzte und auf die Straße bog, öffnete Carina die Tasche und ließ eine Hand hineingleiten.

»Jepp, hier sind ein Laptop und auch ein paar Blätter. Ich glaube, wir sind auf Gold gestoßen!«

Das Hotel Hyttmästaren lag in Hammarås in Bahnhofsnähe und gehörte inzwischen zu einer großen internationalen Hotelkette. Die meisten seiner Gäste waren Besucher der Grube Hamra Bruk oder der anderen Großunternehmen des Ortes, die mittlerweile immer weniger wurden. Die internationale Finanzkrise hatte zu großen Einbußen bei den Übernachtungszahlen geführt. Trotzdem wirkte der Nachtportier des Hotels eher erstaunt als begeistert, als Astrid und Carina, Astrids Koffer, Lars' Aktentasche und Carinas Plastiktüte schleppend, zwei Stunden nach Mitternacht hereinkamen.

»Wir brauchen ein Zimmer«, sagte Astrid hochmütig, »am liebsten eine Suite, wenn Sie eine frei haben, ein Zimmer mit getrennten Betten.«

Er musterte sie skeptisch. Sie war sich bewusst, dass sie nach Rauch stank und vermutlich so aussah, als sei sie gerade aus einem brennenden Haus geflohen. Aber ihre Stimme machte Eindruck.

»Ja, unsere Juniorsuite wäre vielleicht passend. Wenn ich zuerst um Ihre Kreditkarte bitten dürfte?«, bat er verunsichert.

Astrid reichte ihm eine ihrer Karten über den Empfangstresen und lächelte dem Mann vertraulich zu.

»Wir hatten eine harte Nacht. In meinem Haus hat es gebrannt, und wir sind den Flammen nur um Haaresbreite entkommen, deshalb möchten wir es jetzt bequem haben.«

Die Juniorsuite war mit einer Couchgruppe mit Schlafsofa ausgestattet, einem riesigen Flachbildschirm, einem Schreibtisch, auf dem ein Wasserkocher mit dazugehörigen Kaffeetütchen und Teebeuteln stand, sowie einem schwarz gekachelten Badezimmer mit Badewanne, Whirlpool und Dusche. Das Doppelbett verbarg sich hinter einer vorspringenden Wand und auf beiden Seiten lag ein adrett zusammengefalteter Morgenmantel aus flauschigweißem Frottee.

»Du liebe Zeit, so nobel habe ich ja in meinem ganzen Leben noch nicht gewohnt«, sagte Carina andächtig. »Du kannst das Bett nehmen, ich beziehe mir das Bettsofa, damit ich nicht völlig abhebe. Aber sollen wir jetzt wirklich schlafen? Ich bin total aufgedreht.«

Auch Astrid war nach den Geschehnissen der Nacht zu wach, um an Schlaf denken zu können, und so beschlossen sie, zu duschen, Kaffee zu kochen und sich dann den Rest der Nacht mit dem Material von Belab und aus Lars' Aktentasche zu beschäftigen.

Carina ging zuerst ins Bad. Als Astrid schließlich aus der Dusche kam, saß sie schon im Frotteemantel mit Lars' Laptop, einer Tasse pechschwarzem Instantkaffee und ein paar Keksen auf der Couch. »Ich habe Wasser heiß gemacht, schenk dir ein, wenn du möchtest. Ich habe sogar Kekse gefunden. Und Lars ... Jepp, sein Laptop war nicht durch ein Passwort geschützt, ich musste ihn nur anmachen, vielen Dank, Lars! Wonach soll ich suchen?«

»Nach den Memoiren, die er zu schreiben begonnen hat. Such bei den Word-Dokumenten, dort werden sie wohl am ehesten zu finden sein.«

Astrid setzte sich in einen tiefen roten Sessel, griff nach Lars' Aktentasche und nahm den Inhalt heraus – einen kleinen Stoß Papiere, den sie rasch durchblätterte. Ein Blatt stach zwischen den Rechnungen und Bankunterlagen heraus, ein handgeschriebener Brief auf dickem elfenbeinfarbenen Briefpapier. Sie begann zu lesen:

Vielen Dank für deinen ausführlichen Bericht über die in Chişinău aufgetretenen Probleme, BB! Ich schätze, dass die Sache so weit gediehen ist, dass uns nichts anderes übrigbleibt, als diesen Teil der Studie zu beenden und über die Resultate Stillschweigen zu bewahren. Das sollte keine Probleme bereiten. Was Bukarest und Iaşi betrifft, ist die Lage eine andere. Diese Studien sind zu bedeutend und zentral für die Zulassung, um sie ohne weiteres einzustellen, und hier besteht selbstverständlich nicht die Möglichkeit, im Nachhinein den Prüfplan zu ändern. Leider ist die Wahrscheinlichkeit groß, dass dort AE und SAE im selben Umfang wie in Chişinău auftreten werden. Ich schlage daher vor, dass wir das so handhaben, dass wir ihnen immer einen Schritt voraus sind, und dafür sorgen, dass die betroffenen Subjekte als Drop-Outs registriert werden, bevor sie über AE oder SAE berichten. Das bedeutet, dass die Studie eine bedauerlich hohe Anzahl an Abbrechern zu beklagen haben wird, selbst wenn das durch die außerordentlich hohe Therapietreue, die wir durch die Zusammenarbeit mit GMC erreichen konnten, kompensiert werden kann. Das setzt allerdings voraus, dass wir jemanden von GMC auf unsere Seite ziehen müssen, der damit einverstanden ist und die nötigen Maßnahmen ergreifen kann. Mein Vorschlag wäre, Kontakt zu der Person aufzunehmen, die ich bei unserem Treffen in Bukarest erwähnt habe. Ich glaube, dass die Zeit reif dafür ist und dass es am besten ist, wenn ich mich selbst darum kümmere. Ich setze mich wieder mit dir in Verbindung. Tuus, Olof.

Das musste der Brief sein, den Lars versehentlich bekommen hatte, dachte Astrid. Dass er danach verwirrt war, wunderte sie nicht. Auch sie verstand nicht, worum es darin ging. Was bedeuteten AE und SAE?

Was GMC war, wusste sie dagegen. Maja Danielsson hatte ihr erzählt, dass es eine *Contract Research Organization* sei, eine sogenannte CRO, die klinische Arzneimittelstudien für die Pharmaindustrie durchführte. GMC war das Unternehmen, mit dem Stefan Hallgrimsson zusammengearbeitet hatte, das Unternehmen, das an die Börse gehen sollte, wie er gesagt hatte, und dessen Aktienkurs Schaden nehmen würde, falls etwas Negatives über das Unternehmen bekannt werden würde.

»Jepp, hier sind Lars' Memoiren, zwölf eng beschriebene Seiten«, meldete sich Carina zu Wort. »Aber sie enden damit, dass er nach Ramsnoret kommt. Das hilft uns jetzt nicht weiter.«

Astrid reichte Carina den Brief.

»Dann lies das hier, vielleicht verstehst du ja was davon. Das muss der Brief sein, den Lars von Olof Krämer bekommen hat, und es scheint völlig klar, dass er nicht für ihn bestimmt gewesen war. Aber was bedeutet das?«

Astrid öffnete ihren eigenen Laptop und gab ohne größere Hoffnungen »AE SAE« in das Suchfeld ein – Abkürzungen, die vermutlich eine Reihe von Bedeutungen hatten. Doch zu ihrem Erstaunen schien der erste Treffer schon relevant zu sein, es schien sich um Schulungsmaterial für Arzneimittelstudien zu handeln. Sie las, dass AE für adverse event stand: »Bei einem adverse event (AE) handelt es sich um einen unerwünschten Vorfall, der im Rahmen einer klinischen Studie zu einem Arzneimittel bei einem Patienten bzw. einer Versuchsperson auftritt.«

SAE dagegen bedeutete serious adverse event und zielte auf Ereignisse ab, die lebensbedrohlich waren oder zu einem Krankenhausaufenthalt, Fruchtschädigungen, schwerwiegender Invalidität oder zum Tod führen konnten.

Sie las die Worte noch einmal und erschauerte, als sie sich diese Bilder ausmalte: Invalidität, Fruchtschädigungen oder Tod. Dann schloss sie das Smartphone an ihren eigenen Laptop an, lud die Bilder herunter, die sie bei Belab gemacht hatte, und rief sie auf dem Bildschirm auf.

Sie schienen gut lesbar zu sein. In einem der Schreiben hatte ihr Name gestanden, sie suchte danach, nach einer kurzen Mitteilung geschrieben mit pechschwarzer Tinte.

Verehrter O! Ich kann Sie beruhigen, was Ihre Besorgnis bezüglich Astrid Sammils angeht. Nach allem zu urteilen, was wir wissen, ist sie ahnungslos, zumindest bislang. Wie Sie wissen, ist sie Diplomatin an der schwedischen Botschaft. Darüber hinaus ist sie zwar, wie wir dank unseres vortrefflichen schwedischen Bevölkerungsregisters leicht feststellen konnten, eine enge Verwandte Ihres »Korrespondenten« und befand sich während des bedauerlichen Zwischenfalls den Brief betreffend ausgerechnet in Bukarest. Das scheint jedoch nur ein unglücklicher Zufall gewesen zu sein, und wir hoffen, dass es so bleibt. Ich befolge jedoch Ihren Rat und sorge dafür, dass jemand die betreffende Dame im Auge behält, bis auf weiteres aus der Ferne, damit wir vorgewarnt sind, falls ein plötzlicher Kontakt mit ihrem Verwandten ihr Interesse wecken würde. Ihr B.

Astrid starrte auf den Bildschirm, las denselben Satz immer und immer wieder, den Satz, in dem der Briefschreiber versprach, dafür zu sorgen, »dass jemand die betreffende Dame im Auge behält«. Sie starrte so lange darauf, bis ihr schwindelig wurde und die Buchstaben vor ihren Augen zu tanzen begannen, Buchstaben, die ihr schwarz auf weiß bestätigten, dass jemand sie überwacht hatte, »bis auf weiteres aus der Ferne«. Ein paar Worte nur, ein einziger Satz, der alles auf den Kopf stellte, der sie mit einem anderen Blick all das beurteilen ließ, was sich in den letzten Monaten ereignet hatte.

Sie hatte sich also nicht eingebildet, dass sie überwacht wurde, sie war nicht verrückt. Sie wurde tatsächlich beschattet, um festzustellen, ob Lars sie wegen des Briefes um Hilfe bitten und ob es sie zum Handeln verleiten würde.

Beinahe wäre es so gekommen, dachte sie. »Astrid fragen«, hatte Lars auf den Briefumschlag geschrieben, den er in den Papierkorb geworfen hatte, aber der Herzinfarkt, der seinem Leben ein Ende bereitet hatte, hatte sich ereignet, bevor er etwas hatte unternehmen können.

Ihr kam wieder die Begegnung mit Olof Krämer nach dem Forschungssymposium in Bukarest in den Sinn, und jetzt war sie sich sicher, dass sein fester Händedruck und sein eindringlicher Blick nicht nur Ausdruck seines Charakters gewesen waren, alle, denen er begegnete, dominieren zu wollen. Er musste einen Schreck bekommen haben, als ihr Name fiel – eine Frau, die denselben ungewöhnlichen Nachnamen wie der Mann trug, den versehentlich ein Brief mit brisanten Informationen erreicht hatte …

Hatte man sie weiter beschattet, nachdem sie Bukarest verlassen hatte?

Selbst hier in Dalarna hatte sie schließlich manchmal das Gefühl gehabt, dieses unangenehme Gefühl, das ihr eine Gänsehaut an den Armen beschert und dafür gesorgt hatte, dass sich ihre Nackenhaare aufgestellt hatten – das Gefühl, dass sie beobachtet wurde. Sie stellte sich vor, wie jemand oben im Wald mit einem Feldstecher stand und mit kalten Augen verfolgte, wie sie über den Hof ging, und sie erschauerte.

Schnell sah sie die anderen Briefe durch, von denen sie Aufnahmen gemacht hatte, und bemerkte, dass einer von ihnen in derselben charakteristischen Handschrift verfasst war wie der, den sie in Lars' Aktentasche gefunden hatte – in Olof Krämers Schrift. Rechts oben hatte jemand notiert: »*Lieber Olof, was soll das??? Der falsche Brief? Dein B.*« Astrid las den Brief an ihren Onkel, eine kurze hochgestochene Notiz:

Sehr geehrter Herr Sammils! Es stimmt, dass ich in den 50er Jahren für eine kurze Zeit Anstaltsarzt in Ramsnoret war. Leider kann ich jedoch nicht mit Informationen zu den Fragen, die Sie stellen, dienen. Meine Zeit dort liegt lange zurück, und die Sterblichkeit an vielen heute harmlosen Krankheiten war damals bedeutend höher als sie es heute, dank den Fortschritten der modernen Medizin, ist. Falls ich, wie Sie sich zu erinnern glauben, gesunden Patienten eine Art Medikation verabreicht habe, muss es sich um Impfungen mit dem Calmette-Serum gegen Tbc gehandelt haben, die wir meines Wissens damals in dem betreffendem Zeitraum durchgeführt haben. Olof Krämer

Mit einem Anflug von Wut bemerkte sie, dass eine Abschiedsformel fehlte – ihr Onkel war Olof Krämer noch nicht einmal ein »Mit vorzüglicher Hochachtung« oder ein »Mit freundlichen Grüßen« wert gewesen. Aber das musste der Brief sein, den Olof Krämer Onkel Lars hatte schicken wollen, der Brief, der in den falschen Umschlag geraten war und den er nie erhalten hatte.

»Das sind böhmische Dörfer für mich, ich kapiere rein gar nichts«, klagte Carina. »Diese ganzen verfluchten Abkürzungen, mit denen er um sich wirft – ›BB‹, war das nicht Brigitte Bardot? Und GMC und AE und SAE, was soll das heißen?«

»›BB‹ bedeutet ›Werter Bruder‹«, belehrte Astrid sie. »Ältere Männer aus bestimmten sozialen Schichten beginnen ihre Briefe auf diese Weise, Männer der Altersgruppe, in der man einander offiziell das Du anbot und sich im selben Zug darüber informierte, wann man Abitur gemacht hatte – ›Olof, 42‹ und dergleichen, weißt du.«

»Er schreibt also an einen anderen Tattergreis«, sagte Carina, die das Wesentliche erfasst hatte. »Und die anderen Abkürzungen?«

»GMC ist ein Unternehmen, das in Rumänien Arzneimittelstudien durchführt. Und was die anderen Abkürzungen bedeuten, habe ich gerade im Internet recherchiert.«

Sie erzählte es Carina, während diese mit gerunzelter Stirn auf den Brief starrte.

»Der alte Krämer schreibt also an einen anderen Greis und berichtet ihm davon, dass etwas in Chişinău schiefgelaufen ist, wo immer das auch liegt«, sagte Carina, nachdem Astrid ausgeredet hatte. »Zu spät, um etwas dagegen zu tun, offenbar, aber

Krämer ist der Ansicht, sie kämen davon, wenn sie sich dumm stellten und die Sache einfach totschwiegen. Was aber treiben sie da, testen sie irgendein neues Medikament? Und daraufhin ging es den Probanden schlechter, sie kamen ins Krankenhaus und sind gestorben und so weiter, und Krämer nimmt an, dass sie das in Bukarest und an dem anderen Ort auch tun werden, und findet, dass man das regeln solle, indem man die Betroffenen als Drop-outs führt. Was ist mit Drop-outs gemeint?«

»Studienteilnehmer, die eine Studie abbrechen«, sagte Astrid und versuchte, sich über die Tragweite des Briefes klar zu werden. »Du hast ein Medikament, das du auf den Markt bringen willst, nehmen wir an, ein Asthmamittel, und damit es zum Verkauf zugelassen wird, musst du es zuerst an einer bestimmten Anzahl von Menschen testen. Dein Präparat wirkt auch hervorragend gegen Asthma, aber bedauerlicherweise leiden viele der Studienteilnehmer, die es genommen haben, an fürchterlichen Nebenwirkungen …«

»Geburtsfehler«, schlug Carina vor, »sie gebären Kinder mit verkümmerten Armen und Beinen, wie unter der Einnahme von Contergan.«

»Obwohl sich das kaum vertuschen ließe, es muss etwas weniger Offensichtliches sein. Psychische Probleme vielleicht, yes, sie bekommen Depressionen und neigen zu Selbstmord und ein paar nehmen sich sogar das Leben, etwas zu viele, als dass die Behörde es gutheißen würde, die das Medikament zulassen soll. Aber wenn man diese Studienteilnehmer stattdessen dazu bewegt, die Studie abzubrechen, bevor sie einen AE oder SAE melden, werden aus Nebenwirkungen Abbrüche.«

»'n bisschen schwer, auszusteigen, wenn man sich schon das Leben genommen hat«, bemerkte Carina. »Aber mal abgesehen davon – willst du damit sagen, dass die Handlanger des alten

Krämer mit einer Tüte Geld in der Hand zu den Leuten gehen und sagen: ›Hallo, uns ist zu Ohren gekommen, dass Sie ein bisschen depressiv sind, aber wir können Ihnen helfen und geben Ihnen Geld, wenn Sie nur Ihre unbedeutenden Beschwerden gegenüber denen, die die Studie betreiben, nicht erwähnen‹?«

»So in etwa, aber ich weiß nicht, wie sich das durchführen lassen soll. Woher können sie wissen, wer an Nebenwirkungen leidet und davon überzeugt werden muss, die Studie abzubrechen? Und werden solche Abbrecher nicht nachverfolgt? Aber in groben Zügen muss es das sein, was Olof Krämer vorschlägt.«

Und plötzlich wusste sie auch, um welches Medikament es sich da handelte, das GMC Consulting in Rumänien und Moldawien testete. Es musste ganz einfach die neue Arznei gegen Nikotinabhängigkeit sein, die die schwedische Forschungsabteilung von CalmedBelabSteiner entwickelt hatte und die der neue große Megaseller werden sollte.

Frode Asplund hatte gesagt, dass es eine gewichtige Rolle für die Erhaltung des schwedischen Forschungsstandorts spielen würde. Olof Krämer musste ungeheuer viel daran liegen, dass der kommende Blockbuster auch auf den Markt kam.

»Was ist mit den anderen Briefen, die du fotografiert hast?«, fragte Carina. »Ich habe gesehen, dass du sie dir angeschaut hast.«

Astrid drehte den Laptop, zeigte sie ihr und erzählte ihr alles.

»Wow!«, sagte Carina. »Lars hat also irrtümlich den Brief bekommen, in dem der alte Krämer seinem Helfershelfer seinen bösen Plan unterbreitete, und als sich das herausstellt, kriegen sie Schiss, dass Lars verstehen könnte, was das für Pläne sind und sie entlarven könnte. Und als der alte Krämer dir in Bukarest begegnet, als sie ihren Plan in die Tat umsetzen wollen, steigert sich ihre Nervosität ins Unermessliche. Lars könnte dir alles erzählt haben, vielleicht hast du vor, sie auffliegen zu lassen! Also setzen sie jemanden auf dich an …«

Carina zog den Morgenmantel enger um sich und sah Astrid flehentlich an.

»Dieses ganze Gerede von Nikotinsucht weckt meine Lust auf Zigaretten. Ist es okay, wenn ich kurz eine rauche?«

Astrid schüttelte den Kopf.

»Kommt nicht in Frage, auf der ganzen Etage herrscht Rauchverbot, damit würden wir einen Rausschmiss riskieren. Geh auf den Balkon.«

Carina blieb mit saurer Miene sitzen, was Astrid aber kaum mitbekam, weil sie gerade ihre E-Mails durchsah, die sie tatsächlich seit gestern Morgen – bevor Ulf kam, um mit ihr nach Falun zu fahren – nicht mehr abgerufen hatte. Schnell scrollte sie die Liste mit relevanten Mails für die Arbeit herunter – die überraschend lang dafür war, wenn man bedachte, dass sie eine Persona non grata war – und zu den wenigen Nachrichten, die privater Natur waren – eine lange Mail von ihrer besten Freundin Kati, die sie später lesen wollte, eine Einladung zu einem Abendessen an Gabriel und sie von einem entfernten Bekannten in Bukarest, dem das eine oder andere entgangen sein musste, eine Anfrage der außenpolitischen Vereinigung einer Universität, ob sie einen Vortrag halten könne, ein Newsletter von ihrem Lieblingsrestaurant in Brüssel. Und schließlich eine Mail mit angehängter Datei von einem Absender, den sie noch nie zuvor gesehen hatte, der sie aber stutzen ließ: sandvikenmattias@telia.com. Sie war gestern Vormittag um 09.53 Uhr verschickt worden, und sie musste sie nur um wenige Minuten verpasst haben.

»Guck mal«, sagte sie leise, und Carina rutschte näher. Gemeinsam lasen sie die E-Mail, die Nachricht eines jungen Mannes, der nur noch ein paar Stunden gelebt hatte, nachdem er sie geschrieben hatte.

*Hallo Astrid, war ein toller Abend gestern, oder? Bin heute etwas benebelt *hicks*, aber du hattest doch gesagt, dass du eine Cousine hättest, die Mikael kannte, oder? Würde gerne mit ihr sprechen, je früher, desto besser, wie kann ich sie erreichen? Habe heute eine Sache auf FB gepostet, aber du scheinst nicht auf Facebook zu sein (?). Hoffe, dass du mir trotzdem helfen willst. Als kleinen Anreiz schicke ich dir einen Teil des Polizeiberichts zu Mickes Verschwinden, meine mich zu erinnern, dass du ihn gerne lesen wolltest. Ich habe ein kleines Stück davon eingescannt, du findest es im Dateianhang. Maile dir von meiner Privatadresse aus, weil die Server auf der Arbeit daniederzuliegen scheinen (Klassiker). Später mehr, wenn du mir hilfst (JK). Habe das Gefühl, dass es jetzt richtig losgeht. BBL, Mattias.*

Beide sprachen kein Wort. Die Erinnerung an Mattias' Leichnam im Holzschuppen, den Geruch nach Holz und Blut, das Summen der Fliegen, das so laut und hartnäckig zwischen den alten Wänden zu hören gewesen war, war mit einem Mal wieder übermächtig.

»Oh nein, er war so optimistisch, der arme Dummkopf«, stöhnte Carina.

Sie musste blinzeln.

»BBL, ›be back later‹, sagte Astrid gedämpft. »Er hat nichts geahnt.«

»Verdammt, stell dir bloß vor, ich wäre nicht zu diesem verdammten Haus gefahren, um sauberzumachen, dann würde Mattias heute vielleicht noch leben.«

»So solltest du nicht denken, wahrscheinlich hättest du dann auch eine Axt im Kopf gehabt«, sagte Astrid. »Ich frage mich, ob die Mail wohl noch auf Mattias' Bildschirm zu lesen war, als der Mörder erschien? Vielleicht wollte er ja die Mail an mich verhindern? Mattias hat sie von seiner privaten Mailadresse verschickt, vielleicht wurde sie nicht auf seinem Handy angezeigt. Nein, das macht keinen Sinn, ich hätte sie ja trotzdem bekommen.«

»Tja, aber offenbar solltest du ja keinen weiteren Tag erleben und deine Mails checken können. Eigentlich sollten du und dein Laptop ja verkohlt unter den Resten des Sammilshofs liegen, als der Morgen graute. Übrigens, Brandstiftung und 'ne Axt im Kopf – wenn das nicht typisch isländisch ist … Was Stefan gestern Abend wohl gemacht hat?«

Astrid erinnerte sich wieder an das Gefühl, das sie gestern Abend überfallen hatte, als sie versucht hatte, bei Vollmond die Haustür aufzuschließen, das Gefühl, beobachtet zu werden. Sie hatte sich das nicht eingebildet, war nicht paranoid. Jemand hatte im Wald gestanden und gelauert, hatte sie ausgespäht und darauf gewartet, dass die Lichter im Haus erloschen.

Und wo hielt sich der Mörder und Brandstifter jetzt auf? Wusste er schon, dass sie überlebt hatte? Würde er einen neuen Mordversuch unternehmen?

Carina ging mit der Zigarettenschachtel in der Hand zum Fenster.

»Nein, lass das lieber!«, sagte Astrid scharf. »Wer weiß, wer da draußen ist!«

Sie stand auf und trat an das Geländer. Durch das französische Fenster sah sie abermals den Vollmond wie eine Silbermünze hoch oben am schwarzen Nachthimmel, weit über dem orangefarbenen Halogenlicht, das den Bahnhof und die Schienen erhellte. Mit einem heftigen Ruck schloss sie die Gardinen.

»Keine Zigarette, aha, wenn das so weitergeht, werde ich mich wohl bald freiwillig dafür melden, diese Anti-Rauch-Pille zu testen«, murrte Carina und gähnte. »Und Hunger habe ich auch. Wir haben ja noch ein bisschen zu tun, aber ich glaube nicht, dass ich es schaffe, noch einen Polizeibericht zu lesen, ohne vorher etwas Nahrhafteres als diese Kekse in den Magen bekommen zu haben. Wollen wir uns etwas holen gehen? Irgendein Kebabimbiss wird doch bestimmt noch geöffnet sein. Ich kann auch allein gehen, wenn du keine Lust hast, dich anzuziehen.«

»Nein, weder ich noch du werden einen Schritt vor die Tür setzen«, sagte Astrid ermahnend. »Dieselbe Chose, wir wissen nicht, wer sich da draußen aufhält. Jemand hat heute Nacht versucht, uns zu ermorden, wie du gerade erst festgestellt hast. Was glaubst du, wo der Mörder jetzt ist? Ich finde nicht, dass wir das Risiko eingehen sollten, draußen rumzuspazieren. Wirf doch stattdessen mal einen Blick in die Minibar, vielleicht liegt da Schokolade.«

So war es tatsächlich.

Astrid öffnete die Datei, die sie von Mattias per Mail bekommen hatte. Sie enthielt 148 weitestgehend getippte Textseiten, doch das entsprach vermutlich nur einem verschwindend geringen Teil der gesamten Ermittlungen, die sehr viel umfangreicher gewesen sein mussten. Sie sah, dass Mattias hier und da Notizen am Rand gemacht und etwas mit einem Kuli durchgestrichen hatte, es war als ein schwacher Schatten auf dem Dokument erkennbar.

Aber sie mussten nicht nur die Ermittlungsakte lesen, da war schließlich noch der Umschlag aus Belabs Archiv, den durften sie nicht vergessen! Sie holte das Kuvert aus ihrer Laptoptasche und blätterte die Unterlagen durch. Ja, das musste sie sich ansehen.

»Was hältst du davon, wenn ich mir die Briefe aus Belabs

Archiv anschaue und du den Polizeibericht überfliegst?«, sagte sie zu Carina, die gerade den Großteil der Tafel Schokolade verspeist hatte.

»Okay«, willigte Carina ein und sah schuldbewusst auf den kleinen Rest herunter, den sie noch übrig gelassen hatte. »Ups, du hättest vielleicht auch noch etwas davon haben wollen?«

Sie zog Astrids Laptop zu sich heran und reichte ihr das letzte Stück. Die Schokolade schmeckte gut, war dunkel, bittersüß und enthielt Mandelsplitter. Astrid fühlte sich gleich munterer, als sie zunächst noch einmal den Brief las, den Olof Krämer im November 1949 verfasst hatte.

Wie sie schon wusste, hatte sich der junge Olof Krämer in New York befunden und von dort an seinen Onkel Erik Wedin, Geschäftsführer von Belab, geschrieben, dass er Dr. Komprowski von den Lederle Laboratories in Pearl River einen Besuch abgestattet habe. Ich muss im Internet nach Lederle Laboratories suchen, dachte Astrid. Aus dem Brief ging klar hervor, dass Dr. Komprowski und seine Mitarbeiter an einem Polioimpfstoff forschten und dass Olof Krämer und seine beiden Onkel sich vor allem dafür interessierten.

Der nächste Brief stammte vom Dezember 1949. Darin beschrieb Olof Krämer unerträglich detailliert die weihnachtliche Atmosphäre in Manhattan und seine persönlichen Erfolge in der New Yorker High Society. Aber er berichtete auch, dass er nach dem Jahreswechsel »endlich« anfangen würde, mit Komprowskis Forschergruppe in Pearl River zu arbeiten.

Im Februar 1950 teilte er begeistert mit, dass Komprowskis Polioimpfstoff – den dieser bereits an sich selbst getestet habe – nun erstmalig in größerem Umfang an Kindern von Letchworth Village getestet werden sollte, »einem Heim für geistig Zurückgebliebene«, wie Olof Krämer schrieb.

Das hat mich auf eine kühne Idee gebracht. Bergslagets Laboratorien haben doch durch Onkel Johannes, der Ramsnoret, dieses Heim für Geistesschwache, leitet, einen einzigartigen Zugang zu Versuchspersonen eben dieses Typs. Was hindert Belab daran, sich an dem Wettlauf um einen Impfstoff zu beteiligen und als Erster einen Impfstoff gegen Kinderlähmung zu entwickeln, der auf der ganzen Welt nachgefragt wird? Ich hege keinerlei Zweifel daran, dass ich nach einem halben Jahr bei Lederle Laboratories vollauf in der Lage sein werde – natürlich mit Unterstützung des existierenden Teams von Wissenschaftlern in Falun –, eigene Virusstämme für einen Impfstoff zu entwickeln, den wir an den Zurückgebliebenen testen können.

Aus seinem nächsten Brief, ein paar Wochen später geschrieben, ging hervor, dass die Impfungen in Letchworth Village erfolgreich gewesen waren – keiner der Geimpften hatte die gefürchtete Krankheit bekommen und alle hatten Antikörper dagegen entwickelt.

»Das zeigt, dass wir den Geistesschwachen in Ramsnoret einen großen Dienst erweisen können«, schrieb Olof Krämer tugendhaft. »Sie könnten dabei Pionierarbeit leisten, die Geißel der Kinderlähmung auszurotten, und erhalten zugleich selbst einen lebenslangen Schutz dagegen.«

In seinen Briefen an die Onkel hörte er in den folgenden Monaten nicht auf, ihnen diese Idee einzuhämmern. Aus einem Brief vom Mai 1950 ging schließlich hervor, dass Olof Krämers Onkel dem Polioprojekt zugestimmt hatten.

Im Juni verließ Olof Krämer daraufhin die USA, außer sich vor Begeisterung, einen eigenen Impfstoff in Falun herstellen zu dürfen. Astrid fragte sich, was Dr. Komprowski – sie musste sich wirklich im Internet über ihn informieren – davon gehalten hatte, dass der junge schwedische Adept in sein Heimatland zurückkehrte, um ein Vorhaben in Gang zu setzen, dass ihm Konkurrenz machen würde.

Ihr fiel wieder ein, dass Olof Krämer 1950 die Verpflichtung eingegangen war, Anstaltsarzt von Ramsnoret zu werden. Demnach musste er unmittelbar nach seiner Rückkehr aus den USA dort angefangen haben – und jetzt konnte kein Zweifel mehr bestehen, was ihn in so eine abgelegene »Anstalt für Geistesschwache« in den Wäldern Dalarnas gezogen hatte …

Abgesehen von den Briefen aus den USA war das im Kuvert enthaltene Material dürftig und kaum informativ. Es enthielt Bestellungen für Laborausrüstungen und Versuchstiere, die nach Ramsnoret geliefert werden sollten. Ganz zuunterst im Umschlag lag eine Karte mit einer undatierten Nachricht an Erik und Johannes Wedin, ebenfalls in Olof Krämers charakteristischer Handschrift.

Ich schlage vor, einen Strich durch das Projekt P. zu machen. Durch den bedauernswerten Zwischenfall haben wir viel Zeit verloren, die wieder aufzuholen mir unmöglich erscheint, während unsere Konkurrenten weitere Fortschritte erzielen konnten. Dass wir zuerst einen Impfstoff entwickeln, ist ausgeschlossen, und es besteht auch das Risiko, dass Einzelheiten über den Zwischenfall herauskämen, wenn wir weiter an dem Projekt arbeiten, was weniger wünschenswert wäre. Am besten richten wir unsere Forschungsbestrebungen jetzt auf andere Felder, da gibt es vielversprechende Denkansätze.

Astrid kamen wieder Inger Söderbergs Worte in den Sinn – einige Stämme eines abgeschwächten Poliovirus, den miteinander im Wettstreit liegende Wissenschaftler Anfang der 50er Jahre entwickelten, waren lebensbedrohlich und hatten zu »schweren Epidemien von Kinderlähmung« geführt. Der junge Olof Krämer hatte mit arrogantem Selbstbewusstsein beschlossen, eigene Virusstämme zu entwickeln, musste jedoch gescheitert sein und einen abgeschwächten Virus kreiert haben, der die Versuchspersonen umbrachte, statt sie zu schützen, für ihn ein »bedauernswerter Zwischenfall«.

»Wie sieht's bei dir aus?«, fragte Carina.

»Hochinteressant«, sagte Astrid und schob Carina die Papiere hinüber, »der endgültige Beweis dafür, dass Olof Krämer in Ramsnoret mit Polioimpfstoffen experimentiert hat. Und bei dir?«

»Das eine oder andere, das nachdenklich macht, aber nichts, was einen sofort aufspringen und ›Jippie, der Fall ist gelöst!‹ rufen lässt. Darf ich mir erst mal deine Unterlagen anschauen? Dann zeige ich dir, was ich entdeckt habe. Ach was, sieh sie selbst durch, mal schauen, ob du über dasselbe stolperst wie ich.«

Astrid fing an, die eingescannte Ermittlungsakte zu studieren. Sie enthielt auch die Anzeige, die Kerstin und Sven-Erik Granberg bezüglich des Verschwindens ihres Sohnes aufgegeben hatten, und es war ein seltsames Gefühl, etwas über die Hintergründe zu lesen, wie Kerstin Granberg vor Weihnachten Safrangebäck in jener Küche gebacken hatte, die Astrid mittlerweile so vertraut war, wie sie ihren Sohn rausgeschickt hatte, um Holz zu holen, und ihn ermahnt hatte, Stiefel statt Holzschuhe anzuziehen, weil es draußen glatt war.

Astrid fragte sich, was wohl geschehen wäre, wenn Mikael trotzdem in Holzkloben rausgegangen wäre. Dann hätte er dem Dackel Stella nicht in den Wald hinterherlaufen können, wenn es denn tatsächlich so gewesen war. Vielleicht wäre er nie verschwunden, Kerstin und Sven-Erik wären immer noch miteinander verheiratet und Camilla wäre noch am Leben. Mattias jedoch nicht, er und seine Schwester Pernilla wären dann nie geboren worden.

Auf die Anzeige folgte eine Auswahl an Verhören mit Personen, die sich zum Zeitpunkt von Mikaels Verschwinden im

Umkreis des Hauses befunden hatten. Darunter die drei Jäger, von denen Camilla gesprochen hatte, und die einen Jagdhund mit charakteristischem Fährtenlaut gehört hatten, ein paar Lkw-Fahrer und einen Mann, der mit seinem Sohn Waldarbeit verrichtet hatte. Zu den Personen gehörte zu Astrids Erstaunen auch ihre Nachbarin Hildur, die nur unweit vom Haus der Granbergs im Wald Preiselbeerreisig und Weißmoos für einen Adventskranz und die Weihnachtsdekoration gepflückt hatte, »bevor der Schnee käme«. Sie hatte der Polizei erzählt, dass es ein paar Hundert Meter hinter dem Haus einen Hügel gebe, auf dem das beste Weißmoos des ganzen Waldes wuchs. Sie sei gegen elf Uhr dort gewesen und habe nichts Besonderes bemerkt.

»Na, sticht dir dasselbe ins Auge wie mir?«, fragte Carina erwartungsvoll.

Astrid zeigte schweigend auf den Bildschirm, auf den Absatz, der sie sofort hatte reagieren lassen, der den Anstoß dazu gegeben hatte, dass sie blitzschnell Fakten und Vorahnungen, Überlegungen und Intuition zu einer einzigen, unwiderlegbaren Schlussfolgerung kombiniert hatte.

»Das verknüpft doch alles logisch miteinander, nicht?«, sagte Carina und betrachtete sie forschend. »Und als ich damals in der Bibliothek alte Zeitungen gesichtet habe, habe ich etwas gelesen, was dazu passt, obwohl ich damals gezögert habe, es dir zu sagen. Aber jetzt rücke ich am besten damit heraus.«

Astrid hörte mit offen stehendem Mund zu und wünschte, Carina hätte ihr damals sofort davon erzählt. Obwohl das vielleicht keinen Unterschied gemacht hätte. Sie hoffte es zumindest.

»Und was jetzt?«, fragte Carina. »Wir haben ja keine richtiggehenden Beweise, oder? Mal abgesehen davon, dass Doktor K. die armen Idioten in Ramsnoret als Versuchskaninchen missbraucht hat. Aber dieses Verbrechen ist inzwischen bestimmt verjährt, wenn es überhaupt ein Verbrechen war.«

»Wir sollten uns einen Überblick darüber verschaffen, was wir wissen, als wollten wir einen Bericht darüber schreiben. Dadurch sieht man klarer, was man hat und was einem fehlt«, schlug Astrid vor.

Eine Weile beleuchteten sie noch die Fakten, die ihnen bekannt waren, aus unterschiedlichen Blickwinkeln – die Experimente in Ramsnoret, Lars' Notizen am Tag von Mikaels Verschwinden, die Verhöre in den Ermittlungsakten, die Gräber in Ramsnoret, Olof Krämers Brief über die Rückschläge bei der Studie für ein neues Mittel gegen Nikotinsucht, Astrids Beschattung, die Morde an Camilla und Mattias – bis ihnen kein Zweifel mehr blieb, wie alles zusammenhing. Ihr Aktionsplan für den nächsten Tag stand fest …

Das wütende Klingeln ihres Handys weckte Astrid aus tiefem Schlaf und unbehaglichen Träumen. Sie schnappte nach dem Telefon und bemühte sich, wach zu klingen, obwohl es ihr schwerfiel. Ein Blick auf die Armbanduhr zeigte ihr, dass sie höchstens drei Stunden geschlafen hatte.

Der Anrufer stellte sich als Kriminalinspektor Peter Lundberg vor, er wolle mit ihr über das Feuer sprechen. Er sei schon mit den Kriminaltechnikern und Fotografen auf dem Sammilshof gewesen, wie er erzählte, und habe den Zweitschlüssel an sich genommen, den Astrid der Feuerwehr gegeben hatte.

»Und jetzt muss ich mit Ihnen sprechen«, sagte er mit einer Stimme, die Aufschluss darüber gab, dass er aus dem Norden Schwedens stammte. »Wenn Sie direkt nach dem Mittagessen zur Polizeiwache kommen könnten …?«

Da Astrid jetzt sowieso heillos und unwiderruflich wach war, suchte sie nach dem Gespräch auch gleich die Versicherungsunterlagen zusammen und rief die Versicherungsgesellschaft an. Sie nannte ihr die Adresse einer Sanierungsfirma, sagte zu, ihr am Nachmittag einen Gutachter vorbeizuschicken und bestätigte ihr, dass sie noch eine weitere Nacht im Hotel bleiben könne.

Danach rief sie die Sanierungsfirma an, und man versprach ihr, einen Schadenssachverständigen zum Hof zu schicken und sich wegen des Termins auf dem Hof mit dem Gutachter der Versicherung abzustimmen. Zuletzt rief sie Per-Åke Björs, einen Glaser, an, dessen Firma glücklicherweise in Granåkers Hästberg ansässig war und der ihr entgegenkommend versicherte, schon im Laufe des Vormittags das kaputte Fenster zu ersetzen. Sie argwöhnte, dass die Neugier auf den Ort des Geschehens das Übrige zu diesem schnellen Service tat, aber das störte sie nicht sonderlich.

Nach einer langen heißen Dusche fühlte sie sich erfrischter, zumindest nicht mehr halbtot. Sie zog sich Jeans und einen roten Pulli an, schminkte sich sorgfältig und weckte Carina, die tief und traumlos unter ihrer Daunendecke zu schlummern schien.

»Ich gehe runter zum Frühstück, komm nach, wenn du so weit bist!«

Carina gähnte, ihre Lider flatterten müde.

»Herrgott, ich könnte den ganzen Tag lang schlafen, ich glaube, ich hab noch nie in meinem ganzen Leben so bequem gelegen«, murmelte sie. »Aber ja, ich komm ja schon.«

Im Frühstückssaal raffte Astrid alle Tageszeitungen an sich, derer sie habhaft werden konnte, und bediente sich am Frühstücksbüfett – weich gekochte Eier, Gemüse, dunkles Brot und eine Auswahl an Marmeladen. Sie hatte einen Bärenhunger. Vielleicht nicht weiter seltsam nach den nächtlichen Geschehnissen.

Sie hatte die *International Herald Tribune* und die halbe *Dagens Nyheter* gelesen und war bei ihrer dritten Tasse Kaffee angelangt, als Carina erschien und sich schnell zwei Teller mit nahezu allem, was es auf dem Büfett gab, auftat.

»Wie läuft's?«, fragte sie, den Mund voller Rührei mit Speck.

Astrid erzählte ihr, was sie heute Morgen schon geregelt hatte.

»Du meine Güte, was du schon geschafft hast!«, sagte Carina und schnitt eine Grimasse. »Mich hat dafür diese nervige Jugo-Frau angerufen, als ich gerade in die Dusche stieg. Sie wollte noch ein ›kleines Gespräch‹ über Mattias führen. Wahrscheinlich weiß sie jetzt endlich, wie sie mich für den Mord drankriegen kann, oder Hamid und mich gemeinsam. Ich habe ihr übrigens erzählt, dass du eine Mail von Mattias bekommen hast, um ihr sozusagen meinen guten Willen zu zeigen. Ich soll dich darum bitten, ihr die Datei weiterzuleiten. Dann müsstest du sie doch sicherlich an Martin Långström schicken, sagte ich, aber sie behauptete, er sei heute nicht da und nehme an irgendeinem Kurs in Linköping teil, wenn man ihr das glauben will.«

Carina schmierte eine dicke Schicht Butter und Erdbeermarmelade auf eine Scheibe Walnussbrot und nahm einen großen Bissen.

»Am besten, ich ziehe wieder in das Mordhaus zurück. Die Bullen sind damit durch, und ich nehme mal nicht an, dass wir hier noch ein paar Tage wohnen bleiben dürfen, oder?«, fragte sie wehmütig.

»Doch, wir können noch eine Nacht hierbleiben, aber mehr auch nicht. Ich werde vermutlich wieder auf dem Sammilshof wohnen, wenn die Versicherung und der Schadenssachverständige da waren, wenn ich nicht …«

Astrids Handy klingelte. Es war Ulf Ersgård.

»Wie geht es dir, Astrid?«, fragte er aufgeregt. »Ich habe gerade in der morgendlichen Redaktionssitzung erfahren, dass es bei dir gebrannt hat und die Polizei davon ausgeht, dass es Brandstiftung war. Mensch, man wagt es ja kaum, dich aus den Augen zu lassen. Den einen Moment isst du mit mir zu Mittag und flirtest mit Frode Asplund und alles ist eitel Sonnenschein und im nächsten hast du plötzlich eine Leiche gefunden und auf dich wird ein Brandanschlag verübt, und das alles im Laufe von vierundzwanzig Stunden!«

»Aber es ist nichts passiert«, sagte Astrid beschwichtigend, »alles ist gut gegangen, zumindest, was mich betrifft. Woher weißt du von der Brandstiftung, hat das die Polizei der Öffentlichkeit mitgeteilt?«

»Nicht direkt, aber wir haben über die Notrufzentrale von dem Feuer gehört und unser Polizeireporter hat gute Kontakte, könnte man sagen. Und jetzt spekulieren natürlich alle wie wild darüber, ob das Feuer bei dir etwas mit dem Mord an Mattias Granberg zu tun hat, weil du ihn gefunden hast. Wenn ich nicht selbst Journalist wäre, würde ich dir raten, eine Zeitlang unterzutauchen, um nicht mit den ganzen Journalisten sprechen zu müssen, denn das wird eine megagroße Story. Die Nachrichtenagentur hat sie heute Nacht schon gebracht und die Abendzeitungen berichten darüber in ihren Onlineausgaben, hast du schon gesehen?«

Das hatte Astrid nicht.

»Aber du verstehst doch wohl, dass diese Story alles hat! Ein rätselhaftes Verschwinden in den 70er Jahren, ein leidlich bekannter Fernsehproduzent, der einen Film über seinen verschwundenen Bruder drehen will und selbst ermordet wird, eine Schwester, die ebenfalls ermordet wurde, und dann noch du, die die Leiche gefunden hat …«

Er verstummte leicht verlegen.

»Eine noch weniger bekannte Diplomatin«, beendete Astrid amüsiert seinen Satz.

»Nun ja. Jedenfalls sind die Abendzeitungen auf dem Weg nach Dalarna, und sie werden dich jagen. Schalt dein Handy aus, das rate ich dir. Wo schläfst du denn jetzt? Du kannst bei mir übernachten, ich habe genügend Platz.«

»Ich durchschaue dich. Du willst mich einsperren, damit du die Abendzeitungen reinlegen kannst und selbst das Exklusiv-Interview samt Fotos bekommst.«

Ulf lachte.

Carina flüsterte: »Ulf?«, und zog die Augenbrauen hoch. Astrid nickte.

»Vielen Dank für das Angebot, aber das ist nicht nötig«, lehnte Astrid ab. »Ich bin im Hotel abgestiegen und kann später vermutlich wieder nach Hause.«

»Aber dann lass mich dich wenigstens zum Mittagessen einladen, bei mir zu Hause«, bat Ulf. »Ich mache eine sagenhafte Pasta alla Puttanesca!«

»Na gut, eine sagenhafte Pasta alla Puttanesca, der kann ich natürlich nicht widerstehen. Wo wohnst du, und wann soll ich kommen? Es darf nicht zu spät sein, ich habe nach dem Mittagessen einen Termin mit der Polizei.«

Einen Moment war es still.

»Ich habe mir gedacht, dass du vielleicht heute Vormittag nach Granåkers Hästberg fahren willst, um nach dem Haus zu sehen. Wir könnten uns dort treffen und danach zu mir fahren«, sagte er schließlich bemüht locker.

»Damit du die Gelegenheit beim Schopfe packen und schon mal ein paar Bilder schießen kannst«, bemerkte Astrid erneut amüsiert.

»Na ja, ein paar Aufnahmen von dir in der ausgebrannten Küche und ein paar exklusive Interviewschnipsel, dazu könntest du dich doch ruhig herablassen. Wo du doch bei Belabs Galadinner meine Tischdame sein wirst, das ist nämlich inzwischen geregelt. Ich habe gestern Abend mit dem alten Frode gesprochen, er schien ja total vernarrt in dich!«

Astrid lachte und gab nach. Sie einigten sich darauf, in einer halben Stunde nach Granåkers Hästberg aufzubrechen und sich auf dem Sammilshof zu treffen.

»Na, worauf habt ihr euch verständigt?«, fragte Carina, die mit gespitzten Ohren zugehört hatte. »Zuerst ein Interview und danach Mittagessen, aha. Ich habe ja erst in einer halben Stunde mein Date mit der Markovic, aber ich könnte auch schon etwas früher in die Zelle eilen, vielleicht kann ich sie überrumpeln, bevor sie die Daumenschrauben geölt hat.«

Auf dem Weg vom Frühstückssaal zu den Fahrstühlen kamen sie an der Rezeption vorbei, wo ungewöhnlich viele Gäste Schlange standen, um einzuchecken. Zwei von ihnen trugen schwere Kamerataschen, und als Astrid an ihnen vorüberging, schnappte sie ihren Namen auf: »Ich versuche übers Außenministerium eine Nummer dieser Sammils rauszukriegen.« Sie sah zu Boden und eilte zum Aufzug. Das mussten die Journalisten der Abendpresse sein, vor denen Ulf sie gewarnt hatte, und mit denen wollte sie jetzt ganz bestimmt nicht sprechen. Sie zögerte einen Augenblick, dann stellte sie ihr Handy auf Flugmodus.

Es regnete und der Wind zerrte an Astrids Regenschirm, als sie zum Auto lief, um nach Granåkers Hästberg zu fahren. Nur wenige Menschen waren draußen unterwegs. Der einzige Verkehr bestand aus einer Handvoll Taxen vor dem Hotel und am Bahnhof, als sie den Parkplatz verließ und auf die Bahnhofstraße abbog, in Richtung Hauptstraße. Die Scheibenwischer kämpften mit dem Regen, der gegen die Windschutzscheibe prasselte.

Sie fühlte sich angespannt. Die Auflösung des Dramas stand kurz bevor, aber sie war sich nicht sicher, ob der Plan, den Carina und sie in der Nacht geschmiedet hatten, auch funktionieren würde. Wie viel sollte sie Ulf erzählen, und was? Da war sie sich immer noch unschlüssig.

Der Regen nahm ab, als sie die Kreisstraße erreichte, und hörte kurz danach ganz auf. Aber der Himmel war düster, grau in grau, und die Wolken hingen so tief, dass kaum Tageslicht hindurchdrang. Der Sprühnebel hing hartnäckig an der Windschutzscheibe, es war so, als würde sie durch eine Wolke fahren. Sie bog an der Abzweigung nach Granåkers Hästberg ab und drosselte die Geschwindigkeit, bemühte sich, durch das grau verhangene Halbdunkel zu gucken. Einen Wildunfall konnte sie jetzt nicht gebrauchen.

Weil sie so langsam fuhr, sah sie Ulf sofort. Er winkte ihr von der Einfahrt des Rastplatzes zu, der Ausgangspunkt für Wanderungen durch Hästbergs altes Bergbaugebiet war. Auf dem Parkplatz sah sie undeutlich seinen roten Saab mit geöffnetem Kofferraumdeckel stehen. Sie fuhr an den Straßenrand und ließ das Seitenfenster herunter.

»Ein Unglück kommt selten allein«, sagte er. »Ich habe einen Platten, konnte gerade noch auf den Rastplatz fahren, und als ich das Reserverad anbringen wollte, habe ich festgestellt, dass ich den verdammten Kreuzschlüssel nicht dabeihabe. Hast du zufällig einen, den ich mir leihen kann?«

Er trug eine dunkle Regenjacke mit großer Kapuze, die er sich über das Gesicht gezogen hatte. Von ihrem Schirm tropfte trübselig das Wasser, aber seine braunen Augen glitzerten lebendig und amüsiert, als fände er es lustig, im Regen Autoreifen zu wechseln.

Astrid fuhr auf den Rastplatz und stellte den Wagen neben dem Schild ab, das darüber informierte, dass das Bergbaugebiet

Teil des Landschaftsschutzgebietes Bergslagen war, und zur Vorsicht bei Wanderungen um die alten Grubenschächte ermahnte. Sie machte ihren Trenchcoat zu und nahm das Nötigste an sich, umrundete den Wagen und holte den Kreuzschlüssel aus dem Kofferraum, Ulf selbst hatte schon den Wagenheber und das Reserverad herausgenommen.

»Danke, du bist mein rettender Engel, sonst hätte ich hier stundenlang wie der letzte Idiot stehen können«, sagte er und lächelte. »Kannst du bitte mal nachsehen, ob im Handschuhfach meine Arbeitshandschuhe liegen? Wenn ich sie nicht auch vergessen habe.«

Die Handschuhe befanden sich nicht im Handschuhfach, aber als sie sich im Auto umsah, entdeckte sie sie auf dem Boden vor dem Beifahrersitz, wo Ulfs Kamera lag und auf ihren nächsten Einsatz wartete. Sie warf Ulf die Handschuhe zu und griff nach der Kamera. Eine Zeitlang hatte sie sich sehr fürs Fotografieren interessiert, aber Gabriel hatte ihre gemeinsame Digitalkamera behalten. Nun überlegte sie, ob sie sich eine neue kaufen sollte.

Sie richtete die Kamera auf den Wald und probierte verschiedene Einstellungen aus. Sie ließ sich leicht bedienen, obwohl sie ein Hightech-Gerät zu sein schien, das Handwerkzeug eines Profifotografen. Sie rief die Bilder auf der Speicherkarte auf und sah eine krude Mischung aus Reportagefotos, die vom Leben als Fotograf bei einer Provinzzeitung zeugten – ein schwerer Autounfall, ein Fußballmatch mit einer begeisterten Mädchenmannschaft, eine Pressekonferenz mit dem Arbeitsausschuss der Gemeindeverwaltung, ein paar Porträtbilder …

Und dann, wie ein überraschender Faustschlag aufs Zwerchfell – Aufnahmen von ihr. Nicht das Porträtfoto, das er am Tag ihres Interviews von ihr gemacht hatte, sondern Bilder, die ohne ihr Wissen geknipst worden waren, die von weitem mit einem

Teleobjektiv aufgenommen worden waren und so scharf waren, als hätte der Fotograf nur ein paar Meter von ihr entfernt gestanden. Sie sah jede Falte in ihrem Gesicht, sah, dass sie raue Lippen hatte und ihr Blick gehetzt und unsicher aussah, als hätte sie den distanzlosen Blick des Fotografen durch das starke Objektiv auf der Haut gespürt.

»Oha, oha, Astrid, du bist neugieriger, als gut für dich ist«, sagte Ulf, der leise zu ihr getreten war.

Seine Augen funkelten noch immer lebendig und amüsiert, doch nun richtete er keine Kamera auf sie, wie er es anscheinend länger heimlich getan hatte, sondern eine Doppelflinte – zwei runde, schwarze, todbringende Kreise sahen sie an, gnadenlos kalt wie die Augen eines Raubtieres.

»Es ist schon seltsam, dass Menschen und Tiere es immer spüren, wenn sie beobachtet werden, selbst wenn das durch eine Kameralinse geschieht«, sagte er. »Ich fotografiere gerne Menschen, die nicht wissen, dass ich sie ablichte, aber es bleibt nicht viel Zeit, bis sie reagieren. Du hast gemerkt, dass du beschattet wurdest, oder?«

»Ja, aber ich wusste nicht, wer es war. Wer hat dir den Auftrag dazu erteilt? Olof Krämer?«

»Ja, der alte Krämer, obwohl sich ja allmählich herausstellte, dass es auch in meinem eigenen Interesse war, dich im Auge zu behalten.«

»Wegen der Sache mit Mikael Granberg?«

»Wegen der alten Geschichte, ja. Sag nicht, du bist inzwischen darauf gekommen, wie alles zusammenhängt?«

Sie zuckte die Schultern. Sie wusste nicht, welche Taktik klüger war. Sein Name war ihr in den Ermittlungsakten aufgefallen, das Verhör mit dem Bauern Harald Ersgård und seinem Sohn Ulf, die mit ihrem Bagger im Wald beim Ramsjön gewesen waren, um Baumstümpfe zu roden und Fichten zu pflanzen. Als sie seinen Namen gelesen hatte, hatte sie in einem Moment blendender Klarheit das erkannt, was von Anfang an hätte offenkundig sein müssen – dass Ulf perfekt mit ihrer Vorstellung des Mörders übereinstimmte. Nach vielen Jahren als Fotograf der Lokalzeitung kannte er die kleinen Forstwege im Wald in- und auswendig, er war alt genug, um in Mikaels Verschwinden verwickelt gewesen zu sein und hatte mehr als jeder andere Gelegenheit gehabt, Mikael Granberg zu ermorden. Er war bei der morgendlichen Redaktionssitzung anwesend gewesen, als von Mattias Granbergs Filmprojekt berichtet wurde, und er war am Tag des Mordes zu einem Zeitpunkt zum Sammilshof gekommen, der es ihm ermöglicht hatte, vorher noch bei Carinas Haus vorbeizufahren und Mattias zu töten. Sie sah vor sich, wie er zum nichts ahnenden Mattias ins Haus ging und sagte, dass er von der Lokalzeitung käme, um Bilder für das Interview zu machen. Sie gingen zum Holzschuppen, den Weg, den Mikael gegangen war, als man ihn das letzte Mal gesehen hatte, und Mattias wies arglos darauf hin, dass er gerade Ulfs Namen in den Ermittlungsunterlagen gelesen hatte.

Das hatte gereicht, um ihm eine Axt in den Schädel zu rammen.

Das Motiv war ihr ein Rätsel gewesen, bis Carina ihr am Abend zuvor von der Hochzeitsanzeige erzählt hatte, die sie im Archiv der Lokalzeitung gefunden hatte. Im Dezember 1951 hatte Gerda Larsson, Oberschwester in Ramsnoret, den Bauern Harald Ersgård geheiratet, und Ulf war offenbar ihr Sohn. Carina hatte entschuldigend erklärt, dass sie kein unnötiges Misstrauen gegenüber Astrids neuem Kavalier hatte wecken wollen, »ich dachte, du hattest einen Kerl nötig, und er schien doch harmlos zu sein«.

»Deine Mutter muss Olof Krämer sehr nahegestanden haben«, sagte Astrid nun zu Ulf.

Es würde kaum Sinn machen, vorzugeben, nicht zu verstehen, dachte sie. Ulf hatte sich schon entschieden – er hatte Camilla und Mattias getötet, und er würde nicht zögern, auch sie zu ermorden. Es war besser, auf Zeit zu spielen und Klarheit zu gewinnen, indem sie ihn zum Reden brachte.

»Aha, das hast du dir ausgerechnet, ich bin beeindruckt«, höhnte er. »Ja, sie verehrte ihn und er hielt sie für nützlich, eine Schwester der alten Schule. Es hieß ›Dr. Krämer‹ und ›Schwester Gerda‹ bis zuletzt, bis sie in diesem Jahr starb.«

»Und sie wusste natürlich alles über die misslungenen Impfreihen«, bemerkte Astrid.

Seine Augen wurden schmal.

»Wenn du schon so viel weißt, Astrid, warum bist du dann jetzt mit mir hier? Bist du wirklich so dumm?«

»Du wolltest mich doch zu Pasta alla Puttanesca einladen und ein paar exklusive Fotos und Zitate von mir haben. Ich dachte, das wäre ernst gemeint. Aber du hast gar keinen Platten, oder? Du hattest das hier von Anfang an geplant, oder?«

Sein Lächeln war unangenehm, aber ihr auch irgendwie vertraut. So ein Lächeln hatte sie zuletzt bei einem Befehlshaber einer Miliz an einer Straßenblockade in Bosnien gesehen, ein Lächeln, das von Macht und Gewalt und der Einbildung zeugte, Herr über Leben und Tod zu sein.

»Wenn hier jemand dumm ist, dann du«, gab sie zurück. »Du glaubst doch wohl nicht, dass ich das für mich behalten habe? Carina Svahn weiß alles, sie weiß auch, dass ich dich treffen wollte, und das wird sie der Polizei erzählen. Wenn ich nicht wiederkomme, werden sie wissen, wo sie suchen müssen.«

»Aber du wirst mich ja gar nicht treffen, nicht wahr? Ich fahre zu dir und wundere mich, dass du nicht kommst. Das ist ja das Geniale an meiner kleinen Reifenpanne. Ich warte auf dem Sammilshof auf dich und mache mir große Sorgen, weshalb ich die Polizei informiere. Und wer wird schon deiner feinen Freundin glauben, die stiehlt und Drogen vertickt, hm? Die Idee ist genial.«

»Ich glaube, du überschätzt dich selbst«, sagte sie trocken und bemerkte, wie sich seine Augen vor Zorn und gekränktem Selbstwertgefühl verfinsterten.

Das hätte ihr von Anfang an zu denken geben müssen, diese explosive Mischung gefährlicher Wesenszüge – sein trügerischer Charme, das übersteigerte Selbstbild, das er von sich hatte, seine Unfähigkeit, sich Regeln zu unterwerfen und sich Abläufen anzupassen, die er nicht selbst vorgab. Deshalb war er auch bei einer kleinen Provinzzeitung geblieben, obwohl er durchaus ein guter Fotograf war, wenn auch nicht so unübertroffen, wie er selbst dachte. Sie war solchen Männern schon früher begegnet, Männer, die leicht reizbar waren und zu Gewalt neigten, die impulsiv handelten und das Risiko und die Gefahr liebten – aber das war zu Krisenzeiten in Kriegsgebieten gewesen. Wenn so ein Typ als braunäugiger, lächelnder Provinzfotograf aus Dalarna in Erscheinung trat, konnte man ihn leicht übersehen.

»Aber wir haben jetzt keine Zeit mehr, hier zu stehen und zu plaudern«, sagte er und stupste den Gewehrlauf spielerisch gegen ihren Hals, »wir machen jetzt einen kleinen Spaziergang.«

»Und wohin?«, fragte sie, während ihr Gehirn unter Hochdruck arbeitete. Ich muss ihn dazu bewegen, mir alles zu erzählen, dachte sie, er gibt doch so gern damit an, wie schlau er ist. Es ist bestimmt nicht schön für ihn, allein mit seinem Wissen zu leben, und mir kann er alles risikolos anvertrauen, weil er nicht damit rechnet, dass ich lebend davonkomme.

»Na, zur Grube, natürlich, eine Kulturwanderung zwischen alten Grubenschächten«, sagte er heiter. »Das dürfte dich doch interessieren, du hast doch deine Wurzeln hier? Ich habe diese Gruben erforscht, Astrid, bin sogar in manchen von ihnen tauchen gewesen, sie sind tief, sehr tief.«

Sie war selbst schon einmal hier gewesen und hatte die tiefen, mit Wasser vollgelaufenen Schächte gesehen, die notdürftig durch einem Drahtzaun gesichert waren, und wusste, dass ihr Körper in einem von ihnen verschwinden würde, sah es so deutlich vor sich, dass sie beinahe das kalte, eisenhaltige Wasser in ihrem Gesicht spüren konnte und den Atem anhielt, damit es nicht in ihre Lungen drang.

Dro-pout, dachte sie und versuchte, die aufkeimende Panik mit Galgenhumor zu bezwingen, Olof Krämer wollte Calmed-BelabSteiners Probleme durch Drop-outs lösen, und so wird auch das Problem Astrid Sammils gelöst. Ein *drop*, und weg bin ich, ein weiterer Drop-out.

»So, jetzt aber ein bisschen dalli!«, befahl Ulf ihr. »Du gehst voran, und falls du irgendwelche Dummheiten machst, hast du die Konsequenzen zu tragen. Du möchtest doch sicher nicht aus nächster Nähe von einer Gewehrsalve getroffen werden, oder?«

»Ist dir noch gar nicht der Gedanke gekommen, dass die Leute sich über einen Schuss wundern würden? In nicht allzu weitem Umkreis von hier liegen Höfe.«

»Ja, aber zurzeit ist Hirschjagd, daran hast du nicht gedacht, oder?«, sagte er triumphierend. »Deshalb habe ich auch eine Schrotflinte dabei. Falls jemand einen Schuss hört, wird er annehmen, dass ein Jäger Wild aufgebracht hat. So, jetzt aber los, marsch, marsch, auf zu den Gruben!«

Astrid blieb stehen, weigerte sich, weiterzugehen. Er konnte sie schließlich nicht gleich hier, auf dem Rastplatz und so dicht neben dem Weg erschießen.

Andererseits war er ein Hasardeur mit absurdem Vertrauen in sein Glück und hatte Camilla mitten auf dem Forstweg getötet, als jeden Augenblick jemand hätte vorbeikommen können.

»Tempo, hast du nicht gehört, was ich gesagt habe?«, wiederholte er ungeduldig.

Seine Augen hatten sich erneut verdunkelt, und sie sah Wut in den samtbraunen Tiefen aufflackern, Wut darüber, dass sie nicht gehorchte, dieselbe Wut, die er nur mühsam hatte unterdrücken können, als sie zu ihrer ersten Verabredung zu spät gekommen war.

Ein reizbarer Mann mit einer ungesicherten Waffe war zu allem in der Lage. Sie beschloss, lieber mitzuspielen, drehte sich um und ging langsam zu dem Wanderweg, der zur Grube führte.

»Hände hoch!«, befahl er, jetzt wieder gut gelaunt, als sie ihm gehorchte. »Danke übrigens, dass du meinem guten Rat gefolgt bist und dein Handy abgeschaltet hast. Ich habe dich unmittelbar vor deiner Ankunft angerufen und es ging nur deine Mobilbox ran. Jetzt bleibt es dir erspart, dich mit den aufdringlichen Schnüfflern von der Abendpresse auseinanderzusetzen!«

Sie drehte den Kopf, warf ihm über die Schulter einen Blick zu.

»Ein paar Fragen könntest du mir aber doch beantworten und meine Neugier stillen, bevor wir die Schächte erreichen, oder?«

»Aber natürlich, wir spielen Frage-und-Antwort, frag nur.«

»Wie ist Mikael eigentlich gestorben? Ich weiß, dass er dir und deinem Vater über den Weg gelaufen sein muss, als ihr dabei wart, die Leichname der Kinder zu exhumieren, die an den Polioexperimenten gestorben waren, aber es war doch nicht nötig, ihn deshalb umzubringen?«

»Ob du es glaubst oder nicht, es war ein Unfall«, erwiderte Ulf. »Meine Mutter wollte unbedingt, dass wir die Särge wegbrachten, bevor diese Hippiegang dorthin ziehen würde. Im Regionalteil wurde über sie berichtet, und die Hippies hatten lang und breit erzählt, dass sie den Boden urbar machen und überall Obst und Gemüse anbauen wollten. Da bekam sie Angst, dass sie dabei zufällig die Leichen von 1951 ausgraben und so den Poliovirus freisetzen könnten, den ihr hochverehrter Dr. Krämer in Ramsnoret zusammengerührt hatte. Ich habe keine Ahnung, aber vielleicht hätte man den Leichen auch ansehen können, dass Kinderlähmung die Todesursache gewesen war.«

»Hatte deine Mutter darüber mit Olof Krämer gesprochen?«, fragte Astrid.

»Ich weiß es nicht, aber eine gute Krankenschwester kann dem Doktor doch sicher von den Augen ablesen, was er wünscht, oder? Vielleicht hat sie's getan, vielleicht auch nicht. Mein Vater und ich waren jedenfalls mit dem Bagger dort, rissen die Mauer ein und hoben die Särge aus, und just in dem Moment, als wir die ersten verluden, kam dieser verfluchte Dackel angelaufen und scharwenzelte umher, und kurz darauf tauchte der Junge auf und fragte, ob wir seinen Hund gesehen hätten. Dann guckte er zufällig in ein Grab, wurde ganz blass und wollte davonlaufen. Er stolperte und schlug so unglücklich mit dem Kopf gegen die Baggerschaufel, dass er auf der Stelle tot war. Dumm gelaufen. Da blieb uns nichts anderes übrig, als seine Leiche ebenfalls an den Ort zu bringen, an dem wir die Särge neu vergraben wollten. Und dann mussten wir noch mal zurück, um die alten Gräber zuzuschütten und dort Fichten zu pflanzen. Das war ein harter Arbeitstag, das kann ich dir sagen! Und noch dazu fiel uns ein, dass er ja eine Mütze aufgehabt hatte, als wir ihn das erste Mal gesehen hatten, und die war nicht mit im Grab. Als wir ein weiteres Mal nach Ramsnoret zurückfuhren, um nach ihr zu suchen, war sie nicht mehr da.

Der Waldweg war mit Fichtennadeln übersät, von Baumwurzeln überwuchert und von Blaubeersträuchern gesäumt. Es war ein gutes Jahr für die Blaubeerernte gewesen, aber jetzt waren die meisten abgepflückt. Regen hing in der Luft, alles war feucht vom Dunst, der auf den gelben Birkenblättern zu Tropfen kondensierte.«

»Danke für diese ausführliche Antwort«, sagte Astrid mit Moderatorenstimme, »und jetzt Frage Nummer zwei: Als du Camilla Granberg überfuhrst, wusstest du da, dass sie es war? Du warst oben im Wald und hast mich observiert, als sie mit mir zum Haus kam, ich weiß noch, dass ich dieses Gefühl hatte, beobachtet zu werden, aber hast du sie für mich gehalten?«

Er lachte fast ein bisschen verlegen auf.

»Na ja, da hab ich rein aus dem Affekt heraus gehandelt. Sie kam angeradelt, als ich dort mit dem Auto entlangfuhr. Aber ich habe gedacht, dass du es wärst. Der alte Krämer und seine Helfershelfer hatten ja eine Scheißangst, dass du den Brief finden würdest, den dein Onkel versehentlich erhalten hatte, und dir aufgehen würde, worum es dabei ging. Ich dagegen war beunruhigt, was du mit Mikael Granbergs Schwester zu schaffen hattest, und fragte mich, ob du jetzt etwa auch in der Geschichte zu graben anfangen würdest. Als du auf dem Fahrrad ankamst, wollte ich durch einen kleinen Unfall zwei Fliegen mit einer Klappe schlagen. Aber dann sah ich, dass ich mich in der Person geirrt hatte, und dann starb sie noch nicht mal sofort, es wurde also eine etwas unangenehme Angelegenheit. Aber der Unfall gab mir einen Grund, Kontakt zu dir aufzunehmen und dich so besser im Auge zu behalten. Ich habe das durchaus genossen, das sollst du wissen. Es ist wirklich ein Jammer, dass du weiterhin so neugierig warst.«

»Frage drei: Mattias Granberg, wie war das?«

Es kostete sie Kraft, diesen leichten, ungerührten Tonfall beizubehalten. Aber es schien ihn zum Reden zu animieren.

»Leicht. Ich habe bei der Redaktionskonferenz gehört, dass der Blödmann einen Film über seinen Bruder plante und im Besitz der Ermittlungsakte war, und mit dir, die nur darauf wartete, loszuschnüffeln, war das einfach zu viel. Also schaute ich bei ihm vorbei und sagte, dass ich von der Lokalzeitung käme und ein paar Fotos von der Umgebung machen wollte, in der Mikael gelebt hätte, und er biss sofort an. Er saß gerade vor dem Computer, dieser schnuckelige TV-Produzent aus Stockholm. Wir gingen also zum Holzschuppen. Ich hatte nicht geplant, ihn umzubringen oder so, aber da sagte er plötzlich, ›Ulf Ersgård? Warst du nicht gerade mit deinem Vater im Wald und hast Baumstümpfe gerodet, als Micke verschwand? Das ist ja perfekt, ich wollte mich bei allen melden, die in der Ermittlungsakte erwähnt werden, und sie interviewen.‹ Da wusste ich einfach, dass ich ihn aufhalten musste.«

»Du hast einen sehr aufgekratzten Eindruck gemacht, als du danach bei mir warst«, sagte Astrid. Sie erinnerte sich daran, wie fordernd er sie geküsst hatte, erinnerte sich nun mit einem Gefühl des Ekels daran, das ihr Brechreiz verursachte.

»Ja, das verleiht einem so ein Gefühl …«, sagte er nachdenklich, »man wird beinahe high, fühlt sich irgendwie unbesiegbar.«

»Hattest du da bereits entschieden, dass du mich auch … aufhalten musstest?«, fragte sie. Sie merkte, dass er das Wort »töten« vermied, dass er nicht einmal sich selbst gegenüber eingestehen konnte, was er getan hatte, dass er sich nicht als Mörder sehen wollte.

»Nicht direkt, aber ich habe auf Mattias Granbergs Laptop gesehen, dass er dir die Ermittlungsakte gemailt hatte, und das war nicht gut, ich wollte nicht, dass du sie liest. Dann zogst du für Frode eine Show ab, als wir bei Belab waren, und mir wurde klar, dass du etwas im Schilde führen musstest. Ich fuhr zu dir nach Hause, nachdem ich meinen Auftrag erledigt hatte, aber du warst nicht da, obwohl dein Wagen auf dem Hof stand. Ich habe mein Auto oben im Wald abgestellt und gewartet, bis du wiederkamst, und siehe da, du kamst in Hamid Demirovics Reinigungsfahrzeug angefahren. Was hattest du nur getan? Was sollte ich denn da denken? Du hast mir keine andere Wahl gelassen!«

Der Weg stieg an, das war nicht gut. Das hieß, dass sie sich dem ersten Schacht näherten. Sie wusste noch, wie er seinen schwarzen Rachen hoch oben auf einer Anhöhe öffnete, ein tiefer, geheimnisvoller Schacht, der sich durch rotgeädertes Erzgestein fraß. Wenn sie etwas unternehmen wollte, musste sie es tun, bevor sie dort waren.

So rational wie es ging wog sie die Möglichkeiten ab, die ihr blieben. Bislang hatte er nicht gezögert, seine Opfer in aller Öffentlichkeit zurückzulassen, aber mit ihr verhielt es sich anders. Er konnte sie nicht mit seiner eigenen Waffe erschießen und im Wald liegen lassen. Die Waffe konnte zurückverfolgt werden, und da viele wussten, dass er engen Kontakt zu ihr gehabt hatte, würde sich die Polizei unweigerlich für ihn interessieren. Sie spurlos verschwinden zu lassen, sie in den Schacht stürzen zu lassen, war wichtig für ihn.

Aber sie hier schon zu erschießen und ihren Leichnam bis zur Grube hochzutragen, würde anstrengend sein und eine blutige Angelegenheit. Sie war nicht gerade ein zartes Wesen, das er einfach so tragen konnte. Viel zu viel Muskelarbeit für dich, dachte sie hämisch. Er würde davor zurückscheuen, sie zu töten, bevor sie oben waren.

Hoffte sie.

Das Gelände änderte seinen Charakter, der Weg führte immer steiler aufwärts. Die Erdschicht wurde dünner, das Taubgestein sichtbar, die Bäume wuchsen spärlicher und ihre knorrigen Wurzeln traten stärker hervor.

Eine Fichtenwurzel ragte über den Weg. Astrid stieß sich den Fuß daran, schrie auf, brach auf dem Boden zusammen und fasste sich an ihr linkes Fußgelenk.

»Was machst du da?«, fragte er misstrauisch, ging ein paar Schritte rückwärts und blieb ein paar Meter entfernt von ihr stehen. Er richtete das Gewehr auf sie und sie starrte in die beiden Gewehrläufe, die direkt auf ihren Kopf gerichtet waren, schwarz, unbeweglich, bedrohlich.

»Ich bin gestolpert, ich glaube, ich habe mir den Knöchel verstaucht«, stöhnte sie.

»Steh auf«, herrschte er sie grob an und schwenkte das Gewehr.

Sie stützte sich an der Fichte ab und rappelte sich langsam auf, ließ den Baum los und sank erneut mit einem Schrei und schmerzverzogener Miene zusammen, als sie das volle Gewicht auf dem linken Bein spürte.

»Es geht nicht, ich kann mit dem linken Fuß nicht auftreten, es geht einfach nicht«, jammerte sie. »Er könnte gebrochen sein.«

Sein Blick flackerte, er wusste nicht, ob sie log, und ärgerte sich darüber, dass er das Gefühl hatte, die Kontrolle über die Situation zu verlieren.

»Stell dich nicht so an, du kannst hinken oder kriechen, aber da hoch musst du«, blaffte er.

»Vielleicht könnte ich mir einen Ast abbrechen und mich darauf stützen, wie auf einen Krückstock«, sagte sie mit schwacher, untergeben klingender Stimme.

In seinen Augen blitzte Triumph auf, er glaubte, sie durchschaut zu haben.

»Damit du eine Waffe zur Hand hast, oder wie? Oh nein, Astrid, darauf falle ich nicht herein! Ich wüsste nicht, was ein Stock dir bringen würde, wir brechen hier keine Äste ab.«

»So meinte ich das doch gar nicht, ich überlege doch nur, wie ich meinen Fuß entlasten könnte«, sagte sie mit derselben unterwürfigen Stimme, jetzt völlig in der Rolle des resignierten Opfers aufgegangen, das sich fügsam zur Schlachtbank führen ließ.

»Ich glaube keinen Moment, dass du dir den Fuß verstaucht hast. Versuch's noch einmal, hoch mit dir!«

Sie saß immer noch heftig atmend auf dem Weg. Ihre Sinne waren auf das Höchste geschärft. Sie spürte die feuchte Luft auf der Haut und atmete die Waldgerüche ein, die Gerüche nach Nadeln und Moos und feuchtem Herbstlaub. Nahm das Gewimmel in einem Ameisenhaufen neben dem Weg wahr – alles trat mit blendender Schärfe detailliert hervor. Sie sah den Wald mit weit geöffneten Augen, wie vor so vielen Jahren, als sie noch ein kleines Mädchen mit roten Gummistiefeln und Spankorb gewesen war. Das hier war der Ort ihrer Kindheit, und wenn sie sterben musste, dann konnte es ebenso gut hier sein.

Sie sah Ulf Ersgård an, der unter ihr auf dem Weg stand. Mit seinem todbringenden schwarzen Gewehr und den braunen Augen, die jetzt jeden Rest ihres lächelnden Charmes verloren hatten und ebenso ausdruckslos wirkten wie die Mündungen der Gewehrläufe, hatte er, dieser Widerling, in ihrem Herbstwald nichts verloren.

»Ich versuche es noch einmal«, sagte sie mit matter, unterwürfiger Stimme und erhob sich mühsam. Sie stützte sich auf dem linken Fuß ab und machte einen wackligen Schritt vorwärts, während sie vor Schmerz das Gesicht verzog.

Dann duckte sie sich und warf sich schnell und überraschend mit ihrem ganzen Gewicht nach vorn. Sie stieß mit dem Kopf gegen seinen Brustkorb, spürte, wie er schwankte und am Hang das Gleichgewicht verlor und mit ihr zusammen rückwärts fiel, wie bei einer absurden Parodie einer Liebesszene. Dass sie oben lag, verlieh ihr Überlegenheit, aber sie wusste, so würde es nicht lange bleiben, er war stärker als sie und seine Wut gab ihm noch mehr Kraft. Sie sah ihn nach der Waffe tasten, die er beim Fallen reflexartig losgelassen hatte, und wusste, dass sie nicht zulassen durfte, dass er an sie herankam. Anders als er konnte sie sehen, wo sie lag, aber sie wusste nicht, wie man mit einer Schrotflinte umging, und wenn sie danach griff, könnte er sie ihr nur allzu leicht entreißen. Sie war in ihrem Leben noch nie einem anderen Menschen gegenüber gewalttätig geworden. Jetzt aber ballte sie ihre rechte Hand zur Faust und versuchte mit aller Kraft, zuzuschlagen. Sie traf seine Nase, sodass Blut aufspritzte, und schleuderte gleichzeitig mit der linken Hand das Gewehr beiseite. Sie hatte nicht weit geworfen, aber es reichte, damit er nicht herankam, solange er noch mit ihr dalag.

Er stieß eine Reihe von Flüchen aus, seine Augen brannten vor Hass. Sie versetzte ihm einen Faustschlag gegen die Stirn, aber er war nicht hart genug, eine intuitive Hemmung hinderte sie daran, so fest zuzuschlagen, wie sie es hätte tun müssen. Sie war ganz klebrig vor Schweiß und ihr Herz jagte, harte Pulsschläge dröhnten wie ein Hammerwerk in ihren Ohren, und sie merkte, dass sie nicht mehr viel Kraft übrig hatte.

Da hörte sie über ihrem Kopf eine Stimme, noch während sie mit dem Mann, der Camilla und Mattias ermordet hatte, um ihr

Leben kämpfte. Durch den roten Schleier in ihren Augen und das Dröhnen in ihren Ohren schnappte sie entfernt die Worte »Polizei«, »Ulf Ersgård« und »verhaftet« auf.

Sie blickte auf und sah Lena Markovic mit gezogener Dienstwaffe und schussicherer Weste dastehen, dahinter uniformierte Polizisten, und als sie merkte, dass einer von ihnen die Schrotflinte aufsammelte, atmete sie auf und wusste, dass es jetzt endlich vorbei war.

»Hier ist alles drauf«, sagte Astrid, als sie eine halbe Stunde später mit Lena Markovic und Carina auf dem Rastplatz stand. Carina hatte dort gewartet, eine Zigarette nach der anderen rauchend. Astrid spielte ihnen die Aufnahme vor, die sie mit ihrem Handy gemacht hatte, und sie hörten Ulf Ersgårds zunächst noch warme, schmeichelnde Stimme: »Danke, du bist mein rettender Engel …«

Die Tonqualität war erstaunlich gut, wenn man bedachte, dass sie das Telefon in der Hosentasche gehabt hatte.

»Alles«, wiederholte sie. »Er erzählt, was mit Mikael Granberg geschehen ist, und gibt die Morde an Mikaels Geschwistern, Camilla und Mattias, sowie den Brandanschlag auf mich zu.«

Schon in der Nacht waren Carina und sie darauf gekommen, dass Ulf Ersgård der Hauptverdächtige war. Aber die Beweise, die sie hatten, waren dürftig – sie gründeten sich nur auf Indizien, Intuition und Wahrscheinlichkeiten. Sie rechneten damit, dass er nach dem gescheiterten Brandanschlag erneut versuchen würde, Astrid aus dem Weg zu räumen, und beschlossen, dass sie nach außen hin arglos einwilligen sollte, falls er sich meldete und sie treffen wollte. Bei dieser Gelegenheit wollte sie ihn dann zum Reden bringen und alles diskret mit dem Handy mitschneiden.

Lena Markovic schüttelte den Kopf und ihre Miene verriet, dass sie kaum ihren Ohren traute und ganz und gar nicht beeindruckt war.

»Was für ein brillanter Plan, woher haben Sie das denn?«, schnaubte sie. »Aus *Kalle Blomquist lebt gefährlich* vielleicht?«

»Du meine Güte, lesen Sie etwa Bücher, Markovic? Das hätte ich nicht gedacht«, bemerkte Carina unschuldig. »Und Astrid Lindgren, ist das nicht ein bisschen zu hoch für Sie?«

Astrid warf Carina einen vernichtenden Blick zu. Aus Lena Markovic und Carina Svahn würden sicherlich nie Busenfreundinnen werden, aber sie selbst ließ Milde walten. Immerhin hatte Lena Markovic ihr gerade das Leben gerettet.

Carina grinste, ganz und gar nicht reuevoll, und Astrid erzählte weiter, wie sich ihr Verdacht gegen Ulf Ersgård erhärtet hatte, als er anrief, um sich mit ihr zu verabreden und ihr zuvorkommend riet, das Handy auszuschalten, wodurch es zugleich unmöglich wurde, sie zu orten. Astrid hatte angenommen, dass er seinen nächsten Mordversuch beim Mittagessen unternehmen wollte, ungestört in seiner Wohnung. Aber sie hatte dennoch noch genügend Geistesgegenwart besessen, den Flugmodus zu beenden und die Aufnahmefunktion ihres Handys zu aktivieren, bevor sie auf dem Rastplatz aus dem Auto gestiegen war.

Carina hatte schon auf dem Spaziergang zur Polizeiwache daran gezweifelt, dass Ulf das Risiko eingehen würde, Astrid in seiner eigenen Wohnung zu töten.

»Wie jeder andere auch guckt er bestimmt CSI, und dann weiß er, dass du überall Spuren hinterlassen hättest, wenn er dich in seinem Wohnzimmer aufgeknüpft hätte«, waren ihre Worte gewesen. »Er hat Camilla und Mattias an Orten ermordet, die nicht mit ihm in Verbindung gebracht werden konnten, an denen er sozusagen zufällig vorbeigekommen war, weshalb ich dachte, dass er sich auch für dich so eine Stelle überlegen würde. Und dass er zur Tat schreiten würde, bevor ihr euch in Granåkers Hästberg treffen würdet, war mir auch klar, denn wenn man euch gemeinsam dort gesehen hätte, hätte bald jedes Klatschweib im Dorf davon gewusst, und da würde er genauso in der Patsche sitzen, wie wenn dir etwas zustoßen würde. Ich habe Lena also unsere Theorie dargelegt und ihr gesagt, dass es eilte, und sie hat die Einsatzkräfte – oder was immer das für eine Truppe war – zusammengetrommelt und angefangen, dein Handy zu orten.«

»Was sagen Sie, Markovic, krieg ich jetzt 'ne Medaille?«, sagte Carina mit einem weiteren Grinsen zur Kriminalinspektorin.

Lena Markovic sah sie an wie eine Kakerlake in ihren Frühstücksflocken.

»Erst wenn die Hölle zufriert, Carina«, erwiderte sie und bleckte die Zähne. »Aber wir können uns ja mal beim Einzelhandelsverband umhören, vielleicht starten sie ja eine Sammelaktion für dich, die Läden, die ihr Geschäft nach deinen Klauereien noch betreiben.«

Carina, immer noch lächelnd, zündete sich eine Zigarette an. Lena Markovic wandte sich demonstrativ an Astrid.

»Tatsächlich hatten wir simplen Dorfpolizisten Ersgård schon verdächtigt«, sagte sie spitz. »Wir haben alle überprüft, die bei der Redaktionssitzung anwesend waren, auf der über Mattias Granberg und sein Filmvorhaben gesprochen wurde, und haben überprüft, was die Anwesenden den restlichen Tag über gemacht haben, und Ulf Ersgårds Bewegungsmuster ließ ihn als höchst interessant erscheinen. Besonders nachdem sich herausstellte, dass die Lackfragmente des Unfallwagens, die wir an Camilla Granbergs Fahrrad sichergestellt hatten, exakt mit dem Lack seines Dienstwagens übereinstimmten. Wir hatten genug Beweise, um ihn verhaften zu lassen, aber Ihr Mitschnitt wird natürlich auch von gewissem Nutzen sein.«

Sie streckte die Hand nach Astrids Handy aus. Astrid steckte es schnell in die Tasche.

»Nein, das behalte ich, ich brauche es noch. Das Telefon selbst benötigen Sie ja nicht, Ulf Ersgård hat es nicht berührt, Sie brauchen ja nur die Aufnahme. Die können Sie sich überspielen, wenn ich nach dem Mittagessen aufs Revier komme. Oder ich kann sie ihnen mailen.«

Lena Markovic zuckte die Schultern, gab Astrid ihre Mailadresse und ging zu dem Streifenwagen, der auf sie gewartet hatte.

»So, jetzt sind wir sie los, die nervige Markovic«, sagte Carina, als der Wagen vom Parkplatz fuhr. »Und was nun?«

»Wir fahren nach Granåkers Hästberg, wo wir schon einmal in der Nähe sind«, sagte Astrid. »Ich will nach meinem Haus sehen, schauen, wie es bei Tageslicht aussieht, nachsehen, ob der Glaser schon da war.«

Carina sah sie aus dem Augenwinkel an, als sie ins Auto stieg.

»Bist du sicher, dass du keinen Arzt brauchst? Du siehst ziemlich blass aus. Dein Freund hat immerhin versucht, dich in einen Schacht zu stoßen, das würde sogar mich das Fürchten lehren.«

»Erstens war er glücklicherweise nicht ›mein Freund‹«, erwiderte Astrid und fuhr vom Rastplatz, »zweitens bin ich keine zarte Blume, die zu Riechsalz greifen muss, wenn jemand eine geladene Waffe auf sie richtet, das ist mir tatsächlich nicht das erste Mal passiert. Und drittens ... ach, ich möchte einfach nur noch nach Hause.«

Sie unternahm keine Anstalten, die Gefühle zu analysieren, die sie dazu trieben, jetzt schon zum Sammilshof zu fahren, obwohl es starke Gefühle waren. Sie fühlte sich schlechter, als sie Carina gegenüber zugeben wollte, und schämte sich mehr, als sie gegenüber sich selbst eingestehen wollte, dass sie Ulf Ersgård tatsächlich einmal attraktiv gefunden hatte. Wie hatte sie so blind sein können? Ein Glück, dass sie nie mit ihm geschlafen hatte.

»Darf ich mir das Geständnis anhören, das du aufgezeichnet hast?«, fragte Carina.

Astrid reichte ihr das Handy. Den Rest der Fahrt lauschten sie schweigend der Tonwiedergabe, beginnend mit dem Moment, als Ulf Astrid dabei ertappte, wie sie die Fotos auf seiner Kamera ansah, bis hin zur letzten Konfrontation.

»Er ist eiskalt, solange er das Gefühl hat, Herr der Lage zu sein«, bemerkte Carina nachdenklich, »aber sobald es nicht so läuft, wie er es sich vorgestellt hat, kriegt er einen Nervenzusammenbruch. Ich hätte früher erkennen müssen, was für einer er ist.«

»Wir beide«, sagte Astrid und fuhr die Anhöhe hoch. Sie waren in Granåkers Hästberg.

Eine kleine Schar Neugieriger, Freizeitrentner aus dem Dorf, sah sich den Sammilshof an, den die Polizei mit Absperrband gesichert hatte. Hildur war aus Stockholm zurückgekommen und sorgte resolut dafür, dass niemand darüberkletterte. Astrid stellte den Wagen am Straßenrand ab und wechselte ein paar Worte mit den Leuten, die sie kannte, bevor sie mit Carina über die Absperrung stieg.

Die eingeworfene Fensterscheibe war gegen eine neue ausgetauscht worden und das Fenster zu. Astrid schloss die Haustür auf und sie gingen ins Haus. Trotz des stechenden Brandgeruchs, der immer noch im Erdgeschoss hing, wurde sie sofort ruhiger, als sich die Wände des Sammilshofs um sie schlossen. Das Haus wirkte auf sie wie eine tröstende Umarmung, die sie umschloss, als würde das hundertsechzig Jahre alte Holzgebälk sie stützen, wenn sie es brauchte.

Sie guckte in die Küche. Bei Tageslicht sah sie mit den schwarzen Flammenspuren an der Decke und dem klebrigen Film aus Rauch und Ruß, der alles überzog, noch schlimmer aus als beim letzten Mal. Aber es ließ sich etwas dagegen tun. Vielleicht sollte sie die Küche gründlich renovieren lassen – die hässlichen Schränke aus den 70er Jahren rausnehmen und neue, maßangefertigte von einem örtlichen Schreiner einbauen lassen. Eine hölzerne Wandvertäfelung anbringen lassen und sich einen neuen Herd mit niedrigem Energieverbrauch anschaffen, schwarz, damit er zum Holzofen passte. Und sie könnte wieder die alten Spiegeltüren einhängen, die in den 70er Jahren rausgenommen worden waren. Sie war sich ziemlich sicher, dass sie noch in einem der Nebengebäude lagerten.

Sie stellte sich vor, wie sie dort sanft lächelnd in einem geblümten Kleid stand, während ein Blech Hefebrötchen im Ofen einen Geruch von Zimt und Vanille verströmte. Sie schüttelte sich. Nein, bloß nicht.

»Also, hier möchte ich nicht putzen müssen«, sagte Carina und sah sich in der Küche um. »Gut, jetzt weißt du, wie es hier aussieht. Nun fahren wir zurück ins Hotel, oder? Ich bin hundemüde, ich habe heute Nacht viel zu wenig Schlaf bekommen. Und du kannst ein Bad im Whirlpool nehmen, das erfrischt, das tut dir bestimmt gut.«

»Wir fahren zurück zum Hotel, aber das Bad muss warten«, sagte Astrid. »Zuerst muss ich zur Polizei, zur Versicherung und zu der Sanierungsfirma. Danach hätte ich allerdings nichts gegen ein Bad im Whirlpool einzuwenden.«

Doch aus dem Bad wurde nichts. Als Astrid froh und zufrieden ins Hotel zurückkehrte, nachdem die Firma ihr zugesagt hatte, mit der Küche anzufangen, sobald die Versicherung ihr Okay gegeben hatte, klingelte ihr Handy. Das Gespräch kam aus dem Ausland. Sie kannte die Vorwahl, 40 für Rumänien, aber die Telefonnummer sagte ihr nichts.

»Spreche ich mit Astrid Sammils?«, fragte eine kühle Frauenstimme auf Rumänisch. »Ich bin Dozentin Luciana Nastase, CEO von Göttingen Medical Consulting in Rumänien. Wir sind uns nie begegnet, aber wir haben gemeinsame Bekannte, und einer von ihnen teilte mir kürzlich etwas mit, dass mich annehmen lässt, dass Sie vielleicht nützliche Informationen für mich haben …«

Astrid hörte zu, während Luciana Nastase erklärte, weshalb sie sich an sie wandte. Und nachdem die Rumänin ihren Bericht beendet hatte und Astrid ihn mit allen Informationen in Zusammenhang gebracht hatte, die sie aus dem brisanten Brief an Lars hatte, formte sich endlich ein klares Bild vor ihren Augen – es war eine schaurige Geschichte, die da zutage trat, eine Geschichte, in der es um viel Geld und den rücksichtslosen Umgang mit Menschenleben ging, eine Geschichte, die dieselbe Rücksichtslosigkeit erkennen ließ, die auch hinter den vertuschten Todesfällen in Ramsnoret gesteckt hatte.

Ohne die Jacke auszuziehen, ging sie zum Couchtisch und schaltete den Laptop ein.

»He, willst du jetzt nicht mal einen Gang runterschalten? Ein Bad nehmen, entspannen?«, fragte Carina, die auf dem Sofa lag und fernsah.

»Keine Zeit. Ich muss Flugtickets buchen und dann packen«, erwiderte Astrid. »Ich nehme den ersten Flug nach Rumänien.«

KAPITEL 18

Bukarest

Samstag, 25. September 2010

Gabriela hatte in dieser Nacht eigentlich nicht schlafen wollen, sie wollte für Alexandru und Maria wachen. Doch trotz der vielen Tassen starken Kaffees, die sie getrunken hatte, begannen ihre Lider in den frühen Morgenstunden zu flattern.

»Geh ins Bett, gönn dir ein paar Stunden Schlaf. Du brauchst für morgen all deine Kräfte«, sagte Mihai.

Schließlich hatte sie sich doch auf das Bett unter eine Wolldecke gelegt, vollständig angezogen, mit Anakin Skywalker neben sich, als sei er ein Talisman, der sicherstellte, dass die Verbindung zu ihrem Sohn nicht unterbrochen wurde.

Sie wurde davon wach, dass Mihai ins Zimmer kam. Sie sah auf die Uhr. Es war halb sieben und der Himmel vor dem Schlafzimmerfenster färbte sich rosa.

Sie wünschte, sie wäre nicht eingeschlafen. Aufzuwachen war eine Qual, denn mit dem Aufwachen kam ein Moment purer Ahnungslosigkeit, für den Bruchteil einer Sekunde war es so, als wäre es ein ganz gewöhnlicher Morgen. Doch dann überfiel sie die Erinnerung und die Erkenntnis, die schwer wie Blei wog – ihre Mutter war tot und ihr Sohn entführt. Sie fragte sich, wie viel Zeit vergehen würde, bis sie sich daran gewöhnt haben würde, wie lange Marias Tod sie mit jedem neuen Erwachen wie ein schmerzhafter Pfeil ins Herz treffen würde.

Aber Alexandru würde heute Abend wieder in seinem eigenen Bett schlafen – das hatte sie entschieden, und daran musste sie glauben, um den Tag zu bewältigen.

»Ein bisschen Kaffee, um wach zu werden, dann frühstücken wir und fahren los«, sagte Mihai und reichte ihr eine Tasse.

Er hatte auf dem Sofa geschlafen. Danach war er offenbar noch schnell in seiner Wohnung gewesen, denn er hatte das Jackett und den ungewohnten Schlips gegen seine übliche Kluft aus Pulli und Lederjacke getauscht.

Er bemerkte ihren Blick, lächelte wie ein Schaf und fuhr sich mit den Fingern durch die Haare, die ihm nun wieder in ungezähmten Locken in die Stirn fielen.

»Jackett und Schlips kommen in Ferentari wohl nicht so gut an. Möchtest du vor dem Essen duschen?«

Gabriela wollte erst Nein sagen, aber dann merkte sie, wie die Bluse, in der sie geschlafen hatte, vor Angstschweiß an ihrer Haut klebte. Sie musste schlecht riechen, und wenn sie Alexandru endlich wieder in ihre Arme schließen würde, durfte sie das nicht.

»Ja, ich dusche kurz.«

Sie duschte zuerst heiß, dann kalt. Der nadelfeine Strahl eiskalten Wassers auf der Haut war sowohl Buße als auch Reinigung vor der heutigen Mission. Sie zog Jeans und ein knallrosa Sweatshirt an, das Alexandru so gern an ihr mochte.

Mihai hatte Joghurt und Tomaten aus dem Kühlschrank geholt. Während er aß, hörte er Radio. Die Nachricht von Alexandrus Entführung war die Hauptnachricht des Tages.

Gabriela hatte gestern Abend Cosmin Nicolae angerufen und er hatte ihr versprochen, sich unter seinen Bekannten nach etwas Auffälligem umzuhören – jungen Männern, die plötzlich mit Geld um sich schmissen, einem kleinen Jungen, der nicht nach Ferentari gehörte.

»Aber machen Sie sich nicht allzu große Hoffnungen. Ich kenne viele Leute, aber Ferentari ist groß und es ist schon dunkel«, hatte er gesagt. »Vor morgen früh werde ich nichts wissen, aber ich suche weiter. Wollen Sie wirklich hierherkommen, Frau Doktor? Ich bin mir nicht sicher, ob das eine gute Idee ist.«

»Gabriela, sag Gabriela zu mir«, hatte sie ihn gebeten. »Doch, mein Sohn ist verschwunden, und nichts kann mich daran hindern.«

Während sie ihren Joghurt aß und eine Tomate kaute, dachte sie hoffnungsvoll, dass die Nachrichten im Radio vielleicht dazu beitrugen, dass Cosmin leichter etwas herausfinden könnte. Abgesehen von den Kidnappern musste doch allen daran gelegen sein, dass Alexandru wieder mit seiner Mutter vereint wurde und dass dies möglichst ohne ein Spezialkommando der Polizei geschah, das Ferentari stürmen und die ganze Gegend auf den Kopf stellen würde?

Kurz vor acht rief sie Cosmin erneut an. Sie schnellte vor Aufregung in die Höhe, als sie hörte, wie enthusiastisch er klang.

»Ja, ich hätte da vielleicht einen Tipp. Er kommt von Bogdan, meinem Schwager, er ist vertrauenswürdig«, sagte er. »Wenn Sie jetzt hierherkommen, Frau Doktor ... ich meine, Gabriela, ... dann gäbe es vielleicht eine Möglichkeit, dass Sie Ihren kleinen Jungen zurückbekommen, ohne das ganze Viertel mit reinzuziehen. Wir können uns in der Straße Tunsu Petre treffen ...«

Er beschrieb ihr den Weg, aber Gabriela bat ihn, mit Mihai zu sprechen, der sich besser in Bukarests Straßen auskannte, und gab den Hörer weiter. Mihai hörte Cosmin zu und stellte ein paar Fragen, dann beendete er das Gespräch.

»Also los, auf nach Ferentari!«, sagte er zu Gabriela.

Astrid wankte auf weichen Beinen aus dem Flugzeug. Sie hatte mit Turkish Airlines einen Nachtflug nach Istanbul ergattern können, und obwohl sie sofort eingeschlafen war, nachdem sie sich auf ihren Platz gesetzt und den Gurt angelegt hatte, machte sich der Schlafmangel wie ein dumpfer Schmerz in den Gliedern bemerkbar.

Erstaunlich war das nicht, wenn man bedachte, dass es erst gut vierundzwanzig Stunden her war, dass der Rauchmelder auf dem Sammilshof sie aus dem Schlaf gerissen hatte. Seitdem war so viel passiert, dass gefühlt eine ganze Woche hätte vergangen sein können.

Sie hatte noch schnell geduscht und zu Abend gegessen, bevor sie nach Arlanda fuhr, aber die Fahrt zum Flughafen war anstrengend gewesen und ihre Gedanken hatten unablässig in ihrem Kopf gekreist.

Jetzt war es fünf Uhr morgens und der Himmel bis auf den silberweißen Mond noch immer pechschwarz. Sie hatte gesehen, wie sich der Mond im Bosporus gespiegelt hatte, als das Flugzeug zum Landeanflug angesetzt hatte, und wehmütig an all die Wochenendreisen gedacht, die sie mit Gabriel nach Istanbul unternommen hatte. Sie hatten sich dort einen kleinen Bekanntenkreis aus Schriftstellern, Journalisten und anderen Akademikern aufgebaut, hatten davon gesprochen, Türkisch zu lernen. Schade, dachte sie jetzt, aber vorbei ist vorbei.

Sie musste sich noch fast drei Stunden die Zeit um die Ohren schlagen, bis das Flugzeug nach Bukarest abflog. Sie kaufte sich einen doppelten Espresso und ein Sandwich mit gegrilltem Gemüse in einem italienischen Café, das wie viele andere auch rund um die Uhr geöffnet hatte, und sank in den bequemsten Sessel, den sie finden konnte. Doch trotz der hohen Koffeindosis fingen ihre Lider wieder an zu flattern und das Kinn sank ihr unaufhaltsam zur Brust. Sie sollte wohl lieber den Wecker ihres Handys stellen, sonst verpasste sie noch den Flieger, dachte sie.

Als der Alarm sie weckte, dachte sie im ersten Moment, dass es erneut der Rauchmelder war, und hätte beinahe den Tisch vor sich umgestoßen, als sie mit jagendem Herzen vom Sessel hochschoss. Ein paar morgenblasse Cafégäste warfen ihr erstaunte, müde Blicke zu, bevor sie sich wieder ihren Zeitungen und ihrem Kaffee zuwandten.

Astrid sah auf die Armbanduhr. Bis zum Gate war es nicht weit, und ihr blieb immer noch viel Zeit. Sie suchte nach den Waschräumen, und als sie sich nach dem Toilettengang die Hände wusch, musterte sie ihr Gesicht im Spiegel. Die Frau darin war mit jedem Zentimeter Diplomatin, die versierte Astrid Sammils in schwarzem Trenchcoat und rotem Kleid, trotzdem sah sie so aus, als hätte sie gerade eine Marathonverhandlung in Brüssel hinter sich, die die ganze Nacht gedauert hatte und bei der Schweden einen schweren Verhandlungsrückschlag hatte verkraften müssen. Sie unternahm einen schnellen Instandsetzungsversuch mit Abdeckcreme und Rouge und putzte sich bei dieser Gelegenheit auch gleich die Zähne.

Sie musste länger gebraucht haben als gedacht, denn die Anzeige informierte sie, dass das Boarding schon begonnen hatte, als ihr auf einmal einfiel, dass sie am Gate noch durch die Sicherheitskontrolle gehen musste. Ungeduldig und ruhelos wartete sie in der Schlange, während der Mann vor ihr langsam und umständlich seine Taschen leerte und schließlich passieren durfte. Eigentlich war es egal, wenn sie als Letzte an Bord gehen würde. Da sie nur eine leichte, weiche Ledertasche dabeihatte, die sie vor sich unter den Sitz stopfen konnte, brauchte sie sich nicht um einen Platz auf der Gepäckablage zu bemühen. Aber die innere Unruhe wollte nicht nachlassen. Nervös trat sie auf der Stelle und sah frustriert zu, wie die Passagiere hinter der Glasscheibe das Flugzeug bestiegen.

Da stutzte sie plötzlich. Ein blonder Haarschopf, die anderen in der Schlange einen halben Kopf überragend, eine vertraute Rückenansicht – das war doch Stefan Hallgrimsson, der da stand? Stefan Hallgrimsson, ganz der Geschäftsreisende, in grauem Anzug und mit Mantel über dem Arm, so wie sie ihn auf Belabs Parkplatz gesehen hatte, Stefan Hallgrimsson auf dem Weg nach Bukarest.

Ihr vages Misstrauen ihm gegenüber hatte sich nie ganz gelegt und flammte nun erneut auf. Was suchte er ausgerechnet jetzt in Bukarest, während sie auf dem Weg dorthin war, um Calmed-BelabSteiners Machenschaften aufzudecken? Konnte er herausgefunden haben, dass sie die Wahrheit wusste? Er hatte Verbindungen zu GMC Consulting, und sie hatte ihn bei Belab in Falun gesehen. Vor drei Tagen erst hatte sie bei Carina eng umschlungen mit ihm getanzt, aber vertrauen musste sie ihm deshalb nicht.

Schließlich konnte sie durch die Sicherheitskontrolle eilen, zeigte ihre Bordkarte vor und ging ins Flugzeug. Sie sah, dass Stefan Businessclass reiste und sich hinter einer *Financial Times* verschanzt hatte, als sie zu ihrem Fensterplatz am Ende des Flugzeugs ging. Wollte sie, dass er sie bemerkte? Sie war sich unschlüssig, aber die Stewardessen hielten die letzten Passagiere dazu an, sich zu setzen, weshalb die Gelegenheit, sich zu erkennen zu geben, vorbei war.

Wieder döste sie ein, sobald sie auf ihrem Sitz saß, wachte aber eine gute Stunde später überraschend erholt auf. Am Motorengeräusch erkannte sie, dass sich das Flugzeug bereits im Sinkflug befand, und als sie aus dem Fenster sah, bot sich ihr das bekannte Panorama wie bei so vielen Landungen in Bukarest zuvor – ein karierter Flickenteppich von Äckern und Feldern, durchsetzt mit unregelmäßigen dunklen Waldflächen.

Weil sie so weit hinten saß, erreichte sie nicht mehr den ersten Bus, der die Passagiere zum Terminal brachte, sondern musste darauf warten, dass sich der zweite füllte. Stefan war natürlich unter den Ersten gewesen, die den Flieger verließen, sodass sie jetzt endgültig die Chance verpasst hatte, ihn zu fragen, was er in Bukarest wollte.

Während sie zur Passkontrolle hetzte, kam sie zu dem Schluss, dass es sowieso keine Rolle spielte, dass er wahrscheinlich eh lügen würde, wenn sie ihn nach seinen Motiven fragte. Und sie würde ungeachtet dessen tun, was sie geplant hatte, was immer Stefan Hallgrimsson auch vorhatte.

Die Schlange vor der Passkontrolle war lang, aber sie hielt sich links, ging zu dem kleinen Schalter, an dem sie mit ihrem Diplomatenpass vorbeigehen konnte, ohne anstehen zu müssen.

Gerade als sie die Passkontrolle passierte, hörte sie jemanden ihren Namen rufen, »Astrid!«, und blieb mitten in der Bewegung stehen. Als sie über die Schulter blickte, sah sie Stefan aus der Schlange ausscheren und ihr zuwinken. Sie winkte zurück, ging aber weiter, vorbei am Gepäckband und in die Ankunftshalle.

Dort wartete Maja Danielsson auf sie, wie üblich in Jeans und Bluse gekleidet, und trat nervös auf der Stelle mit einer Miene wie ein gehetzter Arzt auf dem Weg ins Katastrophengebiet.

»Du hättest mich wirklich nicht abholen müssen«, sagte Astrid, als sie Majas Gesichtsausdruck sah, »ich habe genügend Erfahrung, um mit Bukarests Taxifahrern fertigzuwerden.«

Sie hatte Maja angerufen, sobald sie ihren Flug gebucht hatte, und Maja hatte ihre Einladung wiederholt, dass Astrid bei ihr übernachten könne, so lange wie sie wolle, aber vom Flughafen abgeholt zu werden, hatte Astrid weder erwartet noch sich erbeten.

»Ich wollte es aber gerne«, sagte Maja und drückte Astrids Arm, »ich freue mich so, dass du endlich wieder hier bist! Aber wir müssen uns beeilen, damit ich kein Knöllchen bekomme, ich habe den Wagen etwas unorthodox geparkt. Auf dem Weg in die Stadt kannst du mir dann alles erzählen.«

Trotz Majas Drängen machte Astrid noch schnell einen Umweg zum nächsten Zeitschriftenkiosk, um sich mit rumänischen Tageszeitungen einzudecken, bevor sie Maja zu ihrem ramponierten VW Golf folgte, der tatsächlich außerordentlich ungünstig abgestellt war. Ein uniformierter Mann mit unheilvoller Miene steuerte geradewegs auf sie zu, aber Maja gelang es, sich in den Verkehrsstrom einzureihen, bevor er bei ihnen war.

Astrid schlug die erste Zeitung auf. Die Großaufnahme eines kleinen Jungen mit dunklen Augen und lockigen Haaren nahm fast das gesamte Titelblatt ein. Die Schlagzeile lautete: »Alexandru, 4 Jahre, gekidnappt«. Und darunter stand: »Die Zeugen geben an: Die Entführer waren zwei junge Zigeuner«. Der Artikel war ziemlich dürftig, aber immerhin ging daraus hervor, dass der entführte Junge in Begleitung seiner Großmutter gewesen war, als er gekidnappt wurde, und diese so schockiert gewesen war, dass sie einem Herzinfarkt erlegen war. In der Mitte des Artikels war ein einspaltiges Bild einer ernst aussehenden jungen Frau mit runder Brille und tiefer Sorgenfalte auf der Stirn. »Dr. Gabriela Dumitru, die Mutter des entführten Alexandru«, lautete die Bildunterschrift.

»Schrecklich, oder«, sagte Astrid zu Maja und deutete auf die aufgeschlagene Zeitung. »Die Entführung, meine ich – ich hätte das in Bukarest nie für möglich gehalten, so selten, wie es hier Gewaltverbrechen gibt.«

»Ja, eine furchtbare Sache, das ist heute die Nachricht des Tages«, bemerkte Maja.

»Die arme Frau, der Sohn entführt und gleichzeitig stirbt die Mutter, ich will mir nicht mal ansatzweise ausmalen, wie sie sich jetzt fühlt«, sagte Astrid und musterte das Bild von Gabriela Dumitru.

»Nein, wirklich nicht, die Arme«, gab Maja ihr recht und schüttelte den Kopf so heftig, dass ihr Pferdeschwanz nach allen Seiten flog. »Aber jetzt erzähl doch mal, weshalb du hier bist, Astrid. Bist du immer noch hinter CalmedBelabSteiner her? Ich habe fast ein schlechtes Gewissen deswegen, ich hatte immer noch keine Zeit, nachzuforschen, was sie in Rumänien am Laufen haben könnten.«

»Aber ich. Ich habe Beweise dafür, dass sie Arzneimittelstudien fälschen, im ganz üblen Stil«, sagte Astrid. »Und dieses Unternehmen, das du erwähnt hast, GMC Consulting, ist auch irgendwie darin verwickelt. Da ich jetzt genauer weiß, worum es geht, kannst du mir ja vielleicht mittels deiner Kontakte behilflich sein.«

Nach fünf Jahren in Bukarest fuhr Maja wie eine Einheimische, hatte also ein recht unkompliziertes Verhältnis zu Ampeln und Geschwindigkeitsbegrenzungen und ein breites Repertoire rumänischer Flüche parat. Doch obwohl sie wie ein Torpedo durch den Berufsverkehr Richtung Innenstadt vorwärtsflog, hörte sie Astrid aufmerksam zu, als diese von ihren Entdeckungen und ihrem Beinahe-Todeserlebnis mit Ulf Ersgård berichtete, und wirkte ehrlich erschüttert, als Astrid verstummte.

»Ich begreife nicht, woher du die Kraft genommen hast, dich ins nächstbeste Flugzeug zu setzen, nachdem du beinahe ermordet wurdest, warum tust du das?«, fragte sie.

Sie hob die Hand, um einem großen schwarzen Jeep, der sie links mit mindestens hundert Stundenkilometern überholte, den Mittelfinger zu zeigen, aber ihre andere Hand umklammerte das Steuerrad so fest, dass ihre Knöchel ganz weiß waren.

Astrid hatte sich schon selbst gefragt, was ihre Motivation war. Zu Anfang hatte sie einfach nur beweisen wollen, dass ihr Onkel Lars nichts mit Mikaels Verschwinden zu tun gehabt hatte, und das hatte sie getan, aber das genügte ihr nicht mehr. Es ging ihr um Vergeltung, dachte sie, Vergeltung für Lars und die anderen Kinder in Ramsnoret. Die Wahrheit über die Impfreihen aufzudecken reichte da nicht mehr.

Das hätte zu einem Skandal kleineren Ausmaßes geführt, hätte ein paar Tage oder Wochen Wellen in den Medien geschlagen, aber mehr auch nicht. Olof Krämers Ansehen hätte gelitten, aber wen kümmerte es schon, was vor fast sechzig Jahren war? Die Verbrechen waren längst verjährt. Um Olof Krämer ernsthaft zu schaden, um seinen Ruf wirklich zu zerstören, musste sie ihn für etwas drankriegen, das aktueller war. Dass CalmedBelabSteiner durch ihre Enthüllungen gleichzeitig Milliardengewinne verlorengehen würden, machte es nur noch besser.

Diese Mischung aus Emotionen, Loyalität und Gerechtigkeitspathos, die sie empfand, war zu komplex, um sie in Worte zu fassen und es Maja zu erklären. Sie begnügte sich damit, ihr eine vereinfachte Version zu geben.

»Es hat etwas mit Familienbanden zu tun, glaube ich, es ist eine Bringschuld gegenüber meinem Onkel.«

Maja warf ihr von der Seite einen forschenden Blick zu.

»Familienbande«, wiederholte sie langsam. »Ja, das ist wichtig. Als ich jung war, war ich noch nicht der Meinung, aber je älter ich werde, desto mehr kann ich das nachvollziehen. Man muss seine verwandtschaftlichen Beziehungen pflegen, denn wenn es wirklich drauf ankommt, bleibt einem nur die Familie.«

In diesem Moment fuhren sie an der Piaţa Charles de Gaulle vorbei.

»Kannst du mich an der Piaţa Romana absetzen?«, fragte

Astrid Maja hastig. »Ich habe dort eine Verabredung, sie wird wohl etwa eine halbe Stunde dauern. Danach nehme ich die U-Bahn zu dir.«

»Sicher, das passt gut. Ich wollte kurz einen Schlenker zum Markt an der Piaţa Dorobanti machen und Lebensmittel für das Abendessen kaufen. Ich habe ein paar gute Weine zu Hause, dann können wir bis spät in die Nacht reden.«

Astrid sah die Szene schon vor sich: Wie sie Seite an Seite in Majas großer altmodischer Küche standen, auf der Marmorarbeitsplatte eine geöffnete Flasche Wein und zwei Gläser, plauderten und Vertraulichkeiten austauschten, während sie Gemüse schnippelten und die Soße umrührten.

»Aber mach dir nicht zu große Mühe«, sagte sie, als Maja abbremste.

Sie stieg aus dem Wagen und fand schnell das Café, in dem sie sich mit Luciana Nastase, der Wissenschaftlerin und Begründerin von GMC Consulting in Bukarest, verabredet hatte, die höchst beunruhigt und aufgebracht war.

»Hier ist es«, sagte Mihai und hielt an. Gabriela stieg sofort aus dem Wagen, begierig darauf, mit der Suche anzufangen. Mihai folgte ihr etwas gemächlicher, vergewisserte sich, dass die Türen des Wagens verschlossen waren, und lehnte sich mit vor der Brust verschränkten Armen und einer Miene, die deutlich machte, dass er sein Taxi bis zum letzten Blutstropfen verteidigen würde, gegen das Auto.

Gabriela sah sich nach allen Seiten um. Im Tageslicht wirkte das gefürchtete Ferentari nicht ganz so gefährlich, zumindest nicht vom Autofenster aus. Aber jetzt fiel ihr auf, wie verfallen die Mietskasernen waren, sie sah die Müllberge, die sich zwischen ihnen auftürmten, Fenster ohne Scheiben und lebensgefährlich herabbaumelnde Kabel, die heimlich angezapft worden waren, um Strom abzuknapsen.

Doch es gab auch Leben hier. Sie sah Kinderfahrräder und Regentonnen aus leuchtend blauem Plastik auf baufälligen Balkonen, Wäscheleinen mit bunter Wäsche, Parabolantennen, die wie Pilze an den abblätternden Häuserwänden zu sprießen schienen. Aus diversen Fenstern ragten gebogene Plastikrohre heraus, Schornsteine für Kamine, die die Wohnungen in den kalten Monaten ohne Strom und Heizung mit Wärme versorgten.

Jetzt aber war keine zusätzliche Wärme nötig. Der Himmel war blau und die Sonne brannte so heiß herunter, dass Gabriela in ihrem rosa Pulli viel zu warm war.

Von Cosmin und seinem Schwager war nichts zu sehen, aber das überraschte sie nicht. Sie waren früh dran. Mihai war so schnell gefahren, als fürchtete er angehalten und ausgeraubt zu werden, sobald er das Tempo drosselte.

»Was für ein Ort«, sagte Mihai und sein Blick drückte Abscheu aus, als er die Müllberge zwischen den Häusern musterte, »sieh dir das an, da liegen sogar offen Spritzen rum! Was für ein Dreckshaufen.«

Irgendwoher kam Manelemusik, und ein kleines Mädchen drehte sich mit geschlossenen Augen und ausgestreckten Armen vor einem der Häuser zu dem wiegenden Rhythmus im Kreis. Sie war vielleicht fünf Jahre alt und trug von Kopf bis Fuß rosa.

Eine Gruppe älterer Kinder kam die Straße herunter, trat nach Kies und Steinen, sprang über Wasserpfützen. Sie blieben stehen und musterten Mihai und Gabriela interessiert, nur um sich gleich darauf um Gabriela zu scharen.

»Wie heißen Sie? Was wollen Sie hier?«, fragte ein Mädchen von etwa zehn Jahren unerschrocken, während die anderen Kinder sich mit neugierigem Blick um sie drängelten, kicherten und sich gegenseitig schubsten.

Mihai schien eingreifen und sie wegjagen zu wollen, aber Gabriela bedeutete ihm, zu warten.

»Ich heiße Gabriela, und wer bist du?«, fragte sie und lächelte das Mädchen an, das mit einem Mal schüchtern zu Boden sah.

»Raluca, sie heißt Raluca«, klärte sie ein Chor schriller Kinderstimmen auf. Gabriela beugte sich zu ihnen hinunter, während Mihai nervös um die Gruppe herumging.

»Ich suche nach meinem kleinen Sohn, er ist verschwunden und könnte hier, in Ferentari, sein«, sagte Gabriela ernst. »Er heißt Alexandru und ist vier Jahre alt. Er trägt eine blaue Jacke mit Kapuze und hat rote Hosen an. Hat ihn jemand von euch gesehen?«

»Das ist doch der Junge, der heute Morgen im Fernsehen war!«, sagte ein kleiner Junge aufgeregt. Gabriela nickte.

»Was kriegen wir, wenn wir ihn finden?«, fragte ein anderer Junge.

»Einen Kuss«, sagte Gabriela und zwinkerte. Die kleineren Jungs stießen einen Laut übertriebenen Widerwillens aus und verzogen das Gesicht, als ob sie sich ekelten.

»Süßigkeiten«, sagte Raluca, die die Anführerin der Gruppe zu sein schien, »wir können nach Alexandru suchen, wenn du uns Süßigkeiten zur Belohnung versprichst.«

Erwartungsvoll sah sie Gabriela aus aufgeweckten Augen an.

»Wenn ihr Alexandru findet, Raluca, dann kaufe ich euch so viel Naschzeug, wie ihr wollt, das verspreche ich euch!«, sagte Gabriela ganz ernst.

»Gut, dann machen wir uns auf die Suche, und wenn wir ihn finden, bringen wir ihn hier her und warten auf dich«, sagte Raluca geschäftsmäßig.

Die Kinder schwärmten aus, lebhaft hüpfend und rufend, sodass ihre hohen Stimmen zwischen den Gebäuden widerhallten.

Zwei Männer näherten sich ihnen mit zielbewussten Schritten. Gabriela erkannte Cosmin Nicolae sofort wieder und sah mit professioneller Befriedigung, dass ihr ehemaliger Patient wieder mehr Farbe im Gesicht hatte und seine Wangen nicht mehr so eingefallen waren wie beim letzten Mal. Trotzdem war er immer noch erschreckend mager. Er hatte sein schwarzes Jackett über die Schulter geworfen und die Arme, die aus den aufgerollten Ärmeln des weißen Hemds hervorlugten, waren dünn wie Streichhölzer.

»Frau Doktor Gabriela, es ist mir eine Freude, Sie wiederzusehen, obwohl es entsetzlich ist, was Ihrem Sohn zugestoßen ist«, sagte er eifrig. »Aber ich glaube, dass mein Schwager Bogdan Ihnen helfen kann.«

Im Unterschied zu seinem hageren Schwager war Bogdan ein Muskelpaket, so groß und breit, dass Cosmin neben ihm noch schmaler wirkte. Die Haare hingen ihm in dicken schwarzen Locken über den Kragen, er trug goldene Ohrringe und seine Schultern schienen die schwarze Lederjacke zu sprengen. Aber sein Händedruck war überraschend sanft, als er Gabrielas Hand mit seiner Pranke umschloss, als wollte er vermeiden, unabsichtlich ihren Mittelhandknochen zu brechen. Gabriela stellte ihnen Mihai vor. Die drei Männer musterten sich zurückhaltend und abschätzend wie Hunde, die sich das erste Mal begegnen, bevor Bogdan sich wieder an Gabriela wandte.

»In meinem Gebäude wohnen ein paar Bengel, die plötzlich zu viel Geld zu haben scheinen«, sagte er mit einer tiefen Bassstimme, die mit einem dumpfen Grollen aus seinem breiten Brustkorb kam.

»Sie sind momentan allein zu Hause, ihre Eltern und Geschwister sind in Frankreich. Gestern Nachmittag sind sie mir im Treppenhaus über den Weg gelaufen und haben einen großen, neuen Fernseher und eine Plastiktüte von einem Elektronik-Fachgeschäft getragen. Ich fragte sie, woher sie das Geld dafür hätten, und sie sagten, dass ihre Eltern ihnen welches geschickt hätten, aber das nehme ich ihnen nicht ab. Dass sie die Sachen geklaut haben, glaube ich allerdings auch nicht, weil die Tüte aus dem Geschäft war. Als ich später am Abend zur Arbeit ging, bin ich einem von ihnen wieder auf der Treppe begegnet. Ihre Wohnungstür stand offen und da habe ich etwas gehört, das nach einem kleinen Kind klang.«

Gabrielas Herz klopfte schnell und aufgeregt.

»Ein kleines Kind haben Sie gehört?«, wiederholte sie gespannt. »Klang es so, als ob es Angst gehabt hätte?«

Bogdan verzog eine Spur den Mundwinkel.

»Nicht direkt, wenn ich richtig gehört habe, sagte er, dass er mehr Coca-Cola haben wollte. Sollen wir hingehen?«

»Und was mache ich so lange mit meinem Auto?«, fragte Mihai missmutig. »Wenn ich es hier zurücklasse, ist es bei meiner Rückkehr bestimmt in alle Einzelteile zerlegt.«

»Du könntest hier auf uns warten«, schlug Gabriela vor.

Mihai warf ihr einen Blick zu, der unmissverständlich deutlich machte, dass er nun wirklich nicht vorhatte, sie mit zwei wildfremden Männern allein in diese unbekannte Slumgegend gehen zu lassen.

»Kein Problem, sag etwas zu mir, so als würden wir uns kennen«, forderte Bogdan ihn auf.

Er fasste mit seinen großen Händen nach Mihais Oberarm und klopfte ihm herzlich mit der anderen auf den Rücken, eine Pantomime, die langjährige, tiefe Freundschaft signalisierte. Verstohlen beobachteten ein paar Männer, eine ältere Frau, die in einem Berg von Mülltüten wühlte, und ein junges Mädchen im Teenageralter, die gerade die kleine rosa gekleidete Tänzerin auf den Arm nahm, von der anderen Straßenseite aus die Szene.

»Ich arbeite als Türsteher in einem Nachtklub und kenne ein paar … Leute«, sagte Bogdan. »Jetzt wird keiner das Auto anrühren.«

Er ging voran, führte sie zwischen zwei Mietsblöcken hindurch und die Wege entlang, die sich zwischen den Häusern hindurchschlängelten. Es war derselbe Weg, den auch zuvor die Kinder eingeschlagen hatten. Gabriela lief neben Cosmin her, der ihr erzählte, dass er immer noch in der Taxizentrale arbeitete und gerade wieder sein Studium aufgenommen habe. Mihai bildete die Nachhut.

»Hier ist es«, sagte Bogdan und blieb vor einem grauen Mietshaus stehen. Sie folgten ihm hinein und die Treppen hinauf, nackte Betontreppen in einem blau gestrichenen Treppenhaus, in dem es nach Müll und Urin stank. Manche Wohnungen hatten Sicherheitstüren aus Metall, als besäßen die Mieter etwas, das es zu schützen galt.

Sie waren vier Stockwerke hochgestiegen, als Bogdan stehenblieb und zu einer Wohnung ging, die links im Treppenhaus lag. Er klopfte an die Tür und rief mit lauter Stimme: »Aufmachen, ihr Lümmel, ich weiß, dass ihr da seid!«

Seine tiefe Stimme schallte durchs Treppenhaus und hallte zwischen den Betonwänden wider. Die Tür blieb geschlossen, aber aus der Wohnung drangen Geräusche eines Videospiels. Bogdan klopfte erneut an, fester diesmal, bedrohlicher.

»Aufmachen, sonst trete ich die Tür ein!«

Langsam und vorsichtig wurde die Tür einen Spalt geöffnet. Bogdan riss sie weit auf.

»Hereinspaziert«, sagte er mit einladender Geste zu Gabriela, Cosmin und Mihai.

Es war eine Einzimmerwohnung, sie hatte nur ein Fenster, und das war kaputt. Darunter stand ein Sofa, über das bunt gemusterte Tücher drapiert worden waren, und vor dem Sofa ein niedriger Tisch mit einer roten Samttischdecke. Geblümte Decken verbargen einen Stapel Matratzen in der Zimmerecke, darüber hing ein gerahmtes Madonnenbild.

Die Wand gegenüber dem Sofa wurde von einem großen neuen Flachbildfernseher und einer Videospielkonsole eingenommen, die Geräte waren mit einem Kabel, das durch das Fenster kam, an das Stromnetz angeschlossen. Neben dem Sofa lagen mehrere leere Limoflaschen, und auf dem Tisch stand eine riesige, halb leere Flasche Cola. Es roch nach Limonade, Schweiß und Fast-Food.

Zwei dunkle Augenpaare starrten die Eindringlinge erschrocken vom Sofa aus an. Sie gehörten zwei Jungen im Teenageralter, die sich jetzt eng aneinanderpressten – Jungs, keine Männer –, mit dünnen Jungenarmen und nur einem Hauch von Bartflaum über der Oberlippe. Wenn es hochkam, war der Ältere sechzehn Jahre alt.

Gabriela machte einen Schritt vorwärts und bedeutete den drei Männern mit einer Geste, still zu sein. Die Jungen waren offenbar zu Tode erschrocken, und zu bellen und zu schreien würde sie nicht zum Reden bringen. Gabriela sah sich im Zimmer um, in der schwachen, bebenden Hoffnung, dass Alexandru noch hier versteckt wäre. Aber in dem kleinen Zimmer war kaum genügend Platz, um einen Wellensittich zu verstecken.

Da sah sie es. Ein kleines viereckiges grün-weißes Baumwolltuch auf dem Matratzenberg, kaum erkennbar vor dem bunten Deckenmuster. Ein Stück von Alexandrus Kuscheldecke, das sie daraus ausgeschnitten hatte und das er immer bei sich trug, falls er einmal Trost brauchte.

Alexandru war hier gewesen, hier in diesem Zimmer! Aber wo war er jetzt?

Sie sah die beiden Jungs an, sprach mit ruhiger, freundlicher Stimme zu ihnen, obwohl sie am liebsten getobt und geschrien und die Wahrheit aus ihnen herausgeschüttelt hätte.

»Ich suche nach meinem kleinen Sohn Alexandru. Ich weiß, dass er hier war. Aber wo hält er sich jetzt auf? Wenn ihr es mir sagt, wird euch nichts geschehen.«

Der kleinere Junge starrte zu Boden, aber der ältere erwiderte unsicher Gabrielas Blick, bevor er zu Bogdan hinübersah, der sich drohend hinter ihr aufgebaut hatte. Er schluckte, sein Adamsapfel bewegte sich an seinem dünnen Hals auf und ab.

»Wir haben ihm nichts Böses getan«, versicherte er, wie um sich zu verteidigen. »Wir haben ihm überhaupt nichts getan.«

»Und das Ganze war auch nicht unsere Idee«, meldete sich der Jüngere zu Wort, immer noch zu Boden schauend. Seine Stimme, die sich im Stimmbruch befand, ging am Satzende hoch, wurde kindlich hell.

Mit einer großen Kraftanstrengung gelang es Gabriela, ihre Stimme weiterhin sanft und ruhig klingen zu lassen.

»Ich habe mir schon gedacht, dass ihr nicht von selbst draufgekommen seid. Jemand hat euch dafür bezahlt, oder? Aber wer? Ihr müsst es mir sagen. Dann wird derjenige bestraft und nicht ihr.«

Die Jungen wechselten einen Blick und schienen einen Entschluss zu fassen. Der ältere Bruder räusperte sich nervös und öffnete den Mund.

Als Astrid an der Piaţa Romana zur U-Bahn ging, dachte sie über ihr kurzes, aber intensives Gespräch mit Luciana Nastase nach. Die Begründerin des rumänischen Zweigs von GMC Consulting hatte erzählt, dass ihr Astrids Name zuerst durch einen gemeinsamen Bekannten – dem Pharmakologiedozenten, an den Astrid geschrieben und der ihr eine so schnippische Antwort gegeben hatte – zu Ohren gekommen sei. Er hatte Luciana Nastase gegenüber erwähnt, eine eigenartige E-Mail von einer schwedischen Diplomatin bekommen zu haben, die anzudeuten schien, dass CalmedBelabSteiner in Rumänien ungesetzliche Dinge machte. Das hatte Luciana Nastases Neugier geweckt, sodass sie sich bemüht hatte, Astrids Namen herauszufinden.

»Ich war schon selbst beunruhigt, weil wir einen SAE der schlimmsten Sorte hatten, ein erweiterter Selbstmord mit mehreren Toten«, sagte sie und starrte auf ihre perfekten Nägel, die perlmuttfarben schimmerten. »Außerdem schien eine meiner Prüfärztinnen, Frau Doktor Dumitru, zu argwöhnen, dass etwas nicht in Ordnung war, und ihre Nachforschungen ergaben, dass sich weitere schwerwiegende Ereignisse zugetragen hatten. Als ich dann erfuhr, dass Frau Doktor Dumitrus Sohn gekidnappt wurde, wie ich Ihnen gestern sagte, ja, da beschloss ich, mich mit Ihnen in Verbindung zu setzen und Sie nach Ihrem Verdacht zu fragen und worauf er sich gründete.«

Die Entführung hatte den Ausschlag dafür gegeben, dass Astrid umgehend nach Bukarest geflogen war. Jetzt nahm sie eine Kopie von Olof Krämers Brief heraus, der versehentlich ihrem Onkel zugeschickt worden war, und in dem er einer unbekannten dritten Person schrieb, dass man SAEs bei den Arzneimittelstudien in Bukarest und Iaşi durch Drop-outs vertuschen sollte. Luciana Nastase hörte ihr zu. Sie wurde immer blasser und ihre Augen immer düsterer, als Astrid den Brief für sie übersetzte.

»Sie glauben also, dass ein Bevollmächtigter von CalmedBelabSteiner geplant hat, mein Unternehmen – mein Unternehmen! – dazu zu missbrauchen, Ergebnisse einer klinischen Arzneimittelstudie zu verfälschen?«, sagte sie bebend vor Zorn, sodass sie kaum die Worte über die Lippen brachte. »Dass man geplant hat, GMC Consulting zum Werkzeug wissenschaftlicher Unehrenhaftigkeit zu machen?«

Ihre Gesichtsfarbe wechselte von Weiß zu Rot, und sie atmete so heftig, dass sich ihre Brust unter der cremefarbenen Seidenbluse minutenlang schwer hob und senkte.

Astrid wartete geduldig ab, bis sie sich wieder beruhigt hatte. Danach hatten sie gemeinsam versucht zu analysieren, wie das rein praktisch vor sich gegangen sein könnte.

»Es muss jemand sein, der Zugang zu Ihrem System hat, jemand, der weiß, wie die Studie angelegt ist, und dem alle Patientendaten zur Verfügung stehen«, sagte Astrid. »Wer käme da in Frage?«

Luciana Nastase fuhr sich mit ihrer schmalen Hand durch die weißblonden Haare, während sie laut darüber nachdachte – in erster Linie Prüfärzte und Studienkoordinatoren von GMC Consulting sowie natürlich CalmedBelabSteiners Qualitätsbeauftragte, die darüber wachte, dass das Prüfprotokoll von A bis Z eingehalten wurde.

»Und dann wäre da natürlich noch Stefan, ein Isländer, der eine Software entwickelt hat, die wir anwenden, um den Datenfluss der Studie zu verbessern«, sagte sie mit einem schwachen Lächeln. »Er hatte Zugang zu allen Informationen, die im System hinterlegt sind, einschließlich denen darüber, welche Probanden ein Placebo und welche die verschiedenen Dosen des Medikaments, das wir testen, bekommen haben. Das zumindest wissen die Prüfärzte nicht.«

Auf ihre nächste Frage hin bekam Astrid die Antwort, mit der sie schon gerechnet hatte. Sie verspürte keinen Triumph angesichts der Tatsache, dass sie richtiggelegen hatte, nur tiefe Enttäuschung. Und es gab noch weitere Dinge, die ihr Kopfschmerzen bereiteten.

»Stefan Hallgrimsson ist jetzt auch in Bukarest, er kam mit demselben Flugzeug wie ich«, sagte Astrid.

»Und was könnte das Ihrer Ansicht nach bedeuten?«, fragte Luciana Nastase.

»Ich weiß es nicht, ich weiß es wirklich nicht.«

Maja wohnte im Stadtteil Cotroceni in der Nähe der U-Bahnstation Eroilor. Ihre Wohnung lag im Erdgeschoss einer Villa aus den 20er Jahren, deren gelb verputzte Fassade und vernachlässigter Garten schon bessere Tage gesehen hatten. Aber die Wohnung hatte hohe Decken, und die Räume waren groß und hell und zeigten noch Spuren verblichenen Glanzes, wie die geschmackvollen Stuckrosetten und verzierten Jugendstilfenster.

Als Astrid damals nach dem Zwischenfall in der Botschaft hier gewesen war, hatte überall in der Wohnung Chaos geherrscht – schiefe Zeitungs- und Bücherstapel hatten sich im Wohnzimmer aufgetürmt, in der Küche das dreckige Geschirr, im Bad- und Schlafzimmer die Kleidung. Das Doppelbett war nicht gemacht gewesen, ein Herrenpyjama hatte zusammengeknüllt auf dem Kopfkissen gelegen, so als wäre Cristian, Majas Ehemann, gerade erst aufgestanden und hätte sich angezogen, obwohl er bereits seit einigen Monaten tot war.

Zu dieser Zeit hatte sich Astrid dort jedoch zu Hause gefühlt, war ihr Leben doch selbst gerade ein einziges Chaos gewesen.

Jetzt war allerdings offensichtlich, dass Maja ihr Leben wieder in den Griff bekommen hatte. Die Wohnung war geputzt und aufgeräumt, und auf der großen Anrichte an der Längswand stand ein gerahmtes schwarz-weißes Porträtbild von Cristian, auf der einen Seite von Kerzen in hohen silbernen Kerzenleuchtern, auf der anderen Seite von einer Vase mit Blumen in flammenden Herbstfarben eingerahmt.

Der Couchtisch – ein großes, beschädigtes Stück, an das Astrid sich noch von ihrem letzten Besuch erinnerte und das Maja und ihr Mann vor dem Sperrmüll bewahrt hatten – war mit Brot, Kaffee, Marmelade, Joghurt und Obst gedeckt.

»Na, wen hast du getroffen und wie ist es gelaufen?«, fragte Maja und schenkte Astrid Kaffee ein.

Astrid berichtete von ihrem Treffen mit Luciana Nastase und worüber sie gesprochen hatten. Maja hörte ihr neugierig zu, doch lag ein fragender Ausdruck auf ihrem Gesicht, als Astrid zu Ende erzählt hatte.

»Das ist natürlich furchtbar, aber ich verstehe nicht ganz, was du dagegen unternehmen willst?«

»Am dringendsten ist es jetzt wohl, den Jungen zu finden. Wenn seine Mutter dem Betrug auf der Spur war, scheint es wahrscheinlich, dass er entführt wurde, um sie einzuschüchtern und am Schnüffeln zu hindern, oder?«, erwiderte Astrid. »Und dann muss jemand bei GMC Consulting dahinterstecken. Aber ich brauche einen Zugang. Kennst du jemanden, der dort arbeitet?«

Sie lehnte sich zurück und zog die Beine hoch. Das Sofa war vermutlich auch ein Fund vom Sperrmüll, ausgeblichen und mit schlechter Federung, aber zwei antike Seidenschals in dunklen, satten Farben, die über die Rückenlehne und die Armlehnen ausgebreitet waren, ließen es aussehen, als sei es einer Einrichtungszeitschrift entstiegen.

Majas Handy piepte auf dem Couchtisch. Sie griff danach, rief die SMS auf und las sie von Astrid abgewandt. Dann schrieb sie schnell eine Antwort, bevor sie das Gespräch wieder aufnahm.

»Was hattest du mich noch mal gefragt?«

»Ich wollte nur wissen, ob du jemanden bei GMC Consulting kennst«, wiederholte Astrid.

Sie traf eine Entscheidung.

»Musst du heute eigentlich noch arbeiten, Maja? Es ist zwar Samstag, aber du bist ja so ein Workaholic, dass du sogar am Wochenende schuftest.«

Maja lächelte unsicher.

»Ich habe mir freigenommen, um Zeit mit dir verbringen zu können. Und ich habe dir ja schon in Stockholm erzählt, dass bei mir ein Umdenken eingesetzt hat, dass sich meine Prioritäten geändert haben und ich mich mehr um mich kümmern möchte.«

»Ja, das ist auch gut so, du warst vorher wirklich ausgebrannt«, sagte Astrid. »Hast du denn auch die Arbeit gewechselt, etwas weniger Kräftezehrendes gefunden, sodass du endlich Zeit für dich selbst hast?«

Majas Lächeln erstarrte zu einer Grimasse und ihr Blick irrte unsicher im Zimmer umher, als wartete sie darauf, dass jeden Moment ein Souffleur hereinkommen und ihr die Antwort einflüstern würde, die sie geben sollte.

»Ich verstehe wirklich, dass du dein Leben ändern musstest. Glaub nicht, dass ich dich nicht verstehe, Maja. Wenn die Person, die einem am meisten auf der Welt bedeutet, stirbt, möchte man sich zurückziehen und irgendwo seine Wunden lecken, wo man sich geborgen fühlt. Für mich war das der Hof unserer Familie in Dalarna.«

Sie drehte sich zu Maja um, sah ihr tief in die Augen, sorgfältig darauf bedacht, eine gewisse Distanz zwischen ihnen zu wahren, damit Maja sich nicht allzu sehr in die Enge getrieben fühlte.

»Für dich war diese Rettung dein Großvater, nicht wahr, Maja? Dein Großvater, der im Grand Hotel residierte, wenn er nach Stockholm kam. Dein Großvater Olof Krämer. Oder, Maja? Du arbeitest doch jetzt für CalmedBelabSteiner?«

»Es war die Ärztin, die in der Klinik gearbeitet hat, in die Mama immer mit uns gegangen ist«, sagte der ältere Junge. »Die Ärztin, die aus Schottland stammt. Frau Doktor Maja?«

»Nicht aus Schottland, aus Schweden, glaube ich«, sagte sein Bruder.

»Maja Danielsson«, sagte Gabriela leise, und das letzte entscheidende Puzzlestückchen fiel an seinen Platz, das Stück, das perfekt passte und das vollständige Bild sichtbar werden ließ. Sie war nur erstaunt, dass sie nicht schon früher CalmedBelabSteiners schwedische Qualitätsbeauftragte verdächtigt hatte. Ihr kam die morgendliche Besprechung in den Sinn, als sie berichtet hatte, dass der Gymnasiallehrer Virgil Stanescu seine Familie angegriffen und getötet hatte, und ihr fiel ein, dass Maja Danielsson danach in Gabrielas Zimmer auf sie gewartet hatte. Gabriela war im Flur dem Postboten begegnet, der ihr ihre Briefe in die Hand gedrückt hatte, darunter den Brief, in dem jemand im Namen des zu dem Zeitpunkt bereits toten Virgil Stanescu von der Studie abspringen wollte, der Brief, der ihr Misstrauen geweckt hatte. Maja Danielsson musste auf eine Gelegenheit gewartet haben, den Brief auszusortieren, bevor Gabriela ihn las.

Die Jungen schienen Mut gefasst zu haben, als niemand ihre Anschuldigungen gegenüber der schwedischen Ärztin anzweifelte, und wirkten jetzt beinahe erleichtert, sich die ganze Geschichte von der Seele zu reden.

»Sie sagte, dass sie uns Geld geben würde, wenn wir Alexandru mitnähmen«, so der Ältere, »und sie hat uns ein Foto von ihm gegeben und uns gesagt, wo wir ihn finden können. Es sei nichts Schlimmes, sie wolle Alexandrus Mutter nur ein bisschen foppen, sagte sie. Er sollte zwei Tage bei uns bleiben und danach sollten wir ihn wieder dorthin zurückbringen, von wo wir ihn mitgenommen haben.«

»Frau Doktor Maja hat uns Geld gegeben, und da haben wir uns einen neuen Fernseher und eine neue Xbox-Konsole gekauft, bevor wir Alexandru hierher gebracht haben, weil wir dachten, dass man danach vielleicht nach uns suchen würde«, sagte der jüngere Bruder.

Er klang stolz auf diese taktische List.

»Ja, und dann haben wir uns ein Auto geliehen und beim Spielplatz gewartet, bis Alexandru und die alte Dame ihn verließen, und ihn im Auto mitgenommen«, fuhr sein Bruder fort. »Zuerst hatte er ein bisschen Angst, aber wir haben ihm Süßigkeiten gegeben, und da beruhigte er sich und fragte, ob wir ihn zum Bahnhof fahren würden, und wir sagten Ja. Aber da meinte er, dass seine Großmutter auch mit dem Zug mitfahren sollte, und wir sagten daraufhin, dass sich der Plan ein bisschen geändert habe.«

»Dann sind wir hierher gefahren«, ergriff der andere Junge wieder das Wort, »und da bekam er wieder ein bisschen Angst. Er sagte, dass er zum Bruder seiner Großmutter fahren sollte, um sich dort zu verstecken, weil seine Mutter glaubte, dass jemand ihm Böses wolle, und da erzählten wir ihm, dass seine Mutter stattdessen beschlossen hätte, dass er sich bei uns verstecken sollte, damit er in Bukarest bleiben könne, und da war er zufrieden. Danach haben wir Videospiele gespielt, er hat das richtig gut gemacht. Aber am Abend wurde er trotzdem traurig. Er wollte zu seiner Mutter und seinem Anakin Skywalker. Aber schließlich ist er eingeschlafen, und wir haben ihn da drüben hingelegt.«

Er zeigte auf den Matratzenstapel.

»Aber wo ist er jetzt, wo ist Alexandru denn jetzt?«, platzte es aus Gabriela heraus.

Sie konnte nicht länger ihren ausgeglichenen Tonfall beibehalten, wenn sie daran dachte, wie die Jungs vor Marias Augen Alexandru entführt hatten und Marias Herz den Schock nicht verkraftet hatte. Aber die Wut, die nun ihr Gesicht erröten ließ, war vor allem gegen Maja Danielsson gerichtet – die Ärztin, die die Studienresultate gefälscht hatte, die Entführung arrangiert und Marias Tod verursacht hatte.

Die Jungen sahen schuldbewusst aus.

»Wir haben Schiss bekommen«, sagte der Ältere. »Als wir in den Nachrichten gesehen haben, dass Alexandrus Großmutter gestorben ist, die Polizei nach ihm sucht und uns Leute beobachtet haben, haben wir uns nicht getraut, Alexandru hierzubehalten. Wir sind mit ihm rausgegangen und haben ihm gesagt, er solle einfach immer geradeaus gehen, dann würde seine Mutter kommen und ihn abholen.«

Gabriela wurde schwindelig, sie glaubte fast, in Ohnmacht zu fallen, als hätte der Schock ihren Blutdruck jäh auf Talfahrt gesandt.

»Ihr meint also, dass mein kleiner Alexandru jetzt allein in Ferentari herumläuft?«, fragte sie schwach.

Die beiden Brüder nickten unglücklich.

Maja Danielsson schlug sich bestürzt die Hände vor den Mund. Astrid starrte auf die Ringe an ihren Fingern, einen Jugendstil-Diamantring und einen antiken Ring mit einer Gemme aus rosa Korallen.

»Es hat keinen Zweck, es zu leugnen, Maja«, sagte Astrid ruhig, »Luciana Nastase hat bestätigt, dass du CalmedBelabSteiners

Qualitätsbeauftragte der Studie bist. Und dass der Mädchenname deiner Mutter Krämer ist, war nicht schwer herauszufinden.«

»Aber wie bist du darauf gekommen?«, murmelte Maja.

Astrid zeigte auf Majas Hände.

»Durch deine Ringe, deine schönen Ringe, sie sind sehr speziell. Mir fielen sie auf, als wir uns im Grand trafen, und später habe ich dieselben Ringe auf einem Gemälde in Belabs Büro in Falun gesehen, auf einem Porträt von Emelie Wedin Krämer, der Mutter deines Großvaters.«

Sie musste Maja zum Reden bringen, dachte sie, und sie sich nicht zu sehr zur Brust nehmen. Maja, die Idealistin, musste ein ganzes System von Verteidigungsmauern errichtet haben, um das, was sie getan hatte, zu entschuldigen, und eine direkte Konfrontation hätte nur zur Folge, dass sie sich hinter ihnen verschanzen würde. Sie musste ihre Verteidigung Stück für Stück einreißen, Stein um Stein. Aber zu lange durfte es nicht dauern. Es war wichtig, dass Maja einsah, dass sie helfen musste, den Jungen zu retten, und die Zeit war knapp.

»Was hast du dir dabei gedacht? Erzähl's mir«, bat sie Maja sanft. »Ich weiß, dass du eine Idealistin bist, dass du die Welt verbessern willst, aber ich verstehe nicht, wie du aus dieser Haltung heraus dazu gekommen bist, Ergebnisse einer klinischen Studie für einen der weltweit führenden Pharmariesen zu fälschen.«

»Ich hab's dir doch gesagt, als wir uns in Stockholm sahen«, murmelte Maja. »Ich hab doch gesagt, dass ich nahezu alles in meinem Leben auf den Prüfstand gestellt habe, als Cris an Lungenkrebs starb. So weiterzuarbeiten, wie wir es getan hatten, erschien mir sinnlos, in von Umweltgiften verseuchten Wohngebieten unter Kettenrauchern zu arbeiten, die nicht einsehen, dass sie mit dem Rauchen aufhören müssen, auch wenn man ihnen noch so oft erklärt, wie gefährlich das ist. Das führte nirgendwo hin, und ich hatte das Gefühl, dass diese Menschen schuld daran waren, dass Cris gestorben war, dass ihn ihr Rauchen krank gemacht hatte.

Im Grunde wusste ich allerdings, dass die Tabakindustrie die eigentliche Schuldige war. Ich kam auf die Idee, einen Tabakkonzern zu verklagen, ich wollte, dass jemand für Cris' Tod bezahlte, aber das hätte Millionen gekostet und ich hatte kein Geld, nur Cris' unbezahlte Arztrechnungen. Ich war außer mir vor Kummer, verzweifelt und pleite.«

Sie starrte auf das Porträt ihres Ehemannes und sprach mit leiser, fast ausdrucksloser Stimme weiter.

»Da kam Großvater nach Bukarest und kümmerte sich um mich, umsorgte mich wie damals, als ich noch ein kleines Mädchen war. Er sorgte dafür, dass ich ordentlich aß, beglich meine Rechnungen und stellte jemanden ein, der meine Wohnung wieder auf Vordermann brachte. Und als ich mich allmählich erholte, sagte er, dass er wüsste, wie ich diejenigen bestrafen könne, die den Tod meines Mannes zu verschulden hatten.«

Sie sah aus dem Augenwinkel zu Astrid hinüber, um zu prüfen, wie sie reagierte. Astrid setzte eine herzliche, verständnisvolle Miene auf, die nicht gänzlich gespielt war. Sie konnte sich ohne weiteres in Majas Situation hineinversetzen, die nach Cristians Tod verzweifelt und durcheinander gewesen war, wie verletzlich und leicht beeinflussbar sie gewesen sein musste.

»Als Kind habe ich Großvater vergöttert, weißt du, aber als Teenager habe ich viel mit ihm gestritten«, sagte Maja. »Ich war eine junge radikale Weltverbesserin, die darauf versessen war, den Armen und Hilflosen der Welt zu helfen, während er die Arzneimittelindustrie vertrat, sozusagen das gewissenlose Großkapital. Aber jetzt brachte er mich zum Umdenken. Ich hatte ja selbst gemerkt, wie wir Weltverbesserer versuchen zu helfen, ohne dass es langfristig gesehen etwas ändert. Was wirklich das Leben von Millionen und Abermillionen verbessert hat, ist dagegen die Medizin und die Arzneimittelindustrie. Polioimpfstoffe, Antibiotika – das sind Dinge, die wirklich etwas bewirken.«

Astrid nickte verständnisvoll. Sie ahnte allmählich, worauf die Sache hinauslief.

Maja schielte erneut zu ihr hinüber.

»Du müsstest doch eigentlich wissen, wovon ich rede, du warst doch selbst mal eine junge Idealistin, die für Hilfsorganisationen gearbeitet hat, um für eine bessere Welt einzutreten, stehst heute aber im Dienst des schwedischen Staates. Der vertritt doch auch nicht immer genau das, an was du glaubst, oder? Aber manchmal muss man eben Kompromisse eingehen, um etwas zu erreichen.«

Astrid zuckte die Schultern, sich sehr wohl bewusst, dass Maja mit dem, was sie sagte, nicht ganz falschlag.

»Und weißt du, was heute die große Geißel der Menschheit ist?«, sagte Maja. »Weißt du, wie viele Menschen jedes Jahr an Nikotinabhängigkeit sterben? Fünf Millionen! Und wie immer sind es die Ärmsten der Armen, die es am härtesten trifft. Aber es bringt ja nichts, den Leuten zu erzählen, dass sie mit dem Rauchen aufhören müssen, das habe ich eingesehen. Na ja, auf jeden Fall kam da Großvater und erzählte, dass sie ein fantastisches Mittel gegen Nikotinsucht entwickelt hätten, ein neues Medikament, dass der Tabakindustrie wirklich zusetzen würde. Aber dass noch ein kleines Problem bei der klinischen Studie aufgetaucht sei, was dazu führen könnte, dass das Mittel verspätet auf den Markt käme, und dass ich ihm da helfen könnte.«

»Ein kleines Problem wie Selbstmordgedanken, Aggressivität, Psychose?«, sagte Astrid mit sanfter Stimme.

Sie war aus der Rolle gefallen, die sie spielte, und sah wie Maja sich hinter ihre Festungsmauern zurückzog. Sie warf Astrid einen überheblichen Blick zu, den Blick eines Spezialisten gegenüber einem unwissenden Laien.

»CalmedBelabSteiner hat die Ergebnisse der Studie in Chişinău analysiert – die wegen Nebenwirkungen abgebrochen wurde – und dabei hat sich herausgestellt, dass ausschließlich die Probanden, die die hohe Dosis des Medikaments erhalten hatten, unter Nebenwirkungen gelitten haben. Von denen, die die niedrige Dosis bekommen hatten, war niemand davon betroffen, kein Einziger! Das bedeutete, dass man eine neue klinische Studie mit einer niedrigen Dosis durchführen konnte, aber es könnte Jahre dauern, Probanden für diese neue Studie zu gewinnen und den Prüfplan durchzuführen, Jahre, in denen das Mittel nicht auf den Markt kommen könnte«, sagte sie in belehrendem Ton.

»Ich sollte nur dafür sorgen, dass die Probanden, die in der Studie in Bukarest unter Nebenwirkungen litten, als Drop-outs registriert wurden«, fuhr Maja fort. »Ich wüsste nicht, was daran falsch sein soll, ich sollte schließlich niemandem dabei helfen, ein lebensbedrohliches Medikament zu verkaufen. Die hohe Dosis, die Nebenwirkungen hervorgerufen hatte, würde nie auf den Markt kommen. Ich konnte einigen Probanden, die einen SAE bekamen, im Gegenteil sogar helfen. Zum Beispiel einem jungen Mann, der eine vorübergehende Psychose erlitt – ich habe dafür gesorgt, dass er die bestmögliche Behandlung erhielt.«

»Wie hast du das Ganze angestellt, mal so aus reiner Neugierde?«, fragte Astrid.

»Das war nicht weiter schwer. Alle Probanden bekommen eine Telefonnummer, unter der sie sich melden sollen, wenn sie irgendwelche Beschwerden an sich bemerken. Ich habe allen

Studienteilnehmern einfach ein Schreiben mit einer neuen Krisentelefonnummer geschickt und betont, wie wichtig es sei, dass sie Beschwerden der Art, wie sie in Chişinău aufgetreten waren, meldeten. Ich glaube sogar, dass das manche Probanden dazu bewegt hat, Nebenwirkungen zu melden, bevor sie akut wurden. Manche haben allerdings zu lange damit gewartet, wie dieser Lehrer, der seine Familie umgebracht hat, oder eine Näherin, die sich selbst das Leben genommen hat, beide riefen erst an, als es ihnen schon so schlecht ging, dass sie im Prinzip schon mit dem Messer in der Hand dastanden. Aber das war ja nicht meine Schuld.«

Astrid verkniff es sich, zu sagen, dass der Lehrer, seine Familie und die Näherin vermutlich noch am Leben wären, wenn die ganze Studie in Bukarest nach den in Chişinău aufgetretenen Problemen umgehend abgebrochen worden wäre.

»Und diese neue Telefonnummer, war das deine?«

»Nein, ein kleines Team war für den praktischen Teil zuständig, aber damit hatte ich nichts zu tun. Jemand aus Belabs altem Sicherheitsbüro hat sich darum gekümmert.«

Eine Spur Verunsicherung lag in ihren Zügen, als ob ihr ein Gedanke gekommen wäre, den sie lieber nicht aussprechen wollte. Astrid sah verstohlen zur Uhr. Die Zeit verging viel zu schnell. Wie viel ihr wohl noch blieb, um das gekidnappte Kind zu retten?

»Ich verstehe, was du mitgemacht hast und warum du so denkst, Maja, aber eine Entführung? Wie kannst du das rechtfertigen?«

Maja wirkte verärgert.

»Entführung ist nicht die richtige Bezeichnung«, sagte sie hochmütig, »es ging ja nicht darum, ein Lösegeld zu erpressen oder dergleichen, nur darum, Gabriela Dumitru ein bisschen

Angst einzujagen, damit sie aufhörte, weiter rumzuschnüffeln. Und die Jungs, die den Kleinen mitgenommen haben, waren keine Verbrecher, das will ich betonen. Deshalb habe ich das auch selbst geregelt. Ich habe Verbindung zu zwei Brüdern aufgenommen, die ich kenne, weil ich sie behandelt habe, als ich noch in der Lungenklinik gearbeitet habe, ein paar ganz liebenswerte Jungen. Sie werden dem Kleinen nichts Böses tun, im Gegenteil. Ich bin mir sicher, dass sie viel Spaß zusammen haben werden.«

»Die Großmutter des kleinen Jungen ist gestorben«, wandte Astrid ein.

Maja schien jetzt erbost, hatte sich tief hinter ihren Verteidigungswällen verschanzt.

»Sie hatte wohl ein schlechtes Herz. Wenn du Ärztin wärst, wüsstest du, dass sie jeden Moment und überall hätte sterben können. Ein Hund hätte sie erschrecken können, sie hätte eine Treppe zu viel hochgehen können, alles Mögliche hätte der Auslöser dafür sein können. Das war doch wirklich nicht meine Schuld.«

»Wo ist Alexandru Dumitru jetzt, Maja? Wohin haben sie ihn gebracht, deine liebenswerten Jungs, die du zu Kidnappern gemacht hast?«

»Sie wohnen in Ferentari, ich nehme an, dass sie ihn mit zu sich genommen haben. Sie sind momentan allein zu Hause. Ihre Eltern versuchen, in Frankreich Geld zu verdienen.«

»In Ferentari!«, wiederholte Astrid entsetzt. »Du hast dafür gesorgt, dass der vierjährige Sohn deiner Kollegin Gabriela Dumitru in Ferentari versteckt gehalten wird?«

»Viele Kinder leben in Ferentari und verbringen ihr ganzes Leben dort«, fuhr Maja sie an. »Ich glaube sogar, dass es einem Kind aus einem privilegierten Hause mal ganz gut tut, zu sehen, wie andere Menschen in seiner Heimatstadt leben müssen.«

»Und wie, glaubst du, werden deine liebenswerten Jungs reagieren, wenn sie erfahren, dass Alexandrus Großmutter gestorben ist und die Sondereinsatzkräfte der Polizei nur darauf warten, das Viertel zu stürmen?«, fragte Astrid.

Abermals ließ Maja eine Spur von Verunsicherung erkennen.

»Sie werden ihn loswerden wollen«, vervollständigte Astrid. »Wenn sie so nett sind, wie du glaubst, geben sie sich vielleicht damit zufrieden, den Jungen irgendwo freizulassen, aber dessen können wir uns nicht sicher sein. Ich glaube jedenfalls nicht, dass ein Vierjähriger aus einer behüteten Umgebung besonders gut dafür gerüstet ist, allein in Ferentari umherzulaufen. Wir müssen hinfahren und nach ihm suchen! Du weißt, wo die Kidnapper wohnen, also los!«

»Du kannst nicht einfach so herkommen und mir Befehle erteilen«, beschwerte sich Maja.

Astrid wurde laut.

»Hast du nicht selbst gesagt, du hast dir freigenommen, um Zeit mit mir zu verbringen? Jetzt möchte ich sie nun mal mit dir in Ferentari verbringen. Die Alternative wäre, dass ich die Polizei verständige und die Einsatzkräfte dich dorthin mitnehmen, Maja, aber ich bin mir nicht so sicher, ob das für Alexandru das Beste wäre.«

»Na gut, dann wir fahren eben hin und suchen den Jungen, bevor die Polizei dort einmarschiert«, sagte Maja verdrossen.

»Geh einfach geradeaus«, hatten die jungen Kidnapper Alexandru gesagt, und genau das taten auch Gabriela und ihre drei Begleiter, als sie aus dem übelriechenden Treppenhaus in den blendenden Sonnenschein traten.

Sie gingen nebeneinander, guckten in alle Ecken und Winkel, zeigten allen, denen sie begegneten, Alexandrus Foto, fragten, ob man ihn gesehen hatte. Die meisten schüttelten den Kopf und trugen eine Miene zur Schau, die nicht verriet, ob sie logen oder die Wahrheit sagten, aber dann kam eine alte Frau, auf einen Stock geschützt, angewackelt und sagte, dass sie ihn vor einer halben Stunde gesehen hätte.

»Ich kannte ihn nicht und er schien nicht so richtig hierherzugehören, weshalb ich ihn gefragt habe, wohin er wollte. Da sagte er, dass seine Mutter ihn abholen würde. Ein mutiger kleiner Junge, er schien nicht sonderlich verängstigt zu sein.«

Sie sah Gabriela neugierig an.

»Sind Sie seine Mutter?«, fragte sie.

»Ja. Haben Sie gesehen, in welche Richtung er ging?«

Sie verspürte einen leisen Hoffnungsschimmer. Sie waren Alexandru auf der Spur. Er war erst vor einer halben Stunde, heil und wohlbehalten, hier gewesen und schien keine Angst gehabt zu haben.

Die alte Frau zeigte in die Richtung, wo sie ihn zuletzt gesehen hatte, und sie liefen los.

»Alexandru!«, rief Gabriela. Ihre Stimme hallte zwischen den Mietskasernen wider, verebbte aber rasch, schwach und wirkungslos, zwischen den Häusern.

Ein unvermutetes Geräusch ließ sie zusammenzucken, in ihrer Jeans klingelte das Handy. Es war Roman, den sie fast vergessen hatte, Roman, der nicht hier bei ihr war, um nach ihrem Sohn zu suchen.

»Ich bin immer noch in Paris, Gabriela«, sagte er mit einer Stimme, die sie um Verständnis anflehte. »Die Fluglotsen streiken und mein Flug wurde annulliert. Ich weiß noch nicht, wann ich hier wegkomme, aber ich tue alles, um eine neue Verbindung zu bekommen.«

Sie hörte die Anspannung in seiner Stimme, hörte, dass er gestresst, aufgewühlt und verzweifelt klang, empfand aber nur Ungeduld, weil er ihre Zeit beanspruchte, Zeit, die sie Alexandru näher gebracht haben könnte.

»Hast du etwas Neues von Alexandru gehört?«, fragte er besorgt. »Hat die Polizei eine neue Spur?«

»Ich habe jetzt keine Zeit zum Reden, melde dich, wenn du in Bukarest bist, bis dahin weiß ich vielleicht mehr«, sagte sie und legte auf, ohne seine Antwort abzuwarten.

Da hörte sie jemanden hinter sich ihren Namen rufen. »Frau Doktor Dumitru!« Sie blieb stehen und drehte sich um. Zwei Frauen kamen auf sie zu. Die eine hatte sie noch nie gesehen, sie war groß und dunkelhaarig und trug ein rotes Hemdblusenkleid.

Aber die andere kannte sie. Gabriela ballte die Hände so fest zu Fäusten, dass die Nägel in ihre Handflächen schnitten, als sie sie ankommen sah, so als ob nichts geschehen wäre, wie immer in Jeans und die aschblonden Haare zu einem Pferdeschwanz gebunden – Maja Danielsson, die Frau, die hinter der Entführung ihres Sohnes steckte. Sie ging auf sie zu, die Augen schwarz vor Hass, bereit, handgreiflich zu werden, zu prügeln, zu treten, zu kratzen.

Aber die hochgewachsene Frau hinderte sie daran.

»Ruhig, ganz ruhig, Frau Dumitru, nicht jetzt«, sagte sie und nahm Gabriela in den Arm. »Jetzt konzentrieren wir uns erst einmal darauf, Ihren Sohn zu finden.«

»Soll sie mir etwa dabei helfen, Alexandru zu finden?«, sagte Gabriela und starrte Maja Danielsson hasserfüllt an.

»Ja, im Moment ist das wohl am besten«, erwiderte die andere Frau ruhig. »Und ich bin mir sicher, dass Frau Doktor Danielsson sehr unwohl zumute wäre, wenn Alexandru etwas Ernstes zustoßen würde, oder, Maja? Mein Name ist übrigens Astrid

Sammils. Genau wie Sie habe ich mich bemüht herauszufinden, was CalmedBelabSteiner in Bukarest treibt.«

Astrid Sammils strahlte eine Autorität aus, die sie sofort zum strahlenden Mittelpunkt der kleinen Schar machte. Etwas an ihrer Größe, aber auch ihrer Haltung – wie sie sich gab und sprach – degradierten Gabriela und Maja Danielsson sowie die drei Männer zu Statisten.

»Am besten verteilen wir uns ein bisschen, dann können wir ein größeres Gebiet abdecken«, sagte Astrid Sammils. »Mal überlegen, wir sind sechs Personen. Lassen Sie uns jeweils zu zweit die Gegend absuchen, aber immer in Sichtweite voneinander bleiben.«

Schnell teilte sie Gabriela Mihai zu, Maja Danielsson dem muskulösen Bogdan, der ihr keine Gelegenheit lassen würde, abzuhauen oder auf irgendwelche anderen Ideen zu kommen, wie Gabriela zufrieden dachte. Cosmin ging mit Astrid.

Doch als Gabriela Maja Danielsson ansah, war sie erschüttert darüber, wie ruhig die schwedische Ärztin wirkte. Sie hatte sich einer Entführung schuldig gemacht und Studienergebnisse einer klinischen Studie gefälscht, trotzdem wirkte sie kühl und ungerührt und nicht die Spur nervös.

Die drei Paare schwärmten aus und suchten weiter, doch ohne Erfolg.

Nach etwa zehn Minuten sah Gabriela eine Gruppe Kinder zwischen den Häusern angelaufen kommen. Sie schienen auf dem Weg zu ihr zu sein. Sie rannten so schnell, dass die Kleineren nicht mitkamen und schließlich nur drei langbeinige Kinder von etwa zehn Jahren vor ihr stehenblieben. Raluca, das Mädchen, das versprochen hatte, nach Alexandru zu suchen, wenn sie Süßigkeiten zur Belohnung bekämen, und zwei ihrer treuen Gefolgsleute.

Das Mädchen wirkte furchtbar erschrocken. Sie atmete so heftig, dass sich ihr magerer Brustkorb unter dem rosafarbenen T-Shirt hob und senkte.

»Gabriela, schnell, komm mit!«, keuchte sie.

»Habt ihr Alexandru gefunden?«, wollte Gabriela gespannt wissen.

»Ja, ja, aber komm, komm mit!«, keuchte Raluca.

Sie packte Gabriela am Ärmel und versuchte, sie mit sich zu ziehen. Ihre Angst sprang auf Gabriela über, die dem Mädchen hinterherlief, während sie spürte, wie die Panik sie wie eine schwellende Flutwelle erfasste. Mihai rief den anderen zu, dass Alexandru gefunden worden sei, und sie kamen ihnen nach. Schon bald hatten sie sie eingeholt, weil Raluca immer häufer stehenbleiben musste, um Luft zu schöpfen.

Schließlich nahm Bogdan das Mädchen auf den Arm.

»Sag uns, wo wir hinmüssen«, brummte er und Raluca zeigte es ihnen.

Sie kamen zu einer Brache, die von Sträuchern und verzweigten Bäumen umgeben war. Die Sonne brannte auf den gerissenen Asphalt herunter, vielleicht sollte hier einmal ein Spiel- oder Fußballplatz entstehen. Ein grüner Müllcontainer neben dem Fußweg quoll über, weiter hinten auf dem Platz sahen sie in Einzelteile zerlegte Schrottwagen.

Und da stand auch Alexandru in seinen roten Hosen und seiner blauen Jacke. Seine braunen Locken waren verwuschelt, er wirkte klein und hilflos.

Und er war nicht allein. Gabriela merkte, wie die Zeit stehenblieb, wie ihr Herz einen Schlag aussetzte. Sie wollte die Wirklichkeit anhalten wie einen Film, weil sie die nächste Szene nicht sehen wollte.

Ein Rudel Hunde umringte ihren Sohn, etwa zehn Tiere einer

undefinierbaren Rasse, schwarze, braune, gefleckte, manche hatten spitze, andere hängende Ohren. Sie hörte ihr dumpfes Knurren, sah, wie sich ihr Fell sträubte, sah ihre bedrohlich nach oben gestreckten Schwänze und ihre Blicke, die ununterbrochen und intensiv auf ihren Sohn gerichtet waren.

Eine einzige falsche Bewegung, und sie würden Alexandru in Stücke reißen.

Astrid hielt einen Moment inne und blickte auf die Szenerie, unbarmherzig von der gleißenden Mittagssonne beleuchtet. Grelles Licht und kurze Schatten, der kleine Junge und das Hunderudel, Gabriela Dumitrus blasses Gesicht, ihr knallrosa Pulli. Aggressive Energie, Angst und Bedrohung brachten die Luft wie die Hitze zum Vibrieren, die vom Asphalt aufstieg. Alle standen still, wie festgefroren, wagten kaum, zu atmen, um keine Katastrophe auszulösen. Sie sah, dass der große Mann in der Lederjacke, Bogdan hieß er wohl, dem Mädchen, das ihnen den Weg gezeigt hatte, die Hand vor den Mund gelegt hatte.

Alexandru hatte sie noch nicht bemerkt, war ganz und gar auf die Hunde konzentriert, die ihn umringten, und so starr vor Schreck, dass er nichts anderes mehr wahrnahm.

Astrid wollte ihm zurufen, sich nicht vom Fleck zu rühren, zu Boden zu sehen, die Hände an den Seiten zu halten, fürchtete aber, dass er falsch reagieren könnte und angelaufen käme, vor allem, wenn er sah, dass seine Mutter hier war. Dann würden die Hunde ihn ganz bestimmt anfallen und es bliebe ihnen kaum noch eine Chance, den kleinen Jungen zu retten.

Aber sie mussten irgendetwas tun, konnten nicht einfach nur darauf warten, dass die Hunde angriffen.

Wir müssen sie ablenken, dachte sie, ihnen etwas anderes geben, auf das sie sich stürzen können. Vorsichtig machte sie ein paar Schritte auf Bogdan zu, der ein Mann der Tat zu sein schien. Er hatte gerade das Mädchen abgesetzt, das mit vor Entsetzen geweiteten Augen und vor den Mund geschlagenen Händen hinter ihm stand.

»Ich will versuchen, die Hunde abzulenken«, flüsterte sie. »Können Sie sich den Jungen schnappen, wenn sie ihre Aufmerksamkeit von ihm abwenden?«

Er nickte, ohne den Blick von Alexandru zu lösen.

Astrid signalisierte dem mageren jungen Mann, dass er ihr sein Jackett geben sollte, und er reichte es ihr ohne zu zögern, während sie auf dem Player ihres Handys Wagners *Walkürenritt* aufrief. Den Lautsprecher auf höchste Lautstärke gestellt, warf sie es mit dem Jackett zwischen die Hunde.

Die Hunde stürzten sich knurrend auf das Bündel. Im selben Moment raste Bogdan zu Alexandru, riss ihn hoch und rannte mit ihm auf dem Arm zurück. Während Astrid mit dem Rest der Gesellschaft so unbemerkt wie möglich zurückwich, hörte sie, wie der *Walkürenritt* wieder verstummte. Ihr ging durch den Kopf, dass sie sich wohl ein neues Handy und Cosmin ein neues Jackett kaufen musste, aber das war ein geringer Preis dafür, dachte sie, als sie sah, wie die Hunde den Stoff zerrissen, ihn in Stücke bissen, bis nur noch undefinierbare Fetzen davon übrig waren.

Die Zeit lief weiter. Gabriela sah, wie Bogdan auf Alexandru zulief, während laut schmetternde klassische Musik erschallte, und plötzlich hielt sie ihren Sohn im Arm und die Hunde fielen knurrend und kläffend über Cosmins Jackett her. Sie presste Alexandru an sich, und ihr schoss durch den Kopf, dass er nicht mehr leben würde, wenn sie sich auf ihn statt auf das Stoffknäuel gestürzt hätten.

Aber dazu war es nicht gekommen. Astrid Sammils und Bogdan hatten ihren Sohn gerettet.

»Mama«, flüsterte Alexandru und schlang die Arme um ihren Hals, während sie ihn vom Ort der Gefahr wegtrug, »Radu und Danilo haben gesagt, dass du mir entgegenkommen würdest, wenn ich geradeaus gehen würde, aber ich habe dich nicht gefunden, und dann hatte ich Angst vor den Hunden.«

»Aber jetzt ist alles gut«, murmelte sie und umarmte ihn fest, »jetzt sind wir wieder zusammen und du brauchst keine Angst mehr zu haben. Wir fahren jetzt in Mihais Taxi nach Hause, es steht ganz in der Nähe.«

»Die Hunde waren gemein«, sagte Alexandru und rieb seine Wange an ihrer. »Ich konnte dich nicht finden, aber dann habe ich einen Ball gesehen und ihn weggeschossen, und da kam ein Hund, und ich dachte, er wollte spielen, deshalb habe ich ihm den Ball zugeschossen. Aber dann kamen die anderen Hunde und wurden böse und ich habe Angst gekriegt.«

Seine Stimme zitterte und sie umarmte ihn noch fester.

»Ich will meinen Anakin haben«, sagte er, und sie holte die Plastikfigur aus der Tasche, froh, daran gedacht zu haben, sie mitzunehmen. Eine Hand löste sich von ihrem Hals, Alexandru griff nach Anakin Skywalker und drückte ihn zärtlich an sich.

Dann verdunkelte sich sein Gesicht.

»Mama, ich hab mir in die Hosen gemacht, als die Hunde kamen«, flüsterte er verlegen.

»Das ist doch nicht schlimm«, sagte Gabriela leise. »Du warst sehr mutig, Alexandru, so mutig wie Anakin Skywalker.«

Abermals rieb er seine Wange an ihrer. Sie merkte, wie sich sein Körper entspannte, und hörte Alexandru einen zufriedenen kleinen Laut ausstoßen, wie ein schnurrendes Katzenjunges.

»Mama, können Radu und Danilo mich einmal zu Hause zum Videospielen besuchen kommen?«, fragte er nach einer Weile. »Sie können das so toll.«

Mit Bogdan und Cosmin an der Spitze, die den Weg kannten, und Maja Danielsson in ihrer Mitte, gingen sie zwischen den Mietshäusern hindurch. Mihai lief neben Gabriela, und Alexandru lächelte ihn an, er freute sich, seinen Freund wiederzusehen. Gabriela lief das Herz über, als sie daran dachte, welche Stütze Mihai ihr gewesen war, dass er alles andere hatte stehen und liegen lassen, um ihr bei der Suche nach Alexandru zu helfen, wie er an ihrer Seite gewesen war, während Roman in Paris war und sich darüber beklagte, dass er keinen Flug bekam.

Sie stand tief in Mihais Schuld, ja, ihre Dankesschuld war so groß, dass sie sie ihm niemals vergelten könnte.

Eigentlich sollte sie nun, da der Junge gerettet war, auf dem Arm seiner Mutter saß und die Gefahr vorbei war, erleichtert sein und alle Anspannung von ihr abfallen, dachte Astrid, aber sie stand immer noch unter Spannung und ihr Kopf arbeitete auf Hochtouren. Vielleicht war sie nach den Ereignissen der letzten Tage einfach noch viel zu aufgedreht, als dass ihr Körper seine ständige Alarmbereitschaft aufgeben konnte. Sie würde in ein gutes Hotel ziehen, sich ein Zimmer mit Badewanne nehmen und mit einem Glas Wein in der Hand in ein Schaumbad sinken, beschloss sie. Und dann würde sie tief und fest schlafen …

Ihr Verstand schob die friedliche Vorstellung gereizt von sich. Dafür ist noch keine Zeit, flüsterte ihr Unterbewusstsein ihr zu, verlier jetzt nicht die Konzentration!

Was war es, das sie beunruhigte? Astrid sah zu Maja Danielsson hinüber, die zwischen den anderen ging, unerschüttert und ungerührt, als gäbe es nichts, worüber sie sich Sorgen machen müsste. Aber sie hatte ebenso entsetzt wie alle anderen ausgesehen, als sie Alexandru inmitten der Hunde entdeckt hatte, und war ebenso erleichtert gewesen wie sie, als der schwere Bogdan Gabriela Dumitru den Jungen überreicht hatte, das hatte Astrid bemerkt.

Doch jetzt war Maja wieder gelassen. Vielleicht dachte sie nicht, dass sie sich wegen irgendetwas Sorgen machen müsste. Vielleicht ging sie davon aus, dass ihr Großvater die besten und teuersten Anwälte beauftragen würde, um das Gericht davon zu überzeugen, dass sie Alexandrus Mutter nur ein wenig zum Besten hatte halten wollen …

Maja hatte eine SMS bekommen, als sie in ihrem Wohnzimmer auf dem Sofa gesessen hatten, eine SMS, die sie beantwortet hatte, fiel ihr da auf einmal ein.

Sie gingen jetzt eine schmale Straße, nein, vielmehr eine Gasse entlang, die zu einer Seite von einem hohen Metallzaun und zur anderen von einer weiteren vermüllten und bewachsenen Brache begrenzt wurde.

Astrids Nackenmuskeln zogen sich zusammen, und sie spürte ein kribbelndes Unbehagen, ein Schauer lief ihr den Rücken hinab. Trotz der Hitze bekam sie an den Armen eine Gänsehaut.

Da war es wieder, dieses Gefühl, beobachtet und überwacht zu werden. Das Gefühl, dass böse Blicke ihr folgten, das Gefühl, das sie in den letzten Monaten mit aller Kraft wegzuschieben versucht hatte, sodass es beinahe schon ein Reflex war, dieses Gefühl zu leugnen und Ausflüchte parat zu haben.

Aber sie hatte sich bisher nicht geirrt, sie war nicht paranoid gewesen, sondern war tatsächlich observiert worden.

Also sollte sie auch jetzt auf dieses Gefühl vertrauen.

Sie blickte sich um. Auf der einen Seite erstreckte sich die Wand aus rostigem Wellblech. Da konnte sich niemand verstecken. Aber die Büsche auf der anderen Seite der Gasse boten reichlich Möglichkeiten dafür.

»Ich glaube, wir haben Gesellschaft«, sagte sie leise zu Bogdan.

»Ja, ich spüre es auch«, erwiderte er genauso leise. »In meinem Job muss man vorne und hinten Augen haben und einen siebten Sinn, und der schlägt jetzt Alarm.«

Seine dunklen Augen schweiften mit einem Blick über die Büsche und Bäume, den sie bei Leibwächtern hochgestellter Persönlichkeiten beobachtet hatte, forschend, konzentriert, Bedrohungen und Gefahren registrierend.

Er bedeutete ihr mit einer Geste, langsamer zu gehen. Astrid verlangsamte das Tempo.

Irgendwo zwischen den Büschen war ein Geräusch zu hören, und obwohl sie schon häufig Schussgeräusche gehört hatte, hätte sie dieses dumpfe, gedämpfte Geräusch nicht damit in Verbindung gebracht. Aber etwas pfiff genau an der Stelle vorbei, an der sie jetzt gestanden hätte, falls sie schneller gegangen wäre. Sie hörte den Knall, als die Kugel mit einem unmissverständlichen Geräusch auf den Wellblechzaun traf.

»Runter!«, schrie Bodgan, und Astrid warf sich reflexartig zu Boden, die Hände über den Kopf verschränkt. Der junge Mann, dessen Jackett von den Hunden zerrissen worden war, und Maja Danielsson taten es ihr nach.

Aber Gabriela Dumitru mit ihrem Sohn auf dem Arm zögerte, bereit, ihn mit ihrem Körper zu schützen, und zugleich ängstlich, ihm wehzutun, wenn sie sich blind zu Boden schmiss.

Ihr Freund Mihai rief ihr verzweifelt zu, »Auf den Boden, Gabriela!«, und warf sich ausgerechnet in dem Moment vor sie, als der dumpf-ploppende Laut erneut ertönte. Der junge Mann zuckte zusammen, fiel vornüber und zog Gabriela Dumitru und ihren Sohn im Fallen mit sich. Auf seinem Rücken breitete sich ein roter Fleck aus. Der kleine Alexandru begann heftig zu weinen.

Aus dem Gebüsch, aus dem die Schüsse gekommen waren, waren Stöhngeräusche wie bei einer Schlägerei zu hören. Schüsse fielen keine mehr.

Astrid hob vorsichtig den Kopf und sah Stefan Hallgrimsson aus dem Gebüsch auf die Straße treten, in dem der Schütze sich verschanzt hatte. Er hielt eine Pistole in der Hand, aber sie war zu Boden gerichtet.

»Es tut mir leid, dass ich zu spät gekommen bin«, sagte er auf Englisch mit einer Stimme, die ausnahmsweise einmal vollkommen ernst klang. »Es kann jetzt nichts mehr passieren, es ist mir gelungen, ihn zu entwaffnen, aber ich war zu spät.«

Er streckte Astrid eine Hand entgegen, die sich aufrappelte, sich das Kleid abbürstete und mit ihm in das Gebüsch ging. Da lag ein grauhaariger Mann in einer Windjacke, offenbar bewusstlos, auf dem Rücken. Sie erkannte ihn sofort – es war Björn Halvarsson, der Mann, der bei dem Abendessen, auf dem sie Olof Krämer begegnet war, der Gastgeber gewesen war.

»Darf ich vorstellen – Björn Halvarsson, pensionierter Sicherheitschef von Belab, heute in wichtiger Position bei einer internationalen Sicherheitsfirma in Bukarest und freiberuflich in Olof Krämers Diensten«, sagte Stefan Hallgrimsson. »Ich habe dich auf dem Flughafen aus den Augen verloren, Astrid, habe aber noch gesehen, dass du mit Maja Danielsson weggingst, weshalb ich vor ihrem Haus auf euch gewartet habe, falls ihr wegfahren solltet. Aber dann musste ich feststellen, dass dieser Typ euch folgte, und ich beschloss, lieber ihm auf den Fersen zu bleiben. Leider habe ich ihn und euch vorübergehend aus den Augen verloren, ich hatte ein kleines Kommunikationsproblem mit dem Taxifahrer, und als ich Halvarsson schließlich wieder auf die Spur gekommen war, war es schon fast zu spät. Aber er war völlig überrumpelt, als ich hinter ihm auftauchte.«

»Und dabei habe ich dich die ganze Zeit für einen der Übeltäter gehalten«, sagte Astrid. »Später musst du mir alles genauer erzählen, jetzt ist nicht der richtige Moment dafür.«

Sie gingen zurück zu dem Weg, auf dem Gabriela Dumitru mit blutleeren Lippen und roten Flecken auf dem Pulli neben ihrem verletzten Freund hockte und Anweisungen für den Rettungswagen ins Handy rief.

Alexandru weinte und streichelte völlig außer sich Mihais Gesicht.

»Mihai wird doch wieder gesund, er wird doch wieder gesund, oder Mama?«, fragte er ängstlich.

»Aber ja, Schätzchen, wir sorgen dafür, dass Mihai wieder gesund wird«, antwortete Gabriela Dumitru.

Aber Astrid sah der jungen Frau an, dass sie wusste, dass jede Hoffnung vergebens war, dass das Leben ihres Freundes nicht mehr zu retten war.

KAPITEL 19

Dalarna, Bukarest

Donnerstag, 25. November 2010

Carina stand draußen auf dem Hof und rauchte, als Astrid vor dem Haus vorfuhr. Es fing bereits an zu dämmern, und hinter den karierten Gardinen des Küchenfensters leuchteten heimelig die kleinen Flammen des elektrischen Kerzenleuchters in der Dämmerung.

»Ein paar Tage zu früh«, kommentierte Carina und zeigte zum Fenster, »aber Tina war hier und hat alles adventlich geschmückt. Wahrscheinlich glaubt sie, dass mir sonst die ganze Dekogeschichte entgehen würde, und damit hätte sie völlig recht.«

Sie grinste und drückte ihre Zigarette aus.

»Hast du Glögg mitgebracht?«, fragte sie.

»Na klar«, sagte Astrid und hob die Tüte vom Systembolaget an, »sowohl alkoholfreien als auch den neuesten starken Jahrgangswein der Saison.«

Ein dicker Kranz aus Preiselbeerreisig schmückte die Haustür, und im Flur kam ihnen warmer, goldener Safranduft aus der Küche entgegen, wo Tina gerade ein Blech mit perfekt geratenem, frisch gebackenem Safrangebäck aus dem Ofen holte. Ihre Wangen waren rosig von der Wärme, sie trug eine spitzenverzierte Schürze über ihrer Jeans und der bestickten Strickjacke. Am Küchentisch saß Klein Valle in seinem Kinderstuhl und winkte mit den klebrigen Resten eines Butterbrotes, das größtenteils auf seinem blauen Lätzchen gelandet war.

Er strahlte Carina mit einem zahnlosen Lächeln an. Offenbar hatte sie ihn inzwischen so oft gesehen, dass sie ihm vertraut war.

»Du liebe Zeit, wohne ich hier wirklich? Oder bin ich zufällig in ein Gemälde von Carl Larsson gestolpert?«, sagte Carina.

»Spiel dich nicht auf, koch lieber Kaffee«, sagte Tina scharf. »Und wenn das Gebäck kalt ist, kannst du es in die Gefrierbeutel tun. Aber du solltest dir wirklich einen neuen Gefrierschrank anschaffen, Carina. Dieses Ungeheuer, das du da im Gang stehen hast, ist ja uralt, das verbraucht bestimmt mehr Strom als Hamra Bruk.«

Carina verzog den Mund zu einem breiten Lächeln.

»Sicher, mein Schatz, aber hast du schon mal darüber nachgedacht, wie ich diesen schönen neuen Gefrierschrank bezahlen soll? Ich bin zu alt dafür, meinen Körper zu verkaufen, das habe ich übrigens nie getan, genauso wenig wie ich etwas mit Drogen zu tun hatte.«

Tina schnaubte. Carina und ihrer Tochter war es in den letzten Monaten gelungen, wieder eine gute Beziehung zueinander aufzubauen, auch wenn es manchmal so schien, als ob Tina die vernünftige Mutter und Carina die rebellische, provokante Teenagertochter wäre.

Carina nahm ein Paket dunkelgerösteten Kaffee aus dem Schrank – eine belgische Spezialmischung, die es nur bei Demeesters Delikatessen gab – und stellte die neue Kaffeemaschine an. Der Kaffee und die Maschine waren bestimmt Geschenke von Tina und ihrem Mann, dachte Astrid. Sie betrachtete den elektrischen Kerzenleuchter im Fenster und atmete das Aroma von Kaffee und Safrangebäck ein, und da kam ihr wieder in den Sinn, wie sie zum ersten Mal in dieses Haus gekommen war – als der Strom abgestellt gewesen war und Camilla auf dem Holzofen Heißwasser gekocht hatte. Das war jetzt mehrere Monate her.

Mittlerweile waren Camilla und ihr Halbbruder Mattias tot und begraben. Astrid hatte sich dazu überwinden müssen, nach Sandviken zur Beerdigung zu fahren, und es hatte sie geschmerzt, diese zerstörte Familie zu sehen. Sven-Erik Granberg, der innerhalb weniger Wochen noch zwei seiner Kinder verloren hatte, schien um zwanzig Jahre gealtert, seit sie ihn das erste Mal in Granåkers Gemeindeheim getroffen hatte. Er war zu einem kleinen, gebeugten alten Mann zusammengesunken, in dessen blassen Augen jeder Lebensfunke erloschen war.

Auch Mikael war nun, mehr als dreißig Jahre nach seinem Tod, neben seiner Mutter und seiner Schwester auf dem Friedhof in Granåker begraben worden. Ulf Ersgård hatte nach und nach erzählt, wo sein Vater und er Mikaels Leichnam zusammen mit den Särgen aus Ramsnoret verscharrt hatten. Sven-Erik Granberg hatte jedoch nicht die Kraft gehabt, zur Bestattung zu kommen, die in aller Stille abgehalten wurde. Nur seine Halbschwester Pernilla war dort gewesen, um sich von ihrem Bruder, den sie nie kennengelernt hatte, zu verabschieden.

Trotz allem würde nun doch ein Film über Mikaels Verschwinden gedreht werden, eine zweiteilige Fernsehdokumentation, in der es auch um die Impfreihen in Ramsnoret gehen würde. Ein Teil der Wahrheit über die Versuche war durch Ulf Ersgårds Geständnis ans Licht gekommen, der Rest dadurch, dass Carina den Brief, den sie in Belabs Archiv gefunden hatten, an eine kritische Fernsehredaktion gegeben hatte. Astrid hatte sich im Hintergrund gehalten. Sie hatte das starke Gefühl, dass ihre Aktivitäten ihren Chefs im Außenministerium ein Dorn im Auge gewesen wären, für das sie in der letzten Zeit wieder ganztags von Granåkers Hästberg aus arbeitete, wenngleich ohne eine ordentliche Anstellung.

»Und jetzt her mit dem Glögg! Jetzt wollen wir uns mit Kaffee und Glögg und Safrangebäck in adventliche Stimmung versetzen, und dann will ich euch eine Neuigkeit erzählen«, sagte Carina.

Astrid nahm am Küchentisch Platz, den ein handbestickter Läufer mit Weihnachtsmotiven zierte.

»Süß, nicht? Ich habe ihn in einem Secondhandgeschäft in Falun gefunden«, sagte Tina. »Er ist aus den 50er Jahren, das passt zum Stil der Küche.«

Sie schenkte ihnen Kaffee ein und stellte eine Schüssel mit ofenwarmem Gebäck auf den Tisch. Carina brachte die Glöggbecher und Valle bekam ein neues Stück Brot und eine Schnabeltasse mit Wasser.

»Also, was ich euch erzählen wollte ...«, fing Carina an und nahm ein Blatt Papier von einem Stoß auf der Küchenbank. »Ich habe mich endlich getraut, online nachzusehen, wie ich damals beim Abitur abgeschnitten hatte und tadaa! – es ist super gelaufen! Und ich hätte noch besser abgeschnitten, wenn ich nicht so schlecht in Mathe gewesen wäre.«

Sie legte das Blatt auf den Tisch. Astrid sah sich die Noten an. Carinas Gesamtdurchschnitt lag tatsächlich über dem Durchschnitt, obwohl ihre Matheergebnisse darunter lagen. Aber in Leseverstehen und Wortschatzwissen hatte sie Spitzenergebnisse erzielt.

»Vielleicht bin ich doch nicht so dumm«, sagte Carina fröhlich. »Im Januar werde ich noch einmal die Schulbank drücken, und sobald ich die nötige Qualifikation erworben habe, studieren. Stellt euch vor, man wird sogar fürs Pauken bezahlt, das wusste ich gar nicht!«

»Das meiste ist aber ein Darlehen«, sagte Astrid, um sie wieder etwas auf den Boden herunterzuholen.

»Ja, ja, aber bis ich das zurückzahlen muss, bin ich längst tot«, sagte Carina unbekümmert.

»Und wie kommst du nach Hammarås? Nimmst du den Bus?«, fragte Tina.

Carina zwinkerte Astrid zu. »Was du nicht weißt, macht dich nicht heiß.«

Tina sah skeptisch aus.

Als Astrid aus Bukarest wiedergekommen war, hatte Lars' alter Wagen nicht mehr in der Remise gestanden, und sie hatte nach gewissem Zögern entschieden, es außer Acht zu lassen. Sie hatte selbst feststellen können, dass Carina Auto fahren konnte, und hielt sie nicht für eine Verkehrsgefährdung, wenn sie hier in der Gegend damit herumkutschierte.

»Und du, hast du dir in Stockholm eine Wohnung gekauft? Und Stefan wiedergetroffen? Und hast du eine neue Stelle?«, fragte Carina Astrid.

»Drei Fragen, und die Antworten sind ja, ja und nein.«

Sie war in Stockholm gewesen, um sich Wohnungen anzusehen, und hatte ein paar Tage bei Sophie Lind übernachtet, während sie auf Wohnungsbesichtigungen gegangen war und Gebote abgegeben hatte.

Schließlich hatte sie im Wettstreit um eine Zweizimmerwohnung in der Skånegatan den Sieg davongetragen, eine Wohnung mit schönem Parkettfußboden und Kachelofen im Wohnzimmer, aber einem ungewöhnlich renovierungsbedürftigen Bad, weshalb sie die anderen Interessenten vermutlich so leicht hatte abhängen können.

Die Unterzeichnung des Vertrags hatte sie mit Stefan Hallgrimsson bei einem Abendessen in einem Nobelrestaurant in

Gamla Stan gefeiert. Seine Antwort auf ihre Frage, was er denn diesmal in Schweden täte, war genauso ausweichend wie seine vorigen, aber ihr Misstrauen ihm gegenüber hatte sich nach seinem Einsatz in Bukarest im Wesentlichen gelegt; zumindest sich selbst gegenüber konnte sie jetzt eingestehen, dass sie ihn attraktiv fand.

Allerdings war sie sich immer noch nicht ganz schlüssig über seine Rolle bei der Sache mit CalmedBelabSteiner. Wie zuvor hatte er ihr gesagt, dass er GMC Consulting näher unter die Lupe hatte nehmen wollen, um festzustellen, ob er sich darauf einlassen sollte, sich für sein Softwareprogramm in Unternehmensaktien bezahlen zu lassen. Währenddessen sei ihm bewusst geworden, dass er sich mit seinen Computerkenntnissen heimlich ein Bild von den getesteten Arzneimitteln machen und so einen interessanten Einblick in die großen Pharmakonzerne und ihre Zukunftsaussichten gewinnen konnte. Ohne größere Schwierigkeiten habe er herausfinden können, welche Probanden der Studie welche Mittel verabreicht bekamen – ein Placebo oder das Arzneimittel gegen Nikotinsucht, eine hohe oder niedrige Dosis –, und sei überrascht über die hohe Abbrecherrate derer gewesen, die die hohe Dosis erhalten hatten. Als Gabriela Dumitru später angefangen hatte, Fragen zu den Drop-outs zu stellen, habe das seine Neugier umso mehr angeheizt.

»Falls es mit GMCs Arzneimittelstudien nicht ganz sauber zuging, sollte ich mich vielleicht davor hüten, mich in Form von Aktien entlohnen zu lassen, vor allem, wenn das Risiko bestände, dass etwas von diesem Betrug an die Öffentlichkeit käme, dachte ich«, sagte er. »Aber dann wurde mir klar, dass vielmehr CalmedBelabSteiner der Übeltäter war. Die Vermarktung ihres Medikaments war in vollem Gang, die Wirtschaftszeitungen hatten es als einen kommenden Blockbuster bezeichnet, der Aktienkurs war in die Höhe geschossen – und dann war alles vielleicht nur auf Sand gebaut. Deshalb bin ich nach Falun gefahren, um ein bisschen herumzuschnüffeln. Und nicht zuletzt, um dich genauer in Augenschein zu nehmen – ich hörte Maja Danielsson zufällig deinen Namen in einem Telefongespräch in GMCs Büro erwähnen, und sie schien sehr beunruhigt, als ihr klar wurde, dass ich das mitbekommen hatte. Deshalb dachte ich, du hättest irgendetwas damit zu tun, allerdings wusste ich nicht, auf welcher Seite du standest.«

»Aber deshalb hättest du doch nicht in Ferentari hinter den Büschen umherschleichen müssen.«

Er grinste.

»Das war natürlich deinetwegen, Astrid, ich hatte mir schon gedacht, dass du in der Patsche sitzt.«

Er zögerte kurz.

»Vielleicht hatte es auch einen gewissen Reiz, ausnahmsweise einmal der Good Guy zu sein«, fügte er fast verlegen hinzu. »Als Gunnars und Arni Thorvaldssons Imperium pleiteging, haben sie ja viele mit sich in den Abgrund gerissen, und ich hatte einen gewissen Anteil daran.«

Die Fälschung der Studienresultate von CalmedBelabSteiners neuem Medikament hatte sich zu einem Skandal von internationaler Tragweite ausgewachsen, und die Unternehmensaktien hatten an der Börse eine Talfahrt hingelegt, aber auch was die Aufdeckung dieses Betrugs anbelangte, war Astrid nicht in Erscheinung getreten, obwohl sie wie Stefan Kontakten bei der Wirtschaftspresse diskret Tipps zugespielt hatte. Den Betrug offiziell aufgedeckt hatte Luciana Nastase, die auf einer Pressekonferenz grimmig bekanntgegeben hatte, dass sich durch eine interne Untersuchung herausgestellt habe, dass der Pharmariese seine Studien gefälscht habe.

Nach einer Weile hatte Astrid gedämmert, dass Stefan Unsummen – vermutlich mehrere Millionen – durch clever getimte Leerverkäufe von CalmedBelabSteiner-Aktien verdient hatte – »Insidergeschäfte? Ich weiß nicht, wovon du sprichst, Astrid« –, aber sie hatte die Angelegenheit nicht weiter verfolgt.

Maja Danielsson und Björn Halvarsson waren in Bukarest der Entführung von Alexandru Dumitru und des Mordes an Gabriela Dumitrus Bekanntem angeklagt worden. Doch wie erwartet hatten sie gute und teure Anwälte. Es würde Astrid nicht wundern, wenn zumindest Maja nicht zur Verantwortung gezogen werden könnte.

Dasselbe galt für Majas Großvater. Martin Långström und Lena Markovic waren zwar überzeugt davon, dass Olof Krämer Ulf Ersgårds Auftraggeber gewesen war, und taten ihr Bestes, um ihn der Beteiligung an den Morden an Camilla und Mattias Granberg zu überführen. Doch leider sah die Sache ziemlich düster aus. Olof Krämer und Ulf Ersgård hatten sich im Juni ein paar Tage lang intensiv telefonisch ausgetauscht, aber danach hatte es weder E-Mail-Kontakt noch Telefongespräche zwischen ihnen gegeben. Das machte es Olof Krämer leicht, zu behaupten, in den Gesprächen im Juni sei es nur um Kopien von Fotos gegangen, die er sich von Ulf Ersgård erbeten hätte. Ulf hatte bislang dazu geschwiegen. Martin und seine Kollegin hofften jedoch – das hatte Astrid von ihrem Cousin gehört –, Ulf Ersgård würde sich mit der Zeit klar darüber werden, dass es für ihn nur von Vorteil wäre, nicht als der alleinige Schuldige dazustehen.

Selbst für Majas Handeln in Bukarest stritt ihr Großvater jede Verantwortung ab. Ein paar Journalisten war es gelungen, ihn anlässlich der Jubiläumsfeier in die Mangel zu nehmen, aber er hatte nur würdevoll und besorgt beteuert, dass er alles dafür tun würde, dass seine geliebte Enkelin, die nach dem Tod ihres Mannes den Boden unter den Füßen verloren habe und psychisch nicht zurechnungsfähig sei, die Pflege erhielte, die sie benötigte. CalmedBelabSteiner zumindest hatte beschlossen, die Forschungsabteilung in Falun zu schließen, und Astrid versuchte sich einzureden, dass das genug der Strafe für Olof Krämer sei.

»Trink deinen Glögg, du siehst aus, als wärst du völlig woanders«, sagte Carina.

Astrid nippte an dem heißen Getränk und probierte Tinas tatsächlich ungemein köstliches Safrangebäck.

Da machte ihr Handy Pling. Es war eine kurze SMS von Kabinettssekretär Elias Markström: »Check deine Mails«.

Was es damit wohl auf sich hatte? Mit zitternden Fingern öffnete sie ihren Posteingang und sah sofort, was Elias gemeint hatte – es war eine Pressemitteilung über alle neuen schwedischen Botschafterpositionen. Ihr Name stand auf der Liste, und sie wäre am liebsten wie ein Ballon vom Boden abgehoben, hätte mit Champagner angestoßen und in einem schimmernden Ballsaal Walzer getanzt, als sie den Text las: »Astrid Sammils wird zur Botschafterin für Menschenrechte mit Sitz in der Abteilung für Völkerrecht, Menschenrechte und Vertragsrecht im Außenministerium ernannt.«

Doch sie musste mit dem feiern, was zur Hand war. Sie streckte Carina ihren Glöggbecher entgegen.

»Schenk mir noch einen Schluck ein. Ich habe seit diesem Moment eine neue Stelle.«

Gabriela steckte den Schlüssel ins Schloss und drehte ihn zum letzten Mal um. Sie hätte Vorfreude empfinden müssen, gut gelaunt sein müssen, hätte sich auf ihr neues Leben in Frankreich freuen müssen, war aber nur wehmütig und niedergeschlagen. Ihr Blick fiel auf Mihais Tür, die jetzt ein neues Türschild trug, und sie verspürte einen dicken Kloß im Hals.

Alexandru presste sich gegen ihr Bein und murmelte etwas Unhörbares. Er war in den letzten Wochen in die Höhe geschossen, hatte seine kleinkindlichen Züge abgelegt, benahm sich aber manchmal immer noch wie ein sehr kleiner Junge. Es sei normal, dass er nach dem Erlebten manchmal in frühkindliches Verhalten zurückfalle, aber das würde sich geben, hatte der Kinderpsychologe gesagt, zu dem sie mit Alexandru gegangen war, nachdem er unter schweren Albträumen gelitten hatte. Im Grunde sei Alexandru ein ausgeglichenes, gut angepasstes Kind, das prima dafür gerüstet wäre, die Krise zu bewältigen. Aber Gabriela hatte die Bilder gesehen, die er beim Psychologen gemalt hatte. Entweder zeigten sie riesige Hunde mit scharfen Zähnen oder eine Gestalt, die in einer riesigen Pfütze Blut lag, manchmal mit Gabriela in dem rosa Pulli und einem weinenden Alexandru daneben. Einige Male hatte er auch zwei Grabsteine und einen weinenden Jungen in blauer Jacke und roter Hose, der dazwischenstand, gemalt.

Die eigentliche Entführung schien dagegen kein traumatisches Erlebnis für ihn gewesen zu sein. Er hatte noch lange gebettelt, dass Radu und Danilo ihn doch besuchen kommen oder sie zu ihnen fahren sollten. Der Polizei gegenüber hatte Gabriela ausgesagt, dass sie weder wisse, wer die jungen Entführer gewesen seien, noch, wo sie wohnten, und dass ihr nur daran gelegen sei, dass die eigentlichen Täter zur Verantwortung gezogen würden.

»Kommt jetzt, das Taxi wartet!«, sagte Roman ungeduldig.

Sie sah ihren Mann an, ihr Blick glitt über seine dichten schwarzen Haare, sein distinguiertes Profil und seinen eleganten Mantel, und sie fragte sich, was sie eigentlich für ihn empfand.

Roman war an dem Tag, als sie Alexandru gerettet hatte und Mihai gestorben war, spätabends in Bukarest angekommen, und sie hatte nicht den geringsten Anflug von Freude verspürt, ihn zu sehen. Er war ihr nur wie ein Eindringling vorgekommen, als Alexandru und sie um Mihai und Maria getrauert hatten. Noch nicht einmal Alexandru hatte sich sonderlich gefreut, er hatte ihn nur gleichgültig begrüßt.

Sie wusste, dass es nicht Romans Schuld war. Er hatte getan, was er tun konnte, um zu ihnen zu kommen und an ihrer Seite zu sein, und es war nicht seine Schuld, dass er zu spät gekommen war. Aber sie hatte etwas erlebt, das sie für ihr Leben gezeichnet hatte, etwas, das sie für immer geprägt hatte, und dieses Erlebnis hatte Roman nicht geteilt.

Er war eine Zeitlang in Bukarest geblieben, danach hatte sich ihr Verhältnis zueinander wieder etwas gebessert. Roman und sein Sohn waren sich wieder nähergekommen, aber wenn Alexandru nachts von seinen Albträumen aufwachte, konnte nur Gabriela ihn trösten, und wenn Alexandru erzählte, wie sehr er Mihai vermisste, wirkte Roman am Boden zerstört.

In den ersten Tagen hatte Roman noch auf dem Sofa geschlafen, aber danach hatten sie wieder das Bett geteilt, und es war fast wieder so wie früher zwischen ihnen. Ein paarmal aber schob sich Mihais Bild dazwischen, wenn Roman sie liebte. Mihai mit seinen braunen Locken und den liebevollen Augen, und sie fragte sich, wie es wohl mit ihm gewesen wäre. Verbotene Gedanken, die ihr unangenehm waren, die aber hartnäckig weiter auftauchten.

Nach drei Wochen war Roman zurück nach Montpellier geflogen, um eine größere Wohnung und eine Stelle für Gabriela zu suchen. Beides war ohne Probleme abgelaufen. Sie hatten die Wohnung in Titan und Gabriela ihre Stelle bei GMC gekündigt.

Luciana Nastase hatte ihr noch einmal für ihr Engagement gedankt und gesagt, dass sie jederzeit wieder bei ihnen anfangen könne.

Und jetzt waren sie auf dem Weg nach Frankreich, Roman holte sie in Bukarest ab. Sie würden Weihnachten und Neujahr in Montpellier feiern, und danach würde Alexandru die französische Vorschule besuchen. Er würde neue Spielkameraden finden und Gabriela würde ihre Arbeit lieben und neue Freunde gewinnen. Roman und sie würden wieder wie frisch verliebt sein und alle würden am Ende glücklich werden, so war es doch?

Der Fahrstuhl hielt auf ihrer Etage.

»Kommt jetzt, sonst fährt uns das Taxi weg!«, forderte Roman sie erneut auf.

Er lud ihre Koffer in den Aufzug und stand, sie zur Eile drängend, in der Tür.

»Gib uns nur eine Minute. Fahr schon einmal runter und schick den Aufzug wieder hoch, dann kommen wir sofort«, bat Gabriela.

Die Fahrstuhltüren schlossen sich. Alexandru starrte deprimiert auf Mihais alte Wohnungstür.

»Ich will nicht auf einen anderen Planeten ziehen, ich will nicht in dieses doofe Frankreich fahren!«, sagte er missmutig. »Ich will hier zu Hause sein, und es soll so ruhig und gemütlich wie immer sein.«

Sie hörte die Hydraulik des Fahrstuhls brummen und verstummen, als der Fahrstuhl wieder auf ihrer Etage stehenblieb. Sie nahm Alexandru auf den Arm und trug ihn zum Aufzug, überrascht, wie schwer er allmählich wurde.

»Aber alles wird gut werden in Frankreich, mein Schatz«, sagte sie zärtlich, den Mund an seine seidenweichen Haare gedrückt, »wir werden endlich wieder zusammen sein, Papa, du und ich, in einer schönen neuen Wohnung. Du wirst sehen, alles wird gut werden!«

Sie stieg aus dem Aufzug und sah Roman neben dem Taxi stehen. Sie hob Alexandru auf den Rücksitz und setzte sich neben ihn.

»Zum Flughafen, bitte«, sagte Roman dem Taxifahrer, und sie traten die Reise an, an deren Ende ein neues Leben in einem neuen Land auf sie warten würde.

Trotzdem konnte sie es nicht lassen, noch einmal zurückzuschauen, und als das Taxi an der Piaţa Alba Iulia in den Kreisverkehr fuhr und sie zum letzten Mal die hohen Mietshäuser von Titan sah, standen Tränen in ihren Augen.

Dann zwang sie sich, nach vorne zu schauen. Maria hatte immer gesagt, dass man vorwärtsschauen und nicht der Vergangenheit nachhängen sollte. Wer zurücksah, erstarrte zur Salzsäule.

»Alles wird gut werden«, flüsterte sie leise vor sich hin, als das Taxi Richtung Flughafen fuhr, »alles wird gut werden.«